山河あり（全）

平泉 澄著

錦正社

復刊の辞

平泉　隆房

「国破れて山河あり、城春にして草木深し」杜甫の詩の一節からとつた「山河あり」を書名とする祖父平泉澄の著書が出版されたのは、昭和三十二年十月のことであつた。昭和二十六年四月創刊の月刊誌『日本』（当初の誌名は桃李）掲載の巻頭論文から十七本を選んで一冊としたものである。それ以降、『續山河あり』は昭和三十三年九月に、『續々山河あり』が昭和三十六年五月に、いづれも立花書房から刊行されてゐる。これら三冊の書物については『平泉澄博士全著作紹介』（田中卓博士編著、勉誠出版、平成十六年刊）に渡邊規矩郎氏による詳細な解説がなされてゐるので参照していただきたい。

ここでは、本書の特色について簡単に述べておく。

第一点は、所収された原稿の執筆時期である。昭和二十年八月の終戦とそれに続く連合軍の占領政策によつて、我が国古来の伝統や精神文化は一気に挫折し或いは衰退を余儀なくされた。とりわけ国民道徳や倫理観などの点で、二千年来の歴史に培はれた美風が否定されたことによつて、人心は急激に荒廃してゆき、六十年を経た現在、それが如何ともしがたい状況にあるのは衆人の認めるところであらう。その萌芽は、占領下の七年と、それにつづく昭和二十年代後半から三十年代前半の時期にあつた。本書に収められた原稿は、まさにそのやうな時期に書かれたものである。

終戦と同時に職を辞して郷里に帰り、細々と畑を耕し、父祖よりの家職である白山神社宮司として神明奉仕に励んでゐた祖父であるが、昭和二十七年四月の公職追放解除によつて漸く時節到来、各地に精力的に足を運び講演を開始した。そこで見聞し、全身で感得したところを綴つたもの、それが本書である。当時多くの人々が、戦中の言動を一変させ、戦前の日本を声高に批判攻撃してゐた。本書には、戦後の混乱期にあつて、時流にいささかも動ずることなく、節を守り貫く人々についての叙述が随所に見られる。

第二点は、自然・風物の美しさと共に、自在に歴史上の人物を登場させ、その人物の真面目を躍動的に叙述してゐる点である。我国の「国敗れて山河あり」といふ現実を眼前にして、、すぐれた古人への想ひがより一層切実なものとなつたためであらう。

第三点は、文体をあへて平易にし、読者に語りかけたことである。これは、国民全体に我が国の誇りを取り戻させようといふ強い願ひが込められてゐるやうに思はれてならない。

さて、今回の『山河あり』の復刊には、大隅要之助様の全面的なご支援があつた。平成十四年、大隅様からお申し出があり、日本学協会で直ちに検討、『山河あり』『續山河あり』『續々山河あり』の三冊を全て合はせて一冊とし、復刊することとした。金沢工業大学で秋山一実様を中心に、電子テキスト化が三冊共ほぼ完了してゐたので、それを利用させていただくこととし、出版社については錦正社にお願ひすることとなつた。誤植と思しき箇所や疑問点も、原稿が平泉家に残つてゐないため慎重に判断せねばならず、校正と合はせて鳥取の小谷惠造様にお願ひし、更に校正及び索引の作成を水戸の久野勝弥様にお願ひした。大隅様をはじめこれらの方々に衷心より厚く御礼申し上げたい。

平成十七年二月

山河あり（全）・目　次

続山河あり

続々山河あり

山河あり

平泉澄著

自　序

国破れて山河あり！　時に感じて花に涙を濺いだ老杜の悲歎、腰をおろして時の移るを忘れた蕉翁の感慨、それは誰しも少年の日より親しんだ所であるが、しかし我等は、前にはそれを、単に文辞詞章の上に味つて来たに過ぎなかつた。しかるに不幸にして、昭和乙酉の夏、未曾有の大難に遭遇するに及び、此の一語は霹靂《へきれき》の如く我等の頭上に落ち、雷霆《らいてい》に似て我等の心肝を打つた。ああ屈辱と痛恨の八年、天も暗く風も腥《なまぐさ》く、憂ひは深く悲しみは切であつたが、やがて再起独立の日を迎へるや、私は幽窓を出《い》でて四方に遊び、山河の変容、人情の推移を観察しつつ、ひたすら祖国の復興を祈つた。而してその間に執筆するところ、多く之を雑誌「桃李」、後に改題して「日本」といふが、この雑誌に掲げ来《きた》つた。しかるに天下同憂の士尠《すくな》からず、之をまとめて出版せん事を求められるにより、ここに先づその一部分十数篇を集めて本書を成したのである。諸賢の批正を得ば幸甚である。

昭和三十二年秋

平　泉　　澄

一　神子の桜

神子《みこ》の桜を見に来ないかと、わづかに縁ある方より誘はれ、未だ見ぬ友に迎へられて、ふと山を下りる気になつた。もともと桜の花を愛する心に於いては、敢へて人後に落ちないつもりであるが、長らく国の憂患にたづさはつて、花を見て楽しむ余裕も無かつた。回想すれば八年前、二十年四月十四日の払暁《ふつげう》、空襲の為に灰燼に帰した東京本郷の寓居から、やむなく引越して多摩の関戸に移つた時、多摩川の沿岸は桜の花盛りであつたので、久振りに観る花の美しさに、家も無い身となつた我を忘れて、二、三日飽かず眺め入つたが、その印象は今も眼底ににじんで忘れる事が出来ない。爾来《じらい》八年、老杉《ろうさん》の下、白雪の中に起居して、専ら古人を友としてくらして来た私は、ゆくりなく友の懇情に誘はれて、思ひもよらぬ花見の客となつたのである。

山を下りたのは、四月七日であつた。福井から敦賀へかけて、沿道菜種の花盛りであつたが、車中で聞いたところでは、これは陽気の加減で花が早く咲き過ぎたので、菜種としては非常な不作となるであらうといふ事であつた。云はれて注意して見ると、いかにも茎が貧弱である、全体に力が伸びないうちに、あわてて花をつけたといふ感じであつた。敦賀では汽車の乗りかへの時間を利用して、気比《けひ》神宮に参拝したが、社殿は戦災の為に焼失して、ただ西部の大鳥居に、ありし日の尊厳を偲ぶのみ、まことに感慨に堪へないものがあつた。

焼け残る　正保二年の　大鳥居
朱の色　春の日に　映えて立つ

しばらく境内にたたずんだ後、やがてまた車中の人となつたが、しばらくして遠くに赤い屋根が沢山並んで、まるでフランスの田舎へ行つたやうな感じがするのが見えた。あの赤い屋根は何ですかと聞くが、誰も返事をしてくれる者は無い。やがて一人の婦人が答へてくれた。あれは屋根ではありませぬ、粟野の聯隊跡の桜ですよ、といふのである。なるほど、よく観ると桜である。

粟野村　遠く望めば　火と燃えて
　聯隊跡に　さくら花咲く

その日は小浜に泊つて、昔の友と語りくらした。あくる八日、今日は宇波西《うはせ》神社のお祭りである。神社は三方郡八村大字気山にある。汽車を三方で下りて参るに、昔の若狭街道の松並木も面白いが、神社の参道は松に桜を交へて、風致格段、絵巻物を見る心持がした。この社は延喜式に、名神大、月次新嘗とあつて、古来特別に重んぜられて来たので、社殿こそ幕末の改築にかかるものの、祭儀に古風を伝へて、之を見てゐると、いつの間にか室町に帰り、鎌倉に戻つた感じがする。十一、二歳の少年、美々しく女装してはやしの太鼓をうつも面白く、太鼓につづみにびんささら、拍子のよく合つた田楽《でんがく》も興があるが、祭儀の中心をなすものは王の舞である。いかめしき面をかぶり、手に矛をもち、広庭の中央に立つて舞ふ王一人を護つて、裃《かみしも》を着た十数名が、手に手に青竹を執つて、見物の衆の不意の襲来に備へる。社頭をかへりみれば、素襖《すあを》を着用した大勢に護衛せられて、儼然と神剣を捧持しつつ、石段の上に立つて、王の舞を見おろすは、神社創立当時よりの由緒によつて、代々の吉例、他を以てかへる事の出来ない日向《ひるが》村の旧家渡辺六郎右衛門である。

花かげに　王の舞見て　見ほけつつ

長き春日を　遊びくらしつ

宮司須磨家は、神官として典型的な旧家であつて、神明奉仕の誠を致しつつ、しづかに古典を講究し、黙々として重宝を護らるる態度、自ら国の鎮《しづ》めとゆかしく覚えた。

水清し　楊梅《やまもも》古し　玄関の
　槍面白し　ゆかし此の家

お祭終つて人々散ずる時、私共も亦辞去して湖岳島《こがじま》に向つた。途中、はるかに見る野中の小松原は、夫木集に、

ほのかにも　尚逢ふ事を　頼みてや
　恋の松原　茂りそめけむ

とある、其の恋の松原であるといふ。恋の松原も人の心をひく名所であるが、私の驚いたのは、浦見《うらみ》川である。ここは元、浦見坂といつて、山を越す坂道であつたのを、寛文年間の大地震に土地隆起して、宇波西川は三方湖の水をはけるに足らず、湖水溢れて良田多く水中に没した時、代官行方《なめかた》久兵衛正成、この坂を開鑿《かいさく》して水を通し、村々の危急を救つたのであるといふ。川に沿つて山を越すに、百仭の絶壁の遥か底に、紺碧の水が流れてゐる。両岸は峨々たる磐石《ばんじやく》であつた。之をきりひらく事は、非常の難工事であつたに相違ない。それを人々の反対を押しきり、怨嗟を忍び、誹謗に堪へて、遂にやりとげたのは、あつぱれ益良雄の業《わざ》と感歎するの外は無い。

浦見川　此の山崩し　巌《いは》崩し
　堀りつらぬきし　いにしへ思ふ

湖岳島にのぼつて廃寺の趾《あと》をたづね、日ぐれに近く船に乗つて海山《うみやま》村に渡り、ここに一晩とめて貰つた。三方湖は

小さくいくつかに分れ、それぞれ周囲を山にかこまれ、湖はまた山をかこんで曲折してゐるので、いかにも奥ゆかしく人なつかしい風情である。九日の朝起きて先づ此の湖畔に立てば、鶯の声がしきりに聞えた。

櫓の音は　遠く消え去り　湖の
　表しづかに　鶯の鳴く

今日はいよいよ神子《みこ》の花見である。気がかりであつた空も穏かに晴れて、昨日に劣らぬ佳日である。トンネルをくぐつて塩坂越《しやくしごえ》に出、ここから船に乗るのであるが、昨日の湖にひきかへ、今日は海である。左手に見る烏辺島《うべ》、松の木に交つて山桜が少なくない。

貴女蘭《きじよらん》の　生ふるのみにて　人住まぬ
　うべの小島に　咲く山桜

船は先づこの半島の先端、常神《つねかみ》に到り、ここで蘇鉄を見た。蘇鉄は五本、いづれも高さ約二丈、千数百年の古木であるといふ。南方温暖の地の植物が、どうして北国に移植せられたのか、不思議な因縁を、蘇鉄は黙して語らない。蘇鉄は常神の村の中、人家の裏庭に存するのであるが、常神の社は、村より陸路十三町、海上にして八町を隔ててゐる。小字を深山《みやま》といふが、山腹一帯の古木の茂り、遠くから見て、すぐに社地と知られる。谷の小流れに手を清めてお参りするに、拝殿の前の石段、かなりに急なのに心を奪はれて、外の事に気がつかなかつたが、参拝終つてふりかへつて見ると、拝殿の前、石段の上の山桜、目通り八尺三寸、しかも木の勢よく、花は爛漫と咲きほこつてゐる。石段の下にある堂には、弥陀、釈迦、薬師の三体、いづれも約八百年前の古刻、大した朽損もなく、おほらかに拝まれる。

船は常神より戻つて、神子《みこ》の村へつく。ここには有名な旧家大音《おほと》家がある。大音氏は本姓を伊香といつた。伊香はもとイカゴ、またはイカガとよみ、後イカとよばれるやうになつたらしい。近江伊香郡の名族であつたが、高倉天皇の嘉応二年、院庁《ゐんのちょう》の御下文《おんくだしぶみ》をいただいて、ここに移り、神子、常神の二つの浦を支配し、以来連綿として続いて来たので、伝へる所の古文書は、嘉応以来八百年間のもの、机の上に山の如くに積まれた。中にも家の系図は、恐らく正平年間に書かれたものであらうが、頗る古体を存し、往時を考へるに益があつた。庭もよい。山の上の小祠、池の傍の白梅の古木、小さくはあるが、つつましやかな、古色ゆかしき眺めである。ここに保管されてゐる山王十禅師の棟札、応仁二年のものが古いが、天正三年の方が面白い。即ちその棟札に社殿再興の費用を記した中に、大工の食料、飯の数六百十七盃、米にして参石二斗とある。三石二斗の米をたきあげて椀に盛つて、六百十七杯になるといふのであるから、一椀に盛るところ凡そ五合である。荒島山のふもとに佐開《さびらき》といふ古い村があつて、古くから平泉寺椀といふを伝へて居り、村の集会の時にはそれで会食する事になつてゐたが、一椀五合ときまつてゐたとは、つい昨年の春聞いた所であり、聞いて面白かつたので、その椀を一つ分けて貰つたが、今ここに見る天正三年の棟札が、はからずもそれと照応して、一日三合幾勺の配給のきびしさを知らぬ古人の腹鼓、気楽であつた昔を示してくれた。

昼食のあとで、何心なく慶運寺といふ曹洞宗の寺をたづねた。これは予定に無かつたところである。予定にも組まれないだけあつて、これといふものもなく、辞し去らうとした時に、門の傍の小さい祠《ほこら》に、足を留めた。小さいと云つても、これはまた特に小さい祠で、方一尺七、八寸もあらうか、高さもそれに応じた低いものであるが、ふとのぞくと、どうも是は古色がある。しばらく之にこだはつてゐるうちに、遂に弘安六年の地蔵の懸仏《かけぼとけ》を見出した。

何《なに》仏　おはしますかと　慶運寺

山河あり

　門のかたへの　ほこらおろがむ
首のべて　のぞく祠に　いくつかの
　こはれし仏　並びてゐます
その奥の　一体殊に　古めきて
　何かは知らず　由ありげなり
取出《いだ》し　見むとはすれど　み仏は
　あまりに大きく　戸口は小さし
やむを得ぬ事と　和尚はあきらめて
　祠の床を　破り始めつ
うらがへし　見る懸仏　銘ありて
　弘安の文字　あざやかに見ゆ
弘安の　文字のよろしさ　百万の
　あだ悉く　潰《つひ》えたる時

さていよいよ神子の桜を見ようと、村から数町離れた山の中腹へ行く。山は随分けはしい。急傾斜のままで海中に入つて、ふもとに平地といふものが無い。元は常神から三方の郡役所へ出るのに、峠を越す事八回、早朝に出ても、ひるすぎに着き、日がへりはむつかしかつたほどであり、郵便は三日もかかる有様であつたといふ。今は山の中腹に坦々たる道路を通じて、山を越え谷を渡る苦労は省かれた。その道をゆく事しばらくにして、咲きほこる桜の花に、あたり一面まばゆくなるを覚えた。見上ぐる山の上も花である。見おろす谷の底も花である。しかもすべて山桜である。彼の浅俗軽薄なる染井吉野では無い。敷島のやまと心の山桜、花と葉と時を同じうして出で、艶麗にしてしかも毫も媚態を存せざるものである。驚くべきはその幹のふとさである。即ち之を計るに、或いは八尺九寸であり、或いは一丈一尺を越えた。見わたすところ、一丈前後のもの、五十本に及ぶ。見わたして五十本であるから、一々数へあげてくると、百本を越え、二百本に近いであらう。

もともとこの山は、――この山のみに限らず、此の辺一帯に見るところであるが、あぶらぎりの栽培地である。そして山桜は其のあぶらぎりの畠の境界を示す為に植ゑられたものである。いはばこれイギリスのヘッヂ（hedge）である。されば桜は山を井桁のやうに区切り、元禄模様のやうに染めて、咲いてゐるのである。たては上下に走り、横は左右に並んで、実用の上からは、畠地の境界を示しつつ、行儀よく咲いてゐるのである。一丈前後の大木古木が多いのも其の為で、あぶらぎりの畠であるから、絶えず手入れがされて、妨げとなる雑木は無い。境木《さかひぎ》であるから双方の持主から大切に守られて、伐り倒される事もないのである。

舟に眺め　山路に尋ね　ひねもすを
神子の花見て　あそびくらしつ

風塵にまみれ、白雪に埋れて、長らく花見る機会も無かつた私は、はからずも今神子のさくらの美をほしいままにし得て、我が国風景の美しさと、人情の濃《こまや》かさとを、今更の如く痛感した事であつた。国破れて山河ありとは杜甫の歎じたところであるが、此の美はしき風景と此のあたたかい人情との存する限り、日本は再び其の正気と雄心とをとり戻す事が出来るに違ひない。

二　中竜鉱山

五月中旬の事であつた。中竜《なかたつ》鉱山から招かれて、初めて此の山に赴いた。中竜は、九頭竜川の上流、穴馬《あなま》の渓谷の奥に在つて、鉛と亜鉛とを産する鉱山である。穴馬は山岳重畳の地であるが、昔より越前と美濃、即ち福井県と岐阜県とを結ぶ通路として、しばしば大切な役目を果したところ、太平記巻の二十一、塩谷《えんや》判官讒《ざん》死《し》の事の条に、「北国の宮方頻りに起りて、尾張守黒丸城を落されぬと聞こえければ、京都以ての外に周章して、援兵を下さるべしと評定あり、則ち（中略）土岐弾正少弼頼遠は、搦手《からめて》の大将として、美濃尾張の勢を率《そつ》し、穴間郡上《ぐじやう》を経て、大野郡へ向はる」とある、その穴間は、即ち今の穴馬に外ならぬ。但しここに「穴間郡上を経て」とあるのは、順序を顚倒してゐるので、正しくは郡上穴間と書くべきところである。また穴間を経て大野郡へ向ふといふのも、実はややをかしいので、穴馬は大野郡の内であるから、厳密には文意をなさぬ事にもなるが、かやうに云つても不思議でない程に、穴馬は別天地であり、いはゆる山間僻陬の地である。私は二十一歳の夏、大学生としての最初の暑中休暇に、岐阜から郡上へ入り、穴馬を通つて帰省した事があつて、その時「郡上と穴馬」と題する一文を草して、雑誌「歴史地理」に投じた事があるが、それよりこのかた約四十年、更にたづねる機会もなくして、今に至つたのである。まして中竜は、穴馬街道より別れて横の谷を、支流大納《おほの》川に沿うて一里半ばかり入るところであつて、私は久しく其の名を耳にしながら、曾て其の地を踏む事が無かつたのである。

中竜の鉱山が、人々の耳目を聳動《しようどう》したのは、数年前に激しい労働争議があつた時の事である。その争議のはげしさは、遂に鉱山を閉鎖するに至らしめた程であつた。それほどのむつかしい鉱山が、再開後の今日、どうなつてゐるだらうと不審に思つてゐた私は、不思議の因縁に催されて、今や初めて往訪の客となつたのである。

ところが私は、山に到り着く前に、既に鉱山の現在が、どういふ風格のものであるかを知り得た。それは山から迎へに来てくれた自動車の運転手の態度に、明瞭に看取せられた。山は私の家から十数里の距離にあるが、その途中、荒島山のうしろへ廻り、九頭竜川の激流に沿うて進むやうになつてからは、一方は峻峰、他方は奔湍《ほんたん》、少しく運転を誤まてば、忽ち絶壁を落ち、奔流に投ずるの外は無いのであつて、しかも道は、山の皺に随つて、迂余曲折を極めてゐる。スリルを楽しむといふには満点であらうが、危険といへば頗る危険な道である。しかるに山の運転手は、梶をとる事、極めて慎重であつて、此の険しい路を走るに、一度も不安を感ぜしめた事は無い。殊に驚いたのは、道に当つて一匹の蛇が出てゐた時、しづかに車を停めて、ヂーツと蛇の行手を見送り、それが藪の中へかくれて了ふのを見届けて、初めて車を進める事が、一度ならず、二度まであつた事である。私はだまつて、うしろから之を見てゐたが、此の運転手の態度に感歎すると共に、これは、以て中竜の鉱山、今日の風格を示すものであるとし、未だ山に到らぬ前に、深い尊敬の念を禁ずる事が出来なかつた。

山へ着いては、先づ寮で休憩したが、その時、出迎へてくれた二三人の女中の礼儀の正しさ、殊に二階へ案内せられて階段を登る途中、ふと振りかへつて見ると、一人の女中が、今ぬいだばかりの私の靴をみがいてゐるには驚いた。運転手が既にあの通りである。女中が今此の通りである。一山礼儀を重んじ、全員親切をつくす美風は、以て想察すべきでは無いか。

昔、後北条氏、小田原に拠つて関八州を領有した時、たまたま氏政の代に小田原を通つた一人の行脚《あんぎや》の僧が、町に出てゐる制札を見て嘆息し、「ああ北条氏も最早終りぢや、亡びる事、間もあるまい」と、ひとりごとしたのを、役人聞き込んで理由を尋ねたところ、「自分は三十年前にも此の町を通つたが、当時は制札の記すところ僅に五ケ条に過ぎなかつた。今見れば、それが増加して三十ケ条にも及んでゐる。凡そ国主の威光盛んであれば、法律は簡単であるが、威光衰へる時は、法律は複雑繁多になるものである」と答へたといふ事である。それは北条氏滅亡の予言であつた。私は今中竜の鉱山復興の、めでたくうれしき吉兆を見得たのである。

道に這ふ　くちなはすらも　憐みて
　急ぎの車　しばし停《とど》めつ
鉛採る　かな山にして　美しき
　人の心を　掘りあてつ　我は
鉛亜鉛　いな黄金にも　換へがたき
　美しきもの　充てり此の山

労働争議の為に閉鎖しなければならなかつた程の鉱山を再興して、ここに親切に充ちた礼儀の正しい平和郷を生み出した幹部諸賢に対して、私は深い敬意を表せざるを得ないのであるが、その外に今一つ心から感謝しなければならない事がある。それは図らずも此の山で、幹部の一人家木氏から、親友升田《ますだ》少将の最後の状況を伝へられた事である。

家木氏は大戦の終りごろ、陸軍中尉として、ヤルート島に在つた。八月十五日終戦の御放送は島にも伝はつた。警備隊の司令升田海軍少将は、畏んで之を承つたが、しかし正式の文書を以て命令の伝達せられるまでは、警備の責任は解除されないものとして、米軍への降伏を肯《がへ》んじなかつた。米軍の上陸を拒否し、武器の引渡しを許さず、労働力の提供をこばむと同時に、食糧難のうちに在つて、断じて米軍よりの食料供給物資援護を謝絶し、即ち毅然として彼と対峙しつつ大本営の命令を待ち、十月に至り公式に命令の伝達せらるるに及んで、十月五日すべての引渡しを完了し、司令として全責を果し了ると同時に、轟然たる一発の短銃、眉間を貫いて、潔く自決せられたといふ。

家木氏は陸軍中尉であつて、升田少将に直属せず、その名も知らないのであるが、口を極めて其の壮烈なる態度を讃美してやまないのである。私は之を聞いてハツと胸をうたれた。升田少将といふは、或いはこれ私の親友升田仁助氏の事ではあるまいか。若しその人であれば往年まだ中佐であつた頃、親しく交はり、色々厄介にもなり、広島ではその自宅をもたづねた事のある人である。大佐になられて後、連絡が絶えたが、その人の一言は、私の終生忘れ得ざるものがある。恐らく此の人であらうと推測して、調べて貰ふと果して其の通りであつた。

話は再び後北条氏の昔にかへる。天正十八年、豊臣秀吉三十万の大軍を以て、北条氏政を小田原に囲んだ時の事である。氏政の弟氏規《うじのり》は、伊豆の韮山《にらやま》の城を守り、敵の大軍之を攻める事頗る急であるが、断じて屈せず、固く城を守つて、善く戦つた。而して小田原の本城降伏に決定し、氏政父子より自筆の書状を以て之を通告せらるるに及び、初めて城を開いて敵軍に引渡した事は、当時秀吉の感歎し、世の美談とした所であつた。その北条美濃守氏規にも、はるかにまさる毅然たる態度を、我々は今升田少将に見得たのである。中竜鉱山の二日間、私の得た所は多かつた。

註　後北条氏といふのは、鎌倉時代に鎌倉幕府の執権であつた北条氏に対し、室町時代の後期、戦国時代に、小田原に拠つた北条早雲の一家を、前者と区別してよぶのである。

三　広島

広島は、原子爆弾の為に、全世界の注目する所となりました。私も曾てしばしばおとづれた所でありますから、一度参つて様子も見、また不幸にして其の為に亡くなられた人々の霊を弔ひたいと思ひながら、終戦以来長らく山にこもつてゐまして、今まで其の機会を得ずに居りましたところ、このたび図らずも招かれて其の地を踏み、宿願を果す事が出来ました。

行つて見ると今日の広島は、既に原爆当時の広島ではなく、家は立ちならび、商業は盛んで、うつかりしてゐますと、これが八年前にあのやうな惨害を受けた所とは、気づかずにすごしさうです。往年ロンドンに居りました時に、日本のある町の火事を報じたタイムズが、その報道に附記して、「日本の事であるから、すぐに復興して、元の通りになるであらう」と云つてゐたのを、私は興味深く読みましたが、正にその通り、広島も今は見事に復興して、にぎやかな市街が、広く展開してゐます。

しかし少しく注意して見ると、痛手は中々直つてゐませぬ。何分にも一瞬にして二十万の生命を奪ひ、一時全市を焦土と化しただけあつて、にぎやかなる町の裏側や、堂々たる道路の片ほとりに、荒廃の影がひそんで居て、人の心をいためます。殊に爆心地といはれる産業館の遺構や、また当時の姿を殆んどそのまま残してゐる城の本丸へ行つて見ますと、惨害の大体は、十分之を想像する事が出来ます。

殊に広島城の本丸は、私をして感慨に堪へざらしめました。初めて此の城を築いたのは、毛利輝元であります。毛利氏はもと高田郡吉田に起り、元就《もとなり》の代には、吉田城を本拠として、武威を四方に輝かしたのであります。吉田と広島とは、その間十一里ばかりの距離でありますが、吉田川は東北へ流れて、備後の三次《みよし》に至り、三次川と合流して西北に転じ、石見に入つて江川《ごうのかは》となり、日本海に注ぐのでありますから、広島とは山を中にはさんで、背中合せになつた地形であります。されば其の領する所数州に跨《また》り、百二十万石に上つた毛利家の本拠としては、あまりにも山間の僻地に過ぎますので、天正十七年、輝元は吉田より移つて、広島に城を築いたのでありました。しかるに慶長五年関ケ原の一戦、西軍敗るるに及んで、毛利氏はその領地の大部分を削られ、わづかに周防・長門の両国のみに限局せられましたので、輝元は広島より萩に移るの余儀なきに至りました。毛利氏に代つて広島城の主となつた者は、賤ケ岳七本槍の一人として名高い福島正則で、領する所、四十九万八千石、中国に雄視してゐましたが、居る事約二十年、元和五年に至つて、幕府に届ける事なくして、ほしいままに城郭を修築したといふので、罪に問はれ、領地を没収され、わづかに信州川中島四万五千石を与へられました。次に広島に入つたのは、浅野但馬守長晟《ながあきら》、四十二万六千石を領しました。この人は、浅野長政の次男で、幸長には弟に当りますが、幸長に子が無かつた為に、家をついだのであります。それより浅野氏代々この地を領し、伝へて明治維新に至つたのでありますから、広島城といへば、人々は浅野氏を連想するのが常であります。

しかし今広島城の廃墟に立つて、私の連想しましたものは、毛利にあらず、福島にあらず、また浅野にあらず、実に明治二十七、八年の戦役に於ける大本営でありました。昭和二十年八月六日午前八時十五分、広島に爆弾投下せられたといふのみで、当時は詳細の発表が無かつたのでありましたが、やがてそれが原子爆弾であつた事が分りましてから、私共は明治天皇に申訳のない気持で一杯でありましたが、今この城あとに立ちまして、一層その感を深くしたのであります。

申訳が無いといひますのは、我等の智謀、我等の勇断、我等の努力、攻めくる敵の大軍を粉砕するに足らずして、遂にかかる敗れを見るに至つた点を慚愧するのであります。しかるに、広島の市中を巡歴して、犠牲となつた二十万の、冥福を祈つて造られた墓へ参りますと、不思議なる銘が掲げてあります。

安らかに眠つて下さい
過は繰返しませぬから

かういふ銘であつたと覚えます。或いは一二字ちがつてゐるかも知れませぬが、意味は正にかやうでありました。是れは奇怪な弔辞であります。解すべからざる挨拶であります。

罪なくして生命を奪はれ、武装せずして倒されたる二十万の不幸なる霊魂は、果して此の奇怪なる弔辞を受け、此の不可解なる挨拶を諒とするでありませうか。「過は繰返しませぬから」といふところから見れば、之を書いた人は、二十万の生命を奪つた人であるらしく見えます。さも無ければ意味をなさぬ言葉ではありませぬか。実際は、どうであるか。実際は原子爆弾は、アメリカのつくる所であり、米軍によつて投下せられたものであります。それ故に若し米国によつて此の銘が書かれたのであれば、下の句は先づ意味が通じるでありませう（しかしそれにしても上の句は意味をなしませぬ、人を殺して置いて、安らかに眠つて下さいとは、人を馬鹿にした挨拶であります）。而して此の墓が、日本人によつて造られ、此の銘が日本人によつて書かれたといふのであれば、これは全然意味をなさざる文句であり、東西をわきまへず、明暗を知らざる者の妄語《たはごと》といふの外ありませぬ。

恐らくこの銘をつくつた人、及び此の銘を掲げる事を諒解賛成した人々の考へでは、今度の大戦の挑発者は日本であり、日本の軍閥の飽く事を知らざる野心が、侵略に侵略を重ねて無理押しをした為に、遂に米国の怒りを買ひ、それにも懲りずやがて真珠湾に奇襲を加へるに及んで、未曾有の大戦となり、大敗となつたものであつて、その責任は一に日本に在り、特に日本の軍閥に在る、と、かやうに考へてゐるのでありませう。そして自らは其の軍閥を押へる事が出来なかつた事について自責の念に堪へず、あのやうな銘を書くに至つたのであらうかと察せられます。左様に戦争の原因を理解し、専ら日本、特にその軍閥を非難してやまないのは、占領下八年の間の、一般的な風潮でありました。それはマッカーサー司令部によつて作為せられ、戦争裁判といふ彼の大仕掛けの芝居によつて宣伝せられ、而して当時虚脱状態にあつた日本人の間には、容易に一般化していつたものであつて、いはば一時流行を極めた精神的熱病であつたのであります。

真理を愛し、真実を究明してやまない学者の手によつて、事の真相は、既に明らかにせられてゐます。即ち大統領ルーズヴェルトが、はやくより武力による日本打倒を決意し、しかも表面はどこまでも平和を愛好する者であるかのやうに見せかけ、巧みに敵味方をあざむきつつ痛烈に日本を刺激して、遂に日本を挑発して先攻せしめ、之を受けて日本に戦争挑発者の汚名をきせつつ、物量を以て之を打倒し、それを以て足らず、一方に原子爆弾を投下し、他方にソ連を誘致参戦せしめ、結果に於いては、アメリカに取つて最も愚劣なる戦となつた事は、今日既に明らかにせられてゐるところであります。例へばルーズヴェルトが、一九四〇年（昭和十五年）の夏以前に既に日本打倒の重大決意をもつてゐた事は、一九四五年の四月、ハーヴァード大学に於ける記念講演に於いて、フランクファーザーの、ほのめかした所であり、又ルーズヴェルトが一九四〇年十月八日、その官邸に於いて、日本に米国を攻撃せしめるやう誘致し得る自信を述べた事は、当時の太平洋艦隊司令長官リチャードソン提督の証言する所であり、而して一九四一年（昭和十六年）十一月二十五日、ルーズヴェルトはその官邸に政府及び軍の首脳部を会して密談し、日本をして先攻せしめる方法、しかも米国の損害を少なくする方法を議しましたが、その際彼は、日本からの攻撃は十二月一日に行はれるであらうと述べた事は、国防長官スチムソンの日記に明記する所であります。

十一月二十五日に、大統領が、日本の米国攻撃の近いうちに行はれる事を予言して、陸海軍首脳部の警戒を要求したのも道理、その翌日二十六日を以て、彼は日本国政府に恐るべき要求書（人の評して宣戦布告に等しいといふ）をつきつけたのであります。それは所謂ハル・ノートといふものでありますが、その内容は、野村大使の著「米国に使して」の中にくはしく見えて居り、また其の他の書物にも之を載せてゐるものが、かなり沢山あります。その要求書の内容は、今一々之をあげる事を省略しますが、実に苛酷非道の要求でありまして、いやしくも独立国であるかぎり、之を容れ、之に同意する事は出来ないのであります。されば外人の之を評して、「かかる通牒を受取つた場合には、モナコ王国やルクセンブルグ大公国でさへも、合衆国に対して、戈をとつて起ち上つたであらう」といつたのは、真に適評といふべきであります。此の間の事情を正確に知りたいと希望される人は、前にコロンビヤ大学の教授であり、後にアメリカ歴史学会の会長でありましたチャールズ・A・ビーアド博士の最後の業績である大著「大統領ルーズヴェルトと一九四一年の開戦」や、印度のパール判事の「日本無罪論」を読まれるとよいのであります。

次に特に原子爆弾に就きましては、アメリカの有名なる軍事評論家ハンソン・W・ボールドウイン（元海軍大尉）の著しました「今次大戦の重大なる過誤」の中に、アメリカが日本に対して細菌及び毒ガスを用ゐようとした事、都市人民の無差別爆撃を敢てした事などを述べた後に、「かくて一九四五年八月六日、広島の上空に原子爆弾を投ずるに及んで、アメリカの手段を選ばざるお都合主義は、その頂点に達した。此の日を以て我々は、人類を絶滅させる為に、新しく恐るべき武器を使用した、わる者の仲間入りをしたのである」といひ、「我々は道徳的に堕落した。我々はもはや世界の道徳的指導者では無い」と歎いてゐる事を、注意しなければなりませぬ。

アメリカの公平なる学者が、今次大戦の挑発者が実はルーズヴェルト大統領であつた事を明らかにし、アメリカの良心ある評論家が、原子爆弾投下の罪悪を指摘してゐます事は、実に賞讃すべき公正の態度であります。而して一方その犠牲となつた日本人の中に、此の戦争は日本の政府又は軍閥の野心によつて起されたものであるといふ占領政策に附和雷同し、屈従迎合して、同胞の相剋を激成したり、または原子爆弾があだかも日本軍によつて投下されたかのやうに、妙な錯覚を起して、「過は繰返しませぬから」といふ者があつたりする事は、それは公平とか、無私とか、謙虚とか、反省とか、いふべきものでは無く、ただ是れ喪心であり、混迷であり、虚脱であり、狼狽であります。一見すれば道徳的であるかのやうに見えますが、実は一時の精神的混乱であり、今日猶《なほ》日本全国を蓋《おほ》ふ精神的混迷の一つの現れに外ならないのであります。

私は広島の市街が、見事に復興しつつある事を感歎します。あの惨害にも拘らず逞しく復興された事に感謝します。同時にかやうな復興が、ひとり建築や商業の上に於いてのみならず、精神の上に於いてもまた、一時の荒廃虚脱の後に、再び力強く起つて、日本復興のめざましき先駆とならむ事を念願し、且つ期待いたします。二十万の霊は、その時こそ真に安らかに眠られるでありませう。

四回峰行

八月の末、近江神宮①へお参りしてのかへりに、一寸廻道をして、叡山《えいざん》②へ登りました。叡山へは、これまでに幾度か登りましたが、大抵は根本《こんぽん》中堂や、大講堂、戒壇院《かいだんゐん》、さては横川《よかは》③へ参りましたのに、今度は初めて無動寺谷へ参りました。無動寺谷の中心をなすものは、明王堂でありますが、このあたりは東南方急にひらけて千仭の懸崖《けんがい》をなし、眼下に横たはる琵琶湖の波、大津の町、谷底からまつすぐにのびて天をつく老杉《ろうさん》古松、その懸崖にさながら鳥籠をつるしたやうに建てられた建築、いづれも目を驚かし、心を躍らせるものでありますが、しかし私の此処をたづねましたのは、この奇景を賞し、壮観を楽しまむが為ではなかつたのであります。自然の奇景、建築の壮観を眺めむが為では無くて、精神の偉力、一念の不思議を見むが為であつたのであります。

精神の偉力といひ、一念の不思議といひましたのは、回峰《くわいほう》の行《ぎやう》を指したのであります。回峰の行といひますのは、叡山に昔から伝はつてゐる法式によつて、叡山の堂塔を巡礼して、山を登り、谷を下り、霊所をめぐつて、つぶさに古徳先達のあとを尋ねるのでありますが、何しろ大きな山であつて、東塔、西塔、及び横川の三塔に分れ、細分しては十六谷を数へるのでありますから、その霊所々々を巡礼すると、行程実に七里半にのぼるといひます。

七里半といふと、中々容易な事では無い。普通の道を、普通の速力で歩めば、先づ一時間に一里でありませう。従つて七里半の道ならば、七時間半かかるわけで、八時間労働などといふ考へからすれば、これだけで、一日分のよい仕事でありませう。しかるに叡山の七里半は、急峻の坂をよぢ登り、けはしい崖《がけ》を下り、高低上下錯綜して、頗る険難を極めてゐるのであります。しかもその厄介な山道を、白昼に歩くのではなくして、真夜中に廻るのであります。深夜十二時少し前に起きて、約一時間、仏前のおつとめをして、さて一時前に出発し、七里半の山道を、走るのではないが、常人の走るに近い速力で、一廻りして、夜明けに帰つてくるのであります。その身にまとふは、白き麻の浄衣《じやうえ》、足は素足《すあし》に草鞋《わらじ》をはき、右の手には檜扇、左の手には念珠を持つのであります。

十二時を深夜といへば、町の人は笑ふでせう。しかし山に在つては、日没して暗夜となり、十二時にもなれば鬼気天地に充つる感じがするのであります。素足に草鞋といへば、軽快此の上もないやうに聞えますが、不慣れの足は草鞋に食はれて、豆も出来、血も流れて、中々容易な事ではありますまい。それも只一夜だけの辛抱であれば、何とかなりませうが、是は百日ぶつ通しの行、雨が降らうが、風が吹かうが、暑からうが、寒からうが、一日の中断も許されず、文句なしに百日を一貫しなければならないのであります。

百日辛抱し、三箇月半頑張れば、それでよいかといふに、さうではありませぬ。百日の回峰を終れば、葛川《かつら》の息障明王院《そくしやうみやうわうゐん》に参籠して、不動尊呪《じゆ》百万遍を唱へ、四種三昧を行ずるのであります。そこで第一年の行が終り、次に第二年が同様の一百日、第三年も同じく一百日、三年を通じて三百日を行じて、第四年に入りますと、ここに初めて足袋をはき、檜笠を用ゐる事が許されます。その代りに一年に二百日間連続の行となります。次の第五年も同じく二百日でありますから、第五年を終れば、行は七百日積まれたわけであります。練行七百日に達した者は、無動寺の明王堂に参籠します。その時は厳重な堂入りの式があつて、それよりは一日に約一万遍の不動尊呪、九日の間に、通じて十万遍、その間は穀物も食べず、水の一滴も飲まず、出堂の式が終つてうすい重湯《おもゆ》をいただくといひます。

さて第六年の行に進みますが、第六年二百日のうち、後の百日は、叡山三塔十六谷、山上山下七里半の上に、雲母坂《きららさか》を通つて赤山《せきさん》明神へ参詣しなければなりませぬ。この神は、慈覚大師④入唐求法の時、支那の赤山の神に祈つて、冥助を得、帰朝の後、謝恩の為に、祠《ほこら》を立てようとして、果さないうちに亡くなりましたので、遺言《ゆゐごん》して建立せしめられたものであります。ここまで往復しては、山上山下の七里半に更に七里半を加へて、一日の行程十五里となります。その十五里の修行をつづける事、一百日、かくて第六年を終ります。

　第七年の二百日は、之を大廻りといひます。即ち山上山下の七里半に、赤山明神の七里半を加へ、それに更に京都へ入つて洛中洛外の巡礼七里半、総計して一日の行程二十一里にのぼるのであります。若し一時間に一里といふ普通の速力で歩いて居れば二十一時間かかり、まごまごして居れば、二十四時間かかつて、次の日の行が、すぐに始まる事になりませう。かくて前後七年、正味にして千日の行を終れば、之を大行満といふのでありますが、行程実に一万二千里、メートルにして四万五千キロ（東京・ロンドン間航空路の三倍）、偉なりとしなければなりませぬ。

　凡そ此の回峰の行は、無動寺の開祖、相応和尚《さうおうくわしやう》の始められた所といはれてゐます。相応和尚は慈覚大師の門弟、延喜十八年、八十八歳にして入滅せられた高徳であります。即ちこの行の始まつたのは、今より千年の昔にあるといひますが、元亀二年の九月、一山一時滅亡しました為に、それ以前のくはしい事は分りかねます。天正十二年再興以後に於いては、江戸時代三百年の間に、大行満の人、三十二人を数へ、明治には三人、大正に一人、昭和に二人、而して今私の会ひにゆきました南山坊照澄師は、今年九月の十八日を以て、千日の大行を終へられる筈でありますから、この雑誌が世に出る頃には、昭和の大行満三人となり、明年の九月に千日に満ずる行者が二人もあるといひますから、明年の秋には昭和の大行満五人となりませう。

　世は便利を貴び、人は安逸を望みます。労する事は、なるべく之を少なくし、楽しむ事は、出来るだけ多くしたいといふのが、人情の常であります。学校に於ける教育も、厳しい試練陶冶を嫌つて、殆んど遊戯と化し、工場に於ける労働も、懸命の努力奉仕は忘られて、無気力な倦怠に堕してゐる所が多いやうであります。かかる安逸のうちに、かかる倦怠のうちに、かかる遊戯のうちに、人の心はすさみ、国の力は衰へ、そして文明は亡びてゆくのであります。偉なるかな、回峰の行者！　自ら進んで苦難の道に就き、深夜に巡礼して日々倦まず、日を重ねて一千日、道を歩んで四万五千キロに至る事。これは正に一世の惰眠を覚ます警鐘といふべきであります。

註

① 近江神宮　大津市錦織町に鎮座。天智天皇をおまつりしてあります。

② 叡山　正しくは比叡山《ひえいざん》といふ。最澄即ち伝教大師が此の山を開いて延暦寺を建てられました。一山を分つて、東塔、西塔、横川の三塔とします。根本中堂、大講堂、戒壇院などは、皆その東塔に属します。

③ 横川「よかは」とよみます。恵心僧都源信は、ここに住んでゐました為に、横川の僧都として有名でありますが、浄蔵も十九歳の時、誓つて三箇年の間、横川に蟄居し、昼は法花経を誦すること六部、夜は礼拝を行ふこと六千反であつたと、大法師浄蔵伝に見えて居ります。この浄蔵は、葛川の行人にあつて修練し、大滝で荒行をしたといひ、熊野山、白山、その他の深山幽谷に入り、松の葉を以て食とし、蘿蔓《つたかづら》を以て衣とし、苦行のかぎりをつくしたといひますから、今見る回峰行も、かういふ先達の伝統を受けてゐる事と思はれます。浄蔵は康保元年十一月、七十四歳にして亡くなりました。相応は延喜十八年十一月、八十八歳にして入寂してゐますから、浄蔵はそれより一代後の人であります。

④ 慈覚大師　名は円仁、下野都賀郡の人、延暦十三年に生れ、十五歳にして伝教大師の門下に入り、承和五年入唐、

同十四年帰朝、貞観六年正月示寂。叡山はこの慈覚大師の時に大成したといつてよいやうです。相応もその門弟であり、浄蔵はその孫弟子に当ります。

五　滝原宮

「年ごろ伊勢の両大宮にまうでまつらん、と思ひわたりけれど、いつといひて出《いづ》る日もなう、いたづらに月日すぐしけるを、天地の神や相たすけ給ひけん、此秋ばかり、からうじて、ほい（本意）とげらるべくなりぬ、」とは、文久元年の秋、伊勢神宮に参拝した橘曙覧《あけみ》の旅日記の書出しでありますが、私も前には戦塵にまみれ、後には戦禍を浴びて、久しく参拝の機を得ず、頗る不本意に思つて居りましたところ、「天地の神や相たすけ給ひけん」、去る三月、神前にぬかづく事が出来ました事は、衷心の喜びであります。

久しぶりに参拝いたしまして、第一に有難く尊くおぼえましたのは、去年御遷宮を終へられて、檜の香りも新しく、神々しい宮居を拝し得た事であります。いふまでもなく神宮は、二十年に一度、神殿を造替し奉る制度でありまして、それは後には二十一年となる事もありましたし、又必要に応じては二十年に及ばないうちに行はれる事もありましたが、大抵は二十年に一度の制が守られて来ました。しかるに応仁文明の大乱が起り、ひきつづいて全国の動乱やむ時の無かつた戦国時代には、その事中絶して百年以上に及び、漸く永禄六年、百三十年目に外宮の遷宮が行はれ、天正十三年、百二十二年目に内宮の遷宮が行はれました事は、歴史の上に顕著な事実であります。ところで今日、大東亜戦争の不幸なる終結の後、人心の動揺といひ、経済の苦境といひ、殊に占領政策による圧迫といひ、神宮の御遷宮はどうなるであらうと、人皆の憂慮した所でありましたにも拘らず、全国民の至誠によつて支へられて、式年をおくれる事何ほどでも無く、立派に造替の大事が為しとげられました事は、殆んど奇蹟とさへ思はれるほどであります。

また第二に有難く感じました事は、参拝する人々の数の多さ、所謂絡繹《らくえき》としてひきもきらざる有様であります上に、その態度いづれも敬虔であつて、浮薄の様子の見えない点であります。

「まうでまつる人のおほき、男をんな老たる若き、道もさりあへず、（中略）まうづる人のありさま見わたすに、たれも〱足のふみどもあらじげに、かたちをすぼめ、息もしあへず、ひたぶるに地にひたひをすりつけをがむ、

百人が百人、さあらぬはなし、」

とは、橘曙覧の記すところでありますが、神宮参拝の人々は、今も猶かかる敬虔さを失つては居りませぬ。

有難く神宮に参拝しました後に、初めて滝原宮へお参りいたしました。滝原宮といひますのは、神宮の別宮の一つであります。倭姫命《やまとひめのみこと》世記によりますと、昔垂仁天皇の御代に、倭姫命が大神を奉じ、神宮御鎮座の地を求めて諸国を巡られました時に、大河《おほかは》の滝原《たきのはら》の地を美所《よきところ》として、そこに神宮を立てられましたが、大神の御さとしにより、更に移つて宇治の五十鈴《いすず》の川上に宮居を定め給うたとあります。即ち神宮が今の宇治に御鎮座になります前に、しばらく御留まりになつた地であり、そこにもやはり神殿がありまして、神宮の別宮として頗る重んぜられたのであります。文治三年に、源頼朝が、太神宮に祈りを捧げました時には、神馬を八匹献じてゐますが、その内訳は、内宮外宮に各二匹、風宮、荒祭宮、伊雑宮《いざはのみや》、及び此の滝原宮に各一匹でありました。

滝原宮は、伊勢の度会《わたらい》郡野後《のじり》にありますが、その地は宮川の上流、伊勢と志摩との境の山中にあります。延喜式を見ますと、太神宮を去る事、西に九十里とあります。延暦二十三年の皇太神宮儀式帳を見ると、それには太神宮の西九十二里とあります。九十里といひ、九十二里といひますと、非常な遠隔の地のやうに感ぜられますが、これは六町一里の計算でありますから、後世の三十六町一里の制に換算するには、六分の一に減ずればよいのであります。六分

の一に減ずれば、九十里は十五里になります。その十五里は昔の道で、今は道路も改修せられて、今少し近くなつてゐるといひます。

お参りして驚きました。宮川の上流の美しさ、断崖の底を流るる碧潭も忘られぬ眺めでありましたが、殊に有難く思ひましたのは、滝原宮の御境内の御森であります。御境内は四十五町歩とか承りました。只見る欝蒼《うつそう》たる森林、太古より未だ曾て斧斤《ふきん》を入れざる聖地だけありまして、杉、檜、樫、榊、茂りに茂つて、巨樹老木枝を交へ、空を蓋《おほ》ひつくして、昼猶暗い感じがします。しかも其の若葉の香りの高さ、参道を歩いてゆくうちに、心身共に清められるを覚えました。あちこちで小鳥の囀りを聞きましたが、境内に遊ぶ小鳥は、種類を数へて、六十四種にのぼるといひます。

滝原宮へ参ります途中、道の別れ目に、道しるべの石が、いくつか見られましたが、それに「さいこくみち」とあるのが、目にしみました。「さいこくみち」は、西国道であります。即ちこれは、西国三十三所の巡礼の為の道案内であつたのであります。西国三十三所の巡礼といひますのは、紀州の那智山を初めとして、紀伊、和泉、河内、大和、山城、其他に観音の霊所を巡拝するのでありますが、それは普通に、紀州の那智山を第一番とし、同じく紀三井寺を第二とし、段々と進んで美濃の谷汲《たにぐみ》寺を第三十三とし、之を以て終るのであります。ところが、ここに注意すべき事が、いくつかありますのは、紀伊から和泉、河内、大和、山城、丹後、摂津、播磨、丹波、若狭、近江、美濃と廻るのでありますから、今の府県でいへば、和歌山、大阪、奈良、京都、兵庫、福井、滋賀、岐阜でありませう。即ちそれは近畿と呼ばれ、中部といはれる地方でありますのに、之を西国巡礼と称したのは、この巡礼をする人々は関東を中心として奥羽や東海の人が主であつたに違ひないと思はれます。

次に注意すべき事は、関東奥羽より西国三十三所の観音を巡礼するに当つて、先づ第一に、伊勢神宮に参拝し、参宮のすんだあとで、観音の巡礼を始めたといふ事であります。それ故に、三十三所の第一番が那智山になつてゐるのであり、それ故に、神宮から、別宮滝原宮へ参ります道のところどころに、「さいこくみち」の道しるべが立てられてあるのであります。

また注意すべき事は、外では神仏が習合せられてゐますのに（現に那智山の如き）、神宮に対しては、さやうの混雑なく、純粋な信仰の維持せられて、之を三十三所の外に置き、しかも先づ第一に必ず神宮に参拝した事であります。

私は滝原宮へお参りして、その道の遠いのに驚きました。しかし三十三所の巡礼は、之をその発端として、これより数十里の険難を経て、那智山に詣で、更に数十里の難路を、紀三井寺へと志し、一歩一歩に信心を凝らして、長い旅をつづけたのであります。その苦辛は、今日のやうに汽車電車自動車の便利な時代からは、到底想像も出来ないところでありませう。現に天陰語録には、明応八年頃の状況を記して、巡礼の人、村に溢れ、里にみちてゐるが、旅の苦難の為に病む者も多く、途中で倒れて死ぬ者も夥《おびただ》しいと記してゐます。

私は滝原宮の御鳥居の前に佇んで、遥かに熊野の方を望み見つつ、是等巡礼の人々の、純情にして熱烈なる信仰、苦難にたじろがず、死をも恐れざる勇気を想ひ、曾て鎌倉時代の前後数百年の間、歴史の上に大きな働きをした東国の強みが、実にかかる所からも考へ得るものである事を考へました。

註　里数　古い時代には、六町を以て一里とした。多賀城の碑に、京を去る一千五百里とあるも、それである。それがいつの頃からか、三十六町一里に変つて来た。太平記を見ると、西国は三十六町一里の法を用ひ、東国は六町一里の古い法を用ひてゐたやうである。たとへば巻十一、書写山行幸の条に、書写山より比叡山までを三十五里といひ、後醍醐天皇御入洛の条に、兵庫より京都までを十八里と記し、巻十三、竜馬進奏の条に、出雲の富田より京都までを七十六里といふなどは、いづれも三十六町一里の法によつたものである。之に対して巻十、新田義貞義兵を挙ぐる条に、四方八百里に余れる武蔵野といひ、巻三十一、武蔵野合戦の条に、小手差原より石浜（東京浅草寺の北、待乳山又は金竜山とよばれる地一帯の称）までを、坂東道四十六里と記してゐるなどは、六町一里の法によつたものである。そして最後にあげた例に見るやうに、之を坂東道といつてゐるところから考へて、東国では六町一里の古法が長く残り、関西は鎌倉時代の初めごろから、はやく三十六町一里に変つてゐたものと思はれる。

六　弘道館

先日、久しぶりに水戸へ参る機会を得ました。以前は、殆んど毎年のやうに行つたところでありますが、二十年の初夏に参りましたのを最後として、終戦後はズーッと北国の山の中に隠棲してゐました為に、御無沙汰をしてゐましたが、去る五月十五日、藤田東湖先生の百年祭が行はれると承り、早速馳せ参じたのでありました。

御承知のやうに、東湖先生は、安政二年十月二日、関東の大地震にあつて、不幸にも亡くなられたのであります。私共は、三四十年前に、当時の古老から安政、文久、慶応頃の話を、時々伝聞する事が出来ましたので、何となく身近に感じてゐましたが、それが今は百年の昔になつたと聞きまして、今更の如くに時の流れのあわただしさに驚き、感慨に耽りつつ、墓前祭に列席しました。

夜来の雨も、朝になつてやみ、午前十時からの墓前祭は、水戸のお歴々、有志の士多数の参列を得て、厳粛に行はれました。此の墓地には、水戸の名流高士の墓が、相隣つて並んでゐますので、一たび此処に入れば、心自ら粛然たるを覚えるのであります。東湖先生が、いかなる環境のうちに育ち、いかなる伝統を受け、そしていかなる影響を与へられたかは、此の墓地に於いて、歴々として指示される気がします。

百年祭が終りまして後、弘道館へ参り、ここで行はれる東湖会の発会式にのぞみました。弘道館は、東湖先生と切つても切れない深い関係のあるところであります。即ちそれは、烈公（水戸藩主徳川斉昭）の発意し創立せられたものでありますけれども、終始之に参画し、実際に之を動かしたものは、実に東湖先生であつたのであります。有名な弘道館記は、烈公の撰といふ事になつてゐますけれども、実際筆を執つて之を起草したのは、東湖先生でありました。その起草は、天保八年の事でありましたが、先づ此の記を作つて、弘道館の学問の性格、教育の方針を、明確に規定した後、やがて其の建設に着手し（此の着手を諸書に天保九年と書いてありますが、東湖先生の作られた常陸帯といふ書物には「天保亥の年、始て其事を起し給ひぬ」とあります。亥の年は、天保十年であります）、天保十二年に仮りに館を開き、安政四年五月、（東湖先生の歿後）完成したのでありました。弘道館記には、弘道館記述義といふものがあつて、更に親切丁寧に之を解説してありますが、それも東湖先生の作られたものであつて、東湖先生の主著と申してよいものであります。即ち弘道館こそは、東湖先生と最も関係の深いところでありますから、今や東湖会が発会式をあぐるに当り、特にここを選定して会場とせられた事は、実に適切であつたと思ひます。

水戸は昭和二十年の夏、米軍の空襲によつて、大災厄を受け、全市一望の焦土と化したのであります。東照宮も焼け、常磐神社も焼け、彰考館も焼け、好文亭も失はれたのであります。しかるに幸ひにして、弘道館は、猛火に包まれながら、無事に残りました。尤も弘道館の境内にも火は入つて、鹿島神社も、孔子の廟も焼失し、弘道館記を巨大なる寒水石に刻んで、一丈に余り、広さ六尺を過ぐる碑を立ててありました八角の亭、所謂八卦堂にも火が及んで、碑はいたく損傷しましたが、しかし弘道館の本館は、いささかの害も受けずに、昔ながらに立つてゐます。

弘道館の安否を気づかつてゐました私は、焼けずに残つたとは聞いてゐましたものの、正門の前に立つて、その偉容をまのあたり見ますまでは、此の木造の建築が、市の中央に在つて無事に残るといふ奇蹟を、容易に信ずる事が出来ない程でありました。しかるに一たび其の前に立ちますと、正門といひ、玄関といひ、周囲の様子といひ、殆んど昔に変らないのを見て、驚歎し、安心しました。ここで唯一つ寂しく思ひました事は、玄関の前に立つてゐました松の木が、いつのまにか枯れて無くなつてゐる事でした。この松の木は、私には忘れる事の出来ないものであります。それは幕末から維新へかけて、水戸藩に内訌がありました時、弘道館も亦渦中に陥り、銃撃を受けた事があります。その時の弾痕が、玄関にも存し、松の木にも残つてゐました。ところが玄関の弾痕は、当初銃撃を受けた時のままの形で、今に存してゐますが、松の木に当りました方は、その穴が、松の木の成長と共に、次第に大きくなつて、元の形の十倍もあるやうになつてゐました。新井白石の自叙伝「折たく柴の記」にも、之に似た話が載つてゐますが、少年の日のあやまちは、大した事もないものとして、本人も気楽に考へ、世人も軽く見すごしますが、やがてそれが成長し、成長して然るべき地位にも就くやうになれば、往年のあやまちは、大きな疵となつて人の目にも着くやうになるものであります。弘道館の玄関に立つてゐた松の木の幹に、うち込まれた弾痕は、此の理を示して、我々に大きな教訓を与へてくれたのでありましたが、その松が遂に枯れて了つた事は、残念といはねばなりませぬ。

かやうに松は枯れ、碑は損じ、鹿島神社も焼け、孔子の廟も失はれましたけれども、弘道館の本館は、厳然として存してゐます。その玄関へ上り、座敷へ進み、曾て徳川慶喜公の謹慎蟄居して居られた奥の間近くまで入りますと、身はいつしか百年の昔に立ちかへり、東湖先生を始め、水戸の名士諸賢の英風に接し、雄姿を見るの思ひがしました。

弘道館の起工は、前にも記しましたやうに「常陸帯」の記すところによれば、天保十年の事でありました。その翌年、即ち天保十一年は、頗る重大な年でありました。先づ国内でいへば、それは皇紀二千五百年に当りました。但し其の皇紀二千五百年を祝ひ、悠久の国史を回顧しつつ、国家の将来を思ふ人は、何程もなかつたでありませう。しかるに東湖先生は、この年元旦、詩を作つて、鳳暦二千五百春、乾坤依旧物光新云々といひ、神武天皇の昔を回想して居られます。次に国外でいへば、この年は阿片《アヘン》戦争の始まつた年であります。多年東亜の進出につとめて来た英国は、この阿片戦争の結果として、償金の外に、香港を取つて東亜の拠点とし、広東・上海・寧波・福州・厦門《アモイ》の五港を開かせ、これによつて支那を制圧する体制をととのへたのであります。即ち以上二つの点から見て明らかなやうに、我が国に於いては、国体の自覚がまだ十分でなく、国民は渾沌として帰趨に迷ひ、而して外に於いては、欧州の大勢力遠く東亜にのびて、支那は既に之に屈服し、我が国も亦早晩その圧迫を受けねばならない形勢に在つたのであります。

東湖先生が烈公を輔佐して、弘道館を立てられたのは、実に此の際に在つたのであります。東湖先生は、文政七年五月、英国の捕鯨船が常陸の大津浜に来ました時、わづか十九歳にして之と対決し、一命を捨てて正気を伸べようとせられた事がありました。その概略は回天詩史の首《はじめ》「三たび死を決して而して死せず」の条に見えて居ります。既に十九歳の青年にして、またわづかに一捕鯨船の出没に対して、これほどまでに真剣に憂慮せられたのであつて見れば、今天保十一年、先生年長じて三十五歳、支那屈服して香港に英国旗ひるがへるといふ重大事を目前にして、深く考へ遠く慮られたのは、当然の事といはねばなりませぬ。

しからば弘道館の目ざす所は何であつたか。それは弘道館の記、簡明に之を述べ、述義の文、親切に之を説いて居ります。即ち皇国古来の大道、不幸にして中世以降衰微し、異端邪説横行し、俗儒曲学妄動し、その為に皇道行はれず、禍乱相ついで起り、乱離の世となつた。しかし幸ひにして我が水戸に於いては皇国の古道を尊び、人倫を明らかにし、名分を正し来《きた》つたのであるが、此の伝統をうけて、益々この道を発揮せむが為に、ここに学校を立てて弘道館といふ、その目標は、神州の道を奉じつつ、儒教も採用し、忠孝一本、文武一致、学問と事業と分れず、衆力を集めて、以て国家無窮の恩に報はうとするにある、といふのであります。

転じて今日を見るに、国家内外の情勢は、天保の昔に髣髴として、而してその苦難は、実にそれに百倍するの感があります。アジア大陸は、今や殆んどロシヤの席捲する所となりました。我国は大東亜戦争一敗地にまみれて、アメリカの蹂躙する所となりました。而して国内には、異端邪説横行し、曲学阿世妄動してやまないのであります。東湖先生歿して百年、墓前にぬかづき、弘道館に其の余烈を仰ぐ時、私共まことに感無きを得ないのであります。

七　小　田

水戸は、江戸時代に於いて、皇国正気の発するところ、天下有志の仰いで規範とする所でありました。義公ここに彰考館を開いて大日本史編纂の業を始め、後に烈公之をうけついで其の志を弘め、更に弘道館を立て英才を教育し、学者の招かれて編纂に従事する者、命ぜられて教育に当る者、いづれも碩学であり、傑士であつて、それが二百数十年の間には非常な数に上りましたので、ここに水戸は学者の淵叢《えんそう》となり、道義の規範となつて、名声天下にとどろいたのでありました。

その水戸の碩学傑士数多い中に、人物の器量識見一段とすぐれて、一世の尊敬を受けたのは、藤田東湖先生でありますが、東湖先生は、水戸がかやうに正学の一つの中心となり、天下の義気を鼓舞するに至つたのは、決して偶然ではなく、地理を察し、歴史を考ふるに、由来は遠く、因縁は深いものがある事を指摘せられました中に、

　南北搶攘の際にあたりては、忠臣仁人、藤黄門、源准后の徒、間関流寓、陳述存す、

と説かれました（送㆔桑原毅卿之㆓京師㆒序）。それは所謂南北朝の争乱の時代には、藤原藤房とか、北畠親房とかいふやうな忠臣が、苦労をして常陸へ来られて数年を送られた、その遺蹟も残つてゐるが、その流風が今に及んで、常陸の人々の心に影響してゐるのであると云はれるのであります。

藤房卿の事はしばらく之を措きます。親房公の常陸に於ける働きの、後世に与へた影響に至つては、実に莫大なものがあります。即ち公は、延元三年の九月、義良親王（後に後醍醐天皇の御譲をうけられて後村上天皇）の御供申上

げて吉野を出で、伊勢より船出して海路奥州へ向はれたのでありましたが、図らずも上総沖に於いて暴風雨にあひ、船は四方へ吹き散らされて、義良親王は（親房公の子の）顕信や結城宗広等を従へて伊勢へお帰りになり、宗良親王は遠江へお着きになり、而して親房公の船のみは、ひとり常陸霞ケ浦の東条へ着いたので、公はやむを得ずここに上陸して、それより四年の間は、筑波山の麓なる小田の城に拠り、興国二年の冬よりは、小田から数里離れた関の城に移り、ここに於いて更に二年間、即ち前後を合せては六年の間、群がり寄する賊の大軍を引受けて防戦しつつ、大義を天下に布かうとせられたのでありました。そして其の間に著されたものが、神皇正統記（延元四年秋、小田城に於いて執筆、興国四年秋、関城に在つて修訂）であり、職原抄（興国元年春、小田城に於いて執筆）であつたのであります。

正統記や職原抄が後世に及ぼした影響は、実に大きいものがあります。戦国時代に於いてさへ、心ある武士の間には、しきりに職原抄の講読が行はれ、今日その講義筆記の残つてゐるもの、非常の数に上つて居ります。それが日本の国体を明らかにする上に貢献した事は、想像以上のものがあつたと思はれます。而して神皇正統記に至つては、江戸時代に国史の学大いに興るに及んで、正しい国史の規準となり、指標となつたものであつて、ドイツのハウスホーファー教授の言葉を借りますならば、此の神皇正統記こそは「最高のシンボルとしての国家理想と、天皇政治の霊的生命とを躍如たらしむる不朽の感化力によつて、西洋におけるダンテの神曲と対比すべきもの」であつたのであります。

されば小田といひ、関といひ、これは日本国にとつて、日本の道統を考ふる人士にとつて、神聖なる魂の故郷の一つとして、最も尊重すべき旧蹟であります。私は戦前には、凡そ二十年余りの間、殆んど毎年この地をたづねて、ありし日の親房公を偲び、その指導の下に、潔く一命を捧げて大義を守つた将士を弔つて来ましたが、終戦後は山へこもりました為に、長く御無沙汰してゐました。たまたま此の五月に水戸で行はれました東湖先生の百年祭に参り、新たに生れた東湖会の発会式に列しました機会に、久振りに小田をたづねました。

行つて見ると、小田の城址は戦前と多く変つて居りませぬ。本丸の一隅に残つた大欅《けやき》は、三丈五尺に上るといふ事でありますから、頗る老木でありますが、幸ひに今も猶茂つてゐます。城址は昭和八年に史蹟として県の指定する所となり、同十年六月には更に文部大臣の指定を受けて、十三年二月に至り「史蹟小田城阯」といふ石標が立てられました。その文字は有馬良橘大将の揮毫でありますが、それも元のままに立つてゐます。

もとより城内の建物は、とつくの昔になくなつて、何一つ残つてゐるものはなく、土塁も多くは毀たれて畠となり、濠も大抵は耕されて田となり、その荒れ果てた本丸を斜交《はすかひ》に横切つて軽便列車が走つてゐるのですから、城址といひましても、知らない人には只の田畠としか見えないだらうと思はれる事であります。

之を荒廃といへば、正にこれ荒廃でありませう。然しながら小田城址の景観に比べます時、荒廃の一層甚だしいものは、なべての日本人の心ではありますまいか。少数卓偉《たくゐ》の士を除いて、一般に見るところは、何といふおちぶれかたでありませうか。そこには道義に対する感激なく、偉大に対する憧憬なく、浮薄にして重厚味がなく、傲慢にして謙虚さがなく、永遠の生命に対する信仰を失つて、ただ一日の安きをむさぼり、わづかに眼前の寸利を争ふ卑しさが見られはしないでせうか。神皇正統記にさとされてありますところと対比するに、丁度その正反対ではありますまいか。

「まして人臣として、君をたふとみ、民をあはれみ、天にせくくまり、地にぬき足し、日月の照らすを仰ぎても、心のきたなくして光に当らん事をおぢ、雨露の施すを見ても、身の正しからずして恵《めぐみ》に漏れん事を顧るべし、朝夕に長田狭田《ながたさた》の稲の種をくふも皇恩なり、昼夜生井栄井《いくゐさくゐ》の水の流れを呑むも神徳なり、是を思ひも入れず、在るに任せて欲を恣《ほしいまま》にし、私を前《さき》として、公《おほやけ》を忘るる心あるならば、世に久しき理侍《ことわりはべ》らじ」

歴史を忘れて祖先の恩を思はず、自分の権利のみは無制限に主張し要求して、義務とか、奉仕とか、貢献とかいふ考へは、サラリと棄ててゐるのが、今の世の一般の態度でありますが、これは実は自滅の道をあゆむものであります。

それに就いて常に思ふ事でありますが、かやうな心の荒廃を救ふ一つの手段として、先づ「私達」といふ乱雑な言葉を止めて、「私共」といふ正しい言葉にかへす事にしたいと思ひます。戦後ラジオに、「私達の言葉」といふのがあつて、「私達」といふ妙な言葉が流行して来ましたが、本来いへば、これは誤であります。古典に見ますと、「達」は尊敬の意味をもち、「共」は卑下の意味をもつて居ります。たとへば万葉集には、「大船に真梶しじぬき此の吾子《あこ》を、韓国《からくに》へやる、祝へ神たち」（巻十九）とあり、新古今集には、「あのくたら三藐《みやく》三菩提の仏たち、わが立つ杣《そま》に冥加あらせたまへ」（巻二十）とあり、源氏物語には、「更衣たち」、「女みこたち」（桐壺）「君たち」（帚木）などあり、大鏡には、「此四人の大納言たちよ」などとあつて、「たち」は、神とか、仏とか、君とか、すべて高貴に対して用ゐた言葉である事、明瞭であります。之に反して「ども」の方は、「子ども」（万葉集巻五、巻十八、巻二十）「名もしらぬ木草の花ども」（源氏物語　若紫）「いまやうのちごども」（大鏡）などの例に見ます様に、いづれも敬意を抜いた場合に用ゐられて居ります。それ故に、戦前に一般に使用しましたやうに、他人、しかも尊敬すべき他人に対して「たち」を用ゐ、自分に於いては「ども」を用ゐるのは、日本語の正しい伝統であります。今でも大阪の旧家で使はれてゐますところの「お宅のお子達はお元気でございますか、うちの子どももおかげさまで達者でございまして」といふ風な表現に、その正しい伝統が残つてゐるのであります。

わづかに一語の問題であります。一見すれば、それは、どちらでもよい些事《さじ》のやうであります。しかし此の一語の用ゐ方に、倨傲不遜と、感恩謙虚との、大きな人生観の相違が決するのであります。されば神皇正統記にも、「言語は君子の枢機なりといへり、白地《あからさま》にも、君をないがしろにし、人に驕《おご》る事は有るべからぬことにこそ」と誡められたのであります。

小　田

八大慈寺

久振りに九州へ行つて来ました。戦敗れて後、幽谷に退いて、窮死を分としました私は、再び関門海峡を渡る事はあるまいと思つてゐましたのに、図らずも人々の好意に招かれて、此の三月より四月へかけて、十数日の間、十数年ぶりで、九州各地をたづねる事が出来ました。先づ第一に参りましたのは、熊本でした。熊本の城は、丁度花の盛りでした。その花の下に立ちながら、遠く阿蘇の噴煙を望見するのは、まことに豪快な感じのするものでありました。熊本の城は、加藤清正の築くところ、規模の雄大にして、城壁の険峻なるを以て聞え、昔より名城として讃へられて来ましたが、果して明治十年、所謂西南の役に、薩軍の重囲に堪へて、難攻不落の評を実証したのでありました。「城を守る者は誰ぞ谷干城、城を築く者は是れ当年の鬼将軍」といふ詩①は、この城の名誉を歌つたものであります。

熊本城に就いても色々述べたい事がありますが、今は寧ろ大慈寺を説かうと思ひます。大慈寺は、元は飽託《ほうたく》②郡日吉村野田、今は編入せられて熊本市野田町に在ります。川尻の南端に当ります。今は緑《みどり》川の堤防が大きく高く築かれて、道はその堤防の上を走つてゐますので、寺は低く見おろせますが、昔は丁度その反対で、宏壮なる仏殿や山門が、川の流れを見おろしてゐた事でありませう。

寺は今も宏壮であります。境内凡そ五千坪、山門、仏殿、本堂と竪《たて》にならび、傍に経蔵③あり、庫裏あり、書院あつて、その仏殿の高く、書院の広きは、開山寒巖義尹《かんがんぎいん》禅師の廟所の幽邃《いうすゐ》なると共に、この寺に威厳あらしめる所であります。廟は門にかかぐる額に、霊松の二字が見えましたが、門前に周廻り九尺の老松があつて、いかにも其の名にふさはしく感ぜられました。その参道の左右に立つてゐる九重の石塔は、近年移し来つたもので、本来は川の近くに在つたといふ事ですが、その一つは新しく、今一つは古く、古い方には、

永仁五年丁酉閏十月十八日

大願主尼成阿建之

と刻んでありました。咲き誇る桜花の中に、古廟に詣で、古塔を見るのは、趣のまことに深いものでありましたが、然し私の今語らうとするは、それではありませぬ。

この寺の開山寒巖禅師は、少年の日に叡山に登り、天台の学問をして居られましたが、やがて禅宗に心惹かれて山を下り、興聖寺に赴いて道元禅師に謁し、その指導の下に悟《さとり》を開かれました。そして支那に渡つて、彼の地の名僧を訪ひ、一段の切磋を加へて帰朝せられ、しばらく博多の聖福寺[4]に居られた後、肥後に赴いて如来寺を創められました。そのうちに大渡に目を着けて、ここに橋をかけようといふ願を立てられました。その趣意書ともいふべき大渡橋梁幹縁疏[5]を、建治二年五月に書かれたのが、現に大慈寺に残つてゐます。今それを仮名交りに書下して、少しく左に掲げませう。

「鎮西肥後州大渡は、九州第一の難所なり。其の源流を尋ぬれば、遙かに阿蘇の神池の南北より出でて、激浪漿《しやう》の如き、之を白河といふ。遠く甲佐の霊岳の西東を廻りて、碧潭藍《あゐ》に似たる、之を緑河といふ。終にその双流一に合す、今見る海陸の都津のみ。貴賤両岸に襲集して、喧《かまびす》しく前後を諍《あらそ》ひ、人馬競うて扁舟に上《のぼ》りて、身命を没失す、爰《ここ》に義尹屢《しばしば》此の事を見て、独り思慮を廻らす。（中略）伏して望むらくは、文武の両官緇素《しそ》四輩、若し同心の儀あらば、砂石を運びて急流を塞《ふさ》ぐも猶難しとせず、適《たまたま》合力の操あらば、金銀を聚《あつ》めて碧雲に梯《かけはし》するも、

其れ易《やす》かる可きか。（中略）既に是れ城中の福業、併《しかしなが》ら国家の徳政たり。（中略）於戯《ああ》昔日の行基僧正や、曾て旧柱を認めて山崎の橋を構ふ。今時徳薄き野衲や、将《まさ》に新条を企てて河尻の梁《はし》を掛けんとす。聖凡隔たると雖も、甲乙の性智能く通ず、慈済乾坤を被はんと欲す、理致豈に妨げんや。（下略）」

此の地、今はただ緑川の流あるのみでありますが、昔は白川も此処に来り合し、二川合流して頗る大河となり、之を渡るには舟に乗らなければならず、往来の人は多くして舟は小さく、雨が降れば水が増し、風が吹けば浪が立つて、危険が多く損失が少なくなかつたのでありませう。それを見て、人々の難儀を救はんが為に、新たに橋をかけようとして、金銭の寄附もしくは労力の奉仕を求められたのが、此の幹縁疏であります。

其の橋は、柱を立つること四十八本、広さ一丈六尺、長さ百尋《ひろ》余とありますから、随分巨大な、六百数十年前の当時に於いては驚歎すべき大工事であり、難事業であつたでありませう。しかるに寒巖禅師の発願の至純であり、また熱烈でありました為に、この難事業は、建治二年丙子の五月に始まつて、翌々年の弘安元年戊寅の十月八日、遂に完成を見ました。即ち年でいへば足掛三年、月でいへば約三十箇月で出来上つたのであります。博愛慈悲の心、刻苦奉仕の労、貴く有難い事といはねばなりませぬ。

しかるに此の大渡の橋の、いよいよ竣工するに及んで、禅師は大法会を設け、一千人の僧侶を集めて、三箇月の間、不断の読経を勤めさせ、僧侶には一人一人に一条の袈裟《けさ》を布施し、また護橋善神法楽の為に、舞楽の会をも催されました。そして此の法会の目的を述べて、

「右此の大会を設くるの大旨は、偏に国家の御泰平の奉為《おんため》なり」

と記して居られます。其の書法、国家を上へあげて別行にし、泰平の上に御の字を加へ、更に単に為と書かずして、奉為としてあります。即ち「国家」に対して尊敬至らざるなき態度であります。従つてここにいふ「国家」は、今日普通にいふ国家とは稍《やや》違つて、特に天皇を指し奉るといへば稍言ひすぎでありませうが、「天皇を主とし、天皇を中心とする国家」「天皇の御国」といふ意味であるに相違ありませぬ。日本書紀天智天皇の条には、国家と書いて、「みかど」と読む例がありますが、それと同様の意味で、「皇国」といふ二字に置きかへてよい所でありませう。

大渡の橋の造られる時には、禅師はまだ如来寺に住して居られましたが、やがて弘安五年に至り、川尻泰明の土地寄進を得て、ここに大梁山大慈寺の創設となりました。その寄進状の記載する所によりますと、寺の境内は、白河と大河（即ち緑川でありませう）と満善寺の西堀及び南堀とにかこまれて居り、而して直ちに大渡橋の北につづいてゐた事が知られ、また大渡の橋は、号して大慈橋といはれた事も知られます。橋を造つて大慈橋といひ、寺を立てて大慈寺といひ、また山号を橋に因《ちな》んで大梁山[6]といふあたり、慈愛より発して橋を重んじた禅師の精神をうかがふ事が出来ませう。

それより十数年後に、恐らく永仁正安[7]の頃に、禅師が大慈寺草創の本意を記された偈があります。

仏閣荘厳鐸路興　　仏閣荘厳　鐸路おこる
抛来弓箭詣兢々　　弓箭を抛ち来り　詣でて兢々
自然男女礼三宝　　自然の男女　三宝を礼し
常住僧侶転一乗　　常住の僧侶　一乗を転ず
高顕塔光映水徹　　高く顕るる塔の光は　水に映じて徹り

山河あり

長連橋影聳雲騰　長く連る橋の影は　雲に聳えてあがる

祝

君万歳務茲在　君の万歳を祝す　務ここに在り

幸八旬余挑法燈　八旬余を幸して　法燈をかかぐ

この「君の万歳を祝す、務茲に在り」の句が、君を別行に上げて書いてある事、前の国家と同様であります。即ちこの「君」は天皇を指すのであつて、一句の意味は、天皇の万歳、即ち幾久しき御栄を祈願し祝福し奉る事が、この寺の住職たる者の本務であり、責任であるといふのであります。して見ると大慈寺創立の本願は、実に万世一系の皇運を扶翼し奉る為であつた事、明瞭と云はねばなりませぬ。

初めて此の地をたづねた私は、古仏を礼し、廟所に詣で、桜花を賞し、書院に憩ひ、数時間の清閑をめぐまれた事を喜びながら、いよいよ寺を辞し去らうとした時、特に許されて山門にのぼり、楼上につるされた鐘を見せて貰ひ、ついでに撞かせて貰ひました。それには弘安十年歳次丁亥の銘があつて、十方檀那一百余人、合力結縁三百余人、鋳冶の大工は四郎大夫大春日国正、小工一十八人、鐘の高さ六尺一寸、口の広さ三尺二寸、用銭三百余十貫文、雑用米二十六石六升八合、伽藍の檀主は左金吾源泰明、之を書するは当山の開山伝法比丘義尹などと詳細に記載せられて、それぞれ重要な史料を提供してゐますが、私が特に驚きましたのは、此の鐘の功徳によつて「皇帝万歳、大将千年」ならん事が祈られてゐる点であります。大将は蓋し征夷大将軍、即ち鎌倉幕府の主将を指すものでありませう。その武威武権赫々たる将軍には、千年を祈り、而して京都の御所にまします天皇には万歳を祝福し奉るのであります。流石は君の万歳を祝し奉るを以て本願とし本務とする寺であります。また流石に大会を設くるの大旨、偏《ひとへ》に国家の御泰平の奉為《おんため》であると強調せられた寒巖禅師であります。武威に屈せず、武権に憚らず、見事に皇国本来の道義を喝破せられたものといはねばなりませぬ。

即ち寒巖禅師に於きましては、寺を立つるも、法会を設くるも、乃至鐘を鋳るも、すべて是れ君の万歳を祝福し、皇国無窮の繁栄を祈願せんが為であつたのであります。是に於いて思ひます事は「君が代は千代に八千代に」と祝福するは、古くより牢固として存し、連綿として続いて来たところの、純粋なる国民感情であり、否、単なる国民感情といふに止まらずして、哲人により大徳によつて、提唱せられ、祈願せられたところの、国民道徳であるといふ事であります。

久振りに九州へ参りまして、先づ第一に胸をうたれましたのは、実に此の寒巖禅師の祈りでありました。

註 ① 熊本城の詩　僧五岳の作、長詩の末に、嗚呼日本国中已無城、唯有此城遮賊氛、守城者誰谷少将、築城者是当年鬼将軍、(ああ日本国中すでに城なし、ただ此の城ありて賊氛（ゾクフン）をさへぎる、城を守る者は誰ぞ谷少将、城を築く者は是れ当年の鬼将軍）とあります。鬼将軍とは加藤清正の事。

② 飽託郡　延喜式には飽田（アキタ）託麻（タクマ）の二郡に分れてゐたものを、明治二十九年合併して一郡とし、名も双方の一字をとつて飽託郡（ハウタクグン）としたのです。

③ 経蔵　この寺に鉄眼版（テツゲンバン）の一切経が納めてあると聞きました。

④ 如来寺　宇土にその旧址が存するといふ事です。

⑤ 幹縁疏（カンエンシヨ）平明にいへば寄附募集趣意書。

⑥　大梁山　梁は橋梁の梁で、橋と同じ事。

⑦　永仁正安の頃　寒巖禅師のなくなられたのは、正安二年八月二十一日で、寿八十四歳といひます。大慈寺草創偈はいつ作られたものか、年月は明記してありませぬが、「八旬余を幸して法燈を挑ぐ」といふ句によつて、八十歳以上の高齢の時の作と知られます。禅師は永仁四年八十歳、正安元年八十三歳でありますから、此の偈は永仁五、六、正安元、二、この四年のうちに作られたものでありませう。

九　九州の旅

この春、九州の旅、感激の十数日を回想して、再び其の一端をここに記さうと思ひます。熊本の大慈寺に就きましては、前に略述しましたが、武家全盛を極め、皇威既に陵遅①して居りました時代に、「君の万歳を祝す、務ここに在り」と宣言して、皇国無窮の隆昌を祈願した事は、まことにめざましい態度であると云はねばなりませぬ。而して開山寒巖禅師の此の精神は、よく其の門弟に伝はり、第三世の鉄山和尚は、

先皇綸旨定封彊　　先皇の綸旨　封彊を定む
寺号大慈山大梁　　寺は大慈と号し　山は大梁
従是児孫相続住　　是より児孫　相続いで住す
尽乾坤裡有誰妨　　尽乾坤裡《じんけんこんり》　誰ありて妨げんや

と喝破し、第四世の愚谷和尚は、

自古伝来皇寺風　　古より伝来す　皇寺の風
肥之曹洞永呼嵩　　肥の曹洞　永く呼嵩す
山門松色旧難変　　山門の松色　旧変じ難し
縦得春光終不紅　　たとへ春光を得るとも　終に紅ならず

と、断乎たる決意を明らかにしてゐます。「是より児孫相続いで住す、尽乾坤裡　誰ありて妨げんや。」まぎれも無き

日本人の子孫として、先祖の伝統を継承し、日本の国土に安住する事、世界の誰に憚る必要がありませうや。しかるに今日外国の勢威に眩惑し、祖先の伝統を捨てて、異国の追随模倣に奔走する者の多い事は、残念と云はねばなりませぬ。「山門の松色旧変じがたし、たとへ春光を得るとも終《つひ》に紅ならず。」春光に酔うて紅となるものは、既に松ではありませぬ。松が松として貴ばれるのは、四時緑なるが為であります。日本人が日本人として尊敬せられるのは、日本の伝統を継承し維持してゐるが為であります。紅となるものは、松ではありませぬ。松でないばかりか、もはや木ではありませぬ。日本の伝統を棄て去つては、日本人といふ事は出来ませぬ。日本人といふ事が出来ないばかりではありませぬ。既に人では無いのであります。

寒巖禅師の高風を仰ぎ、その遺教に接した後、やがて熊本を辞して福岡へゆき、太宰府の天満宮に詣で、転じて、雲仙に登り諫早を訪ひ、遂に長崎をたづねました。

雲仙は今や国立公園として有名で、その名は海外にも聞えてゐます。温泉は承応二年（西暦一六五三年）に始まり、温泉神社は元禄八年（西暦一六九五年）に創建せられたと、土地の旧家の伝では云つてゐますが、それはいはば再興であつて、本来はよほど古くから温泉も知られ神社も祀られてあつたに相違ありませぬ。三代実録②を見ますと、清和天皇の貞観《ぢやうぐわん》二年（西暦八六〇年）に、肥前の国、従五位下温泉の神に、従五位上を贈られた事が記されてゐます。温泉の神は、ウンゼンの神で、今日雲仙と書いてゐますのは、全くあて字、正しくは温泉と書いて、ウンゼンと読んだのであります。

雲仙はいふまでもなく火山であります。その東北、諫早湾に流れてゐる裾野は、実になだらかな美しい流線で、私の通りました時分には、青々とした麦と、黄色の菜の花と、層々織り成して、絵のやうでありました。しかし雲仙の山そのものは、突兀《とつこつ》として聳立《そびえた》ち、聳立ち過ぎて将に倒れようとする有様で、烈しい噴火の余勢を示してゐます。その大噴火はもとより古い古い昔の事でありませうが、普賢岳《ふげん》の火を吐き、白土《しらち》の陥没して湖となり、寺は水底に沈んだのが、寛政四年（西暦一七九二年）の事だといひます。これは驚きました。寛政四年といひますと、我々のやうに歴史をしらべてゐる者にとりましては、つい此の間のやうな感じがするのであります。そして其の寛政四年の噴火も、今は昔語りとなつて、眉山《びざん》は月に美しく、白土の池には花が咲き誇つてゐるのであります。されば曾て此の温泉の有名であり、その神の神階をのぼせられましたのが、一千九十余年の昔でありながら、その後幾変遷を経て、昔の事は忘れられて了つたのも、当然でありませう。

雲仙の幾変遷は、まことに万物流転《ばんぶつるてん》の理を示してゐて、私をして感慨に耽らせたのでありますが、この山へ登つて憶ひました一つは、今は亡き園孝次郎教授の事であります。

園教授は、たしか東京農業大学の教授と承知してゐますが、もともと此の雲仙国立公園の指導者であり、管理者であり、いはば生みの親であつたのであります。但し私は、農大に於ける教授を知らず、雲仙に於ける教授を見たわけでもありませぬ。不思議な因縁で、私の奉仕してゐる白山神社へ、大勢参拝の計画を、福井新聞社が立てて、そして歴史上の説明を私に、また自然の景観の説明を、園教授に、依頼した事があつて、その時初めて此の人に会ひ、その話を聞いたのでありました。それは、九月下旬でありましたが、生憎雨が降つて、まことに工合のわるい、境内を一めぐり廻る事さへ出来ずに、拝殿で雨宿りをするといふ天気で、従つて人々の気もくさつてゐました。しかるにやがて園教授は立つて、いはれるには、

「皆さん、今日は雨が降つて、いやな事だと思はれませう。ところが、これが日本のよいところです。私はアメ

リカに渡つて、十数年彼地でくらしましたが、私の居りました地方は、一年に雨季《うき》と乾季《かんき》とがあつて、雨の降る時は、毎日毎日雨ばかり降りつづき、降らない時には幾十日たつても、一滴の雨も降らないのでありました。日本にさういふ所はありませぬ。五風十雨といひますが、数日のうちに必ず雨がおとづれ、又その雨が間もなくやんでゆく、かういふ有難いところは、世界中に、数多くあるものではありませぬ。その天然自然の恩恵を、一番よく感じてゐるのは、植物です。御覧なさい、今境内の、大きな杉の木、この大木の見事である事は、いふまでもありませぬが、その杉の木の下に生えてゐる灌木、それが今や既に黄色になつてゐませう。あの秋を感じて葉が黄色になり、やがてそれが紅葉してゆくところに、日本の山々の美しさがあります。さういふ春夏秋冬四季折々の景色のうつり変りの美しさは、日本ならでは見られないのです。」

と説かれました。之を聞いて人々の気持は、一時にハツと変りました。今までは雨を憎み、雨を恨んで、いやな気持で一ぱいでしたが、今度は雨にも感謝しつつ、木々の葉の既に黄いろくなつたのを、美しいものとして、しみじみと眺めるのでありました。その園教授を雲仙へ来て憶出しましたのは、前にも述べましたやうに、教授が、国立公園としての雲仙の、指導者であり、管理者であり、いはば生みの親であつたが為でありますが、ここへ来て雲仙の人々に聞いて見ますと、教授は公園としての雲仙の管理に当り、非常にきびしく人々を戒めて、樹木を大切に保養し、自然の景観をそこなふ事の無いやうに努められたので、当時は土地の人から良く思はれず、むしろ嫌はれて居られたが、今となつては雲仙の美、教授の指導によつて守られて来た事、明らかとなり、人々その恩徳を感謝するに至つたといふ事であります。雲仙に遊んで其の景観の美を賞する者は、かげにかくれたる此の指導者の恩を忘れてはならないでありませう。

島原半島の九州本土に接続する所、いはば頸《くび》に当り、咽喉に当るところにあるのが諫早《いさはや》市であります。長崎に近く、雲仙に近いのに、是はまた実に静かな落着いた城下町であります。この町で私の注意しましたものが三つあります。第一は石工《いしく》でありますまず。良質の石が存し、すぐれた石工が輩出したさうでありまして、石の建造物に面白いのがあります。就中《なかんづく》有名なものは、眼鏡橋であります。これは本明川《ほんみやう》にかけられたものですが、本明川は長崎県第一の大川、平日は水も少なく、穏かな流でありますが、大雨となり大水となれば、奔流橋を流し岸に溢れて恐るべき惨害をひき起す事しばしばでありました。元禄十五年の大洪水には、死者四百数十人に上つたといひます。そこでやがて勘案し工夫せられたのが、此の眼鏡橋で、天保九年の五月に起工し、翌十年の八月に竣工しました。工費銭三千四百五十三貫六百八十文、石工は忠太郎に長右衛門と伝へられてゐます。天保でありますから、長崎の眼鏡橋や、岩国の錦帯橋より新しい事ではありますが、長さ四十四間、起伏して連なる形の美しさは、忘れがたいものであります。この橋も美しいのですが、面白いのは四面社前の石鳥居と、その前に連なる跳石であります。石鳥居は天下に沢山ありますが、この石鳥居はつぎ合せて作られてゐます。左右の柱も、それぞれ三つの石をつみ重ねたものであれば、屋根に当り、貫《ぬき》に当るところも、それぞれ三つの石をつなぎ合せたもので、従つて工作の妙を讃へずには居られないものでありま す。跳石といふのは、橋の代用であります。かまぼこ形の石を横に列ね、それに一定の間隔を置いて、その間を川の水が流れ、石から石へ跳んで人が渡れるやうにしたもので、大水が出れば、水の漲るに任せて人は渡らず、却つて頗る安全な通路となつてゐます。即ち大水の時に水底に没するのが跳石で、高く水上に聳えるのが眼鏡橋であります。一は消極、一は積極、一は従順に自然を尊び、一は勇敢に自然を克服しようとする、この二つの渡場が、上流と下流とに相対して存するのは、頗る面白い対照であります。

諫早で注意した第二は、龍王の森であります。諫早は、もとは直ちに海に接し、市役所のすぐ近くにある鯨橋まで、潮の干満が達してゐて、潮満ちてくれば鯨が入つてくる事もあつた為に鯨橋の名を得たといひます。されば城山も、曾ては海水ただちにその濠を深める要害であつたでありませう。それが干拓の業しきりに進んで、只今では海は遠い彼方に退き、諫早の町と海との間には、沃野美田はるかに連なつてゐます。その干拓に従ふ者、干拓の地に水神をまつつたのが、即ち龍王の森であります。今、城山に登つて眺めますと、その龍王の森が、いくつもいくつも相連なつて立つてゐます。それは即ち干拓の前進を示すもの、いはば干拓事業の一里塚、貴重なる記念碑といふべきであります。

第三に注意すべきは、諫早の市政であります。市長は公明選挙第一号として、天下に聞えた野村儀平氏、もとの岐阜県知事であります。その市長の、一挙一動、一進一退、すべて道を考へ、道に依らうとする見事さは、知る人々の感歎して止まないところでありますが、諫早市がこの人を迎へて首長と仰ぎ、また助役以下この人を信じ、この人と共に市政を刷新し、つとめて倦まれない態度は、感心の外ありませぬ。終戦の後、大抵の市も町も村も、濁つたところが多かつた中に、諫早市の存する事は、日本の道義の為に、万丈の気を吐くものであります。眼鏡橋は、その古さに於いて長崎に及ばず、その大きさに於いて岩国に劣る諫早も、市政に於いては、天下に比肩すべきものなき清純を誇つてよいでせう。

註　①　陵遅　リヨウチ。山の傾斜の次第に低くなつてくるやうに、勢の漸次衰へてゆくこと。

②　三代実録　六国史の一。清和天皇、陽成天皇、光孝天皇、以上三代の歴史。年号でいへば、天安より貞観、元慶を経て、仁和に至る。その貞観はヂヤウグワンとよみ、元慶はグワンギヤウとよむ。

十　信濃皮むき

お祭は、四時それぞれ趣の深いものでありますが、農村に於きましては、やはり秋祭が最も楽しいものでありませう。目もくらむほどの灼熱の夏も漸く過ぎて、吹く風もいつしか爽かになつて来ると、その風に揺れる稲の穂は、実《みのり》の重みに堪へかねて俯目《ふしめ》になり、互に相依り相靠《もた》れてゐます。山田の段々相重なり、平野の次々と相続くところ、見渡すかぎり豊年の兆ならざるはありませぬ。その田の中の道を行けば、どこからともなく聞ゆる太鼓の響き、秋祭は農村の歓喜の叫びであり、感謝の声であります。

私は山へ籠りましてから、ここ十年ばかり、静かな山村の秋祭を勤める事が出来ましたが、その中に大矢谷といふ小さい村があります。私の村より一里余り山奥へ入つたところで、弁財天川《べざいてん》を遡り、経ケ岳の山ふところに登つたところに、二十幾軒の農家があります。其の村の氏神の社は、村から更に五六町離れて、山の中にあるのですが、野道を行くと、正面大きな杉の茂みの前に、幟《のぼり》が二本、翩翻《へんぽん》としてひるがへつてゐます。その間をくぐつて森の中へ入ると、お宮の前へ出るのですが、境内は新たに整備せられて、本社は鞘堂《さやだう》におさめられ、拝殿も外から移し建てられて、広くもなり、立派にもなりましたが、私の面白く思ひましたのは、去年までの拝殿です。それは今も元のままに保存せられてゐますが、是はまた珍しい、屋根といふものの無い拝殿です。屋根が無いといひましても、全く無いのでは無い、栗の木の頗る剛健なものを用ゐて、骨組だけはしてありますが、榑《くれ》を葺《ふ》かず、瓦を置かず、雨に対する防備は全然してありませぬ。それも道理、拝殿全体が、途方もない大きな巖石の下へ入つてゐて、雨の落ちてくる心配は、全く無いのであります。世の中は広い、さがして見ると、いろいろ変つた建物もあらうと思ひますが、大矢谷の拝殿も、やはり珍しい一つに数へてよからうかと思ひます。

ところで今年の秋九月、そのお宮のお祭にいつて、村の入口の橋を渡る時に、ふと目に着いた大きな木、さあ高さはどれ程でせうか、深い谷川の岸に生えて、高い橋の上に顔を出してゐるのですから、三間を越えて、四間に近いでせう。その梢にむらがり咲く白い花、粟《あは》を撒《ま》いたやうなのを見て、ハツと驚きました。是れは楤《たら》の木、私共の地方では、「ぼうだら」と呼んでゐる木です。茎にも、葉にも、恐ろしい刺《とげ》があつて、素手でつかめば痛い目にあひます。一名「小鳥とまらず」といふのも、其の為でせう。子供の時には、いやな木だとばかり思つてゐましたが、やがて是が胃の妙薬と分り、自分も用ゐて助かり、人にも勧めて直してからは、親しみのある木でありますから、見て驚くに当らないのですが、今橋を渡るとて見た木は、高さが違ふ。「たら」は、和名抄に小木とあり、辞典に幹の高さ一丈余とあり、今まで見たものは、大抵五六尺でしたのに、是は何と、四間もあらうといふ高さです。驚いて眺めてゐると、迎への人のいふには、「奥山にはまだ大きいのがあります。私の山には直径一尺余り、目通り三尺余りのものがあります。或る寺の縁側は、たらの木で張つてありますが、それは直径三尺以上の大木です。」と、かういふのです。

山村のお祭にゆき、山の木を見、山の人の話を聞いて、たらの木に関して大いに知見をひろめ得た事を喜びました私は、今一つ山の人の話によつて、実情も分り、興味も湧いた事が数年前にあつたのを想出しましたので、それを述べようと思ひます。それは太平記巻の三十六、天王寺造営の事の条に、正平十六年の六月、大地震があつて、「山は崩れて谷を埋め、海は傾いて陸地に成りしかば、神社仏閣倒れ破れ、牛馬人民の死傷する事、幾千万と云ふ数を知らず、総じて山川江河林野村落、此の災に遭はずと云ふ所無」い中に、「天王寺の金堂程、崩れたる堂舎は無」かつたので、

般若寺の円海上人に仰せて、天王寺の金堂を作らしめられた事を記した中に、
「柱立已《すで》に訖《をは》り、棟木《むなぎ》を上《あ》げんとしけるに、轆轤《くるまき》の綱に信濃皮むき千束入るべしと、番匠𪊲色《ばんしやうそしき》を出せり、容易《たやす》く尋ね出だすべき物ならば、上人信濃国へ下つて、便宜《べんぎ》の人に勧進《くわんじん》せんと企て給ひける処に、難波の堀江の汀《みぎは》に、死蛇《しじや》の如くなる物、流れ寄りたり、何やらんと近付き見れば、信濃皮むきにて打ちたる大綱、太《ふと》さ二尺長さ三十丈なるが、十六筋迄、水の泡に連なつてぞ寄りたりける、上人斜ならず悦んで、軈《やが》てくるまきの綱に用ゐらる、是れ第一の奇特なりとて、所用の後は、此の綱を宝蔵にぞ納め給ひける。」

と見えてゐます。私は年来この「信濃皮むき」といふは、どんなものであらうかと疑問に思つてゐました。この語をのせて解釈してゐるものは、大言海であります。それには、信濃皮剥といふのは、剥ぎたる科木《しなのき》の皮であるとし、科木といふのは、深山に生ずる喬木で、葉は桑の如く、鋸歯であつて、樹皮は淡黄褐色、火縄につくり、又縄として強い、或いはつむいで畳の縁に用ゐ、又蚊帳にもつくるとあります。そこで或る年、山で、誰か科木を知つてゐる人は無いかと聞きましたところ、「うちのぢいさんが山で取つて来たのがあります。」といふ人が出て来ました。早速その家へいつて少々貰受けましたが、いかにも麻のやうに強い皮です。この老人それより二、三年後に亡《な》くなりましたが、日露戦争の勇士で、乃木大将の部下として旅順を攻略した事が大の自慢で、黙つて聞いてゐると、どうも老人一人で旅順を落したやうに聞えるといふ評判でした。惜しい事に其の自慢話、私にはしてくれませぬでしたが、其の代りに耳の自慢を聞かせてくれました。言ふには、「自分は年こそ取つたれ、耳は確かで、少し大きな音であれば三里四里離れてゐても聞え、ただ聞えるだけで無くて、どの方角であるか、距離は四里か、五里か、音の性質はダイナマイトか、何か、皆分る」といふのです。もともとおとなしい、無口な老人ですから、かういはれても法螺とは聞えず、い

かにもさうだらうと思はれるのでしたが、その老人に兄があつて、是れはまた耳が遠く、耳のそばへ口を寄せて大声でどなつても、知らぬ顔の半兵衛さん、黙つて煙草を飲んでゐるのですから、対照頗る妙を極めてゐました。さて其の老人の話によれば、科木は、その葉、牛蒡の葉を小さくしたやうな形で、皮を採るには、余り大木はよろしくなく、両手の指で抱へられる程度がよいとの事でした。又段々聞きますと、この木の皮をむくのは、白山社の夏祭前後がよいので、先づ半夏生から、お盆までの間に、木の裏側、即ち日光の当らない側の皮をむき、鍋で煮て、灰汁《あく》を取るのだといふ事でした。

ところで是れが、深山に生えてゐるものですが、特に信濃に多いといふ事は、右の太平記に上人信濃国へ下つて勧進しようと企てたとあり、また名を信濃皮むきとあるによつて考へられますが、この木が信濃の名産で、信濃といふ国名も、これから起つたといふ事は、古事記伝に見えてゐます。

「又一説には、志那と云木あり、古へいはゆる栲《たへ》これなり、（中略）さて此木の皮をはぎて木綿《ゆふ》に作り、衣衾《いきん》などにもし、紙にもせしを、此の信濃の国に生るは、殊に色白くて名産なり、神楽歌にも、木綿造る科の原と見え、又諏訪神社の御装束、鎧のおどし、馬の飾り、船の綱などにも用ふ、然れば科野てふ国の名も、此木より出たるなり、（中略）と云り、今思ふに此説もかたがた由ありて、捨がたし」

これは古事記伝の十四に見えてゐるところで、本居先生は、その師賀茂真淵先生の説を引いて、この信濃は山国であつて、級坂《しなさか》ある故に信濃といふ名が出たのであるといふ事を、先づ述べられた後に、右のやうに科木から起つたといふ一説を掲げて、之も棄てられないと云はれたのであります。而して此の信濃が科木から起つたといふ説は、実に谷川士清《ことすが》先生が日本書紀通証に於いて述べられたところであります。

かやうに注意して見、気をつけて尋ねますと、山の中をあるいてゐても、得るところが多く、今までうつかり読んでゐました太平記も、一層興味深く読まれるのであります。しかし科木は、先づどうでもよいとして、太平記は実に面白い書物であります。昔は太平記読みといふ者があつて、路傍に席を設けて之を読み、道行く人々は、しばし立ちどまつて之を聞き、之を楽しみ、わづかの謝礼をして立ち去つた事でありました。つまり今の講談に当りませう。そして之を聞いてゐるうちに、我が国の歴史も分り、道義心も養はれたのであります。道の行きずりに聞いて楽しんだのですから、さまでむつかしい書物とは思はなかつたのでありませう。今は時勢も違へば、言葉も変つて、多少の教養が無ければ、面白みも出ますまいが、習ふより慣れろで、しばらく辛抱して読んでゐるうちに、自然に意味も分り、面白みも出て来て、遂には座右を放せないやうになりませう。

　太平記の文、名文として喧伝します一つは、俊基朝臣《あそん》東下《あづまくだ》りの条であります。

「落花の雪に踏み迷ふ、交野《かたの》の春の桜狩、もみぢの錦を着て帰る、嵐の山の秋の暮、一夜を明かす程だにも、旅寝となれば物憂きに、恩愛のちぎり浅からぬ、我が故郷の妻子をば、行末《ゆくへ》も知らず思ひおき、年久しくも住みなれし、九重の帝都をば、是を限りと顧りみて、思はぬ旅に出で給ふ、心の中ぞ哀なる、憂きをば留《と》めぬ相坂《あふさか》の、関の清水に袖濡れて、末は山路《やまぢ》の打出《うちで》の浜、沖を遙かに見渡せば、塩ならぬ海にこがれゆく、身を浮舟の浮き沈み、駒もとどろとふみならす、勢多の長橋うちわたり、行きかふ人に近江路《あふみぢ》や、世をうねの野に鳴く鶴《たづ》も、子を思ふかと哀なり、時雨もいたく守山の、木の下道に袖ぬれて、（中略）番馬《ばんば》、醒《さめ》が井、柏原《かしはばら》、不破《ふは》の関屋は荒れはてて、猶漏るものは秋の雨、いつか我が身の尾張なる、熱田の八剣伏し拝み、潮干に今や鳴海がた、傾く月に道見えて、明け暮れぬと行く道の、末はいづくぞ遠江」（下略）

捕はれ人の運命と、その辿りゆく道中の地名とを、巧みに織り成したものでありますが、言葉の美しさ、諧調のよろしさ、正に名文といふに価しませう。

しかし読者の胸をうつものは、寧ろ今少し技巧の少ない、文のひきしまつたところに在りませう。たとへば小楠公最後の参内が、それであります。

「京勢雲霞の如く淀、八幡に着きぬと聞へしかば、楠帯刀正行《たてはきまさつら》、舎弟正時、一族打連れて、十二月二十七日芳野の皇居に参じ、四条中納言隆資を以て申しけるは、父正成尫弱《わうじやく》の身を以て、大敵の威を砕き、先朝の宸襟を休めまゐらせ候ひし後、天下程なく乱れて、逆臣西国より攻上り候間、危きを見て命を致す処、兼ねて思ひ定め候ひけるかに依つて、遂に摂州湊河にして討死仕り候ひをはんぬ、其時正行十三歳に罷成り候ひしを、合戦の場へは伴はで河内へ帰し、死残り候はんずる一族を扶持し、朝敵を亡ぼし、君を御代に即《つ》けまゐらせよと申置きて死して候、然るに正行、正時、已《すで》に壮年に及び候ひぬ、此度我と手を砕き、合戦仕り候はずば、且は亡父の申せし遺言《ゆゐごん》に違《たが》ひ、且は武略の云甲斐なき謗《そしり》に落つべく覚へ候、有待《うだい》の身思ふに任せぬ習にて、病に犯され早世仕る事候ひなば、只君の御為には不忠の身と成り、父の為には不幸の子と成るべきにて候間、今度師直《もろなほ》、師泰《もろやす》に懸合ひ、身命を尽し合戦仕つて、彼等が頭《かうべ》を正行が手に懸けて取候か、正行、正時が首を彼等に取られ候か、其の二つの中に、戦の雌雄を決すべきにて候へば、今生《こんじやう》にて今一度、君の龍顔を拝し奉らんために、参内仕つて候と申しもあへず、涙を鎧の袖にかけ、義心其の気色に顕はれければ、伝奏いまだ奏せざる前に、まづ直衣《なほし》の袖をぞ濡らされける」

といふ、既に凛然たる武将の面影を目に見、その切々たる忠誠の声を耳にする感じがあります上に、

「主上即ち南殿《なでん》の御簾《みす》を高く捲かせて、玉顔殊に麗しく、諸卒を照臨有つて、正行を近く召して、以前両度の戦に勝つ事を得て、敵軍に気を屈せしむ、叡慮先づ憤を慰する条、累代の武功返《かへす》々も神妙なり、大敵今勢を尽して向ふなれば、今度の合戦、天下の安否たるべし、進退度に当り、変化機に応ずる事は、勇士の心とする所なれば、今度の合戦手を下すべきにあらずといへども、進むべきを知つて進むは、時を失はざらんが為なり、退くべきを見て退くは、後を全うせんが為なり、朕汝を以て股肱とす、慎んで命を全くすべしと仰出されければ、正行頭を地につけ、兎角の勅答に及ばず、只是を最後《さいご》の参内なりと、思ひ定めて退出す」

とあるに至りましては、君臣水魚の恩愛、懇情に充ちた出撃直前の情景、真に迫つて、読む者をして襟を正し、涙を催さしめずには止みませぬ。まことに古今の名文といふべきでありませう。

十一　内　原

東京から水戸への往き還り、内原《うちはら》の駅を過ぎる事は、年に幾回となくあつたし、開拓青年の指導に、加藤完治先生の名を聞く事も久しいが、縁が無かつたのか、不精のせいか、内原の地に下りたつて、加藤校長の主宰せられる日本高等国民学校をたづね、まのあたり其の業を見、したしく其の話を聞いたのは、今度が初めてである。

内原の地は、水戸を距る事、三里である。丘陵といふには、低きに過ぎ、原野といふには、稍高低があり過ぎると云はうか。ゆるやかに起伏し、おほらかに波うつて、地形はさながら大海のうねりに似る。高みは松の林である。低地は水田である。その林と田の間の斜面を縫うて、畑は曲折しつつ遠く遠くひろがり、陸穂に甘藷、大豆に小豆、大根に蕎麦《そば》、秋も既に半《なかば》、いづれも豊かに稔つてゐる。田を数へ、畑を数へ、両者を合す時は、三十数町歩に上るといふのであるから、境域は随分広大なりといはなければならぬ。その広い土地に、東に一群、西に一郭、校舎と寄宿舎と、作業場と倉庫とが、松の林と、水田の谷を隔てて相対してゐる。一方は是れ男子部、他方は即ち女子部、之を元の国民高等学校、今改めて日本高等国民学校の本幹とする。

いや此の地は、ひとり国民高等学校を以て聞えたのでは無い。是れ曾て、満蒙開拓青少年義勇軍十数万人の巣立つた所である。満蒙の開拓といひ、五族の協和といひ、一時奔流の勢を示して、世界の耳目を聳動したものであつて、時利あらず、形勢非にして、壮心雄志、春の夜の夢の、跡かたもなく消えたやうに見えるものの、理想といひ、意気といひ、努力といひ、やがて力強く蘇《よみがへ》り、なつかしく回想せられる日が来るに相違ない。それら眼を海外に向け、夢を大陸にゐがいた青年達は、曾て此の内原の松林に集《つど》ひ、此の草原に鍬の打込みを習つたのであつた。

満蒙の開拓は、今は昨日の夢となつた。今日内原に集まる者、全国各地の有志凡そ百名、汗を流すを惜しまず、骨を折るを厭《いと》はず、日々鍬を大地に打込み、国の再び興り、同胞の永遠に安らかならむ事を、念願してやまないのである。

之をひきゐ、之を導く人は誰であるか。加藤完治校長、その人である。加藤校長の名は、誰知らぬ者もあるまい。祖先は、肥前平戸《ひらど》の藩士である。尤も支藩といふ事であるから、平戸六万三千五百石を領した本家松浦藩では無くて、平戸新田一万石を分たれた支藩松浦家に属してゐたのであらう。平戸は松浦氏の累世《るゐせい》領有するところ、古来外国往来の門戸《もんこ》であり、要津であつて、明治二十二年の春、「真菲《マニラ》の麻は以て日本の旗を繋ぐに足らむ」と叫んでフィリッピンに赴いた英傑菅沼貞風を生んだ土地である。加藤校長は東京で生れ、東京で育つたのではあるが、万里の波涛を物ともせざる気慨は、之を平戸に養はれた祖先より継承し来つたのであらう。生れたのは明治十七年正月の二十二日。東京府立一中に学んでは、後年の哲人、熱烈火を吐くが如き思想家、鹿子木《かのこぎ》員信博士と、級を同じうした。鹿子木博士は一中より海軍機関学校に入つたが、加藤氏は別れて四高に学び、やがて東大に入つた。大学では、初めは応用化学を学んだが、後に転じて農科大学に移り、四十四年に卒業した。卒業後、直ちに内務省や帝国農会に勤めたが、やがて感ずる所あつて東京を去り、愛知県安城《あんじやう》に赴いた。安城の農林学校は、山崎延吉翁の主宰する所、これ亦我が国農業教育史の上に、不滅の足跡をのこすものである。ここに在る事三年にして、転じて山形県に赴き、自治講習所に拠る事十年、昭和二年に至り知己の後援を得て、茨城県友部に、国民高等学校を立てた。後に友部が、陸軍の用地となり、飛行場となるに及んで、学校は内原に移されたが、それは昭和十二年の事であつた。即ち本校は創立以来約三十年、初めの十年は友部に在り、後の二十年は内原に在つたわけである。終戦後、加藤校長は、一時追放の厄に遭《あ》うたが、二三年前より復帰して、厳然《げんぜん》として之を統率し指導して居られるのである。

私は昭和十二年の夏、満洲の新京に於いて加藤校長に会ひ、また其の指導下にある開拓の実情を弥栄《いやさか》村に見た。今から数へて実に十八年の前である。しかるに今見る加藤校長は、昔年の意気少しも衰へず、却つて以前よりは元気になられたやうに見受けられた。また其の顎には、白髯長く垂れ、其の眼はやさしく輝いて、まことに開墾者の父と呼ぶにふさはしい慈愛の相貌《さうばう》である。

私は校長の案内に随つて、農場を見て廻つた。以前に百姓がもてあぐんでゐた不良の沼地が今は美田と化して、見事に稔つてゐる。一面に草の茂るに任せてあつた斜面が、美しい蕎麦の畑となつてゐる。今年は雨の不足の為に、陸稲は何処も不作を歎かれてゐるのに、ここでは水も無いのに、豊かに穂をつけてゐる。聞けば是れには理由がある。鍬を深く深く打込むのださうである。浅く耕したのでは、雨不足の時、すぐに枯れる。深く鍬を打込んでさへ置けば、さういふ事は無い。之を聞いて、一つ学問をした。浅く耕せば、報も浅く、深く耕せば、報も深い。応報まことに響の声に答ふるが如きものがあると知つた。

また一つの丘に、一面に茂つてゐるもの、何かと聞けば、ラミーだと云はれる。ラミーは我が国でも出来るのですかと聞けば、昔からありますよ、からむしといひましてね、と云はれる。私はまた一つ学問をした。ラミーは即ちRamieで、南洋のものとばかり思つてゐたのは大間違ひで、それは古くから我が国に産したもの、ラミーといふから外国産と思はれるので、からむしといひ、苧麻《まを》と書き、苧《ちよ》と書けば、それは古い書物にも段々出て来るもので、早く和名抄にも、麻は和名乎《を》、一に阿佐《あさ》といひ、苧は和名加良無之《からむし》、麻の属《たぐひ》、白くして細きものなりとある。

さて農場を一わたり見せて貰つて後、ここに耕し、ここに学ぶ青少年に対し、午後に一回、夕に一回、講話をして、その夜は学校でとめて貰ひ、翌朝目ざめて雨戸を押すと、やがて鐘が聞える。時計を見ると六時である。校長に随つて男子部へゆくと、中庭には日の丸の国旗が高く掲げられ、朝風に靡《なび》いてゐる。青少年は二組に分れて、一組は習字、これは正気の歌を書くといふ事であつた。一組は剣道、私はこの方を見にいつた。道場の掃除の行届いて、塵一つ留めぬ美しさは、昨日既に感歎した所である。しばらく初心の人々への教導があつた後、特に教師二人によつて、直心影流《ぢきしんかげりう》の法定《ほふぢやう》の型《かた》が示された。一本目は、八相発破といふ。是は敵の機先を制するのであるといふ。二本目は、一刀両断。三本目は右転左転といひ、不測の変に対処する構へであるといふ。而して四本目は、長短一味といひ、是は人の一生、長きも短きも、詮じつめて考へれば、つまりは同じ事と悟つて、死を怖れざる精神を鍛へるのであるといふ。私は加藤校長から、一々説明を聞いて、感ずる所多かつたが、就中《なかんづく》長短一味といふに就いて、吉田松陰先生の語を想起した。

「死生ノ悟リガ開ケヌト云フハ、余リ至愚故、詳カニ云ハン。十七八ノ死ガ惜シケレバ、三十ノ死モ惜シシ、八九十、百ニナリテモ、是デ足リタト云フ事ナシ。草虫水虫ノ如ク、半年ノ命ノモノモアリ。是レ以テ短トセズ。松柏ノ如ク、数百年ノ命ノ者アリ。是レ以テ長トセズ。天地ノ悠久ニ比セバ、松柏モ一時蝿ナリ。（中略）何年程生キタレバ、気ガ済《す》ム事カ。前《さき》ノ目途《めど》デモアル事カ。」

是は安政六年の四月ごろ、松陰先生が野山の獄中より、品川弥二郎に与へて、大義の為には惜しむところなく一命を捧ぐべきを諭された書翰の一節であるが、所謂長短一味を説いて、剴切《がいせつ》を極めたるものといふべきである。

加藤校長は、神道を筧克彦先生に学び、剣道を山田次郎吉先生に学ばれたのであるが、その話を聞いて、山田先生がすぐれたる達人であつた事を知り、私は其の人を見る機会の無かつた事を残念に思つた。山田先生、号して一徳斎といふ。亡くなられたのは、大正の末であらうか。享年六十八歳であつた。直心影流は、この人を最後として絶えたのださうである。山田先生は、かねてより一流を相続すべき高弟の無い事を知つて、秘伝の書物を後世に残し、後世有志の士の感得を待たうとして、之を大きな甕に納め、万一火災でもあれば、之を運び出す用意をして、背負つて避難する役目の門人もきめてあつた。ところが大正十二年の関東大震災に、その門人もかけつけて、秘伝の甕を持ち出さうとすると、近隣の家屋倒壊して、屋根の下敷になつた人々の、救ひを求める悲痛な叫び声が聞える。之を耳にした山田先生は、手をあげて門人を制した。「待て、一流の秘伝は大切であるが、眼前危急の人命を見棄てるわけにはゆかぬ、やむを得ない、秘伝を棄てて人々を救はう。」かう云つて門人と共に被害者の救出に尽力し、多くの人を助けられたが、その代りに秘伝は焼けて灰になつたといふ事である。私は之を聞いて、黄檗の鉄眼《てつげん》[1]を連想した。鉄眼が大蔵経印刷の志を立て、苦心して其の資金を集めながら、凶年飢饉に際して、何の未練《みれん》も無く其の金を投げ出して人々を救つた事は、仏教史上美談とする所であるが、山田先生の逸事も、之と類を同じうするものであらう。

山田先生は幾度か加藤校長をたづねて来られた事があるが、いつも何の連絡も無く、ヒョッコリと来訪されるのに、一度も留守に来られた事が無い。「先生はよく留守で無い時にばかり来られますね」と云つたところ、「留守に人をたづねる馬鹿があるか」と云はれたと云ふ。また或る時、加藤校長急に旅行しなければならない事があつて、旅費の不足に困り、やむを得ず山田先生の宅へ借りに行つたところ、座敷に通されて挨拶して、頭を上げるか上げないかに、先生はニコニコして、「どれ程差上げたらよいですか」と尋ねられたといふ。即ち是れは予知洞察の力をもつた人であつたのである。私はいよいよ此の人を見る機会の無かつた事を残念に思つた。

さて話を本筋へ戻さう。私がわざわざ内原を尋ねたには、訳がある。それは、加藤校長の方針、従つて内原の学校全体の目標が、土地の開発に苦心し、米穀の増産に努力するのは、一に食糧の上に於ける日本国民の自給自足を念願として、一家経済の営利を計るのでないといふ事を聞いて、いたく胸を打たれたからである。かやうな営利主義の排除は、人によつては異論もあらう。時勢に照らして余りに素朴に過ぎるとも考へられよう。しかし今日天下滔々として利に趨《はし》り、ベースアップを叫び、ボーナスを要求し、ストライキを行ひ、スクラムを組み、孟子のいはゆる「奪はずんば饜《あ》かず」② といふ恐るべき方向に走つて居り、或いはまた頻りに補助を求め、その極は外国の援助を希《こひねが》つて、それが我が国の将来に大きな害毒を残す事をかへりみない時、己の利害損得を度外に置いて、八千万同胞の食糧の満足を目標として苦心し、即ち食糧の上に於ける日本の独立を念願とするは、その志壮なりとすべく、その業偉なりとしなければならぬ。曾て二宮尊徳先生は、下野桜町の衰廃を救はん事を求められ、身を挺して此の難事に当られた時に、改革の大方針を立てて、

「吾神州往古開闢以来幾億万の開田、其始、異国の金銀を借りて起したるには非ず、必一鍫《しう》③よりして此の如く開けたるなり」

と喝破せられた。私は其の精神の今伝はつて内原に在るを見たのである。

註

① 鉄眼　天和二年三月二十二日寂す。年五十三。

② 奪はずんば饜かず　孟子梁恵王章句上に見える。「苟為後義而先利、不奪不饜」（苟くも義を後にして利を先にすることを為さば、奪はずんば饜かず）

③ 一鍫　鍫は、鍬に同じ。音シウ。訓クハ。この語は報徳記に見えてゐる。二宮先生が桜町の復興に当られたのは、

山河あり

文政五年、その三十六歳の時であつた。

十二　北海道

久しぶりに北海道へ行く事が出来た。かれこれ二十年近くの歳月を隔てての旅であつたから、久しぶりと云つたのであるが、前に行つたのは、緑蔭の夏も、白雪の冬も、二回とも札幌だけで、札幌以外ではわづかに定山渓へ行つたのみであつたから、ひろく北海道の各地をおとづれた点から云ひ、また深刻に北海道に就いて考へさせられた点から云へば、寧ろ初めて北海道をたづね、北海道を見たとさへ云つてよいであらう。

行つたのは十月の下旬であつたが、飛行機が北海道へ入ると、先づ目にうつつたのは、遠い山脈の白雪であつた。札幌へ入ると、昨夜は霰が降り、手稲《ていね》山は既に雪になつたと云ふ。四、五日たつて旭川に向つた時には、車窓より見る家々の屋根に白いものが積つて、いよいよ冬の到来を思はせたが、一夜明けての旭川は、吹雪であつた。しかし私共のやうに雪国に生れ、雪国に育つた者にとつては、雪は却つてなつかしく思はれるだけで、之に驚くやうな事は無い。それに私共の郷里とは違つて、北海道の家は、窓が二重になつて居り、室内にストーブがたいてあつて、その暖い事は比べものにならない。障子のすきまからピューピューと風の吹き込む家の中で、囲炉裡《ゐろり》や炬燵《こたつ》にしがみついてゐる郷里から見れば、北海道は冬の天国とも云へるであらう。

北海道に無いものは——と云つても、何分ひろい土地の事であるから、多少の例外はあらうけれども、景色を見てゐて直ぐに気のつく事は、杉が無く、竹が無く、柿が無い事である。山といへば杉、屋敷といへば竹や柿がつきものになつてゐる私共の常識は、北海道では改められねばならぬ。その代りに見るものは、唐松やトド松の林であり、白樺の喬木である。千歳から札幌へといそぐ自動車から見た唐松の黄葉も美しかつたし、十勝川の温泉で、湯にひたりながら眺めた窓外の白樺の林は、透き見る十勝川のゆるやかな流れと共に、忘れがたいものとなつた。

雄大な感じのするのは札幌の町である。街路樹は柳で無くて、鈴懸であり、アカシヤであり、或いはまたポプラの並木である。街路の幅は広大にして、中央には往々に花壇を見、町割りは規則正しくして、外《ほか》の町に見るやうな、あの行人を悩ます迂余曲折が無い。此の札幌の町は、我が国に於ける最も新しい町の代表的なものとばかり思つてゐた私は、今度行つて見て自分の考への誤れるに気がついた。東京や大阪を始め、全国の都市といふ都市の、大抵は戦災に焼かれて、昔の面影はむざんにも破壊せられ、在りし日の想出、辿るに由なくなつて了つた今日では、札幌は寧ろ古い都市となつた。無論奈良や京都の古きに比《くら》ぶべくも無いが、明治の初めに設計せられ、建築せられて、その家屋と街路とそのまま現存してゐる点から云へば、これほどの大都市にして、これほど古いものは少ないと云つてよい。大東亜戦争の末期に、原子爆弾を使用しようとしたアメリカが、広島・長崎の次に、札幌もしくは新潟を選んで之を投下しようとして、而して其の原子爆弾を搭載した船が、我が潜水艦の攻撃によつて撃沈せしめられ、遂に目的を達し得なかつたといふ事であるが、私はアカシヤの並木路をあるきながら、危機を脱し得た此の町を祝福せずには居られなかつた。

雄大なるは札幌の町のみでは無い、北海道では何も彼も雄大である。月寒《つきさつぷ》の牧場も雄大なる眺めである。晩秋は日の暮がはやく、殊に北海道では、まだ四時といふに日は西山に入らうとする。暮色漸く迫る牧場に立ち、犬に守られ導かれて、小屋へ帰る羊の群を見てゐると、蘇武の昔も想ひやられるが、日の沈む西の山は恐らく後方羊蹄山《しりべし》でもあらうか、それを眺めてゐるうちに、私ははしなくも阿倍比羅夫《あべのひらふ》を想起したのである。

阿倍比羅夫は古の名将である。斉明天皇の四年（西暦六五八年）、勅を奉じて百八十艘の兵船をひきゐ、東北地方の蝦夷を討ち、遂に有間の浜に、渡島《わたり》の蝦夷を召集して饗宴を開いたが、翌年には進んで肉入籠《ししりこ》に至り、蝦夷の進言によつて、後方羊蹄《しりべし》に行政庁を置いた。更にその翌年には、蝦夷へ侵攻して来た粛慎《にしはせ》を討伐して、渡島の危難を救つたといふ。天智天皇の御代になると、比羅夫は転じて朝鮮半島の鎮撫に用ゐられ、兵をひきゐて百済《くだら》を救はうとしたが、唐の大軍と白村江に戦つて利あらず、やむを得ず百済の諸将を収容して引上げた。日本書紀は此の人に就いては、是等の戦功をしるすのみで、その晩年に関する記載を欠くが、続日本紀の養老四年正月の条に、大納言正三位阿倍宿奈麻呂《すくなまろ》の薨じた事を記して、筑紫の太宰の帥《そつ》、大錦上、比羅夫が子なりとあるのを見ると、比羅夫は晩年太宰帥、即ち九州総督に任ぜられ、大錦上の位を賜はつた事が知られる。

北海道鎮撫の事の、歴史に明瞭であるのは、実に此の阿倍比羅夫の戦功を以て初めとするのであるが、それは今より数へて一千三百年ばかり前の事である。一千三百年前といふ遠い昔に、此の島を鎮撫して、後方羊蹄《しりべし》に行政庁を置いたといふ事は、百済を救つて朝鮮半島の禍乱を平げようとした事と相まち、更にいへば大隅の南方、奄美諸島に至るまで之を鎮撫せしめられた事と相まつて、朝廷統治の規模の雄大にして、国家防衛の精神の強固なる、まことに驚歎すべきものといはねばならぬ。

月寒《つきさつぷ》の牧場に立つて、夕陽の西山に沈むを眺めながら、私の回想したのは阿倍比羅夫の偉業であつたが、帯広に赴いて阿寒の山々雪をいただくを見ては、その山の彼方につづく千島を思はざるを得なかつた。帯広は十勝《とかち》平原の中央にある都市であるが、この十勝平野の眺めほど爽快なものは、比類が少ないであらう。私が旭川を立つて、帯広に向つたのは、十一月朔日の事であつた。旭川は前々日から続いて雪であつた。尤も雪といつても、私共の郷里福井県の雪とは大いに違ふ。福井や新潟の雪は、水分を豊かに含んで重く、降りしきる時は一間先きも見えない位に降つて、それが重く地上に積るのであるが、北海道のは軽く吹かれて、いはゆる鵞毛に似て飛んで散乱するのである。その軽い雪の中を、旭川の平野を見、神居古潭《かむゐこたん》の奇勝を眺め、滝川で汽車を乗りかへて、富良野《ふらの》の谷に入り、その谷を遡つて狩勝《かりかち》峠にさしかかる、その間すべて雪景色であつて、富良野駅のプラットフォームに植ゑられた菊の花も、寒げに揺れてゐた。それがどうだらう、狩勝峠のトンネルを出ると、眼前に、といふよりは、眼下にと云はう、眼下に展開する十勝の大平原、それは既に黄葉して、その黄葉に日が照り映えて、紫色になつて、青空と相対してゐるのである。ドイツから、アルプスを越えて、イタリヤへ出たやうな感じである。今の東京や大阪のやうに、建物と人とが、むやみに多くて、まるで芋の子を洗ふやうに、押しあひへしあひ、ひしめきあつてゐるところでは、想像もつかない雄渾な眺めである。それに帯広は、寒い寒いと警《いまし》められたが、来て見るとそのやうな寒さではない。私などは、あわててシャツを脱ぎ、薄手のものに着かへた程であつた。そして前にも云つたやうに、あたたかい湯にひたりながら、ガラス戸の外の白樺の林を眺め、林の外の十勝川の、ゆるやかに流れるのを見やつた事であつたが、この平原の東に聳えて白いのは、即ち阿寒の山々であり、その山遠く東に延びては、則ち知床岬《しれとこみさき》となり、知床岬の先端、しばらく海中に没するが、やがて波をくぐつて頭を水面に現せば、国後《くなしり》島となり、択捉《えとろふ》島となり、大小の島三十有余相連なつて、占守《しゆむしゆ》島に至る、これ即ち千島に外ならぬ。占守島の名は、私共少年の時より聞いて忘れがたいものになつてゐるのは、郡司《ぐんじ》大尉のひきゆる報效義会が、遠く慮るところあつて、ここを占拠し開拓したが為である。それは明治二十六年の事であつたといふから、私から見れば生れる前の出来事であるが、少年の日に話に聞き、雑誌に読んで、いつのまにか自分も郡司大尉の船出を見送つたやうな錯覚を生じ、身近《みぢか》に感じ、なつかしく想ふのである。

千島については、郡司大尉の外に、今一人想起する人がある。それは外でも無い、平山行蔵である。これは実に豪快の士であつて、今より凡そ百五十年前、ロシヤの択捉島に来り侵し、乱暴を働いた時、慨然として之を討伐しようとした人物である。その頃、北方にはロシヤ人の侵略盛んであつて、各地頻りに急を告げた。文化三年には、樺太島クシユンコタンを侵し、翌四年（西暦一八〇七年）には、千島のエトロフに上陸し、みだりに砲撃銃撃を加へて番卒を殺傷し、糧食器具を掠奪した。我が方は何程の人数も無く、防戦の準備も無くして、かやうな結果になつたのであるが、守備の責任を痛感した下役元締戸田又太夫は、深く之を恥ぢて自刃して果てた。是等の報道、やがて江戸に達するや、慨然として自ら兵をひきゐ、北辺の守備に赴かん事を願出たのが、平山行蔵であつた。

平山行蔵、名は潜、字を子龍といひ、兵原と号した。幕府に仕へて、江戸は四谷の北伊賀町に住し、家を号して兵原草廬といつた。門内に婦人無く、いつも野戦の心得で、玄米をたいて食し、家の中には武器と書物の外に、何の装飾も無ければ、器具も置かなかつた。毎朝寅の刻に起きて木剣をふるひ、庭前の木をうつ声、隣近所にひびきわたつたので、人よんで平山の七つ時計と云つたといふ。七つは即ち寅の刻で、今の午前四時に当る。此の人、文化四年四月、ロシヤ人エトロフに来り侵したと聞いて大いに憤慨し、自ら往いて之を討伐しようとして、幕府に上申して許可を請うた。その文の今に伝はるものを見るに、その文辞激越にして、その策略奇妙、頗る人の意表に出づるものがある。而してその首《はじめ》に、

「伏して惟《おもんみ》るに、我が邦開闢以来ここに千有余年、未だ嘗て外国の辱《はづかしめ》を蒙らず、国威宇宙に冠絶す」

云々と云つてゐるのは、当時函館奉行配下の小吏が、函館より江戸へ送つた書状の中に、

「日本開けて以来、他国の人に負けたる事なき国なり、然る処、此度エトロフの大敗、残念之に過ぎず候、元来

うつかりひよんとした人計り三人行て居り候まま、此の如く不心得之致方のみ、日本国の大恥なり、いつか此恥を雪《そそ》ぐ事あるべき、誠に残念至極に御座候」

とあると合せて、当時の人々の感慨を示すものである。

因縁といふは、不思議なものである。帯広より阿寒の山々を望み見て、はしなくも平山行蔵の上書を想起した後、東京へ帰つた翌日に、友人から一幅の画像を贈られた。有難く之を受けて、開いて見ると、これはまたどうした事であらうか、その画像こそ外ならぬ平山行蔵その人の風貌を写したものであり、賛はまた平山行蔵自筆の詩では無いか。奇縁といふには不思議が過ぎはしますまいか。私は真に驚くの外は無かつた。

さて其の画像を見ると、赫《しや》顔にして白髪、筋骨隆々として、百錬千鍛、老いの到るを知らない壮容である。ムヅと座して両肘を張り、両手を袴の紐にかけた形は、固く結んだ唇と共に、一旦云ひ出したら後へは引かぬ負けじ魂をあらはしてゐる。上に肩衣《かたぎぬ》をつけてはゐるものの、着てゐる着物は只の一枚、胸もはだけ、腕もむきだしであるが、どこにも襦袢らしいものが見えないのは、此の人厳寒の時といへども、かさね着をしなかつたと伝へられるのと合せ考ふべきであらう。腰に帯ぶるは朱鞘の小刀、座の左側に横たふる大刀は漆黒の鞘、いづれも白い鮫の柄巻《つかまき》、あくまで実用を主として、微塵も虚飾を用ゐてゐない。賛の落款《らくくわん》に朱印が二つ、下なるは兵原子龍と読まれるが、上なるは国士無双とある。これは其の賛の詩に、楠公既に歿して云々とあると共に、平山行蔵が、いかに楠公を尊信し、私淑してゐたかを示すものであらう。

ああ北海道、その眺めは雄大である。それ既に我等の心を喜ばすに十分である。しかるに北海道の地は、回想し、追憶するところの人物も亦、豪壮である。一千三百年前の阿倍比羅夫、百五十年前の平山行蔵の如き、その一例である。

豈にひとり回想し、追憶するところの人物とのみ云はうや。今現に此の地に在る人物、英俊雄傑、古人に愧ぢざるの士、少なくない。北海道の旅、ひとり私の目を喜ばせたのみでなく、私の心を楽しませ、且つ養つたところは、実に多大であつた。

十三　九州ところどころ

一、桜　島

終戦後の十年間、北国の深山に籠居した私にとつて、九州は頗る遠隔の地であつた。前にはしばしば往来した所であるけれども、時勢も変り、羽根ももがれて、今は容易に行く事叶はず、わるくすれば終生往訪の機会なくして果てるかとさへ思はれたのに、昨年早春久振りに熊本・長崎・福岡を訪ひ、ついで六月、またまた大分・熊本・福岡をたづねる事が出来、旧知に会つて久闊を叙し、また新たに幾多の知己を得て、大いに知見をひろめた事は、想出しても感激に堪へない所であるが、その知己の芳情によつて、今年二月より三月へかけて、三たび筑紫の風光に接する事が出来た。

就中《なかんづく》、鹿児島は久振りであつた。前に行つたのは戦争中の十八年、いつぞや「弁当」といふ小文を書いたが、その弁当が大問題になるほど、物の不足を告げた時分の事で、かぞへて見れば今より十三年前であつた。食物はいかにも乏しかつたが、鹿児島の市街邸宅は堂々として旧観を存し、歴史的香気ただよひ、豪壮の気魄が感ぜられた。しかるに不幸なる兵火は、町の面目を一変せしめた。復興のいちじるしき、新装を凝らした店舗、軒をつらねて、繁華は前にまさるとも劣らぬやうに見えるものの、なつかしき古色は拭ひ去られ、貴ぶべき威厳はいたくきずつけられた。旅館の窓より眺め、城山の上より見おろして、私は暗然《あんぜん》として之をいたみ、今更ながら劫火を憎まざるを得なかつたのである。

町の眺めは心をいたましめたが、目をあげて見る桜島の噴煙は、雄大にして豪壮、今も猶昔の如く、薩隅の男児に代つて、万丈の気を吐いて、少しも衰へを見せぬ。私はその噴煙を望見しながら、桜島忠信《ただのぶ》の事を回想した。桜島忠信は、平安時代の学者であつた。彼は、ある時、政治の腐敗をなげいて、落書を以て之を諷した。その落書は、「今春詔勅多哀楽、半尽開眉半叩頭」（今春の詔勅、哀楽多し、半《なかば》はことごとく眉を開き、半は頭をたたく）に始まり、七言を一句として、十六句を列ねたものであるが、その内容は、官吏の登用更迭が、専ら献金贈遺の多少によつて決し、行政の実績は棄てて顧みず、右大臣は賢者であつて、衆望之に帰するが、左大臣は佞人であつて皇威を損する事を指摘し、而して最後に、「内臣の貪欲は世間の歎き、外吏の沈淪《ちんりん》は天下の愁ひ、金銀千万両を招集し、山海十二州を沽《う》り失ふ」と慨歎してゐるのである。内臣は中央政府の当局者、外吏は地方官、山海十二州は東山道八箇国、東海道十五箇国、合せて二十三箇国のうち十二国までが、今度の更迭に売官の対象になつたといふ意味であるか、または山海に特定の意味が無く、ひろく全国にわたつて十二箇国が売られたといふ意味であるか、どちらかであらう。

山海十二州の意味がどちらであるにせよ、此の落書は、随分手きびしい批判であり、抗議である事、明瞭である。若し小人、局に当り、専断、政を私する時であれば、落書の筆者は処罰せられ、左遷せられたであらう。しかるに忠信は、この諷刺によつて、却つて大隅守に任ぜられたのである。政治の腐敗を指摘して憚らなかつた忠信もえらいが、之を大隅の長官に任用した朝廷の態度も頗る公明正大であるといはねばなるまい。

忠信が大隅守に拝任した事情も既に面白いが、赴任して大隅を治めてゐる間の逸話も亦愉快である。即ち当時の郡司の中に「しどけない」男があつた。「しどけない」とは、宇治拾遺物語のいふところであるが、蓋《けだ》し「だらしない」の意味であらう。だらしない男で、官物私物の区別もつかなかつたのであらう。大隅守忠信之を知つて喚問し、詰問して之に笞《むち》うつ用意をして待つてゐた。ところが召に応じて出て来た男を見ると、頭に黒髪も交らず、すつかり白くなつてゐる老人であつた。かやうな老人とは予期しなかつた事で、会つて見て忠信の方があわてた。すつかり老衰してゐる白髪の翁を笞うつには忍びない。何とかして救つてやらうと考へるが、之を救解すべき方法が無い。窮したあげくに、かう云つた。「をのれは、いみじき盗人かな、歌はよみてんや。」泥棒め、歌はよむか、といふのである。郡司答へていふ、「はかばかしからず候とも、よみ候なん。」まづい歌ではござりまするが、よみませう、といふのである。それでは、一首よんで見よと云はれて、やがて、わななき声でよんだ歌が、かうである。

老いはてて　雪の山をば　いただけど
　しもと見るにぞ　身はひえにける

「しもと」は、「霜と」に「しもと」即ち笞を、かけたのである。宇治拾遺物語には、上の句を「年を経てかしらの雪はつもれども」に作つてあるが、十訓抄には、今引いたやうに出て居り、いやそれよりも、拾遺和歌集に、かやうに見えてゐるので、之を正しいとしなければならぬ。

若し之が拾遺集に載せてなかつたならば、話が余りに面白いので、作り話のやうにさへ疑はれたであらう。幸ひにして拾遺集に載せられ、その詞書に右の事情が明記せられてあるので、之は実説、疑ひを容れない。拾遺集は、一条天皇の長徳年間に、大納言公任の撰んだところとも、または花山法皇の撰ばれたものとも、伝へられるが、いづれにせよ、古い勅撰集であつて、最も信用してよい書物である。

だらしのない男で、恐らく公私を混同し、官物を私したかと思はれる郡司を処罰しようとしながら、その老衰の姿を見て憐愍の情に堪へず、歌をよむに免じて、之を赦してやつたところを見ると、忠信は人情に厚い、涙ある国司であつたに相違ない。政治の腐敗を痛歎して、今を時めく左大臣をも佞人ときめつけるほどの方正剛直の人物でありながら、同時に血もあれば、涙もある、情深い性質であつたとすれば、大隅守としての治績、めざましいものがあつたに相違ない。その情深い国司の恩恵に浴した大隅の人々が、感謝の念に堪へずして、やがて此の国の中で、最も特色ある島に、国司の名を負はせ、之を桜島と命名するに至つたのではあるまいか。此の想像が成立つ為には、桜島が古くは別の名で呼ばれてゐて、忠信以後、初めて桜島と改められた事を、立証しなければならないが、不幸にして文献に乏しく、之を確かめる方法が無い。ただし既にある地理学者の指摘せられたやうに、鹿児島といふ地名が、島でも無いところに附いてゐるのは、元来これが桜島の旧名であつて、忠信の想出に桜島と改められた後は、その旧名が対岸に残され、鹿児島と呼ばれるやうになつたのでもあらうか。

恐らくさうであらうが、かりに、さうで無いにしても、桜島によつて、古の大隅守忠信を想起し、その人柄を偲ぶ事は、何の差障りも無い。私は桜島の噴煙を望見しつつ、一千年前の、あの剛直にして、しかも涙ある国司を回想し、而して今日かくの如き人物無く、「世間の歎き、天下の愁ひ」、積り積つては、ひとり「山海十二州」と云はず、国をあげて、之を沽《う》り失ふに至らねばよいがと、念ずるのであつた。

桜島名産として知られてゐるのは、桜島大根である。それは実に恐ろしく大きいものである。聞けば、その種を蒔いても、外の土地では、小さくなつて了ふので、この偉大な大根は、桜島に限つて見られるのだといふ。これを私は面白い話だと思つた。私の郷里に河内蕪《かうちかぶら》といふのがある。それは中まで真赤な蕪である。河内《かうち》といふ村でとれた本物の河内蕪は、いくら切つても、中まで赤いのであるが、一たび外の土地へ移されると、表面だけ赤くて、中は白いものになつて了ふ。また是も私の郷里で、春先きに賞美せられる水菜《みづな》といふのがある。それは勝山の町が中心で、その周辺一里以内にのみ産するもので、一里先へ出ると、同じものが菜種《なたね》になつて了ふ。土地柄といふものは、いかにも面白いものである。

桜島の大根の雄大であるのは、桜島の土地柄によるものであらうが、桜島の噴煙が影響してゐるのは、大根ばかりではあるまい。それは必ずや朝夕之を望み見る人々の感情性格に大きく作用してゐるに相違ない。薩摩へ入つて直ぐ気のつく事は、山に崖崩れが多く、その崩れてゐる地肌が白い事である。これは白土《しらち》と呼ばれるさうであるが、即ち火山灰に外ならぬ。火山灰の集積して大地となつてゐるのは、日本全国随所に見られるところであらうが、薩摩に於いては、それが殊に生々《なま》しいのである。その白土を踏んで立ち、桜島の煙を眺めて暮すとなれば、火山の影響、避けようとして避けられるものではない。即ち鹿児島県の人々は、生れて火の子として育つのである。

同時にここはまた風の烈しいところである。年々歳々南洋に起り、歳々年々我が国を襲ふ颱風は、その鋭鋒を先づ此の県に向けるのである。颱風襲来の飛報は、全国を震駭せしめるが、他の地方には、来る事もあれば、それる事もある。しかるに鹿児島県となれば、それるといふ事は先づ考へられぬ。いつでも真向から之を受けるのである。その為の被害、家の倒壊、人の死傷、年々これ無きは無いのである。田代の村長はそれを歎いて、どれ程雪が降らうが、風害の少ない北国の方が羨しいといつた。一方北国の人に向つて、鹿児島県の話をすると、その暖かさを羨まぬ者は無い。私は正月を郷里でくらして、二月に旅に出たのであるが、正月中に屋根の雪をおろす事二回、一度は三尺に近く、再度は三尺を越えてゐた。そして旅に出た日も、四尺ばかりの積雪を踏みわけ、息も出来ない程に吹きつける吹雪を衝《つ》いて出たのであつた。さやうな雪の中を旅に出るのであるから、家内《うち》の者は一同《みんな》心配してくれたが、なあに、大隅では菜種の花盛りだよと云つて出て来た。若し大隅に菜の花が咲いてゐないと、私は虚言《うそ》を云つた事になるので、この点は特に注意して眺めたが、見ればいかにも菜の花が畑によつては一面に咲いてゐる。菜の花ばかりでは無い。豌豆も咲いてゐる。空は青く晴れて、地には白い豌豆や、黄いろい菜の花が咲いてゐるのである。至るところに棕梠《しゅろ》の木が生えてゐるのは、いかにも南国の風景である。昔は京都の御所の中、清涼殿の前に此の木があつて、それが枯れたのを惜しまれて、延喜五年に是貞親王の御殿の木を移し植ゑられた事が禁秘抄に見えてゐるが、京都では珍しい木であり、育ちにくい木であつたであらう。それが鹿児島県へ来ると、いたる所に立つて居り、元気よく茂つてゐる。これから採れる縄は、丈夫で腐らないので、北国で冬の間、家を包む竹の簀子《すのこ》を編むには、この木の縄が一番よいとされるが、之を見れば北国の人はいよいよ南国を羨ましがるに相違ない。

しかし南は北を羨むに当らず、北も亦南にあこがれる必要は無い。天は南を鍛へるに颱風を以てし、北を錬磨するに吹雪を以てした。年々風の烈しきに鍛へられて、九州の健児には不屈の魂が宿り、一年の三分の一を雪に埋められて、北国の人々には忍苦の力が蓄へられた。未曾有の恥辱を受け、未曾有の抑圧を蒙り、未曾有の苦難に沈んでゐる我国の、再び起ちあがるには、此の不屈の魂と忍苦の力とに期待する所、多からざるを得ないのである。

延元興国の昔、南風競はず、賊勢天下を圧した時、征西将軍宮を御迎へ申上げて、苦難のうちに忠節をつくしたのも、この地方の人々であれば、慶長五年九月関ケ原の戦、西軍雪崩《なだれ》を打つて敗退した際に、真直に前進して勝ち誇る敵の大軍の中央を突破し、殆んど勝者の如き威厳を保つて郷里に引上げたのも、この地方の人々であり、曾我兄弟に涙を流し、赤穂義士に感歎してやまないのも、この地方の人々である。どれを見ても非常の苦難ならざるは無い。順風に帆をあげ、潮流に乗つて航する時は、懦夫《だふ》も猶勇者の如くに振舞ふ。人間本当の価値《ねうち》がハッキリ現れるのは、さういふ時では無い。逆風に吹きまくられて面《おもて》を向ける事も出来ず、逆流奔騰《ほんとう》して舵《かぢ》を取る事も叶はぬ時、その時こそ人の真情が現れ、真価が発揮せられるのである。ああ江南の子弟、豪俊多し、捲土重来する、いつの日であらうか。

二、矢部

朝《あした》に煙を吐き、夕に火を吹いて、胸中の鬱懐を大空に訴へて止まぬ桜島は、之を眺むる人々をして、おのづから豪壮の気象を養はしめずには、措かない。うべなるかな、鹿児島は、大西郷を生んだ。私の泊つた宿は、大西郷自刃の遺蹟に隣りした。早速その地へいつて見ると、うしろの崖に椿の花は咲いてゐたが、吹く風は猶寒く、碑は寂しかつた。南洲神社へ参詣すると、社殿は戦災に焼失して、只今再建の途中であつたが、大西郷を始め、西南の役の墓碑は、幸ひに無事なるを得て、総じて七百数十基、左右に連なり、前後に並んで、英気人を圧する事、昔のままであつた。而して其の七百数十基のうち、特に胸を打たれたのは、一つは少年の墓であり、今一つは庄内藩士の墓であつた。前者には、伊地知末吉、年齢十四歳六月といひ、池田孝太郎、十四歳十月といふが目についた。後者には、羽前国庄内の人、榊原政治、十八歳と記され、また大泉の人、伴兼之、二十歳と書いてあつた。庄内藩は明治元年戊辰の役に、力尽きて官軍の軍門に降つた時、予期せざる寛大なる待遇を受けて、深く大西郷の人物に心服したのであつたが、その影響が、今ここに二人の青年の、大西郷と死を共にする者となつて現れたのであつた。

桜島の噴煙はまた、鹿屋《かのや》の海軍航空隊の勇士を育成した。その大東亜戦争に於ける目ざましき活躍は、敗戦後の虚脱状態より脱却して、国民的自覚のよみがへる時に、感激と感謝とを以て、想起されるであらう。鹿屋に近き高山《かうやま》町は、六百年前、忠臣肝付《きもつき》兼重の拠つたところ、是れまた往年の義気損ずる事なくして、今に脈々たる伝承を見るのである。高山に肝付氏の義気が伝はれば、伊集院町には有馬正義の忠魂未だ死せず、余韻の長く存するを聞くであらう。有馬正義、通称新七、幕末勤王の志士として、誰知らぬ者もないが、深く崎門の学を究めて、日夜先哲を景仰した事は、とかく忘られがちである。神の川に沿うた丘の上の、その生誕の地には、十数株の梅、花は既に散つてゐた。家は建替へられて、今は別のものになつてゐるが、町の一隅には、元の士族屋敷が、ほぼ其の原形を存し、維新前後の面影を偲ぶに足りた。

かくて私は、鹿児島より田代、田代より鹿屋、鹿屋より伊集院と、桜島をめぐつて数日を送つたが、島の噴煙を、前に仰ぎ、うしろに眺めて、さて想起したのは、

北になし　南になして　けふいくか
　富士のふもとを　めぐりきぬらむ

といふ、宗良《むねなが》親王の御歌であり、またその宗良親王の御弟宮にして、桜島と阿蘇山との周辺に破邪の陣を張らせ給うた懐良《かねなが》親王の御事蹟であつた。建武の中興ふたたび破れて、天下また紛乱に陥るや、後醍醐天皇は、その諸皇子を四方に派遣して、鎮定に当らしめ給うた。就中《なかんづく》、征東将軍として、遠江・駿河・信濃・越中・越後の間に奮戦せられたのは、宗良親王であり、征西将軍として、遠く九州に下らせ給うたのは、懐良親王であつた。正平三年六月、五条頼元より恵良小二郎、即ち阿蘇惟澄に与へた書状（阿蘇文書）に、「宮御所（中略）御成人の御事にて候間、毎事伺申入候、」とあるを見れば、親王は此頃漸く御成人あらせられ、万事したしく御下知あらせられた事、明瞭である。正平三年に、

漸く御成人あらせられたとすれば、延元年間、その征西将軍に任命せられ、九州に向はせ給うたのは、九歳か十歳か、極めて御年少の時であつたに相違ない。而してそれより四十余年の長きに亘り、九州各地に転戦して、つぶさに艱難を嘗めさせ給ひ、遂に九州に於いて薨去あらせられたのであるが、その御年少の日に、宮を御輔導し奉つたのは、五条頼元であり、その薨去の後に、宮の御墓を守護し来つたものは、頼元の子孫であつた。

五条氏、姓は清原といふ。天武天皇の皇子三原王の子孫、及び舎人親王の子孫、共に清原の姓を賜はり、その両門より、幾多の学者才人を出した。夏野である。深養父《ふかやぶ》である。元輔である。清少納言である。頼業《よりなが》である。夏野は、令義解《りやうのぎげ》を撰して、不朽の功を成した。深養父は、歌人として有名である。

打はへて　春はさばかり　のどけきを
　花の心や　なにいそぐらん
いくよ経て　後か忘れん　ちりぬべき
　野べの秋萩　みがく月夜を

等、多くの歌が、後撰集に収められてゐる。元輔は、その後撰集を撰した事、また万葉集に訓点を施した事によつて、有名である。

月かげの　いたらぬ庭も　こよひこそ
　さやけかりけれ　萩の白露
ふた葉にて　みし面影も　かはらぬに
　若菜つみける　今日にあふ哉

これらの歌は、元輔集に見えてゐる所である。その元輔の子が、清少納言、枕草子の著者として誰知らぬ者もない。頼業は大外記《だいげき》、明経博士に補せられ、高倉天皇の侍読《じどう》となり、朝廷に於いて重んぜられた学者で、関白兼実は、この人を讃美して、国の大器、道の棟梁と云つた。清原氏に学者文人の多い事、真に驚くべきである。そして鎌倉時代の末になると、良枝が出た。良枝は、亀山天皇・後宇多天皇より始めて、七代の天皇の侍読を勤めたといふ。その良枝の子が二人あつて、兄は宗尚、その子孫は舟橋氏を称した。弟は頼元、五条氏の祖である。

頼元は、後醍醐天皇の正中二年、大外記に任ぜられ、建武二年鋳銭司《じゆせんし》の次官となり、昇殿を許され、記録所の寄人《よりうど》となつた。而して翌年には少納言より勘解由《かげゆ》次官に転じた。後醍醐天皇は、その忠誠と学識とに、深く御信頼あつて、やがて御年少の懐良親王を九州へ派遣せらるるに当り、特に頼元に輔佐の大任を命じ給うた。

征西将軍宮の御輔導を拝命した事は、名誉はまことに名誉に相違ないが、しかし当時の実情を考へると、これは名誉などと云へるものでは無い。むしろ至難の事を、至難の時に仰付けられたものと云はねばなるまい。即ち天下の大勢は、既に官軍に不利であつて、頼元が此の大任を承つた時には、楠木正成・千種忠顕・名和長年・新田義顕・北畠顕家・新田義貞等、忠義の名将、相ついで戦死し、残るところの勢力は何程も無い。加ふるに、後醍醐天皇も間も無く崩御し給ひ、官軍の意気は、いよいよ以てあがらない。逆浪天をうつ時勢である。さやうな時に、御年少の宮を奉じて、九州へ下るのであるが、頼元はもともと京都に生れて、京都に育ち、九州へは行つた事も無ければ、見た事も無い。建武中興の論功行賞に、四条中納言隆資卿と共に、南海道と西海道との恩賞審議を担当したので、四国・九州の将士に就いては、一応の知識はもつてゐたのであらうが、それは只それだけの事で、当面する困難が、その為に軽減するは、何程でもあるまい。まして頼元は、学者の家に生れ、文臣として朝廷に仕へて来た人である。弓矢を執つて未知の地方に出動し、強敵を討つて皇威を輝かすには、作戦用兵、すべて素人である事を歎かねばならぬ。而して其の前途に立ちふさがるものは、少弐であり、大友であり、島津であつて、いづれも強豪の大族、九州の大勢を制するものである。

しかるに頼元は、この困難の為に少しもひるむ事なく、この強敵の前にいささかもたじろぐ所が無かつた。先帝の御遺託を重んじて、宮を御輔導申上ぐる事、慎重を極め、九州への道筋にしても、表道ともいふべく、大手ともいふべき筑前方面を避け、裏道であり、搦手に当る日向・大隅を迂回して、薩摩の谷山に上陸し、菊池・阿蘇を連ね、肝付・伊集院・谷山の諸氏をひきゐて、東西に馳駆し、南北に善戦した。頼元の卒《しゆつ》したのは、正平二十二年の五月二十八日であつたといふ。しからば其の九州に於ける活動は、二十六七年に亘り、征西将軍宮の御輔佐は、三十年に及んだ筈である。この三十年の長い間、終始変る事なく宮を御守り申上げ、よく菊池・阿蘇の忠節を励まして、九州に大義を宣べ、就中《なかんづく》正平十四年己亥《きがい》の歳、筑後川を渡り、大保原《おほほばる》に戦つて、少弐頼尚六万の大軍を潰走せしめ、天下の義軍を鼓舞したのは、その功頗る偉大なりといはねばならぬ。

頼元の長子良氏は、父と共に宮を奉じて九州に下り、やがて筑後守に任ぜられたが、大保原の激戦の翌年、父に先だつて卒した。その弟良遠は、よく父兄の志をついで、宮に仕へ、弘和三年三月、懐良親王薨去の後は、長子頼治と共に、かはらざる忠節を、後の征西将軍宮良成親王に致した。良成親王が良遠の病状を憂ひ給ひ、名医を招いて治療せしめ、「相構へて相構へて慇懃《いんぎん》に其の沙汰あるべく候」と、頼治に諭し給うた御書状が、現に五条家に伝はつてゐる。その良成親王もやがて、恐らくは応永年間に、薨去あらせられたが、五条氏は其の御墓に仕ふる事、猶御生前の如く、代々継承して六百年、昭和の今に及んで変らないのである。

以て六尺《りくせき》の孤《こ》を託すべく、以て百里の命《めい》を寄すべし、大節に臨みて奪ふべからざる人物、之を君子人といふとは、曾子《そうし》の言であるが、五条頼元の如き、正にその人であらう。その頼元の偉さは云ふまでも無いが、六百年の長い歳月を、黙々として宮の御墓を守護し、御祭に奉仕して来た、其の子孫も亦実に目ざましいといはねばならぬ。戦の勝敗によつて右往左往し、ファッショだ、デモクラシーだ、いやマルクシズムだと、その時その時のバスに乗りおくれまいとする、野卑陋劣の醜態を、いやといふ程、見せつけられた今日は、一層これが身にしみて感ぜられるのである。そこで私は、今度の九州の旅に、寸暇を割いて五条家をたづねようとした。

五条家は先年一度おたづねした事がある。それは昭和十三年七月十三日、今は既に十八年の昔となつた。しかも其の十八年は、苦難の連続であつたから、お変り無ければよいがと念じながら、手紙を差上げたところ、御一家御息災で、是非たづねて来い、到底会へぬと思つてゐたのに、また来てくれる事はうれしく思ふとの御返事である。私は鹿児島から久留米・熊本と廻つた後、二月二十七日熊本を立ち、汽車を羽犬塚で下りて、矢部ゆきのバスに乗り、福島を経、黒木を通つて、矢部の渓谷に入つた。矢部川の上流は、五条氏の拠つて以て征西将軍宮を守護し奉つたところ、懐良親王もここに薨じ給ひ、良成親王もここに葬られ給うた所である。その御墓、福島より九里、久留米よりかぞへて十二里であるが、現在の五条家は、それより三里ばかり下つて、大淵村城の原にある。私は其の城の原でバスを下りた。

黒木の町は、この渓谷の関門である。されば五条氏は、猫尾《ねこを》の城を構築し、之を死守して賊軍の侵入を防いだ。古文書にしばしば黒木城として現れるのが、それである。この城の守り固ければ、矢部川の水濁る事は無い。この水の青々とした美しさは、先年も目を喜ばせたところであるが、今も更に変つて居らぬ。この水の青さは、秋ならば櫨《はぜ》や柿の紅葉と映発して、一層の美を発揮するに違ひない。櫨の木の多いのは、此の八女郡《やめ》が日本一だといふ。しかしランプが行はれるやうになつてからは、蠟燭の用がすたれて、この木も多く伐払はれ、今は昔の十分の一しか無いといふ。矢部はまた柿の名産地で、肥後の菊池と並び称せられるといふ事である。不幸にして二月は紅葉の時節では無いが、その代りに所々に梅花の咲き香るを見た。

バスを城の原で下りて、道傍の雑貨店の横の細道、すぐに爪先上りになり、やがて急な坂道になるを登つてゆけば、山の中腹に、東に向つて門をあけ、閑素ではあるが、しかしながら威厳にみちた屋敷がある。それが即ち五条家である。家は間口五間に、奥行九間であらうか。屋根は茅葺《かやぶき》、南北の両側に縁側がついてゐる。部屋割りは、北側を以て祭祀、儀式、客用に宛て、南側を以て納戸《なんど》とし、居間とし、茶の間とされるやうである。而して其の北側の最も奥なる一間は、上段の間として、一段高くしつらへ、神を祭り、祖先を祭つて、入口に注連縄《しめなは》が張られてある。長押《なげし》にかかつてゐるのは、弓であり、矢である。家は寛永年間の建造といふのであるから、既に三百二十年ばかりの春秋を経て、雨戸の敷居《しきゐ》などは只形ばかりを存してゐるに過ぎない。而して先祖頼元以来の重宝古文書は、門の傍に建てられた鉄筋コンクリートの宝蔵に納められて、厳然として伝はつてゐる。

私は許されて二晩この旧家でとめていただいた。雨の降る時には、庭の筧の水は増して、滝の勢をなした。空晴れて日照れば、鵯《ひよどり》しきりに鳴いて満山、音楽堂に化したかと怪しまれる。驚いて縁側に出れば、南庭の梅花、さながら雪のやうであつた。

古き世も　かくぞありけめ　裏の山
　ひよどり鳴いて　梅雪の如し

咲けば春　散りては秋の　六百年
　ただ一筋に　み墓まもりつ
世のけがれ　入ることなかれ　注連《しめ》張りて
　清きを守る　幾百年か
夜明けて庭へ下り立ち、池で顔を洗はうとすると、
口漱ぐ　筧の水も　香るまで
　庭を埋むる　白梅の花
かくの如きを、真に旧家といふべきであらう。家屋敷も古く、精神も変つてゐない。ひとり日本の為に之を珍重すべきのみでなく、ひろく世界の為にも之を尊ばねばならぬ。私は十八年ぶりにたづねた五条家の無事なるを見て、深い喜びを感じたのであつた。

猶ここに附記すべきは、樋口正作《まさおき》翁の事である。樋口氏は、五条家の有力なる外護者であつた。その父は、名は真幸、号を和堂といつた。先祖のあとをうけて、八女郡三河《さんがう》村酒井田に住した。安井息軒の門に学び、明治戊子、五条氏家譜考証二巻を著した。戊子は明治二十一年である。五条家は、明治三十年七月一日、明治天皇特別の思召によつて男爵を授けられたが、その叙爵に当つては、此の家譜考証が参考せられるところ、蓋し多かつたであらう。その真幸翁は、明治三十一年五月三日に、六十四歳を以て歿したが、その子が即ち正作翁である。正作翁も亦、五条家の為には、誠心誠意尽力せられた。私が先年五条家をたづねた時は、恩師黒板先生の紹介をいただいて、先づ翁に依頼し、翁の案内によつて矢部へ入つたのであつた。その時の事、想出が多い中に、特に忘られないのは、翁に叱られた事で

ある。初め私は福島の野田旅館に宿した。その夜、翁がたづねて来られ、外に二人の来客もあつて、晩餐を共にしつつ、明日の矢部入りの打合をしたのであつたが、その支払を黙つて私がして了つたのが、翁の怒りを買つた。翁はいふ、「あなたはそれでよいだらうが、わしの気が済むと思ふか。」仕方が無い、深く非礼を詫びて、やうやくの事で、機嫌を直して貰ひ、翌日朝から晩までの自動車代、云はれるままに、すつかり翁に出していただいて、先づ〳〵事無きを得たのであつた。

また翁の談話の一つに、次のやうな事があつた。「水戸の青山延于・延光の後に、鉄槍といふ人があつて、その子が山川菊枝であるが」、その鉄槍の詩、楠公を詠ずるもの、頗る正鵠《せいこく》を得て居ない。即ち

神州本有馮河風　　神州もと有《あ》り、馮河《ひようが》の風
汗馬只期豨突雄　　汗馬《かんば》只期す、豨突《きとつ》の雄
懸壁藁人容易弁　　懸壁《けんぺき》の藁人《かうじん》、容易に弁ず
好謀千載独看公　　好謀千載、独り公を看《み》る

といふのである。これでは楠公の真面目は現れない。よつて自分は、同韻を以て、次のやうに作りかへた。

芻蕘童丱慕英風　　芻蕘童丱《すうぜうどうくわん》、英風を慕《した》ふ
達徳完全曠世雄　　達徳《たつとく》完全、曠世の雄
懸壁藁人何足説　　懸壁《けんぺき》の藁人《かうじん》、何ぞ説くに足らむ
七生誅賊独看公　　七生賊を誅する、独《ひと》り公を看《み》る」

この詩は、楠公の真面目を発揮すると共に、また以て翁の為人《ひととなり》を察するに足るであらう。その正作翁は、私が世話

になつた翌年（昭和十四年）七十五歳を以て亡くなられたさうである。よつて此の度は、その墓参を心がけてゐたのに、時間の都合で果さなかつたのは、まことに遺憾であつた。

三、熊本と長崎

八女の山奥、山々を屏風の如くたてめぐらして、浮薄の風の吹き入るを許さず、六百年の長きに亘り、黙々として征西将軍宮の御墓を守り来つた五条家は、旧家名門多き我が国に於いても、真に壮観なりと云はねばならぬ。私は今も目をつぶれば、その門構より庭の様子まで、ありありと思ひうかべる事が出来る。庭では、石楠花《しやくなげ》の大きいのに驚いた。それは長さ二丈を越えるであらう。そして其の幹や枝には、苔が生えて、いかにも古色を帯びてゐた。古色といふので想出したが、餅つく臼が面白い。それは高さ約三尺、円筒形の、上半がふとく、下半分が細い。見ると、それは石で出来てゐる。聞いてみると、この地方に木の臼も無いでは無いが、一般に石臼の方が多いさうである。御祭の時には、この臼で餅をついて供へるのであるが、その餅が普通の餅では無い。糯米《もちごめ》を、生のまま臼で搗《つ》き、水をまぜて餅の形につくり、神前にお供へして、おさがりは箸でちぎつて氏子に分けるので、之を「しとぎ」といふのださうである。

「しとぎ」は古い風習である。和名抄を見ると、祭祀の具の条に、幣帛《みてぐら》とか、神籬《ひぼろぎ》とかをあげた後に、粢餅を記して、之を之度岐《しとき》とよみ、祭餅なりと注してある。粢の字は、左伝の荘公十一年の条にも見えるが、漢書の文帝紀に、「宗廟の粢盛を給せん」とあつて、祭祀の時に神前に供へるものである事が知られる。それと、「しとぎ」と、必ずしも同一物でないにしても、双方共に神前のお供へであつて、宛て得て妙といふべきであらう。宇治拾遺物語を見ると、病人があつて、それを「物のけ」のしわざと考へ、その「物のけ」を払はうとしたところが、「物のけ」が女について云ふには、「自分は狐であるが、子狐が食物をほしがるので出て来たのである、しとぎを食べさせてくれれば帰るであらう」といふ。そこで「しとぎ」を作つて折敷《をしき》に一杯やつたところが、むまいむまいと云つて食べたとある。狐がとりついて人を病気にするなどといふ考への、迷信である事は、いふまでもない。現に宇治拾遺物語にも、これは此の女が、しとぎ食べたさに、仕組んだ偽りであるといつて、人々憎みあつたとある。さやうな迷信は之を捨て去るべきであるが、お祭のお供《そなへ》に「しとぎ」を以てする古風を伝へてゐるのは、ゆかしい事である。この古風は、全国にわたり、方々に残つてゐるらしく、或いは之を「ひとぎ」といひ、或いは之を、「すとぎ」と訛《なま》つてゐる。その形は楕円《だえん》形であるのを正しいとする。食べ方は色々あるのであらうが、熱灰の中に埋めて、上で火をたき、適当の時間を置いて取出し、灰を払つて食べると、よい味であるといふ。

　和名抄や宇治拾遺物語といふ、八九百、千年以前に作られた古い書物に見える「しとぎ」を、八女《やめ》の山奥で見聞するといふは、いかにもふさはしい事である。同様に熊本に於いて、植林に一生を打込んだ人物を見たのも、之も亦敢へて不思議とするに足りない所であつた。熊本市では、幸ひに熊本日々新聞の好意に浴し、その主催にかかる講演会で、鄙見を陳べる機会を得た。その日は雨であつた。折あしく雨は降つて来るし、外にも行事はあるし、聴講の人は中々集まらないだらうと思つたのに、予想に反して講堂は満員であつた。満員どころでは無い。座席の倍以上の人々が集まつて、熱心に聴いてくれられた。その中の一人、後で名刺を貰つたが、H氏、湯前町から来られたといふ。湯前といふのは、球磨《くま》郡の奥、市房《いちぶさ》山の麓、日向の米良《めら》と背中合せの地であつて、人吉から幾里あるか問ひ忘れたが、少なくとも七八里はあるのであらう。それをはるばる熊本まで来てくれられた事も有難いが、感謝すべきは其の事よりも寧ろ此の人の植林事業である。聞く所によれば、H氏は、二十八歳にして志を立て、植林を始めて以来、今に至つて四十有余年、年々孜々《しし》としてつとめてやまず、植林するところ数百町歩に及ぶといふ。これはまことに貴い事といはねばならぬ。一時の便益を計り、一身の利害を打算するは、世間普通の事である。さういふ人は、樹木を乱伐し、山林を荒廃せしめがちである。山を大切にし、木を植ゑてゆくといふ事は、天地の大恩を感謝し、児孫百年の大計を思量するのでなければ出来る事では無い。それ故に山を見れば、一家の盛衰、一国の隆替、大抵之を卜知《ぼくち》するに足るであらう。曾て朝鮮半島の山々は赤禿であつた。それが日韓合邦で日本の手が入るに及んで、鶏林八道、山々緑化して来た。これ即ち朝鮮の衰微、日本の興隆の象徴であつた。しかるに其の日本自身も、大東亜戦争一たび敗れるや、俄かに恒常心を失つて、山々の乱伐を始め、一時を凌ぎ、今日を楽しんで、将来は之を捨てて顧みない者が多くなつた。かくいふ私なども、乱伐こそしないものの、偉さうな口を利《き》く資格は無いのである。先般も父の記録を整理してゐると、父一代の間に、神社の山に植ゑるところ、杉苗六万三千五百二十本、この代金五百二十三円六十二銭三厘とある。それは主として明治の末年の事であつて、年々植ゑ来つた所を総計したものである。一口に植林といへば、何でも無いやうに聞えるが、実際やつて見ると容易な事では無い。真夏の暑い日に藪を刈つて、やがてそれを焼き、畑《はた》を作つて置いて、さて冬の初め、雪の降る直前か、春の初め、雪の消えた直後に、ここに杉苗を植ゑるのである。春はまだ良いが、冬の初めに植ゑようとすると、私の郷里では、みぞれが降つて手もかじかむ。折角苦労して植ゑても、雪に痛めつけられ、心無き人にへし折られて、中々容易に育つ事では無い。私自ら植ゑたところは、せいぐ数十本、人にたのんで植ゑて貰つたのも、まだ千本前後にしかならないであらう。平生それを恥ぢてゐる私は、今熊本に於いて、孜々四十有余年、植林数百町歩に及ぶといふH氏にあひ、感歎之を久しうしたのであつた。

是に於いて想起するは、菊池家憲《きくちかけん》である。それは延元三年(西暦一三三八年)七月二十五日肥後守菊池武重の制定し、花押の上に血判を押して、八幡宮の神鑑を仰ぎ、一家一門の遵守を厳重に要求したものであるが、その全部で三箇条ある中の第三条に、

「なひたんしゆ一とうして、きくちのこをりにおひて、かたくはたをきんせいし、やまをしやうして、もしやうのきをまし、かもんしやうほうとともに、りうけのあかつきにおよはんことを、ねんくわんすへし、」

とある。仮名ばかりで書いてあつて、まことに読みにくいが、之を漢字交りに書きかへると、恐らく左の通りであらう。

「内談衆一統して、菊池の郡に於いて、堅く畑を禁制し、山を尚して、茂生の樹を増し、家門正法と共に、龍華の暁に及ばん事を、念願すべし、」

即ち菊池氏は、家運永遠の繁栄の為に、山林の乱伐を厳禁し、山々の植林を奨励したのである。武重は武時の子であつて、武敏や武光には兄に当る。今更説くまでもあるまいが、武時は元弘三年三月、率先して義兵を挙げ、九州探題北条英時を攻め、手痛く戦つて其の本拠の中庭にまで迫つたが、衆寡敵せずして遂に討死した人であり、武敏はまた足利高氏の西下を迎へ討つて、多々良浜の激戦、結局敗れたとは云ふものの、その前に太宰府を占領し、有智山城《うち》を陥れて、少弐貞経を誅戮し、賊軍の心胆を寒からしめた人物である。その後、武光奮起して善戦し、殆んど九州を風靡するの勢があつた事、そして正平十四年の八月には、筑後川の戦、八千の精鋭を以て、六万の賊軍を粉砕した事は、誰知らぬ者もあるまい。かやうに一家みな名誉ある武将の家に生れて、己れ自らも亦忠烈と驍勇とを以て聞こゆる武重が、最も重大なる家憲のうちに、山林の愛護を厳命してゐるのは、頗る注意すべき事である。戦国時代以降、武将

の禁制に樹木の伐採を禁止して居り、江戸時代の諸藩、山林の保護につとめ、伐採を許可制にしてゐるのは、随所に見るところであつて、たとへば慶長八年（西暦一六〇三年）姫路の城主池田輝政が、領内に下した法令には、全体九箇条ある中の第一条に、

「一、竹木猥伐採《みだりにきりとる》まじき事」

と規定してゐるのである。しかし六百年も前に、しかも家憲の中に、丁寧親切に山林の愛護を強調してゐる武重の如きは、抜群であり、異数であつて、植林を考へ、緑の週間を唱ふる人々の、尊ぶべき先達といふべきであらう。されば其の菊池氏の遺風今に残つて、熊本県に植林の業盛んであり、H氏の如き篤志篤行の人を出した事は、決して偶然では無いであらう。

八女の山中に、「しとぎ」の古習の伝はつてゐる事、また肥後に山林愛護の美風の存する事は、その土地の歴史を見る者にとつて、十分期待してよい事であつて、決して不思議では無く、意外では無い。しかるに長崎だけは、私にとつて意外であり、不思議であつた。といふのは、長崎に於いて、数多くの知己を見出し、その懇切なる芳情に浴したからである。良い人を見つけたからと云つて、親切に遇せられたからと云つて、それを意外とし、不思議としては、失礼に当るであらうが、しかし長崎は、私にとつて極めて縁の薄い土地であつたばかりで無く、土地の歴史を顧みる時、今の時勢に、私のやうな者が、容易に受付けられやうとは思はれ無かつたのである。曾て陸軍に於いて、智謀第一を謳《うた》はれたO中将は、土地柄を重要視して、人物の判定に当つて究局の根拠を其の生地に置かれた事がある。私はそれを行過ぎなりとして、土地柄を考へる事はよろしいけれども、必ずしもそれにとらはれずに、其の人物の志向を考へ、行迹を見るべきであるとし、しばしば之を諷したのであつた。その考へは今も変らないが、概して之をいへば、

土地柄といふものは、人物に重大なる影響を与へるものである。友人今井長太郎氏は、汽車の窓から見える断崖の青黒い岩壁を指して、あの岩は蛇紋岩といふのであるが、あの岩の存する所にのみ、日向ミヅキといふ灌木が生えるのであると、教へてくれられた。土地柄といふものは、さういふ面白いものである。

ところで長崎は、元亀二年（西暦一五七一年）に開かれたといふ事であるが、最初より外国貿易の港として開かれた町であつて、その貿易に従事する者、大村より移つて大村町、島原より移つて島原町、平戸より移つて平戸町を称し、次第に繁昌し、山を削り、海を埋めて、江戸時代に八十町を数へたといひ、それが基幹となつて、今の長崎市を形成してゐるのである。そしてここには、大名といふものが無かつた。即ち幕府は、奉行を置いて、此の町を管理し、貿易を監督せしめたのである。その奉行、或いは一人、或いは二人、或いは三人、時には四人と、定員もいろ〳〵に変つたが、初代の寺沢志摩守が十二万石の大名であつたのを異例として、大抵は千石乃至五千石の旗本を以て之に宛て、従士も少なかつたし、交替も頻々であつたし、之に大きな指導力を期待する事は、初めから無理な相談といはねばならぬ。されば貿易の上に於いては、またそれに伴つた海外の新知識の上に於いては、即ち語学や医学や天文学、地理学や砲術の上には、幾多の英才を出してはゐるものの、水戸や会津、さては薩摩や長州の如き、気概に充ちた伝統を、長崎に見ようとは思はなかつたのである。

しかるに私の予想は、一たまりも無く崩れた。無論海外雄飛の上に、世界の新知識吸収の上に、先頭に立ち、おくれを取らない事は云ふまでもないが、否、おくれを取らないからこそ、長崎の諸豪諸賢は、深く祖国の運命を思ひ、固くその伝統に結んでゐるのである。ここほど懇切に、従来無縁の者であり、今日逆風の中に立つ私を迎へて、静かにその説を聴いてくれられた所は、少ないと云つてよい。諸豪諸賢はしばらく之を措かう、私より年上の老婦人までが、涙して聴き、涙して語るのである。大海に航して捕鯨に他国の追随を許さざる豪快の気象、節義を守つて権力の威圧を恐れざる不屈の精神、それを昔の紅毛の港、先年原爆惨害の地に見て、私は驚喜感歎するのであつた。

四、長崎と平戸

長崎に遊んで、その高雅の心と憂国の情に驚き、長崎より招かれて、そのあたたかき友愛に感じ、愕然として長崎を見直し、深き尊敬を此の地に寄するに至つた私は、迂闊にして従来長崎の全貌を知らず、港に阿蘭陀船を考へ、町に十字架を掲ぐる教会を見て、而して此の地に、日本の伝統の強く残り、時に偉大なる人物を生んだ事を忘れてゐたのである。考へ直して、さういふ人物を数へて見ると、先づ思ひ浮ぶは向井去来である。去来は蕉門十哲の一人、私の好みからいへば、実に十哲の第一人者である。此の人が長崎の出身である事は、その句集にも見えてゐる。

　　年経て長崎に帰りけるに
見し人も　孫子となりて　墓まゐり
　長崎より田上に旅寝うつしける時
名月や　たがみにせまる　旅ごころ
　長崎にて支考に逢うて京の事などたづねられて
息災の　数に問はれむ　嵯峨の柿

その外、或いは長崎諏訪の社を詠じ、或いは長崎の丸山をうたつてゐる。年経て長崎へ帰つて見ると、昔の知人も多く亡くなつて、子の代となり、孫の代となつてゐたといふのであるから、若い時に京都へ出て、やがては嵯峨の落柿舎に住み、長崎へは長い間、御無沙汰してゐたのであらうが、まぎれも無い長崎の生れ、しかも其の父は、長崎聖堂の創設者向井元升とあつて、れつきとした武士である。されば去来の句には、武人ならではよみ得ないものが、少なくない。

元日や　家に譲りの　太刀《たち》帯《は》かむ
供触《ともぶれ》も　折にこそよれ　初ざくら
何事ぞ　花見る人の　長刀
うぐひすも　やや受太刀や　時鳥《ほととぎす》
笋の　時よりしるし　弓の竹
鎧着て　疲れためさむ　土用干《ぼし》
千貫の　剣埋《う》めけり　苔の露

これは、嵐蘭の死を悼んでの作である。

月見せむ　伏見の城の　捨郭《すてぐるわ》
乗りながら　馬草《まぐさ》はませて　月見哉
秋風や　白木の弓に　弦張らむ
せめよせて　雪のつもるや　小野の嶺

老武者と　指やさされむ　玉あられ
木枯《こがらし》や　剣をふるふ　礪波山《となみ》
鴫《しぎ》鳴くや　弓矢を捨てて　十五年

俳諧に遊び、風流にかくれて、弓矢は之を捨てたのであつたが、生れは争へぬもので、どこまでも武人の風格をそなへた句である。私は此の気品の高い風格をよろこび、その純潔なる性情にしたしみ、年来その句集を愛誦してやまないのである。

その去来が長崎へ帰つた時、いや長崎にしばらく昔をしのんで、再び京都へ帰らうとした時、友人の卯七といふが、ひみといふ山まで見送つて、ここで袂を別つた。その時の句に、

君が手も　まじるなるべし　花すすき

折から秋である。山には花すすきが、吹く風にゆれて、さながら手を振るやうに見える。その花すすきの揺れる中に、卯七は立つて見送つてゐる。やがて段々と離れて、人か手か、すすきか、何か、わからなくなる。その別離の情景を写して、何といふ美しくやさしく、寂しく、悲しい句であらうか。私は長崎を想起する時、同時にこの句を連想せずには居られないのである。

長崎に別れて、と云つても、花すすきの風情も無い、満員の汽車で、アツと云ふ間に、長崎を離れて、次に佐世保に赴いた。佐世保は前に四回か五回来た事があつた。それは大抵海軍の御用か、それで無くとも、海軍に縁があつて行つたのである。実際海軍をぬきにして、佐世保を考へる事は、出来なかつたのである。しかるに其の海軍一応無くなつて、再建未だ全からざる今日の佐世保は、町を見、港を望むに、私の心を憂鬱にするものが多かつた。ああ是れ

は、曾ての名誉ある軍港の廃墟であらうか。何といふ寂しい、威厳と気魄との抜けた港であらうか。旅館の窓に立つて、私は感慨に耽らざるを得なかつた。

しかるに、間も無く私は、自分の観察の皮相にして、真実に徹せざるを知つた。いかにも港には、堂々たる戦艦・巡洋艦の威容は無い。山を見れば、山にも、海軍士官の官舎の、層々として相並ぶ壮観は無い。しかしながら、黙々として壮語せず、一見すれば今日現在、目前の事に没頭してゐるかのやうに見えて、実は深き心の奥底に於いて、国を思ひ、国を憂ひてやまぬ熱情の士が、数多く此の町にかくれて居るのである。去来と同じく芭蕉の門下で、芭蕉が嵯峨の落柿舎に入つた時に来訪した丈草の句に、

死んだとも　留主《るす》とも知れず　庵の花

と云ふがある。これが佐世保の今の姿、否、日本全国の今の姿である。花は咲いてゐる。自然の景観は昔に変らぬ、しかし人は一体どこにゐるのか。死んで了つたのか、旅行中なのか、分らぬやうに見える。それは、しかし、さう見えるだけであつて、花の庵の主は、嚴然として存するのである。ただ黙して語らず、火と燃ゆる熱情を抑制して、静かに時を待つてゐるのである。

佐世保の宿で見た大橋訥菴の詩は、私をして友人を偲ぶの情に堪へざらしめた。それは、

十有九年鉄石腸　十有九年　鉄石の腸
海風持節牧羝羊　海風節を持して　羝羊を牧す
縦飢不飲匈奴水　たとひ飢うとも匈奴の水を飲まず
嚙雪朝々拝漢皇　雪をかんで朝々漢皇を拝す

といふ詩であつて、奥に、蘇武牧羊図、訥菴学人と署名してあつたが、たとへ署名が無くとも、書風に独特の味があつて、訥菴の真筆である事は、疑ふべくも無い。私は廊下の行きずりに、此の一幅を瞥見《べつけん》して、あだかも故人に再会したかの如きなつかしさを覚えた。そして直ちに寺田剛学士を想起した。寺田学士は、私と共に訥菴先生を敬慕し、私以上にくはしく其の伝をしらべ、私よりすぐれて其の遺稿遺文を集録し、そして私と共に其の全集を編纂した人である。現に此の詩の如きも、全集の中巻に収められてゐるのであるが、それは訥菴先生詩鈔に洩れてゐたのを、寺田学士が常陽紀念館所蔵の書幅によつて拾つたものである。但しそれに詠史と題してあるもの、今の幅には蘇武牧羊図と題し、それには金石の腸とあるもの、今の幅には鉄石の腸とあるを、少しの相違とする。少しばかりの相違ではあるが、調査綿密を極める寺田学士は、之を等閑に附することなく、新しい一幅の出現を喜ぶに違ひない。しかるに私は、之を同氏に伝へるすべが無いのである。不幸にして同氏は、去る二十年八月終戦の時、建国大学助教授として新京に在り、堰《ゐせき》を切つて押寄せたソ連兵の為に、囚れの身となつてシベリヤに送られ、それより今に至つて足掛十二年、杳《えう》として消息を絶つたまま、空しく帰還再会の日を待つてゐるのである。されば此の蘇武を詠じた詩は、そのまま移して寺田学士の苦節を歌つたものとしてよい。此の一幅に対して、涙無きを得ない所以である。

佐世保へ赴いた機会に、最初の予定には無かつた事であるが、図らずも招かれて海を渡り、平戸に遊ぶ事が出来た。平戸は南北八里、東西二里半、元は一町七村に分れてゐたが、今は合併して一島一市となつた。人口凡そ四万三千といふ。注目すべきは、いふまでも無く元の平戸町、平戸城のあつたところである。平戸城は松浦氏の拠つた所、松浦氏は、江戸時代には、ここを本拠として、六万石を領した。その内訳は、寛文四年の朱印状によれば、壱岐国一円、一万七千七百二十九石、肥前国松浦郡のうち三十六箇村（その中に平戸村が含まれてゐる）、三万七千七百一石、同じく彼杵郡《そのき》のうち五箇村（その中に佐世保村を含む）、六千二百七十石、以上総計して六万千七百石とある。その松浦家は、中世以来ひきつづいて此の城に在り、明治維新に至つて、藩と城と、共に廃せられて後も、屋敷を町の一隅、景勝の丘の上に構へて、今に至つてゐるので、土地とのつながりは、長久であつて、且つ緊密であると云はねばならぬ。江戸時代の諸大名、大抵は東京に一切を移して、旧領との関係稀薄になつてゐる中に、松浦家のやうな特例が、それでもいくつか残つてゐるのは、注目するに価するであらう。

私は城址を見、また居館を見るを得た。城は亀岡城といふのであるが、今は北虎口《きたこぐち》門と狸櫓と、そして堀とを残すのみである。お館《たち》には、古い什器宝物が陳列せられて、その壮麗、見る者の目を驚かした。それらに就いても述ぶべき事はあるが、今はむしろ山鹿家の事を説かう。一体私を平戸に招いてくれられたのは、山鹿市長の好意によつてであつた。山鹿氏は、古くよりの知友であるが、平戸が市となるや、選ばれて市長となり、市政を統督して居られるのである。この市長の山鹿氏が、即ち山鹿素行先生の子孫であつて、素行先生を初代とすれば、今の光世《てるよ》氏は十三代に当るといふ。

私は山鹿家をたづね、その厚意によつて、素行の遺著遺品をかずく拝見した。一体この先生の自筆物などは、坊間に散見出来るものでは無い。自筆物はおろか、その著書の古版といへども、之を見る事、極めて稀である。私の如きは、わづかに中朝事実の初版本を手に入れて珍蔵し、更に聖教要録の初版本を、からうじて求め得て秘蔵し、戦争中、衣服家財は棄ててかへりみなかつたが、是等の書物のみは、周到に注意して、遂に戦災の厄を免れ、それをせめてもの心やりとしてゐる事である。しかるに流石は山鹿の嫡流家である。ここへ来て見ると、先生の自筆、先生の遺品、数多く伝はつてゐる。先づ自筆で云へば、中朝事実二冊、山鹿家譜二冊、原源発機一冊等があり、遺品で云へば、その腰に帯びたる刀、大小二振がある。静かに之に対し、之を見てゐると、殆んど其の人に会つた感じさへして、うれしく、なつかしい一時を送つたのであつた。その中に、浅野内匠頭《たくみのかみ》兄弟の兵法入門誓書もあつた。

誓言前書之事

一　山本勘助流之兵法、并城築一切之武功　他見佗言《たごん》仕間鋪《まじき》事、

一　右之趣、於戦場、可為各別事、

一　秘事相伝之儀者、雖相弟子、無御免は、申談間鋪事、

右於相違、

日本国中大小神祇、別而八幡大菩薩、摩利支尊天、神罰可罷蒙者也、仍誓言如件

貞享元甲子年八月廿三日

浅野内匠頭
長矩（花押）

浅野大学
長広（花押）

山鹿甚五左衛門殿

同　藤助殿

此の誓書は有名なもので、書物にも載つてゐる事ではあるが、流石《さすが》にその実物を見ると、感じは一層深刻なるものがある。宛名の甚五左衛門は、即ち素行であり、藤助は、その嫡子高基の通称である。貞享元年には、素行既に

六十三歳、その卒去を明年にひかへての晩年である。浅野内匠頭長矩《ながのり》は、いふまでもなく播州赤穂五万三千五百石の城主、時に年十八歳、大学はその弟、三つ年下の十五歳である。素行の流されて赤穂に移つたのは寛文六年の事であつて、長矩はその翌年に生れた。長矩がわづか九歳にして父の後をうけて封をついだ延宝三年は、素行の赦されて江戸にかへる年である。その長矩が成人して今や十八歳、素行の門に入つて兵法を学んだが、素行は翌年九月を以て歿した。両者の関係は、奇しき因縁によつて、追ひつ追はれつ、脈絡のつらなるものあつて、而して素行の卒去によつて一応消えたかに見えたものの、それより十六年の後、元禄十四年の殿中刃傷、翌十五年の義士の快挙に至つて、全天下を聳動せしめたのであつた。即ち元禄十四年三月十四日、勅使を迎へたる幕府の殿中に於いて、吉良上野介《きらかうづけのすけ》より受けたる恥辱に堪《こら》へられず、小刀一閃《せん》、之に斬付け、その為に罪を獲て、はやくも其の日の夕暮、切腹を命ぜられたのは、内匠頭長矩であり、翌年十二月十四日、いや夜はふけて寅《とら》の刻《こく》といへば、十五日の午前四時、江戸は本所の吉良邸を急襲し、上野介を斬つて亡君の仇《あだ》を報じたのは、大石内蔵助《くらのすけ》を始めとして、長矩の遺臣四十七士であつた。それ故に、此の誓書、ただ一通の古文書ながら、その内に秘められた因縁の不思議は、波瀾に富む長篇の悲劇として、見る者に深い感動を与へずには措かぬのである。

五、平戸と福岡

平戸の島、小島ながら威厳があり、功績がある。藩主松浦家が、大名の中でも旧家に属し、且つ今に此の島と深い関係の存することは前に述べた通りである。家の伝によれば、系統は遠く嵯峨天皇の皇子源融《とほる》より出てゐるといふ。

源融では人々には馴染《なじみ》は少ないであらうが、河原の左大臣といへば、うなづく人もあらう。百人一首の中の

みちのくの　しのぶもぢずり　誰故に

みだれそめにし　われならなくに

の作者である。その子孫松浦に住し、やがて平戸を領し、爾来今に至つて七百年に及ぶといふ。従つて古い物が沢山伝はつてゐるが、有名な豊臣秀吉のきりしたん禁令の如きも、天正十五年（西暦一五八七年）六月十九日の定書の残つてゐるのは、ここだけである。

「日本は、神国たる処、きりしたん国より、邪法を授け候儀、太《はなはだ》以て然るべからず」として、秀吉はキリスト教の宣布を禁じた。しかし海外諸国との貿易は、之を禁じなかつたので、西欧諸国の船、多く来つて通商したが、慶長より、元和を経て、寛永の末に至り、三十余年の間は貿易は主として平戸に於いて行はれた。それが寛永の末に長崎へ移されてからは、貿易港としての平戸は、殆んど忘れられた感があるが、不思議にも明治に入つて、幾人か豪快の士を生んで、万丈の気を吐いた。

その第一は、菅沼貞風である。貞風は慶応元年三月十日、平戸藩士の家に生れた。幼少の時より、学を好んで精励群に超えたが、明治十七年東京に上つて、帝国大学古典科に入り、同二十一年の夏、卒業した。その卒業論文が即ち有名なる大日本商業史であつて、上は太古より、下は寛永の鎖国に至り、幾千年にわたつて、海外諸国との通商貿易の沿革を叙述し、その盛衰の由る所を論断し、考察の博く、引証の確かなると共に、見識の高邁なるを以て、読む者を驚歎せしめたが、著者は、ひとり過去の歴史を研究するに甘んじないで、国家の将来を考へて、重大なる予言と勧告とを以て、その大著述を結んだ。即ち曰く、

「自今この政略（東洋侵略）に干与するの国々は、啻《ただ》に従前の如く英仏独の三国に止まらずして、北方よりは露国、東方よりは米国も亦之に加はり、其関係は随つて甚だ重大に赴くべし、既に此期に至れば、曾て亜米利加及び印度に生じたる事変を今世紀に再演し、太平洋は欧洲各大国の雌雄を決するの戦場となるべし。」

また曰く、

「吾人は敢て彼の欧洲各大国の如く、他人の国土を奪掠して自己の財嚢《ざいのう》を充たさんと欲するにあらざれども、苟《いやしく》も商業を振起せんと欲するには、其進路に当れる障碍を切開くべき勇気なかるべからざるを知る。吾人日本人たる者、此一国興廃の時に際す。遠く往昔を顧みて、近く来今を思はざる可けんや。」

著者は東洋の将来をかくの如く予想し、之に対応すべき国民の覚悟をかくの如く要請したのみならず、自ら進んで此の難事に当らうとして、明治二十二年四月、東京を発してフィリッピンに渡つた。その時によんだ詩が有名な

苟くも能く攻守の勢を一変せば
真菲《マニラ》の麻は以て日本の旗を繋《つな》ぐに足らむ

といふ七古一篇であつた。そして彼の地に在つて調査に従事する事、五ケ月、漸くにしてその大要を得たので、帰朝して大いに画策しようとした時、その出発の直前、俄かに病んで歿した。時に明治二十二年七月六日、享年わづかに二十五歳であつた。

享年わづかに二十五歳、雄才大略、空しく苔の下に埋れたが、しかし其の大著「大日本商業史」は、幸ひに東邦協会によつて間もなく刊行せられ、その首《はじめ》に福本日南の手に成る伝記が掲げられ、その尾《をはり》にはまた明治二十年、英国滞在中の友稲垣満次郎に宛てた貞風の書翰が載せられたので、貞風の志は後人を感奮せしめる事となつた。而して稿本

のまま遺《のこ》された「新日本の図南の夢」も、先年（昭和十五年及び十七年）発刊せられて非常な感動をよび起した事は、人々の記憶に新たな所であらう。

稲垣満次郎も亦平戸の人である。明治六年鹿児島の私学校に入つたが、十年召返されて上京し、大学に入つた。十八年イギリスに渡り、十九年ケンブリッヂ大学に入り、二十二年卒業、三十年に暹羅《シャム》（今の泰国）初代の公使となり、四十年には西班牙《スペイン》公使となつたが、四十一年十一月二十五日、マドリッドに於いて病歿した。享年四十七歳。著書に「東方策」がある。浦敬一も亦平戸の人、明治二十二年西安より蘭州に赴き、遠く伊犁《イリ》に向ひ、ロシヤの南下侵略を阻止せんが為に、大いに為す所あらうとして、不幸にしてその後の消息は絶えて了つた。時に年三十歳。沖禎介も亦平戸の産、明治二十八年上京して根本通明翁の塾に学んだが、三十七年満鮮の風雲急なるに及んで、変装して敵地に入り、敵軍の背後に出て鉄橋を破壊し、敵の後方連絡を遮断しようとして、横川省三と共に敵手に落ち、ハルピンに於いて銃殺せられた。時に明治三十七年四月二十一日、年は三十一歳であつた。かやうに見てくると、平戸の生んだ傑人志士には、一つの重大な特色がある。即ち是等の人々は、彼の小さな島に生れながら、見渡すところは極めて広く、世界各国の興亡盛衰のあとに徴して、身を挺して難局に当り、国を守らうとするのである。

大志をいだいた志士傑人を、数多く生んだのは、此の島かと感慨深く眺めての帰りみち、私は菅沼貞風の令弟周次郎翁を、佐世保市の一隅にたづねた。周次郎翁は海軍の大先輩である。少将にして予備役となつた後は、教育界に入つて後進の指導に当られたが、今は病を獲て、梅咲く窓に静養して居られるのであつた。十数年ぶりにお会ひする機会を得て、今昔の感に堪へなかつたが、帰京の後にいただいたお手紙を見て、老病といへども枉《ま》げる事の出来ない其の初志の堅固であつて、至誠のほとばしるに触れた。いはゆる老驥伏櫪《ろうきふくれき》、志、千里に在り、烈士暮年、壮心いまだ已《や》まざるもの、私は深く感激して、翁に対する敬慕、一層を加へた。

平戸より佐世保に帰り、それより東京へ帰る予定であつたが、O社長の厚意によつて福岡に暫らく足をとどめ、一二箇所で講演する機会を与へられた。その時O社長室の壁にかかげてあつた大隈《おほくま》言道《ことみち》の揮毫一幅は、まことに感じの深いものであつた。即ちそれには次のやうな陸務観（即ち放翁）の詩が書かれてあつた。

才薄常為世俗軽　　才薄くして常に世俗の為に軽んぜらる
還山力不給躬耕　　山に還りて力《つと》むるも躬耕に給せず
即今贏得都無事　　即今贏《か》ち得たり都《すべ》て無事なるを
袖手東窓聴雨声　　袖手して東窓に雨声を聴く

之を見て、私は大隈言道の人柄に触れたやうな感じがした。言道は、福岡の名ある商家に生れたが、早くより文学に志し、藩士二川相近に学んで、万葉集や古今集、また山家集に親しんだが、やがて家を弟にゆづり、自分は隠棲して歌に没頭した。従つて常に貧窮であつたが、少しもその貧乏を気にかけなかつた。その経歴も、志向も、福井の橘曙覧《あけみ》に酷似してゐるが、その上、卒去の年まで、同じ明治元年であつた。即ち言道は、明治元年七月二十九日、七十一歳にして歿し、曙覧は、同年八月二十八日、五十七歳でなくなつたのである。

曙覧の歌も、さうであるが、言道の歌にも、貧困に安んじて、少しの不平不満もなく、あせりや、ねたみの無い、美しい心情が、溢れてゐる。今、文久三年に刊行せられた草径集から、幾首かを、抄出して見よう。

春　川

あさき瀬に　まろびまろびて　ながれ来る

枝もさくらの　花さかりかな

長日

ながしとは　おもふものから　春の日も

きのふきのふに　なるはやさかな

山寺

山寺の　秋さびしらに　仏たち

ただ並びても　おはすばかりぞ

豆

わりて見る　たびに面白し　いついつも

並べるさまの　おなじさや豆

昭和に出た本の中には、この「いついつも」が「いつもいつも」となつてゐるものがあるが、文久の刊本は、「いついつも」である。時代の感覚が、このやうなところにも現れてゐるかと、面白く感ぜられた。

閑居松子落

めのまへに　ひとつ落ちたる　松のみの

さらにも落ちず　暮るるけふかな

草径集に現れる自然は、実に穏かであり、静かであり、長閑《のどか》である。そして、その静かに穏かな自然を眺め、之を楽しんでゐる言道自身は、一切名利の欲念を絶つて、自然に安住してゐるのである。

幽窓

なにごとを　なすともなくて　いたづらに
　まどのもとにも　老いにけるかな

坐睡

たれかきて　いつ帰りけむ　おもほえず
　わがゐねぶりの　はてもなき間に

春日

はしゐして　身を任せたる　ゐねぶりを
　心得がほに　照らす春の日

曾ての日に、私は、言道の此の態度を、物足らずと思つた事があつた。しかし段々と世の中、人のさまを見ていつて、その名利にあくせくし、富貴に汲汲として、その利欲の一念より世を呪ひ、人を誹り、掲げて主義といひ、飾つて理論といふも、元を尋ぬれば、私欲や嫉妬より起つてゐるのを見るに及んで、言道の無私無欲を貴しとせざるを得なくなつた。

思来世

しな高き　ことも願はず　又の世は
　またわが身にぞ　なりて来なまし

何といふ徹底した安住であらう。来世に極楽や天国を願はず、やはり日本人として、しかも貧しき平民として、生れて来たいと云ふのである。ここまで来ると、言道の無私無欲、現実安住には、日本人としての誇り、貧しき平民ながら、犯すべからざる自負心の、威厳が現れてゐる。

杉

ますぐなる　杉の風折れ　世の中に
　交らで立てる　しるしとぞ見る

さあ、此の杉の歌になると、曙覧が、「吾は節を守ること、杉の直なるが如くならむと欲す」と大書した精神と、相通じて、少しも異ならぬのである。されば此の言道が、山近く閑居して「熟しては巖辺の果を摘み、乾いては澗底の薪を収む」と歌ひ、俗事を離脱して、「手を袖にす地炉の傍、身間にして日自ら長し」と吟じた陸放翁を喜んだのは、当然であらう。而して其の陸放翁が、一面には貧に安んじ分を守り、世俗の欲念を捨てた人でありながら、他面には気骨稜々たる憂国の志士であつて、七十歳衰朽の容貌を鏡中に看ては、

一聯軽甲流塵積　　一聯の軽甲　流塵積もり
不為君王戍玉関　　君王の為に玉関を戍《まも》らず

と、国防の大事に貢献する能はずして、いたづらに身の老朽したるを歎き、臨終には子供に遺言して、

死去元知万事空　　死し去れば元より知る万事の空しきを
但悲不見九州同　　ただ悲しむ　九州の同を見ざるを
王師北定中原日　　王師北のかた中原を定むるの日
家祭無忘告乃翁　　家祭忘るるなく乃翁に告げよ

と命じた事を思ふ時、言道にも亦、かかる気概のあるあつて、春日坐睡の歌人、実はその胸裡に烈々の火を蔵してゐたと考へてよいのではあるまいか。勿論、言道には、放翁のやうに、「天漢を傾けて胡塵を洗はむ」（書意）とか、「東海を傾けて胡沙を洗はむ」（感中原旧事）とか、さてはまた「国讐未だ報ぜず壮士老いたり、匣中《かふ》の宝剣夜声あり」（長歌行）といふやうな烈しい詞は見られないが、文久三年四月、孝明天皇が、攘夷の御祈りの為に、石清水八幡に行幸遊ばされた時、沿道に平伏して盛儀を拝した言道の感激が、

男山　今日のみゆきの　かしこきも

命あればぞ　をろがみにける

といふ歌となつて、ほとばしつてゐるのを見ると、言道と放翁とには、相通ずるところがあつたとしてよいであらう。

O社長の一幅が、私をして、此の両者を対比して考察せしめた事は、此の春の九州の旅、掉尾《たうび》の収穫であつた。

十四　伊賀の上野

伊賀の上野といふ町は面白い。町といつても、今は市になつたのであるが、市といふよりは町と呼ぶ方がふさはしい、いかにも古風な町である。第一、その名に昔の国名を冠してゐるところが面白い。無論正式にただ上野市とのみ云はれるのであらうが、人の呼ぶを聞けば、殆んど皆伊賀の上野といふのである。それが如何にも古風な、伝説的な響きを伝へるでは無いか。

第二には、其の地形が面白い。それは周囲を山また山にかこまれた盆地である。西より北へかけては、笠置山脈である。東方には鈴鹿の連山、南には室生《むろふ》火山群、折り重なつて之を包み之を囲んでゐる。それらの山々に四方をかこまれた大きな湖、曾て満々と水を湛《たた》へ、山々の影をうつした大きな湖が、水流れ去つて野原となり田畠となり、一望の沃野《よくや》美田と化したもの、即ち上野の盆地であつて、而して其の盆地の中央に小高い丘を成して人家密集してゐるもの、即ち上野の町である。湖の水のまだ涸《か》れなかつた頃には、それは島として、水中に浮んでゐた事であらう。しからば其の時代の上野は、その外を水に囲まれ、今一つ外側を山々に包まれ、山水二重に保護せられて、その中心に安座してゐた形である。

私が此の町を面白いと思つたのは、戦争中に飛行機でその上空を飛んだ時からである。飛行機からのぞき見ただけであるから、よくは分らなかつたが、しかし其の大観を得、要領をつかむには、却つて便利であつた。そして町の近くに飛行場のあるを見たので、其の後、戦《いくさ》一層の激烈を加へた時、恐らく此の町も戦禍を免れなかつたであらうと思つてゐたのに、段々聞けば実は焼けてゐないといふ。焼けてゐない町とは嬉しい。東京・大阪・名古屋・横浜・神戸等の大都市はいふまでもなく、凡そ全国にわたつて都市といふ都市は、殆んど皆空襲にあひ、爆撃を受けて、元の面影見る由もなく、わづかに奈良や京都、それに新潟・金沢・札幌等が残つただけであるから、伊賀の上野、小は小なりといへども、無傷で残つて、昔のままに存するは嬉しい。よつて一度此の町を尋ねて見たいと思ひながら、往訪のよい機会もなくて遷延してゐるうちに、たまたま青山町種生の常楽寺に、天平の古経を探らうとして、去る六月伊賀に赴き、初めて上野の町を見る事が出来た。

汽車は関西本線によつた。名古屋より、四日市・亀山・柘植《つげ》を経て、やがて伊賀上野で下りるのである。その亀山駅の次に、関といふ駅がある。即ちこれ昔の鈴鹿の関のあとである。その駅を通り過ぎつつ、関の町や、関所の址《あと》に就いて、友人が話してくれるのを聞きながら、先年飛行機でその上空を通つた時、しばらくの間、ひどく揺れた事を想出した。鈴鹿の関は、東海道の咽喉を扼《やく》する要害で、東山道の不破《ふは》の関、北陸道の愛発《あらち》の関と相並んで、いはゆる三関の一であつた。国家の大事に際しては、この三つの関を固めて、非常をいましめたので、それを固関《こげん》といつた事は、歴史の上に名高い。ところが要害は、山河の形勢や、兵士の防備にのみ在るのでなくして、空中にも亦存し、この三関といひ、箱根の関といひ、いづれも飛行機の警戒を要する難所であり、切所《せつしよ》である事を知つた。

汽車を伊賀の上野で降りても、すぐに上野の町へ出ると早合点してはならぬ。無論今は附近の村々皆合併せられて広大なる盆地、見渡すかぎり上野市となつてゐるのであるけれども、緑の林、青い田は、やはり町とは云ひにくい。町は駅より遥かに離れてゐるので、あらためて電車に乗らねばならない。此の乗換へてゆく不便さも、町の古めかしさを保持する一つの原因となつたのであらうか。行つて見ると、いかにも古風な、心の落着く町である。町の通りは狭く、両側の家は古く、江戸時代の香りの、どことなく残つてゐる町である。

盆地を湖水とすれば、町だけが浮きあがつて島となる事は、既に述べた。従つて町の入口はすべて坂である。その坂の一つが、鍵屋辻《かぎやのつじ》である。昔の道、奈良より伊賀の上野を経て、伊勢へ出るには、島ケ原より長田川を渡り、鍵屋辻から右に折れて坂を上り、上野の町へ入るのであつた。有名な伊賀越仇討《いがごえあだうち》、それは寛永十一年十一月七日の事であるが、河合又五郎の一行は島ケ原の宿を早朝に立つて、伊賀上野に入らうとする。一足先きに鍵屋辻に来て、茶店で休憩し、之を待受けるのは渡辺数馬、その数馬を助けるのが荒木又右衛門である。浄瑠璃《じやうるり》の伊賀越道中双六《すごろく》は、近松半二最後の作で、天明三年四月に初めて興行せられたものであるといふが、荒木は唐木政右衛門、渡辺は和田志津馬、河合は沢井股五郎と名をかへた上に、時代も室町時代にのぼせ、事件も大いに修飾したので、真相を明らかにするには、却つて足手まとひの感じがあるが、此の仇討が天下に喧伝するには、頗る効果があつたであらう。其の場で殺されたのは、河合又五郎の方では又五郎以下四人、渡辺方では一人、合せて五人であるといふ。今も此の鍵屋辻に立ち、島ケ原から来る道を眺め、荒木又右衛門等の休んでゐたといふ茶屋をかへりみると、何となく凄惨の気の人に迫るを覚えるのである。

伊賀の上野の誇りは、しかしながら芭蕉である。芭蕉を生んだといふ一事に於いて、この町はいかなる大都市にも劣らぬ名誉を自負するのである。而して芭蕉に関する遺蹟として、顕彰しようとするは、その生家であり、土芳の蓑虫《みのむし》庵であり、様々園であり、その他にもいろいろ数へられる。

時間が無いので、芭蕉の遺蹟をザーツと一見して、転じて長田の西蓮寺に赴いた。この寺は真盛上人の遺蹟であり、その墓所のある所である。真盛上人といつても、知る人は少ないであらうが、嘉吉三年に伊勢の一志郡大仰《おほのき》の郷に生れ、戦国乱逆の実情を見て、深く人生の悲哀に徹し、往生要集を講じて念仏を勧め、感化する所、広く且つ深かつた高僧であつて、叡山坂本の西教寺を本山とする天台律宗の開祖、諡《おくりな》して慈摂大師と呼ばれる人である。私はこの上人の無欲にして質素なる生活に甘んじ、俗情を絶つて厳重なる戒律を重んじた宗風を欽慕《きんぼ》して、一度その墓に参りたいと思つてゐたので、此のたび、特に希望して参詣したのであつた。

寺は盆地の外輪をなす山の中腹に建てられ、客殿より眺める時は、楓の木の間を通して遙かに上野の町を一眸《いちぼう》の下に見下す事が出来る。上人がここで入滅せられたのは明応四年の事で時に五十三歳であつたといふ。廟所は在世の時の方丈の居室を、そのまま床板を取放して床下に深い穴を掘り、土葬して上に五輪の塔を安置したものである。

さて此の寺に於いて、図らずも一通の折紙を見せて貰つた。本文はかうである。

当寺之桜、枝をきり候もの、於ㇾ在ㇾ之者、曲事に可㆓申付㆒候間、可ㇾ成㆓其意㆒者也。

已　上

三月五日　　　　　　　和　泉（花押）

長田村

西蓮寺

之を書下す時は、次のやうになるであらう。

当寺の桜、枝をきり候者、これあるに於いては、曲事《きよくじ（くせごと）》に申付くべく侯間、その意を成すべき者なり

即ち西蓮寺の桜の枝を切る者は、之を罪人として処罰するであらうから、あらかじめ心得て置くやうに、と云ふのである。

和泉といふのは、和泉守《いづみのかみ》藤堂高虎である。高虎は、近江小谷の城主浅井長政の家臣藤堂虎高の子であつた。十三歳の時に武功を立てたので、父は喜んで自分の名を転倒して高虎と名乗らせたといふ。その後、織田氏に従ひ、また豊臣氏に従ひ、しばしば戦功を立て、殊に紀州の一揆を退治した功によつて、一万石を与へられ、天正十五年九州征伐に加はつて、更に一万石の地を加へられ、佐渡守に任ぜられたが、朝鮮征伐の功によつて、伊予の宇和島八万石を領するに至つた。慶長五年関ケ原の戦には、徳川氏に与《くみ》して、十二万石の地を加へられ、伊予半国二十万石の大名となつた。その後、江戸城の修築に功あつて、更に加増せられ、また佐渡守を改めて和泉守に任じ、慶長十三年八月、封を移して、伊賀一国及び伊勢八郡に於いて、二十二万九百石余を与へられたが、やがて大阪陣の戦功によつて、五万石を加へられ、日光の東照宮造営に勤労して、更に五万石を加増せられ、遂に三十二万三千九百石余を領するに至つた。歿したのは、寛永七年十月五日、年は七十五歳であつた。

十三歳の少年にして武功を立ててより、一生を戦陣の間に送つた歴戦の勇士であり、猛将であるが、それが西蓮寺の桜を喜び、之を保護して、若しその枝を伐る者があれば、厳重に処分するであらうといふ禁制札を出した事は面白い。大東亜戦争一たび敗れてより、敵国の宣伝に幻惑せられて、日本軍は乱暴なものと、一概に非難する声が盛んであるが、是は冷静に観察し公平に判断しなければならぬ。我が方に横着な者が無かつたわけでは無いが、同時に彼にも乱暴狼藉を働く者があつたのであり、彼に道徳的な正しい人のあつた事は、之を認めると共に、我が方にも優しく懇切な将兵の存した事を顧みなければならぬ。而して殊に明瞭であるのは、罪も無い者に戦犯の名をきせて、抑留し、禁固し、労役に酷使する事十余年に及ぶなどといふ残忍非道の事は、日本人としては考へられず、行ひ得ざる所であるといふ事である。

藤堂和泉守高虎が、その領内の寺の桜を保護したといふに就いて、想ひ起すのは、熊本県玉名郡石貫村広福寺の文書である。此の広福寺には、菊池氏歴代の文書が、数多く伝はつてゐるが、その中に、次のやうな禁制がある。

禁　制

玉名庄石貫村野焼事

右自二遥拝并河床堺一、自付レ火焼之輩者、侍者、可レ為二参貫文過代一、迄二于百姓以下之族一者、可レ為二壹貫文一、縦自身雖レ不レ焼レ之、不レ打二消捨火等一輩者、与同罪矣、仍状如レ件

正平十九年七月十六日　　　　藤原　判

今これを分りやすく仮名交りに書き下す時は、次のやうになるであらう。

きんせい

玉名の庄、石貫の村、野焼の事

右、遥拝并びに河床堺より、自ら火をつけて焼くのともがらは、さむらひは、参貫文の過代たるべし、百姓以下のやからにいたりては、壹貫文たるべし、たとへ自身之を焼かずといへども、捨火等を打消さざるともがらは、与同の罪なり、よつて状くだんの如し

正平十九年七月十六日　　　　藤原　はん

藤原判とある判は、原本には花押（かきはん）が書いてあつた筈であるが、今その原本は伝はらないで、写本のみが残つてゐる為に、単に判と記してあるのである。藤原は即ち菊池氏であつて、花押が残つてゐない為に明瞭では無いが、年代から推せば、蓋し菊池武光であらう。

即ち此の禁制によれば、菊池武光は、広福寺の安全を計らんが為に、石貫村のうち、寺の近傍に於いて、野を焼く事を禁止し、之を犯す者は、武士は三貫文、百姓は一貫文の罰金に処する事とし、たとへ自身で焼かないにしても、山野の焼けるのを傍観して、消火に尽力しない者は、之を共同正犯として同罪に処する事を規定したのであつた。罰金の三貫文といふは、今日の相場で云へば三万円に当り、一貫文といふは、一万円に当るであらう。

見よ、藤堂高虎は桜花を保護し、菊池武光は野火を禁止し、以て名勝の美観を維持し、神聖の殿堂を長久ならしめ、聖地の尊厳を守らうとした。即ち是れ文化財の保護である。我が国の武将が、剛勇何者をも恐れざる一面に、かかるやさしき情操の存した事は、今日特に回想すべきであらう。

十五　再び北海道に渡る

一度ある事は二度あるといふ。かねて行きたいと思つてゐた北海道へ、去年の秋十月二十四日に行く事が出来て、既にそれを喜んでゐたところ、今年もまた都合がついて、偶然にも月日さへ同じ十月の二十四日に、再び海を渡る事が出来た。海を渡ると云つても、船で行つたのでは無い。私としては珍しく飛行機で渡つたのである。飛行機の旅も、戦争の最中に、岩国から羽田まで、海軍の飛行機に乗せて貰つたのを最後として、終戦後は乗る機会とては曾て無く、空飛ぶ音の轟々として山にこだまするを聞いても、それは決まつて米軍機、いまいましいものだから見ようともしないで、却つてうつむいて鍬を執つて十年の歳月を暮らしたのであつたが、そのあげくに、気持は変らないが、風向きが変つて、去年と今年と二回、日航の定期便で、津軽海峡を越える事が出来たのは、私にとつては流石に感慨の深いものであつた。

十月といへば、東京ではまだまだ暖かく、紅葉には至らない時節であるが、北へ行くにつれ山々のもみぢは濃くなつてゆく。空から見おろすと、その青緑黄紅のうつり変りが、あざやかに眼下に展開してゆく。そして海を渡つて北海道となれば、ここは秋も既に晩秋、いや初冬の感じである。千歳の唐松の林、札幌の藻岩山、美しく、寂しく、同時にまた寒々とした眺めであつた。

去年は札幌を中心にして、北は旭川、東は帯広へ行つたのであるが、今年は更に足を延ばして、北は名寄、東は美幌を訪ひ、そしてその中間に、滝川に立寄り、富良野《ふらの》をたづねようとするのである。従つて頗るいそがしい旅になつて了つたが、名寄から旭川へかへり、旭川から美幌へ往復した時の、あれは石北線といふか、その汽車は頗るすいてゐて、今の我が国の雑沓を極める乗物の中では、珍しく鷹揚な、のんびりした気分であつた。久振りにのんびりして、気楽に窓外の山々を眺めてゐると、北海道で一番長いといふ石北トンネルを出てしばらく行つたところで、谷間の一つ家の前庭で、さんさんと射る秋の日を浴びながら、一家秋の取入れに懸命に働いてゐるのに出逢つた。と見ると、その中から一人の子供が、汽車を見て、やにはに走り出して追つて来た。その児童の真剣な態度に、ただ面白いといふよりは、何か心を打たれるものがあつて、今以て忘れる事が出来ないのである。

白樺の　山の谷間の　一つ家《や》の
　わらべ走りて　汽車を追ひくる

抑も私が名寄を目指したのは、其の地、樺太に近いが為であり、また美幌を志したのは、それが千島に近い為であつた。たとへ名寄へ行つたとて、樺太の見えやう筈は無く、また美幌へ赴いても、千島の見えるわけでは無いが、せめてもの事に、それに近い所を選んで、行いて先憂の志士を弔ひ、国境の確保を祈らむが為であつた。

西暦一五八〇年、即ち今より三百七十六年前に、初めてウラル山脈を越えてアジアの侵略を開始したロシヤは、わづか八十年ばかりにして、茫漠たるシベリヤの原野を横断しつくし、次には鋒《ほこ》を転じて南に向ひ、千島、樺太にも下つて来た。我が国に於いては、一般には鎖国の故に海外の動きが分らず、一向のんきに暮らしてゐる者が多かつたのであるが、流石に炯眼《けいがん》達識の士があつて、いちはやくロシヤの南下に気づき、その侵略を警戒しなければならぬと説く人物が、相ついで現れた。吉雄耕牛であるとか、工藤平助であるとか、本多利明であるとか、いふのがそれである。有名な林子平が三国通覧を版にしたのは、天明六年（西暦一七八六年）であつたし、その海国兵談の出版は、第一巻が天明七年、第二、第三の両巻は、寛政三年（一七九一年）であつた。林子平は、その著述出版の故に、幕府に咎められて、蟄居のうちに寂しく此の世を去つたのであるが、北辺警備の必要は、この頃より次第に強く認識せられ、子平の歿した寛政五年より五年後の寛政十年（一七九八年）には、近藤守重、幕命によつて北海道に赴き、国後《くなしり》、択捉《えとろふ》にも渡つて、それぞれ標柱を立て、就中《なかんづく》択捉島に立てた標柱には、大日本恵登呂府《えとろふ》と大書したのであつた。守重は通称重蔵、代々幕府の与力であつて、彼は明和八年江戸は駒込鶏声ケ窪に生れた。即ち後の駒込曙町のあたりであらう。択捉島に標柱を立てたのは、その二十八歳の秋であつた。

ところが守重の標柱を立ててより九年後、文化四年の四月になると、ロシヤ人択捉島に侵入し、殺傷掠奪をほしいままにした。之を聞いて志ある士は皆憤激したが、中にも蒲生君平は、不恤緯《ふじゆつゐ》を著して、之を幕府当局に呈上し、建白する所があつた。君平、名は秀実、宇都宮の人である。少年の日に太平記を愛読し、それによつて志を立て、志を養はれた。一生の事業として、代表的なものは、山陵志の著述である。それは御歴代天皇の御陵の荒廃をなげき、自ら一々調査し参拝して、その研究の結果をまとめたもので、地位も無く、資力もない、民間個人の事業として、その辛苦艱難は、想像に余りある事である。

彼が京都に赴いて御陵の調査につとめてゐた時、歌人小沢蘆庵がその志に感じて、自分の家を宿として、ゆつくり調査するやうに勧め、あらゆる便宜をはかつてゐたが、ある日余りに夜ふけて夜半に帰つて来たので、流石の蘆庵も腹を立てて、此の老人に風呂までたかせて待たせて置きながら、何といふ横着な態度だとなじつたところ、彼は深く詫びていふやう、まことに申訳のない事でござりますが、本日御陵調査のついでに等持院へ行きましたところ、足利高氏の墓がありましたので、カツと腹が立ち、おのれ逆賊、貴様の為に日本の道義は滅茶々々に崩れ、御陵の所在さへ分らなくなつて、今日我等にまでかやうに苦労をさせるとは、さてもさても憎い奴ぢやと、墓に答うちまして、さんざんに答うつてくたびれましたので、門前の茶屋で酒を一杯のみましたところ、すつかり酩酊いたしましたので、帰るに帰れず、一寸一休みと思ひましたのが、そのまま寝込みまして、目がさめますれば既に夜中、何とも申訳ござりませぬといふ。蘆庵も之を聞いて大いに笑ひ、いやそのやうな事でござつたかと、すつかり機嫌を直したといふ話は、誰も知つてゐる有名な話であるが、此の人の面目を伝へて躍如たるものがある。

昔の天皇の御陵を調べてゐるといふのであるから、古い事に専念してゐるのかといふに、さうでは無い。文化四年の四月、ロシヤの択捉島を侵したと聞くや、すぐに其の対策を立てて、幕府に進言した。それが即ち不恤緯と題する一書である。彼はいふ、昔弘安年間に蒙古が九州に来り侵してより五百年、今や問題は北方に起つて来た。ロシヤの侵冦、即ち是れである。それは実は今に始まつた事でなく、豪傑の士は数十年以前に既に之を予知し、その対応策を考慮してゐた事であるが、一般世人は、事件の発生を見て、恐れ惑ひ、どうしてよいか分らないのである。林子平の如きは早くよりロシヤの南下を憂ひ、海国兵談を著して警告したのに、却つて其の著述出版の為に罪を獲て処罰せられたのである。幕府としては、此の際、子平の冤罪であつた事を明らかにし、よろしく其の墓を祭り、其の霊に謝し、之に授くるに勲位を以てして、以て少しく天下の忠義を慰められるがよい。かやうに論じて、さてロシヤ南侵の対策として、いくつかに分つて政治の改革を要求してゐるのである。

対策の具体的な事はしばらく措き、そのロシヤの南方侵略を説くを見れば、即ちいふ。彼等は水草これ頼り、羊犬これ畜ひ、筋骨を氷雪の際に強くし、騎射を沙漠の土に慣れ、侵冦に特に輜重を煩はさず、戦闘に更に甲冑を用ゐず、獵して糧に宛て、皮革を着して軍装にかへるのである。その隣国を併呑するや、さながら大蛇の如く蜿蜒《ゑんえん》として東西既に数万里に及ぶ。その間、所在の民族、土地は広きに、住民は少なく、十里に数口、百里に一村、荒々漠々として、相互救援する能はず、ロシヤの侵入するに当つて、防禦の術なき為、シベリヤの曠野、悉く降服臣属せざるなきに至つた。若し我が国にしてロシヤと戦ひ、戦つて敗れるやうな事があるならば、彼は罪なき日本人の少年少女を捕へて、年々遠く沙漠の地に送り、之を苦役し、之を酷使するであらう。しからば日本人が、はやく此の形勢を看破して対策を立て、断じて彼に欺かれず、必死防禦の志を立てる事、今日の急務としなければならぬ。願はくは極寒不毛の土地として、北海の諸島を棄てず、国土防衛の決意を固められたい。蒲生君平は、切々としてかく論ずるのである。

蒲生君平が本書に名づけて、不恤緯といつたのは、左伝より取つたのである。左伝の昭公二十四年の条に、

「抑も人また言へることあり、曰く、嫠《り》もその緯を恤《うれ》へずして、而して宗周の隕《お》つるを憂ふ、将に及ばんとするが為なり、」

とあるのが、その出典である。嫠といふのは、寡婦の事である。即ちその夫を失つて、自分自身の働き、特に機織《はた》りによつて、やうやくくらしを立ててゐる未亡人でさへも、自分の織るはたの原料である糸の不足を心配するよりは、それ以上に、周の王室の衰微滅亡を心配するのである。それは王室が倒れ、国が亡びるならば、それは必ず自分の家にも大影響を与へる事であつて、王室の没落、国家の滅亡ほど、重大なものは無い、それは一切が亡びる事を意味するのである。王室が倒れ、国家が亡びても、それは自分の家に、乃至自分個人には、無関係な事だと考へるほど、おろかな事は無い、と、かういふ意味である。その左伝の文を取つて自分の著書に不恤緯と名づけたのは、蒲生君平の考へるところ、大体左の通りであつた。即ち自分は官職を帯びず、位階も無く、身分も賎しく、財産も乏しい者であつて、それがロシヤの侵入を憂慮するといふ事は、出過ぎたやうに思はれるであらうけれども、此の問題は、実に国

家の重大事であつて、万一処置を誤まり、時機を失する時は、シベリヤ諸民族の覆轍をふみ、土地を奪はれ、人民を掠められる恐れ無しとしない。よつて身その位にあらずといへども、敢へて策を建てて、当局の参考に供する、と、かういふのである。

嗚呼、択捉島！　そこには寛政十年、近藤守重によつて、大日本恵登呂府の標柱が建てられ、我が国の領土である事が、確認せられ、宣明せられたのであつた。そして文化四年、ロシヤ人の此の島に侵入して、守備の兵を殺傷するや、蒲生君平は慨然として幕府に建白し、ロシヤのシベリヤ侵略の前歴を説いて、至急対策を講ずべき旨を力説した。同時に、兵学者平山兵原が、自ら軍司令官となつて、不法侵入の外敵を討伐し、此の島の防衛を全くしたいと願ひ出た事は、曾て述べた所である。しかるに其の択捉、国後は、樺太、千島と共に、不可侵条約を結んでゐたロシヤの為に、不法侵入を受け、不法占領を敢へてせられ、いまだに返還せられずに居るのである。私が遠く北海道に赴き、天塩川を渡り、美幌峠に立ち、オホーツク海より吹きくる寒風に声をからしながら、先憂の志士を弔ひ、国土の確保を祈つたのは、実に之が為であつた。

補記

蒲生君平は、林子平・高山彦九郎と共に、寛政の三奇人として、並び称せられてゐる。そのうち林・高山の両士は、共に寛政五年に歿して、林は五十六歳、高山は四十七歳であつた。蒲生は、文化十年七月に歿し、享年四十六歳であつたから、寛政五年には二十六歳、三人の最年少であつた。奇人と呼ばれる所から、変りもののやうに誤解せられやすいが、学問正しく、批判明らかであり、識見といひ、気魄といひ、抜群の人物であつた。その講学約束を見るに、日本の天子、万世一系であつて、支那の如き革命反乱の国と異なり、従つて民に非望なく、人々その分に安んじ、いはゆる君子国の美風がある。しかるに俗学者、たとへば荻生徂徠、太宰春台の如きは、頗る名分を乱り、その著書は、害毒を後世に流すものである、我々の学問は、さういふものであつてはならぬ、と云ひ、別に白石論に於いては、新井白石の学問の正しく、出処進退の道に違はないのを讃美しつつ、徳量足らずして、功名に専念した事を、欠点として指摘してゐる。是非の判断、すぐれてゐると云はなければならぬ。その本姓は福田氏であつたが、先祖が蒲生氏郷《がもううぢさと》の一族である事を知るや、福田を改めて蒲生を称した。そして氏郷の墓に詣でて詠んだ歌が、左の一首、有名である。

遠つおやの　身によろひたる　緋おどしの
　おもかげうかぶ　木々のもみぢ葉

十六　天寧寺

大江山といへば、昔の人は子供の時分に、鬼の住むところと聞かされて、世にも恐ろしい深山と思つてゐたのであるが、今の少年には、もはや馴染《なじみ》は少なくなつてゐるであらう。それでも謡曲には、「丹波丹後の境なる鬼が城《じやう》」とうたはれて居り、殊には百人一首中に、「大江山生野《いくの》の道の遠ければ」といふ小式部内侍《こしきぶのないし》の歌があるので、大江山の名を知らぬ人は、まづあるまい。ここに説かうとする天寧寺《てんねいじ》は、その大江山の近くである。

今汽車に乗つて山陰に向ひ、鳥取島根に赴かうとすれば、京都から出ても、大阪から出ても必ず福知山に落合つて、それから先きは両線合流して一筋になるのである。その福知山の町が、今は大きい市となつて、山の奥に在る天寧寺も、その市の内に包含せられて了つた。元は丹波の天田郡上川口村大呂《おほろ》、福知山市の中心から隔たる事、約二里半である。福知山を流るる川、名は美しく音無瀬《おとなせ》川といふ。それは北に向つて十里、山椒大夫で名高い丹後の由良《ゆら》で、海に注ぐ故に、名も由良川と改まるのである（百人一首にある曾根好忠《そねのよしただ》の歌、由良の門《と》をわたる舟人梶を絶えといふ由良の門は、この丹後の由良であるといふ）。その由良川に沿うて北行し、やがて川に別れて左折して、山かげをうねりくねつてゆくと、天寧寺の門前へ出る。昔華浪《はななみ》の山といひ、花浪の里といつたのは、即ち此の辺であるといふ。続日本紀を見ると、称徳《しようとく》天皇の天平神護二年七月、昆解宮成といふ人、丹波の天田郡華浪山から出た鉱物を献上した。それは鉛に似て鉛とも違ひ、白鑞《はくらふ》に似て名の知れないものであつたが、之を以て器物を鋳るに、唐錫におとらない。そこで更に採掘せしめられた云々とある。宮成の献上には多少の作為があつたらしく、此の鉱物も正体は何か、明瞭でないが、想ふに此の華浪山が、中世の金山《かな》であらう。鉱山を一般に金山といふのは、金属で出来て居れば、どれでも金物《かなもの》といふので分る事であり、また黄金を産したといふので、黄金《こがね》花咲くと讃《たた》へる以上、金山を華浪山といつてよいであらう。その金山の中腹に在つて、金山の寺と呼ばれ、紫金山を山号とするのが、即ち天寧寺である。

天寧寺は臨済《りんざい》宗妙心寺派に属する禅寺である。開山を愚中周及《ぐちゆうしゆぎふ》和尚といふ。元亨三年美濃に生れ、七歳の時、寺に入つて学問をしたが、儒仏の二教にわたつて、秀才の名を得た。十三歳にして京に上り、夢窓国師にあつて教を受けたが、十九歳の時、天龍寺船に乗つて博多を出帆し、支那に渡つて道を求めた。たまたま人の勧めによつて金山寺に赴き、即休和尚にあひ、その指導を受くる事多年、わが正平六年の初夏になつて帰朝した。彼の地にある事、足掛け十一年である。

愚中和尚が金山寺に在る間、師の即休は一切の書状を己れに代つて書かしめ、また仏殿を再興した時には、命じて上梁文を書かしめたといふが、殊に別れにのぞんで自分の画像を与へ、それに題して、

唐人不識這容儀　　唐人はこの容儀を識らず
付与日本及侍者　　日本の及侍者に付与す

と書したのは、つまり自分の本質本領を理解してくれたものは支那には無く、却つて日本人である愚中周及が自分の悟《さとり》を会得してくれたので、画像は之を周及に与へるといふ意味であつて、いかに即休がこの人を重く見たかが分るのである。

在外十一年、十分に法を伝へ、彼地に於いて重んぜられて帰つて来たのであるから、本人にその気があれば、中央でもてはやされ、栄誉ある地位につく事は容易であつたらうに、本人にさやうな浮薄な気持が無く、殊に師匠の即休

和尚の云ひつけがあつたので、中央の都塵を避けて僻地の山林に入り、群衆を離れて静かに工夫をこらさうとし、遂に丹後の天寧寺に入つた。そして後年他所より招かれたり、旅行したりする事はあつたが、結局天寧寺を永住の地として、応永十六年八月二十五日、八十七歳を以て、ここに示寂したのである。その年九月十四日、後小松天皇より、仏徳大通禅師の謚《おくりな》を賜はつた時の勅書に、晦迹韜光《くわいせきたうくわう》と記されたのは、実に此の山林にかくれて道を守つた態度を讃へられたのであつた。

富貴権勢は、人の欲する所である。宗教家といひ、仏弟子といつても、此の俗情を離れる事は、中々むつかしい。それを奇麗に脱却して、丹波の山奥にかくれたのであるから、愚中和尚は、此の点、既に偉いと云はねばならぬ。しかるに私の更に感心するのは、その師匠に対する態度である。即ち和尚は、金山寺の即休和尚に就いて道を求め悟りを得たので、深く師恩に感謝して、丹波の天寧寺に住しては、寺のうしろの山の名が金山と云つて、支那の金山寺と偶然一致してゐるのを喜び、よつて寺の門前を流るる川に名づけて、揚子江と云つた。揚子江はいふまでも無く大河である。波涛《はたう》遠く連なり、蒼茫《さうばう》として彼岸を見る事が出来ない。それにひきかへ天寧寺門前の川は、山の谷間を縫ふ細流である。飛べば一飛びに渡れるであらう。その小流に名づけて揚子江といふのは、一見すれば滑稽《こつけい》に類するが、つまりは自分の学んだ母校を慕ひ、その思慕の情を此の細流に託したのであつて、わづかに事理を解し、少しく地位を得れば、往年の学恩さらりと忘却し、涼しい顔でをさまつてゐる者の多い世の中に、珍しく感心な事と云つてよいであらう。いや、それだけでは無い。天寧寺に開山堂を建て、開山の木像を安置するといふ段になつて、普通ならば開山は愚中周及、その木像を置けば、それでよいわけであるが、彼は自分ひとり祀《まつ》られる事を欲せず、特に命じて師匠の即休和尚をここに祀り、自分の像はその横にならべて立てる事にした。美しい話である。それは応永四年に、小早川春平に招かれて安芸《あき》に赴き、一寺を建立した際、寺に名づけて仏通寺と云つたのと、その心情を同じうするのである。仏通といふのは、即休和尚の諡《おくりな》を、仏通禅師と云つたところから採つたので、師匠の恩徳を慕つてやまぬ心もち、ことに明瞭に現れてゐるのである。

恩といへば、此の寺には、父母恩重経《ぶもおんぢゆうきやう》の古い本があつた筈である。享禄三年といへば、今より凡そ四百二三十年前に当るが、その享禄三年に作られた金山天寧寺総校割、即ちこの寺の財産目録には、常住の器物、大小となく珍護して失ふこと勿れ、古人も常住物を愛惜すること眼中の珠の如くせよといへり、と記して、皆の注意を要求しつつ、一々の資財を列挙してあるが、その中に、父母恩重経の名が見える。師恩を感謝してやまぬ愚中和尚は、同時に父母の恩を思慕して忘れなかつたに相違ない。

高僧の中には、あらかじめ自分の死期を知る人が少なくない。私の既に書いた中にも、越前大安寺の開山大愚和尚の如き、若狭三方の宇野玄機老師の如き、皆その死期を知つて、誤まらなかつた。今愚中の就いて学んだ即休和尚も亦さうであつた。而して愚中その人も、明らかに自らの死期を察知した。即ち応永十六年八十七歳の秋八月、ある日杖を携へて山に登り、寺の東北隅に於いて、闍維《じやい》場を指定した。闍維は荼毘《だび》、即ち火葬の事であつて、自分が亡くなつたら、ここで火葬せよと命じたのである。やがてその月二十四日、自ら棺銘を書き、あくる日、侍者に綿密に遺言して、それが終ると、座禅して亡くなつたといふ。画像は、天寧寺に二幅あり、安芸の仏通寺にも一幅あるが、開山堂の木像と共に、容貌に特色があつて、一度見れば忘れる事の出来ない印象を受けるのである。

この愚中和尚、朝廷より諡を賜はつて仏徳大通禅師といふのであるが、この人に帰依し、この寺を保護したのは、地元の金山の城主金山氏であつた。金山氏は本来大中臣《おほなかとみ》氏、もとは常陸に住して那珂《なか》氏と称した。それが丹波に移り、金山城に拠るに及んで、改めて金山氏を称するに至つたのである。愚中和尚を迎へたのは、その金山氏の三代目でもあらうか、名を宗泰、入道して大因といつた。天寧寺の大因庵は、この人の菩提《ぼだい》を弔ふ為に建てられたのであらう。その子は実宗、入道して威光と云つた。その子持実、修理亮また備中守と称したが、この人、音楽の才があり、早歌の名人として聞えた。早歌は、「さうか」とよむ。小歌のやうなもので、曲節のはやい謡ひもの、鎌倉時代から室町時代へかけて、流行した。太平記巻の二十三、雲客下車事の条に、洛中に武士ども充満してゐる中に、早歌まじりの雑談しつつ、馬上二三十騎、あたりを払つて歩ませたりとあつて、当時の風俗、之を好んだ事が知られる。この持実の画像が天寧寺にある。それは法体であつて法服をまとひ、竹椅子にかけてゐる姿で、文安五年の賛がある。即ち約五百年前のものである。持実の子を、備中守元実、号を明堂、法名を宗光といふ。この人の画像も天寧寺にある。それには大永二年の賛があるが、その賛を見ると、金山氏は代々音楽に秀でて幕府に重んぜられ、父の持実は将軍足利義持から画像を賜はり、人々から其の名誉を羨しがられたが、その子の元実も家業を継いで音楽をたしなみ、笙にも尺八にも令名があつた。而して其の子、当主民部政実もまた父祖の遺業をつぎ、その名声を堕さない。世には二代つづいて英才の出る事さへ尠いのに、此の家では三代相うけて一筋に名誉を伝へてゐると述べ、「奕葉繁茂、地久天長」の語を以て、その賛を結んでゐる。而して元実の画像は、身に法服をまとひ、座右に笙と尺八とを置いてゐるのである。珍しい家であり、珍しい画像であるといはねばならぬ。我が国音楽史の上の、面白い史料であらう。

さて其の金山備中守持実を信愛して画像を与へたといふ将軍足利義持は、同時に天寧寺の愚中和尚に帰依し、この寺を保護した人である。彼はむしろ和尚を中央へ招き、大寺に住せしめたかつたが、到底和尚の肯《がへん》じないのを見て、天寧寺を保護し、この寺に於いて、自分の逆修《ぎやくしゆ》の仏事を修せしめた。逆修といふのは、生前にあらかじめ歿後の為の法要をつとめる事をいふのである。その逆修の仏事の行はれたのが、応永十六年の八月二十四日、和尚は心静かに之をつとめて、そして其の翌日逝去したのである。今も天寧寺には、義持の御教書《みけうしよ》三通と、義持の筆に成る寺の額《がく》の本紙とを伝へて居つて、その御教書の一つには、

丹波国金山天寧寺事　　丹波の国金山天寧寺の事

可為祈願寺之状如件　　祈願寺たるべきの状くだんの如し

応永廿七年七月廿日（花押）

住持

と記され、額の本紙には、顕山書と署名してある。足利氏は代々何山と号し、高氏は仁山、義詮は瑞山、義満は天山、而して義持は顕山と云つたのである。

祈願寺にして貰つても、額を書いて貰つても、将軍が足利では一向有難くない気もするが、しかし同じ足利でも義持だけは違ふ所がある。義持は義満の子であつて、義満についで将軍になつた人であるが、めざましい事には、親の義満の曲つた行き方を矯《た》めて、正しい道にグルリと回転せしめたのであつた。義満の曲つたゆきかたといふのは、国内に一つ、対外に一つ、合せて二つ、重大な問題があつた。その国内の方はどうかといふに、自分自身太上天皇になりたいといふ野心を抱いたのであつて、その非望を達成せんが為に、種々の工作を施し、準備は着々として進められてゐた。しかるにそれが愈々実現しようとした直前に、彼は急に病んで歿した。実に応永十五年五月六日の事である。本人は不意に歿したが、朝廷に対する工作は既に進んでゐたので、朝廷の公卿は評議して、太上法皇の尊号を贈られるやうに周旋したが、子の義持は辞退して之を受けなかつた。大義名分に明るいと云はないまでも、大義名分をやぶ

らなかつた事は、立派であつたと云つてよい。次に対外関係に於いては、親の義満は支那に対して実に卑屈であつて、その属国か衛星国か分らない態度をとり、明《みん》より日本国王に封ずるといへば、喜んでその称号を受けるといふ風であつたが、義持は之に反対であつて、我国は古より未だ曾て外国に隷属した事は無く、父の義満が卑屈なる態度をとつたのは重大なるあやまりであつた為に、遂に病んで歿したのである、今後は外国の命令に従はず、あくまで自主独立の立場を守らうと思ふと宣言し、一応明との交渉を断絶して、外交を清算したのであつた。外に色々の事情があつたにせよ、義持の態度は、めざましいと云はねばならぬ。天寧寺を祈願寺として保護し、その額を書いて与へたのは、実に此の足利義持であつたのである。

十七　津和野

平家物語の中に、面白い言葉がある。平家追討の為に、九郎判官《はうぐわん》源義経、荒れ狂ふ風波を冒して、摂津の渡辺より、一気に四国に渡る。つづく船わづかに四艘、判官の船と合せて、五艘に過ぎないのであるから、何程の軍勢でも無かつたが、敵の油断してゐる処を衝《つ》いたので、いくさは面白い程順調に進んで、平家はあつけなく八島《やしま》（屋島）を捨てて海上に逃れた。一方、風波を恐れて渡辺に滞留し、晴天を待つてゐた軍勢は、逆櫓《さかろ》を主張して、義経に一蹴せられた梶原景時を先《さき》として、二百余艘で押渡つたが、一週間ばかりおくれて八島へ着いたので、「会《ゑ》に逢はぬ華《はな》、六日の菖蒲《しやうぶ》、いさかひ果てての ちぎり哉」といつて笑はれたといふのである。会は即ち法会、仏寺で行はれる儀式の際の人々の集まりである。その法会の際に、会場を荘厳にする為の花が、期におくれて集会の間に合はなかつたとすれば、五月五日の節句におくれて、六日に到著した菖蒲と同じく、役には立たず、間のわるい事、喧嘩過ぎての棒ちぎりと同様であらう。その機会を失し、時にはづれた、間のわるいものを、ズラリと並べたてて、「会に逢はぬ華、六日の菖蒲、いさかひ果てての ちぎり」と列挙してゐる平家物語の文は、いつ見ても面白いと思はれるのである。

文を書くにも時期がある。まして旅行記となれば、旅中に覚書をしたため、帰宅の直後に筆を執らなければ、書きたいと思つた事も記憶がうすれ、面白いと感じた事も興味が無くなつて、遂に断念する外は無いやうになる事が多い。法会の華や、節句の菖蒲のやうに、日時が限定してゐるわけではなく、源氏の軍勢のやうに全然間に合はぬといふものでは無いが、印象も散漫となり、興趣も索然として、結局文を成しがたいのである。そのやうにして文を成さず、筆にのぼせずして、忘れ去つたものの多い中に、このまま忘れ去るには余りに惜しく、節句には間に合はなかつたにしても、やはり床に活けて置きたいと思ふ菖蒲の一つは、石州津和野の想ひ出である。

津和野の名を聞く事は久しく、津和野に遊びたいと思ふ事はたびたびであつたが、長らく縁が無くて其のままになつてゐたところ、一昨三十年の春、九州へ行つてのかへりに、思ひきつて道寄りをして、初めて其の地を踏んだのであつた。石州津和野と昔風に呼んだが、石州即ち石見は、今は出雲と合して、島根県となつてゐる。そして鉄道は、山陰線石見益田より分れて津和野に至り、更に進んで山口を経て、山陽線の小郡《おごほり》に達してゐる。従つて小郡から入つてもよいのであるが、私は下関から萩へ出て、萩に一泊し、翌日益田で乗換へて津和野へ入つたのであつた。江戸時代の道中行程細見記を見ると、益田より二里、山口より七里、江戸からいへば二百四十七里とあるが、現地へいつて聞けば、益田へ十里、山口へ十三里といふ。汽車で一時間もかかるのであるから、益田より二里といふ事はあるまい。細見記も此のあたりになると随分杜撰といはねばならぬ。杜撰といふのも、つまり其の地僻遠にして、実地に踏む人が少なかつたからであらう。私も行きたいと思ひながら、長く往訪の機会が無く、一昨年の春、今度こそはと思切つて訪ねたのであつた。そして直ぐに其の記を書くつもりであつたのが、二三しらべたい事があつて、それを取調べてからと思つてゐるうちに、月日は流れる、次々と外に書きたい事は出てくる、ついそれなりに放任して、今に至つたので、何だか「会に逢はぬ華、六日の菖蒲」と笑はれさうな気がするけれども、一応此の町の事を書いて置かうと思立つたのである。

海から入つて約十里、高津川の支流、錦川の渓谷に在るといふところから、私は津和野の町を以て、私の郷里である九頭竜川上流の盆地に在る大野の町に似た所であらうと考へてゐたが、行つて見ると、川も小さく、谷も狭く、両岸の山々近接重畳して、宛《あだか》も狭い座敷の中へ大きな屏風を立て廻した感じであつた。人口も新たに附近の三箇村を合併して、漸く一万三四千といふのであるから、町の規模は小さいと云ふ外は無い。

谷も狭く、川も小さく、町も大きくないといふのは、しかしながら決して之を軽んじて云ひ、失望して語るのでは無い。月もビルより出でてビルに入る大東京の繁昌に飽いては、草より出でて草に入る武蔵野の昔なつかしく、行けども行けども果てし無き大阪の大都会、煙突の林立とバスの輻湊とに疲れては、大自然のふところに抱かれて、静かに夢見るやうな此の小さな町こそ、いはば心のふるさとに帰つたやうな安らかさ楽しさを与へてくれるのである。

折から陽春四月の上旬、花は正に盛りであつた。萩で泊つた宿は、橋本橋のたもとに在つて、窓を開けば阿武《あぶ》川の川べり一帯の桜、青のり採る舟人の肩にさへ散りかかり、夜に入ればおぼろ月に、窓の花影さながら絵のやうであつたが、津和野で驚いたのは、錦川の眺めであつた。町の中程、大橋を渡らうとして、橋の南の大松を眺め、橋の北の大柳を見て、さて橋の欄干によつて下流を見た時、両岸の桜今しも満開であつて、その咲き誇る艶姿嬌態、水に映じては、川の流れことごとく紅に変じて、水か桜か見え分かず、天地すべて春に酔ふかと想はれた。

錦川では春既にたけなはであつたが、城山へ登れば、早春の淡彩、高雅の趣、一段のゆかしさを覚えた。城は町より少しく離れて、錦川の上流、その左岸に屹立する山の上に在る。明治三年の列藩一覧を見ると、津和野藩四万三千石、藩知事亀井従四位茲監とある。即ち是れ亀井氏の拠るところである。尤も城の築かれたのは頗る古く、鎌倉時代の末、永仁年間に、吉見氏ここに拠つた時に始まり、それより約三百年の長きにわたり、吉見氏の居城であつた。鎌倉時代から、元弘建武の大変を経、応仁文明の紛乱を経て、吉見氏がここに安住し得たのは、珍しい例であらう。そして約五百年前に、城主吉見弘信、城の鎮護の為に祇園社を勧請したが、当時神木として植ゑられた大欅は、今も残つてゐる。城は古くは三本松といひ、郷は元来能濃《のの》郷と云つたのを、改めて津和野と呼ぶやうになつたのも、其の頃の事だといふ。津和野の津和は、出雲国風土記に見える都波、即ちつはぶきである。

三百年続いた吉見氏も、慶長五年の関ケ原の戦、西軍の敗北に終つた結果、遂に津和野を去らねばならなくなつた。即ち当時既に毛利氏の勢力下にあつた為に、毛利氏の封土百二十万石、削られて三十六万九千石となると同時に、吉見氏も去つて毛利氏にたよる事となり、代つて坂崎出羽守、この地に封ぜられた。その坂崎氏が封を除かれて、亀井豊前守政矩《まさのり》、津和野四万三千石に封ぜられたのは、元和三年の事であつた。そしてそれより後、代々承《う》けて明治維新に至つたので、亀井氏の此の地を治するは、二百五十余年の長きに及んだのである。

亀井政矩の父は、有名なる茲矩であつて、因幡《いなば》の鹿野《しかの》城に拠つた。もともと山陰の名族であつたが、その属してゐた尼子が、毛利に亡ぼされて後は、山中鹿之助幸盛等と共に、苦心して仇を討ち、主家を再興しようとし、その為に秀吉に頼つたけれども、天正十年六月、秀吉毛利氏と和睦するに及んで、かねて茲矩の所望してゐた出雲は、毛利の手に収められ、茲矩はいたく失望した。秀吉は之を気の毒に思つて、出雲は止むを得ず毛利に譲つたが、就いてはそれ以外に於いて、希望の土地を与へようと云つたところ、茲矩之に答へていふやう、主家の縁故の地なればこそ出雲を望んだのであつて、それを断念しなければならぬといふ事であれば、内地に於いて希望はござらぬ、願はくは琉球をたまはりたいと云ふ。秀吉その壮心をよころび、直ちに腰の団扇を採つて、表に琉球守殿と書き、裏に秀吉と署名して与へたといふ。現に文書の残つてゐるものを見ると、天正十二年の小牧陣や、同十五年の九州征伐の頃には、亀井琉球守と呼ばれ、同十七、八年北条氏を攻めようとする時分には武蔵守と呼ばれ、海外に事あるに及んでは、台州守と呼ばれた事もある。その台州守と書かれた文書は、現に津和野にも残つてゐるし、秀吉が琉球守と書いて与へた団扇は、文禄の役に朝鮮人が之を見てゐる事、李忠武公全書に見えてゐる。

津和野に残つてゐる文書といふのは、秀吉の側近、長束大蔵大輔、富田左近将監連署の折紙で、

「去十日御使札并に狩取らるる虎御進上、披露せしめ候の処、一段御感を成され、即ち御朱印を以て仰せ遣はされ候、誠に本朝に於いて希有《けう》の儀に付、叡覧に備へらるべき為、京都へ早々差上げられ候、此地に於いても諸人見物なされ候、誠に以て貴所御名誉の至りに候」

とある。蓋し朝鮮に於いて虎をいけどり、之を秀吉に献じたのであらう。そしてその宛名《あてな》が亀井台州守殿と書いてあるのである。琉球守や台州守を所望した茲矩も面白く、与へた秀吉も面白い。屈託のない豪快の気象、まことに大丈夫の心境である。心境は天空海闊であるが、しかし実際に領するところは因幡の一隅、鹿野一万三千石に過ぎぬ。面白さは是に於いて十倍するのである。

亀井氏は茲矩を初代として、二代政矩津和野に移り、十代茲監に至つて、明治維新に遭遇するのである。四万三千石の小藩ではあるが、生んだ人物は少なくない。谷狭くして平地が乏しいので、山に段を切つて畠を作つてある。その虎刈りの散髪頭のやうなのを、称して主水畠といふのは、家老多胡主水《たこもんど》が奨励して開墾せしめたからだといふ。その多胡氏の邸宅は、道路改修の為に斜に切られてゐるが、門と左右の白壁の塀は残つて、往年の威厳を偲ばせるに十分である。その東に今は図書館となつてゐるが、昔の藩校養老館のあとで、是も門だけは古いものが残つてゐる。養老館といへば、人は気やすい感じを持つかも知れないが、此の藩校は山崎闇斎の学風を伝へても居り、後には大国隆正の本学を以てその指導精神としたので、学校は大国主命と楠公とを祀り、藩主の祖先を併せ祀つてゐたのであるから、世間一般の学校とは違つたところがある。当時諸藩の学校、大抵は孔子をまつり、儒教一色にして怪しまなかつた。

しかるに津和野に於いては、国学、しかも大国隆正の本学を主流とし、まつるに大国主命と楠公とを以てしたといふのであるから、学問の根本が日本人としての自覚に発し、自主自立の気慨の強かつた事おのづから明らかであらう。

さて其の養老館は、いかなる人物を生んだかといふに、この学校より出でて天下に名を成し、明治の聖代に貢献した名士には、福羽美静があり、西周があり、小藤文次郎があり、而して鷗外森林太郎がある。いづれも名声天下に鳴つた人物であるが、今となつては知らない人が多からう。ただし森鷗外に至つては、時と共に却つて景慕の人を増し、明治大正の文壇に於いて、最高峰の位置、他の追随を許さないと云つてよい。

鷗外は六歳にして養老館に入学し、十一歳の時、廃藩に遭遇して、一家をあげて上京したので、その津和野に在つたのは、少年時代だけであるが、此の天分豊かなる文豪を少年多感の日に於いて育成した土地として、津和野の山河は一段の光彩あるを覚えるのである。而して鷗外の旧宅は、位置こそ多少移されたものの、旧態依然として今も残つてゐるのである。それは清楚な瓦葺の平屋であつて、いかにも士族屋敷らしい落着きのある建物で、中に若干の遺品を蔵し、森潤三郎氏の夫人が之を守つて居られる。ドイツがゲーテやシルレルの遺跡を大切にし、イギリスがシェークスピヤの旧宅を愛護するやうに、此の家はいつまでも保存したいものである。

後記

本書収むるところの文、さきに雑誌「桃李」、改題して「日本」に掲げたものである事は、序文に述べた通りであるが、念の為に掲載の年月を記して置かう。而して執筆は大抵その前月中であつた。

神子の桜	昭和二十八年　六月号
中竜鉱山	同　　年　七月号
広　島	同　　年　八月号
回峰行	同　　年　十月号
滝原宮	同　二十九年　五月号
弘道館	同　　年　七月号
小　田	同　　年　八月号
大慈寺	同　三十年　五月号
九州の旅	同　　年　六月号
信濃皮むき	同　　年　十月号
内　原	同　　年　十一月号
北海道	同　　年　十二月号

九州ところどころ　同　三十一年　四月号〜八月号
伊賀の上野　同　年　九月号
天寧寺　同　三十二年　二月号
津和野　同　年　三月号

著者には早く、我が歴史観、中世に於ける精神生活、中世に於ける社寺と社会との関係、国史学の骨髄、武士道の復活、万物流転、伝統等の著述があつたが、いづれも戦後絶版となつた。近年の著述の主なるものは、左の通りである。

芭蕉の俤（著述、昭和二十七年日本書院発行）
出雲国風土記の研究（監修、同二十八年出雲大社御遷宮奉賛会発行）
名和世家（著述、同二十九年日本文化研究所発行）
北畠親房公の研究（監修、同二十九年日本学研究所発行）

因みにここに日本文化研究所といひ、また日本学研究所とあるは、前後その名を異にするのみで、実は同一所であり、今の財団法人日本学協会の前身に外ならぬ。

續山河あり

平泉澄著

自序

隻影飄零《せきえいへうれい》して、南船また北馬、弧灯俯仰して、古人また今人、山河の変容、心を痛ましめ、人情の推移、憤を激するものも多いが、しかも仔細に見来《きた》れば、その間、高士哲人の存するあつて、その至誠と英気と、周囲を感格し、後代に影響し、よつて以て混沌に秩序あらしめ、幽闇に光明を与へるものも、また尠《すくな》くない。この数年間に、それ等を探訪記録する所の短文、集めて先きに「山河あり」の一書を成したが、今回更にその後を追うて、ここに続篇を編み、重ねて祖国復興の悲願を同じうする諸賢の批正を仰ぐ。

昭和三十三年八月

平泉　澄

一　徳富蘇峰先生

虫の知らせといふものであらうか、十一月二日の朝、徳富蘇峰先生に就いて、一文を草したいと思つて、蔵へ入つて、先年先生からいただいた明板唐宋八家文を取出して来たところ、間も無くラジオは、先生の重態に陥られた事を告げた。先生は近来頗る衰弱して居られたのであるが、精神力は極めて強く、又しても挽回して居られたので、今度も何とかして回復せられるやうにと祈つてゐた甲斐もなく、その夜の九時半、遂に長逝せられたと報ぜられた。是に於いて私が先生を讃美したいと思つた一文は、今や先生を追悼する悲しみの辞となつて了つた。

先生は享年九十有五、文久三年の生誕である。私が先生を悼むの情は、一つは歴史の大いなる変転期に立つといふ感慨の為に、一層深刻なるものがある。以前は、幕末に生をうけられた方が、沢山あつた。身近くいへば、私の父は嘉永六年、ペルリが浦賀に来て天下俄かに騒然となつた年の生れであり、母は慶応元年、再度の長州征伐の年の生れであつた。また教を受け、恩顧を蒙つた方々でいへば、哲学の井上哲次郎先生は、安政二年の生れ、漢学の内田周平先生は、安政四年の生れ、国史の萩野由之先生や、評論の三宅雪嶺先生は、万延元年、桜田門の変のあつた年の生れであつた。また不思議の因縁で御指導を辱うし、非常な知遇をいただいた海軍の有馬良橘大将は、文久元年の生れであつた。また国史の三上参次先生は、慶応元年、東洋史の内藤湖南先生は、同二年、といふ風に、私の教を受けた諸先生、多くは明治以前の生誕であつた。さればそれらの諸家、大抵はやく亡くなられて、井上先生の如き、九十歳の長寿を保たれたお方も昭和十九年に永眠せられ、内田先生も同年八十八歳にして長逝せられ、終戦の後まで生き長らへられたお方は殆んど無い。しかるにひとり蘇峰先生は、文久三年の生れであつて、而して終戦の後なほ十二年の長きを生きて、私共を指導し激励せられたのである。それ故に私共は、先生を通じて、幕末との身近いつながりを感じてゐた。安政の大獄といひ、蛤御門《はまぐりごもん》の戦といひ、さういふ幕末の数々の事件を、何となく程遠からぬ出来事として受取る事が出来たのであつた。しかるに今や、その殆んど唯一の遺老である蘇峰先生の長逝によつて、幕末と私共との間のつながりは切れた。歴史の大いなる変転期に立つ思ひを以て、私は心寂しく先生の訃報に対し、長歎息せざるを得ないのである。

九十五歳の長寿といふは、非常の事である。六十一歳にして還暦を祝ひ、七十歳にして古稀を賀し、八十八歳にして米寿を喜ぶのであるが、人生七十古来稀とする所であり、七十七の喜の字の祝ひや、八十八の米寿の喜びは、現代のやうに医学が発達し、一般に寿命が延びた世にも、中々珍しいのである。従つて普通であれば、蘇峰先生の九十五歳は、祝福せられたる長寿として、目出たがられて然るべきところであるが、その実、先生の晩年は寂寥を極めたる永日であり、苦難にみちた長夜であつたといつてよい。何となれば、夫人を失ひ、子息を失ひ、家庭的に頗る恵まれなかつた上に、敗戦の後は浮薄なる世間の心変りの為に、先生は天涯孤独の境地に立たれざるを得なかつた。

子等は逝き　妻また逝きて　われ一人
　淋しき秋の　雲をながむる　　　　（以下、歌はすべて先生の作）
あぢきなく　われ唯ひとり　夕窓に
　よりて眺むる　大空の富士
移り行く　世は皆我を　忘れたり

我また忘る　わが生死を
捨てたるか　捨てられたるか　それは知らず
我ただひとり　我と語らむ
大海の　中の小島に　ただ一人
住める翁と　我をしおもふ

是等の歌は、先生の境遇と感慨との率直なる描写であり、偽らざる表現である。
先生は帝国学士院会員に選ばれ、芸術院会員に列し、文化勲章を贈られ、貴族院議員となり、凡そ学者として、文筆家として、最高の栄誉を担はれた。それが敗戦の後、一切を辞して退隠し、前述の如き境地に立たれたのであるから、その心中の寂寥は想像を絶するものがあらう。

さびしさを　何にたとへむ　大空の
星より隕《お》ちし　人もかくやと

先生は此の歌に題して「四顧寂寥」と書かれた。ああ四顧寂寥、何といふ痛ましい晩年であらうか。昭和二十年八月、大東亜戦争敗北に終つた時、先生はすでに八十三歳の高齢であつた。それより九十五歳にして長逝せられるまでの足掛け十三年を、天涯孤独、四顧寂寥のうちに送られたといふ事は、類例少なき悲劇といはねばならない。敵国よりは戦争犯罪容疑者として指定せられ、同胞よりは軍の協力者として排斥せられ、逝去の直後に、朝日新聞及び毎日新聞が、揃ひも揃つて掲げた長谷川如是閑（この人は大戦中言論報国会に入つてゐた筈である。私はその会合でこの人と同席した事がある）の追悼文にさへ、超国家主義として先生の戦争中の態度（先生は言論報国会の会長であつた）

を非難せられて、先生の胸中はどんなであつたらう。

今更に　何をか云はむ　今さらに

何をかも云はむ　ただにもだをらむ

然るに先生は、八十三歳の高齢、並大抵の人間であれば、頽齢といふべき年齢に於いて、かかる苦難に遭遇せられながら、その天涯孤独、四顧寂寥の境地に立つて、何等の悔恨も無く、毫末の恐怖もいだかず、毅然として節操を守り、一歩も後しさりされなかつた。私から見る時、先生の真骨頂は終戦以後に発露し来り、先生の真の偉大は、晩年の悲劇の中に実証せられたのである。万木の慴伏《せふふく》する暴風雨《あらし》の中に、動ぜずして立つ一本の老松、それが先生である。見渡す限り滔々として天をもひたす濁流の中に、飛沫を浴びながら屈せざる一個の巨巌、それが即ち先生に外ならぬ。

末の世の　末のすゑまで　頼みをかむ

わが一筋の　大和雄心

勝敗は時の運である。勝つをよしとするは、いふまでも無いが、負けるも致方のないところであつて、勝つて傲らず、敗れて屈せざるを、貴しとする。大東亜戦争五年の長きにわたり、小を以て大に当り、世界の大半敵に廻るに及んで、力遂に尽きた事は、やむを得ないところであるが、戦には敗れても、心を失ひ、節を売る必要は、毫も無い。暴威に屈せず、苦難を恐れず、毅然として立つべき所に立ち、守るべきものを守る時、勝者に恥ぢざる名誉があり、勝者を恐れしめる威厳がある筈である。しからば我が国の敗れたる時、かかる名誉、かかる威厳は、何人に於いて見られたであらうか。他の方面はしばらく措いて、学界言論界に於いては、挙げてねがへりであり、屈従であり、畏怖であり、萎縮であり、転向であつた。何といふあさましい光景であつたらう。何といふあさはかな態度であつたらう。しかし其の中に、流石《さすが》に苦節を守り、勇気を失はない人が、幾人かあつた。而してその筆頭第一、最も高く最も大いなるものが、実に蘇峰先生であつたのである。

何事も　変り果てたる　世の中に
　昔ながらの　富士の神山

これは富士山を詠ぜられたる蘇峰先生の歌であるが、取つて直ちに先生の英姿雄風を讃美する歌としてよい。敗戦後のかくの如き英姿雄風は、緒戦の際の真珠湾攻撃の快挙に比肩せらるべきものである。その真珠湾の快勝が、全国民の感激に充ちた拍手を以て迎へられたのに対し、先生の清節に対しては、学界言論界はいかなる態度を示したであらうか。

我を念《おも》ふ　人あらざらむ　我がおもふ
　人も稀なり　淋しこれの世

何分にもアメリカの暴威にちぢみあがつて、真珠湾の攻撃をさへ後悔し非難するほどに、心変りした人々に、先生の苦節が理解せられないのは当然であつて、先生の晩年のいたましさも、まことに致方のない所であつたらう。九十五歳の長寿は、実にかくの如き清節の実証の為に必要とせられ、日本人の精神に威武の屈する能はざる崇高なる気魄の存在を証明する為に必要とせられた。戦後の十二年は、先生の為には、いたましき晩年であつたが、日本国の名誉の為には、日本歴史の光栄の為には、輝かしき精神の勝利であつた。私は此の栄誉ある晩年の先生に親炙《しんしゃ》し得た事を、幸福とし、光栄とせざるを得ない。私は先生の知遇を得る事、既に三十年の長きに及んでゐるが、御会ひしたのは戦前に五六回、戦争中は一度もなく、戦後はわづか二回に過ぎない。伊豆の海岸と、北国の深山と、遠く離れて、まことに止むを得なかつたのである。御手紙をいただく事は、戦前に三四回、戦争中は一度もなく、戦後に二十数通に上つた。取出して再読し、三読するに、いづれも慈愛溢るる懇篤の書状であつて、殆んど慈父の如きあたたかさを覚えるのである。昭和二十六年の春から夏にかけて、追放解除の頻りに行はれた時の事である。七月十三日夕のラジオは、大川周明博士に対しては追放を解除しない事に決定したと報じ、あくる十四日朝のラジオは、徳富蘇峰、平泉澄を始め数名の著述家は、その追放を解除しない事に決したと報じた。その時いただいた先生の書翰には、「御同様、光栄アル追放ニ候得バ、何《いつ》レニテモ結構ト存居候」とあつたが、私は追放に関する限り、先生に追随し得た事を、むしろ光栄と感ずるのである。

　追随し得ないのは、先生の読書である。先年いただいた唐宋八家文を見た時も、感歎した事であるが、先生はひろく新刊を、洋の東西にわたつて読んで居られると同時に、古典をくりかへしくりかへし読んで居られるのである。先生恵贈の八家文は、普通の本では無い。世間にひろく通用してゐるのは、清《しん》の沈徳潜《しんとくせん》の選ぶところであるが、八家文を選輯したものは、その外に、清代にも数種あり、溯《さかのぼ》つて明《みん》代にも数種ある。先生愛用の本は、明の帰震川《きしんせん》の選であつて、珍しい本である。殊にそれに倪元璐《げいげんろ》の評のついてゐるのがよい。この本を見ると、先生の識語が所々に入つてゐて、先生がくりかへしくりかへし之を愛読せられた事が分る。就中、大蘇文の首巻、蘇東坡の本伝に、所々朱を加へて、最後に、「昭和二十年九月十一日、於岳麓双宜荘、頑老蘇八十三」と記してある。いふまでも無い、敗戦の年である。しかも九月十一日といへば、終戦よりまだ一月もたたない時である。大抵の人の、ただ周章し狼狽してゐる時に、先生は静かに古書をひもといて居られたのである。しかもそれは閑人の閑事業では無い。国家の悲運に慟哭しつつ、古典によつて魂を養つて居られたのである。同じ八家文の、韓退之《かんたいし》の首巻には、「昭和二十三、八月初一、於豆嶺晩晴艸堂、頑蘇八十六叟、又々一読」とあるが、この日は新聞が、先生の言禍を伝へた日である。その言論、敵軍の怒りを買ひ、恐らく厳重なる処罰を受けるであらうと伝へられた日である。その日に先生は、韓退之の文集を、又々一読して居られるのである。一身の危機、眼前に迫るを感じながら、従容として古人の書に親しみ、よつて以て自らの精神を養はれたのである。退之は五十二歳の時「聖明の為に弊事を除かむと欲す。あへて衰朽をもつて残年を惜しまむや」と、無限の感慨を吐露しつつ、遠く潮州に流された人であり、蘇東坡はまた「老い且つ窮すといへども、しかも道理心肝を貫き、忠義骨髄をうづむ、ただ須く《すべから》死生の際に談笑すべし」と、その本領を発揮した人である。先生が、苦難重畳、四顧寂寥のうちに、毫も屈するなくして清節を守り通されたについては、古人を友としての斯《かく》の如き切磋があり、養心があつたのである。

昭和三十二年霜月八日、先生の葬儀が東京に於いて行はれると聞く時間に、此の一文を草して、謹んで影前に供へる。

（昭和三十二年十二月）

二　小野宮右大臣

三条天皇の御代といへば、一条天皇の次、後一条天皇の前、今から数へて九百四五十年前に当りますが、それは丁度藤原道長の全盛を極めた時代でありました。道長は、当時左大臣でありましたが、人物才幹といひ、門地家系といひ、他の人々にくらべて卓越抜群であつて、誰も之と肩をならべる者はなく、皆々その前に慴伏《せふふく》し阿諛し、追従《ついしよう》しました為に、おのづから権勢この人一人に帰したのでありました。

大鏡を見ますと、

「四条大納言の、かく何事もすぐれ、めでたくおはしますを、大入道殿、いかでかからん、うらやましくあるかな、わが子どもの、影だに踏むべくもあらぬこそ、口惜しけれ、と申させ給ければ、中関白殿、粟田《あはだ》殿などは、げにさもやおぼすらんと、はづかしげなる御けしきにて、物もの給はぬに、此入道どのは、いとわかうおはします御身にて、かげをば踏まで、面《つら》をやは踏まぬ、とこそおほせられけれ、」

とありますが、これは四条大納言公任《きんたふ》の、何事にも傑出してゐるのを見て、大入道殿と呼ばれた関白兼家が、之を羨み、自分の子供は、公任の影をふむ事さへ出来ないであらうと歎いた時に、長男の道隆や、三男の道兼などは、父の歎きは尤もな事として恥ぢ入つてゐましたが、ひとり道長のみは、まだ若かつたのに、影どころではありませぬ、面《つら》を踏みませうと、昂然として言ひはなつたので、人々皆驚いたといふのであります。

少年にして既にかやうな気象でありましたから、長じては英豪の気一世を圧し、権勢おのづから此の人に集りました。これは、いついかなる世にも左様でありますが、必ずしも本人に専横の気持があるといふわけで無くとも、周囲側近が之に迎合し、世の浮薄なる者、奔走して之に媚びへつらふに及んで、遂に一世を風靡するの権勢となるのであります。

長和元年四月の事でありました。三条天皇は、宣耀殿《せんえうでん》の女御《にようご》を以て、立てて皇后とせられました。女御、名は娍子、大納言済時の女《むすめ》であります。しかるに公卿の人々は、一方に左大臣道長の女妍子が中宮として、いはば競争の立場に在るに気兼ねをし、立后の日に参内する者が殆んどありませぬ。参内しないで中宮の御殿に伺候し、道長の機嫌をうかがふ者ばかりでありました。天皇は重臣皆差支へありと称して出て参りませぬので、特に御使を以て、右近衛大将藤原実資《さねすけ》を召されました。実資は人々が道長を憚つて参内しないわけを十分に承知して居りながら、敢然として参内し、御用を勤めました。その時の実資の決意は、日記に左の如く記されてあります。

「天に二日なく、土に二主なし、仍つて巨害を懼れざるのみ、」

当時他の公卿たちは、参内せよとの御使をいただいて居りながら、却つてその御使を嘲弄し罵詈《ばり》して、召に従ふ者は殆んどなく、参入した者は、大将実資の外には、中納言隆家《たかいへ》、右衛門督懐平《かねひら》、修理大夫通任《みちたふ》等ばかりであつたといひます。栄華物語に、

「大夫《だいぶ》などには、望む人も、殊に無きにや、さやうのけしきや、きこしめしけん、故関白殿のいづもの中納言なり給ひぬ」

とありますのは、皇后お立ちになれば、皇后宮職《くわうごうぐうしき》の役人を置かれねばなりませぬが、その長官である皇后宮大夫にも、なり手がない有様であつたので、道隆の子の隆家を任命せられたといふのであります。隆家は長徳元年十七歳にして

中納言に任ぜられましたが、二年に出雲権守に左遷せられましたので、ここに出雲の中納言と書かれたのであります。後に太宰権帥に任ぜられて九州に在りました時、たまたま刀伊《とい》の賊入寇して対馬壱岐を侵し、進んで筑前に攻入りました時、之を迎へ討つて激戦し、遂に賊徒を敗走させた功績は、世に喧伝して居りますが、その刀伊の賊を退けた勇気もめざましい事無論でありますけれども、大臣公卿みな道長を憚つて、立后の日に参内する者なく、皇后宮大夫になり手もなかつた時に、推して参内して儀式に参列し、喜んで大夫に任命せられた勇気も、亦実にめざましいといはねばなりませぬ。この点に於いて隆家も、実資と共に、その忠誠をたたへられるべきであります。

実資に就いては、今一つの逸話があります。それは次の後一条天皇の御代の事であります。寛仁二年に、道長の第三女威子、入内して、やがて中宮となられました。道長の長女は上東門院彰子、一条天皇の中宮であります。次女は妍子、三条天皇の中宮であります。それに今や第三女が、後一条天皇の中宮となられたのであります。栄華物語に、

「かくて三后のおはします事を、よにめづらしきことにて、殿の御さいはひ、此世の事と見えさせ給はず、このおまへだちの、おはしまし集まらせ給へる折は、我目に見奉り余らせ給ては、『ただ今物見知り、古の事覚えたらん人に、物のはざまより、かいばませ奉らばや』とまでぞ、の給はせける」

とありますのは、この三人の后たちのお集まりを見て、父の道長が、喜びの余り、古今の事に通じた人に、物かげより垣間見させて、驚歎させたいと云つたといふのであります。

さて其の第三女威子立后の日の事であります。御よろこびの宴会に、道長は、実資を招いて、「和歌をよみたいと思ふから、唱和してあなたもよんで下さい」と云ふ。実資も之を承知したが、やがて発表せられた道長の歌は、あの有名な、

此世をば　我世とぞ思ふ　望月の①
　かけたる事も　無しと思へば

といふ、驕りに驕り、たかぶりにたかぶつた歌でありましたので、実資は之に唱和するをいさぎよしとせず、遂に断つて了ひました。実資の気骨、めざましいといはねばなりませぬ。

藤原実資、幼名大学丸、参議《さんぎ》斉敏の子でありますが、祖父実頼に養はれて、其の子となりました。権大納言に任じ、右近衛大将を兼ねましたが、治安元年には右大臣に進みました。永承元年九十歳にして薨じました。世に小野宮《おののみや》右大臣《うだいじん》と呼ばれ、よつて其の日記を小右記といふのであります。その小右記、もとは天元元年二十二歳の時に始まり、長元五年七十六歳に至るまで、前後五十余年に亘つて居りましたが、後世散逸しまして、今は約三十一年分が伝はつてゐます。散逸して半ばを失つたとはいひますものの、猶三十一年分を残して、今日歴史を考へる者に、有力なる資料を提供し、千年以前の昔を、目の前に見るが如くに明らかにしてくれます事は、感謝すべき事であります。

「入りては則ち法家払士《はふかひつし》無く、出でては即ち敵国外患無ければ、国恒《つね》に亡ぶ」②とは、孟子の言であります。法家払士といひますのは、権勢を恐れずして主君を諫め、主君をして正しい道をふみはづさしめないやうにする賢臣をいふのであります。大抵暴君といひ、驕臣といふもの、本人の至らないのはいふまでも無い事でありますけれども、その周囲の者共の阿諛諂佞が、本人の過失を大きくするのであります。されば藤原実資が御堂関白の飛ぶ鳥をも落す権勢に屈せず、正道正義を守つた事は、頗る歎賞すべき所であります。

ひるがへつて思ふ、時勢変転して今日のやうになりますと、大衆に媚びへつらひ、輿論におもねる風が強くなつて来て居ります。我々は上の人にも媚びへつらつてはなりませぬが、同様に一般大衆におもねつてもならないのであります。方正剛直、守るべき所を守る事、小野宮右大臣の如くありたいものであります。

註　①　望月の　望月が満月の事である事はいふまでもない。「望月の云々」は、「望月の如く充ち足りて、欠けてゐる所なく、不足の事は無いと思へば」の意。

②　入りては則ち法家払士無く　孟子巻六、告子章句下。「入則無㆓法家払士㆒、出則無㆓敵国外患㆒者、国恒亡、然後知㆘生㆓於憂患㆒、而死㆗於安楽㆖也。」

（昭和二十九年十一月）

三　忠度と行盛

平家の一門は、風流を以て聞えた。就中《なかんづく》薩摩守忠度《ただのり》が、都落ちの際の佳話は、世に喧伝するところである。源氏の大軍北陸道を攻めなびかし、既に比叡山に登つて、京都を眼下に見下すに及び、平家の運命は釜中の魚の如くであつた。是に於いて、八条、西八条、池殿、小松殿、泉殿以下の邸宅に火をかけて焼払ひ、蒼惶として西海に遁れたのが、いはゆる平家の都落ち、実に寿永二年の秋、七月の末の事である。しかるに忠度は、その都落ちに際しても敷島の道を忘れず、故郷の家々煙となつてたちのぼるを顧みて、

ふるさとを　焼野の原に　かへりみて
　末も煙の　波路《なみぢ》をぞゆく

とよんだばかりでなく、一旦は皆と共に淀の河尻まで下つたが、夜に入つてひそかに都へ帰り、藤原俊成卿《しゆんぜい》①の家をたづね、年来よみ集めた歌一巻をあづけ、将来勅撰和歌集撰進の時には、必ず思出し給へと頼み、今は身を波の底に沈むるとも、更に思ひ残す事なしとて馬に乗り、一門の人々を追うて西海へ赴いた。それより数年の後、俊成卿、院宣をうけたまはつて、千載集を撰んだ時、忠度の名は憚つて顕はさなかつたけれども、その歌集の中から次の一首を採つて、読人しらずとして入れた。

さざ浪や　しがの都は　荒れにしを
　昔ながらの　山桜かな

左馬頭《さまのかみ》行盛《ゆきもり》にも、同様の話が伝へられてゐる。行盛といふのは、基盛の子であつて清盛の孫に当るから、清盛の弟である忠度に比すれば、年もずつと若かつたであらう。[2] この人は歌を藤原定家《ていか》卿に学んだ。定家は俊成の子である。寿永二年の都落ちにあたり、行盛は歌集の巻物一つ、手紙を添へて定家に送つた。定家ひらいて之を見るに、来し方行く末の事こまかに書かれて、端書《はしがき》に、

流れなば　名をのみ残せ　行く水の
　あはれはかなき　身は消ゆるとも

とあつた。定家之を見て感に堪へず、それより約五十年の後、後堀河天皇の勅命によつて新勅撰集を撰進した時、既に時代も変つてゐる事であるから差支へあるまいとて、左馬頭平行盛と名をあらはして、此の歌を入れたといふ。

或いは之に対して非難する人もあらう。忠度といひ、行盛といひ、歌道に熱心であつて、危急の際にも、勅撰集への入撰を忘れなかつたといふのは、歌の方からいへば美談ではあらうが、武人としては遂に文弱のそしりを免れないと。しかし一概に文弱と非難する事が出来ないのは、二人とも最期がまことに立派であつたからである。忠度は平家物語にも、「熊野生立《おひたち》、大力の疾態《はやわざ》」とあつて、紀州熊野山で育ち、力も強ければ、わざも敏捷であつたに相違ない。寿永三年の二月、源義経、平家を一の谷に攻めた時、忠度は西の手の大将であつたが、いよいよ敗軍となつた時、百騎ばかりの兵をひきゐて、従容として静かに退却し、追ひかけて来た敵の岡部六弥太と、むずと組んで、刀もて之を刺す事三回、とつて押へて首を掻かうとするところを、かけつけた六弥太の家来の為に腕を斬られて、遂に戦死したのであつた。六弥太はよき大将を討つたとは思つたものの、名を聞く事が出来なかつたので、箙《えびら》につけられた文を解いて見たところ、

ゆきくれて　木の下かげを　宿とせば
　花や　こよひの　あるじならまし　　　　　忠度

とあつたので、さては薩摩守であつたかと知つて、「岡部六弥太、薩摩守殿を討取つたり」と大音声に名乗をあげたところ、敵も味方も之を聞いて、「あないとほし、武藝にも歌道にも達者にておはしつる人を、あたら大将軍を」といつて、「涙を流し袖をぬらさぬは無かりけり」と、平家物語は記してゐるのである。

一方の行盛は、壇浦《だんのうら》の合戦に戦死したのであつたが、これも最期は見事であつた。即ち行盛は、父の基盛が大和守の時、宇治川に泳いで水死したのを悲しんで、不幸なる父の追善の為に、毎日法華経の提婆品《だいばぼん》をよむのが、年来の習慣であつたが、壇浦の戦にも、船のへさきに在つて提婆品をよみ、よみ終るや従兄弟の有盛と立ちならび、箙《やじり》をそろへてさんざんに敵を射て、やがて首をならべて討死したといふ。して見れば行盛も、武人としての名誉に欠けるところは無い筈である。

さて今ここに、此の有名な、誰知らぬ人も無い話を、わざわざ持ちだしたのは、忠度や行盛のふるまひに、深く感ずる所があるからである。即ち彼等は、文武二つの道に於いて、平素より修練があり、造詣があつた。而して平家の一門没落の悲運に際して、少しも周章狼狽するところなく、いはんや変節逃避する事なく、曾て立ちし所に倒れた。その武、狂瀾を既倒にかへす事の出来なかつたのは、もとよりやむを得ざる所である。大廈《たいか》を支へ得なかつた罪を、一木に責めるべきではあるまい。むしろ彼等が大混乱のうちにも敷島の道を忘れず、絶望の際にも勇気を失はずして、即ち一言にしていふならば、非常の大難に遭遇して、その平常心を失はず、歌人としての風雅に生き、武人としての剛壮に死した事を、歎称すべきである。

殊に思ふ、源平の戦は、治承四年源氏の旗上げより三年程の間こそ、平家再び之を鎮定し得るかの見込みもあつたものの、寿永二年の秋の都落ち以後ともなれば、大勢は既に決して、問題はただ平家が何時何処で亡びるかといふ点だけとなつたのである。必ず勝ついくさと見て進むは、万人の能くする所であるが、孟施舎《まうししや》は、「是れ三軍を畏《おそ》るる者」であると評した。[3] 勝たざるを視ること、猶勝つが如き者、即ち到底勝つ事の出来ない大軍強敵に対しながら、少しも恐れず、心を動かさない者、これこそ真の勇士といふべきである。

忠度、行盛の行動を以て、単に歌道に於ける佳話美談と見るべきでは無い。大難に遭遇して狼狽せず、強敵に対抗して恐怖せず、少しも其の平常心を失はなかつたところに、文武両道に於ける其の修練のきびしく、其の造詣の深きを見るべきである。かくの如き心を、忠度、行盛は、悲運の時に於いて発揮したが、かくの如き心は、今日国家の真の独立を考ふべき日に於いて、最も切要とすべきである。逆境に在つて動揺し、大難に臨んでうろたへる者に、何の独立があらう。大量に驚き、大軍に屈して、その平常心を失ふ者に、ああ何の独立があらう。

註 ① 藤原俊成　元久元年歿す。享年九十一。その子定家、仁治二年歿す。年八十。共に歌道の達人として頗る重んぜられた。

② 忠度は戦死した時、四十一歳であつた。行盛の年齢は明らかでないが、父の基盛が保元元年に十七歳であつたといふ点から推測すれば、行盛が壇浦で戦死した時には二十六七歳でもあつたらう。

なほ忠度が都落ちにあたつて俊成に託したといふ家集は、幸ひに後世に伝はつて、群書類従にも収められてゐる。歌数すべて百一首。その二三をあげて見よう。

秋近く　なりやしぬらむ　清滝の

河瀬涼しく　ほたる飛びかふ

秋きぬと　知らで聞くとも　大かたは
あやしかるべき　風の音かな

塩がまの　昔のあとは　荒れ果てて
浅ぢが原に　うづらなくなり

③

孟施舎　孟子（公孫丑章句上）に曰く、「孟施舎の勇を養ふ所は、曰く、勝たざるを視ること、猶勝つがごときなり、敵を量りて而して後に進み、勝つを慮りて而して後に会するは、是れ三軍を畏るる者なり、舎豈に能く必ず勝つことを為さんや、能く懼るることなきのみ。」

孟子は此の孟施舎の態度を、曾子に似たるところがあると評し、進んで曾子の言葉として、曾子が孔子の大勇に感歎した話をのせてゐる。その孔子の大勇といふのは、左の語である。「自らかへりみてなほからずんば、褐寛博《かつくわんぱく》といへども、吾れおそれざらんや、自らかへりみてなほくんば、千万人といへども、吾れ往かん。」（褐寛博とは、からだに合はない、ダブダブの粗末な服を着てゐる賎しい者をいふ）。真の大勇が、道義に発するものである事は、この言葉によつて明らかであらう。「自反而縮、雖千万人、吾往矣。」心ある人の銘記すべきは実に此の十一字である。

（昭和二十七年七月）

四　重衡と宗盛

一の谷の戦①、義経の奇襲に不意を討たれて、平家の陣総崩れとなつた時、不幸にしていけどりの憂目を見た一人は、本三位中将②重衡であつた。重衡は清盛の子、重盛、宗盛、知盛等には弟に当る。されば当時なほ二十八歳の若さにして、位は既に正三位、官は左近衛権中将に任ぜられ、一の谷では生田の森の副将軍であつたが、いくさ敗れてやむを得ず、乳母子《めのとご》③の後藤兵衛盛長と共に、主従二騎、西をさして退却した。海には平家の船が沢山あつたが、源氏の追撃急であつて、船に乗るべき余裕も無かつた。ただし重衡の乗るところは、童子鹿毛《どうじかげ》といふ名馬であり、盛長はこれも重衡秘蔵の駿馬夜目無月毛《よめなしつきげ》に乗つてゐたので、普通の馬で追付く事はむつかしいと見えた。そこで梶原源太景季は、もしやと遠矢《とほや》に射たところ、重衡の馬の三頭《さんづ》にあたつた。三頭といふのは、馬の尻の事である。尻に矢が深くささつては、いかなる名馬も走れるものでは無い。童子鹿毛は忽ち弱つて来た。それと見て盛長は、自分の乗つてゐる馬を召されては一大事と、鞭をあてて逃げて了つた。重衡はやむを得ず、馬を海へ打入れて、自ら身を投げようとしたけれども、海は遠浅で沈む事が出来ない、さらばと腹を切らうとするところを、追付いた庄《しやうの》四郎高家に捕へられて了つた。

捕へられた事は、もとより名誉では無い。且つまた乳母子の盛長といふ、家来でもあれば、乳兄弟でもあつて、最も親近の男に逃げられた事も、まづいと云はねばならないが、しかし時の不運に際会し、戦の不利に遭遇しては、友人や部下にもそむかれて、面縛の憂目を見る事は、昔より例の多い事であつて、事情やむを得ざるものあるを認容して差支へなからう。

見事なるは、捕へられた後の重衡の態度である。何分にも清盛の子であり、宗盛の弟であり、三位の中将であり、生田の森の副将軍である。この人が捕へられた事を聞いて、喜んだのは、頼朝である。頼朝は朝廷に申請して、之を鎌倉に招致し、一見しようとした。護送の役は、梶原平三景時である。重衡は、寿永三年三月十日京都を発し、二十七日伊豆の国府に着いた。[4] 伊豆の国府は、即ち三島である。しかるに頼朝は、十八日より鎌倉をたつて、伊豆の山野に於いて、狩猟をしつつあつた。そこで景時は、重衡を何処へ護送すべきか指揮を仰いだところ、早速北条へつれて来い、明日面会しようとの返事である。

あくる二十八日、頼朝は、重衡を引見した。頼朝は得意になつて云つた。

「抑も今度の戦、一つには朝廷の御憤を慰め奉らん為であり、又一つには父の恥をすすがんが為でありますが、石橋山の合戦以来、戦局順調に発展して、本日かやうに御面会のかなひました事は、頗る名誉とする所であります。この上は内大臣殿（宗盛）に御目にかかる事も間近い事でありませう。」

勝誇る源氏の総大将、関八州の猛士勇卒を左右にひかへての御託宣である。言葉は一応丁寧なやうであるが、実は傲々然として捕虜に対する態度、あだかも猫の鼠を弄《もてあそ》ぶが如くである。

しかるに流石《さすが》は重衡、身こそ捕はれてあれ、心は関東の威武に毫も屈しなかつた。彼は梶原平三が中に立つて取次しようとするを断《ことわ》つて、直接に頼朝に答へて云つた。

「昔は源平両氏弓矢をとつて朝廷に仕へ、相並んで天下の警衛に当つてゐましたが、近年は源氏凋落して、平家一門ひとり朝廷の守護に任じて居りました。一門にして公卿《くぎやう》たるもの十六人、殿上人《てんじやうびと》三十余人、中央地方の官庁に長官たるもの六十余人、繁栄実に二十年に及んだのであります。しかるに今や戦ひ利あらず、かやうに捕はれの身となつた事は、まことに止むを得ざる運命であります。若し親切を存せられるならば、早く斬罪に処せられたい。」

答ふる声もさわやかに、何の憚りもなく、かやうに云ひ放つて、それより後は、更に一語を発しなかつた。並み居る大名小名之を聞いて、皆涙を流し、あつぱれ大将軍やと、感歎しない者は無かつた。頼朝もいたく感動して、狩野介《かののすけ》宗茂《むねもち》に重衡を守護せしめ、特に命じて待遇懇切を極めしめた。

重衡は翌年六月、東大寺の衆徒の申請によつて南都に渡され、その月二十三日遂に斬られたが、一年四ヶ月に亘る捕虜生活の、堂々として何の恐れも無く、毫も卑屈の気色の見えなかつた事は、人々の尊敬し思慕する所となつたのである。

之に反して態度卑劣にして、世の物笑ひとなり、人の爪弾《つまはじ》きする所となつたのは、宗盛である。内大臣宗盛は文治元年三月二十四日、長門の壇浦《だんのうら》の戦に、子の右衛門督清宗と共に、海に身を投じたが、伊勢三郎義盛の為に、熊手にかけて引上げられ、父子共に捕はれの身となつた。やがて六月七日、頼朝は宗盛を引見した。しかし此の度は大江広元の意見に従つて、直接の対面に及ばず、簾の中より望見し、比企《ひき》四郎能員《よしかず》をして、詞を伝へしめた。しかるに宗盛は、頼朝の武威に屈し、並みゐる大名小名に恐れをなし、能員の如き者に対してすら、席をすべつて挨拶をし、頻りにこびへつらつた上、気おくれの為に、言ふところも甚だ不明瞭であつた。からうじて聞取られたのは、「露の命を助けて下さるならば、出家入道したいと思ひます。」といふ事だけであつた。平家一門の惣領、従一位内大臣たる身の、戦に敗れたりとは云へ、何たる卑怯卑劣の態度かと、見る者弾指《つまはじき》せざるは無かつたといふ。

勝つて驕らざるは、もとより名将のたしなみ、敗れて心沮喪《そそう》せず、態度卑屈に陥らざるは、これ亦古今の歎称するところである。

註

①　一の谷の戦　安徳天皇の寿永三年二月七日の事であつた。

②　本三位中将　当時、位は三位、官は中将であつて、三位中将と呼ばるべき人が、平家一門の中に、三人もあつた。即ち重衡、維盛、及び資盛である。維盛及び資盛は、共に重衡の兄重盛の子であつた。叔父の重衡二十八歳、甥の維盛二十四歳、その弟の資盛は、年齢明確で無い。いや果して弟であるか、実は兄であるかも、明確では無い。尊卑分脈を見ると、維盛が兄、資盛が弟となつて居り、平家物語殿下乗合の条にも、「小松殿の次男新三位中将資盛卿」とあるけれども、その前後に「去し嘉応二年十月十六日に、」「その時はいまだ越前守とて十三になられけるが」とあつて、嘉応二年に十三歳ならば、寿永二年には二十七歳となり、維盛よりは三歳の年長となる。又公卿補任を見ると、維盛は仁安二年二月七日に従五位下に叙せられてゐるが、資盛の方は、その前年の十一月廿一日に従五位下に叙せられ、十二月三十日には越前守に任ぜられてゐる。これらを考へ合せて見るに、資盛の方が実際は年長であつたらう。しかし後には維盛の方が先きに昇進し、従三位になつたのも、維盛は養和元年、資盛は二年おくれて寿永二年であつたし、平家物語吾身栄花の条其他に、「嫡孫維盛」といふところを見れば、後から生れた維盛が、清盛の嫡孫と立てられ、資盛は先きに生れたものの次男としての待遇になつたのであらう。蓋しこれは母が違ふのである。兎も角も、今、重衡、維盛、資盛の三人、相並んで三位中将であつたので、その叙位の順序により、重衡を本三位中将、資盛を新三位中将と称して、之を区別したのである。

③　乳母子　乳母（うば）の事を、古くは（めのと）と云つた。めのとごは、即ちうばの子である。

④

鎌倉へ下る途中、遠江の国池田の宿で、宿の長者熊野（本によつては湯屋とも書いてあつて、ゆやとよむ）の娘、侍従に会つた話は平家物語に見えてゐる。侍従は曾て宗盛の寵愛をうけてゐたが、国に残つてゐる母の老衰の気づかはしさに、頻りに暇乞をするが、宗盛の許さないのを歎いて、

いかにせん　都の春も　惜しけれど
　馴れしあづまの　花や散るらん

とよんで、遂に郷里に帰つた人である。この時、侍従は、捕はれの重衡を見て感慨に堪へず、

旅の空　はにふの小屋の　いぶせさに
　故郷いかに　恋しかるらん

とよんで贈つたところ、重衡は、

ふるさとも　こひしくもなし　旅の空
　都もつひの　すみかならねば

と答へた。

（昭和二十七年八月）

五　豪快と細心

戦敗れてうらびれの数年に、日本人の心はあまりにも傷つけられて、すつかりいぢけて了ひました。此の時に当つて古の英雄、大難のうちに崛起《くつき》して之を克服し、天下の大勢を一変せしめて、国家を泰山の安きに置き、国民の生活を安定せしめた英傑のあとを回想しますことは、我々にとりまして、大いなる慰めであります。

我国で戦国時代と云はれますのは、応仁の大乱①から始まるのでありますが、大乱は先づ京都に起つて、やがて四方に拡大し、遂に全国を動乱の渦中にまき込んで、それより凡そ百年の間、戦のやむ時は無かつたのであります。而して此の恐るべき動乱を鎮定し、天下を統一すべく起ちあがつたのは、織田信長でありましたが、その業未だ半ばならずして、天正十年六月二日、惜しくも本能寺の変に倒れました。京畿の群小勢力はいふまでもなく、浅井・朝倉・今川・武田、音に聞えた諸豪をまたたくうちに討ちほろぼして、破竹の勢を以て進んだ信長の突然の横死に、人々は茫然として為すところを知らない有様でありました。わるくすれば天下の情勢は、再び逆転して大混乱に陥るかと思はれたのでありました。

しかるに幸ひにして、不世出の英傑が現れました。羽柴筑前守秀吉②、その人であります。秀吉は当時信長の一武将として、毛利征伐の命をうけ、進んで備中高松③の城を水攻にし、城を救はうとして来援した毛利輝元五万の大軍と対峙してゐました。その囲むところの高松城は未だ陥らず、前には毛利の大軍を引受け、而してうしろに本能寺の変、明智光秀の反乱を聞いたのであります。いはゆる前門の虎、後門の狼、腹背に強敵を受けて、大抵の者であれば、あわてふためき、まづい処置をして、のたれ死するか、窮して遂に出家入道するか、先づは無事に脱出し得まいと思はれる難局に立つて、秀吉の判断し、決意し、敢行しましたところは、悉く適切であり、神速であり、絶妙であつて、ひとり窮地を脱出し得たばかりで無く、大禍を転じて大福とし、自ら天下に号令して群雄を駕御する機会をつかんだのであります。

天正十年に秀吉は四十七歳でありました。そして十一年に賤が岳の戦に勝つて北国を定め、十三年に四国を討ち、十五年に九州を平げ、十八年に関東・奥羽を一掃して、ここに海内を統一し終つたのであります。天正十八年に秀吉は五十五歳でありました。四十七歳にして機会をつかんだ秀吉は、それより足がけ九年の間に、大事を成就したのでありります。群雄の夢みて為し得なかつたところを為しとげたのであります。応仁以来百年にわたつた戦乱に、終止符をうつたのであります。

されば秀吉の器《うつは》の大きく、気宇《きう》の広くして海の如きは、当然でありまして、その考ふる所、云ふ所、為す所、悉く人の意表に出るものがありました。今その一、二の例をあげますに、天正十五年十月一日、京都の北野に於いて、大茶湯《おほちやのゆ》を催しました。茶といへば普通は四畳半の狭い一室に、わづか数人同好の客を会して、しづかに閑寂の趣味を楽しむものでありますが、秀吉は天下同好の人を悉く北野に集めて、共に之を楽しまうとするのであります。茶道に於いて破天荒の大園遊会であります。しかも其の事を天下に布告した高札の中には、次の一箇条がありました④。

「一、日本の儀は申すには及ばず、数寄《すき》の心懸これあるものは、唐国の者まで罷《まか》り出づべく候事」

唐国は即ち支那の事であります。北野の大茶湯に招かれたものは、日本国内の人ばかりではありませぬ。支那からでも来遊する事を歓迎してゐるのであります。常人の考へ及ばざるところであります。

また慶長三年の春には、醍醐《だいご》で花見をしましたが、それも只一日の閑を以て古寺の花を賞するといふのでは無く、ここに山城・大和・和泉・河内、諸方の桜を移植して、一目に之を眺めるといふ大規模な計画であり、奉行はその為に非常に苦心して準備したのでありますが、いよいよ花見が明日と迫りました時に、その明日が風雨枝を鳴らさず、天晴れ雲収まつて、楽しい一日でありますやうにと祈つて、神前に誓を立てた願文には、ただに千本桜といはず、一万本も植ゑて差上げますと云つて居るのであります。⑤

かやうに豪壮にして豁達《くわつたつ》なる気象は、之を回想しますだけでも、今日の我々のうらびれを慰めるに十分であります。曾て経験した事のない敗戦の悲惨事に直面して、驚きのあまりに心の平静を失ひ、四等国と罵られては自分でも四等国であるやうに思ひ、十二歳とあざ笑はれては自分でも十二歳であるやうに思ひ、自信を失ひ、誇を忘れた心に、古の英雄の大業と気象とを想起する事は、大いなる慰めであるばかりでなく、実に気付《きつけ》の妙薬でありませう。

しかるに、ここに今一つ注意すべき事があります。それは秀吉が、あの天馬空をゆくが如き壮大豁達なる秀吉が、人の意表に出で人の胆を奪ふ豪壮雄渾なる秀吉が、同時に極めて思慮の周密であつたといふ事であります。今その例として、次の書状をあげませう。これは秀吉が自筆を以て、恐らくはその夫人におくり、火の元の注意を厳重にするやう差図《さしづ》したものであります。⑥

「へや（部屋）のあんとう⑦（行灯）又はしそく⑧（脂燭）いけ（以下）の事、せん（専）にて候、ゆたん（油断）あるまじく候、よるよる（夜々）ね（寝）させ候てから、へやへや（部屋部屋）に人をつけおき、ひ（火）をけ（消）させ候てから、それぞれおより（寝）候べく候」（下略）

原文は平仮名が多く、却つて読みにくいものでありますから、今便宜漢字をあてはめました。行灯も脂燭も、今は無くなりましたが、昔の灯火であります。専といひますのは専要、肝要、大切の意味であります。火災を恐れて、毎夜十分に火の元に注意すべき事を、これほどまでに念を入れて戒めて居るのであります。更にその後文にも、

「大ゑ⑨（御上）のひのもと（火の元）わ、ちく、いわ両人に申、こみたきき（塵芥薪）あぶなき（危き）物ども、おき候はんように、御申つけ候べく候」（下略）

とあります。ちく、いわ、これは女中の名でありませう。夫人の寝室の灯の傍には、火のつきやすい危険な物を置かないやうにと、綿密に注意してゐるのであります。嗚呼かくの如き周到なる用心があつて、初めて大事は成つたのであります。

註

① 応仁の大乱の起りましたのは、応仁元年、西暦一四六七年、秀吉の海内統一は天正十八年、西暦一五九〇年、その間、実に百二十三年。

② 秀吉、初めは木下藤吉郎、やがて羽柴筑前守、後に豊太閤で知られてゐますが、この頃は此の名さへ知らない少年の多いのに、驚かされます。

③ 備中の高松は、今の岡山県、岡山市の西三里ばかり。

④ 群書類従に、北野大茶湯之記が収めてあります。

⑤ 醍醐三宝院文書、慶長三年三月十四日興山上人願文。

⑥ 兵庫県日下安左衛門氏所蔵文書。

⑦ 行灯、あんどう、又はあんどんとよむ。皿に油を入れ、灯心に火をとぼし、紙張りの箱の中に置くもの。

⑧ 脂燭、しそく。松の木に油を引き、座敷にて火をとぼすもの。

⑨ 御上、おうへ。奥の間、奥様の居室。

（昭和二十八年三月）

六　行方久兵衛

川もよい。私は曾てハンガリヤに遊び、ドナウ川に沿うて下つた時に見た、盆のやうに大きな月を忘れる事が出来ない。また曾て松花江のほとりに立つて、

今宵また　松花江頭　我が立ちて
ロシヤに沈む　夕日に対す

と歌つた時の感懐も、想ひ出の深いものである。

海もよい。印度洋の、漆を流したやうな波のうねり、ギリシヤの紫に映ゆる山々を背景とした海の色、アルプスの雪を遥かに望む南フランスの紺青の海、とりどりに印象の深いものである。

その川とは違ひ、海とは趣を異にして、湖は亦、私の頗る愛好するところである。知者は水を楽しみ、仁者は山を楽しむ[1]とは、孔子の言であるが、その水といふは、しばらくも渋滞せず、流れてやまぬ川の水を指されたものであらう。水は水でも、湖の水となれば、静寂にして深く思ひを潜め、森羅万象の影悉くうつして、物として漏らす所のない趣は、知者といふに当らず、むしろ哲人の如く、道士に似ると云つてよい。碧巌録[2]の中に灯潭影を照らして寒しといふ句があるが、湖は何かさういふ哲理を湛《たた》へてゐる感じがする。されば私は、曾て遊んだイギリスのグラスメーヤの湖を忘れず、また近く見るを得た若狭の三方《みかた》の湖を思ふ事が、多いのである。神子《みこ》の桜を見にゆくとて、舟で三方の湖を渡つたのは、去年の四月であつたが、それ以来この湖は、私の忘れ得ざる想出の一つとなつて了つた。

三方の湖の美しさは、私の禿筆の表現し得ざるところである。それを歌ふは、世に自ら其の人があらう。ただ此の湖に一生の精魂を打込んで、幾百人の生活を安んじ、長く後世に其の恩沢をのこした奉行、行方《なめかた》久兵衛の事蹟については、私も少しく知つて感歎に堪へず、敢て之を紹介したいと思ふのである。

寛文二年の事である。寛文二年といへば、後西天皇の御代、将軍は徳川家綱、西暦でいへば一六六二年、今より二百九十余年前の事であるが、その寛文二年の五月一日に、京都を中心として大地震があつた。朝から天色うすぐらく、不思議に思つてゐるうちに、正午頃になつて、艮《うしとら》の方よりとあるから、東北方から物凄い音と共に大地がゆれて来て、家は傾き、蔵は破れ、土は裂け、泥は涌《わ》いた。京では祇園の石鳥居が倒れ、五条の石橋は二十数間破壊し、二条の城も損じ、伏見の城山も崩れた。此の日昼の間にゆれる事五十六回、夜になつて四十七回、それが後々までも止まず、七月まで続いたといふのであるから、余震も随分烈しかつたであらう。城では丹波の亀山城、篠山城、摂津の尼ケ崎城、近江の膳所《ぜぜ》城、それに若狭の小浜城などが崩れ、江州朽木谷では、領主朽木兵部少輔貞綱圧死したといふ。

京都では艮《うしとら》の方よりゆれて来たといひ、朽木谷では領主が圧死し、小浜では城が崩れたといふのであるから、此の地震は若狭から近江、山城と脈がつづいてゐたらしい。いはば若狭湾から大阪湾へとゆれたのである。従つて三方湖も大ゆれにゆれたと見え、湖の水の唯一のはけ口である気山川が、地盤隆起して塞がつてしまつた。一体三方湖は、一口に三方湖といふが、実は五つの湖から成り、上湖《かみこ》、中湖《なかこ》（水月湖《すいげつこ》）、菅湖《くわんこ》の三つは続いてゐるが、久々子《くぐし》湖と日向《ひるが》湖とは離れてゐて、三湖の水は気山川となつて流れて久々子湖へ落ち、久々子湖の水は早瀬で海に通じるが、通じながら是も淡水湖である。日向湖は全く別物で、是は淡水ではない。ところで今、寛文二年五月朔日の大地震は、気山川の落口を八尺以上も揺り上げたので、排水の道をふさがれた三湖の水は、見る見るうちに氾濫し、一丈二尺以上の高さとなつて、周囲の村々へ溢れ出で、湖畔十一箇村の家屋田畠を呑むに至つた。村民はあわてて家を捨て、身を以て山かげへのがれたが、一時の出水と違つて、水の引く目安《めやす》は無いのであるから、今は水底に没した村をかへりみて、絶望の歎息をするの外は無かつた。

時の領主は、小浜の城主酒井修理大夫忠直、もとの大老讃岐守《さぬきのかみ》忠勝入道空印の子であつて、父のあとを受けて、領するところ十二万石である。三方湖畔十一箇村、水底に没すとの報告を聞いて、城の普請は後廻しにし、急ぎ救済の策を講ぜよと命じて、行方《なめかた》久兵衛・松本加兵衛の両人を現地に派遣し、その踏査して建議したところを採用して、行方久兵衛・梶原太郎兵衛の両人を奉行とし、直ちに工事に着手せしめた。

行方久兵衛、名は正成、先祖は常陸の人、祖父は小田原の北条氏政に仕へてゐたが、天正十八年主家滅亡の後、浪々の身となつて上総の山辺の庄にかくれた。父の名は正通、所々転々の後、酒井忠勝に仕へ、禄二百四十石、郡奉行にあげられた。久兵衛正成はその長男として、元和二年に生れ、二十八歳の時、父の病歿にあひ、家督をついで、百四十石を給せられ、三十六歳御作事《おんさくじ》奉行となり、四十四歳郡奉行となつた。今寛文二年には、四十七歳である。

三方湖の大氾濫、普通であれば従来の水の落口である気山川の川底をさらへて、排水をよくするといふのが、問題の解決策と考へられやう。行方久兵衛の意見は、それとは違つた。気山川は蜿々として十余町に亘り、屈曲も多く、長さも長いので、将来またしても故障が生じるであらう。むしろ別に浦見坂の嶮岨を切通せば、わづか二町余にして三湖の水は久々子湖に直通し、久々子の水は直ちに海に通ずるが故に、是こそ永久に氾濫の憂をなくする所以であらう、と斯様に考へ、之を建議し、之を採用せられ、そして其の実施を命ぜられたのであつた。

そこで工夫を集め、人夫を徴発して、鍬初めの式を行つたのが、五月二十七日、総勢二手に分れ、南北二つの口より峠の切崩しにかかつたが、南方に先づ大盤石が現はれ、ついで北方にも亦大盤石が出て来て、普通の工夫や人夫では、之を割る事不可能であつた。人々は之に辟易《へきえき》して気もあぐみ、はやくも工事は中止の外ないといひ、奉行行方久兵衛の無謀を嘲笑するに至つた。しかし久兵衛は、四面楚歌の中に立つて少しも屈せず、石工を越前の板取金山及び京都の白河より招き、大盤石を割らせる事にした。その間、奉行に対する怨嗟の声は、数へ歌となつて歌はれる有様であつたので、流石の久兵衛も憂慮して、気山川のほとりに鎮座せられる宇波西《うはせ》神社に参籠して祈願をこめ、神明の加護を乞ひ、夢の告《つげ》によつて堀口を少し北へ寄せた処、それより工事は順調にはかどり、九月の十日には、狭いながらも一条の水路が開けた。今迄は落胆して非難し嘲笑してゐたものも、之を見て俄かに勇気を得、一斉に工事に励んだので、やがて浦見坂の開鑿《かいさく》は一応の成功を見、三湖の水は急速にはき出されて、十二月に入ると湖畔の村民はそれぞれ自分の屋敷へ立帰る事が出来るやうになつたので、十二月六日一先づ工事を中止して休養を与へ、翌三年正月二十五日再び工事を始め、五月朔日に至つて完成した。藩主酒井忠直は、七月に自ら現地に赴いて之を視察したが、更に三方三湖と久々子湖との水準を平均させるやうにとの命を下した。よつて久兵衛は、浦見坂を切下げると共に、久々子湖より海に注ぐ早瀬川をさらへ、寛文四年五月二日に至つて、一切を完成するに至つた。

浦見坂の掘割、長さ百八十間、深さ二十三間、底の幅は四間である。工事に要したる人員、上下合せて二十二万五千三百四十九人、費用は、米三千四百五十九俵六升三合九勺、銀九十九貫七百七十四匁八分九厘七毛、水底に沈んだ十一箇村四千数十石を浮かして、それぞれ安堵せしめたばかりで無く、新たに数百石の新田を得て、生倉《いくら》・成出《なるで》の二村を作らしめたのであるから、その労苦と、その功績と、二つながら大きかつたといはねばならぬ。

行方久兵衛の歿したのは、貞享三年八月十二日、享年七十一歳であつた。その人歿してより二百六十余年、今見る三方湖畔、村々の繁栄、藍を流すかと思はれる浦見川の美しさ、恩沢は猶新たである。

（昭和二十九年六月）

註　①　知者は水を楽しむ云々　論語の雍也第六に見えてゐる。「子曰、知者楽レ水、仁者楽レ山、知者動、仁者静、知者楽、仁者寿。」

②　碧巌録　十巻。支那の宋の世に、圜悟《えんご》禅師が、雪竇《せっちょう》の頌古百則に、評語を加へたもの、古来禅門第一の書と呼ばれてゐる。

七　大安寺

福井の藩主松平光通公の建てられた大安寺は、臨済宗妙心寺派に属する禅宗の寺でありますが、その開山を大愚和尚といひます。名は大愚でありますが、どうしてどうして、非常の高僧でありました事は、その亡くなります時に書かれた遺偈《ゆゐげ》を、一見すれば分ります。和尚の亡くなられたのは、寛文九年七月十六日、年齢八十六歳でありましたが、遺偈を見ますと、

西天的子
東海崑崙
平生受用
不二法門咄
入滅三日前書
大愚老衲

と書いてあります。即ち自分の亡くなる日を、三日前から予知して、三日前既に遺偈を書き、侍者にも用意をさせられたのであります。

昔、一の谷の戦に平敦盛を討つた熊谷次郎直実は、後に出家して仏道に入り、京都の東山に草庵を結んで居りましたが、承元二年の八月の末に、来月十四日に死歿する旨を予言し、それぞれ告げ知らせたので、その子小次郎直家は、

九月三日上洛の途につき、人々を驚かせた事、果してその予言にたがはず直実は、九月十四日の未《ひつじ》の刻に、衣や袈裟を着け、礼盤《らいばん》にのぼり、端坐合掌して亡くなつた事は、吾妻鏡《あづまかがみ》に見えてゐますが、直実といひ、大愚といひ、共に達道徹信の人といふべきであります。

大愚和尚、諱《いみな》は宗築、大愚といふのは、その号であります。天正十二年に、美濃の武儀郡佐野の庄、武藤氏の家に生れました。諸方に転々して修行した後、播磨の法幢寺を再興して、そこに住してゐましたが、たまたま病によつて加賀の山中の温泉へ湯治にゆき、途中福井を通つて、ここで愚堂和尚と落合ひ、一緒に藩主松平光通公に招かれました。愚堂和尚といひますのは、諱は東寔《じき》、同じく美濃の生れで、大愚や一絲などと相並んで、当時世に喧伝した傑僧でありました。しかるに藩主に招かれた時、愚堂和尚は太守の聡明なるを讃へましたところ、大愚和尚は色をなして之に反対し、「このやうな苦労知らずの若者に何が分るか」と云ひました。光通公之を聞いて感歎し、この和尚こそ自分の師とすべき人であるとして、ここに於いて初めて大安寺を立て、大愚和尚を以て其の開山とされたのでありました。この時光通公は二十歳ばかりの青年でありますが、「苦労知らずの若者に何が分るか」と一撃を加へられて、少しもそれに腹を立てず、却つて是れこそ就いて教へを乞ふべき人物であると見て取つたといふ事は、流石は非凡の太守と驚歎せられます。

大安寺の古文書の中に、年は明記してありませぬが、九月十日付で、光通公から大愚和尚へおくられた書状がありまます。それには、「内々で御願したい事があります、それは外の事ではありませぬ、自分の戒名をつけていただきたいと思ひます、かやうの事を、書状でおたのみするのは、どうかと思ひますが、来年御目にかかる機会まで、待つて居られませぬので、御たのみします、自分はまだ年が若い事ですから、今から戒名を御たのみする事は、変に思ふ人もありませうが、和尚も御老体であり、其の上御病人でありますから、是非今のうちに御願いたします、」といふ意味がしたためられてゐます。恐らく光通公参勤交代《さんきんかうたい》で、江戸に居られた時に出されたものかと思はれます。之を以て見ましても、和尚を尊信せられる事、一方《ひとかた》でなかつた有様が察せられます。

また和尚の方を見ますと、和尚は和尚で、光通公に対して、絶対に責任を取り、その信任に答へて居ります。即ち寛文九年、和尚は八十六歳の高齢で、播磨の法幢寺に滞留してゐましたが、「亡くなる時には、必ず大安寺で入滅します」といふ事、かねて光通公と約束がありましたので、越前へかへらうと、五月の初めに播州を立ち、所々に逗留して、それぞれ暇乞ひの上、大安寺へかへり、七月十四日弟子の利脱首座《しゆそ》を呼んで、紙と墨とを求め、遺偈を書いて、さて三日後に、光通公の御見舞の使者にあひ、平常と同じやうに応対して、その使者辞去帰城して、まだ半途に在る時分、忽然として遷化《せんげ》せられたのでありました。

当時、福井藩の領するところ、猶四十五万余石、その藩主が深く帰依して建てられた寺でありますから、建築するところの堂舎といひ、封ずるところの境内といひ、いづれも宏壮であり、寺領としては、同村のうちに於いて、三百石を寄附せられましたので、徳川の世を終るまでは、大安寺は立派にその威容を伝へて来ましたが、明治維新に至つて、その外護者である越前家を失ひ、その寺領を放たれましたので、それよりこのかた寺は窮境に陥り、境内も悉く荒れ果てました。

ところが先達《せんだつ》て此の寺をたづねました時、長い石段を曲折して登り、漸く寺門をくぐらうとして、不思議な声を耳にしました。それは牛の鳴声であります。村を離れて高く山の中腹に在り、境内に入つて既に聖域も深い筈であるのに、突然牛に鳴かれて、少なからず驚きましたが、あとで聞いてみると、これは現住和尚、自ら鋤をとつて田を開き、牛の尻をたたいて之を耕し、以て寺の維持を計つて居られるのだと分りました。

終戦後の数年は、日月光を失つて、天地晦冥、道義地に墜《お》ちて、魔風吹きすさびました。されば恥も外聞もなく、道を忘れて功利におもむき、労を厭うて逸楽にはしる人が、世の中には多かつたのであります。若し大安寺にして労を厭ひ利を求めようとならば、数多き其の重宝のうち、二三点を処分しても、容易に数年を支へ得たでありませう。しかるに偉なるかな、現住高橋実道和尚、蔽衣牛を飼ひ、刻苦田を耕して、自力に寺を維持しつつ、伝来の什物重宝は、何一つ売却せず、完全に之を護持して来られたのであります。紫衣を誇り、金襴の袈裟に驕る俗風を醜陋なりと見る私は、牛の尻をたたく蔽衣の人に、深き敬意を表せざるを得ませぬ。

寺宝は数多く伝はつてゐます。光通公の画像もあれば、その筆蹟もあり、大愚和尚の遺偈もあれば、その筆蹟の、或いは「仏界易入魔界難入」と書かれ、或いは「法々本来法」と書かれたのもあります。その外、兆殿司《でんす》の羅漢の図もあれば、久隅守景の描いた屏風もありますが、ここには特に双雀の図一幅をあげませう。それは色紙形の小品でありますが、宋の馬麟《ばりん》の画くところであると伝へられてゐます。馬麟といふのは、夏珪《かけい》と相並んで、一代の名人といはれた馬遠の子であります。子は遂に父には及ばなかつたと云はれますけれども、流石によく家学をうけて、その画くところは、世に珍重せられたのでありました。有名な君台観左右帳記にも、馬遠、夏珪、梁楷などの次に、馬麟をあげて、これらを絵の筆者上の部として居りますから、我が国でも古くからこの人の画を珍重してゐた事、明らかであります。今大安寺に伝はるところが、果して馬麟であるかどうかは明らかでありませぬが、古くから馬麟として伝へられ、元禄七年に越前家から寄附せられたものであつて、而して画風は正に南宋画院の特色を存するものであります。それが七八百年の間、幾多の変乱を経て今伝はつたに就いては、幾多の人の非常の苦心による事であらうと、現住の辛苦を見て痛感した事でありました。

（昭和二十八年五月）

八　松平越前守光通

先日調べたい事があつて、大安寺へ参りました。大安寺といひますのは、福井市から西北、二里ばかりのところにある臨済宗妙心寺派の禅寺であります。橘曙覧《たちばなのあけみ》先生のお墓がこの寺にあるのですが、先生は生前もよく此処へ参られたらしく、参詣の際によまれた歌が残つてゐます。先生の家集を志濃夫舎《しのぶのや》歌集といひますが、それを見ますと、大安寺へゆくといふので、数人の友達と一緒に、足羽《あすは》川を舟で下り、舟の中から見えるものを題として、皆で歌をよんだ中に、先生は、狐橋を選んで、

　川岸の　くづれにかかる　きつねはし
　　葦の茂みに　見えかくれする

と、よまれた事など、見えて居ります。足羽川は、福井の市中を流れて、町を南北の二つに分ち、町を出て、やがて日野川を合せ、大安寺山の裾《すそ》を洗ひつつ、流れて九頭竜川に向ふのであります。私は雪にぬかるむ道を、バスにゆられながら、百年前に舟で下られた頃の優長さを想像してゐました。

大安寺のありますところ、今は村の名も大安寺村といひますが、元は田谷村《たのたに》といひました。村の名ばかりでなく、寺も元は田谷寺《たのたにじ》といつたのであります。その田谷寺が天正二年に戦乱で焼失し、廃寺となつてゐましたのを、明暦元年に、福井の藩主松平光通公が発願《ほつがん》して、宏壮なる寺院を建立し、之を大安寺と名づけられたのであります。この光通公は、徳川家康の子が福井の藩祖秀康、その秀康の子に伊予守忠昌、その忠昌の嫡子が越前守光通でありますか

ら、血統からいへば、家康には曾孫、秀康には孫に当るお方であります。寛永十三年に生れて、正保二年父忠昌の逝去にあひ、封をうけついで越前の藩主となり、明暦元年に此の大安寺を建てられました。その時、公は二十歳でありましたから、普通ならばまだ寺を建てるとか、宗教を信仰するとか、いふ事に、念の無い時分でありますのに、それが深い考へから、此の寺を建て、宏壮なる建築、広大なる山林、加ふるに三百石の寺領を寄せられた事は、注意すべきでありますが、それは又次の機会に説く事にしませう。

やがて延宝二年、延宝二年といひましても、一般のお方には、縁もゆかりも無い年号で、見当のおつきにならぬ事かと思はれますが、画家でいへば有名な狩野探幽、あの人が七十三歳で亡くなつたのが、此の延宝二年でありますし、又俳諧でいへば誰知らぬ人も無い芭蕉翁、この人は延宝二年にはまだ壮年三十一歳、其角《きかく》がその門に入つて芭蕉に師事するに至つた年だといふ事でありますから、大体の見当がおつきになりませう。その延宝二年に、光通公は三十九歳で亡くなられて、この大安寺へ葬られ、今にそのお墓がここにあるのであります。また寺には公の画像を伝へて居りますが、束帯の座像、凛然《りんぜん》たる威風、あたりを払ふ感じがあります。

公の一生の中には、いろいろの出来事もあつて、伝ふべき事が多いのでありますが、ここには先づ二つの事をあげたいと思ひます。その第一は、灯明寺畷に、新田義貞公の碑を建てられた事であります。ある時、福井の藩士が藤島村を通り、とある農家に憩《いこ》ひましたところ、老婆が不思議な容器に糸をつむいでゐるので、何かといつて聞いて見ると、田の中から掘出したのだといふ。手にとつてしらべて見ると、立派な兜《かぶと》であります。そこで之を藩主に差出しまして、段々研究して見ますと、立派も立派、これは大将軍たる人の用ゐるものであつて、普通の武人のもつてゐるべきものではない、しからば天下の大将軍にして、藤島村の田の中で戦死した人は誰かといへば、それは新田義貞公以外には考へられない、従つてこの兜は義貞公の使用して居られたものであり、之を掘りだしたところは、義貞公の戦死せられた場所であるに相違ないといふ事になりました。そこで万治三年の春三月に、この地に石碑を立てて、忠臣の遺蹟を顕彰せられましたのが、今も存して居ります。そして之が後になりまして藤島神社を建てられる、その基になつたのであります。

義貞公が戦死せられたのは、延元三年閏七月二日の事でありますから、万治三年は、それから三百二十二年後になります。即ち義貞公の戦死せられた所は、忠烈の大切な遺蹟でありながら、三百二十二年の間、人の注意する所とならず、打捨てて置かれたのであります。それを万治に至つて、光通公が石碑を建て、その地域を清浄にして、保存と顕彰とにつとめられた事は、見事なりといはなければなりませぬ。

ところが光通公の忠臣顕彰は、それればかりではありませぬ。今一つ大切なものがあります。それは平泉寺の白山神社境内にあります楠公の供養塔を修理せられた事であります。平泉寺といひますのは、同じ越前の中でも大野郡にありまして、福井からは八里離れて居ります。ここは越前から白山へ登ります登り口に当り、古くから白山神社が立てられました。それが中世神仏習合の風で平泉寺とも呼ばれましたが、平泉寺といひましても実は白山社に外ならないのであります。その白山社の神域に、しかも本社のうしろ、三之宮の前に、楠木正成公のお墓と称する五重の石塔がありります。お墓といひましても、実は供養塔でありますが、とにかく個人の供養塔を、かやうな位置に建立した事は、異常例外といふべきでありますし、殊に延元元年五月二十五日、楠公湊川に戦死せられて後は、官軍の勢力急に衰へ、天下は逆賊の横行にゆだねたのでありますから、楠公の評判はむしろわるかつたのに、そのやうな世間の大勢に反対して、楠公を偉大なりとし、その忠烈を追慕して、供養塔を立てるといふ事は、この平泉寺白山社と楠公との関係の深かつた事も察せられますし、又ここに日本の正気の存した事が知られるのであります。ところが光通公は、この白山神社の境内にあります楠公供養塔に注意し、寛文八年に之を修理し、五重の石塔が少しく破損して居りましたので、新たに下に石を補ひ、周囲に石柵を設け、更に参道を石で畳んで、之を荘厳せられました。それが今もそのまま残つてゐるのであります。

建武延元の忠臣を顕彰し、その忠烈の遺蹟を保存するといふ上から、大きな働きをされたのは、水戸の光圀公であります。大日本史を作つて、歴史を整理し、忠奸正邪、まぎれもなく現れるやうにせられました事は、真に驚歎すべき大事業であります。その光圀公が、楠公戦死の遺蹟の、世人にかへりみられずにあるを歎いて、嗚呼忠臣楠子之墓を湊川に建てられたのは、画期的な英断であり、美挙でありました。その湊川の建碑は、元禄五年の事であります。しかるに光通公が平泉寺白山社の楠公供養塔を修理せられたのは、それより二十四年前であり、灯明寺畷に新田公の石碑を建てられたのは三十二年前であります。即ちそれは追随でなく、模倣でなく、実に率先であり、創造であつたのであります。

善い事は模倣してよく、正しい事は追随してよろしいのであります。ましてそれが率先して行はれ、創造せられたといふのであれば、その価値は一層高いといはねばなりませぬ。何故とならば、世人一般の風潮に反対して、我ひとり正しい道を進み、正しい言葉を述べ、正しい事を行ふといふ事は、非常な見識と勇気とを必要とするからであります。この意味で光通公は偉いお方であつたと云はねばなりませぬ。

（昭和二十八年四月）

九　村の恩人

福井市の東南三里ばかりのところに、東大味①といふ村があります。大味はオホミとよんで、それが東と西とに分れてゐます。太平記に出てくる三峯《みつみね》②の北麓に当るところです。東大味は、西大味の二倍ほどもありませうが、それにしても戸数百十戸ばかり、特に盛大でもなく、有名でもなく、まづは余り人に知られない村でありますが、昔は重要性がありましたのは、一乗谷《いちじようがだに》の関係によるのです。即ち中世に朝倉氏③が越前一国を制圧し、一乗谷に本拠を置いて政治をとつてゐました時分には、東大味は丁度その外郭に当るので、ここに有力なる家臣が住んでゐたやうであります。村から一乗谷へは初坂《はつさか》を越えれば、僅かに半里しかありませぬ。その坂を越えた外側に、家来の屋敷を置くといふ事は、規模の大きい防御態勢でありませう。ここに大きい武家屋敷が三つあつた事、その中の大きいのは、中島但馬守の住んでゐたところである事、中島但馬守といふ人は、一万七千石を領する有力者であつた事などが、古い書物に見えてゐます。

昔は重要であつたが、今は有名でない此の村を、私が尋ねましたのは、ここに西蓮《さいれん》寺といふ寺があつて、そこに柴田勝家④の古文書《こもんじよ》を蔵してゐますので、それを見せて貰ひたいと思つたからであります。勝家は御承知の通り、織田信長第一の老臣で、強豪を以て天下に鳴り、鬼柴田とまで云はれた人物です。信長は天正元年に朝倉氏を亡ぼしましたが、翌年越前の国再び乱れるや、天正三年再び出馬して之を平定し、ここに柴田勝家を封じました。よつて天正三年九月より、勝家が越前の政治をとつたのでありますが、その年十一月二十日に、勝家から西蓮寺に与へた書状が、今にこの寺に残つてゐるのであります。それを調べて見たいと思つて、この寺をたづねたのは、去年の十二月十二日の事でありました。ところが行つて見ると、その古文書の外に、色々と注意すべきものが少なくないのを見、予期しない発見に驚き且つ喜んだのでありました。ここには其の中の一つを述べようと思ひます。

　それは外でもない、位牌の事であります。寺に位牌があるのに、不思議はありませぬが、この寺には、本尊の前に、余り有名でも無い、といふよりは、普通の人の誰も知らない、個人の位牌が、大切に安置せられて、全く特別の待遇を受けてゐるのであります。それは上に全岳惟真居士、下に戸田弥次兵衛と書かれ、左右には、享保六巳⑤年十一月十八日と記してあります。全岳惟真居士といふ法名では、無論誰も分かりませぬが、戸田弥次兵衛といはれた所で、分る人はまづありますまい。そこで尋ねてみますと、これは昔この村の奥の山の中に、大きな溜池をつくつてくれた人で、その為に村の水田は旱魃の禍ひを免れるやうになつた。その御恩を忘れずに、今でも毎年十一月十八日、その命日を迎へては、村中ここに集まつてお祭りをするのだといふ事でありました。

　そこで此の人の事蹟を調べたいと思ひ、お墓が福井の華蔵寺にあるといふ事でしたから、華蔵寺へ参りましたが、寺は戦災と震災とで跡方もなく焼失し、まだ再建も出来ない有様で、大いに失望しましたけれども、段々と手蔓をたぐつて、戸田弥次兵衛といふ人の子孫が、今は岐阜県に居られる事を知り、その方に御たのみして系図を写して貰つたので、大体の事が分りました。

　それによりますと、戸田家の先祖は、七兵衛成政といひ、福井藩に仕へて知行四百五十石、慶安三年に卒《しゅつ》し、その子が金左衛門成房、貞享三年に卒してゐます。その成房の養子で、家をついだのが弥次兵衛英房《ひでふさ》、即ち前に述べました位牌の主であります。実父は関民部右衛門永栄、幼名十之介、貞享三年六月、養父のあとをうけて家督を相続し、元禄元年六月、用水奉行を仰せつけられ、正徳三年には代官に任ぜられ、享保六年十一月十八日、六十一歳で卒したが、生涯馬術をよくするので有名で、就いて学ぶ者が少なくなかつたとあります。

この人の事業で最も大きいのは、徳光《とくみつ》用水を開いた事でありませう。それは足羽《あすは》川の水を、東郷村のところから取入れて、徳光の郷から附近一帯を潤すもので、恵沢を蒙るところ、部落を数へて四十にも及ぶといふ。而して其の水の分配については、戸田英房において、極めて公平にして穏当に、且つ厳重なる規定を設けた為に、それより後一切争論があとを絶つたといふ事であります。

東大味の用水溜池は、この徳光用水とは別でありますが、この村は山に依つてゐる為に水利の便がわるく、昔は水田の灌漑にも困れば、隣村とも争ふといふ事でありましたのを、戸田英房は村の北方山腹に涌出する泉を利用して、縦三十六間、横三十二間の大きな池を作り、これに水を湛へて、田を養ふ事にしたもので、その為に村では水に困る事が無くなつたといひます。さればこそ村の人々は、この人を村の恩人としてその徳を忘れず、立派な位牌を設けて西蓮寺の本尊の前に安置し、年々十一月の十八日が来れば、村中集まつてお祭りをするのであります。英房がこの池を掘つたのは、何年の事であつたか、明らかでありませぬが、用水奉行になつたのは、元禄元年であり、代官に任ぜられたのは、正徳三年であるといひます。元禄元年といへば、今より二百六十四年前であり、正徳三年といへば二百三十九年前であります。即ち二百四五十年前の働きが、その後、今に至るまで、年々歳々多くの人々に便益を与へ、産業に役立ち、生活を支へて来てゐるのであります。逆にいひますならば、我々今日の生活は自分の見た事も聞いた事もない、遠い昔の人のおかげを蒙り、そのおかげによつて支へられてゐるのであります。我々は、どうかすると、自分の力だけで、立派にやつてゆけるものであり、現に自分だけで立つてゐるのだといふ考へをもちやすいのでありますが、実際は過去の人々、我々の祖先の、聡明と、努力と、親切とに負ふところが極めて多いのであります。それを明瞭に自覚して、二百数十年前の恩人戸田英房を忘れる事なく、毎年お祭りしつづけて来て居られる東大味の村の人々は、まことに見事で、これは実際美風だと思ひます。私は勝家の古文書に導かれて、はからずも、かういふ美しい事実を知る事が出来たのを、近来の喜びとするのであります。之を喜んでこの村をおとづれる事、この半年の間に、三回に及びましたので、色々と新しい発見もあり、珍しい話もありますが、ここに先づ此の事だけを御報告します。

註

① 東大味　福井県足羽郡上文殊村東大味。

② 三峯　吉野時代官軍の根拠地の一。太平記を見ると、延元年間、新田義貞・義助兄弟が越前で賊軍と戦つてゐた時分に、ここに河島維頼が拠つて奮闘してゐた事が記されてある（巻十九、巻二十）。

③ 朝倉氏　文明以来越前を制圧して、約百年間栄え、天正元年に亡びたが、その百年間、一乗谷は政権の所在地であつた。而して朝倉氏は、部下の将士の有力なるものを、各地に割拠せしめず、皆一乗谷へ集めて置く方針をとつたのは、その領内に於ける中央集権主義として名高いところである（朝倉敏景十七箇条の中に、一、当家塁館の外、必ず国中に城郭を構へさせらるまじく候、すべて大身の輩をば、悉く一乗の谷へ引越さしめて、其郷其村には、只代官下司のみ居置《すゑ》かるべき事、とある）。同時にここは文化の中心ともなつたので、京都が応仁文明の大乱以後荒廃するや、京都の文化は地方の有力なる豪族をたよつて四方へ散布したが、その最も重要なるは、大内氏の山口（周防）と、朝倉氏の一乗谷とであつた。

④ 柴田勝家　天正十一年賤ケ嶽の合戦に敗れて滅亡した。

⑤ 享保六年　享保六年は、干支は辛丑で、巳年ではない。しかるに位牌にも、系図にも、その外の記録にも、享保六巳年とあるのは、何か誤りがあるのに違ひないが、まだ之を決定すべき有力な史料を見るに至らない。

（昭和二十七年九月）

十　面山和尚

面山和尚《めんざんをしやう》の名は、世のあまねく知るところである。道元禅師の正法眼蔵を研究し、之に注釈を加へ、解説を施し、後世の人々をして容易に此の最高最深の法に親近し得るやうにした点[1]において、面山和尚の功績は、永久に忘れられないであらう。ところが私は、正法眼蔵の研究家としての和尚でなく、全然別の方面において和尚の徳行を見、非常に驚き、且つ感歎した事がある。

それは若狭へ行つて、小浜の高成寺《かうじやうじ》をたづねた時の事である。高成寺といふのは、小浜市の一隅、山のいはば中腹にある、品格の高い寺である。山号を青井山《あをゐざん》といふのは、うしろに負ふところの山、今は海の眺めがよいといふので海望山といつてゐるが、元はこれが青井山《あをゐやま》と呼ばれてゐたから起つたものであらう。境内へ入らうとすると、入口に大きなタブの木があつて、いかにも寺の護りに任じてゐるやうな感じがする。其のタブに護られてゐるわけでもあるまいが、寺には古くからの宝物数多く伝はつて、来歴由来すべて明瞭に知る事が出来る。

寺は禅宗、しかも臨済宗であつて、南禅寺末に属してゐる。開山は大年法延、もと伊予（愛媛県）の人である。早くから仏門に入り、四方に名師を尋ね廻つたが、浄妙寺[2]に赴いて竺仙和尚に会ふや、一言のもとに一切の疑問を解決する事が出来た。後に京都に赴き、ここで大高伊予権守重成の帰依をうけ、重成が若狭の小浜において一寺を建てた時、招かれて其の開山となつた。その寺が即ち高成寺であつて、寺の名は大高の高と、重成の成とを採つたものだといふ。歿したのは、正平十八年（貞治二年）十月二日（此の月日は、あとに関係があるので、しばらく記憶して置いていただきたい）、今よりかぞへて六百年ばかり前の事である。

大高重成といふのは、足利高氏の腹心の部将で、元弘三年五月、丹波の篠村で、足利が寝返りをうつて俄かに勤王軍に参加した時にも高氏に随従して居れば、延元元年三月、九州の多々良浜の合戦にも参加して居り、歴戦の功労浅からずとして、やがて若狭の守護に任ぜられた人である。その重成から大年和尚に贈つた書状も、寺に現存してゐるが、是れは蓋し自筆であらう。それは五月十三日の日付で、青井山に寺を建てるといふ原案、いかにも結構な土地の見立てであると賛成の意を表してゐるが、これが此の寺の創立の基礎となつたものであらう。宝物の中には、開山の頂相《ちんざう》[3]もあるが、目ざましいのは竺仙梵仙が大年和尚に与へた印可[4]の証書である。それは建武四年丁丑十二月十二日の日付であつて、そのはじめに、「法廷首座、道念心地に根ざし、確として抜くべからず」といふ句がある。「道念心地に根ざし、確として抜くべからず」といふは、何といふ爽快な語であらうか。時勢を考へて左右に傾き、利害を計つて前後に動く者の多い現今の弊風に厭いてゐる私は、この一句に先づ胸をうたれた。

宝物の中に今一つ注意すべきものは、南堂和尚の韻に次して椿庭禅師の東帰を送るの偈である。これは日本の僧椿庭が、支那へ留学してゐて、いよいよ本国へ帰るといふ事になつたので、南堂といふ和尚が送別の詩を作つた。その南堂の詩と同じ韻をふんで、万寿山の主僧守端元方が作つた詩である。その中に「道人法の為に日東より来る、開船便《すなは》ち値《あ》ふ東北の風、居然穏座天宮の如し、知らず身の洪濤の中に在るを」といふ句がある。即ち椿庭が支那へ渡つた時には乗船して間もなく暴風にあひ、非常の危難に遭遇したが、本人は少しも恐れず、平穏無事の時と態度少しも変らなかつたといふのである。是れも亦ゆかしい話ではないか。

ところが私の最も感歎したのは、竺仙にあらず、守端にあらず、実にこの寺の開山大年和尚の自著自筆履践集の、この寺に伝はつた由来である。この書物は、観応二年（即ち正平六年）の奥書と自序とがあつて、上中下三巻合せて一冊になつてゐるが、開山の自著自筆といふものであるから、この寺に無ければならない大切なものであるのに、どういふわけであつたか、寺には伝はらず、行衛《ゆくへ》も分らなくなつてゐた。しかるに今より二百年ばかり前に、面山和尚が偶然之を周防の泰雲寺において発見したのである。

泰雲寺といふは、今も山口県吉敷郡小鯖村にあるが、元来名を闢雲寺といひ、石屋真梁を以て、その開山とする。即ちこれは曹洞宗の寺である。そして石屋の六哲の一人である覚隠永本を以て、中興開山とし、その門流代々相伝して来た。それが小早川隆景[5]の菩提寺となつたために、名を改めて泰雲寺といふやうになつたといふ事である。面山和尚も曹洞宗の人であるから、研究修行の為に此の寺をたづねたのであらうが、その際偶然にも履践集の、著者自筆本が此の寺に存し、寺では一向大切なものともせず、庫の中に放置してあるを見て、当時この寺の輪住であつた霊源和尚に話をして、自分の多年秘蔵し愛惜して止まない道元禅師の真蹟[6]を泰雲寺へ奉納し、その代りに履践集一冊を貰ひかへり、貰ひかへつて、之を若狭の高成寺へ寄附した。そこで此の書物は、今日高成寺に伝はり、大正三年には国宝に指定せられたのである。

履践集といふ書物は、世に名高いものでは無い。むしろ誰も知らない書物である。それを泰雲寺の庫の中で見付けて、これは結構な書物であつて、かやうに放任し放置しておくのは勿体ないと考へたのは、面山和尚流石は学者であるといはねばならぬ。ところで泰雲寺では、誰もこの書物の重要性は認めてゐないのであるから、貰はうと思へば、無償でも貰ふ事が出来たであらう。それを自分の秘惜してやまぬ道元禅師の真蹟と交換して貰つたといふのであるから、面山和尚といふ人は、盲目の人をあざむかず、無知の人を騙《だま》さず、独りを慎んで、俯仰天地に恥ぢざる人物といはねばならぬ。既に自分の努力で発見し、自分の秘蔵する宝物と交換したのであるから、面山和尚がこの書物を面白いと思ひ、結構と考へるならば、自分のものとして所蔵してゐて、少しも差支へなく、誰も文句をいふものは無い筈である。それを面山といふ人は、自分の物とはせずに、たのまれもしないのに、わざわざ若狭の高成寺へ持参して、永久に寄附して了つたのである。

更に面白いのは、之を高成寺へ寄附して、自ら喜びに堪へず、「滅後即今四百年、高成室内謹んで還入す」と歌つたのが、宝暦十一年十月二日であつた事である。十月二日は、既に述べたやうに、大年和尚の命日である。大年和尚苦心の著作が、行方不明になつてゐたものを発見して、四百年目にその寺へかへすのに、大年和尚の命日を選んだのである。面山和尚の此の行には物みな所を得て、其の在るべき所に在るべく、又物すべて時を得て、其の為すべき時に為さねばならないといふ、万物をして時処の秩序あらしめようといふ考へが、その根底にあつたのである。貴い事といはねばならぬ。

註 ① 正法眼蔵の注釈としては、面山和尚の著はされたものに、正法眼蔵渉典録、同聞解、同闢邪訣、同和語抄等があり、道元禅師の伝記としては、面山和尚の著作に、永平実録、永平祖師年譜偈がある。

② 浄妙寺　鎌倉五山の一。鎌倉五山といふのは、建長寺、円覚寺、寿福寺、寿智寺、浄妙寺の五ケ寺である。

③ 頂相　ちんざう。禅宗で肖像画をいふ。

④ 印可　いんか。師匠が弟子の学問の深く正しく、既にその悟りの真実である事を確認し証明すること。

⑤ 小早川隆景　毛利元就の子であるが、小早川家を継いだので、小早川を名乗つた。天文二年の生れ。兄の吉川元

春と共に父を輔け、父の歿後は、甥の毛利輝元を輔佐し、智略を以て世に聞えた。天正十三年四国征伐の功によつて、伊予三十五万石に封ぜられ、同十五年九州征伐の功によつて、筑前を与へられた。朝鮮征伐にも、明の大軍を破つて雷名をとどろかせたが、やがて養子秀秋に譲つて、備後の三原に退隠し、慶長二年六月十二日歿した。年六十五。法名を泰雲紹閑といふ。泰雲寺の寺号はこの法名から来るのである。

⑥道元禅師の真蹟　面山和尚の寄附したものが、近年まで泰雲寺に伝はつてゐたのに、昭和二十三年庫裡火災にかかり、焼失して了つたといふ事である。惜しい事といはねばならぬ。

（昭和二十九年四月）

十一　学問の精微

国歩艱難にして英雄を思ふは、人情の常であります。内に道義の頽敗、人心の動揺、経済の不安があり、外に四隣の強圧、風雲の胎動を見つつ、しかも此の間に処すべき妙案良策の無い時、誰か英傑の士の出現を待望しない者がありませう。そして英傑の士の出現を待望する者は、明治維新の当初をかへりみて、岩倉、木戸、西郷、大久保の諸公を連想するのが常であります。就中、大西郷に至つては、最も人々の敬慕してやまないところ、数々の事蹟、波瀾の多い一生は、好んで人の語る所となり、形式にとらはれないで、生き生きとした内容をもられた其の詩は、所謂《いはゆる》詞人墨客苦心の作を凌いで、今も人々の愛誦する所となつてゐるのであります。実際、世人に敬慕せられる事、大西郷の如きは、歴史の中に例が少ないでありませう。

ところが其の大西郷が、岩倉や大久保の諸公とは、所見を異にして大衝突を来《きた》し、遂に干戈のうちに相見《まみ》ゆるに至つたに拘らず、終身尊敬し信頼し心服して変らなかつた一人の英傑があります。それは外ならぬ橋本景岳先生その人であります。伝ふる所によりますと、両雄の会見は、安政二年十二月二十六日が最初であつたといひます。会見といひましても、橋本先生の方から大西郷をたづねてゆかれたのでありまして、大西郷の方では橋本先生の事は一向知らなかつたのであります。その日、大西郷は江戸の薩藩邸にゐて、家中の若侍をあつめて相撲をとらせて見てゐました。そこへ御目にかかりたいといつて、たづねて来た者がある。見ると年の頃二十歳《はたち》を越えて間もないと思はるる青年、質素な羽織袴であり、身の丈《たけ》も高からず、色も生白《なまじろ》い。大西郷は別に気にもとめず、しばらく此の客を待たせて置いて、相撲が一段落ついたところで、漸く腰をあげて、客人を迎へた。そしてしばらく話してゐるうちに、流石の大西郷も驚歎した。この英傑らしからざる青年こそ、学問識見時流を抜き、時艱を克服し、国家を救ふべき大才、不世出の英雄であつたからであります。そこで翌二十七日には、今度は西郷の方から、礼装を整へて、橋本先生をたづね、丁重に昨日の無礼をわび、今後の指導を依頼したといふ事であります。

後に重野成斎博士は、橋本景岳先生の碑文を作つて、「西郷隆盛、少壮江戸に在り、四方の賢豪と交渉す、常に曰く、吾れ先輩に於いて藤田東湖氏に服し、同儕に於いて橋本左内を推す、二子の才学器識、豈に吾輩の企て及ぶところならんや」といはれました。これは重野博士が、大西郷と同郷の人であり、同年の生れであつて、橋本景岳先生の事を、いつも大西郷から聞いてゐたといふのでありますから、頗る信用に価するものであります。

大西郷からそれほどまでに敬服せられた橋本先生、景岳といふのは、その号であり、左内といふのは、その通称であつて、名は綱紀といはれたのでありますが、この橋本先生は、天保五年三月の生れでありますから、大西郷を初めてたづねられた安政二年には、数へ年にして二十二歳でありました（大西郷は二十九歳）。二十二歳にして、大西郷を驚歎させ心服させられたのも驚くべき事でありますが、大体その一生は二十六歳を以て終つてゐるのであります。即ち安政六年十月七日といふに、江戸は伝馬町の獄において刑死せられたのであります。しかも其の前年十月からは、既に幽囚謹慎の身となつて居られましたので、自由なる活動は、二十五歳の秋に終つてゐるのであります。

自由なる活動が二十五歳の秋に終り、一生が二十六年を以て終つて居りながら、幾多豪俊の士の推重敬服する所となり、不世出の英才と讃へられたといへば、いかにも天成の傑物、不思議の英雄と思はれますが、もとより先生の如き大才は、何人も学んで得られるものではありませぬけれども、しかしながらその大才は、決して学ばずして得られたものでなく、努力せずして達せられたものではなかつたのであります。そしてそれは先生自身が、常に云つて居られたところであります。

啓発録[1]といひますのは、先生が十五歳の時に作られたものでありますが、その「立志」の条に、「古ヨリ俊傑ノ士ト申候人トテ、目四ツ口二ツ有レ之ニテハナシ、皆其志大ナルト逞シキトニヨリ、遂ニハ天下ニ大名ヲ揚候也、世上ノ人多ク碌碌ニテ相果候ハ他ニ非ラズ、其志太ク逞シカラヌ故ナリ」といひ、「勉学」の条に、「勉ト申ハ、力ヲ推究メ打続キ推遂候処ノ気味有レ之字ニテ、何分久ヲ積ミ思ヲ詰不レ申候ハデハ、万事功ハ見エ不レ申候」といつて居られるのを見ますと、先生は少年の日において大志をいだき、刻苦して勉学し、その勉学久しきにわたつて少しも倦む事なく、徹底究尽して居られた事、明らかであります。

啓発録を作られた翌年、十六歳にして大阪へ出で、緒方洪庵先生の門に入つて蘭学を学ばれた先生が、どういふ態度で学問して居られたかといひますに、それは十七歳の冬に、同門の友宮永良山の帰郷を送つて作られた文[2]に「道の精微縝密《しんみつ》は、思慮一日の能く到る所に非ざるなり」とあるによつて、日夜刻苦して撓まざる奮励であつた事が知られます。而して嘉永四年の夏、松本叔厚を送る序の中に、「小成に安んじて、道の極致にいたるを求めざるは、是れ古今学者の通弊なり、この故に学問の道、立志洪量より先なるはなし」といひ、また「夫れ小成に安んぜざれば、則ち道を求むるの心、切なり、然る後、成業の広きと、積徳の崇《たか》きと、以て期すべきなり」といつて居られるのを見ますと、啓発録の精神ここに一貫して、少しも変らず、少しも撓まない事、明らかといはねばなりませぬ。

今ここに先生の学問が、いかに精緻であつたかを示す一例として、「忠臣を求むるには、必ず孝子の門においてす」といふ古語の出典について述べようと思ひます。この語は頗る有名でありまして、太平記（巻三十二　直冬吉野に降参する事の条）にも、「されば孔子も、求於忠臣、必於孝子之門」といへり、父の為不孝ならん人、豈に君の為忠あらんや」と見えて居ります。明《みん》では歴史綱鑑補にも見え、古く溯つては臣軌にも見えて居ります。しかし孔子の言といひましても、論語には出て居りませぬ。一般に知られて居るところでは、最も古いのは、後漢書（巻五十六）韋《ゐ》彪伝に、「孔子曰く、親に事《つか》へて孝、故に忠、君に移すべし、是を以て忠臣を求むるには、必ず孝子の門においてす」とあるものであります。しかるに先生は、この語が実は孝経緯に本づくものであるといふ朱新仲の考証に注意して、それをノートに写して居られるのであります。国家を憂ふる英傑の士といへば、大言壮語して小事に拘らないもののやうに、一般に思はれて居りますが、橋本景岳先生は、かやうな大切な言葉については、その出典にも十分の注意を払つて居られたのであります。

註

① 啓発録　橋本先生自筆の原本は、御物として宮中に納められてゐます。もつとも原本といひましても、十五歳の時に書かれたものではなく、二十四歳の時に写されたものであります。当時先生は之に対して十年前の発憤を回想し、それは「反つて今日の及ぶ所にあらざるなり」と云つて居られます。十五歳の少年が、非常の決意を以て志を立てられた有様は、之によつて明らかであり、今も之を読む者をして、感奮興起せしめずには措かないのであります。

② 送宮永良山帰故郷序　これは良山の子孫で、東京大学医学部法医学教室に居られました宮永学而博士の所蔵、昭和六年の十月、景岳祭に初めて発表せられたものであります。

（昭和二十八年二月）

十二　栗本鋤雲

「電信といふものは、実に便利なものである。フランスの巴里より、印度のセイロンに至るに、汽船を以てすれば、一箇月はかかるのに、電信であれば、わづか五日で到達する事が出来る。それは電線を架設して、地中海からトルコにわたり、北に折れてロシヤの都（ペテルスブルグ、後のペテルグラード、更に改めてレニングラード）を経由し、それより南下してセイロンに達するのであるが、その中間アラビアの荒野は、未だ架設せられてゐないので、馬を馳せて連絡するのである。」

これは栗本鋤雲《じょうん》が、フランス滞在中、見聞した所を想起して、明治元年の秋、記録した暁窓追録の一節を、わかりやすく書き改めたものである。当時の人々は、之を読んで、電信の神速なるに驚いたであらう。而して今の人は、之を見て、電信の未だ普及せず、途中馬を駆つて連絡するといふを、不便とし、幼稚として、笑ふであらう。八十八年の歳月の隔たりは、之を読む者に、異様の感じをいだかせずには措かぬのである。

鋤雲といふ人は、さういふ古い人物である。しかし其の人の一生をかへりみる時、識見といひ、節操といひ、感歎すべき事多く、感歎して今日の志気をみがくべき事多いのに驚くのである。翁は幕府の医官喜多村槐園の三男として、文政五年三月、江戸は神田の猿楽町に生れた。八歳の時、安積艮斎《ごんさい》の門に入つて学んだが、間もなく病弱の為に休学し、十七歳の時から、再び入塾し、やがて昌平校に学び、また佐藤一斎に就いた。嘉永元年二十七歳の時、同じく幕府の医官である栗本家の養子となつて、その家をついだ。嘉永五年命をうけて箱館に移住し、北海道の開発につくし、千歳の湖畔に薬草を採取し、七重村に薬園を開き、そのほか植林、牧畜、養蚕、交通等において、指導する所多かつた。文久二年四十一歳の時、特命を蒙つて医師をやめ、武士の列に加はり、箱館奉行組頭に任ぜられ、直ちに樺太を探険調査し、更にエトロフ・クナシリの二島を巡視した。これは当時ロシヤがしきりに北方を侵すによつて、その対策を講ずる為であつた。ところが江戸においては、新徴組を統率すべき人物が無かつたので、幕府は翁をよび戻して之に当らせようとした。命によつて帰つてみると、新徴組はもはや庄内藩にあづけられた後であつたので、翁は昌平校頭取を命ぜられ、元治元年六月、目付となつた。目付といふのは、いはば監察官である。これより多く外交の事にたづさはつたのであるが、その方面においてめざましかつたのは、兵庫開港についての談判であつた。

慶応元年九月、イギリス・フランス・アメリカ・オランダ四国の公使は、軍艦九艘に分乗して、横浜より兵庫沖に至り、幕府の老中に会見して、強硬に兵庫の開港をはやくする事を要求し、老中阿部豊後守正外・松前伊豆守崇広等、やむを得ずして之を許容した。その為に朝野の人心激動していかなる騒乱が勃発するかも分らぬ形勢となつたために、幕府は阿部・松前の両老中を免職し、期に先だつて兵庫を開港する事を中止し、之を四国公使に通達せしめたが、その通達の大役に当つたのが、即ち栗本鋤雲その人であつた。

翁はこの大役の為に、外国奉行に転じ、安芸守に任ぜられた。よつて直ちに四国公使に会見して、さきに阿部・松前両老中の許した兵庫先期開港は、やむを得ざる一時応変の策であつて、政府の真意では無いのであるから、之を取消し、条約の明文に示されたる期限に至つて開港したい故、之を諒承せられたいと申入れた。各国公使は之を聞いて火のやうに怒り、老中が既に許したものを、奉行として取消す事は出来まいといつて相手にせず、坐を立たうとする。翁、しばらく待たれよと之を呼びとめて、さて説くには、一体我が国と各国との条約は、老中と公使との間に締結したものでは無く、各国の帝王と我が国の将軍との間に契約せられたものである。しからば其の条約の明文を変更する事は、我が国の老中も出来ず、また各国の公使も出来ず、必ずやそれぞれ政府の許可を得なければならぬ筈である。しかるに今我が阿部・松前の両老中は、ほしいままに条約を変更しようとして処分せられたのである。その不都合なる両老中との申合せによつて、条約を改めようとせられる事は、各公使としてそれぞれ自国の帝王に対し不都合では無いか、と問ひつめていつた。各国公使も理の当然に、いひかへすべき法もない。やがて一人の公使がいふには、それはいかにも尤もであるが、老中の署名した文書を、一時応変の処置といふのは、をかしいでは無いか、といふ。翁の答はかうである。凡そ外交文書である限り、大となく、小となく、必ず外国奉行が関係してゐなければならぬ。まして此の度のやうに条約を変更するといふ重大事においては、猶更の事である、しかるに此の一件に限つて、外国奉行は関知せず、両老中のみにて処理したといふは、これが正式の外交機関を経ての外交文書でない。何よりの証拠である、貴公使等は、これほどの事を約束するに、何故に責任ある外国奉行の列席を要求されなかつたのであるか、と逆襲した。彼は再びいふ、従来はすべて実直なる交渉であつたのに、今度かやうに詐偽の手段を用ひたのは何事であるか、と、かみつくやうにいふ。翁は之に答へていふ、貴公使等が突然軍艦を大坂へ乗入れ、老中に先期開港を強要せられたのは穏当なる処置であらうか。若し貴公使等にして、此の約束を取消す事が出来ないと云はれるのであれば、此の上の談判は無益であるから、自分は直ちにここを引上げ、政府の命を奉じて欧洲に赴き、貴国の政府と直接に談判して、条約の明文を守る外は無い、と。各国公使は之を聞いて、一旦退席して協議し、再び現れて、取消しを承知したのであつた。

慶応元年といふ、まだ我が国に何の備へもない時分に、英・仏・米・蘭四ケ国の公使を相手にして、しかも我が老中が既に約束して了つた所を取消して、堂々とこれだけの談判をするといふは、何といふ見識であり、胆力であらう。四十四歳の外国奉行、栗本安芸守、見事なりといはねばならぬ。この年のくれには、今一つ、下ノ関償金支払ひ延期の交渉があつて、それにも成功してゐるのであるが、今はそれを省略しよう。

さて慶応も三年となれば、徳川の世もいよいよ押し詰まるのであるが、その年の五月、翁は外国奉行としてフランスへ特派せられ、日仏の親善につくした。その巴里滞在は、九箇月ばかりであつたらうか。翌年が即ち明治元年で、正月に王政古に復し、幕府は倒れて了つたので、翁は帰朝して、五月に江戸へ帰り（江戸が東京と名を改められたのは、その年七月の事である）、帰農して小石川大塚に隠れたといふ。

最初にあげた電信の記事も、この巴里滞在の間の見聞を記したものであるが、暁窓追録には、その外にも面白い記事が多い。

「ポリスといふのは、市中を巡査する役人であるが、陸軍の兵士の中から、謹直なる者を選んで任用するといふ。遠山形の帽子をかむり、蝉の羽のやうな外套を着て、腰には鉄鞘の刀を帯びてゐるので、一目でそのポリスである事が分る。その数は二千人に及ぶといふ。いつも市中に散在し、大雨が降り烈風が吹いても、屹立して動ぜず、或いは随所に徘徊して非常を警め、交通を整理してゐる。

長崎会所の手代で佐兵衛といふ者が、博覧会に出品する件について、巴里に来てゐた。実直な男であつたが、フランス語は分らず、ただ自分の宿が、リウガリレイ（Rue Galilée）三十七番地にあるといふ事しか知らない。ある時、夜外出して道に迷ひ、帰る事が出来なかつたところが、忽ちポリスに出逢つたので、ガリレイといつたところ、ポリスは事情を推察して連れていつてくれた。佐兵衛は大いに喜んで、御礼に粗酒一献差上げたいと手真似で申出たが、ポリスは微笑して去つた。後に佐兵衛は懇意なフランス人に此の話をしたところ、そのフランス人のいふには、それはポリス当然の職務ですよ。そんなに礼を言はずともよいでせう。まして謝意などとは、飛んでも無い。」

無論これは私が分りやすいやうに、文章を改悪したので、原文は、むつかしいが、しかし名文である。ガス灯及びガスストーブの一条を例示すれば、かうである。

「気灯の街上を照す、其明、俯して虫蟻を拾ふべし。故に暗黒無月の夜、風雨晦冥の際と雖も、更に行歩を礙《さまた》げず。又其気極めて煖なれば、人家引て煖炉に換ゆる者あり。現に予リウジヤコフ（Rue Jacob か）の客舎に寓する日、食堂中に設るを見たり。」

さて此の巴里滞在中、幕府の倒れたといふ報知を聞いた時、フランスよりは、重大なる申出があつた。それは外でも無い、フランス兵を傭つて、薩長を討伐し、幕府を再興せよといふのである。しかもそれは唯六艘の軍艦と、それにいくらかの運送船があれば、事足りるであらうといふのである。幕府の外国奉行栗本安芸守にとつて、何といふ甘い誘惑であつたらう。しかるに翁は之を拒絶した。日本国内の問題を処理するに、外国の力を借り、外国の兵を傭ふといふ事は、翁の愛国心の、断じて許さざる所であつたのである。

甘き誘惑は、之を拒絶した。昨日までの幕府の高官は、今日は敗残の余党として、孤影故国に帰らねばならぬ。帰つて故郷の土を踏めば、往年の同僚、或いは死し、或いは四散して、共に語るべき者も無い。翁はこれより、政界一切の希望を捨て、優游自適して世を終らうとするのである。ただ明治七年、迎へられて報知新聞社の主筆となり、同十九年まで同社に在つた事、及び同十二年学士会院起るや、選ばれてその会員となつた事とのみが、晩年世間との交はりで、他は花木を愛し、文章を楽しんで、また余念なく、やがて明治三十年、七十六歳を以て卒した。

翁の一生、之を回想して今日の時勢と照らし合はせるに、感慨の深いものが多い。北海道に赴いて病院を建て、薬草を採り、牧畜植林につとめ、更に進んで樺太千島を巡視し、北方国境の守を固めようとした点、是れがその一つである。因循衰微の幕府を代表して、先進強大の四箇国公使を相手にし、しかも我が老中の既に彼の強圧に屈した後をうけて、歩《ぶ》のわるい外交交渉に当り、堂々の論を以て彼を屈服せしめ、遂に先約を破棄した事、是れがその二つである。薩長の二藩、天威を奉じて幕府を討ち、徳川三百年の政権、あへなく崩れ去つたと聞いて、軍艦を貸さう、フランスの武力を以て薩長を挫き、幕府を再興するがよいと、フランスより申出られた時、断然この誘惑をことわつて、自らは敗残の立場に甘んじつつ、日の丸の光輝を全うした事、是れがその三つである。

いづれも容易な事では無い。自分の生活に没頭し、今日の安逸をむさぼつては、国境の侵犯せられる報道をも、馬耳東風と聞きながし、外国強大の勢力、到底抗敵しがたしと算盤をはじいては、何を云はれても御無理御尤も、屈従を以て安全と心得、国内の問題であり、兄弟の争であつても、いやしくも自分を援助してくれるといふ事であれば、敵国の申出であつても喜んで之を受け入れ、之と結托しようとする。さういふ徒輩の、ああ何と多い事であらうか。されば栗本安芸守の辿つたのは、実に是れ英傑の道であつて、卑怯陋劣の輩の、あづかり知らざる所と云つてよい。

いやまだある。栗本鋤雲の晩年である。翁がフランスより帰つた明治元年、翁は年なほ四十七歳、男として働き盛りである。しかもフランス滞在既に一年、先進国の文明に接し、ナポレオン・ビスマルク・ガリバルヂーの盛業壮挙を見聞して帰つたのであるから、日本の外交界における、新智識であり、大先輩である。もし斯《こ》の人にして膝を薩長に屈し、媚《こび》を新政府に呈するならば、再び登用せられて公使となり、華族に列する事も、決して困難ではなかつたであらう。しかるに翁は、倒れたる幕府の遺臣として、固くその節義節操を守つた。世の転変につれて学説を立直し、風向きを見ては主張をかへ、いつも波に乗り、世にもてはやされようと、あくせくする輩《やから》を見る時、私は鋤雲翁の態度に深く敬服せざるを得ないのである。

（昭和三十一年十月）

十三　閑談

明治三十七、八年の戦役に、軍事特派員として従軍した米人記者、ウォシュバンの著した「乃木」といふ一書は、外人ながら、といふよりは、むしろ外人なるが故に、よく乃木将軍の面影を写してゐる。それは全篇悉く感激の文字であるが、他書には見られない特別の記事として、閑談と題する一節が、殊に人の胸をうつ。

明治三十八年五月のある日の午後、外人記者ウォシュバンとバリーとは、相携へて乃木大将を訪れた。将軍は既に難攻不落を誇る旅順口を陥れ、歴戦の勇士をひきゐて奉天の大会戦に加はり、露軍を潰走せしめた後、四月の末より法庫門といふ小さな町に、其の司令部を駐《とど》め、第七、第九、第一の三師団をひろく前線に展開せしめ、静かに戦機の熟するのを待つてゐた。法庫門の曲りくねつた横町の、一つの岐路の中に、石と泥土でつくられた一構《ひとかまへ》、簡単にして静粛な、何の飾りもない、ほとんど従卒の住宅かと思はれるのが、乃木大将の住居である。将軍は、外国の高級武官のやうに、いかめしい特殊の軍装を用ゐる事は、曾て無かつた。白い綾織綿布の軍袴に、乗馬用の長靴の、今は灰色になつたものを穿ち、黒といつてもよい程の、濃い紺の上衣の袖には、三つの星と三本の線とをつけて、わずかに階級を示すのみであつたが、ひとり其の服装のみならず、住居も至つて粗末であつて、他の家と異なるところは、門に歩哨が立つてゐる点だけであつた。

是の日、将軍は、その長靴をぬいで、椅子の上に座つて居られたが、起ち上つて改まるまでも無く、無雑作に、気楽に、二人の外人従軍記者を引見せられた。そして共に茶をすすり、煙草をのんで、愉快な談笑、四、五十分に及んだ。

ウォシュバン等は、旅順口以来乃木将軍に従つてゐたのであるが、その長い従軍生活の間に、この時ほど将軍のくつろいで見えた事は無かつた。大軍の司令官たる重い責任から、全く解除せられてゐるやうな、気楽な態度であつた。ところが其のうちに、将軍の面色うち沈んだかと思ふと、いかにも相すまぬといふ風で、「今日はこれで失礼します、これから少しいそがしい、露軍が来襲しようとしてゐますから。」と、ことわられた。無心の閑談に耽ること約一時間、俄かに思出したやうに、戦機の一端を洩らされたのである。二人は直ちに辞去した。

思ふに此の閑談の小一時間こそ、乃木将軍の夏の陣における最も厄介な時であつた。即ち法庫門は、殆んど露兵の蹂躙に委ねようとしてゐたのである。勿論乃木大将の率ゐる兵は約十万であつたが、それはひろく前方に展開散在してゐた為に、司令部所在の地に留まるものは、からうじて歩兵一個中隊に過ぎなかつた。而して露軍においては、ミスチェンコ中将、今日しも八千乃至一万の騎兵と、一、二個中隊の軽砲兵とを以て、勇敢にも日本軍の左翼を包囲し、更に別働隊を以て、乃木将軍とその前衛との間を遮断し、日本軍の野戦病院を襲ひ、輜重隊を撃ち、同時に約二千の露兵は、突如として法庫門に迫り来つたのである。若しこの部隊にして偵察を誤たず、鬼将軍が法庫門に在るを知つてここに侵入したならば、十分の一の兵力しか留めない日本軍は、非常の苦戦に陥つたであらう。乃木将軍はこの情報を得て、直ちに八方に散在する部隊に連絡して、それぞれ応戦を命じた。そして既に応戦の命令を下した後は、事もなげに、気楽に、外国の従軍記者を引見して、閑談に興じて居られたのであつた。

二人の従軍記者は、驚いて将軍の許を辞した。辞して外へ出ると、間もなく砲兵一個中隊六哩《マイル》の道を馳せて戞々《かつかつ》の蹄も勇ましく、蒙古門から入つて来た。馬は頸帯に力を込め、砲を躍らせ、兵を縋《すが》らせつつ、一軍六頭、悉く砂塵にまみれて、飛ぶが如くに馳せ来り、法庫門に入るや、次第に速力をゆるめて早足となり、鎖を鳴らして町の中央に至り、停止した。馬は流汗雨の如くである。これにおくるる事十分、またもや別の砲兵一個中隊が、同様に疾駆して東方から入つて来た。約三十分おくれて、北方より騎兵一個中隊、汗馬に虹を吐かせつつ馳せつけた。かくて正午には、コサック騎兵一個中隊のために、たやすく犠牲となるべかりし法庫門は、夕刻の六時にもなると、一個師団の兵を以てしても、脅かすことの出来ないものとなつて了つた。

二人の外人記者は、之を見て驚歎した。二人が悠々として茶をすすりつつ、乃木大将と閑談してゐた時、乃木将軍のこれほどにうちくつろいだ態度は、曾て見た事がないと思つてゐたが、豈にはからんや此の間こそ、この戦闘準備の最中であつたのである。

ウォシュバンが此の閑談を記録してくれた事を、我々はふかく感謝しなければならぬ。乃木将軍の風格は、この記事の中に躍動してゐるからである。之を読んで私の連想するのは、北条時宗の態度である。蒙古の大軍、来つて我が九州を侵した時、国家守護の大任をその双肩に負うたものは、鎌倉幕府の実権を握る北条時宗であつた。時宗は、文永五年十八歳にして執権となつたので、文永十一年蒙古第一回の来襲の時は二十四歳であり、弘安四年第二回の来襲の時には、三十一歳であつた。当時の蒙古は、支那・朝鮮はいふまでもなく、遠く西方諸国をも併せて、服属するところ、六十余国と称せられ、欧亜二洲に跨がる巨大なる帝国となつてゐたのであるから、それが大軍を派遣して我が国に侵入せしめるといふ事は、我が国としては真に危急存亡の重大事であつた。大抵の者であれば、青くなつて縮み上るか、さもなければ、赤くなつて昂奮する所であつて、情勢を審《つまびらか》にして来れば、青くなつても、赤くなつても、無理ではないと思はれる所である。偉大なる哉、北条時宗は、かねて大陸の動きに注意して、敵情は十分之を察知して居り、敵軍既に九州に来り侵して後は、注進櫛の歯をひくが如くであつたに拘らず、殆んど之を気にかけないかのやうに、平然として少しも喜怒の色をあらはさず、恐れの様子のないのはいふまでもないが、てらふ様子、誇る気配も示さず、静かに禅僧祖元等と道を語り、宗教の法悦にひたつてゐたので、流石の祖元をして感歎に堪へざらしめたのであつた。

見来れば弘安の北条時宗と、明治の乃木将軍と、危難のうちに在つて心少しも動揺せず、大事に臨んで眉一つ動かさず、しづかに法悦にひたり閑談に興じて、余裕綽々としてゐた点において、共通するところがあると言つてよいであらう。而して之に驚き、之に感歎する者は、かやうな余裕が、いかにして出て来たものであるかについて、再思三思しなければならないのである。

註　ウォシュバンの「乃木」は、一九一三年にニューヨークに於いて出版せられ、我が国では、目黒真澄氏によつて、翻訳せられた。また北条時宗の態度は、仏光国師の語録にくはしく記されてゐる。仏光国師は即ち、祖元の事であつて、当時いつも時宗に請ぜられて、法話をしてゐた人であるから、その記述するところは、頗る真に迫つてゐる。即ちこの二つの場合は、不思議にも我が国の典型的な武将の面影が、親しく談笑した外人（ウォシュバンは米人であり、祖元は支那人である）によつて、描写せられ、記録せられたものであつて、それ故にかへつてクッキリと印象深く伝へられた事を多としなければならぬ。

（昭和二十七年十二月）

十四　乃木将軍

正月元日の出来事の、ひとり我国にとつて重大であつたのみならず、世界に大影響を与へ、大反響をよび起したもの、明治三十八年の如きは、世界に例の無いところであつた。明治三十八年正月元日、それは、旅順口の守将ステッセル、遂に力屈して城を開き、乃木将軍の前に降を乞うた日である。

旅順は明治二十七、八年の戦役に、我軍が力をつくして陥れたところであつた。しかるにロシヤは、間もなくここに駐留して、之を東洋における軍事的拠点とし、ここに近代築城技術の精粋をこらして、難攻不落の要塞を築いた。その規模の雄大にして、設備の完備せる、ジブラルタルを除けば、世界無比と称せられた。欧州の軍事専門家は、之を評して、旅順に攻撃を加へる事は、ただ敗北と死滅とを招くに過ぎないとさへ云つた。

明治二十七年の戦に、一旅団長として此の要塞を抜くにあづかつた乃木将軍は、今や第三軍の司令官として、この恐るべき天険を突破し、完備せる城塞を奪取すべき重大任務を、その双肩に担つた。しかも其の任務は、ひとり此の城塞を抜くといふ一事に在るのでは無い。之を抜くと共に、此の城塞のかげにかくれてゐるロシヤの艦隊を掃蕩し、此の方面におけるロシヤ陸海軍の根拠を奪取し、後顧の憂ひを絶つて、直ちに北上し、友軍と合して敵の主力を討つに在つた。

将軍は黙々として、此の重大任務を遂行した。金城鉄壁も、之は阻《はば》む事は出来なかつた。屍山血河も、之を躊躇せしめる事は出来なかつた。曾て将軍が師団長として育成し、その下士官の一人一人に至るまで、姓名を覚えてゐたといふ第九師団が、惨憺たる犠牲に半減されても、少しも動じなかつた。その生き残りの老兵は、山の周囲の鉄条網にかかつて、戦死した人々のなきがらが、やがてくづれ落ちては、軍服だけが残つて居るのを今も目《ま》のあたり見る如く想起すると語り、又その死骸がやがて白骨となつては、九頭竜河の河原かとあやしまれたとも語つてゐる。しかし将軍は、この惨状を見て、毫も動揺する事をしなかつた。その子息二人、一人は、はやく南山の攻略に倒れた。旅順の戦たけなはなる時、第七師団は、おくれて戦線に加はつたが、この新鋭師団を迎へた将軍は、直ちに命ずるに、二〇三高地の奪取を以てした。将軍の子息、今は生き残るただ一人の子息は、第七師団前進の先頭に立つて突撃し、間もなく戦死した。しかも将軍は、曾てこれが為に動揺し、動揺して戦略をかへる事は無かつた。黙々として、その為すべき所を遂行し、更にかへりみる所がなかつた。

表面より之を観れば、乃木将軍はただ剛勇の猛将、愛憐の情なき人の如くである。しかし米人従軍記者ウォシュバンが、一副官の語つた所として伝へてゐるのは、次の通りである。

「旅順口が陥落して後、幕僚が皆祝賀に耽つてゐると、いつの間にか閣下の姿が見えない。もう退席して了はれたのだ。行つて見ると、小舎の中のうすぐらいランプの前に、両手で額を覆うて、独り腰かけて居られた。その頬には、涙が流れてゐた。そして私を見ると、かういはれた。今は喜んでゐるべき時ではない。お互にあのやうな大きな犠牲を払つたのではないか。」

此の話を伝へてくれた事について、我々はウォシュバンに感謝しなければならぬ。しかし此の話を待つまでもない。乃木将軍の心の中は、その衷心の感懐は、誰も知つてゐる将軍の詩において、既に明らかである。

山川草木転荒涼

山川草木《さんせんさうもく》うたた荒涼《くわうりやう》

十里風腥新戦場　　十里風はなまぐさし　新戦場
征馬不前人不語　　征馬すすまず　人語らず
金州城外立斜陽　　金州城外　斜陽《しややう》に立つ

また、

王師百万征驕虜　　王師百万　驕虜《けうりよ》を征す
野戦攻城屍作山　　野戦攻城　屍山《しかばね》をなす
愧我何顔看父老　　愧《は》づ我れ何の顔《かんばせ》あつてか　父老にまみえむ
凱歌今日幾人還　　凱歌《がいか》今日　幾人か還る

実際戦ひ終つて凱旋せられた時、熱狂の歓迎を受けながら、将軍は寧ろうなだれて、あだかも罪ある者の自らをむちうつ如き面持ちを以て、帝都に入られたといふ。

されば難攻不落を誇る旅順口を強襲し、猛攻につぐ猛攻を以てして、遂に之を陥れ、鬼神の如くに恐れられた乃木将軍は、まことは情の深く涙のあつい人であつて、決して猛将とか、勇将とか云はるべき人物ではなかつた。其の私情を抑へ、私意を去つて、殆んど無情木強のやうに見えるのは、実にその道を信ずること篤く、任務に忠実であつて、道を行き任を尽くすを第一とし、他の一切を第二第三に置き、決して第二第三をして第一義を侵さしめなかつたからに外ならぬ。

しからば乃木将軍が道として信じたところは何であつたか。その学んで践み行はうとしたところは何であつたか。読んで自らを鍛へたところは何であつたか。それは人の知る如く山鹿素行先生の教へであつた。将軍は、明治天皇に殉ずる直前、それとなく御暇乞の為に参内した時、当時猶年少にましました東宮殿下（即ち今上陛下）に、うやうやしく一部の書籍を献上し、此の書物、只今は御役に立ちますまいが、将来必ず御役に立つ時が参りませうと申上げられたといふ事であるが、その一部の書物こそ、実に山鹿素行著はすところの中朝事実であつたのである。

山鹿素行が中朝事実を著したのは、寛文九年（西暦一六六九年）の事であつたが、当時素行は赤穂に在つた。蓋しこれより先き、寛文六年、聖教要録を著して、江戸幕府教学の方針を批判した為に、罪せられて播州赤穂へ流されてゐたのである。素行先生の偉大である事は、この赤穂へ流されるといふ一大事の突発した時に、明瞭に現はれた。即ち曾て著した武教小学において、

「凡そ士たるの道は、行住及び坐臥、暫くも放心する時は、則ち必ず変に臨んで常を失ふ。一生の恪勤も一事において欠滅すべし。変の至るや知るべからず、則ち豈に怠るべけんや。」

と説き、また曾て戸田伊賀守の問に答へて、

「死を常に心にかくると云ふは、わが宿へ帰らずとも、あとの埒《らち》の分明にあく如く致せといふことなり。常に法を正し、約束を定め置く時は、再び家へ帰らずとも、全くその法宜しかるべし。人は常にかくの如く家法を正し置くこと本意なり。」

と答へたが、寛文六年十月三日、突然幕府に召喚せられ、即日赤穂藩へ頂けられた時の態度は、くはしく配所残筆に見えてゐるが、変に臨んで少しも驚く事なく、家人に対して何一つ云ふ所なく、殆んど平日外出の時と同じやうな態度で、従容として赴かれた事は、人の歎称して止まないところである。

武教小学に説かれた士たる者の心構への見事さは、生死の関頭に立つた素行の態度において、遺憾なく実証せられ

たが、その後赤穂の逆境に在つて、素行の心境は、更に一段の深化を示し、向上を見た。そしてそれが書物となつて現れたものが、即ち中朝事実であつた。乃木将軍の心を鍛へ、その志を養つたものは、実にこの武教小学や中朝事実などであつたのである。

（昭和二十八年一月）

橘南谿は京都の医者でありましたが、天明年間ひろく四方に漫遊して、奇事異聞を集め、東遊記、西遊記、正続それぞれ五巻、合せて二十巻を著しました。その東遊記の第四巻に、藤樹先生と題して、中江藤樹先生の遺徳を讃美した文が収めてあります。

それによりますと、ある時尾州の武士が用事があつて江州大溝のあたりを過ぎ、先生の墓所が近くの小川村に在ると聞いて、畑うつ農夫に尋ねたところ、「畑道でありますから分かりますまい、案内して差上げませう」と云つて、先に行きます。程なく小さい藁屋に至り、「しばらくお待ち下さい」と云つて内に入り、やがて出て来たのを見ますと、木綿の新しいひとへ物に、布の小紋の羽織を著、すつかり礼装に改めて来ましたので、武士は驚いて、「何といふ丁寧なる男であらう、墓さへ教へてくれれば済むものを」と思ひながら行くうちに、墓所へつきました。農夫は其の竹垣の戸を開き、「さあ入つて拝んで下さい」と云つて、自分は、戸の外に平伏して拝んでゐました。武士は初めて気がついて、「さては着物を着かへたのは、自分に対する敬意の為ではなく、藤樹先生を尊敬しての事であつたのか」と思ひ、「あなたは藤樹先生の家来筋の者か」と尋ねますと、「さうではございませぬ、しかし此の村の者は、一人として藤樹先生の御恩を蒙らないものはありませぬ、親をうやまひ、子をしたしむ事をわきまへ知りました事、全く先生の御蔭でありますから、必ずおろそかに思つてはならぬと、常々父母からさとされて居ります」と云ふ。武士も初めはかるい気持で立寄つた事でありましたが、此の農夫の態度を見、話を聞いて、悉く感心して、ねんごろに墓を拝

十五　若狭の賢者

して帰りました。これが話の一つであります。

次に南谿が肥後へ行きまして聞いた話があります。その頃、肥後の家老何某《なにがし》の家へ、江州から聟《むこ》養子に来た人がありました。そこへ用事があつて行つた人が、ついでにふと思出して、「あなたの御里方の御領分には、中江藤樹といふ先生が居られたと聞いてゐますが、その御書きになつたものなど、御所持ではございませぬか」と云つたところ、「先生の御事は、父祖以来尊敬して居りまして、私が此の度こちらへ参るにつけましても、父は特に秘蔵の一軸、先生の筆蹟を譲つてくれました。御所望でありますれば、お目にかけませう」と云つて奥へ入り、先づ礼服に改め、一軸を携へて出て来、之を床にかけて、自分は遙かに引下つて拝したので、訪客の方も之にうたれて、手を洗ひ口をそそいで拝しました。これが話の二つであります。

東遊記には其の外にもいくつかの話を載せてゐます。加賀の飛脚の忘れていつた二百両の大金を、鞍の下から見つけ出した馬方が、いそいで之を届けにゆき、涙を流して悦ぶ飛脚の、当座の謝礼といつて差出す十五両をうけとらず、「あなたの物をあなたがうけとられるのに、謝礼が入りませうか」と云ひます、よくよく聞いて見れば此の馬方は、折々藤樹先生の講釈を聴き、「親には孝をつくすべし、主人は大切にするものなり、人の物は取らぬものなり、無理非道は行ふべからず」と諭されてゐたのであるといふ話、南谿自身小川村へ行つて、藤樹書院へ参り、村の様子を見るに、此の辺の風儀温和淳朴であつて、見る所聞く所、感に堪へなかつた話などが載せてあります。

中江藤樹先生の歿せられたのは、慶安元年八月二十五日の事であつて（年僅か四十一歳）、今より三百七年以前に当ります。橘南谿がその徳化の猶厚いのに驚いた天明年間さへ、今より百七十年も昔の事となりました。それ故に我々は其の話を聞きましても、遠い昔の物語として、一応感心する事はしますものの、痛切に我が身の上にひきあてて反省し痛感する事は無いのが普通であります。ところが私は、最近若狭の僻地において、その感化徳風の殆んど昔の小川村に類するものがあるを見、古今軌を一にするに驚歎しました。

若狭の交通路、丹後の田辺から入つて、越前の敦賀へぬけ、横に貫くものは、之を丹後街道といひます。之といはば直角に交叉して、竪《たて》に近江へぬけるもの、之を若狭街道といひます。若狭街道は京都より、昔は朽木谷を経、今は江若鉄道によつて今津を経て、山越えに熊川谷に入り、日笠において丹後街道に合するのであります。そこで今、小浜より、北川に沿うて溯り、日笠に若狭街道と別れて、丹後街道を遠敷《をにふ》郡から三方郡へぬけようとする時、道は安賀里《あがり》の渓谷に入ります。この渓谷を流れるものは安賀里川でありますが、川の下流に向つて左が安賀里、右が下中《したなか》といふ、小さな部落が向き合つて、また所によつては交錯してゐます。その下中の村はづれ、上手《かみて》の山腹にあるのが仙崖《せんがい》荘、これが賢者の遺宅であります。

私が此の仙崖荘をたづねました日、雲霧深く渓谷を埋めて、山のいただきも見え分かず、バスを下りた時には、雨が降つてゐましたが、その雨の中を、里人《さとびと》十四、五名、或いは紋付の羽織を着、大抵は雪袴《ゆきばかま》をはいて、丁寧に出迎へ、つつましやかに案内してくれられました。仙崖荘は山腹の小高いところにあつて、六畳が二間、三畳が一間、それに小さな渓流から水を引いた炊事場がついてゐます。六畳二間に沿うて、南に縁側が通り、庭前には梅が咲いてゐましたが、梅の外には桜もあり、楓もありました。

奥の六畳の間、床に写真をかかげて祭つてありますのは、今は亡き此の家の主人、里人の恩師と仰いで、敬慕してやまない乾長昭《いぬゐおさあき》先生であります、先生は佐土原藩士乾満昭の子、慶応三年九月十日、鹿児島で生れられましたが、父が国幣中社若狭彦神社の宮司を拝命せられましたので、従つて若狭へ来、ここで成長せられ、遠敷郡遠敷小学校を卒業し、進んで京都第一中学校に学ばれましたが、その後北海道に渡つて開墾に従事しつつ苦学し、東京法政大学を出て長野県に奉職し、更科・佐久・北佐久の諸郡に郡長として歴任した後、大正十年退職、やがて少年時代の想出なつかしい小浜へ帰り、恩給で暮らしてゐる身が、遊んでゐては申訳がない。君恩に報じ奉る一端にもと、縁ある人々に学を講じ、徳を勧められたのがもとで、遂に下中の里人に迎へられて、此の仙崖荘を建てて此処へ移り、しづかに道を講ずること約十年、昭和十三年一月十九日、七十二歳にして永眠せられたといひます。

講筵の開かれたのは、一週に四回、すべて夜分でありました。昼は終日、鍬をとつて田畠を耕し、夜になると講義を聞いたといひますが、講義には四書、特に論語が多く用ゐられたとの事です。何分にも僻地の農村で、村の人々は小学校の教育だけしか受けてゐないのでありますから、それには四書は随分むつかしく、難読難解であれば自然砂を噛むやうな気がしなかつたかと、普通ならば想像せられ心配せられるところでありますが、実際はさにあらず、人々は先生の指導によつてよく古典を理解し、その醍醐味を味つて、日暮れては鍬を棄てて仙崖荘に集まる事を楽しみとし、一週に四回といへば多過ぎるかと思はれるのに、寧ろそれを少なすぎるやうに感じ、よろこんで来り集まつたのでした。中には峠を越して隣郡の倉見村から通つた人もあるといひます。

先日迎へてくれられた人の中に、田辺さんといふ婦人がありました。この人も無論小学校だけしか出てゐないのですが、十四歳の時から仙崖荘の講筵に列し、先生の教へられた如是観などは、全文を暗誦してゐると伝聞しましたので、特にたのんで読んで貰ひましたが、いかにもあざやかに理解し、記憶し、一字を誤らずに朗誦せられました。如是観その他、先生の作られた詩文を、大抵のお弟子たちは、先生に書いていただいて、立派に表装し、美しい箱に収めて秘蔵してゐまして、私の参りました機会に持参して見せてくれられましたが、その扱ひの鄭重なる事、昔の藤樹先生の筆蹟に対して示した人々の態度と同一でありました。

念の為に、少しく如是観の文を掲げませう。

「望浮雲之富貴、蕣槿花之栄華、厮競厮争無寧日、老而終不得安処、死而空為青山之土了、是為群生之常態也、白眼観世間来畢竟太俗生、覚者則理智明灼超越生死、而心無罣礙無苦悩、崇高之偉蹟長不滅、荘厳之霊光燦照千古矣、於乎覚者群生天性固是同一、而一煩悶一悠悠、相隔遠哉、」（下略）

十四歳の少女が、之を読み、之を解し、之を楽しむに至るといふは、非常の事であります。今の教育学、児童心理学の夢にも知らざる世界であります。かくて昨日までは、低俗浮薄の俗謡の歌はれたところに、これよりは論語の暗誦が始まり、下中を中心とする附近の村々は、礼儀礼節の郷と化したのでありました。

尤も先生は、徳を内に養ひ、包んで外にあらはさないやうにつとめられましたので、お弟子たちにも、「今夜の話は、明朝人に尋ねられても、決して言つてはならぬ」と戒められました。それ故に直接教へを受けない人は、何の為の集会か分らず、あれは「言はぬ講」だといつて誹《そし》つたといふ事であります。しかも此の「言はぬ講」の人々、黙々として集まり、つつしんで教へをうけ、夜毎のきびしい教訓を、何よりの楽しみとするに至つて、その魂はみがかれ、睿智の光を発するのが見られました。即ちお弟子たちの中には、自らの死期を知つて誤らない事、名僧智識に類する者が、数名あつたといひます。

先生の亡くなられたのは、前にも述べましたやうに、昭和十三年一月十九日の事でありますから、今から十七、八年も前に当ります。しかるにお弟子たちは、毎月十九日、先生の命日を迎へるたびに、ここに集まつて、先生の遺影を拝し、遺訓を拝読し、戦争の激しかつた時にも之を欠かさず、戦後混乱の日にも之を廃せず、以て今日に至つてゐるのであります。そして今も先生の遺影の前に出で、もしくは談一たび先生の事に及べば、必ず膝を正し、正座せずには居ませぬ。「先生は安座せよと言はれたが、お許しが出ても、とてもとても膝が崩せるやうなものではありませぬでした。それで夜ふけて帰る時、座敷をすべり出て、縁側をあるく時には、誰も彼も足が言ふ事をきかず、足の甲であるいてゐたものです」と、楽しげに語るのでした。

立ちこむる　霧の深きは　この山の
　賢者の　跡を　包まむとにや
雪袴　腰につけつつ　かしこみて
　仙崖荘の　坂のぼりゆく
日は終日　鍬をとりつつ　夜は夜毎
　み教へうけて　四書読みしてふ
今も猶　ゐますが如く　つつしみて
　のこし給ひし　み教へ仰ぐ
梅はあり　桜もあれど　里人の
　心に香る　み教への花
昔聞く　近江聖人　まのあたり
　遺徳を仰ぐ　若狭の賢者

（昭和三十年四月）

十六　恩師の想出

少年にして名声を博するは人生の不幸であると云はれるが、既に名声を博すれば親も遠慮して叱らず、先輩も気兼ねして指導をしてくれない為に、反省の機会が与へられないからであらう。私は自分の経歴した跡を回想して、真に有難かつたと思ふのは、大学を出て大学院に入り、やがて講師となり、助教授に任ぜられ、教授に進んだ為に、いつも恩師のそばに在り、恩師の指南を仰ぎ、恩師の訓誨を辱うした事である。特に慈誨を蒙つた星野恒・田中義成・萩野由之・三上参次・黒板勝美・白鳥庫吉・市村鑽次郎・箕作元八・村川堅固等の諸先生については、想起万端、なつかしさに只涙するばかりである。然し是等の先生方には、教へられる事は多かつたが、叱られる事は、割合に少なかつた。ひどく叱つて下さつたのは、坪井九馬三先生である。

坪井先生は、昭和十一年の正月に、七十九歳で薨ぜられたのであるから、遡つて計算すると安政五年の生れとなる。しかし先生の生れられた場所は大阪の淀川河口に近く、生れられた時はたしか年末で、太陽暦に換算すると、年齢は一つ加減せられたといふやうなお話を、くはしく承つた事があつたが、記録して置いたノートが焼けて了つて、記憶は確かでない。いづれにせよ私が初めて先生に謁し、その教へをいただいた大正四年には、先生は五十七、八歳でおいでになつたとすると、丁度今の私の年頃に当るわけであるが、先生の博覧強記は、当時弱冠二十一歳の私を驚倒せしめたばかりでなく、今日五十七歳の私をして、回想して愈々自らの鈍愚を慚愧せしめるのである。

先生の想出は数多くあるが、ここには先づ二つの事を記さう。その一つは初めて先生のお宅をおたづねした時の事である。先生のお宅は、本郷の弥生町にあつて、東京帝国大学の裏門から程近いところであつた。門のくぐりをあけて、玄関へ入ると、頭の上には大きな河豚《ふぐ》がつるされてあつた。人の話をきくと、この玄関で先生の一喝にあひ、即時撃退せられた者が多いといふ。何でも玄関で案内を乞ふと、やがて先生現れて正面に立ちふさがり、「何か用ですか」と大喝されるので、気の小さい人は恐縮しながら、「イヤ別に用といふわけではありませんが」とモジモジしながら答へると、「それではお帰り！」と障子をピシャリとしめて奥へ入つて了はれる。客はもう帰るより外に仕方が無いといふ風だつたといふのである。話は少し面白く出来すぎてゐるやうであるが、先生の面目はいかにも躍如としてゐるといつてよい。私は幸ひにして一度も撃退せられず、玄関から上げられたが、最初訪問の際通されたのは、茶の間であつた。その時先生はビールを召上つて居られた。前には足の高い古風なお膳があつて、お膳の上には鬼がらやきの海老が幾串かあつた。最初は何を申上げ、何を承つたのか覚えてゐないが、間もなく先生は海老の話をしだされた。ビールのさかなに海老を召上りながら、その一串を私にもわけて下さつて、「さて此の海老でありまするがね、これの事をラテン語では何といひますよ、フランスでは何といひ、ドイツでは何といひ、イギリスでは何といひ、オランダでは何といひまする、して見ると」と該博なる知識の一端が、計らずも海老から起つて洩らされ、そのついでに色々の事物について諸国語の相違と、それが示す歴史的意義を説かれた。私は非常に感動して、「先生は実に記憶がよいんですね」といつたところ､此の時､先生の鉄槌は下つた。「覚えがよいんぢやありませんよ､覚えるんですよ。」私は此の一語に深く服した。英雄の心事、人もし問はば、すべて在り紅涙万苦のうち、といふが、先生を以て強記の人とし、記憶のよいのは先生の生れつきであると思つたのは、私の浅はかなる誤りであつて、先生は刻苦して記憶につとめられるのであると悟り、それより後、何かにつけて此の一語を想起するのである。

第二に先生に叱られたのは、大学を卒業して大学院に入つたばかりの時である。ある時また先生をおたづねして色々お話してゐるうちに、先生は矢庭に大喝された。「まだ群書類従を全部読んで居りませんね、大学院学生ともあらう者が、何といふ事ですか。」

群書類従の事は、「桃李」の創刊号に、「盲目の学人」と題して久保田学士の書かれたものの中に、くはしく見えてゐるが、正編の巻数五百三十巻、中に収むるところの古書は実に千二百七十部に上つてゐる。そこで私は重要と思はれるものを選んで読み、全部に目を通すといふ事は、して居らなかつたところ、先生の慧眼《けいがん》はやくも之を看破して、大雷を落されたのである。

かやうに坪井先生に叱られた事は、私にとつて実に有難く尊い経験であつて、学問の博覧にはげむべき事、学者の記憶につとむべき事、それが骨身にしみたのは、全く先生の大喝によつたのである。先生は学、和漢洋の三つにわたり、行くとして可ならざるなき大才であつたが、その裏面には刻苦精励して止まない努力があつたので、その辛苦を見落しては、真に先生を理解する事は出来ないであらう。

しかもかくの如きは、ひとり坪井先生に限つた事ではなく、又ひとり学問の領域に限られる事でもあるまい。菅原道真公は、その学行才名、京師を鼓動す①といはれ、文道の大祖、風月の本主②とたたへられたお方であつて、菅家文草や菅家後集を見ると、学問文章、真に驚歎するの外は無いが、公の書かれた書斎記を見ると、心なき人の訪問によつて、学問の研精が妨げられる事を惜しみ、殊に公が博く書を読んで、注意すべきところは苦心してカードに取つて置かれると、訪客の中には、或いは之を持ちかへる人があり、或いは之を棄去る人がある③といつて歎いて居られる。して見ると、公は時を惜しんで百家の書を読み、読んで注意すべき箇所は之をカードに写取つて置き、後に之を整理せられたのであつて、文道の大祖とあがめられるに至つたのは、決して偶然では無く、そのかげに日夜の刻苦精励が存した事を見のがしてはならない。

悪銭身に付かずといふ諺がある。正しい仕事に精出して得た報酬であれば、本当に自分の財産となつて、後々まで残るのであるが、苦労する事なしに儲けたあぶく銭は、また直ぐに自分の手から離れていつて了ふといふのである。これは経済についての諺であるが、ひとり経済の上ばかりでなく、外のどの方面においても、さうである。正しい道をふんで、刻苦精励するといふ事が大切であつて、自ら奮励して汗をしぼり骨を折らないでは、何事も成就し得るものでは無い。書物を読むにしても、一字一句をゆるがせにせず、辞書をひき、異本を較べ、他書を参考して、精密なる考究をつづけ、困苦して博覧強記を期すべきであつて、かかる困苦を経ることなしに、寝ころんで新聞雑誌を読むやうなだらしのない勉強では、学問は結局身に付かないのである。これが私の坪井先生から教へられた訓誡であつて、私は此の教へをいただいた事を有難く回想すると共に、自らの疎懶《そらん》、学んで効の無かつた事を恥づるのである。

註 ① 扶桑略記、昌泰二年二月十四日の条に、「大納言右近大将菅原道真任二右大臣一、年五十六、学行才名、鼓二動京師一」と見えてゐる。

② 本朝文粋《ほんてうもんずゐ》に収めてある大江匡衡《おほえのまさひら》の文に、菅公をたたへて、「文道之大祖、風月之本主也」とある。本朝文粋は、平安時代のすぐれた詩文を集めた書物、編者は藤原明衡である。又大江匡衡は、有名な大江匡房の曾祖父である。

③ 書斎記は菅家文草に収めてある。その中に、「又学問之道、抄出為レ宗、抄出之用、藁草為レ本、余非二正平之才一、未レ免二停滞之筆一、故此間在在短札者、惣是抄出之藁草也、而闖入之人、其心難レ察、有レ智者見レ之、巻以懐レ之、無レ智者

取レ之、破以棄レ之」（又学問の道は、抄出を宗となし、抄出の用は藁草を本となす、余や正平の才にあらざれば、いまだ停滞の筆を免れず、故にこの間在在の短札は、すべてこれ抄出の藁草なり、しかるに闌《らん》入の人、その心察しがたく、智ある者之を見れば、巻いて以て之をふところにし、智なき者之を取れば、破りて以て之を棄つ）とある。

（昭和二十六年八月）

十七　玄機老師

この正月の上旬に、縁あつて若狭《わかさ》①の三方《みかた》町へいつた時、今井長太郎氏の好意によつて、初めて玄機《げんき》老師の高風に接する事が出来た。と云つても、お会ひしたわけでは無い。老師は二十数年前に、既に亡くなつて居られるのである。ただ私は寡聞にして、今まで老師の名を聞かず、その徳を知る事が無かつたのに、この度初めて其の遺蹟をたづね、其の逸話を拾ふ事が出来、何となく老師その人に会つたやうな感じがするほど、深い感銘を得たのであつた。

老師は三方の人、宇野儀左衛門の子である。生家は現に三方の郵便局長をしてゐる。亡くなつたのが昭和五年で、享年七十六といへば、生れは安政二年であらう。はやく仏門に入つて、中頃山城の乙訓《おとくに》郡沓掛《くつかけ》の安正寺に住し、やがて丹後の宮津の智源寺②に転じ、ここに住持たる事約三十年、その間、曹洞宗の大本山の一つである総持寺③が、能登より移つて鶴見に出ようとするに対し、宗門中ただ一人之に反対して、しづかに祖風を守らうとしたといふのであるから、脱俗慕古の志といひ、剛操不屈の気魄といひ、想ひやられるであらう。此の反対を押切つて鶴見進出を断行した石川素童師も、流石に玄機和尚に感心して、之を能登の別院の西堂に迎へたといふ。しかし、玄機老師は、西堂に迎へられて喜ぶやうな人では無く、老後は郷里の三方へかへり、石観音の前なる松山を開いて、小さな庵を結び、之を洗心園と名づけられた。庵の前に立てば、松の枝越しに、三方の湖④が眺められるが、今井氏の話によれば、老師在世の間は、松も是程には茂つて居らず、眺望は一層よろしかつたといふ事である。

その松の枝をすかして、三方の湖を眺めながら聞いた話である。年は昭和五年、月は正月、日は五日。今井氏はいつものやうに、何心なく老師をたづねた。庵へ入つて挨拶すると、「今朝はえらく寒いのう」と云はれる。「左様でございます、明日は寒の入りでございますから」と答へると、「さうか、明日が寒の入りか、わしも今度はいよいよ氷の下積みになるのぢや」と云はれる。「そのやうな事はございませぬ。和尚様、いつまでもお元気で」といふのを遮つて、「イヤイヤ、わしはな、早ければ、此の十五日、おそければ十八日、往生するのぢや、幸ひ棺桶は大南《おほなみ》辰之助がくれてあるし、焚物も大南のくれたのが沢山ある、火葬には誰某《だれそれ》をたのんであるから、之も安心ぢや。棺はお前等が舁《か》いてくれ、棺を釘づけにしてはいかぬぞ、はめ込みにしてくれ。縄がらみはいやだ、藤で吊《つ》つてくれ。坊主をよぶ事は一切やめてくれ」と、事こまかなる言付《いひつ》けである。言付けは一々承つたものの、まさかと思ひながら、やがて到来した正月十五日、折からの大雪をふみわけて洗心園へ来て見ると、老師は端然として座禅し、目をあけて前方を見つめて居られる。「和尚様、お早うございます」と挨拶するが、何の返事も無い。不思議に思つてよく見ると、もう亡くなつて居られたといふ。

三方の湖《うみ》のしづかな眺めに見入つてゐた私は、此の話に愕然として驚いた。十日前に死の到来を予知して誤らぬといふは、この人まことに古賢に類する。私は先きに大安寺⑤に詣でて、その開山大愚和尚が、寛文九年七月十四日遺偈を書きとどめ、その奥に、入滅三日前と特記して、やがて十六日に座禅したまま示寂せられたのに驚歎した。それは今より約三百年前の事である。はからざりき、今の世に、また同様の不思議を見ようとは。

老師の生前には、座敷の床の間近く、座蒲団が三枚並べてあるを常とした。その三枚のうち、中央のは、よく見ると二枚重ねてあつた。夏であれば、その前には団扇が置いてあつた。またラジオも、拡声器を此の座蒲団の方へ向けてあつた。之をあやしんで今井氏が尋ねたところ、中央は亡くなつた師匠の座、左右のはこれも今は亡くなつた自分の両親の座であると答へられたといふ。生きて居られる父母に仕へる事さへむつかしく、生きて居られる師匠の恩さへ思はないのが世の常である。しかるに玄機老師は、親を思ひ、師に仕へる事、かやうであつた。論語[6]に、「祭れば在《いま》すが如く、神を祭れば神在《いま》すが如し」と見えてゐるが、まことにいますが如く師に仕へ、いますが如く父母に仕へられたのが、玄機老師であつた。

洗心園は、窓を推せば直ちに三方の湖を望見し得る事、前に述べた通りである。この眺望を妨げないやうに、特に心して斜に廊下を伝はつて浴室と便所とが作られてある。その浴室へは、山から水を引いてあるが、この水を引かれる時の話が面白い。老師の甥に当る人が当時県会議員であつたが、老師の為に鉄管を寄贈して、水を引くのに役立てようとした。ところが老師は之をことわつて、竹を用ゐられた。そして云はれるには、「鉄といへども、さびもしようし、故障も起らう。竹をつかへば四五年で取換へねばならないが、それをまめに取換へてゆけば、それで良い。万代不易といひ、天壌無窮といふ事は、自然に放任し放置して、さうあるといふのでは無い、油断なくつとめるといふ事であ る」と諭して、鉄管を買ふ金で、竹藪を一つ求めしめられたといふ。是れ亦、達人の至言といふべきであらう。家運長久の基は、家族一同の日夜刻苦する勤勉そのものに在つて、決して美田にあらず、山林に無い。国の永遠の存続にしても、同様である。油断があれば、地の利も、制度の巧みも、何の役にも立つものでは無い。

洗心園の庭にたたずみながら、色々と聞いた老師の逸話は、いたく私の胸をうつた。されば其の夜、今井氏の宅で見せて貰つた老師の遺文は、どれ一つとして感銘の種でないものは無かつた中に、特に一つ忘れ難いものは、「聖訓ニ曰ク、発心正シカラザレバ万行空シク施スト」云々と書かれたものである。発心《ほつしん》正しからざれば万行空しく施すとは、最初志を立てる時に、正しく志を立てないで、邪心邪念が入つて居れば、何をやつても本当の事は出来ず、結局一生を無駄にしてしまふといふ意味であらう。この句は一体誰の言葉であるのか、私はまだ、之を明らかにしない。道元禅師の書かれた学道用心集を見ると、参禅学道、正師を求むべき事の条に「右古人云はく、発心正しからざれば万行空しく施すと、誠なる哉此の言」云々とある。即ち道元禅師もこの語にふかく感悟して居られた事が分るのであるが、学道用心集を読んだ時に、うつかりして漫然読過した此の語も、今は玄機老師の筆蹟を通じて、私の心に深く、刻《きざ》み込まれて来た。老師を知つた事は、実に近来の大なる喜びであつた。

註

① 若狭　昔の行政区画では、北陸道《ほくろくだう》は、若狭、越前、加賀、能登、越中、越後、佐渡の七箇国に分れてゐた。今は若狭と越前とが合して福井県となつてゐる。

② 智源寺　京極家の菩提所。慶長五年関ケ原の戦の後、京極高次は、若狭の小浜に封ぜられて、九万二千石を領し、その弟高知は、丹後に封ぜられて、十二万七千石を領し、宮津城に居つた。その京極家の菩提所が即ち智源寺である。

③ 総持寺　能登（石川県）の鳳至《ふげし》郡櫛比《くしび》村に在つて、山号を諸嶽山といふ。後醍醐天皇の元亨年間、瑩山紹瑾《けいざんせうきん》の開くところ。瑩山は道元禅師の孫弟子に当る徹通義介の法嗣であるが、その門下にすぐれた人物が数多く現れ、曹洞宗はこの門流によつて盛大となつたので、道元禅師を高祖とよぶに対し、瑩山を太祖とよび、総持寺は永平寺に並んで、共に大本山とよばれるやうになつた。

④ 三方の湖　上湖、中湖（水月湖）、菅湖、久々子湖、日向湖の五つに分れてゐる。万葉集に、「若狭なる三方の海の浜清み、いゆきかへらひ、見れどあかぬかも」と歌はれてゐるやうに、実に美しい眺めである。

⑤ 大安寺　本書一七五頁参照。

⑥　論語　八佾（いつ）第三に見えてゐる。

（昭和二十九年三月）

玄機老師

十八　八波先生

唐の柳宗元《りうそうげん》に、「捕蛇者の説」といふがあつて、八大家文に収められ、ひろく世に知られてゐます。支那の文を論ずる者、韓退之、柳宗元の二人を推称して、詩に於ける李白《りはく》、杜甫《とほ》に比するのは、古来の定論でありますが、その柳宗元の作、いづれも雄傑深刻なる中に、とりわけ「捕蛇者の説」は、名篇であるといはれてゐます。

一篇の大体の意味は、かうであります。「永州の野に、異様の蛇があつて、黒い地色に、白い斑点がある。非常の猛毒をもつてゐて、之に触れる時は、草木さへ枯れるのであるから、之に噛まれた人は、助かる方法が無い。しかしながら若し之を捕へて肉を乾燥し、薬用に供する時は、よく難病を治癒して、起死回生の作用をする事が出来る。よつて政府に於いては、毎年二匹の蛇を徴発する事とし、之を納めた者には、その年の年貢を免ずる事としたので、永州の人は争つて奔走して此の毒蛇を捕へようとして苦心してゐる。ここに蔣氏といふ者があつて、祖父以来三代の間、毎年蛇を捕へて政府に納めてゐる。会つて聞いてみると、祖父は蛇の毒に当つて死にましたし、父も蛇に噛まれて死にました、私の代になりましてからも、蛇を捕へて納めます事十二年になりますが、命を失はうとした事たびたびにのぼりますといふ。其の話を聞いてゐると、いかにも気の毒に思はれたので、若し蛇を捕へる事をやめたいといふのであれば、その義務を解除して、一般の人のやうに租税を納めるやうにしてもよいが、どうかと云つたところ、蔣氏は涙を流して歎いていふには、御親切は有難うございますが、蛇捕りは不幸は不幸でありますけれども、租税を納める不幸にくらべます時は、まだまだ軽いのであります。此の地に住んで居ます者は、常に重税に苦しみ、或いは飢ゑて死に、或いは他処に逃げ去りまして、祖父の代から続いて此処に住む者は十分の一もありませぬ。ひとり私の家は蛇を納めて税を免ぜられてゐます為に、かやうに存続してゐるのであります。税吏が村へ入つてくると、人々は驚き怖れて大騒ぎをしますが、私ひとりは恐る恐る甕をのぞいて、蛇が尚入つて居れば、安心して気楽に寝て居り、時期が来れば之を納入するのでありますから、自分ほど幸福な者はありませぬと云つた。柳宗元は之を聞いて、重税の民を苦しめる事の甚だしいのに驚いた。」

以上が「捕蛇者の説」の大意であります。柳宗元は、之を以て苛政《かせい》を諷し、酷吏《こくり》を戒めたのでありませう。しかるに私は、この文を読むごとに、八波《やつなみ》先生を想起し、先生の教へを回想しない事はありませぬ。それは先生に、「即席と宿題」と題する著書があつて、その中に此の文を引き、蔣氏は蛇をやしなつてゐる為に、安心して生活し得たのであるが、文を作る者も亦、平素用意して、意を立て、字を集め、文を練つて置かねばならぬ、内にたくはへる所あれば、常に心を安んじて必要に応ずる事が出来ると諭されました。私がそれを読んだのは、四十年も前の事でありますし、今はその本も焼失して見る事が出来ませぬので、先生のなだらかな名文を引用し得ないのは残念でありますが、教訓の趣旨はふかく肝に銘じて、今以て忘れる事が出来ないのであります。

八波先生、名は則吉、明治九年三月一日を以て、福岡県宗像郡上西郷村内殿に生れ、上西郷小学校、修猷館中学、第五高等学校を経て、東京帝国大学文科大学国文科に入り、明治三十四年卒業の後、第四高等学校教授として、金沢に教鞭をとる事十六年間、大正四年には文部省に入つて図書監修官となり、同九年には転じて母校第五高等学校教授となり、昭和十七年四月退官、二十年七月十一日戦災にあつて熊本を離れ、郷里に帰つて閑居せられましたが、昭和二十八年十二月七日永き眠に就かれました。享年七十八歳。

四高や五高で先生のお教へを受けた人々、また方々の講演会で先生のお話を承つた人々は、よく知つて居られる事でありますが、先生は実に懇切な、あたたかいお方でありました。人に接し、事に処するに、すべて善意に解し、美化し、醇化して、自他共に徳に進む事を楽しまれました。君子は人の美を成して、人の悪を成さずとは、孔子の言でありますが、先生は、人の美を成す事を楽しまれました。また孔子は、人の善をいふことを楽しむを以て、益者三楽《えきしやがう》(註)の一に数へられましたが、先生は人の善事を称揚して、自ら楽しまれました。私は大正元年の秋、十八歳にして四高に入り、先生のお教へを受けたのでありますが、当時拙劣の著述三冊を携へて先生を訪ひ、をこがましくも批正をお願ひした事がありました。何分にも若冠浅学の、世間を知らず、身の程を知らず、ほしいままに筆を馳せた事でありますから、井蛙の見として一喝を加へ、きびしく叱りつけられて然るべきでありますのに、先生は仔細に之を閲覧せられた後、一首の歌を以て私を励まされるのでありました。

うら若き　君しもかかる　わざ遂げぬ
　げに　神あれば　力あるなり

文部省に居られた五年間のお仕事は、国語読本の編纂であつて、尋常小学の国語読本巻一から巻八までを作られ、それは大正六年から、昭和十年まで、約二十年間、全国の小学校で使用せられたのでありますから、この間に小学校に学んだ人は、皆先生のお蔭を蒙つてゐるわけであります。先生が主任として編纂せられたものでありますから、全部に先生の精神が通つてゐる筈でありますが、先生御自身の執筆にかかり、先生の御気持の特によく現れてゐますのは、

巻三では　　うちのこねこ　　五一ぢいさん

巻四では　柿　をぢさんのうち　麦まき　しひの木とかしのみ
巻五では　虹　用水池　八幡太郎　一足一足
巻六では　俵の山　なぎ
巻七では　初夏の夜　マリーのきてん
巻八では　山の秋　呉鳳　町の辻　乃木大将の幼年時代

等であります。外に「一バンボシミツケタ」が、一年生の読本にある筈でありますが、終戦の後、占領軍の命令によつて、学校では古い教科書を皆焼却して了つたし、諸家に於いても今は無用として廃棄して了つたので、今私は各方面に依頼して捜索して貰ひましたが、遂に一年生の分を見出し得なかつた為に、ここには二年生以後のものを挙げるに止めました。

さて上記十八篇、いづれも名文であり、傑作である中に、とりわけ私には、巻四が面白く思はれます。これは、一つには先生が丁度この部分を作つて居られた時分に、私は時折先生をおたづねして、その苦心談を承つた為に、想出が多く、馴染《なじみ》が深く、感銘も一層を加へてゐるのでありませう。ここに先づ「柿」を挙げませう。

柿

私のうちには柿の木が五本あります。しぶ柿が三本、あま柿が二本で、その中に私の木が一本あります。あま柿です。これは私が生れた年、おぢいさんが私のぶんにつぎ木をして下さつたのださうです。

おぢいさんがこの柿の木をついでいらつしやる時、下男の太七がわらひながら、

「ごいんきよさま、そのお年でつぎ木をなさるのですか。」

といつたさうです。その時おぢいさんは、

「孫へのこしてやるのさ。」

とおつしやつたといふことです。

今年は柿のあたり年で、どの木にもよくみがなりました。私の木も枝がをれるほどなつてゐます。きのふ一つ取つてみましたら、もう黒くごまをふいてゐました。

この二十五日はおぢいさんのめい日ですから、たくさん取つてそなへるつもりです。

これは祖先より子孫に伝はる所の、物質的遺産と、精神的感応とを、簡明に、しかも力強く描き出されたものであります。

次に「をぢさんのうち」を割愛して、「麦まき」に移りませう。

麦まき

なら　や　くぬぎ　の
は　は　黄　に　そまり、
広い　たんぼ　に
北風　あれる。

風　に　吹かれて
　なま土　ふんで、
今日　も　朝　から
せい　出す　おや子
おや　は　かへして、
　子　は　くれ　うつて、
広い　たんぼ　の
　麦まき　すます。
「やつと　すんだ。」と
　見上げる　空　に、
あすも　天気　か、
　夕日　が　赤い

この中の「なま土」や「くれ」といふ言葉について、先生は之を用ゐようか、やめようかと、多少躊躇せられたやうでありましたが、段々考究の後、遂に之を使用する事に決められました。「結局、百姓の用ゐてゐる言葉には、実感が溢れてゐるので、之を棄てる事は出来ないと、悟つた」と青山のお宅で語られたのは、つい先達てのやうな感じがするのであります。

この麦まきは、勤労の讃美であります。先生は、御自身も勉めて倦む事のない美徳をもつて居られましたが、青少年の指導に当つても、特に此の点を重要視せられ、若し青少年にして勤労をいとひ、力行を嫌つて、遊楽に耽り、怠惰に流れるならば、その国は必ず衰微してゆくであらうから、教科書には深く心を用ゐなければならぬと考へられたのでありました。

次には「しひの木とかしのみ」であります。

しひの木とかしのみ

思ふ　ぞんぶん　はびこつた
山　の　ふもと　の　しひ　の　木　は、
根もと　へ　草　も　よせつけぬ。
山　の　中　から　ころげ出て、
人　に　ふまれた　かし　の　み　が、
しひ　を　見上げて　かう　いつた。
「今　に　見て　ゐろ、僕　だつて、
見上げる　ほど　の　大木　に
なつて　見せず　に　おく　もの　か。」
何百年　か　たつた　後、

山 の ふもと の 大木 は
あの しひ の 木 か、かし の 木 か。

ここに現れてゐるのは、屈従を忌み、隷属をいさぎよしとせざる気象、負けじ魂であります。この負けじ魂あつて、初めて国家は興隆する。この気魄の失はれたる処、安易に就き、遊惰に流れては、国家は衰微し、民族は頽廃する外は無い。されば先生は、読本の是等の文によつて、興国の少年を鼓舞しようとされた事、明らかであります。

前にも述べたやうに、この読本は、大正六年から、昭和十年まで、約二十年の間、全国の尋常小学校で用ゐられました。大正六年の一年生は、当時七歳として、昭和二十年には三十五歳でありませう。昭和十年の四年生は、当時十歳として、昭和二十年には二十歳でありませう。それらの青少年より壮年に至つて、悉く皆先生の読本によつて心を養はれたのであつて見れば、先生の事業たるや、実に大きいといはねばなりませぬ。

晩年の先生は、実にお気の毒でありました。二十年の夏七月の十一日、戦災にあつて、熊本のお宅は焼失し、同時に蔵書も全部焼けて了ひました。お宅は江戸時代に、熊本藩の普請奉行が入念に造つたとかいふ事で、間取もよく、造作も行届いてゐましたので、誰が見てもゆかしい屋敷であり、先生も気に入つて居られました。その家を焼かれ、多年収蔵の書物を皆焼かれたのでありますから、先生の心中はお察しするに余りあります。しかも当時、裏の大井手川に火を避けられた際、濁水が眼に入つたのが原因《もと》で遂に失明せられましたので、生れ故郷の内殿へお帰りになつての数年は、想像するさへ、おいたはしい事でありましたが、先生は苦難のうちに晏如《あんじょ》として、しづかに「配所の菅公」を詠ぜられるのでありました。

「恩賜の御衣今此処に在り
　捧持して毎日余香を拝す
ああ此漢詩《からうた》を読む毎に、此漢詩を聞く度に、恩賜の御衣を捧持して、君恩に泣く菅公の、至誠の情に動かされ、誰か涙を落さざる。」(先生遺詠の一節)

註

益者三楽　論語季氏篇に見えてゐる。人のすきこのむ事には、益となるもあり、損となるもあるが、就中益となるものは、礼楽を節することを好むと、人の善をいふことを好むと、賢友の多からむことを好むと、以上の三つであると説いてある。楽の字は、音楽・礼楽などにはガクとよみ、遊楽・宴楽にはラクとよむが、すきこのむといふ時にはガウの音であるといふ。

(昭和三十年八月)

十九　宝水翁

宝水翁、姓は中村、本名は寿三郎、茨城県真壁郡河内村関館の人である。若くして東京に遊学し、哲学館に入つて、井上円了博士に師事したが、やがて郷里に帰つてよりは、専心関城の保存と顕彰につとめ、また一身の栄辱、一家の利害をかへりみず、人のたまたま来つて此地を過ぐる者あれば、急いで之を呼止めて、昔の戦のあとを説き、若し特に城址を尋ねて来る者があれば、風雨を厭はず、寒暑を嫌はずして、之を案内し、茶菓を以て其の労をねぎらふ事、十年一日の如しといひたいが、実は十年どころでなく、四十年一日の如くであつた。而して此の四十年の労功に対して、物質的には何一つ報いられるところが無かつたのに、翁は少しもそれを意に介せず、粗末なる衣服に、やぶれたる袴をつけて、ニコニコとして客を迎ふる有様、殆んど此の関の古城のあるじのやうであつた。そして昭和九年この城址が文部大臣より史蹟として指定せられた事を、何よりの喜びとして満足してゐたが、やがて翁自身も、史蹟名勝天然紀念物保存協会より表彰せられ、多年の功労が世間より認められたが、翁はその前後この城が有名になつて、遠方より尋ねて来る者の増加した事に、いよいよ満足して、老軀をひつさげて、土塁の上によぢ、空濠の中に入り、説明懇切をつくすのであつた。しかるに昭和二十年八月十五日正午、ラジオが切々たる終戦の勅語を伝ふるに及んで、翁は愕いて手にした筆を投げすて「我が事ここに終れり！」と歎じて、それより後は哀痛悲傷、鬱々たる日を送つてゐたが、今年昭和二十九年五月二日、遂に歿した。年は七十六歳であつた。私は多年翁と親交があり、翁の功労を熟知してゐたので、すぐにも駆けつけて葬儀にも列したいのであつたが、遠隔の地にあつてそれも叶はず、わづかに拙劣の歌一首を霊前に供へて之を弔つたのであつた。

益良雄の　勲なれや　今の世に

関の城あと　守り通せし

たまたま此の秋、関大宝の古城のあとに於いて、北畠親房公の六百年祭に、兼ねて公の麾下に馳せ参じ、公の指揮に従つて大義の戦に奮闘し、ここに一命を捧げた関宗祐父子、大宝の城主下妻政泰、その他勤王の将士の慰霊祭が行はれた機会に、私もまた此の地へ赴き、祭の翌日関館村に翁の旧宅を訪うた。前には大抵一年に一度はたづねた城址であるが、戦敗れて北国の山中に隠退して後は、自然往訪の機会も無くて、実に十年ぶりに城址を見たのである。しかし大宝沼に突出した城の後方の峻崖に密生してゐる矢竹を望見するに、旧観は少しも変らず、やがて詣でた関宗祐の墓も、美しく掃除せられて、秋も今は暮れるといふに、一向落葉さへ見ない。聞けば村の子供は、中学生も小学生も、一週に一度は此の墓地の清掃を勤めて怠らないのであるといふ。ひとり箒のあとの美しいのみでなく、墓地の境界に結《ゆ》はれた竹垣も新しく、村の人々の行届いた世話、心からの尊敬を物語つてゐる。墓の傍の桜は、七、八尺も廻らうか、幹はなかば朽ちてうつろになつてゐる。

城主の墓に詣でた後、私は宝水翁の家を訪ひ、また其の墓に参つて弔意を表した。家は古色蒼然として、環堵《くわんと》まことに蕭然《せうぜん》たるを覚えた。それも其の筈である。翁は一切を国に捧げて、殆んど家をかへりみなかつたのである。長子は陸軍に入つて砲兵大尉、次子は海軍に在つて剣道六段、末子は予科練習生、いづれも家を外に軍務に励精し、而して翁自身は古城の保存と顕彰に専念してゐるのであるから、農耕を始めとして家事の一切は、之を内室一人で担当しなければならなかつたのである。四十年一日の如く古城を守つた翁も偉いが、夫の精神を理解して少しの不平もなく、黙々として家を担つた内室も見事といはなければならぬ。

座敷には翁の遺愛の掛軸が数多く掛並べられてあつたが、特に貴重と思はれたのは、左の一幅であつた。

古栢森々圍廟祠
徘徊空誦杜陵詩
関城久廢留書牘
精義何曾譲出師

古栢森《こはくしん》々　廟祠《べうし》をかこむ
徘徊空《はいくわいむな》しく誦す　杜陵の詩
関城久しく廃して書牘《しよとく》を留む
精義何ぞ曾て出師《すゐし》にゆづらむ

関城懐古　　　春山老圃

聞けば此の一幅は、隣村騰波ノ江の長者海老沢小太郎翁が、東京に於いて手に入れて、さて関城の為に其の一生を捧げた宝水翁こそ、此の幅を蔵するに最もふさはしい人物と考へ、欣然として贈与したのであるといふ。是れ亦美談といふべきであらう。

関城の規模は必ずしも大なりとは云へない。北には関城を、南には大宝の城を、それぞれ其の三方を包んで、漫々たる波にひたし、以て是等の城を、守るに易く、攻むるに難き、堅固の要塞とした大宝沼さへ（それは今や全く干拓せられて一望の美田と化したが）、之を計るに、わづかに百八十町歩、即ち五十四万坪に過ぎぬ。しかも此の大宝沼に浮ぶ小城こそ、六百年前、北畠親房公の拠つて以て大義を伸べたる処である。公の小田城より、移つて此の城に入つたのは、後村上天皇の興国二年十一月であつたが、当時官軍の勢力甚だ振はず、楠木正成・名和長年・北畠顕家・新田義貞等の諸名将いづれも戦死して、四顧まことに寂寥たる有様であつた。而して親房公自身も、小田治久のねがへりによつて、小田の城を棄てて此の関城へ移つた程の窮境であつた。しかるに公は少しも屈せず、窮境は窮境ながら対策を立てて、押寄する賊の大軍を討払ひ、抗拒実に三年に亘つた。公が白河の城主結城親朝に贈られた書状、この前後数十通に及ぶ中に、特に重要なるは、関城書（北畠准后伝には獲麟書）と呼ばるる一通であるが、その中に、

「当城に移りてよりこのかた、分域いよいよ縮まり、士卒すでに減ず、艱難の甚だしき、言はずして知るべし、空しく九箇月を歴て、未だ一人の戮力を見ず、周章の至り、敢へて喩《たとへ》を取るに物なし、当時近境の中、御方の城郭は纔《わづ》かに六箇所なり、」

として、関・下妻（即ち大宝）・中郡・真壁・西明寺・伊佐の六城をあげ、就中関城に対する敵の攻撃最も激しい事を述べて、

「凶徒専ら当城を囲むに依りて、船路陸路、共に以て断絶し、白昼に於いては更に往来の人なく、暗夜に臨んでたまたま一両の出入ありと雖も、殆んど希有《けう》の儀なり、之に依りて面々胆略を失ひ、或は乗馬を放却し、或は甲冑を交易す、かくの如きの類、たとへ忠節を全うせんと欲すと雖も、果して炊骨易子の窘《くるしみ》なからんや、」

と記してある。唐の安禄山の反した時、天下皆守を失つて之に屈した時、敢然として賊を拒み、力戦して睢陽を守つた張巡・許遠は、城中食尽きて、米にまじへるに茶紙樹皮を以てし、茶紙既に尽きて馬を食し、馬尽きて雀を捕へ鼠を掘るに至つたといふが、関の籠城も殆んどそれに類する有様であつたであらう。しかもかかる苦難のうちに城を死守する事、足かけ三年に及び、その間に神皇正統記も修訂再治せられ、職原抄も保持せられ、而して関城書も書かれて、大義の宣揚に重大なる働きをしたのであつた。

日本の国の、日本の国として続かん限り、神皇正統記は永久にその光を失はないであらう。而して正統記によつて、日本の本質、その理想、その道義を自覚する者は、小田・関・大宝の諸城を、日本の聖地として巡礼するであらう。

而してこれらの諸城をたづねて関城に至る人は、七十六歳の生涯を、結局この城の保存と顕彰とに捧げた宝水翁の篤志にふれて、感慨の一層切なるものがあるであらう。

(昭和二十九年十二月)

二十　島田墨仙画伯

去る者は、日々に疎《うと》しといふ。帝展審査員として、帝国芸術院の受賞者として、人物画の第一人者として、名声天下に鳴つた島田墨仙《ぼくせん》画伯①も、昭和十八年七月九日、七十七歳を以て逝去せられた後、今に至つて既に十年、一般世間からは、漸く忘れ去られたやうである。しかし画伯を知る者にとつては、年がたてばたつほど、一層敬慕の念は増すばかりである。ひとり生前の画伯を知る者のみでは無い。深く芸術に沈潜《ちんせん》し、日本画の本領を会得②する者は、また人生の表裏に徹し、人格の高貴を求めて止まぬ者は、墨仙画伯において、敬愛思慕の対象を見出だすであらう。

画伯は、福井の生れである。島田家は代々福井の藩士で、始めは二千石、中ごろ藩の縮小によつて六百石を給せられた。画伯の家はその分家で、父は島田範左衛門広意《ひろもと》、やはり越前家に仕へ、槍術に秀《ひい》で、また書画をよくして、雪谷《せつこく》と号した。画伯はその次男として、慶応三年十月九日、福井城下に生れた。家は景岳先生を出した橋本家と隣りしてゐたので、両家の仲は頗る親しく、遅く生れた画伯は、景岳先生と生前相見る機会こそ無かつたものの、曾てしばしば来訪して父の雪谷に画を学んだ景岳先生の英風を伝聞し、ひそかに私淑③してゐた。

明治二十九年、画伯は三十歳にして上京し、橋本雅邦④の門に入つて画を学んだ。それについて、二つの注意すべき事がある。第一には、当時先輩の忠告に、金を儲けるつもりならば川端玉章先生の門に入れ、絵を勉強するのであれば橋本雅邦先生に就けといふのを聞き、玉章の画の巧妙には感心しながら、敢へて雅邦の門をたたいたといふ、その真剣な修行の態度である。そして第二には、雅邦に学ぶといつても、雅邦も手本を授け、技法を教へるのでは無く、画伯も模倣し追随しようとはせず、却つて褚遂良《ちよすゐりやう》⑤や王羲之《わうぎし》⑥の法帖をくりかへしくりかへし見て、古の名家の書法を会得し、それを画の上に活かさうとした点、即ち指先きで画をかかうといふので無く、心を深く養ふ事を第一とした点である。

かやうにして学ぶ事一年、明治三十年に至つて、「致城帰途」の図を描いた。これは大石内蔵助良雄が、主家の不運に遭遇して、播州赤穂の城を明けわたし、城を開いてかへる途中の感慨を現したもので、岡倉覚三、橋本雅邦等の名家の賞讃する所となり、一躍して作家の列に入つたが、過度の勉強と酒との為に、肝腎《かんじん》の右手の自由を失ひ、やむを得ず東京を去つて、福島県に下り、中学校の教師として教鞭をとる事、九年間であつた。この間に左手で描いたものがいくつかある中に、特に注意すべきは、明治三十六年に発表した「大石主税《ちから》刺鼠図」である。

大石主税鼠をさすの図には、宝蔵院流⑦の槍の名人であつた画伯の父雪谷の面影《おもかげ》もしのぶ事が出来るが、「致城帰途」に大石内蔵助を画いた画伯が、ここに主税を画いたことについては、画伯の画題に一貫せる特色のあるのを認めなければならぬ。それが大正六年には、「至聖孔子四哲図」となり、大正七年には、「基督」となり、大正十四年には、「漁夫吟」となり、昭和十年には「橋本景岳先生」となり、昭和十一年には「出師表」となり、同十六年には、「菅公」となり、「塙保己一」となり、翌十七年には「山鹿素行先生」となり、また絶筆「源実朝」となつた。出師表は即ち諸葛孔明を描いたものであるが、父の雪谷にも、孔明を描いたものがあり、画伯が父より伝承する所の多かつたことを知り得る。そして是等の画題を見渡して感ずる事は、画伯は精神的に高貴なるものを描くに主力を注ぎ、いたづらに山水を描いて世俗に媚び、花鳥を描いて、金に替へるといふ風の微塵《みぢん》も無かつた事である。

それどころでは無い。画伯の一生には、国家の大事に、献金し、献納される事が、頗る多かつた。昭和十二年の夏、支那事変の始まるや、画伯はただちに金数百円を陸軍に献じ、また日本画一葉を出動軍隊の慰問の為に寄贈し、やがて大東亜戦争の起るや、再び日本画一点と金四千円を海軍に献納して愛国軍用機の資金に宛てた。それについて一つの逸話がある。画伯は信州軽井沢の千ケ滝に別荘をもつて居られた。別荘といつても、画伯の趣味にふさはしい簡素な日本風の平屋で、門も無ければ垣根も無かつた。ところが昭和十二年の夏、都塵を避けて静かな自然に親しまうとして、別荘へ来て見ると、驚いた事には別荘の前面一ぱいに、赤瓦の二階家が立ちはだかつて、眺望は完全に遮ぎられ、山々の麗容は再び見るべくも無い。憤激を禁じ得ない画伯は、さらばと大工を招いて、その横着な隣家から浅間山の煙を望み見る方向に、高い二階家を立ててやらうとして、図面まで引かせたが、たまたま始まつた支那事変の報に、いそいで計画を取止め、その建築の資金を、そつくりそのまま国防献金にして了つたといふ事である。

画伯の生涯の力作は、明治神宮絵画館の「小御所会議《こごしよくわいぎ》」であらう。小御所会議といふのは、慶応三年十二月九日の夜、京都御所のうち小御所において催された御前会議であつて、その目的は徳川氏の処分を決定するにあつた。当時岩倉具視を始め、薩長二藩の企図するところは、武力によつて江戸幕府を倒し、しかる後に維新の政を行ふにあつた。之に対して土佐の山内豊信等は、徳川慶喜より政権を返上せしめ、平和のうちに王政復古を実現させようとした。即ち前説によれば、徳川氏は打倒せられなければならぬ。後説によれば、徳川氏も王政復古の大業に参加すべきである。これは徳川氏にとつて一大事であるばかりでは無い。王政復古の形式にも、実質にも、非常に重大な相違を来《きた》す問題である。されば明治天皇親臨あらせられ、総裁有栖川宮《ありすがはのみや》を始め、議定・参与の面々を召して、公議をつくさしめ給うた。会議は山内豊信が、徳川氏を弁護して、之を排斥するは陰険でありとし、恐らくは二、三の公卿、幼少の天子を擁し、権力をぬすまうとするのであらうと論じ、岩倉具視之を叱咤論難するに至つて、クライマックスに達した。これ実に明治維新の史実中、最も精彩ある光景である。画伯はこれを描く事を命ぜられたのである。

画伯は大正十一年の秋、旧藩主松平康荘侯より此の小御所会議の図の謹写を命ぜらるるや、画家一生の面目、家門百代の規模として、即座にお請けし、直ちに資料の蒐集と故実の調査とに着手した。そのため京都御所もたびたび拝観し、人物の写真も出来るだけ集め、苦心して構想を練り、昭和六年三月十四日に至つて遂に完成した。前後実に九年を費したわけである。この間、画伯は病弱の身の、よく之を果し得るかを懸念してゐたが、今や幸ひに完成し得て、筆を投じて先づ神明の加護のあつきを謝し、謹んで聖代の恩と、旧藩主の知遇と、並びに推輓したる人々、教へを受けた人々に感謝するのであつた。同時にまた、この九年といふ長い歳月を、終始細心の注意を以て、看護し、警戒し、手伝はれたる夫人に対して、かくれたる協力者の一人として、特に感謝する事を忘れないのであつた。

画伯の一生を回顧し、その行跡を点検して来ると、感ずる事数多い中に、特に私の胸をうつたのは、禁煙の事である。即ち画伯は、明治四十五年七月三十日、明治天皇崩御の号外を手にすると同時に、その好きな酒と煙草をやめて了つたといふのである。孔明を画き、大石を画いた画伯は、実に孔明や大石に通ずる精神をもつた忠誠の武士であつたのである。

島田墨仙画伯

註
① 画伯　ぐわはく。すぐれたる画家に対して用ゐる敬称。
② 会得　ゑとく。本当の意味を心深く了解すること。
③ 私淑　ししゆく。直接に会つて教を受ける事は無いが、其の徳行を聞いて敬慕し、之にあやかること。
④ 橋本雅邦　武蔵川越藩の絵師橋本養邦の子、江戸に生れ、狩野勝川に学び、明治維新の後、狩野芳崖と共に画運の

復興につとめて大功のあつた人。明治四十一年正月十三日歿。七十四歳。

⑤ 褚遂良　支那唐代の人。書道に秀でてゐた。

⑥ 王羲之　支那晋代の人。書道に於いて古今第一と称せられた。

⑦ 宝蔵院流　はうざうゐんりう。奈良の宝蔵院の僧胤栄のはじめた槍術の一流派。

（昭和二十九年九月）

二十一　結城素明画伯

画壇の長老、結城素明画伯は、今年三月二十四日、八十三歳を以て長逝せられた。八十三歳といへば、随分の高齢であつて、年に不足は無いやうなものの、長男は海軍で出征して戦死せられ、後を嗣ぐべき三男はまだ少年であつて、従つて画伯にも心残りが多かつたであらうが、私はまた私で、画伯に十分感謝の意を述べる機会なくして、永き訣《わか》れとなつた事を歎くのである。

私は画家との交際は多くないのであるが、それでも流石に忘れ得ぬ人が数人ある。就中、戦争の最中に亡くなつて、哀悼の意を表する機会を失つた事の、いつまでも気にかかつてゐたのは、島田墨仙・橋本永邦の両画伯で、何とかして其の遺族の事を知りたいと思ひ、よつて訪ねたのが結城素明画伯であつた。そして島田・橋本両家の事をきいてみると、その生年月日から画家としての経歴を始め、代表的な傑作、家庭の状況、墓所等に至るまで、殆んど掌を指すが如く、すらすらと答へ示されたには、むしろ一驚を喫したのであつたが、その著された東京美術家墓所誌や、芸文家墓所誌と併せ考へる時、画伯がひろく一般の美術家乃至芸文家の生涯について、深い関心をもち、いつでも、それらの人々の伝記を書き得るやうに、資料を整備し、用意して居られる事を知つて、自らの懶惰を愧づると共に、画伯の精勤に感歎したのであつた。

東京美術家墓所誌は、昭和十一年に発行せられたものであるが、注意すべきは、その序文である。即ち、「物には本末あり、事には終始あり、先後する所を知れば、則ち道に近しといふ。曩《さき》に余が東京美術家墓所考を公にせしは、一に此の事を心して、古の名人練達の士を天下に明らかにし、以て現代の芸苑に対し、自ら顧て新芸術の領域を開拓せんと欲したるのみ。然るに客歳帝国美術院の改組に端を発し、芸苑未曾有の不祥事あり、而して温故知新以て師となすべき事を忘る。余が再び禿筆を呵して、物故美術家を供養記念せんと欲するに至りたるの真意、実に茲に存せり。」

といふのである。そしてそれはまだ東京の美術家に止まつたが、やがて昭和二十八年に出版せられた芸文家墓所誌に至つて、地域の上では、北海道から九州まで、ひろく全国に及び、人物の方も、ひとり画家に限らず、尾崎紅葉・森鷗外・夏目漱石・幸田露伴・西田幾多郎・河竹默阿弥・伊井蓉峰・犬養毅・ケーベル・フェノロサ等の文学芸術に関係ある人々を網羅し、総計して千百七十二名に上つてゐる。しかも、それは、只其の墓所を記すのみでは無く生れた年を記し、生れた所を述べ、略伝を付し、著書を挙げてゐるのである。たとへば沢田正二郎（俳優）の墓は、東京谷中の墓地に在る事を記したあとに、

「明治二十五年生。早稲田大学英文科卒業、坪内博士主宰の文芸協会、後ち島村抱月の芸術座に移り、遂に自ら新国劇を組織し、万難とたたかいて新劇運動史上特筆すべき功績を残せり。新橋演舞場に於て開演中病にたおる。沢正の愛称にて全国的に人気沸騰の最中であり、新劇の基礎成らんとする際だつたので特に痛惜され、又此死によつて新劇運動が三十年おくると称せらる。これはその天分にもよるが、舞台を見物席に乗り出させて、俳優をして観客の団欒にタッチせしめ、観客も俳優も一つの殿堂にヒレ伏して偉大な祈を捧げることを理想として、大衆の中に入りし結果なり。昭和四年三月四日歿、享年三十八。墓誌沢田正二郎之墓。」

と記す類である。私は本書によつて、多くの事を知つた。就中、大東亜戦争の最中、及び戦後の数年間は、戦雲に包

まゝ、戦敗に禍ひされて、動静も分らず、訃報も知らずにすごして来て、本書によつて初めて其の不幸を知つた人々も少なく無かつた。ただ常盤大定博士が、昭和二十年五月十一日七十六歳で亡くなつて、仙台市能仁寺に葬られ、関保之助翁が、同じく二十年五月二十六日七十八歳で歿して、小石川原町の一行院に葬られた事を知つたなど、それである。即ち本書は、名は墓所誌であるが、実は人名辞書であつて、今後人名辞書を作らうとする者にとつて、極めて便利な手引となるものといふべきである。

一体かういふ事は、歴史家の当然つとむべき仕事である。しかるに歴史家数多くありながら、誰も誰も之を等閑に付して顧みないのを、却つて画家である結城素明画伯が、画筆の余暇を以つて之を企て、綿密に調査し編述せられたのを見て、私は慚愧と感謝とこもごも到らざるを得ないのである。

ところで素明画伯には、是等の墓所誌の外に、歴史家としての立派な労作が、いくつかある。その第一は、菊池容斎の伝記研究である。菊池容斎は、前賢故実の著を以て、天下に鳴る人である。前賢故実は全部で二十冊、巻を開けば、右に漢文を以て略伝をかかげ、左に其の像を描いて、古人を髣髴たらしめてゐるが、それは神武天皇の御代、可美真手命《うましまてのみこと》より始まつて、後亀山天皇の御代、細川頼之に終り、すべて五百九十一人に及んでゐる。その選択の標準、著述の目的については、容斎自身、天保七年に作つた序文の中に、かう云つてゐる。本書は、少年の為に、之を編述したのである。抑《そもそ》も我が国は、開闢以来、皇統一定して万古易らず、政治の正しく、風俗の美しい事、万国にすぐれてゐるのは、蓋《けだ》し御歴代天皇の御徳による事であるが、其の御姿を写し、其の御事蹟を説く事は、恐れ多く思はれるので、之は御遠慮申上げたい、然しながら臣民の中に賢者あり、忠臣あり、孝子あり、烈婦あり、文人あり、才子ある事は、之を少年後輩に知らせなければならない、しかも世間の実情を見るに、少年の時には遊戯に日を暮らし、成人の暁には事務に忙しく生活に追はれて、歴史をひもとく暇も無く、結局前賢の事蹟を知らずして一生を送る者が尠《すくな》くない、よつて其の弊を救はんが為に、少年の親しみやすいやうに、前賢の肖像を描いて、之に略伝を加へ、また其の人の詩歌を像の上に掲げて、本書を成した。その収載するところ、上古より南北朝の末に至つて、総計五百有余人、もとよりただ万分の一を挙げたに過ぎないが、もし少年之に親しんで、今日の国勢の盛、風俗の美が、聖君賢臣二千年来の徳功に基づくものである事をさとるならば、少しく人心忠孝の事に役立つであらう、と、かういふ意味を、堂々たる漢文で記してゐるのである。即ちこれは、少年用の絵入日本史である。或いはこれ歴史画廊と云つてもよい。

ひとり前賢故実ばかりでは無い。容斎描くところの人物は、忠臣孝子、人の鑑《かがみ》とすべきものが多い。私は其の筆に成るもの数幅をもつてゐた。そのうち一幅は、桜井の駅訣別の図であつて、毎年五月二十五日には、床に掛けて、楠公を祭つてゐたが、これは容斎の自画像と共に、戦災に失はれた。今一幅、名和長年、後醍醐天皇を背負ひ奉つて船上山に登る図は、丁度戦災の日に床にかけてあつたのを、誰かが火中から取出してくれたので、いたんではゐるが、物は残つた。前賢故実は二部もつてゐて、二部とも焼失して了つたので、戦後更に買求めて、時々之を見てゐるのである。

さて前賢故実は、さういふ性質の書物であり、私は年来之を尊重し、愛読してゐたのであるが、著者の菊池容斎その人については、多く知る所が無く、調べたいと思ひながら、調べるたよりもなくて、つい其の儘になつてゐるうちに、図《はか》らずも「勤王画家菊池容斎の研究」を著し、それを一部私にまでも寄贈せられたのが、外ならぬ結城素明画伯その人であつた。それは昭和十年秋の事であつて、之によつて初めて容斎の伝が明らかになつたのである。

素明画伯の「容斎の研究」は、その結語において次のやうに論ずる。

「昭和の芸術を論ずる者は、宜しく、皇国の理想とするところを自覚して、現実に即した絵画的表現を企図すべきであると信ずる。何となれば、現実の自然と、現実の社会に直面せず、更に、技法的粉本模写の風より超脱しなければ、容斎の言ふところの、真の一流の画祖となることは出来ないからである。例へば、支那の老荘の南方思想に発祥するところの、単色の墨画の中に観念する所謂東洋の理想なるものの表現が、我が国芸術の本義であると独断してはならない。勿論古画の研究は必要である。併しながら古画の研究は、其の発祥の経路を知り、またこれを精神的方面より見て再検討し、取捨し選択しなければ、必ずしも、現代の日本に適合するものではないからである。」

日本の歴史に深き感激をもち、前賢に厚き感謝を捧げつつ、つとめて忠臣孝子義人烈婦の事蹟に取材し、その英風を写し、雄姿を描いて、世道人心に貢献しようとした菊池容斎の伝が、素明画伯によつて明らかにせられたのは、偶然では無いのである。

画伯の此の精神は、その後約十年、昭和十九年に発行せられた「勤王画家佐藤正持」を見る時、一層明らかになる。容斎の伝は明らかでなかつたが、その名は天下に喧伝してゐた。之に反して、正持といふ画家は、殆んど世に知られてゐない人であつた。しかるに素明画伯は、先づ容斎の伝を明らかにした後、次に正持といふ人物をしらべて、之を世に紹介せられた。容斎は、天明八年に生れて、明治十一年六月十六日、九十一歳の高齢を以て歿した。正持は文化六年に生れたといふから、容斎よりおくれる事二十一年であるが、安政四年八月九日四十九歳にして歿したので、容斎よりは二十一年前に亡くなつたのである。且つまた容斎は、その大著前賢故実二十冊も、増上寺の福田行誡上人の援助により、篤志の寄付を得て之を出版する事が出来、その画は天覧に供せられて、特に「日本画士」の称号を賜はつたのに反し、佐藤正持の苦心して作つた「皇朝画史」は、神武天皇の御代より始めて、慶長元和の交に及び、歴史の推移、忠臣勇士の事蹟を描き出した苦心も報はれず、遂に出版する事が出来ずに終つたのであるが、その不幸に同情し、その志に感じて、百方捜索して、その伝を明らかにせられたのが素明画伯であつた。

十年前の菊池容斎伝と、十年後の佐藤正持伝とを並べて見て、ここに共通するものを探れば、それはいふまでも無く、日本歴史の尊重、特に忠義の士、風流の人に対する深き感激である。その感激に駆られて、容斎は前賢故実を著し、同じ感動に促されて、正持は皇朝画史を作つた。そして前者が文政の初めに筆を起し、天保七年には既に成つた事を考へ、また後者が安政四年には既に病歿して居る事を思へば、幕末の思潮が何を志向してゐたか、明治維新の本質がいかなるものであつたか、それらの重要なる問題を解決する上に、是等の事実は一つの拠点を与へるであらう。同時にそれは、結城素明画伯その人の為人《ひととなり》、その目標を示すものといふべきであらう。

或いはここに一つの疑惑をいだき、それは潮流に便乗し、大勢に迎合したものでは無かつたかと反問するであらう。いかにも尤もなる疑問である。満洲事変以降、大東亜戦争の終末に至るまでの間、人々は口をそろへて皇国の国体を讃へ、忠孝の道義を宣《の》べた。そして戦利あらず、事遂に敗るるに及んでは、掌《てのひら》をかへすが如くに変説して、従前の言動は悉く軍の強要にかかり、やむを得ずして為したところであつて、我が本心に出づるものでは無いと弁疏《べんそ》した。若し素明画伯が便乗迎合の人であるならば、終戦後の十二年間には、かやうな変説が現れたであらう。しかるに画伯は、容斎や正持に対する感激を放棄し、もしくは之に逆行するやうな言動を、少しも示されなかつた。のみならず、帝都を辞して幽谷に隠れ、鍬を手にして野に立つた私の、四面楚歌の中に在るを憐み、著書を寄せ、菓子を贈つて、懇篤に慰問せらるる事、年々欠くところが無かつた。かくの如きは、もとより浮薄の徒のよくする所では無い。画伯を以て、守節の士とし、一貫の人とするのは、実にここに確信を得ての事である。
私は今此の文を草するに当つて、机上に一葉の色紙を飾つてゐる。それは画伯の賜ふところ、杏《あんず》の花の画である。八十歳高齢の筆とは思はれない豊艶の色彩は、こぼるるかと怪しまれるまでに、杏の花を浮き出させてゐる。私は之に対する時、感謝と悲歎と、こもごも至るのである。

（昭和三十二年六月）

結城素明画伯

二十二　大川周明博士

この冬を暖冬と人はいふ。しかし歳末年始のお祭のために郷里に帰つた私は、山野既に白一色に蓋はれ、古い石垣の隙間に在つて、わづかに埋没をまぬがれた小さな茶の花が、今にも振り落されさうになりながら、吹き止まぬ北風にゆらいでゐるのを見た時、流石に寒気骨身に沁《し》みる思ひがした。そして其の日に大川周明博士が長逝せられたといふ事を、翌日の新聞で承知したのであつた。博士終焉の地は、神奈川県の中津である。暖かい地方で、雪などは無論見られないであらう。幕府御抱《かかへ》の大工が、幕府瓦解の後、その手腕を示すべき機会の失はれた無聊《ぶれう》に苦しみ、せめてもの事に建てて見たといふ邸宅は、総欅造りの豪壮、目を驚かすものであつた。従つて普通ならば、幸福に天寿を全うされたと云つてよい所であらうが、一生の間に二度も獄に下り、つぶさに苦難を嘗められた崎嶇峻険《きくしゅんけん》の七十余年をかへりみる時、私はまことに傷心悲痛に堪へないのである。

大いなる　我が悲しみに　こたへてや
　雪空低く　山見え分かず

博士は明治四十四年東大哲学科の出身であつて、専攻は宗教学であつた。その時分には、その後もさうであり、只今もさうであるやうに、思想家と呼ばれ、哲学者と名乗るほどの人は、大抵欧米思想の紹介者であり、或いは欧米思想によつて物を考へる人々であつた。博士も亦その雰囲気に包まれ、その学界に育てられて、当然欧米の書物に親しみ、欧米の思想を尋ねて遍歴せられた。即ちある時は、キリストに救ひを求め、ある時はマルクスを師と仰ぎ、ある時はプラトンに傾倒し、ある時はエマーソンに心惹かれ、ダンテを喜び、ダギンチに奔り、スピノザに赴き、ヘーゲル・フィヒテに感激せられたが、やがて薄伽梵《ぼかほん》歌の中に、驚くべき教訓を見出された。

「たとへ劣機にてもあれ、自己の本然を尽すは、巧に他の本然に倣《なら》ふに優《まさ》る。自己の本然に死するは善い、他の本然に倣ふは恐るべくある。」

博士ははじめ此の教訓を、個人の上にのみあてはめて考へて居られたが、後に至つて、それは個人の上のみならず、実に国民の上にも同様に適用せられねばならぬことを切実に感得せられた。博士をして多年の遍歴より、再び魂の故郷「日本」に帰らしめ、その日本の向ふべき方向として、日本歴史の指さす独自の道を考へしめたものは、実に此の薄伽梵歌に外ならぬ。

かやうにして博士は、西洋より東洋に帰り、更に祖国日本に帰り、ここに初めて全我の満足を得た。そして大正十年には「日本文明史」を著し、同十五年には「日本及日本人の道」を、昭和二年には「日本精神研究」を著された。しかも博士の日本歴史研究が、大学の専門歴史家とは、殆ど無関係であつた事は、注意せられなければならない。たまたま其の頃、私は「国史学の骨髄」を草し、之を史学雑誌に掲げたので、沼波瓊音氏の紹介によつて、之を博士に進呈した。左に掲ぐるは、その返翰である。

粛啓　残暑堪へ難く候処、道躰の安和一層に被在候趣、珍重至極に奉存候。陳者此度はからず御懇書と共に高著一篇恵投を忝うし、芳情不堪感激候、早速拝誦、敬嘆此事に御座候、独り史学と言はず、自余の諸学においても、老台の識見を抱いて精進する学者輩出するに非ずば、皇国真個の学は出現せずと奉存候。生亦下手の横好きにて、日本史の研究に甚大の興味を抱き居ることにて、虚空叫希有の歓喜を覚え申候。国史の研究に就て、向後はどうぞ生の導師たる労を賜はり度、不日更めて拝趨、御示教を仰ぐべく候へ共、不取敢書中御礼まで匆々如是御座候。

頓首（昭和二年）八月廿九日

然しながら博士は、日本史の研究に甚大の興味をいだくといつても、いたづらに過去の事実の穿鑿《せんさく》や遺物の観賞に没頭するに甘んずる事なく、先人の精神を地下によび起して之と冥契し、眼を転じて直ちに現下今日の実情を照破し来つた。此の時、博士の眼底に映ずるものは、印度を始めとするアジア諸民族の悲惨なる運命であり、欧米の勢力を排除して是等の悲惨なる民族を救済すべき唯一の強国「日本」の、思想的混迷、精神的堕落であつた。「亜細亜に於ける唯一の強大にして高貴なる非白人国家として、啻《ただ》に欧羅巴の前に跪拝することを肯んぜざるのみならず、亜細亜と欧羅巴との対立を止揚して、荘厳なる第三帝国を実現すべき使命を荷」ふ日本、その日本にも今や、無政府主義・社会主義・個人主義・享楽主義、その他あらゆる国家否定の思想が、黒雲の如く渦巻いてゐる。「明治天皇神さり給ひてより、日輪の転ずる所、公事日々に非である。日本の政運、将に末路を瀕し、国民只だ疾苦の増加し来るを嗟嘆する時、皇国の志業を継紹して、責を先人と後昆とに負へる者、安んぞ興然として奮《ふる》はざるを得やう。」

粛啓　秋風嫋々、白露将繁、道躰の安和一層のことと奉欣賀候。生満洲を馳駆すること月余にして、十八日帰京、玉簡を拝誦して、直ちに御挨拶可申上候処、怱忙に紛れて遅延、礼を欠き申候次第、御寛大を希上候。生等大志を抱きて君国の大義に拮据するもの、先生の御加助は正に千万の味方にて、心強き限りに御座候。

これは昭和二年十月二十二日付の書翰である。迂愚にして無力なる私に、「加助」などの出来やう筈は無い。私に関する限りは、ただ御挨拶に過ぎないのであるが、国民大抵希望を失ひ、為すべきところを知らなかつた時、「屹然立つて民族の命脈を一身に負担し、めでたき春を」日本に回《かへ》らしめ、やがて東亜に、またひろく亜細亜に及ぼさんとする博士の志の、当時既に火と燃えてゐた事を察知するに足るであらう。やがて東亜の風雲急を告げて昭和六年の満洲事変となり、ひいて満洲の建国となる一方、国内においては昭和七年の五・一五事件となるのであるが、其の五・一五事件に連坐して博士の獄に下るや、従来の交友俄かに絶える者が多かつた中に、私はそれまでわづか数回の文通と面会との淡如たる交際に過ぎなかつたに拘らず、此の蹉跌に同情して、微力の能ふかぎりは博士を慰めようと努め、その為に種々の誤解を受けて、敢へて顧みなかつた。後年保釈を得て出所された博士の書状に、「此ごろ月末に及んで諸処に旧悪を拭ひ廻り候間に、図らず非常の事を知り、先生御夫婦に対し、言語道断筆紙不尽の恩誼を負ふことと相成申候、御都合次第参堂の上、直ちに恩を謝し罪を詑びて、御夫婦の前に叩頭仕度候間」云々とあるは、一月三十一日の日付で、うつかりして年を注記するを忘れた為に、戦災で日記を失つた今日、年を明確にし得ないのは残念であるが、その折寄贈せられた近思録集解四冊は、今も残つてゐる。それは大塩中斎の旧蔵書であつて、天保八年二月、飢ゑになやむ窮民を救はんが為に売却せられたものの一つであるが、その箱書に、須田文といふ人が、中斎を評して、精悍の色、剛果の気、中にそだちて外に発し、悪をにくむ事讎《あだ》の如く、奸をうつ事鷙《し》の如し、救荒の策、当局の容るる所とならず、豪家の顧みる所とならざるに及んで、赫怒して剣を按じて起ち、大法を犯して顧みず、論者囂々の議を免れずといへども、抑《そもそ》も亦媚懦《びだ》俗を成すの世、一なかるべからざるの人か、といふ意味を述べてゐるが、それはたまたま移して博士を評するに用ゐ、稍《やや》その片鱗を得るにちかいものであらうか。

驚歎すべきは、獄中における博士の態度であつた。成功すれば万人依付追随し、蹉跌すれば朋友も面をそむけるは世のならひである。その親しかつた人々さへ面をそむける逆境に処して、博士は晏如たり自如たり、悠々自適の風があつた。そして五・一五事件に連坐して入獄中には、近世欧羅巴植民史を著はし、大東亜戦争敗れて後、巣鴨に拘禁せられ、松沢病院に監禁せられては、古蘭《コーラン》を飜訳せられた。前者はその第一巻だけで六百頁、後者は八百六十三頁に上る大冊である。順境に在り、国家の保護にめぐまれてゐながら、一生これといふほどの著述も無くて終る学者の少なくない中に、蹉跌につぐに蹉跌を以てした艱難の生涯に、三十数部の著述と飜訳との作られた事、とりわけ其の中の二部が、獄中の筆に成つた事は、真に驚くべき異数の例であらう。

何故に博士はかくの如く晏如たり得たか。それに答へるものは、昭和二十六年に出版せられた「安楽の門」である。安楽の門とは宗教の事であつて、この書は博士の宗教的生活の回顧録であるが、その末尾にいふ、「宗教とは、無限の生命に連ることである。無限の生命は両親を通して吾々に流れ入るのであるから、両親の生命に帰一することが取りも直さず宗教である。それ故に私は母親を念じて一生を安楽に生きて来た。人は其事の何たると、其物の何たるとを問はず、之に向つて誠を尽すことによつて無限に連ることが出来る。誠を尽すとは幼児の心に復《かへ》ることである。幼児の心とは己れを忘れ果てて他事なく余念なく親の懐《ふところ》に安らう心である。」そしていふ、「私は、吾母を念ずることによつて一生を安楽に暮らして来たのである。それ故に『汝は何《ど》うして安楽に暮らして来たか。』と問はれるなら、私は即座に『母を念じて暮らしたからだ。』と答へる。宗教は取りも直さず安楽の門である。そして私の場合は、母を念ずることが私の宗教であり、私のために安楽の門であつた。」宗教の本義を、これほど身近に、これほど生き生きと、解明した書物が、他《ほか》にあらうか。

人の世に処するや難し。博士に比すれば極めて単純、明一色の学究であつた私も、世間から様々の誤解と反感とを受けて沈淪し、昭和二十七年漸くにして出版し得た「芭蕉の俤《おもかげ》」の如きも、人の読む者なく、読んで批評してくれる者なく、たまたま批評が書かれても新聞の之を掲げるものがなかつたが、その間に在つて数人の先輩よりあたたかい激励の詞をいただいたのは、忘れる事の出来ない喜びであつた。その一つは我が国物理学界の大長老理学博士中村清二先生の長い長い御手紙であつた。今一つは大川博士の、例によつて墨痕淋漓、字々躍動する如き達筆名文の書翰であつた。前者もいづれ老先生の御許を得て発表したいと思ふが、後者は左の通りである。

粛啓　御無音のみ申上居候処、道躰安和に被為在候事と奉欣賀候、恵贈を辱うせる高著芭蕉の俤、誠に難有拝領仕候、装釘も見事にて、昨今の殺伐なる群書中に卓然異彩を放てること、まさしく内容の異類抜群なると相応し、恰も先生御自身を几上に安じ奉れる心地いたし、恐悦此事に奉存候、中津の昨今、緑樹風に薫る、即ち南榻の几によりて、早朝より拝披し、白昼を消し、黄昏を送りて、夜に入るまで、一気に卒業仕候、本文の難有は言ふまでもなく、附篇の面白さも格別にて、今更乍ら先生の学徳に驚嘆仕候、坪井（九馬三）老先生も、先生の答案を読みて、且欣び且驚かれたる事と被察候、今日の六三日本の大学生と思ひ比べて感無量に御座候、不取敢篤く御礼申上候、頓首、

博士の文章、いづれも名文であつて、名将悍馬に跨がつて千里の野を馳駆し、戛々《かつかつ》たる蹄鉄の響き四方を圧するの概《がい》があるが、私信の書翰においても亦同様であつて朗々誦すべき事、一にかくの如くであつた。

最後に博士と雑誌「日本」との関係について一言して置かう。「日本」はもと「桃李」を以て其の題号とした。それは吉田松陰先生の詩、「大樹のまさに顚仆《てんふ》せんとする、一縄《じょう》のつなぐべきにあらず、しばらく北園の棘《いばら》を除き、盛に桃李の枝を植ゑよ」（松陰詩稿、全集　大本三ノ三五五頁）とあるに採つたものであつたが、一般には其の深意理解せられず、卒然として表題だけを見る人は、俳句の雑誌と誤認する事があつたので、更に明快に雑誌の本質を表現する題名を求めようとしたが、諸氏と共に考究した結果は、最も適切なるは「日本」の二字であるといふに帰着した。

しかるに「日本」といふ題名は、二十年前に大川博士がその機関誌に用ゐられた所である。よつて博士にして若しその機関誌再刊の企図をもたれず、転用して差支へなくば、我等の為にその名を譲られたき旨を懇請したところ、折返して快諾の芳翰に接したので、是に初めて「桃李」を改めて「日本」としたのであつた。今や幽明境を異にして、博士の英姿は再び見得ざるに至つたが、私としては三十年に亘る懇篤の知遇を感謝すると共に、「日本」としても其の芳情を鳴謝して、ここに痛惜の筆を擱《さしお》かう。

（昭和三十三年二月）

二十三番　場

八重桜の咲いてゐる晩春の事であつた。私は初めて醒《さめ》ケ井《ゐ》の駅を下りた。米原より一つ岐阜に寄つた駅である。東海道の上り下りに、此の数十年間、年に幾度となく通るところであるが、いつも只の素通りばかりで、下りて其の地を踏むのは、今度が初めてであつた。下りて見れば、これは又寂しい村である。曾ては東山道の往還に当り、中仙道の一駅として栄え、木曾街道の名所とも謳《うた》はれたのであるが、汽車が通つて後は、すつかり廃《すた》れて了《しま》つたらしい。折から夕暮、通りに一向人影も無い。それでも旅館が一つ、あるにはあると聞いて、教へられた通りに、二町ばかり行くと、なるほど有つた。名を多々美《たたみ》屋といふ。然し泊り客のあるらしい気配も無く、ひつそりとして暗い。「泊めて貰へるでせうか」と、きいて見ると、台所にゐた若いのが、奥をかへりみて、「おばあさん」と呼ぶ。やがて、おばあさんが現れて、「サァどうぞお上り」といふ。「タッタ一人で、御面倒でせうが、泊めてくれますかい。」「何の、何の、お一人でも結構です、今日は誰もお客がありませぬから、どの部屋でも、御のぞみの部屋で御泊り下さい。」然し余りにひつそりしてゐるので、少々寂しくて、通りに面した一番明るい二階の部屋にきめた。やがて風呂へも入り、御膳も出て、漸く気も落ついたので、御膳を下げに来たおばあさんに、きいて見た。

「おばあさん、七十ですか。」

「ハイ、七十です。」

「七十を越しましたか。」

「イヤ、丁度七十です。」

「それにしては、お元気ですね。それにいつもニコニコして、大変幸福さうですね。」

「イヤ、私ほど不幸な者は滅多《めつた》にありませぬ。父親には五つの時に死別れ、十六でお嫁にゆきましたが、二十《はたち》の年に主人に死別れ、サンザン苦労して参りました。」

「それはお気の毒な。そんなに苦労してゐながら、よくニコニコして居られますね。」

「是は母親の誡《いまし》めでございます。母も大変不幸な一生で、十六歳でこの家へ養女に来て、来るとすぐから寝ついた養母の看病、それがすむと養父の看護、ひきつづいて亭主の看病と、寝込んでゐる病人の世話をつづける事、十六年でした。そしてそれが皆なくなりましてからは、残された子供の世話、一家の経営、大変な事でございましたが、愚痴一つ云はずに働いてゐました。そしていつも私を誡めて申しますには、『他人《ひと》の喜びを我が喜びとせよ』と教へてくれましたので、私はただそれ一つを守つて、ひとさまの喜びを自分の喜びとしてゐるのでございます。」

「それは、それは、尊い言葉を聞くものですわい。偉い言葉ですね。私などは、まるで其の正反対で、ひとに憎まれるやうな事しか出来ないのに、何といふ偉いお母さんでせう。」

あとで見せて貰つた事であるが、今のおばあさんの母親は、名を能勢たけといつて、明治四十三年一月四日、滋賀県知事川島純幹氏より奇特の人として表彰せられ、感状と短冊とを贈られてゐる。その短冊には、

　　汲みて知る　人しもあらば　醒ヶ井の
　　　清き心を　あはれとや見む

といふ川島知事の歌が書いてあつた。

思ひも寄らぬ所で、思ひも寄らぬ美しい心を見たものである。他人《ひと》の喜びを以て、我が喜びとすると云ふ、己れをむなしうして、他人の為に尽し、他人の喜びの中に、我が生甲斐を感ずるといふは、何と云ふやさしくあたたかい心持であらうか。内に人の心の美しさを見て、夜明けて外を見ると、これまた見事な眺めである。宿の前の通りは即ちこれ中仙道、そのこちら側は、商店軒を列ねてゐるが、向ふ側は川であつて、川べりに柳あり、桜あり、楓あり、桜の花は既に散りつくしたが、木々の新緑目もさめるばかりである。川はその幅一丈ばかり、所々に橋がかかつて、向岸の家に通ずるやうになつてゐる。宿の向正面は元の本陣であつたが、今は分譲せられて、大部分は畠となり、菜の花が咲いてゐる。宿を出る前に、いそいで川上へ行つて見ると、わづか二町足らずで水源池に達した。是れ即ち醒ヶ井、昔より音に聞えたる泉である。泉は小山のふもとの巨巌の下から涌出してゐる。巨巌の傍には、石段高く小山の上までつづいてゐる。見上ぐれば、それは加茂神社である。東関紀行に、

「音にききしさめが井を見れば、蔭くらき木の下のいはねより流れ出づる清水、余り涼しきまですみわたりて、実《げ》に身にしむばかりなり、余熱いまだつきざる程なれば、往還の旅人多く立ちよりて涼みあへり」

と記して、

道のべの　木蔭《こかげ》の清水　むすぶとて
　しばし涼まぬ　旅人ぞなき

と歌つてゐるが、今は往還に一人の旅人もない。しばらく佇《たたず》んで見てゐると、時々パンパンと物の弾《はじ》く音がする。よく見れば、それは小さい魚が跳躍して水面に躍り出るのであつた。

いや是れは思はずも道草を食ひすぎた。私の目的地は醒ヶ井では無い。番場《ばんば》である。多々美屋の教へも尊く、醒ヶ

井の清冽《せいれつ》もうれしいが、今は先きをいそがねばならない。よつて自動車をたのんで貰つて番場へいそいだ。醒ヶ井より米原へ向ふ国道を右手に見て、斜め左へ別れて進めば、小一里にして番場に着くのである。それが中仙道の本道であつて、京都の方から云へば、原、小野、矢倉、鳥居本、番場、醒ヶ井とつづくのである。「落花の雪に踏迷ふ、片野《かたの》の春の桜狩、紅葉の錦を衣《き》て帰る、嵐の山の秋の暮」に始まる、太平記俊基朝臣東下《あづまくだ》りに、「番馬、醒井、柏《かしは》原、不破《ふは》の関屋は荒れ果てて」とある。その番馬、即ち今の番場である。私は二十年前にも一たびここをたづねたが、二十年後の今日再びここを見ようとするのは、ここは六百年前、六波羅勢《ろくはらぜい》の全滅した旧蹟であるからである。

それは元弘三年五月九日の事であつた。京都の戦に敗れた幕府の軍勢は、六波羅南方探題左近将監時益戦死の後、北方探題越後守仲時にひきゐられ、光厳院・後伏見上皇・花園上皇御三方を奉じて、遠く鎌倉に走り、幕府の主力と一緒になつて決戦をしようとして、東山道をいそぎ、漸くにして是の日、番場の宿に入つた。その兵わづかに七百騎にも足らぬ小勢である。しかるに意外の強敵あつて、番場の宿を四方より包囲し、一軍、袋の中の鼠となつた。

一体番場の宿の地勢、前には地頭山の遮るあり、その先きには伊吹山が聳えてゐる、後《うしろ》には磨針峠《すりはり》があつて、琵琶湖の眺望がよいと云ふのであるから、相当の高さであらう。右手は前面に長坂山、そのうしろは霊山の嶮である。左も亦山であつて、それは是より後、六波羅山と呼ばれる事になつた、即ち四面山また山であつて、その山々にかこまれた低地、いはば摺鉢《すりばち》の底のやうなところが、番場の宿である。太平記に之を「東山道第一の難所」といつてゐるが、いかにも難儀な地勢であつて、此の中へ入つて四方から攻められては、脱出する事、至難であらう。

おまけに之を攻める軍勢、これが決して烏合《うがふ》の衆では無い。太平記には、「山立《やまだち》強盗溢《あぶれ》者共二、三千人、一夜の程に馳集まつて、先帝第五宮御遁世の体《てい》にて、伊吹の麓に忍んで御座ありけるを、大将に取奉りて、錦の御旗を差挙」

げたのだと記してゐるが、どうして、どうして、そのやうな簡単な事では無い。大将軍は正しく亀山天皇第五の皇子五辻宮《いつつじの》守良親王、側近に侍するは侍従教忠《のりただ》、その根拠地は伊吹山太平護国寺、そこより令旨を下して近隣諸国の兵を召集し給ひ、京都より脱出し来つた六波羅勢を、番場の隘路《あいろ》に閉ぢ込めて、一人残らず討ちとめようとの戦略である。

官軍の戦略はめざましい。統率も見事である。しかし六波羅勢も、連日の戦闘に疲れ切つてはゐるものの、手を拱《こまね》いて全滅を待つやうな意気地無しでは無い。包囲《かこみ》を衝《つ》き、血路を開かうとして、激しい戦がつづけられた。美濃《みの》の国郡上《ぐじよう》郡の御家人《ごけにん》鷲見《すみ》藤三郎忠保の軍忠状を見ると、同人は令旨を奉じて五月八日に馳せ参じ、九日に近江の国馬場前山に於いて合戦し、若党《わかたう》に戦死者戦傷者の出た事が記してあるし、また後に述べる過去帳にも、馬場宿米山麓一向堂前に於いて、合戦討死及び自害の交名としてあるので、馬場即ち番場に於いて激戦のあつた事が知られるのである。

六波羅勢は激戦して血路を開かうとした。しかし官軍は目に余る大軍であつて、しかも疲れを知らぬ新手《あらて》であり、あらかじめ見立てて、地の形勝を利用してゐるのに対し、味方は連日の戦に疲れ果てたる小勢、うつかりして袋の中に入り、摺鉢の底に陥つた形である。勝敗の運命、今は明瞭となつた時、司令官である越後守仲時、軍勢共に向つていふやう、

「武運漸く傾いて当家の滅亡、近きにあるべしと見給ひながら、弓矢の名を重んじ、日来《ひごろ》の好《よしみ》を忘れずして、是まで付纏《つきまと》ひ給へる志、中中申すに詞なかるべし、其報謝の恩、深しといへども、一家の運すでに尽きぬれば、何を以てか是を報ずべき、今は我れ、かたがたの為に自害をして、生前の芳恩を死後に報ぜんと存ずるなり、仲時不肖なりといへども、平氏一類の名を汚せる身なれば、敵共定めて我首を以て、千戸侯にも募りぬらん、早く仲時が首を取つて、源氏の手に渡し、咎を補うて、忠に備へ給へ」

かやうに云ひも果てず、鎧《よろひ》をぬぎ、腹かき切つて伏したのを見て、従ふ者共いづれも感激に堪へず、我も我もと腹を切つて之に殉じ、その数、すべて四百三十二人に及んだといふ。

これは太平記の伝へるところである。太平記といふ書物は、当時の見聞を記して面白いものではあるが、往々にして誤聞もあれば、誇張もあつて、そのままには信用しきれない所がある。しかし番場の一条に就いては、幸ひに番場の宿の蓮華寺《れんげじ》に、当時の過去帳が残つてゐて、それによつて太平記の此の記事が、そのまま事実である事を確認し得るのである。

何といふ壮烈なる最後であらう。仲時は当時二十八歳であつた。二十八歳にして敗軍をひきゐ、進退両難の悲運に陥つた際の処置、情義にあつく、決断にいさぎよく、あつぱれ見事といふ外は無い。且つまた之に従ふ人々、老いたるは糟屋弥次郎入道明翁六十四歳、同弥三郎入道道教六十三歳、川越参河入道乗誓六十二歳、田村中務入道明鑑六十歳、若きは佐々木永寿丸十四歳、問注所信濃少輔子息阿子光丸十四歳、斎藤宮内丞子息阿子丸十六歳、隅田又五郎能近十六歳、同藤三国近十七歳、御器所安東七経倫十七歳等、すべて四百三十余人、一所に自害して、一人も遁れ去らうとしなかつたといふは、流石《さすが》は名を重んじ恥を知る鎌倉武士、壮烈鬼神を泣かしむるものと云つてよい。

風の吹き廻しにつれて右往左往し、世の大勢を見て方向を変へる不義変節のやからは、之を見あき聞き飽きた今日此頃である。されば私は、また想出して、二十年ぶりに番場へ来、越後守仲時を始め、六波羅勢を弔はうとするのである。自害の場所は一向堂前といひ、一向堂仏前とあつて、蓮華寺の境内である事、明らかであるが、寺は文明年間兵火にかかり、その後明応十年に勧進して再興した時、いくらか寺地を移動したので、昔の一向堂は東山道の往還に近く、今の寺域は奥へ入つてゐるのは、昔を偲ばうとする者にとつては、心寂しい事である。

参道には白桜、寺門の傍には牡丹桜、とりどりに美しかつたが、門をくぐつて内へ入れば、本堂も庫裡《くり》も、戸は閉ざされて、境内に人影も無く、呼べど答へぬせん方なさに、ぼんやり佇んでゐると、裏山で鳴く雉の鋭い声が、頻りに聞えて来た。本堂の横手にある大きな宝篋印塔《ほうけふいんたふ》は、当山の開基土肥三郎元頼の墓で、弘安七年のものであるといふ。

そのうしろの松山を登つてゆくと、山の斜面は右も左も墓である。中に大小さまざまの五輪が、整然と四段に並んでゐるのが、全体で二百数十基あつて、越後守仲時始め六波羅勢の墓と云はれてゐるが、是れは事実と相違するであらう。中には元禄とか、正徳とか、江戸時代の年号を明記したものもあり、もともと滅亡した鎌倉勢の一人一人に墓など立てられたものでは無からう。むしろ道の向の六波羅山と呼ばれるところこそ、討死自害の人々を集めて葬り、供養したところであつたらう。現にその山の上に大きな五輪が一つあるさうである。

しばらく墓地を徘徊した後に、本堂の前へ帰つてくると、一人の老媼《おう》が現はれた。聞けば檀家で、寺の世話方であるといふ。そのおばあさんの諒解を得て、鐘楼へ登らせて貰つた。鐘は国宝、弘安七年の銘がある。その銘を読んでゆくうちに、「霊魂妄想《もうざう》の睡を醒まさんと欲す」といふ句に、心をひかれた。嗚呼この鐘、果して霊魂妄想の睡を醒ますものであるならば、今こそ大いに撞《つ》き鳴らして殷殷《いんいん》の声、四海にひびきわたらせたいものである。

（昭和三十二年七月）

二十四　周防の旅

一、防府

周防《すはう》といつても、今の世には通じにくくなつた。元、わが国を、六十六箇国に分つての一つ、今は長門と併せて、山口県といふ。その山口県のうち、このたびは周防を主にして、徳山、下松《くだまつ》、防府、柳井などの諸市をたづねた。たづねた順序は、上記の通りであるが、ここには便宜先づ防府から記さうと思ふ。

防府は「はうふ」と濁らずによむ。いふまでも無く「周防の国府所在地」の意味であつて、甲斐に甲府といひ、駿河に駿府（これは後世静岡と改められた）といふと同様である。周防の国府であるから、もつと知られてゐてよい筈であるが、一向に知られてゐないのは、山陽本線の鉄道に防府駅といふが無く、駅は三田尻となつてゐて、三田尻の名が却つて有名になつて了つたからである。三田尻はもともと防府の南に隣接した村であつて、港をひかへ、鉄道に沿ひ、交通の要衝を占めた上に、多く塩を産し、繁昌した為に、その名ひろく知られたのであつた。しかし今は其の三田尻も、ひろく防府市の中に包含せらるるに至つた。防府の名は再び興るであらう。

むかし国司の政治をとつたところ、之を国府といひ、また国衙《こくが》といふのであるが、その国衙のあとの明瞭に残つてゐるところは、殆んど無い。中世武家の興起して、政治の実権が守護地頭に移るや、国司の影はうすくなり、殊に室町時代の動乱のうちに、其の影を没して了つては、国衙のあとは廃墟となり、田園となつて、到底また認知しがたくなつた。しかるに周防の国衙だけは、今に土地の字《あざな》にその名が残り、その境域を国衙八町といつて、四隅の土居《どゐ》も猶存してゐるのである。珍しい事であるとして、昭和十二年の六月に、史蹟に指定せられた。私はずつと前に一度此の地をたづねた事もあり、右の史蹟指定にも関与した事であつたが、今度かさねて其の跡を見に行つた。行つて見ると、土居八町の中央にわづかに小高いところがあつて、松のかげに安政七年の碑が立つて居り、表には国庁の二字を大書し、裏には周防国守の遺庁云々の文が刻してあつた。

千数百年前からの国司政庁のあとが、歴然として残つてゐるといふ事は、実に珍しい。外の国衙のあとは大抵分らなくなつて了つたのに、どうして周防だけが残つたかといふに、それは第一に東大寺の関係であり、第二に大内氏の関係であらう。即ち源平争乱の世に、奈良の東大寺は、平重衡の為に焼かれた。治承四年十二月二十八日の事であつた。その為に大仏殿も焼け、大仏の頭も落ちた。「まのあたりに見奉る者、更に眼《まなこ》を当てず、遥かに伝へきく人は、肝魂《きもたましひ》を失へり、法相《ほつさう》三論の法門聖教《じやうげう》、すべて一巻も残らず、我朝《わがてう》はいふに及ばず、天竺震旦《しんたん》にも、是程の法滅《ほうめつ》あるべしとおぼえず」と、平家物語が歎いてゐるのは、この時の事である。聖武天皇の勅願によつて建てられた寺を、このままにして置くわけにはゆかないので、朝廷では、文治二年三月に至り、周防の国を東大寺の造営料所に宛て、俊乗房重源をして国務を管理せしめられた。周防守は、別にあつたけれども、それは名義ばかりで、事実は重源が国務を総括し、その税収を以て東大寺の造営費に宛てたのである。その重源がなくなつた後、一時周防と東大寺との関係の中絶した事もあつたが、寛喜三年に至り、再び東大寺造営料国となり、法印行勇が、東大寺大勧進として、周防の国務を管理した。そして其の後、人は代つても、代々東大寺の大勧進が国務をとり、室町時代の末、いはゆる戦国時代に至つた。戦国時代以後は、東大寺の権威も衰へ、知行国の実もなくなるのであるが、それでも国衙土居八町は之を確保してゐたし、それが実際には毛利氏に管理されるやうになつても、それに相当する現米は東大寺へ納付せられてゐたのであるから、文治二年以来約七百年の間、東大寺と周防の国衙とは、深い関係があつたのである。次に大内氏との関係はどうかといふに、大内氏はもともと周防の国衙に勤めてゐるいはゆる在庁の一人であつて、国司の命をうけて国務を掌つてゐたものである。それが中ごろ崛起《くつき》して数箇国に跨がる豪族となつたのであるが、東大寺への収納を勝手に抑留するにはしたものの、前々からの仕来《しきたり》を尊重して、国衙領を全滅せしめるには至らなかつた。さやうな特殊の関係からして、周防の国衙土居八町は、今に至つてその境域明瞭に残されてゐるのである。

さて此の東大寺の大勧進俊乗房重源であるが、この人は法然上人の流れを汲む人で、海を越えて宋にも渡つた事があつたが、やがて東大寺の再興を天職として、努めて倦まず、遂に之を完成した。自ら号して南無阿弥陀仏と云ひ、信者に名を授けては、空阿弥陀仏、法阿弥陀仏などと云つたので、何阿弥と称する人が多くあつた。その用ゐた古い下駄や杖は、後々まで東大寺に宝物として珍重せられ、参詣の人々は、先きを争つて之に手をふれ、之を頭にいただいて、随喜の涙を流したといふ。その重源の建立した寺が、防府にある。大平山の中腹にある阿弥陀寺が、それである。これも先年一度たづねた所であるが、今度久振りにまた行つてみた。仁王門は古く粗雑なる組立であるが、蛙股は桃山の感じのする面白いものであつた。金剛力士の像二軀は、重要文化財といふ事であるが、その前にある風呂の釜が面白い。これは元は温室の中に在つて、二、三十年前までは、旧の六月五日、新暦の七月十四日に開山忌を営み、その時この釜に湯を沸して、参詣の信者に入浴せしめたが、この湯を浴びた者は夏病みしないといふので、我も我もと入りに来たさうである。

阿弥陀寺は文明十六年に焼けて、古い建物は残つてゐないが、重源の当時のものとしては、右の釜の外に、十三輪の鉄塔があつて、その中に水晶の舎利塔が納めてある。建久八年十一月の銘があるから、今より七百六十年も昔のものである。また東大寺の造営の為に伐り出した用材に押した槌印がある。重源自作と伝ふる木像もある。数多い古文書の中に、正治二年十一月の阿弥陀寺領田畠坪付帳を見ると、目代は春阿弥陀仏、在庁の筆頭が権介多々良弘盛（これが即ち大内氏の先祖である）、而して袖判《そではん》に、大和尚南無阿弥陀仏とあるは、実に重源その人に外ならぬ。また古文書の中には、次のやうなものもある。

奉加

馬弐疋

右為阿弥陀寺堂供養

用途奉加如件

弘安九年十一月二十七日

多々良（花押）

奉加とは、つまり寄進、寄付の意味である。この寺の堂供養の用途、即ち費用にあてる為に馬を二疋寄付するといふのであるが、その寄付者の多々良氏といふのは、やがて中国の豪族として天下に鳴る大内氏の先祖である。大内氏は前にも述べたやうに、周防の在庁より身を起して、正平年間には、周防長門二箇国の守護となり、やがて石見・豊前・和泉・紀伊を加へられ、併せて六箇国の守護となるに至つたのである。

防府において最も著名な神社は、松崎天満宮である。建徳二年といへば、今より五百八十余年前の事であるが、その建徳二年に、鎮西探題として、京都より九州に赴いた今川了俊が、途中の紀行「道ゆきぶり」の中に、此の天満宮の事を記してゐる。

「なほ北の深山にそひて、南向に天神の小社たてり。御前の作道は二十余町ばかり、浜ばたまで見えたり。そのうちに鳥居二つ立てり。みたらし川は路にそひて流れてけり。橋などかけたり。」

いかにも其の通りである。防府の町の北はづれ、小山の中腹に南向きに建てられて、嚴然として此の町を見おろし、之を守護して居られるのが松崎天満宮である。そして其の参道はまつすぐに南にのびて、直ちに海浜に至つてゐるのである。其の趣は、鶴岡八幡宮の鎌倉に於けると同様であつて、いかにも此の町の守護神、この宮あつての此の町といふ感じである。

さて此の松崎天満宮、私は曾て一たび参拝した事もあつたが、去る昭和二十七年四月二十四日の午前一時すぎ、不幸にして火災にあひ、本殿・幣殿・拝殿・楼門・廻廊ことごとく焼失して了つた事を、新聞で知つて、頗る傷心に堪へなかつた。しかし今度参拝して、焼失は正に事実であり、不幸は頗る不幸であるが、その中に非常にうれしい事のあるを見た。それは先づ天神縁起の絵巻物が無事に焼け残つた事である。此の絵巻物は、応長元年の奥書があつて、今より実に六百四十余年前の作、頗る貴重の品であるが、これが当時神社で展観せしめられてあつたのに、それが不思議に助かつた。それが既に喜びであるのに、更にうれしい事は、御本殿の奥深く鎮座せられた御神体の御木像が、無事に運び出されて、何のわざはひも受けなかつたのである。何分深夜の出火で、拝殿本殿見る見るうちに猛火に包まれ、消防も今は施すべき策なしと云つた時、敢然として猛火をくぐり、燃えつつある本殿の中へ入つて、御神像を抱きかかへて脱出したのは、当時の禰宜《ねぎ》、今の宮司、鈴木品一氏、その人である。

戦一たび敗れて後、人の心はいたく崩れた。尊ぶべきものを尊ばず、守るべきものを守らず、恥づべきを恥ぢず、本能を肯定して自由といひ、道義を排斥して矯飾とし、踏まれても蹴られても、命さへあつて長生きして、自分だけ気楽な生活が出来れば、それでよいとするかのやうな空気が、天下に充満した。その中に、鈴木宮司が、自分の生命を捨てて、いや、捨てるも捨てないも無い、おのれを忘れて、御神体を安全な場所にお移ししようとした事は、まことに美談といふべきであらう。更に考へてみるに、前に述べた阿弥陀寺が、また同様ではあるまいか。あの寺は、文明十七年の古文書に、「去年の冬、不慮の儀に依つて、堂舎僧坊悉く焼失せしめ訖《をは》んぬ」とあつて、文明十六年に全焼した事、明らかである。全焼したのに、鉄塔も残れば、刻印も残り、重源の木像も残れば、古文書も残つたのは、燃ゆる堂舎僧坊の中へ飛び込んで、之を救ひ出した人があるからに違ひない。古い文化財を、ただ古い文化財として、かろく見すごしてはならぬ。それらの品が、今に伝はつたについては、其のかげに、かやうな決意、努力、献身があつたのである。

防府市は実にまとまりのよい地形である。北を背面として、南を前面とする。背面には天神山・多々良山・矢筈岳重なり合つて、自然の屏風をめぐらす。天神山は即ち松崎天満宮の鎮座せられるところ、多々良山は大内氏の本姓多々良氏と関係ある地名、矢筈岳は大内氏の拠つた敷山城のあつた所だといふ。天満宮の前に立つて前面を望むと、参道まつすぐに延びて海に至る。その道を挟んで、左右交錯して市街が発達してゐるが、遠く海浜に及ぶと、ここはまた盛大なる工業地帯である。即ち鐘紡あり、協和醗酵工業あつて、山沿ひの神社寺院とは、うつて変つた近代的工場が並んでゐる。海岸は中に小さな半島を挟んで、左右の二つの湾に分れる。その東方を三田尻湾といふ。これは工業港である。西方を中の関といふ。これは漁港であつて、その海浜に沿うて、塩田が多い。中の関といふのは、上の関に対し、また下の関に対しての名である。上の関は、周防熊毛郡釜戸《かまど》島にあり、下の関は、長門豊浦郡に在つて三関相対してゐるのであるが、今は下の関ひとり有名であつて、上と中とは、一般には知られてゐない。防府の東に聳ゆるは大平山、その中腹にあるのが、阿弥陀寺である。西に聳ゆるは右田岳《みぎただけ》、その間を流れてゐるのが佐波《さば》川である。

さて今川了俊の紀行「道ゆきぶり」、前には天満宮の条だけを引用したが、今、防府市の大観を得た後に、ふたたび之をかへりみると、天満宮の前に、

「東西に山さしめぐりて、その前に島あり。西ひがしのあはひに二つのわたりありて、舟どもこれを出で入るなめり。なほ沖のかたにありて、木しげりたる小島ども七つ八つばかりに並びてみゆ。北の磯ぎはに人の家居ありて、ここを国府と申すなり。」

といひ、天満宮の後に、

「その西南にさし向ひて一重なる松山の侍《はべ》るを、くはの山とぞいふ。ふもとに松原とほくなみ立ちて、あたりはかた浜とて、塩焼く所なり。」

とある。防府市、今は人口九万八千七百を数へ、盛大繁栄、昔の比では無いが、形勢の大体は了俊が書いてゐる通りである。

二、徳　山

防府の外に、このたびたづねたところは、徳山《とくやま》であり、柳井《やなゐ》であり、下松《くだまつ》であつた。然し頗るあわただしい旅で、十

分に視る事も調べる事も出来なかつたので、徳山以外は、多く言ふべき事もない。但し柳井の町はづれ、大畠の瀬戸を隔てて、大島を望見したのは、感じの深いものがあつた。大畠の瀬戸は、万葉集に、大島の鳴門《なると》として出てゐる。鳴門といへば、普通に阿波の鳴門を指し、周防の鳴門は殆んど知られてゐないが、昔は瀬戸内の舟、九州に往復するに、大抵此の鳴門を通つて、恐らく阿波の鳴門よりも、一層人に知られてゐた事であらう。両岸相迫つて、最も狭いところは半海里に満たず、潮の満干《みちひ》には激流奔到する上に、底には暗礁多く、出口には笠佐島《かささ》がひかへて、潮の流れに抵抗すれば、之に激して潮は万雷の響を発し、よつて鳴門の名を得たのであらう。而して之を大島の鳴門と呼んだのは、柳井対岸の島が即ち大島であるからである。私は大島へ渡つた事も無く、島に就いて知るところは無いが、只此の島が、海軍の升田《ますだ》少将の生れ故郷である為に、望見して感慨の深いものがあつたのである。少将の事は、曾て書いた事があるので、今は省略して置かう。（本書「山河あり」一一一頁）

大畠の瀬戸に近く、遠崎《とほさき》の妙円寺がある。これは有名な月性の寺である。月性は詩人であり、酒客であるが、尋常の詩人、尋常の酒客ではなく、当時西洋の圧力次第に東洋に加はり、阿片戦争によつて支那も英国に屈服するを見て、深く国防を憂慮し、はやく対策を立てようとして、四方に奔走し、その為に海防上人と呼ばれた人で、詩人といふよりは、むしろ志士といふべき人物であつた。私はその墓に詣で、その遺墨や遺品を見せて貰ひ、よつて往時を回想して、今日と比較し、種々思ふ事が多かつた。

さて徳山である。徳山は、いはば今日の我国の縮図である。何故といふに、ここには大戦の痛手《いたで》、まざまざと残り、同時に復興の気魄、充ち溢れてゐるからである。この町は、昭和二十年五月十日の空襲によつて、海軍の燃料廠全焼し、ついで七月二十六日夜の空襲によつて、町の七割を焼かれた。その焼けあとの未だ十分復興するに至らず、所々に空虚なる明地や、磊々《らいらい》たる瓦礫の存するは、見る者の心を痛めずにはおかぬ。徳山はもともと城下町である。毛利輝元、慶長五年関ケ原の戦に敗れて、領土の大削減にあひ、防長二州三拾六万九千四百拾壱石に閉ぢこめられるや、徳山には支藩を置いた。支藩といつても、五万石である。その藩邸の門も残り、士族屋敷の塀も残つてゐるが、それらの古き名残と共に、戦災の傷痕《きずあと》も亦生々しく随処に見られるのである。

大戦の痛手の、殊に顕著なるは、大津島である。有名なる徳山湾は、一方に大島半島、他方に仙島・黒髪島・大津島、これらの島々によつて、左右より抱かれてゐる。就中、徳山と相対して、湾の正面に屏風をめぐらしたやうに、細長く横たはつて、波涛を遮つてゐるのが、即ち大津島であるが、これこそは大戦の最中、戦局漸く非なる時、護国の烈々たる悲願に、奮起して新しき兵器を創案し、身を挺して海底を進み、大敵を粉砕しようとした所謂人間魚雷「回天」の勇士の根拠地であつたのである。私は多年この島を訪ひ、それらの勇士を弔ひたいと思ひつつ、その機会なくして今に至つたが、今度幸ひにして、当時此の隊と関係の深かつた伊藤大佐の案内により、そのあとをたづねる事が出来た。

島は長さ二里ばかり、幅は細いところは五六町に過ぎないといふ。見るからに、峨々《がが》たる岩山であつて、草と灌木とが、わづかに生えて、それが吹く北風にもぎとられさうになつて、からうじて岩山にしがみついてゐる。聞けば此の島には水が無く、それが欠点であるといふ。但し其の島、北より南へのびて、三分の二ほどのところで、一たん頸《くび》のやうにくびれて、さてまた大きくふくれてゐる。そのふくれてゐる部分、即ち南方三分の一ほどを指して馬島といふ。馬島は山の上まで段々の畠となつて、甘藷がつくられて居り、浜近くには数十戸の民家が集まつてゐる。馬島から頸部を渡つて北上し、大津島の本体へ入つたところが、往年回天の基地となつて居たところで、其の建物は既にこぼたれて、山よりのコンクリートの塀の外は、瓦礫散乱して狼藉を極めてゐる。私共は、強い北風に吹き飛ばされさうになりながら、その瓦礫の中を進んで、元の建物のほぼ中央と思はれるところに到り、線香をたいて、英霊に黙祷を捧げた。線香は、当時回天の勇士が、母の如く、叔母の如くなつかしんだ松政の老女中が、特に心して用意してくれたものであつた。それより曾て魚雷の格納庫であつた大きなトンネルをくぐつて、南西岸に出で、魚雷の試射場の、半《なかば》くづれてゐるのに登り、低徊《ていくわい》しばらくにして帰途に就いたが、そのかへりみちに、藤田税関長の好意によつて、特に黒木少佐殉職の地点に立寄らせて貰つた。それは徳山湾の中にある蛇島《さじま》の西、凡そ二千米のところである。殉職はもとより海底の事であつて、舟をその地点に寄せても、寄せくる波に胸をいためるのみであるが、只深い祈りをこめつつ故人を偲ぶのであつた。

黒木海軍少佐といへば、聞こえはいかめしい。まことは二十四歳、紅顔の美青年である。その名は博司、大正十年九月十一日、岐阜県益田郡下呂《げろ》に生れた。下呂は有名な温泉町である。そして十四歳岐阜中学校に入り、十八歳海軍機関学校に入つた。その卒業は、昭和十六年十一月十五日、即ち大東亜戦争の直前であつた。舞鶴の機関学校へは、上田中将が校長になられた時からの約束で、私は一年に一度、二時間の特別講義をしに行つてゐたので、黒木氏も在学四年の間に、四回私の講義を聴いてくれた筈であるが、想ひ起すのは、その講義、特別講義として、全校一緒に聴いてくれられた後に、しばらく校長室で小憩し、挨拶して退出すると、校長室の前の廊下に、数名の生徒が、目を輝かせつつ、私の出てくるのを待ちうけ、一緒に水交社へ行つて、時間の許すかぎり、色々と質問もし、感想も述べるのであつたが、その生徒の中に、石川徳正氏と並んで、いつも黒木氏が居つた。石川氏は後にサイパンで戦死したが、温厚篤実の人であつて、その純正の学問は、全く求道者のやうであつた。いや、やうでは無い。この人こそ真の求道者であつたのである。その石川氏、後の石川少佐を、いはば兄として、指導も受け、切磋もし、そして自らの熱情によつて、驚くべき精神の向上を示したもの、即ち黒木氏であつた。石川氏も、休暇になれば、私の宅へ立寄つてくれたが、黒木氏も、殆んど休暇ごとに立寄つて、話していつた。立寄るといへば、何でも無いやうに聞えるが、学校は舞鶴であり、郷里は岐阜県の下呂である。京都を廻つて帰れば、汽車は一日にして達するであらう。それを黒木氏は、一先づ東京へ出て、私を本郷の曙町にたづねて、それから郷里へ向ふのであるから、もともと短い休暇の中で、東海道の往復二日を無駄にするのが、いかにも気の毒に思はれるのに、それを少しも厭はずに、いつもにこやかな笑顔を見せてくれられた。

黒木生徒は、やがて少尉となり、中尉となり、大尉に昇進した。その間に、戦局は急速度を以て逆転していつた。しかも緒戦の快勝に酔うては、此の恐るべき逆転に気付かず、気付いても、恐るべき不吉に目を蓋はうとし、たとへ目を蓋はないにしても、奮つて対策を講じようとする者の、至つて少なかつた時に、黒木氏は、戦局の判断に於いて、将来の洞察に於いて、更に対策の創見、及びその実施に於いて、真に曠世卓犖《たくらく》の偉材たる事を実証した。

その一例として、昭和十八年の二月の書状に、血を以て記された、左の一首の歌をあげよう。

伊はそむき　独はやぶれん　物無けん
　葉月長月　近きを如何《いかん》

意味は明瞭である。同盟国である伊太利は、ねがへりをうつであらうし、独逸は敗退するであらうし、而して我が国は、物資の窮乏に陥るであらうが、その危機は、この葉月長月、即ち八月九月の頃に迫つてゐるのを、どうすべきか、といふのである。ムッソリーニの失脚はその年の七月、バトリオの降伏はその九月であつた事を回想すれば、二十三歳の青年士官が、半年の前に之を予見して誤らなかつた事は、之を偉なりとしなければならぬ。是よりして黒木大尉の日記は、毎日毎日血を以て書かれるのである。而してその護国の悲願、文章に現れては「急務所見」となり、兵器に凝つては「回天」となつて、敵の心胆を寒からしめたのであつた。しかも天なんぞ無情なるや、「回天」将に発進せんとして、その直前の試運転に、黒木大尉の同乗して指導せる第一号艇は、徳山湾の海底に突入して、遂に浮上する事が出来なかつたのである。時に昭和十九年九月七日、黒木大尉、時に二十四歳、昇進して少佐に任ぜられた。

黒木少佐を憶ふ事は、私に於いては、感歎驚異であり、同時に痛惜痛恨である。コンクリートの裂けて飛散る兵舎の跡に立つて、詠《よ》んだ歌も、歌の体を成さぬまでに、情は激するのである。

　風烈し　憤り烈し　海深し
　　悲しみ深し　ああ大津島

よつて止むを得ず、昭和二十一年霜月六日、下呂の黒木家において追悼の御祭の行はれた時に詠んだ歌を記して、重ねて哀《かな》しみを叙《の》べようと思ふ。

黒木少佐を弔ふ

一

秋ふけて　飛騨《ひだ》の山々
もみぢばに　映ゆるを見れば

続山河あり

想ひいづ　純忠の士
一生涯　頂天立地
報国の　丹《あか》きまごころ

二

笑止なり　世の顕官
廟堂の　高きに立てど
情報は　余す無けれど
見通さず　国の行末
徒らに　月日を送る

三

君思ふ　ま心をのみ
唯一の　たよりとなして
眺むれば　火を観《み》る如し
盟邦の　くらき運命
我が国の　苦しき歩み

四

眠られぬ　夜をば徹して

血もて書く　非常の策
謹みて　上に献じつ
浪くぐる　決死の術
難きをば　自《みづか》ら担《にな》ふ

五

皇国《すめくに》に　幸《さち》しありせば
いしぶみに　黄金《こがね》ちりばめ
琅玕《らうかん》の　墓をも立てて
いさをしは　村々伝へ
口々《くちぐち》に　ひろく讃へむ

六

今集《つど》ふ　友わづかにて
とぶらひは　寂しくあれど
天かけり　見ませみ霊《たま》よ
血に泣きて　沈める月の
消えやらぬ　影悲しむを

黒木少佐は海底に没した。紅顔の英姿と、純忠の熱情とは、空しく波涛のうちに消えて、再び見るべくもない。燃料廠も徳山の町も、空襲の為に焼けて、殆んど皆灰となつた。廃墟の瓦礫、燼余の樹木、傷心の種ならざるは無い。しからば徳山は、悲運のうちに沈んでゆくのであるか。さうでは無い。いかにも悲運は此の町を襲うた。しかしながら、人々は悲運に屈せず、奮起して之を克服しつつある。豈にただに悲運の克服とのみ云はうや。復興の気魄の盛んなる、その規模の雄大なる、それは往年を凌駕して、世界の瞠目《だうもく》驚歎する所となつてゐる。見よ、徳山湾の碧波に映ずる純白のタンク、巨大なる雄姿、数へて幾十基なるを知らず、海底は掘られて一段と深く、海岸は埋立てられて一段と広く、工事は夜を以て日についで、神速わづかに十箇月にして成つた出光興産の製油所の壮観を。それは目ざましき日本復興の、尤も顕著なる象徴といふべきである。

（昭和三十二年四月・五月）

二十五　徳山の壮観

私は先日、夢に導かれて、徳山の壮観を見る事が出来た。夢に導かれてなどといへば、人は非科学的として、頭から冷笑するであらう。冷笑するに無理は無いものの、私はこれまで夢の不思議を経験する事、一再に止まらぬ。大学で学生を引率して、関西へ修学旅行に出掛ける前晩に、洋傘《かうもりがさ》を盗まれた夢を見て、急いで洋傘の柄に名を刻みつけたが、翌々日奈良の西大寺で、あつさりと盗まれて了つた事がある。また或る朝、川田順氏から手紙が来た夢を見たので、別段平素の交際があるわけでも無いのに、どうしてだらうと、家の者に話して怪しんでゐると、やがて九時すぎ配達せられた郵便の中に、藤島神社へお参りして、歌を詠んだからといつて、川田氏の手紙があつた。驚いて此事を返事に書いたところ、折返して寄せられた歌は、今でも覚えてゐるが、

藤島の　神もや蓋し　告げにけむ
　夢てふものは　奇《くす》しかりけり

とあつた。さて今度の徳山である。出光興産《いでみつ》の徳山製油所、日本で最大であり、世界で最新式といふのであるから、見せてほしいと思つたものの、行けば御迷惑にもなるであらうと遠慮して、心ならずも断念してゐたところ、いよいよ開所の期日（昭和三十二年五月二十九日）が迫つた或る日のあけがたに、二度もたてつづけに、徳山の夢を見て、それに促《うな》がされて、いそいで東京駅へかけつけて急行券を求め、それから会社へ行つて参列を許されるやうお頼みした。

行つて良かつた。遠石《とほいし》八幡宮へお参りして、社壇から海の方を眺めてゐると、嗚呼何といふ壮観であらう、徳山湾の面目は、一変してゐるのである。空襲にあつて廃墟となり、瓦礫散乱して足の踏み場も無かつた海軍燃料廠の跡、その大部分を占めて更に之を拡張した出光興産の製油所は、巨大なるタンク凡そ百基、堂々と純白の雄姿を列ね、その前後には高い煙突がいくつか並び、そして其の海に近き一つは、炎々として火を吐いてゐる。能く観ると、手前に並んでゐるのは、ただの煙突では無い。それは複雑精密の装置であつて、聞けば常圧蒸溜といひ、電気脱塩といひ、連続洗滌といひ、接触改質といひ、その外、何といひ、何といふ、聞いても容易に覚えられるものでは無い。嗚呼、これが一年前までの荒涼たる廃墟、数ケ月前までの混乱せる作業場であらうか。それも私のやうに、工業にうといものが驚歎してゐるだけでは話にならないが、此の建設を指導したアメリカのU・O・P（Universal Oil Products Co.）の技師 Potter 氏が嘆称して、アメリカであれば二年かかり、欧州の国々では三年もかかると思はれるのに、徳山ではわづか一年にして成就したのは奇蹟だと言つたといふ。概言して一年といふが、工事の始められたのは、昨年の五月で、火入れ式の行はれたのは、今年の三月十七日であつたから、厳密には十箇月といふべきである。

　神業と　これをいはずや　忽然と
　　現れて立つ　百基のタンク

技術の発達し、機械の豊富なアメリカでさへ二年はかかるといふ仕事を、わづか十箇月で成しとげた神速さは、一体どこから出てくるのであらうか。思ふにそれは、その主因を、出光興産の人々の精神力に帰せなければならぬ。一体此の会社、変つた事が多い中に、第一労働組合がなく、また出勤簿が無いのである。今日は我が国にも、組合の設けられないところは殆んど無く、そしてその組合は主として闘争の機関となり、しばしば（余りにしばしば）鉢巻をしめ、旗を振つて、賃上げを要求し、それが他に如何なる迷惑をかけようとも、かまはないのである。しかるに此の会社には、社員二千人を越えるといふに、組合は結成せられず、人々は自分の収入を問題にしないのである。社員も変つてゐるが、会社が大体変つてゐる。即ちここには出勤簿が無いのである。それは何も、放埒に任せ、我儘を許すといふのでは無い。相互の敬愛信頼が、一方に出勤簿を必要とせず、他方に組合を不要とするのである。社長は終戦時に、海外に於ける一切の資産を失つたが、その失意の悲境にも、海外より引揚げ来つた千人近い社員を、全部あたたかく収容し、懇ろに世話して、一人といへども手放さなかつた。かやうな親切な態度を、あたたかい親の情と見て取つては、自分勝手の要求など、出す気にならないのは当然であるが、しかしそれだけでは無い。一つの高遠にして雄大なる目標が、会社の上下二千名を一つに結束せしめ、全員一致、昼夜兼行、愉快に刻苦精励せしめてゐるのである。外では無い、国運の再興、是れである。昭和二十六年、タンカーを造つて、日章丸と名づけたのも、その現れであり、而して昭和二十八年四月、その日章丸によつて、イランより石油の積取りを敢行したのは、その最もあざやかなる現れであつた。当時英国海軍の威圧を恐れず、単騎長駆して、アラビヤ海に進出し、世界を驚倒せしめたる日章丸は、今やその颯爽たる英姿を、徳山の岸壁近く現してゐる。聞けば今度は、サウジ・アラビヤのサフアニヤの石油を積んで来たので、ここの油が世に出るのは、これが最初だといふ事である。

しかし之を豪快と評し、壮挙と呼ぶだけでは、その本質は理解せられないであらう。事実は、すべて是れ、敬虔なる祈りである。社長は福岡に生れて、宗像神社の氏子として育たれ、日常の信仰、極めて熱烈であり、会社には、いつも宗像の大神が祀られてある。同時に終戦後の混乱の時に、この会社では、毎日勅語が捧読せられて来たのである。徳山の製油所にも、宗像の大神を勧請し、またここで戦死した人々の慰霊の廟も作られる予定である。それらの英霊の喜び、いかばかりであらうか。同時にまた、近く大津島に本拠を占めて、徳山湾を練習場とし、そして時には、徳山の旅館松政を、憩ひの庭とした人間魚雷回天の勇士の喜び、いかばかりであらうか。その回天の創案者であり、決行の主張者であり、指導者であつた黒木少佐は、将に最初の出撃を試みようとして、その直前惜しくも徳山の海底に没したのである。その二、三日前に、最後に私に会ひたいとの事で私は急いで現場へ赴かうとしたのであるが、遂に間に合はなかつた事を、限りなき痛恨としてゐるのである。しかるに今度、松政は出光興産の本部となり、そして私には、いかなる奇縁か、黒木少佐の来《きた》つて時々盃をあげた、焼残りの座敷が割宛てられてあつた。

海に眠る　夢にかよひて　目に見えぬ
　ふしぎのちから　加へたりけむ

一夜明くれば五月二十九日、ラジオで聞く天気予報は雨であつたが、見上げる空に雲こそあれ、雨は降らぬ。おまけに、いよいよ式が始まらうとする頃から、一時日の光も漏れるやうになつた。先づ御祓が厳重に行はれた。御祓に信仰のあつい社長が真剣であり、謹厳であるのに、不思議は無いが、私を驚かせたのは、アメリカ人であるPotter技師である。この人の玉串奉奠は、その進退といひ、拝礼といひ、拍手《かしはで》といひ、一分の隙もなく、一点の弛みもない。これだけの立派な儀礼は、却つて普通の日本人の中には容易に見られないのである。聞くところによれば、この人は、徳山の工事を指導する事、五箇月にして、歎じていふには、自分は日本へ来てPatience（辛抱）を学んだと述懐したといふ。何一つ自分の我儘を云はず、黙々として働いて、倦む事なき社員の姿に神に奉仕する者の誠を見たのであらう。

それについて想起するのは、日光の東照宮である。今では四十年も昔になるが、私は恩師の命を受けて、日光の歴史をしらべた事がある。それまで一般に信ぜられ、学界でも通説となつてゐたところでは、東照宮は寛永に大造替を企てられ、それによつて絢爛《けんらん》目を奪ふ今日の社殿になつたのだとし、そして其の工事は、寛永元年に起工して、三百諸侯に賦課し、天下の名匠を集め、十有三年の長い年月を費して、寛永十三年の四月に漸く竣工したのであると云はれてゐた。然るに私の調査では、それは大きな誤りであつて、寛永十三年四月の落成に間違ひはないが、起工は寛永十一年の九月であつて、施工実に一年半、わづか十九箇月に過ぎず、且つまた後の修繕にこそ、三百諸侯に賦課する所もあつたれ、寛永大造替の際には、一切は将軍家自らまかなふ所であつて、諸大名には何一つ負担せしめなかつた事が明らかになつた。その時に注意した事は、かくの如き敏速鬼神をあざむくほどの工事のかげに、深い祈りのあつた事である。即ち担当の奉行秋元但馬守《あきもとたぢまのかみ》は、非常の決意を以て之に当り、所期の如く進行せん事を祈つて、新たに神社を建て、ひそかに深い祈願をこめてゐたのであつた。神速といつて驚くだけで、等閑に見過ごしはならぬ。偉業のかげには、厳粛なる祈りが存するのである。

さて御祓のすんだ後に、我々はバスに分乗して製油所を一巡し、さて開所式にのぞんだ。これがまた頗る変つてゐる。挨拶や報告のあとで、工事担当の諸会社、それはまとめて云つて百三十九社、細分すれば二百四十社に上るといふのであるが、その一々の功労を吟味し、それぞれ適切なる感謝状が贈られたのである。大抵かやうな場合、贈る主人側の社長は正面中央の位置を占め、贈与を受ける人々は其の前に呼び出され、あだかも校長から卒業証書をいただくといふ形である。しかるに出光社長は之と違ふ。その位置は、テーブルの前面、感謝を受ける人々よりは、下座に当るのである。その時、最初の、従つて最も重い感謝状と記念品とを贈られたのは、アメリカのU・O・P会社であつて、その Secretary の Mr. Wilson が代表して之を受けた。一体此の時の来賓、首相代理もあり、その外の大臣の代理も見えたが、盛んなるはアメリカから海を越えて．わざわざ来り参列した人々の多かつた事であり、而してそれらの人々の態度が真剣であり、且つ友情に充ちてゐる事は、深く私の胸を打つた。それらの人々、いづれも大物であり、お歴々である。曰く、アメリカ銀行の重役（Vice President）Mr. George Curran, 曰く ESSO（Standerd Oil Co.）の社長 Mr. Parker 及びその夫人、曰く、Gulf Oil Co. の重役 Mr. Bartlett, 同じく Mr. McGranahan, 同社の Secretary Mr. Clancy, 曰く、Harper Robinson の重役 Mr. Robinson、ザッとかういふ顔触れである。就中カラン氏は、起つて祝辞を述べたが、それは御座なりの挨拶でなく、率直に思ふところを演述して、誠意溢れる如き感じであつた。予期しなかつたので驚いたのは、最後にU・O・Pから出光社長に対して、懇篤なる感謝状を銅版に刻み、記念品の金時計と共に、贈呈せられた事である。

私は近頃愉快な話を聞いた。それは昭和十九年の三月、ビルマの戦況日々に非となり、我軍インパール撤退のやむなきに至つた時、安部大隊長の指揮する山砲第四中隊（中隊長友田中尉）は、生残りの兵わづか二十人ばかりを数へるのみであつたが、一門の山砲を以てよく敵軍の追撃を阻《はば》み、遂に敵を散乱せしめて味方の撤収を終了せしめるや、今はよしと見て砲を分解し、負傷兵をかついで帰つて来た。之を追撃した英軍の司令官ハースト准将（Hirst）は、終戦直後、特に安部大隊長を招いて、其の勇戦を讃へ、之に感謝状を贈り、且つ紀念の為に安部大隊長帯ぶる所の軍刀の譲与を乞ひ、代りに司令官の旗章を贈つたといふ。英国に武士道の精神未だ朽ちずといふべきである。

同様に今、徳山に見る日米の友誼、これも亦美談といふに憚らぬ。何となれば、戦後随所に見るものは、彼の鼻もちならぬ驕慢倨傲と、我の揉み手する卑屈卑劣とであつた。しかるに出光社長には、毅然たる自主自尊の精神があり、之に対するアメリカの人々は、誠意と友情とに充ちてゐる。これこそ日米の真の提携といふべきであらう。

尊敬と　信頼とあり　日米の

まことの結び　ここにこそあらめ

当日の壇上には、それらのアメリカ人に交つて、一人の異色ある老翁の姿が見られた。それは外ならぬ日田翁である。これ即ち五十年の昔、此の事業の首途《かどで》に当り、出光社長の為に、己の別荘を売却してその代金を贈与し、その自由なる活用に一任して、何の拘束をも加へず、何の報酬をも求められなかつた珍しい人物、出光社長の、従つて出光興産全体の、重大なる恩人である。その五十年前の恩義を忘れず、今日晴れの開所式に招待して、喜びを分たれる態度は、傍《はた》で見てまことにゆかしい光景であつた。

祈りあり　努力あり　人の和協あり

日の本はまた　かくて興らむ

私は徳山へ行き、この式典に列し得た事を深き喜びとするのである。

（昭和三十二年八月）

後記

本書に収むるところは、曾て雑誌「桃李」、後に改題して「日本」に掲げたものであつて、その掲載の年月は、便宜各章の末尾に記して置いた。而してその執筆は、大抵その前月であつて、例外は殆んど無い。

著者の著述、従来公刊し来つたものは、「山河あり」正編の後記に挙げて置いたが、その後の出版を追加すれば、左の通りである。

山　河　あ　り（昭和三十二年十月、立花書房発行）

大日本史の研究（監修、同年十一月、立花書房発行）

續々山河あり

平泉澄 著

自序

不思議なる運命は、戦後七八年の間、私に命ずるに、山中の退隠蟄居《ちつきよ》を以てし、而して其後の数年、私に許すに、四方の縦横歴遊を以てした。もとよりそれは、風流文雅の旅でも無ければ、有閑観光の為でも無い。いはば辛苦藍関《らんくわん》を越え、深憂零丁《れいてい》を渡るもの、山水を探り、人物を求めて、祖国の将来を卜《ぼく》し、深くその再興を祈るのであつた。かくして得たる小文、先きに「山河あり」「続山河あり」の二巻に収めたが、其の後執筆した所をまとめて、更に「続々山河あり」とした。大方の清鑑を得るならば、幸甚である。

昭和三十六年春

平　泉　澄

一　大神神社

春にあけて　先づ看る書《みふみ》も　天地の
　始の時と　読みいづるかな

とは、橘曙覧《たちばなのあけみ》が、正月の元日に古事記を手にして詠《よ》んだ歌であるが、今新年を迎へて、先づ大神《おほみわ》神社に就いて述べる事の出来るのは、私の大きな喜びである。

大神神社は、大和の一の宮、即ち大和に在つては最高最重の神社として尊ばれ、また全国に於いて二十二社の一として、石清水《いはしみづ》、賀茂、春日《かすが》、石上《いそのかみ》、住吉、日吉《ひえ》等の諸社と共に、朝野の崇敬、他に異なるところであつた。その由緒の尊く、歴史の古い事は、何よりも先きに、その社名によつて察せられるであらう。即ち此の神社の名は、文字に書いては大神神社と書き、読んでは之をおほみわ神社といふのである。そして此の神社の鎮座し給ふ此の地一帯は、古く大神の郷と呼ばれた。その大神の郷のよみ方について、和名抄の流布本には、於保無知と註してあるので、それをそのまま信用して、大神をおほむちとよんだと考へ、神代巻に、たとへば「おほあなむちの神」を、「大己貴神」と書いてあるのを連想して、「貴」をむちとよむが如く、「神」をもむちとよんだので、むちとは尊貴を指す語であらうといふ説を立てた人もあつたが、本居宣長は之に反対して、和名抄流布本に於保無知と書いてゐるのは、伝写の誤りであつて、正しくは於保無和即ちおほむわであつたゞらう、そしてむとみとは通ずるのであるから、即ち是れおほみわの郷と呼ばれたに相違ないと論じた。その説は古事記伝巻二十三に見えてゐるが、まことに卓見といふべきであつて、平安朝の末期に写された高山寺本和名抄には、大神の郷のよみ方を、明確に於保無和と註してゐるのである。いまだ其の古本を見るに及ばずして、はやく詭偽《くわぎ》を看破された本居翁の卓見は、感歎に価《あたひ》するであらう。そしてかやうに此の神社がおほみわ神社と呼ばれ、此の郷がおほみわの郷と名づけられて、しかも其の文字に大神の二字を用ゐられたのは、当社が古代に在つては、当地方唯一無二の神社であつた事、いや唯一無二といつても稍《やや》誤解を招くであらう、抜群絶倫、遠く他社よりぬきんでた尊神であり大社であつて、大神とさへいへば、まぎれもなく直ちに三輪の大神を指した事実を語るものである。それは後世に大師といへば直ちに弘法大師を指し、太閤といへばそのまま豊太閤として理解せられたのと同様であつて、代表的な一者が他の同類を吸収して、普通名詞が固有名詞に転化してゆく面白い現象が、古くここにも見られるのである。

日本書紀の神代の巻に収めてある一書に、大国主神《おほくにぬしの》、またの名は大物主神《おほものぬしの》と申し、少彦名命《すくなひこなのみこと》と力をあはせ心を一つにして天下を経営し、また療病《れうびやう》の法を定めて庶民の生活を安定せしめられた後、出雲に到つて御自身の幸魂奇魂《さきみたまくしみたま》に逢ひ、その希望にまかせて大和の三諸《みもろ》の山に宮をつくつて鎮座せしめ給うたのが、即ちこれ大三輪《おほみわ》の神であると記されて居るのは、此の神社の創始を語るものであり、また日本書紀崇神《すじん》天皇七年の条に、疫病流行して天下穏やかでなかつたので、神に祈られたところ、大物主神を祭るに、その子孫である大田田根子をして祭らしめ給ふならば、世の中穏やかに治まるであらうとの神託を蒙り、よつて大田田根子をさがし求めて神主とせられた事が見え、更にその翌年の条に、大田田根子を以て大神《おほみかみ》を祭らしめ、活日《いくひ》を以て大神《おほみわ》の掌酒《さかひと》とし給うた事が見えてゐるのは、此の神社の規模格式職制の大いに整備した事を語るものである。

神代は悠遠、しばらく之を措《お》かう。崇神天皇の七年といへば、皇紀五七〇年、西暦紀元前九一年に当る。しかし日本書紀の紀年には誤りがあるので、今明らかに年代の知られる仁徳《にんとく》天皇の御代（西暦四二一年）より逆算する時は、凡そ西暦二四〇年頃が、崇神天皇の御代となるであらう。しからばそれは今より凡そ千七八百年前の事である。大神神社の規模格式が定まり、神官神職の職制が整つたのは、かやうに古い古い時代の事であつた。

特に社名に大の字を冠しておほみわと呼ばれるほど、規模の雄大であり、格式の厳重になつたのが、千七八百年も前の事であるとすれば、此の神社は極めて古く、或いは最も古い神社であつたとしなければならぬ。否、古い神社であつたのでは無い。その古い神社が、今現にあるのである。古い時代の元の形を失はず、本来の精神をそのまま伝へて、といふよりは、寧《むし》ろますます之を発揮して、今日在るのである。驚くべきは、実に此の点にある。

無論その長い長い間に、変化変遷が無かつたわけでは無い。謡曲の「三輪《みわ》」を見るに、三輪の山かげに玄賓僧都《げんぴんそうづ》草庵を構へて住んでゐたところ、三輪明神女性《によしやう》の姿にて訪ね、秋も夜寒になつて来た。衣を一重《ひとへ》所望したいと申出られたので、喜んで衣を贈り、さて御身はいづくに住む人ぞと問うたところ、「我が庵《いほ》は、三輪の山もと、恋しくば、とぶらひきませ、杉たてるかど」と言ひ捨てて、かき消すごとく失《う》せた。僧都草庵を立ち出でて、三輪の里に赴くに、杉の二本《ふたもと》立てるに、彼の女人《によにん》に与へた衣がかかつてゐた、それより神容を拝し、神代の物語を承つたとある。「我が庵は三輪の山もと」云々といふ歌は、古今集にも収められて、古くより有名な歌であるが、それを三輪明神の御作とするのも、古今六帖に見えて、随分古くからの事と察せられる。それが謡曲三輪になつては、神も仏教によつて救はれるといふ、仏教本位の説話になつてくるのであるが、実際中世の三輪は、仏教まことに盛んであつて、殆んど本末を顚倒《てんたう》する勢《いきほひ》を示した。

大神神社に伝はる古図の中に、気品の高い筆致で、神山を描き、その周囲の社殿や寺院を写し出した一幅がある。

いつごろに画かれたものか、明記して無いが、一見しては慶長頃かと思はれた。或いは之を室町時代のものであらうと推定した人もあるといふ事である。とにかく三百数十年以前の作であらうが、之を見るに、拝殿の周囲に、大般若経蔵があり、護摩《ごま》所があり、若宮即ち大田田根子命を祀る摂社大直禰子《おほたたねこ》神社を中心としては大三輪寺が栄え、また向つて右の谷には平等寺の伽藍堂塔僧坊甍《いらか》を並べてゐるのであつて、いかにも仏教全盛の面影を伝へてゐる。しかるにそれらの伽藍や僧坊は、今日一つも存在しない。或いは畠となり、或いは竹藪となつて、その跡を尋ねる事もむつかしいのである。蓋《けだ》し明治初年の廃仏毀釈《はいぶつきしやく》によつて、一気に一掃せられて了《しま》つたのである。大神神社の境内及び隣接地の外観は、ここに於いて一変した。まことに大変革といふべきであらう。今は勝林寺の大日堂に安置せられてゐる国宝十一面観音の木像も、元は大三輪寺にあつたのが、明治初年に廃棄せられたのであるといふ。変革の激しかつた事、以て推知すべきであらう。

　慶長頃の古図に於いて、繁栄を誇つてゐた堂塔僧坊は、地を掃つて失はれて了つた。時代のうつりゆきにつれての変遷を、この地も亦免《まぬが》れる事は出来なかつたのである。惜しいと言へば、惜しい気もするが、しかし考へて見れば、それらはいづれも後世偶然の付属添加であつて、いはば仏教全盛の時代に、しばし装《よそほひ》を飾つたアクセサリーに過ぎない。あれば、あつて賑やかではあるが、それに眩惑して本質を見る事は容易であるまい。無ければ、無くて寂しいやうではあるが、却つて本来の真面目をうかがふに便利である。事実、明治初年の変革は、付属添加をこそ一掃したれ、大神神社に本来存したもの、その本質的なものは、何一つ失ふ事なく、却《かへ》つて其の強化発揮に役立つたのである。

　大神神社に於いて最も大切な事は、三輪の神山である。一口にここでは山を御神体とするといふのであるが、山が御神体では無くて、山を御神座とするのであらう。山をただちに御神座とするが故に、別に神殿本社を設ける事をせず、山に向つて鳥居を立て、拝殿を造つて、祭儀を修めるのである。或いは日本書紀神代の巻に、三諸《みもろ》の山に宮をつくるとあるによつて、古くはやはり本殿が造られ、後にそれが廃せられたのであらうとの説を立てる人もあるが、大神神社と呼ばれ、書かれるほど、他社の比肩を許さざる格式の高い当社が、いつのまにか本殿が無くなるといふ事はあるまい。書紀に宮をつくるとあるのは、山の神聖を保護規制し、鳥居や拝殿を設備した事を指すものに外ならないであらう。

三諸の山に宮をつくるとあるが、元をいへば此の山を神聖にし、此の山を神座として、此処に神の鎮座ましますやうにしたので、それより山を名づけて「みむろ」といひ、文字を宛てて三諸としたのであらう。鹿持《かもち》雅澄の説に、三諸は借字《かり》であつて、正しくは御室《みむろ》であるべく、神をいませまつる御室の事であるといひ、万葉集第三巻に、「わがやどに、みもろを立てて、枕辺に、斎戸《いはひべ》をすゑ」とあるのをその一例としてゐる。さて其の三諸の山、即ち三輪の神山は、周廻四里に上る大きい山であるが、古来深く神威をかしこみ、何人も此の聖域を犯すものが無いので、樫椎椿など鬱葱《うつさう》として茂り、完全に原始林の形態を存し、その神秘幽玄、参り詣でる人々を魅《み》せずには措かぬ。山の形の美しさ、木々の茂みの神々しさは、昔より人々のあこがれて止まなかつた所で、近江遷都の際には、皇太子此の山との別れを惜しまれて、長い御歌をよみ給ひ、その反歌《かへしうた》に、

三輪山を　しかもかくすか　雲だにも　こころあらなむ　かくさふべしや

と歌はせ給ひ、また柿本人麿《かきのもとのひとまろ》は、

いにしへに　ありけむ人も　わが如《ごと》か　三輪の檜原《ひはら》に　かざし折りけむ

ゆく川の　過ぎにし人の　手折らねば　うらぶれ立てり　三輪の檜原は

など歌ひつつ、此の神社に参詣したのであつた。

崇神天皇が活日《いくひ》を以て当社の掌酒《さかひと》とし給うた事は、既に述べたが、その醸造の妙術、長く伝はつて、当社の美酒は、世にうたはれたと見え、万葉集には、「みわの山」の枕詞が「うまさけ」となつて居り、「うまさけ」といへば、直ちに三輪が連想せられてゐる。たとへば、

味酒《うまさけ》を　みわの祝《はふり》が　いはふ杉　手触れし罪か　君にあひがたき

又は、

味酒を　三輪の祝が　山照らす　秋の黄葉《もみぢ》の　散らまく惜しも

などが、それである。その万葉時代の人々がひざまづき、なつかしんだ三輪の神山は、神秘の山容、幽玄の林相、少しも変らずして、今日に至つてゐるのである。

御山の姿のみでは無い、鳥居も名高い三輪鳥居、昔ながらの特色ある建て方である。拝殿は寛文年間の造営であるが、よく古式を伝へて国宝に指定せられてゐる。掌酒《さかひと》の祖先をまつる活日の社もあれば、延喜式にいはゆる狭井《さゐ》に坐《ま》す大神《おほみわ》の荒魂《あらみたま》の神社もあつて、そこでは春の終りに鎮花祭が厳重に行はれ、古式に従つて忍冬《すひかづら》や山百合が供へられるといふ。鎮花祭とは、春の花の散る頃に、疫病の神が分散して害をなすので、之を鎮める為に毎年必ず此の祭を行ふと、令義解《りやうのぎげ》に見えてゐる、由緒の古いお祭である。

大神《おほみわ》神社本来の規模結構のかやうに儼存してゐるばかりではない、その熱烈なる信仰が今に生きてゐるのである。

私の参詣した日は、折あしく雨風であつた。ところが其の雨風をも厭《いと》はず、社頭は参拝の人で雑沓《ざつたう》してゐた。正式に御祈禱を請ふ人だけでも、年に六万五千、一日平均二百といふ事である。信仰が厚く、療病《れうびやう》の神威いやちこである為

であらう、氏子四千二百戸のうち、八十歳以上の老人二百七十五人、九十歳以上の高齢者十七人にも上るといふ。
脈々として古い伝統の伝はり、潑剌《はつらつ》として生命にみちてゐる大神神社の社頭に立つて、私はそぞろにデルフォイの神殿を連想した。デルフォイの神威のいやちこであつて、その神託の重んぜられた事は、ギリシヤ古代の歴史に於いて、極めて顕著な事実であつた。しかるにそれは後世見るも無慚《むざん》に破壊せられて、今はただ廃墟を残すのみである。私がそこをおとづれたのは、秋も半《なかば》を過ぎた頃で、日の光は美しく全山に照らしてゐたが、折れたる大理石の柱や、首や手足を失つた神像の破片の狼藉たる中に徘徊する事、数時間であつたが、空飛ぶ小鳥の外は、殆んど生ける物を見ず、大いなる墓地に在るが如き、寂寥空虚の悲しみに堪へなかつた。そのデルフォイと、此の大神神社と、ああ何といふ相違、何といふ対照であらうか。曾てラフカヂオ・ハーンは、今は消え去つたギリシヤ文化の世界に、しばらくでもよいから、生きて見たいとは、人の往々にして希望する所であつたが、二千年前のギリシヤに生れかはる以上に、驚くべく悦ぶべきものを、今の日本に見ると言つたが、大神神社の社頭に立つて、私のしみじみと感じたのは、正に其の点であつた。

（昭和三十五年一月）

二　母

母を思ふ事は、私に於いて只涙である。早く別れたといふわけでは無い。母の亡《な》くなつた時、母は七十二歳であつたし、私は四十二歳であつた。母に於いては天寿を全うしたのであり、私に在つては、四十二の壮年に至るまで孝養し得たのであつたから、母子《おやこ》の縁は厚かつたといはねばならぬが、それにも拘らず、母を思ふ時、私は涙なきを得ないのである。

母の名は貞、越前勝山藩士島田清右衛門将恕の長女として、慶応元年三月十二日に生れた。島田の家は、福井藩士島田清左衛門の分流であつて、本家はもと二千石、ついで千五百石、更に藩の減封に応じて七百五十石になつたが、その本家から分れて勝山に移つたものらしい（島田墨仙画伯の家も、やはり分家の一つであつて、従つて母の里とは同族である事を、漸く数年前に知つた）。無論藩も小さいのであるから、禄も微々たるものであつたが、祖父は青年時代に京都に出て、漢詩を遠山雲如に学び、転じて大坂に赴き、藤沢東畡《がい》に就いて孫子《そんし》を学んだ。後に雲如の訃報に接しては、「裂素伝へ来つて只夢かと疑ふ、満簾の槐影日沈む時」と歌ひ、東畡の永眠を聞いては、「関西是より経術無し、湖北当今馬塵むらがる」と歎いたのは、その為である。やがて慶応二年六月、家督を相続し、明治元年五月惣奉行に抜擢せられた。時に年三十六歳であつたが、維新の重大なる時局に直面して、藩政の改革に当つたので、嫉視反目も多かつたと見え、勝山の城の大手門外、一夜高札を立てて、「御首御用心なさるべく候」と書く者があつて、その御首といふのは、実に祖父をさすものであつたといふ事を、私は少年の日に土地の古老から聞かされた。その後、版籍奉還、廃藩置県と、大事相ついで起つたので、藩政に当る者は、非常な苦労であつたらうが、祖父はよく之に堪へて、明治五年には足羽《あすは》県出仕となつた。しかるに不幸は突如として湧き出でて、その年三月嫌疑を受けて檻送《かんそう》せられ、十月に至つて、禁錮三箇年の刑が申渡された。時に祖父は四十歳であつて、その長女である私の母は八歳であつた。

疑獄の内容は、次の通りであつた。勝山藩はもともと二万三千石の小藩であつて、殊に幕末には財政窮迫してゐた。しかるに明治維新の大事に際会して、奥羽征討の軍資金その他の調達に苦しんでゐた時、清水磯吉といふ東京の御用商人が、快く金弐万両の融通をしてくれたので、万事滞りなく運ぶ事が出来た。しかるに明治三年に至り、清水に何か別の不都合があつて、家産は没収せられ、本人は三箇年の徒刑《とけい》となつた。越えて明治四年、藩が廃せられて、藩の財産を政府に引継ぐに際し、清水への負債をありのままに書出しては、本人に返却せられる見込みが無く、清水の好意に対して余りに気の毒だといふので、これも勝山藩年来の金主深川の福島弥兵衛に依頼して、福島名義の負債に書きかへ、返弁の時には清水の家族に渡されるやうに仕組んだのが、法に照らして罪を問はれる事となつたのである。従つて刑を受けた者は、勝山藩の重職五六名に上つたが、会計の主任として祖父が最も重い責任を取つたのであつた。

事は好意に出で親切に発したものであつて、毫も私利私欲を交へたものでなかつたので、禁錮の刑期満つると間もなく、祖父は敦賀県出仕となり、裁判官に任ぜられた。時に明治九年、祖父は四十四歳、私の母は十二歳であつた。そして十一年には大野区裁判所長となり、十四年には大野治安裁判所長に任ぜられた。一たび下獄してより後は、名を改めて静処と称してゐたのに、不思議なる運命は、出獄の人を任ずるに裁判所長の官職を以てしたのであつた。

漸くにして春立ち帰る感じのした母の家に、やがて再び不幸はおとづれて来た。祖父の死、これである。祖父は十五年五月十七日急逝した。時に五十歳である。十八歳の私の母を最年長とする六人の遺児を抱へて、祖母はこれより惨澹《さんたん》たる生活の苦を凌がねばならなかつた。私は幼少の時分に、祖母の家へつれられて行つて、祖母がいつも自ら機《はた》を織つてゐるのを見たが、自ら機を織つて一家を支へて、遂に長男を地方長官たらしめ、次男を専売局長たらしめ、そして三男を海軍少将に進ましめたのは、祖母もまた実にすぐれた人であつたと云つてよいかと思はれる。

私の母は、その幼少の時に父の下獄にあひ、そして十八歳の娘盛りに父の死にあつた。母は当時を回想するたびに、いたましき想出に涙するのであつたが、同時にかくの如き苦難を凌いで来た経験が、その一人息子である私を訓練するに、鉄の如き意志を以てせしめた。私には姉もあり、妹もあつた。その姉や妹に対してはさうでは無かつたが、男子である私に対しては、教戒時に頗る峻厳であつた。

無論母は、いつもきびしかつたわけでは無い。むしろ平素は涙もろい、心やさしい人であり、殊に私の幼少の時には、只慈愛の人として仰ぎ見られたのであつた。母の想出の最も古い一つは、恐らく私の三歳か四歳の頃であつたら う、姉や姉の友達につれられて白山神社へ参り、本社の前の狛犬《こまいぬ》の乗せてある石組を這ひ上つた時に、雨が降り出して来たので、姉や姉の友達は、みんな家へ帰つて了つた。私と年齢があまり違つてゐなかつたので、誰も私をおろす事が出来なかつたのであらう。私自身は、這ひ上るには上つたが、おりる事は出来ないので、仕方なく狛犬の前足にしがみついて、泣いてゐた。かなり時がたつてから母が姉から話を聞いて、迎へに来てくれられた。「蛇《じや》の目でお迎へ、うれしいな」所の騒ぎでは無い、無人島にひとり、とり残されたやうな心細さに泣きわめいてゐた時、母の傘が、拝殿の側面に見えて、「オウオウ、かはいさうに」といひながら近づいて来られた時のうれしさを、私は今に忘れる事は出来ないのである。

母の里帰りにつれられて、一里離れた町へゆく事も折々あつたが、その想出もまた楽しい。母は私を退屈させないやうに、二つの目標を私に与へられた。一つは町へ近づいてから、道の傍に小川が現れると、母は目高を指し、私が喜んでそれを見てゐると、「また向ふにもゐるよ」と先きを指される。次々と目高を追うて、いつの間にか祖母の家へついて了ふのであつたが、これは別に変つた事では無い。変つてゐたのは、馬糞踏みである。その時分には今と違つて、馬が多く、道にはあちこち馬糞が落ちてゐた。母がいふには、「馬は足の強いものである、馬糞を踏めば、人も足が強くなる、澄《きよし》も馬糞を踏んで、足を丈夫にするがよい、そら、そこにあるよ、また向ふにあるよ。」私はまるで飛石伝ひにあるくかのやうに、馬糞踏みに夢中になつてゐるうちに、いつの間にか一里の道の大半は過ぎて、やがて小川の目高が現れるのであつた。

幼少の時分に母に教はつたものの一つは、百人一首である。木版の大きな古い本で、一頁に一人づつ肖像が描かれてゐた。母はその本を読む時も、カルタをとる時も、必ず作者の名から始めたので、私共も名と歌とを一緒にして覚え、それが一生忘れ得ないものとなつた。たとへば、「中納言行平、立ちわかれいなばの山の峯におふる」であり、「貞信公《ていしんこう》、をぐら山峯のもみぢ葉心あらば」であり、「法性寺入道前関白太政大臣《さきのくわんぱく》、わたの原こぎいでて見れば久方の」であり、「皇嘉門院別当、難波江のあしのかりねのひとよゆゑ」である。恐ろしいのは幼少の日の記憶力である。炬燵《こたつ》の中で、母の膝に抱かれて之を覚えて、それが今、白髪漸く多きを加ふるに及んでも、「まつとしきかば」は、「立ちわかれ」よりは、「中納言行平」と結びつき、「みをつくしてや」は、「難波江の」よりは、「皇嘉門院別当」と連なつてゐるのである。

母は子供に金銭を与へず、金銭を扱ふ事を許さなかつた。その為に私は、十三歳にして家を離れ、大野中学へ入るまで、銭《ぜに》で物を買つた事が無かつた。「金《かね》には無頓着であれ、利害損得を言ふな、」といふのが、子供の時の仕附《しつけ》であつた。私が一生金の勘定が出来ないのは、蓋し此の時分からの慣習《ならひ》、性となつたのであらうか。

母の教戒のきびしさ、骨身に徹したのは、稍《やや》長じて小学校の三年、九つの時分であつたと思ふ。何心なく家を出て、門の前の数多い石段を下りて、村の中へ遊びに出た時、折から村に集会があつたと見えて、大勢の村人が集まり、盛んに何か論じてゐた。私は何となく気おくれがして、之を避けて、木がくれに別の道へ出た。それを母が、どこから、どうして見てゐたのか、家へ帰つてから、きびしく叱られた。「お前は何故道を避けて、コソコソと隠れるやうな真似をしたのか、何か悪い事をした覚《おぼえ》があるのか、覚が無ければ、真直《まつすぐ》に進むがよい、相手が大人《おとな》であらうが、また幾十人幾百人居らうが、それを恐れる必要はない、凡そ男子の最も愧《は》づべきは、卑怯であり、臆病である、どんな事があつても、道を避けたり、人に隠れたりしてはならぬ、正しい人間を、神様は見て居て下さるのである。」一生の間に、此の時ほど恐ろしく叱られた事は無く、此の教へほど肺腑《はいふ》にしみわたつた言葉は無い。それまでは只やさしい母と思つてゐたのに、此の時ばかりは峻厳を極めた。いや、此の時ばかりといふのは違ふ。之を手始めとして、私の年齢が十代に入ると、母の教へは、その一人息子であり、従つて母の生涯の一切の希望をかける私に対しては、次第にきびしさを増して来たのであつた。

物の言ひ方は、むつかしいものである。かやうにいへば、私の母は、小言《こごと》八百、口やかましい人であつたかのやうに、誤解せられるであらう。事実は之に反する。母はよく他人《ひと》に向つて、「此の子は小言をいはさない子で」と、私を指してゐたし、私も母に叱られた事は、一生を通じて四五回しか無かつたと思ふ。然し母は常に私を注意深く見守つてゐて、一たび私が道を踏みはづすや否や、教誡の鞭は容赦なく、いや涙ながらに、下されるのであつた。

中学生の時であつた。友達と山遊びに行く約束をして、それを母に告げた。母は、誰れと行くのかと尋ねた。私は友達とふざけてゐた直後で、つい「誰々の馬鹿とです」と答へた。母の顔色が、サーツと変つた。「澄、何を云ふか、馬鹿とは何だ、大切な友達では無いか。本気で云つた言葉では無論あるまいが、親しき中にも礼儀あり、二度とさういふふざけた物言ひをするのでは無い」。私は恐縮して一言も無かつた。

その中学も卒業に近づいた時の事である。高等学校から東大へと進路をきめて、その進入の準備をしてゐた時分、何かのはずみに、「さてうまく行くか知ら」と独言《ひとりごと》を言つた。風呂をたきながら、之を聞きつけたのが、母である。母は云ふ、「何といふ卑怯な事をいふのか、すべて男子は、慎重に計画を立てた以上、必ず之をやりとげるべきであつて、出来るだらうか、どうだらうなどといふ疑ひをもつべきでない、何故必ず成しとげますと云はないのか」。私は慚愧した。

私が母に叱られた数回の、主なる内容は、ほぼ上述の通りである。数から言へば、決して多かつたわけでは無い。しかもこれが、実に私の一生を決定したのである。交遊の関係に於いて、私が友達とふざける事なく、人が評して冷やかであるといふ程に、礼を失はずに来たのは、「親しき中にも礼儀あり」といふ母の戒《いましめ》によつた為であり、事を行ふに当つて、狐疑逡巡する事なく、直往邁進して顧みないのも、母の訓戒が肝に銘じた為である。殊に私の性格に、甚大なる影響を与へたもの、といふよりは、私の性格を決定したものは、最初に叱られた彼《か》の「人を避け道を曲げてはならぬ」といふ戒である。私は一生の半途にして、はからずも国家内外多事多難の秋《とき》に際会し、風塵の中に立ち、飛沫をあび、遂には幽谷に沈淪するに至つたが、百千の疑惑を受けて、一言の弁解を潔しとせず、天下の大勢に抗衡《かうかう》して、毫末も自ら疑はざる気象は、実に少年の日の母の訓誡に養はれたのであつた。

（昭和三十三年五月）

三　近衛公

近衛文麿公は、貴族中の貴族、重臣中の重臣であつた。近衛家は、いふまでもなく名門藤原氏の本幹であり、所謂五摂家の筆頭であつて、先祖を尋ぬれば、御堂関白道長、更に溯れば藤原鎌足、なほも溯れば天児屋根命、代々枢機に参与し、国政を担当して、国家と浮沈を共にした家であり、父は貴族院議長篤麿公、母は加賀百万石の前田家の生れであつたから、出自の高貴なるは、いふまでもなく、而して公自ら貴族院議長に選ばれ、内閣総理大臣に親任せられて、組閣は前後三回に及んだのであるから、閲歴声望に於いて、嶄然《ざんぜん》群を抜き他を圧した事も、論を待たぬ。しかしながら、今ここに公を以て、貴族中の貴族、重臣中の重臣といふは、単にその家柄と経歴とを以て推称するのでは無い。

公は身長五尺九寸余、体重十七貫、日本人としては抜群の高さであつて、しかも肉附もよく之に調和し、全体として風姿頗る端雅であつた。平家物語を見るに、小松内大臣重盛は、容儀帯佩《ようぎたいはい》人にすぐれ、才智才学世に超《こ》えたりとして、世の人々より感歎せられたとあるが、此の讃辞は、そのまま近衛公に移してよいであらう。紀元二千六百年の式典の挙行せられた時、二重橋前の広場を埋めつくす内外の貴顕高官の中にあつて、階段を上下する公爵の英姿の、水際立つた見事さは、当時式典に参列したる者の、一生忘れ得ざるところであらう。しかもそれは、ひとり其の外形風姿に於いてのみでは無い。ひとたび公と語つた者は、その叡智神識の、高邁にして透徹せる事、殆んど常人と類を異にするを悟つたであらう。若し夫れ皇室に対する忠貞の至情に於いては、古今に比倫すくなしと云つてよいであらうと思はれる。公を以て貴族中の貴族、重臣中の重臣とするのは、ひとり其の出自閥歴の高貴なるのみならず、公の人柄が、その外形に於いても、その精神に於いても、衆人の悦服歎称する所であつて、いかにも国家を双肩に担ふ大器であつた為である。

容儀帯佩人にすぐれ、才智才学世に超えたる平重盛は、衆望の帰する事厚くして、一たび「我を我と思はん者共は、皆物具《もののぐ》して馳《はせ》参れ」といへば、京の内外に溢れゐたる武士、我れ先きにと馳せ集まつて、或いは鎧《よろひ》着ていまだ甲《かぶと》を著《つ》けず、或いは矢を負うていまだ弓を持たず、片鐙《かたあぶみ》ふむやふまずに、あわてさわいで、小松殿へ参つたといふ。これはまた其のまま移して、近衛公の唱導せらるる新体制の大旆《たいはい》の前に、政党政派、先きを争つて解消し、なだれを打つて馳せ集まり、挙国一致の体制を成した往年の政情を形容してよいであらう。

不幸にして事、志と違ひ、内に於いては軍を完全に統括し得ず、外に於いて支那及び米国との外交交渉、結局失敗に終り、国の大難となり、身の破滅となつたが、それは時勢のやむを得ざる所であつて、公を悲しむはよし、公を責むるは当らぬであらう。私は公の知遇を得た者の一人として、しばしば公を回想し、思慕敬仰に堪へずして、時に永田町の旧邸のあたりをさまよふのであるが、最近にはまた今は人手に渡りたる軽井沢の別荘を望み見て感慨止みがたく、ここに公の逸事一則を記さうと思立つに至つた。

逸事といふのは外でも無い。宇垣内閣流産の時の公の態度である。昭和十一年、二・二六事件の後に、その跡始末をつける使命を帯びて成立した広田内閣は、翌昭和十二年の正月に至つて、軍部と政党との衝突によつて暗礁に乗り上げた。即ち正月二十一日、政友会の浜田国松氏が、軍部の政治干与を痛烈に非難するや、寺内陸軍大臣は、軍に対する侮辱として憤激し、政党に対して一撃を加へるべく、議会の解散を主張し、広田首相は、陸軍の強硬態度を奈何《いかん》ともする能はずして、二十三日総辞職して了つた。興津《おきつ》に在つた元老西園寺公は、当時病気であつて、御下問にあづかつても上京出来なかつた為に、湯浅内大臣が興津に赴いて西園寺公の意見を聴き、帰京して之を上奏し、その結果正月二十四日の夜、組閣の大命は宇垣大将に下り、大将は勇躍して直ちに組閣工作を始めたが、之に対し、断乎たる態度と、周到なる結束とを以て、反対し、反対といふよりは、むしろ反撃して来たのが、陸軍当局であつた。その趣旨とする所は、宇垣大将は昭和六年の三月事件の中心人物であつて、その三月事件が尾を引いて、同年の十月事件となり、翌七年の五・一五事件となり、更に十一年の二・二六事件となつたのであるから、その宇垣大将の出馬は、陸軍の派閥抗争を再燃激化させるおそれありといふに在つた。かくて陸軍は、「軍の総意」として宇垣内閣に反対である事を声明し、杉山教育総監をして、宇垣大将を訪問して、組閣拝辞を勧告せしめ、極めて強硬に対抗し、流石《さすが》の宇垣大将を、手も足も出し得ざる窮地に追込んだ。

宇垣大将の組閣本部と、寺内陸相を中心とする陸軍当局との対立の激化してゐた正月二十五日の正午の事である。私は東京帝国大学で午前中の講義を終つて、昼食の為に曙町の自宅へ帰つて来た。恐らく少年の日に赤痢をわづらつた為であらう、私はいつも胃腸が弱く、外食すれば腹をいためる事が多かつた為に、不便でもあり、交際にも欠ける所があるけれども、背に腹はかへられず、出来るだけ自宅へ帰つて食事する事にしてゐたのである。ところが帰つて見ると、近衛家からお電話であつたと云ふ。早速おかけすると、公爵御自身電話に出られて、「相談したい事があるから、すぐに来て貰ひたい」とのお話である。そこで、「それでは、これから食事をいたしまして、すみ次第、参上いたします」とお答へすると、「イヤ、食事せずに来て下さい、私も食事せずに待つてゐます、御一緒に食事しながら相談しませう」と云はれる。かしこまつて、すぐに自動車で、永田町のお邸《やしき》へかけつけた。

「どういふ御用でございませうか。」

「宇垣大将の組閣に対して、陸軍が強硬に反対してゐる事を、知つて居られますか。」

「新聞で承知して居ります。」

「その陸軍の態度を正しいと思はれますか。」

「正しくないと思ひます。」

「どの点が正しくないのですか。」

「陸海軍は、陛下が股肱と頼ませ給ふ所でありますから、勅命を奉じ、勅命に従つて一意御奉公すべきであります。しかるに只今は宇垣大将に組閣の大命が下つたのでありますから、その組閣に反対するといふ事は、勅命に違背し、大権を干犯《かんぱん》する事になります。勿論それぞれの個人が、宇垣内閣の陸軍大臣を辞退するといふ事は、それは其の人の自由でありませう。しかし陸軍の総意として宇垣内閣を拒否したり、陸軍の三長官会議に於いて陸相を出さない決議をしたりする事は、許さるべきでありますまい。」

「本当に、さう考へられますか。」

「本当に、さう考へます。」

「実は自分もさう考へるのですが、午前中二三の人に相談すると、皆陸軍の態度でよいのだといひ、その中の一人は只今また名刺を届けて来て、同じ趣旨をくりかへしてゐます。」

その名刺を示されたので、手に取つて見ると、前の京大教授法学博士某氏のものであつた。公は更にたづねられる。

「それでは私はどうしたらよいと思はれますか。」

「平泉などでありますれば、致方ありませぬが、公爵の御立場から申しますと、陸軍に申入れをなさつて其の反省を要求せられるとよいと思ひます。」

「ただ問題があります。それは陸軍が宇垣内閣に反対してゐるのは、その底意《そこい》として、近衛内閣を期待してゐるのです。従つて、今、私が陸軍に反対し、陸軍を相手に廻すとなれば、私の将来は暗澹《あんたん》たるものになるでせう。」

「よいではありませぬか。近衛家は、その由緒・歴史の上から、推しも推されもせぬ名門であり、重臣であります。総理大臣になられようと、なられるまいと、毫も公爵の威厳を上下するものでありませぬ。公爵家としては、ただただ天皇の大権をお守りする事だけを御考へになるべきで、それ以外の事は、御考へになる必要はございませぬでせう。」

「いかにもさうですね。自分の将来はどうなつてもよい、やりませう。ついては、陸軍に与へる文案を書いてくれませせぬか。」

「かしこまりました。自宅へかへりまして、すぐにしたためまして、お届け申上げます。」

それから昼食を御馳走になつて辞去したが、間もなくお届けした文案は、左の通りであつた。

「拝呈、先以て御清福、奉賀候、さて此度、大命、宇垣大将に降下相成候に就いて、陸軍に於いては、段々会議ありたる結果、絶対反対を表明せられたる由、新聞に相見え申候、もとより新聞に見ゆるのみにて、事実を審にせず候へども、政策に就いて是非を論ずる場合ならばいざ知らず、大命降下の後に於いて、大命を承れる人その者を拒否するといふは、大義の上に於いて穏やかならざるやう存ぜられ候、無論かくいふは、別に宇垣内閣の成立を希望するといふ意味にては無之、賛否を論ぜず、好悪《かうを》に拘はらず、国体の上より大権を仰ぎ、大義を論じ候而已《のみ》、凡そ国家、大義名分より重きはなし、もし今ここに僅かの汚点を印する時は、将来或いは上下顚倒、秩序紊乱の勢を馴致せん事、深憂に堪へず、敢て一書を裁して、御賢慮相煩はし候次第に御座候、　敬具

昭和十二年一月二十五日　　　　　　　　　　近衛文麿

陸軍大臣寺内大将閣下」

やがて二月の一日に公爵に御目にかかる機会があつたので、「あの手紙はお出しになりましたか」とお尋ねしたところ、「あの日すぐに出しました、文案の通りですが、二字だけ加へました」と云はれる。「二字といはれますのは」「穏やかならざるの上に、甚だの二字を加へたのです。」公のお言葉は、さわやかであつて、眉宇《びう》には凛然たる気魄が溢れてゐた。

宇垣大将が如何にしても陸軍の協力を得る能はずして、正月二十九日涙を呑んで組閣を断念し、大命を拝辞するに至つた事、その後大命は林銑《せん》十郎大将に下つて、やがて林内閣の成立を見るに至つた事は、周知の通りである。即ち陸軍の横車によつて、宇垣内閣は流産せしめられたが、同時に軍の一部がひそかに計画した近衛内閣案も潰れ去つたのであつた。その間に於ける人々の陰謀と暗躍、野心と狂奔、眉をひそめしむるもの多かつた中に、ひとり近衛公の態度の、何といふ清明、忠直、そして豪胆であつたらうか。陸軍の勢力の、跡方もなく消え去つて十数年を経た今日に於いては、事情を理解するに頗る困難であらうが、昭和十二年の当時に在つては、

「今次の政変を通じて我々の知り得た事は、政治は陸軍によつて動き、陸軍によつて決せられ、その他の勢力はすべて陸軍と合致する事によつてのみその存在を価値づけ得ると言ふ事である。陸軍は広田内閣を倒した。元老の推挙を蒙むり議会の歓迎を受け、輿論に迎へられた宇垣内閣を流産せしめた。そしてその代弁と見らるる林内

閣を成立せしめ、政党を完全に政権から閉め出した。政局活殺の権今や全く陸軍に帰したと言ふも誤りではない。」

（「改造」昭和十二年三月号所載、御手洗辰雄氏論文）

と云はれてゐたのである。その時に当つて、堂々大義を執つて屈せず、陸軍に反対して其の猛省を促すといふ事は、心中一片の私情を存せず、一身一家をあげて聖明を輔《ほ》佐《さ》し奉らうとする純忠の人にして始めて可能なる所である。私が公を推して、貴族中の貴族とし、重臣中の重臣とするもの、公の此の精神に深く服するが為に外ならぬ。

ついでに一言して置きたいと思ふ事がある。正月二十五日の昼、前記会談が終つて、昼飯をいただき、食後しばらくくつろいでゐた時の事である。公爵は起つて書架より、一冊の書物を取りいだされた。それは穂積八束博士論文集であつた。そして云はれるには、

「是れは私の愛読書の一つです。殊に好きなのは、最後に載せてある大学辞職の際の告別の辞ですが、非常な名文ですね。」

と云つて、やがて其の一節を朗誦せられるのであつた。

「終ニ臨ミテ学生諸君ニ一言ス。凡ソ宇宙ノ事物一トシテ歴史ナキハナシ、路傍ノ石片モ口アラハ開闢以来ノ来歴ヲ語ラン、況ンヤ一国ノ政体憲法ニ於テヲヤ。然ルニ我カ学者ノ我カ憲法ヲ視ル、外国憲法ノ翻訳ヲ視ルカ如クス。一ニ彼ノ法制註釈ヲ直ニ以テ我ニ擬セントスルナリ。此ノ如クセハ、維新以来元勲重臣ノ惨憺タル苦心ヲ如何セントス。（中略）諸君ハ業将《まさ》ニ成リ国家ノ為ニ大ニ尽ス所アラントス、事憲政ニ関シテハ、願クハ小生ノ婆心ヲ納レ、過去制定ノ歴史ニ顧ミ大ニ其ノ運用ヲ慎ム所アレ。敢テ一言ヲ呈シ告別ノ辞ト為ス。」

（昭和三十四年八月）

四　有馬大将

上、旅順口閉塞

山紫水明の地、よく人の心を養ふといふが、人の精神を激発し、深甚なる感化影響を与ふるもの、偉人に接し、傑士に交はるに若《し》くは無い。曾《かつ》てドイツのハウスホーファー教授は、日露戦争の直後に日本をおとづれ、当時世界最強の陸軍を誇り、有数の海軍を謳《うた》はれたロシヤと戦つて、物の見事に之を粉砕し去つて、その侵略の野望を挫《くじ》き、自国の防衛を全うして、しかも謙抑の態度を以て凱旋したる陸海軍の将星を見、特には乃木将軍の風格を仰ぎ見て、多大の感銘を受け、その感銘が教授の学問並びに性格を決定した事は、ミュンヘンに教授を訪問した際に、親しく聴いた所であつた。不幸にして私は、乃木将軍を仰ぎ見る事は出来ず、またわづかの齟齬《そご》によつて東郷元帥《げんすゐ》をおたづねする機会を失つたのであつたが（元帥には岡田啓介大将から紹介状を貰つたのであつたが、その紹介状には私の姓を誤り記してあつたので、それにこだはつて、どうしようかと、ためらつてゐるうちに、やがて元帥の薨去となつて了つたのであつた）、しかし幸ひにして有馬《ありま》大将の知遇を辱《かたじ》けなうし、多大の感銘を受けたので、ここに其の一端を記さうと思ふ。

有馬良橘大将の名が、少年の日に、私共の脳裏に深く刻み込まれたのは、旅順口閉塞の快挙による。当時我が海軍の兵力は、之をロシヤの海軍と比較するに、頗《すこぶ》るさびしいものであつた。即ち第一艦隊は、戦艦六、軽巡四、通報艦一、駆逐艦三隊合せて十一、水雷艇二隊合せて八、第二艦隊は、重巡六、軽巡四、通報艦一、駆逐艦三隊合せて十二、水雷艇一隊四、其の他を合せて排水量二十六万噸《トン》に過ぎないのに、ロシヤは、太平洋、バルチック海、黒海の三艦隊を合せる時は、その排水量五十一万噸、正に我が兵力の二倍に達するのである。従つて之と戦ひ、之を破るには、彼の兵力が分散してゐるうちに、各個撃破で行くを最上の策とする。ところで其の東洋に在るは、戦艦七、重巡四、軽巡八、駆逐二十五、水雷艇十七、砲艦その他十五、その大部分は、旅順口に集結し、ここを根拠地として、自由に出動するのである。有馬大将、時に中佐、常磐の副長であつたが、日露の交渉難航し、風雲漸く急なるを見て、旅順口を閉塞し、ロシヤの東洋艦隊を袋の鼠として、手も足も出す事のかなはぬ窮地に追ひ込まうといふ非常の奇策を立て、よりく同志を語らうて準備し、明治三十六年の十月に、はやくも上司に献策《けんさく》せられた。而して其の方法は、大商船に石材を満載し、之をセメントによつて凝固せしめ、旅順港口の最も狭隘なる所に進入して沈没し、ひとり船を沈めるのみならず、人も亦船と共に沈み、いはば大手をひろげて立ち、ロシヤ艦隊の通行を喰《く》ひ止めるといふに在つた。之を上司に申請した建白書の中に、

「若し此策は可なれども、自ら進んで其の実行に任ずるの人なきが故に、当局者に於て、之が実行に躊躇《ちうちよ》せらるる次第も有之候はば、私儀不肖には御座候得共《ござさふらへども》、敢て其の大任に当り申度、幸に死を倶にせんとする下士卒約九名有之《これあり》候に付、実行に当りて其の人を得るに困《くるし》むことは無之《これなく》候、」

とあるを見れば、中佐建策当時の案が、必死の方法、即ちいはゆる特攻に外ならなかつた事、明瞭であつて、大東亜戦争の特攻隊は、その先蹤《せんしよう》をここにもつものといふべきであらう。

間もなく十月二十七日、中佐は常備艦隊参謀に補せられ、東郷司令長官の幕僚として、旗艦三笠に乗込む事となつたが、その後、彼《か》の秘策は漸次具体化し、翌三十七年二月六日、日露の国交断絶し、兵火のうちに相見《まみゆ》るに及んで、急いで之を促進し、乗員の帰還を条件として許可せらるるに至つた。かくて二月二十四日決行せられたる第一回の閉塞には、五隻の船舶を用ゐ、天津丸は有馬中佐、報国丸は広瀬武夫少佐、仁川丸は斎藤七五郎大尉、武揚丸は正木義太大尉、武州丸は島崎保三中尉を以て、その指揮官とし、而して有馬中佐を全体の総指揮官とした。船隊は二十四日払暁、敵の厳重なる警戒を冒して突入し、それぐ港口に爆沈し、隊員は短艇に乗移つて沖に出で、水雷艇に収容せられて帰還した。全員七十七名中、戦死一名、負傷者四名を出しただけであつた。

しかるに第一回の閉塞は、その効果十分でなく、敵艦の自由なる出入を許したので、有馬中佐は深く之を遺憾とし、再度の決行を申請して許され、三月二十五日払暁死地に突入した。第二回船隊は四隻、千代丸は有馬中佐、福井丸は広瀬少佐、弥彦丸は斎藤大尉、米山丸は正木大尉を以て指揮官とし、特にそれぐ指揮官附一名が加へられたが、千代丸には島崎中尉、福井丸には杉野孫七上等兵曹が宛てられた。指揮官を見、機関長を見るに、第一回の勇士がそのまま第二回に出撃するのである。漸く生還していくばくもあらず、同じ陣容を以て再び死地に入らうとするのである。意気盛んなりといはなければならない。此の時敵の防禦砲火は激烈であつたが、各船皆第一回よりは遙かに進出して港口に爆沈し、乗員は命により帰還したが、ひとり広瀬少佐は、杉野兵曹を尋ねて壮烈なる戦死を遂げ、特進して中佐に任ぜられた。有馬中佐は之を以てなほ足れりとせず、更に第三回閉塞を希望したが、東郷司令長官は之を忍び難しとして、大本営付に廻された。

続々山河あり

天皇陛下のみいづゆゑ
いのち生きては帰りつれ、
猶もみなとをすきまなく
塞ぎえざるは恥なりと、
　わが功をほこらざる
やまとの武士のゆかしさよ。

今またくだる大命は
旅順第二の封鎖隊、
ああ斯《か》かる日を待ちわびて
世にながらへし命なり、
　このたびも我等をと
思ひさだめてひたすらに。

願は許《ゆ》りて三月《ぐわつ》の
二十七日よなかどき、
かねて知りたる港口《かうこう》へ

二海里《かいり》ちかくしづくと
　神々もみそなはせ
　男子《をのこ》がえらぶ死にどころ。

これは詩人与謝野《よさの》鉄幹の歌であるが、実際当時の国民は、老若共に此の報道を聞いて、血の湧く思ひがしたのであつた。私はその時分、十歳の少年であつたが、画報や雑誌に之を読んで、有馬中佐や広瀬中佐の名に親しみ、敬慕措《お》かなかつたので、後に昭和八年四月、旅順に赴く機会にめぐまれた時には、旅順要港部司令官津田静枝中将に依頼して、特に船を出して貰ひ、先づ遠く港外に出て、外より旅順港口に攻入る姿勢をとり、老鉄山や黄金山など、三十年前から耳に熟した山々を望見しつつ、閉塞船の沈められたあたりまで漕ぎ進んで、往年の壮挙を偲《しの》んだのであつたが、その時よんだ歌は、左の通りであつた。

　君が為　此の危きを　冒したる
　益良武夫《ますらたけを》に　今ぞぬかづく

旅順口閉塞の壮挙に於いて、私の特に注意するのは、その発案の最初に当つて、乗組員の収容を考へず、全員船と運命を共にして海底に沈む覚悟であつた事と、また第一回第二回の閉塞が、同一の指揮官によつて行はれ、若し上司にして特別の配置転換をされなかつたならば、更に第三回も亦此の同じ人々によつて行はれたであらうといふ事である。第一の必死の戦法は、極秘の計画であつた上に、その実施に当つては、上司之を許さず、生還の方針に変更する事を条件とされたのであつたから、世に知られなかつたのであらうが、第二の同一指揮官二回連続出撃に至つては、誰が見ても顕著な事であつたから、世間の耳目をそばだてしめた。殊に驚いたのは、外国の人々であつて、日本の海軍に、かくの如き決死の勇将猛士あり、殉国の精神牢固抜く可からざるものあるを見て、はやくも日本の勝利を予言し、日本に対して尊敬信頼の念をいだくに至つたとは、後年伊集院元帥の上泉中将に語られた所であるといふ。

それにまた美しいと思はれるのは、東郷司令長官の、部下をいたはり、士を愛する温情である。長官は、閉塞の奇策を採用するに当つて、水雷艇を用ゐて収容の途を講じ、勇士に帰還を命じた。長官はまた、再度にわたつて有馬中佐の決死行を許したが、三度目には之を許さず、配置を転換して、中佐に静養を命じたのであつた。決然たる処置の中に、あたたかい情愛の流れてゐるのを見落す事は出来ないであらう。

有馬中佐は命ぜられるままに、連合艦隊参謀より転じて、大本営附となつたが、去るにのぞんで後任参謀には秋山真之少佐を推薦した。しかし月余にして新艦音羽の艦長に補せられ、第一艦隊第三戦隊に編入せられて、再び戦地に赴くのである。そして翌三十八年の五月には、日本海の大海戦に参加して、大敵を打破り、残敵の掃蕩に力をつくした。これより先き、既に大佐に昇進したが、戦い終つて後、竹敷要港部参謀長を経て、磐手艦長となり、更に第二艦隊参謀長を経て、海軍砲術学校長となつた。そして明治四十二年十二月には、海軍少将に任ぜられ、翌年海軍軍令部参謀に補せられた。やがて明治四十五年七月、明治天皇崩御あらせられ、九月御大葬の御儀の行はれるや、少将は特に供奉《ぐぶ》仰付けられ、桃山の御陵まで、御供申上げたのであつた。供奉の大任の終るや、少将は深く決する所あつて、斎藤(実)海軍大臣を京都の宿舎に訪ひ、辞職を願ひ出た。これは今後桃山の御陵守となり、日夜先帝に御仕へ申上げたいといふ熱望からであつた。海軍大臣はいたく其の純情に感激しつつも、言をつくして思ひ止まるやう勧告した。その後、大正元年十二月には、第一艦隊司令官となり、翌年十二月海軍中将に進み、三年三月には海軍兵学校長、六年四月には第三艦隊司令長官と、転補のあつた後に、大正八年十一月海軍大将に任ぜられ、同十一年四月予備役仰付けられた。時に年六十二歳であつた。

後には明治神宮の宮司を拝命し、十三年の長きにわたつて、神宮に奉仕せられるのであるが、その拝命は昭和六年の事であつて、それまでは海軍の一筋道を進まれたのであつた。従つて私は、旅順口閉塞の壮挙に感激して、少年の日より其の高風を慕ひつつも、御目にかかる機会もなくてゐたのであつたが、それが思ひもよらぬ事から知遇を得るに至つたのは、昭和三年十二月十四日の夕であつた。当時海軍の退役高級武官の親睦修養の為に組織せられてゐた有終会といふ会があつた。蓋し「始有る者は必ず終有り」といふ揚子法言《やうしはうげん》に、その文字を採つて、晩年の節義徳操を全くしようといふ、切磋を期しての命名であつたらう。どういふ因縁であつたか、此の有終会の例会で講演するやう依頼を受けて、芝公園の中にある水交社に赴き、約二時間に亘つて講演をした。題目は、「歴史を貫く冥々の力」といふのであつたが、内容は主として山崎闇斎《あんさい》の学問が、強い感銘を門人に与へ、門人は之を孫弟子に伝へ、孫弟子はまた自分の門下に伝へ、代々相承けて百年二百年の後に及び、幕末の風雲に際会して、斯学の本領を発揮し来り、明治維新の大業に貢献した概略を述べたのであつた。しかるに此の講演が終るや、有終会の会長有馬大将が起《た》たれた。大将は、先づ会長として謝辞を述べられた後、語をついで言はれた。

「此の機会に、自分個人としても御礼を申したい事がある。自分は明治天皇御大葬の時、桃山御陵まで供奉してのかへりみち、京都に於いて先祖の墓参りをして、はからずも闇斎先生の墓前をよぎり、それが無縁の墓として草莽々《ばうばう》と茂つてゐるのを悲しみ、それより年々修理をし、掃除をして来たのであるが、その縁につながつて先生の事蹟を考究するにつれ、ます〱仰慕の念に堪へないので、世間の人が之を閑却してゐるのを歎き、自分で講演した事もあるが、自分等の力では何の影響を与へる事も出来ず、平生之を遺憾としてゐたのであつた。ところが今日の講演、実によく先生の真面目を明らかにしてくれられた事は、自分として無上の喜びを感ずる所である。」

これは私の思ひ設けないところであつた。ひとり私ばかりでは無い。誰が大将から、このやうな感慨を聞かうと予期したであらう。ああ旅順口閉塞の勇将は、実はその純忠の精神を、深い学問によつて培《つちか》はれ、遠い伝統を正しく継承して居られるのであつた。そして此の一夕、昭和三年十二月十四日夕、思ひ設けざる遭逢《さうほう》が、やがて幾多の影響を後年に及ぼしてゆくのである。

下、崎門祭

昔、漢の張良は力士をして百二十斤《きん》の鉄椎《てつつい》を擲《なげう》たしめ、秦の始皇帝を博浪沙《はくらうしや》に撃つて、天下を震撼《しんかん》せしめたが、その容貌は婦人好女の如くであつたといふ。また幕末の橋本景岳は、その識見古今に卓越し、果決よく乱麻を断つの力量あつて、しかも柔和の風貌、一見すれば殆んど婦女子のやうであつたといふ。私は曾て河本大作大佐を大連の客舎にたづねて、初めて見る其の人物の、流石に俊敏の気象は溢れてゐるものの、人に接する態度のやさしく穏やかなるに驚いた事がある。震天動地の大事を能くする者、必ずしも魁梧奇偉《くわいごきゐ》の豪傑たるを要しないのである。今、有馬大将の如きも、旅順閉塞の立案者であり、決死行二回に及んでの指揮官であり、海軍大将といふいかめしく物々しい肩書を帯《お》ぶる軍人であるところから、世間或いは想望して、眼光人を射すくめる偉丈夫のやうに誤解する者があるかも知れない。事実は、むしろ其の反対であつた。無論雷電の威厳が無かつたわけでは無い。事あれば一刀に両断し、人によつては一喝して之を退《しりぞ》くる剛勇の気象は内に存してはゐるのである。しかし無事の日に、常人と交はつては、いかにも穏和なる態度であつて、歴戦の武将といふよりは、謹厳の君子といふ方が、ぴつたりしたであらう。いはゆる英雄首《かうべ》を回《めぐ》らせば即ち神仙といふもの、之を大将に於いて見るのであつた。大将が其の武功を語られたのを、私は聞いた事が無い。そして、その代りに、口を極めて讃歎せられるのは、山崎闇斎の学問であつた。

やがて私は留学を命ぜられてドイツに赴いたが、外遊二年の後、昭和六年に帰つて来ると、特に有馬大将の御希望といふ事で、再び有終会より招かれ、十一月十六日、水交社に於いて、「国史家として欧米を観る」と題して講演をした。そして、かやうに近づくにつれて、ますます大将の高風を欽慕するやうになり、翌年の春には、後法興院記校訂出版に当り、原田・坂本両学士の為に、大将の揮毫を御願ひし、それをいただいた後、望蜀《ばうしよく》の念に堪へずして、私自身の為にも亦一筆を御願ひしたところ、やがて書いて下さつた一幅は、之を仮名交りに書き下すと、左の通りであつた。

「勢を以て交はる者は、勢傾けば則ち絶え、利を以て交はる者は、利窮まれば則ち散ず、誠を以て交はる者は、終生渝《かは》らず。」

いかにも良い言葉を書いて下さつたと、有難く頂戴したが、あとから考へれば、当時は言葉の上での理解に止まつて、切実に身を以て験するに至るは、敗戦といふ未曾有の大変を待たねばならなかつた。昨日は大臣として国民に訓示し、或いは将官として部下に号令し、忠誠の道を進むかに見えた人々が、今日は天皇制廃止を叫ぶ党派に入り、外国共産党との提携を策するといふ、無恥無慚の実例を見るたびに、私は有馬大将の此の一幅を想起せずには居られないのである。

是れより先き、昭和六年九月十四日、大将は、ゆくりなく明治神宮の宮司を拝命し、爾来《じらい》毎日神宮に奉仕されたのであつたが、既に述べたやうに、御大葬の際には海軍を辞して御陵守となりたいと申出られたほどの事であつたから、大将としては本望至極、非常なお喜びであつたに相違ない。

戦災で日記が焼失したので、日を明らかにし得ないが、昭和七年六月中旬、大将から御手紙をいただいた。用事があるので訪問したいが、都合は何日《いつ》がよいかとの御尋ねである。そこで直ぐに渋谷の大山町に参上したところ、

「今年は闇斎先生亡《な》くなられてから、丁度二百五十年に当るので、この秋にはお祭りをして、その学恩を報謝すると共に、その精神を世間に明らかにしたいと思ふ。就いては其の一切《さい》の事、御心配にあづかりたいが、どうであらうか。」

との御相談であつた。御話をうかがつて、先づ私の恥ぢ入つたのは、闇斎先生が天和二年に亡くなつた事は、かねて承知してゐたが、今年が二百五十年に当るといふ事には、全く念が無かつた自分の迂闊さである。よつて私は、自分の迂闊を詫びて、

「それは私共こそ考へるべきでありましたのに、ボンヤリして居りまして、相済みませぬ。就きましては、全力をあげて奔走いたし、思召にそふやうにいたします。ともかくも、四五日のうちに、具体的に立案しまして、御指図を仰ぐ事にいたしませう。」

とお答へして、辞去しようとしたところ、大将は、「しばらく」と私を留めて、やがて金一封を渡された。

「これは自分のポケットマネーで、内容は五百円、此の祭典の費用としては、頗る窮屈であらうと思ふ。かういふ事には、頼めば寄付してくれられる人もあらうと思ふけれども、自分は生れてこの方、頭を下げて金を頼んだ事がない。出来れば一生このままで終りたいと思つてゐるので、気の毒ながら、之を以て一切の御処置を願ひた

い。」

深い感銘を以て之を承つた私は、先づ崎門の長老碩学に集まつていただき、祭典その他の行事の主体となるべき会を組織しようとしたが、幸ひに井上哲次郎博士の極めて適切なる指示によつて、誤りなく其の人を見出した。即ち神道に於いては、京都下御霊《しもごりやう》の宮司出雲路《いづもぢ》通次郎氏と東大史料編纂所の山本信哉博士、儒学に於いては、遠湖内田周平翁と、彪村岡次郎翁、以上四人である。早速之を大将に報告し、一同会合協議の上、四人の長老は評議員、その上に大将を会長としていただき、四人の下に幹事として私が事務を執るといふ体制が出来た。後に聞いた事であるが、此の組織の出来上る少し前に、ある人から横槍が入つて、かういふ重大な事を、若輩である平泉に御一任なさるべきでないと、大将に進言したところ、大将は言下に之をことわつて、先づ御心配に及ぶまいから、黙つて見てゐて下さいと言はれたさうである。これは後に其の人が直接私に語られたので分つた事であつて、大将からは何の御話も無く、一言の注意も注文も出されなかつたのであつた。

さて記念の行事としては、五つの計画を立てた。第一は祭典。旧暦九月十六日の命日を、便宜改めて新暦の十月二十三日と定め、東京帝国大学の大講堂をその式場とした。第二は御贈位の申請である。之に就いては、ひろく国学漢学両方面の大家碩学の賛成を求め、学界の主力をあげて申請する事とし、東京側は私が之をまとめ、京都側は出雲路宮司が担当されたが、皆々快く且つ熱心に協力された中に、特に身に沁みたのが二つ、一つは出雲路宮司の心からの奔走で、黒板勝美先生が之を見て、「親の法事をする気持だ」と評されたのが、耳に残つてゐる。今一つは内務次官潮恵之輔氏の好意で、実によく斡旋《あつせん》して申達してくれられた。そして十月二十三日、お祭りの当日に、贈従三位の恩命が下つたのであつた。第三は、講演。之は東京と京都と二箇所に於いて、開催する事とし、東京は、お祭りの日

謹啓時下益々御清穆奉慶賀候陳者今茲贈正四位山崎闇斎先生の二百五十年忌辰を迎へ左記により祭典を執行致し遺徳を偲び遺風を顕はし度候間御繰合せ御参列相成度此段御案内申上候

昭和七年十月　日

山崎闇斎先生二百五十年記念会

会長　有　馬　良　橘

記

一　祭　典　十月二十三日（日）午後一時
於東京帝国大学大講堂

一　講　演　右直後
於同所

講師　内田周平氏　上田万年氏　徳富蘇峰氏

一　展覧会　自十月二十三日　至同二十五日
自午前九時　至午後四時
於東京帝国大学大講堂

（当時の案内状）

に東大の大講堂に於いて開き、内田遠湖翁、上田万年博士、及び徳富蘇峰翁に依頼し、京都は、日を少しくおくらせて、内藤湖南博士に依頼する事にした。その時分、内藤先生からいただいた手紙が一通、焼け残つて今に存してゐる。

「拝啓過日は尊書下され候処、一昨日京都にて下御霊《しもごりやう》の出雲路《いづもぢ》大人并に京都府教育会の吉村主事来訪、闇斎先生貳百五拾年祭に関する数々御尽力の件委細承知、小生も往年建碑の際微労を効《いた》せし関係も有之《これあり》、老憊《はい》の身にて何等御援助も出来不申《もうさず》候へども、相応の事は貴命に従ひ可申旨《まうすべきむね》、返事申上置候、いづれ両君よりも可申上《まうしあぐべく》候へども、乍延引《えんいんながら》右御挨拶申上度、匆々如此《かくのごとく》に御座候。敬具。」

日付は七月廿二日、京都府相楽《さうらく》郡瓶原《みかのはら》村からの発信である。そして、講演を快諾せられると共に、自分だけでは、老人の骨董いぢりの感じを世間に与へるであらうから、平泉も来て、自分と二人で講演するやうに、と要求せられたので、その命に従ふ事にした。ところが愈々その日になつて、先生の持病が起つた。その持病は一定の時間苦しんで、その時間が過ぎると、ケロリとして平常に戻るのであつて、時間を測ると、講演の途中に発作が終る筈であるから、若し終れば、すぐに出場して演壇に立たう、若し終らなければ平泉一人で二人分の二時間を話して貰ひたいとのお言ひつけである。そこで私はいつでも打切つて先生に譲れる体制をとつて講演していつたが、待てど待てど先生は見えず、遂に私の一人舞台に終つたのであつた。先生は深く之を気の毒がられて、別の機会に講演して下さつたが、それは実に有難い内容であつた。即ち世間では、闇斎及びその門流は、いかにも学問の視野が狭いやうに考へてゐるが、闇斎自身に於いては、それは全く誤解である、しらべて見れば見る程、闇斎の学問の広汎である事に驚歎し、その広汎の中から、実に的確に正しいものを把握してゐる事に敬服せざるを得ない、といふ趣意であつた。該博なる碩学の言だけに、これは実に千金の重みをもつ讃辞であつた。

計画の第四は展覧会である。これはひとり闇斎先生に限らず、その門下末流の遺墨を、ひろく全国に求めて、東大大講堂の大廊下に陳列し、道統二百数十年の偉容を示さうとしたものであつて、実は最も苦しい仕事であつた。今その目録を見るに、闇斎（五十八点）、保科正之（五点）、友松氏興（三点）を始めとし、佐藤直方、三宅尚斎、遊佐木斎、栗山潜鋒、正親町公通、跡部良顕、玉木正英、大山為起等を経て、谷秦山（八点）、浅見絅《けい》斎（四十点）、若林強斎（九点）、更に竹内式部、西依成斎、小野鶴山、梅田雲浜（八点）、橋本景岳に至り、すべて三百五十六点に及んだ。わづか一二箇月のうちに、これだけのものを集め得たのは、秘蔵せらるる諸家の協力と共に、国史学研究室の学士学生諸氏の献身的努力による所であつて、殊に今の中央大学教授喜田新六氏の貢献は甚大であつた。

第五は記念図書の出版であつて、内田遠湖翁と、山本信哉博士との寄稿を求め、それに私自身の執筆した総説を加へ、「闇斎先生と日本精神」と題して、いそいで印刷に付し、漸く祭日までに間に合はせたのであつた。

以上は、闇斎先生二百五十年祭の大綱であるが、之を要するに、此の大祭と、それに付随する数々の行事は、その発起に於いて、その経済的負担に於いて、その部内の統率に於いて、その外部の信用に於いて、完全に大将の事業であつて、私共は只その手足となつて働かせて貰つたに過ぎないのである。大将は此の後、昭和八年には建武中興六百年記念会（後年建武義会によつて、その精神と事業とが継承せられた）の会長となられ、昭和十二年には国民精神総動員中央連盟会長に就任せられ、十四年には全国青年を統一して組織せられたる大日本青年団の初代団長を承諾せられた。一旦承諾せられた以上は、いづれも熱心に指導せられたが、しかし根本に於いては大将の発意でなく、固く辞退して辞退しきれず、やむを得ずして懇請を受諾せられたのであつたから、本質的には性質を異にするものである。私の知る限りに於いては、大将自身の発意より起つたものは、第一に旅順口の閉塞、第二に明治天皇崩御後の奉仕、そして第三に山崎闇斎先生二百五十年祭、以上の三つである。以上の三つは、表面より見れば、相互に全然無関係であつて、縁もゆかりも無いやうに見えるのであるが、深くその根本を究める時は、三者に密接不離の関係があり、と言ふよりは、唯一つの精神が三者を一貫してゐるのを見出すであらう。怒涛を蹴り敵弾を冒して進む英雄的行動も、実は皇国を護持し、宸襟を安んじ奉らうとの至誠より出た事であれば、それが太平無事の日に軍職を辞退して先帝の御陵守となり、崩御後の側近に奉仕したいとの熱望となつて現れるのは自然の事であらう。そして其の人生観の根本が、大皇《おほぎみ》へのひたすらなる奉仕にあるとすれば、忠の哲学の道統につながる者として、山崎闇斎への限りなき思慕となるのは、是れまた当然であらう。大将は、海軍大将であつたが為に、普通の軍人と混同せられやすく、誤解せられやすい。まことには大将は、提督であると同時に宮司であり、同時にまた崎門の道統につながる学人であつて、之を一言にしてつくせば、実に神聖なる純粋奉仕の生活に終始する所の、忠の宗門の行者に外ならなかつたのである。

（昭和三十四年九月十月）

五　雲か山か

二年ぶりに、また九州へ行く事が出来た。去年も行きたいと思つてゐたが、都合によつて山口県止りで、それより西へゆく余裕が無かつた。今度も余りひろくは歩けないと思つてゐたが、それでも段々と追加して、遂に前後二十日といふ、長い旅になつて了つた。その間に受けた大方の芳情、感じた事柄、ひろめた知見、想出は多いが、ここには只其の一端を記さうと思ふ。

初め急行霧島を水俣《みなまた》で下り、乗りかへて大口《おほくち》へ行つた。大口は鹿児島県の西北端、高い山の上の盆地で、いはば薩摩の屋根の上に在る。寒さもしたがつてきびしく、山かげには所々雪の残つてゐるのが見られた。東大国史学研究室の副手をしてゐた井畔《ゐぐろ》秋芳学士の郷里であつて、その生家があるので、私には町の名も親しいものとなつてゐたが、学士はフィリッピンに遠征して帰らず、母堂も去年のくれに亡くなられたさうで、庭前の紅梅いたづらに悲しみを添へるばかりであつた。但し其のゆかりで訪《たづ》ねた薗田家では、珍しいものを見せて貰つた。頼山陽の詩一幅である。

詩は「温山遙かに阿蘇山に面し」云々といふ七言絶句で、天草《あまくさ》より肥後へ渡る舟の中で、うしろに温山即ち温泉岳《うんぜん》をかへりみ、前に阿蘇の噴煙を望見しつつ作つたものであるが、珍しいのは其の識語《しきご》である。それによれば山陽は、もともと病弱で、旅行中時々苦しむ事があるが、今や肥後へ来て薩摩の人薗田元章に逢つたところ、元章は自分の為に鍼《はり》をしてくれ、よつて心気とみに爽快となつた、その治療に感謝して近作の詩を書いて贈る、といふのである。山陽の詩と書と天下に喧伝して、偽造贋作《がんさく》の少なくないのは、我等をして時に眉をひそめしめるが、今此の一幅の如きは、いはばうぶの品で、清純の伝来、頗る珍重すべきものである。

大口の次には川内《せんだい》へ行つた。山陽が仙代の文字を用ゐてゐる所である。瓊々杵尊《ににぎのみこと》を御まつりした新田八幡宮は、その町はづれに在る。宮はもともと御陵である小高い丘の上にあつて、丘には樟《くす》の大木が鬱葱と茂つてゐる。殊に勅使門に近い老木は、樹齢二千余年と称せられ、慶長年間社殿改築の時に、工事を監督した阿多長寿院が彫つたといふ神像が、その木肌の中に包まれたやうに残つてゐる。今でも随分老木が茂つてゐると思はれるのに、昭和十七年の颱風で倒れたものが九百八十六本に上つたといふ。往年の森厳、想像に余りあるであらう。社殿の中では拝殿がよい。慶長六年の造営であるといふが、白木の豪壮なもので、蛙股《かへるまた》の彫刻に芸術の香り高く、飽かず見上げ見上げした事であつた。此の神社に宝蔵したところの刀剣百本余り、悉く戦後来駐した米軍の奪ふ所となつた事は、聞くに切歯の憤りを禁じ得なかつた。

川辺《かはなべ》は、このたび初めてたづねた土地である。ここは薩摩半島の中央にある町であるが、鹿児島より南下して谷山を過ぎ、右に折れて山を越えたが、先づ驚いたのは堀切峠の峻険、羊腸百折の道のきびしさであり、ついで驚歎したのは、一たび川辺町の境域へ入ると、重畳《ちようでふ》せる山また山、谷また谷、見渡すかぎり奇麗に杉を植ゑられて、整然隊伍を組んでゐるが如き壮観が、俄《にはか》に眼前に展開した事であつた。何といふ勤勉実直な町であらう。是れまた興国の一拠点とありがたく覚えた。

この町に飯倉神社といふ古いお宮があつて、その宝物の中に平安時代の鏡が数面伝はつてゐると聞いて、しばらくの時間を利用して、いそいで参詣した。なるほど宝物が色々ある。宝物の珍重すべきはいふまでも無いが、私の喜んだのは、その宝物目録であつた。それは御宝物記帳と題する横帳で、はじめに宝物の目録をかかげ、次に年々之を検査して、宝物の存在を確認し、責任者が署名して来たものであるが、それが承応二年癸巳《みづのとみ》の年より始まり、年々相伝へて去年に至つてゐる（大抵七月七日に検査してゐるので、今年はまだ其の日が来ないのである）。承応二年といへば、西暦で一六五三年、今よりかぞへて三百五年前である。その長い長い間を、年々怠らず点検し確認し証明して、油断なく社宝を守護して来た誠実さは、貴い事といはねばならぬ。平安時代の鏡も、島津日新公奉納の兜《かぶと》や、馬上の盃も、近衛信輔公奉納の花瓶も、みなかやうにして伝はつたのである。惜しむらくは刀剣類、目録にのみ存して、実物はいづれも米軍に持ち去られたといふ。

鹿児島滞在数日、毎日仰ぎ見た桜島は、丁度その間だけ殆んど噴煙が無かつたが、しかし山容豪快、薩隅男児の気魄を表現してゐた。頼山陽はこの地に遊んで、有名な兵児《へこ》の謠を作つた。「衣は肝に至り、袖腕に至る。腰間の秋水、鉄断つべし。人ふるれば人を斬り、馬ふるれば馬を斬る。十八交《まじはり》を結ぶ健児の社」云々といふ詩を誦する時、たとへばスパルタに似たる此の地青年勇敢の気風、眼前に髣髴として、それより五十年の後（山陽の来遊は文政元年、それより明治元年まで、丁度五十年である）、維新の風雲を叱咤して起つた豪俊諸士の輩出が予言せられてゐる如き感じを受けるのである。

山陽が九州に遊び、肥後より薩摩に入つたのは、文政元年の事であつたから、今よりかぞへて百四十年前であるが、当時作られた詩篇の中には、今に至つて人々の愛誦して忘れないものが多い。天草洋に泊つて詠んだ「雲か山か呉《ご》か越《えつ》か、水天髣髴青一髪」云々といふ詩の如きもその一つであるが、この詩は起句がまことに面白い。「雲か山か」は普通平凡であるが、一転して「呉か越か」がよい。呉越は中支、揚子江流域をさして言つたのであらうが、後年天草の女子、海を越えて支那に渡るもの少なからず、その手紙の上書に、往々にして長崎県上海と書くものがあつたといふを連想し、またそれとは話が変るが、富山県高岡の城址に遊んだ与謝野晶子《よさのあきこ》が、「やかたなど、さもあらばあれ、海越えて、羅津に対す、本丸の松」と歌つたのが、城内に足をふみ入れて即時に、一歩に一句、数歩にして一首を口吟《こうぎん》したといふを想出した。いづれも眼界のひろく、気宇の雄大なる、おのづから胸のすくやうなところがある。戦後は人々の気持概して小さくなり、小さいところで目に角立てて小利を争ひ、争つてはスクラムを組み旗を振る者が少なくないが、さういふ光景を見ると、高岡城の本丸の松ではないが、海越えて羅津に対したらどうだとも言ひたくなり、雲か山か呉か越かとも聞きたくなるのである。

　鹿児島をたつて熊本に向ふ日は、珍しく雨であつて、車窓はけむつてゐた。雨にけむつては天草のあたり模糊《もこ》として、それこそ雲か山かであつたが、翌朝菊池へ向ふ時分には快く晴れた。菊池はもとの名隈府《わいふ》、今改めて菊池市といふのであるが、是れ即ち名にし負ふ菊池氏の本拠、歴代勤王の遺蹟である。菊池氏歴代勤王の事蹟は、いづれも貴いが、殊に爽快を覚えるのは武光《たけみつ》筑後河の奮戦である。山陽が九州旅行中に作つた詩の中でも、筑後河を下つて武光を偲んだ長詩こそ、恐らくその圧巻といふべきであらう。「文政の元《ぐわん》、十一月、吾れ筑水を下つて舟筏をやとふ、水流は箭《や》の如く万雷吼《ほ》ゆ、之を過ぐれば人をして毛髪をたてしむ」といふに始まる此の長詩は、「勤王の諸将前後して歿し、西陲《せいすゐ》僅かに存す臣武光」といふに至つて、自《おのづか》ら武者ぶるひを禁ぜざらしめる。有利有勢の時ならば、いざ知らず、友軍悉く凋落《てうらく》して、天下の大勢今は非なりといふ時に、独り苦節を守り、敢然として義旗をひるがへすといふ事は、常人の到底よくせざる所である。それを武光は、毫も臆《おく》する所なく、ためらふ事なくして起《た》つた。ひきゐる所は八千、敵は六万。その六万の大軍に夜討をしかけて、之を潰乱敗走せしめたのである。偉なりといはねばならぬ。

　山陽がいはゆる「世々《よよ》芳根を守つて晩節を全うする」菊池氏の流風余韻は、今も残つてゐるのであらう。この町での集まり、定刻の午前十時には、会場既に満員であつて、その数凡そ八百五十名と註《しる》された。講演終つて別れる時、人々の目には涙があつた。殊に胸をうたれたのは梅田老人であつた。私は二十数年前此の地に遊び、菊池氏の遺蹟を探つて、山野を駈けめぐつた時、この老人の案内による事が多かつた。老人といつても当時はまだまだ壮年で元気であつたが、二十数年といふ歳月は長かつた。今はもはや年老いて、且つ中風を病んでゐるといふ。之を聞いて見舞に立寄つたが、環堵蕭然《くわんとせうぜん》といはば稍《やや》言ひすぎであらうけれども、何となくうら悲しいやうな古道具屋の店先きに、人一人見えず、案内を乞へばやがて奥から現れた一老人、いかにも中風と見えて足取りも危い。なつかしく昔の礼を述べ、今の見舞を言つて、さて見舞のしるしに何か店の品物を買はうとすると、主人は私を遮つて買はせず、記念にといつて、高田《かうだ》焼の盃一つ、肥前焼の小さい茶碗一つをくれられた。お見舞に来て、貰つてかへるのでは話にならぬ、買はせて貰はう、いや売るわけにはゆかぬ、上げるのだ、とヤイヤイ言つてゐる横合から、白髪のお婆さんが顔を出して、店先きの棚の中より、香炉のふた一つ紙に包んで、「ハイ是れは私からです」とくれられた。「おかみさんですか」とたづねると、「イヤ私はよその者です。」

何といふ面白い話であらう。定めしさびしいくらしであらうと想はれる中風の老人が、二十数年前のゆかりで見舞に来た私に、却つて記念の品を寄せるのである。それどころかよそのお婆さんが、勝手によその店の品物を私にくれるのである。それを店のあるじは、只ニコニコと笑つて見てゐるのである。店先きの風景は、あだかも虎渓三笑《こけいさんせう》の昔のやうであつて、私は今が昭和三十三年である事を、危《あやふ》く忘れようとした。貰つた品々は、今日も机上に並べられてゐる。肥前焼の茶碗は、けだし玉露用であらう。小さいものであつて、簡明質素な品であるが、サーッと描かれた蘭の、藍の色が美しい。高田《かうだ》焼といふのは、八代《やつしろ》の南の高田で造られたものであらう。外は濃い海鼠《なまこ》色、内側に明るい刷毛目《はけめ》があつて、それに梅の花が三輪、あざやかに力強く刻まれてゐる。そして形は普通の円形でなく、両側から指でグイと押してクビレが出来てゐるので、手にしてまことに感じがよい。菊池の地は、この盃を媒介として、いや梅田老人を通じて、私には一段となつかしい想出の町となつた。

梅花の象徴するは菅公である。此の行、私は初めて網敷《あみしき》天満宮に詣で、また重ねて太宰府《だざいふ》の天満宮に詣でる事が出来た。網敷天満宮は、福岡県築城《ついき》郡椎田《しひた》に在る。海浜の松林の中に鎮座して、寛永十四年の造営に成る社殿は直ちに海に向ふ。松原の中に鳥居を仰ぐのも清《すが》々しいが、一たび御門をくぐれば、玉垣のうちは悉く梅であつて、その数凡そ百数十本、それが折しも満開であつて、清香馥郁《ふくいく》境内に充《み》ち参拝の後しばらくあたりにたたずむに、衣も香り、心も清められる想ひがした。

天満宮参拝のたびに其の心を清められる為であらうか、このあたりの主婦《おかみ》たち、小倉まで汽車で往復して商売してゐる所謂《いはゆる》かつぎやの七八人、大きな風呂敷に箱をいくつか包んでかつぎながら乗り込んで来たのが、車内で儲けた金の勘定をしたり、焼甘藷《やきいも》をかじつたりしながら話をしてゐるのを、聞くともなしに聞いてゐると、話題は陛下の九州行幸の事で、それが実に美しい敬語に充ちてゐたには驚いた。戦後の動揺混乱のうちに、権威を認めず、道義を忘れ、秩序人倫を破つて、それが実に自己喪失に外ならぬ事をさとらず、得々《とくとく》として新時代に追随し得た如くにふるまつてゐる者の、いはゆる知識人の間に多い時に、これはまた何といふつつましやかな美風であらう。驚いて何の商売ですかとたづねてみると、鶏卵《たまご》です、といふ答であつた。

網敷天満宮には、その日参拝の人殆んど無く、梅花の香るにまかせて、閑寂を極めてゐたが、太宰府の天満宮は、例によつて賽者絡繹《さいしやらくえき》、梅が枝餅売る店の者の、客呼ぶ声、絶え間が無かつた。私は菅公の詩の、「都府楼《とふろう》はわづかに瓦の色を看《み》、観音寺は只鐘の声を聴く」といふ句の悲しさに、ひとり都府楼に遊び、観音寺に詣でたが、春浅くして草いまだ萌《も》えず、雲しばしば日を遮つて、風は猶ひややかであつた。

（昭和三十三年四月）

六　又々筑紫に旅して

上、鹿　屋

祖国と運命を同じうして、うらぶれの身を北国の山深き寒林に託する事八九年、遠く九州に旅するなどは、思ひもよらぬ所であつたが、幸ひにして知己親友の招きを受け、ここ数年は早春を迎へるごとに筑紫をたづねるのが例となつた。かぞへて見ると、三十年に前後二回、三十一年に一回、三十二年は休んで三十三年に一回、そして今、三十四年二月の旅である。尤も此の度は、非常に日程のつまつた忙《せは》しい旅で、見聞する所も多くは無かつたが、しかし考ふる所、感ずる所はすくなくなかつた。例によつて其の一端を述べようと思ふ。

汽車は随分便利になつた。東京を夕暮の七時にたてば、翌日の午後六時前には既に鹿児島につくのである。戦争中の困難を極めた旅行にくらべて、まるで夢のやうである。鹿児島へつくと、小雨が降つてゐて、桜島の煙も見えず、此の地特有の豪快な景色は、之を賞する事が出来なかつたが、その代りに出迎へられた諸賢は、いづれも至誠の人、豪俊の士であつて、談論時勢に激しては噴煙のほとばしるを覚えた。

翌日は鹿屋である。鹿屋は今カノヤとよむのであるが、日本書紀景行天皇十二年の条に出てくるアツカヤ・セカヤ、及びその女子イチフカヤ・イチカヤのカヤ（書紀には鹿文の字があててある）と関係があるであらうといはれてゐる。

それはとにかく和名抄《わみやうせう》には、既に鹿屋郷の名が出てゐるのであるから、その地は古くより開け、その名も聞えてゐたであらう。しかし大東亜戦争に、海軍航空隊の根拠地となつてより、此の地の歴史的意義は、俄かに重さと厳しさとを加へたのである。就中《なかんづく》此の地へ来るたびに、いや鹿屋の名を聞くごとに、私の目に浮ぶは、神の池の特攻隊である。

昭和二十年正月下旬の事であつた。江田島の海軍兵学校へ講義に行き、それより更に外の部隊へ廻らうとしてゐた私は、海軍省より電話で、近く出撃する筈の神の池特攻隊の為に講演するやう依頼を受けた。特攻隊と聞いては取る物も取りあへず、全速力で之に赴いたが、全速力とは自分の気持だけで、当時の汽車の緩漫さは格別、その上、またしても空襲警報が鳴りひびけば、直ぐに停車しなければならなかつたのであるから、広島県から茨城県までは、恐ろしく時間がかかつた。漸くにして神の池へ着き、着いてすぐに講演をしたが、場内の空気は緊張して一点の惰気を留めず、見渡すかぎり凛然《りんぜん》として犯すべからざる威厳に充《み》ちてゐた。而して二階の先頭、最前列の椅子に腰を下し、まじろぎもせずして壇上を見つめるは、司令岡村基春大佐である。二時間の講演を終つて司令室に帰つた時、大佐は非常に喜んで、つつむ所なく胸中の鬱懐《うつくわい》を吐露し、互ひに国運の前途を憂ふるのであつた。その時、うしろの戸をあけて入つて来た中尉、私に向つて名乗りをあげた。「先生、京都の塾で御厄介になりました緒方でございます。」「あ、緒方さん、ここにゐたのか。何か私のしてよい事があれば、何でも言つて下さい。」「何もありませぬ。緒方は御教へ通り立派にやります。先生、どうか御安心下さい。」

その夜、私は隊内に泊めて貰つた。しかし寒い風が吹き込むので、眠りは安くなかつた。余りの寒さに、起きて窓にさはつて見ると、窓ガラスが一枚無い事が分つた。やうやくにして夜が明けた。明けて驚いた。勇士は昨夜のうちに、既に征途に就き、兵舎のうちには殆んど人影を止めないのである。私は神の池のほとりを一巡し、兵舎の前に佇《たたず》みつつ、人々の武運を祈つた。当時手帳に記したるところ、歌といふには、余りに拙きしらべながら、記念の為に、敢へて一字を改めず、ここに掲げる事にしよう。

(一)

霰《あられ》降り　鹿島《かしま》の里《さと》に
旅寝《たびね》して　夜もすがら聞く
とどろきよ　吹く木がらしの
音ならず　また大海の
浪たぎつ　声にもあらず

(二)

今迫る　大国難の
押寄せて　怒濤に似るを
身一つに　うけて起ちたる
益良雄の　胸に溢るる
火の気吹《いぶき》　雄叫《をたけ》びぞ是れ

(三)

世のけがれ　影留めねば
いみじくも　呼びならしたる

神《かう》の池　深く湛《たた》ふる
まごころの　清きを隊の
名に負へり　海軍航空隊

(四)

此の浜に　出づるくろがね
昔より　剣《つるぎ》によしと
聞えたり　いざや鍛へよ
反《そ》りもよく　錵《にえ》美しき
選《え》り抜きて　はなむけとせむ

(五)

豊香島《とよかしま》　武御雷《たけみかづち》の
大神ぞ　守らせ給ふ
天翔《あまかけ》り　向はむところ
何物か　遮《さへぎ》り得べき
神の池　海軍航空隊

此の航空隊の向つた所が何処《どこ》であるかは、当時厳秘に附されてゐたが、ほのかに耳にしたところでは、進んで鹿屋に拠り、ここを基地として、沖縄に向ひ、沖縄に来寇した米国艦隊を攻撃したといふ事である。しかも此れは是れ名にし負ふ特攻隊である。壮士一たび去つて、また帰らず。私は再び緒方中尉を見ず、緒方と並び進んだ諸勇士を見るを得ないのである。されば今、鹿屋に来《きた》る時、私の講演は、言葉は拙いが、軍神への祝詞《のりと》であり、戦死者に対する供養であり、護国の精神復活の祈願に外ならないのである。

翌日鹿屋を立つて、都城《みやこのじやう》に向つた。汽車を志布志《しぶし》で乗りかへて、山を越え谷を渡つてゴトゴトと進む時、縄瀬といふ駅で、不思議な光景を見た。これは山間の小駅であつて、見渡すかぎり山また山、何処《どこ》に家があるのか見当もつかぬ程であるのに、駅のプラットフォームは、大変な雑沓《ざつたふ》である。何事であらうかと、窓からのぞいて見ると、男といふ男は皆厳粛な顔をしてゐる、女といふ女は皆目を泣き腫《は》らしてゐる、さては何か不幸があつたのかと思つてゐると、今度は子供が大勢列をつくつて見送つてゐるが、是れはどの子を見ても、ニコニコして、いかにも楽しげに手を振つてゐる。はて一体何事かと不思議に思つて、乗込んで来て私の隣に立つた婦人にたづねて見た。すると是れは月迫《つきさこ》といふ村から、一家六人、南米ブラジルへ移住するのを見送り、別れを惜しんでゐるのだといふ事であつた。男の子をしつかり抱いてゐる主婦の顔は、風雨にさらされて荒れてはゐるものの、黒い瞳が美しく印象的であつた。私は此の一家の幸福を、心から祈らざるを得なかつた。

都城は、宮崎県南部の中心である。ここからは霧島山が西北方に当り、折しも新燃岳《しんもえだけ》の噴煙、物凄《ものすご》く天に冲《ちゆう》するが見られた。今年は変つた事が尠《すくな》く無い。東京でも、鹿児島でも、正月に珍しく大雪が降つた。また南海には、どこか海中に異変があつたらしく、時ならぬ高潮に驚かされたといふ。北国は北国で、いつも雪の三尺四尺降らぬ事のない私の郷里が、雪の無いお正月を迎へて、下駄ばきでお宮参りが出来たかと思ふと、やがて六七尺の大雪で、家のつぶれなかつたが僥倖《しあはせ》であつたといふ。長男の報告によれば、池では冬眠中の蛙が沢山死んで浮び上つたといふ事である。

霧島山の噴煙、白濛々《はくもうもう》として立ち昇るが象徴するは、都城歩兵二十三聯隊の痛恨である。聯隊はガダルカナルの少し手前、ブウゲンビルに於いて玉砕して果てたのである。されば私はまた其の聯隊跡に、供養の為の講演をしなければならぬ。そして此処にも亦《また》、護国の至誠をいだいて、黙々として任務に就く有為の青年の、その数少なからぬを見て、江南の子弟豪俊多し、捲土重来知るべからず、と古人の詩を吟ずるのであつた。

都城の旅館、名を「松の枝《え》」といふ。座敷へ通されて記憶がよみがへつた。ここは昭和十五年五月、神武天皇聖蹟調査の為に、内閣より命ぜられて、九州各地を廻つた時、山田孝雄博士と共に宿つたところである。見廻すと座敷の模様は変つてゐないが、ただ天井の板が新しく、立派である。聞いて見ると、町が戦災にあつた時、此の家は幸ひに焼け残つたが、敵機の機銃掃射を受けて、所々に弾痕が残つたのを、近年修補したのださうである。

宿は旧知の宿であつたが、この夕、一般の人々の為に開かれた講演会場天竜会館は、初めての事とて、その外郭の偉容に驚いた。郷土史家篠原秀一翁が、私の為に説明してくれられた所によると、これは真宗の寺院摂護寺《せふごじ》の建物であつて、江戸時代には島津の領内堅く真宗を禁じてゐたのが、明治の初年その禁令撤廃せらるるに及んで、はやくも明治十一年に此の寺の創立を見た。屋敷はもと島津藩の米倉の跡であり、建物は五十石の武士の家を移して建てたので、此のやうに豪壮の威容を具《そな》へてゐるのであるといふ。しかし威容は、此の寺に限つた事では無い。都城には、田中氏・小川博士を初めとして、人物が多い。見識あり、勇気ある人物の多い土地は、そこをおとづれる人をして襟を正さしめる威厳が、おのづからそなはるものである。

都城の翌日は宮崎である。宮崎は北に当るが、高い盆地の都城にくらべると、遙かにあたたかいといふ。到着して先づ第一にお参りするは、宮崎神宮である。神宮の御境内は、神武天皇御東征前の宮殿のあとと伝へられてゐる。神皇正統記に、神武天皇「筑紫日向《つくしのひうが》の宮崎の宮に御座《おはしま》しけるが」とあり、また職原抄に、「日向の国宮崎の宮に都したまふ」とあるを見れば、此の伝承の頗る古い事が考へられる。そして其の地に、神武天皇を祀《まつ》る神社の建てられたのも、記録こそ無けれ、古い事であるらしい。広瀬旭荘の詩に、「一朶《だ》の春光　神武の祠《ほこら》」とあるのも、此の宮を詠じたものである。その祠が明治に入つて、官幣大社宮崎神宮となつたのであるが、私は今度参拝するに当つて、戦後の衰微どんなであらうかと、内心頗る不安を感じてゐた。しかるに参拝して見ると、境内の大木、杉は二十年晩夏の颱風に倒れ、松は松喰虫に荒らされて、往年の壮観また見るを得ないのは止むを得ないとして、其の外に於いては崇厳少しも昔に変らない。すがすがしく掃き清められた参道の光景、心をこめて奉仕する神官の態度、昔ながらに「神武様」と唱へて、親に対する如き親しみを感じてゐる土地の人々、私はすべてをゆかしくうれしく思ふのであつた。講演は医師会館に於いて行はれたが、開会の辞は片岡宮司、多年の親友である。而して閉会の辞は中村中将、初めて御会ひするのであるが、拙著「伝統」を通じて、これ亦古くよりの知己である。老いて気力の衰へを知らぬ将軍の、隻手大淀川《せきしゆおほよど》の流れをも止《とど》めかねない豪快の気象に、私は旅の疲れも忘れるのであつた。会場には旧知の友、未知の有志、多くの参会を得たが、中に就いて私を驚かせたのは、米良《めら》の人々が数名、菊池勤王史の縁につながつて、春雨といふにはまだまだ寒い雨の中を、遠く山を越え谷を渡つて来てくれられた事であつた。

安田尚義翁も亦来会せられ、翌日宮崎を辞する時も、同じ汽車に乗つて、色々と日向の山河を説明してくれられた。翁はもと鹿児島一中の教諭、歴史家としても、歌人としても、世に知られた人である。今度は殆んど二十年ぶりにお会ひしたのであるが、私よりは十歳以上も年上であるのに、心身共に強健であつて、記憶の確かなる、感覚の鋭き、共に一驚させせられた。

尾鈴山　ひとつあるゆゑ　黒髪の
　白くなるまで　国恋ひにけり

とよまれた其の尾鈴山のふもと、高鍋の町に、先祖伝来の古い家があつて、今はそこに住んで居られるのださうである。先祖は李仲と号し、狩野探幽門下の画人で、画を以て高鍋藩に仕へ、それを初代として、尚義翁は第十代に当るといふ。先年四賀光子女史は、その家をたづねて、

日向の国　高鍋までも　我は来つ
　二もと槇《まき》の　苔むせる門《かど》

と歌はれたさうであるが、私はゆかしいと思つても、其の二もと槇の家を訪ふ余裕は無い、やがて翁と別れて、大分でのりかへ、久留米へといそぐのであつた。

中、インパール作戦

宮崎より久留米へ向はうとするに、中を隔てるものは、阿蘇山より霧島山に連なる一帯の高山峻嶺である。之を迂回するに南に下りて鹿児島へ出てもよい。北上して大分から左へ折れてもよい。いづれにしても朝から晩までの一日仕事である。私は其の北路を採つた。さて其の鉄道、大分までは準急があつたが、大分で乗りかへてからは、山の中を迂余《うよ》曲折して、一駅一駅丁寧に挨拶してゆくのであるから、退屈する事おびただしい。それを辛抱しながら、色々考へてゐるうちに、曾て岩国から神《かう》の池へ向つた時の事を想ひ出した。それは昭和二十年正月二十日の事であつた。

岩国を十三時四十四分発の東京行急行に乗つたので、順当にゆけば、あくる日の午前十時半には東京へ着く筈であるが、明石と豊橋との二箇所爆撃を受けて不通となつて居り、予定は一切立たぬといふ（果して其の列車は途中で打切となつた）。その不安な汽車には乗客もすくなく、いかにも寒々《さむざむ》としてゐたが、私の座席に近く、二人の若い陸軍少尉が乗つてゐた。その二人が、いかにも朗《ほが》らかに語つてゐるのを、聞くとも無しに聞いてゐるうちに、段々分つた事であるが、二人は陸軍飛行将校であつて、フィリッピンに於いて手痛く敵を撃つた歴戦の勇士であつた。それが今戦友の遺骨をいだいて原隊へ帰り、新しい飛行機を貰つて間もなく戦場へ引きかへすのだといふ。見れば網棚《あみだな》の上には、白布で包まれた遺骨が二箱安置せられてある。定めし激戦であつたらうと思はれるのに、二人の顔は折からの夕日に輝いて、声はまことに朗かである。フィリッピンより帰つて来ては、雪のちらつく山陽道は肌寒からうに、またどの駅にとまつても、弁当は一切手に入らないのであるから、定めし空腹であらうと思はれるのに、此の二人の少尉は、何の屈託《くつたく》も無いのである。当時私は、幸ひに兵学校からお結びを三つ貰つて持つてゐた。そこで両勇士にたのんで、一つづつ受取つて貰ひ、三人でいただいたが、聞けば今朝から何も食べてゐないといふ事で、いかにもうまさうに食べて、食べ終ると二人ともグッスリと熟睡して了つた。そして其の夜ふけに、二人そろつて下車したが、下車に際して私に挨拶して、これは戦地のお土産ですと、小さい石鹸を一つ分けてくれられた。辞退しても、きいてはくれないので、志《こころざし》有難く之を貰つたが、勿論勿体《もつたい》なくて使用する気にはなれず、それより十四五年たつた今日でも、石鹸は大切に土蔵の中にしまはれてあるのである。その石鹸は今に残つてゐるが、あの両勇士は一体どうなつたであらうか。想出は、又しても私に物を思はせるのである。

想出に耽つてゐるうちに、やがて私は、大変な失錯《しつさく》に気がついた。大分から久留米に向ふ鉄道、いはゆる九大線は、玖珠《くす》郡をよぎり、玖珠町を通るのである。それを迂闊《うくわつ》にも計算に入れずにゐた。若しこれに気がついて居たならば、私はかねて会ひたいと思つてゐた安部速水氏に御頼みして、御差支なくば駅まで出向いていただき、しばらくでも御会ひする事が出来たであらうに、残念な事をしたものである。安部氏は、知る人ぞ知る、今次大戦にインパール攻撃に参加して、その困難を極めたる撤収作戦に殿軍《しんがり》を勤め、奮戦して敵の心胆を寒からしめ、無事に味方を後退せしめた勇士、山砲の大隊長である。

インパール作戦は、第十五軍の担当する所であつた。その大体の計画は、第三十一師団を以て、長駆してコヒマを占領し、これによつてアッサム方面よりする英軍の増援を阻止し、インパールを孤立の地に置いて、第三十三師団と第十五師団とを以て、南北よりインパールを急襲し、之を包囲撃滅しようとするにあつた。若しこれが成功するならば、敵の反抗作戦を封じ去つて、わが軍の威力は印度国境に及び、印度を動揺せしめる事が出来るであらう。然し時は既に昭和十九年である。わが国力は漸く疲弊し、彼の態勢は段々整備せられて来た。ここに問題がある上に、不幸にして軍の中枢に、その人を得なかつた。非常の英傑であつても困難重畳して、果して成功するか、どうか、危ぶまれる冒険を、その人にあらずして行はうとするのであるから、これはやはり無理といふべきであらう。

大本営は、昭和十九年一月七日、この作戦を認可した。第三十三師団は、三月八日を以て行動を開始し、ややおくれて、同月十五日には、全軍作戦に入つた。印度国民軍が之に参加し、之に協力した事は、この作戦の一つの特徴であつた。ジビュー山脈の横断、チンドウィン河の渡河等、幾多の困難を冒して前進し、第三十一師団は四月六日、遂にコヒマを占領し、第十五師団も四月八日、ミッションを占領し、インパールの背後を衝《つ》く態勢をとつた。しかるに正面よりインパールを攻撃すべき第三十三師団は、ゆくゆく激戦を交へ、奮戦して敵を撃破して居りながら、しばしば情況判断を誤つて、みづから戦果を放棄したのみならず、柳田師団長は狐疑逡巡《こぎしゆんじゆん》して軍を進めず、はやくも三月二十七日、作戦の中止を具申し、軍司令官の督促によつて、本意ならずも前進したものの、遅延に遅延を重ねて、戦機を逸した。五月の初めに至り、非常措置はとられて、柳田師団長は罷免《ひめん》せられ、代つて田中信男中将が任命せられた。田中中将は、馬占山討伐に雷名をとどろかせた勇将である。しかしながら、一たん失はれたる勝機は、之を取りかへすべくも無い。もともと無理な作戦であつて、有力なる飛行機の援護と、弾薬食糧の十分なる補給が伴つて、始めて遂行し得る難事を、飛行機無く補給無くして断行しようとするのであるから、それはあくまで奇襲急進に出でて、一気に敵を粉砕し、兵器弾薬も食糧も、すべて敵軍に依らなければならぬ。それが途中で停滞したとなれば、敵の防備はきびしくなり、味方の食糧は欠乏して、戦力の急低下を来たす事は、あたりまへであらう。四月上旬にして為すべし、五月に入つては、もはや手遅れといふの外は無い。はやく目的地に進出した第三十一・第十五の両師団に於いても、駄牛の全部と、駄馬の大半は、進攻途上に於いて斃《たふ》れて了ひ、後方からの補給は何一つ受けて居らず、山砲の弾薬も殆んど尽きてゐたといふ。此の態勢に於いて敵の反攻にあへば、苦戦言語に絶する事、想像に余りある。第三十一師団長佐藤中将は、五月下旬に至り、「我は糧を求めて前進せんとす」といふ一言を残して、コヒマを放棄し、軍司令官の命令にも従はず、友軍第十五師団にも連絡せずして、勝手に退却し来つた。是に於いて軍司令官は、佐藤中将の罷免を申請し、後任として河田中将が師団長に補せられた。第十五師団に於いても、山内師団長病篤《あつ》きにより、柴田中将之に代つた。激戦の最中に、全師団長の更迭を余儀《よぎ》なくせられたといふ事は、恐らく未曾有の不祥事であらう。

かくて七月に至り、インパール攻略の計画は挫折して、全軍退却を命ぜられた。数多くの傷病兵を擁して、既に雨期に入つて氾濫《はんらん》する大河を渡り、敵の追撃を密林の中に避けつつ後退するといふのであるから、困難は進攻の時に十倍し百倍するであらう。参加兵力約九万五千のうち、生還する者わづかに三万五千に止まつたといふ。

此の時に殿軍《しんがり》をつとめたのが、安部大隊長である。この大隊は山本少将のひきゐる山本支隊に属して、最も早く進攻して敵を吸収し、全軍の行動を容易ならしめつつ、パレルに向つたのであつたが、今や撤収作戦に転じては、味方の後退を守るべく、敵の追撃を打払はねばならない。安部大隊長の下には、中隊が三つあつたが、一つは歩兵大隊に配属せしめられたので、残るは二個中隊、山砲は四門あつたが、兵力が減少したので、それに応じて二門とした。つまり一個中隊に只一門の山砲、それを以て追撃し来る大敵に当るのである。

安部大隊は終始善戦した。進攻の時すら四門の山砲、撤退に当つては、わづかに二門しか持つて居らぬ。之に対して、敵は統一指揮下に在る一箇師団七十余門の大砲を以て、集中攻撃して来るのであるから、我が方は、一度射撃すれば、すぐに他に移動して、位置を転じなければならぬ。その移動が、実に敏速巧妙に行はれたと見えて、敵は我が四門を四十門と判断したといふ。それが今撤退の最難関に当つて、安部大隊長は、ただ一個中隊を以て、勝に乗ずる英軍ハースト准将の猛追撃を阻止するのである。中隊といつても、中隊長友田中尉の下に、兵数わづかに二十名。此のわづかの兵をひきゐ、只一門の山砲を以て、むらがり寄する敵軍を潰乱せしめて、味方を無事に後退せしめ、敵の辟易《へきえき》して追撃を中止したのを見届けて撤退を始めたが、朝より一度も食事を取らずに、激戦夜に入つたので、兵は疲れて砲を運ぶ事が出来ない。友田中尉は、やむなしと見て砲の分解埋没を命じ、兵を帰して自らは責任をとり自決しようとする。兵は動かぬ。中隊長にして帰らないならば、我等も此処に留まつて死を共にしようといふ。友田中尉も帰らざるを得ない。

終戦の後バンコックに在つた安部大隊長は、英軍の飛行機に乗せられてサイゴンの英軍司令部に出頭せしめられた。

何事であらうといぶかる安部少佐を待受けたのは、ハースト准将である。彼は慇懃《いんぎん》に少佐を迎へて、さていふには、「第一次大戦以来歴戦して来たが、私の立てた作戦を破る敵に出会つた事は一度も無かつたのに、今度の戦では貴下によつて物の見事に打砕《うちくだ》かれた。私はこれほどの勇士にあつた事は、曾《かつ》て無かつた」。かう云つて、やがて食事を共にし、感状を少佐に贈り、記念として少佐の佩刀《はいとう》を譲与せられむ事を依頼するのであつた。

安部少佐・友田中尉の奮戦は、遺憾まことに多きインパール作戦の中に於いて、胸のすく話であり、ハースト准将の態度も亦、卑劣なる報復に充《み》てる戦後の敵軍の中に於いて、稀に見る美しい心と云はなければならぬ。その安部少佐が、今は帰農して大分県の玖珠町に住み、友田中尉が、これも亦帰農して長野県の豊野町に居るのである。私は此の両勇士を一目見ようと欲して、未だ面会の機を得ない事を、いつも残念に思つてゐたのである。しかるに九大線は、今やその玖珠町を通過しつつある。私にしてあらかじめ之を知り、安部少佐にお頼みして置けば、或いは駅頭お会ひ出来たかも知れぬ。何といふ迂闊《うくわつ》、何といふ不用意であつたらう。

インパール作戦に、牛も斃れ、馬も斃れて了つた事は、前にも記したが、安部大隊では象を十頭手に入れて、之を使つた。敵弾飛来すると、象は荒れ狂ふので困つたといふ事である。そのやうな話を、色々想出してゐるうちに、汽車は豊後《ぶんご》中川駅へ着いた。すると十二三歳の女の子が十数名乗込んで来て、三等車が満員で入れない為に、二等と三等との中間、危い継目のデッキに立つてゐた。汽車は又してもトンネルに入る。トンネルに入れば煙がひどいので、皆が声をあげて二等車に逃げ込むが、トンネルを出れば、すぐに元のデッキに戻る。その態度がいかにも純真であつて、ズウズウしさが無い。見ればどの子も梅の花一枝をもつてゐる。何処へ行つて来たのかと尋ねると、高塚の地蔵さんへお参りしての帰りであるといふ。高塚の地蔵さんといふのは、中川駅の東北方一里余りの所にあつて、行基の勧請《くわんじやう》と伝へられ、祈願を籠《こ》める時は、祈願の一つは必ず成就するといはれて、雨の日も、雪の日も、お参りの絶え間は無いと云ふ。女の子達は日田《ひだ》で下りた。下りたがプラットフォームの上に並んで、みんなで手を振つてくれた。日田は広瀬淡窓の塾のあつたところ、純情を存し、風雅を忘れないのは、昔の教化名残りを留めてゐるのであらうか。

汽単と並んで馳する水、玖珠川はやがて日田川となり、日田川は遂に筑後川となる。即ちこれ曾て頼山陽が、日田に淡窓をたづねた後、再び熊本に帰らうとして、舟を浮べて急流を下つたところである。「文政の元《ぐわん》十一月、吾れ筑水を下つて舟筏《ばつ》を僦《やと》ふ、水流は箭《や》の如く万雷吼《ほ》ゆ、之を過ぐれば人をして毛髪を竪《た》てしむ」云々といふ有名なる長詩は、実に其の時の作である。水はあくまで青く美しい。矢部川もさうであるが、こちらの川は如何にも青く、まるで藍を流したやうに感ぜられた。

下、諫早

筑後川に沿うて下れば、やがて久留米である。久留米の町はづれ、いかにも別荘といふにふさはしい閑静な宿、山水荘といふに、泊めて貰つた。朝早く目がさめて、起きるには早過ぎるだらうかと考へてゐると、庭では頻りに小鳥が囀り出した。その小鳥の囀りに交つて、鋭くさわやかな音が、又しても聞える。何だらうと思つて、雨戸をあけると、それは池の鱒《ます》の小さいのが、跳躍して水面を打つのであつた。梅は既に散つてゐたが、椿で藪は真紅《しんく》に映《は》えてゐた。

躍り上つて水を打つ若い鱒の勇ましい音は、高良山《かうら》の麓に武を講ずる青年の雄心壮志を象徴するものであらうか。背骨も立たず、目も定まらず、フラフラしてゐる若者にあきたらない者は、高良山へ来て見るがよい。山は筑後平野の中央に屹立《きつりつ》して、四方を睥睨《へいげい》してゐる。一名を不濡山《ぬれずやま》といふさうであるが、いかなる大雨にも、たとへばノアの洪水といへども、此の山だけは水中に浸《ひた》らないであらう。まことに自然の要害である。されば昔、菊池氏もしばしば此処に陣を構へて賊軍に対したが、今はそれが講武根本の道場となつてゐるのである。

翌日は久留米市の中でも、最も古い形態を存してゐる櫛原《くしはら》町に泊つた。久留米は有馬氏二十一万石の旧城下であるが、その士族屋敷の面影の、歴然として残つてゐるのは、此のあたりである。戦前までは、全国いたるところに、士族屋敷の名残りを見る事が出来たが、戦災は其の大部分を払拭《ふつしよく》し去つた。それを心寂しく思つてゐた私は、図らずも此処にうらぶれの門や土塀を見て、曾てローテンベルヒにドイツ中世の城壁を見て廻つた事を想起するのであつた。

是の日は幸ひにして、多くの英偉豪俊の士に会ふ事が出来た。T氏は其の一人である。氏は元満鉄に在つた。そして昭和十二年の七月松岡総裁の命をうけて渡米し、仔細《しさい》に米国の動きを調査し、調査する事半年にして、米国は日本に対し、戦意を有し、戦争を準備しつつあるを看破して、翌十三年正月、此の旨を打電したといふ事である。十二年の七月といへば、蘆溝橋事件の起つた時である。その際にいちはやくアメリカの動向に注意して内偵を怠らなかつたのは、松岡総裁も流石《さすが》とうなづかれるが、詭弁《きべん》と粉飾とに包まれたアメリカ外務当局の動きの中から、的確に其の戦意を看取して使命を全うした事は、T氏あつぱれ炯眼《けいがん》と云はなければならぬ。かねてタンシル教授の「戦争への裏口」(Prof. Tansill : Back Door to War) を読んでゐた私は、極東局長ホーンベック (Hornbeck) の強い反日態度を語るT氏の話に深く耳を傾けるのであつた。

K氏の話も面白かつた。K氏は少佐としてラバウルに在つた人であるが、その話に、原地人は日本兵が親切であつて、少しも婦人を犯さず、規律の正しいのを見て、深く心服し、終戦の後も、「見よ東海の空明けて、旭日高く輝けば」

と歌ひつつ、濠洲兵に指揮せられながら、働いてゐた。そして日本軍がいよいよ帰国するに当つては、「何時《いつ》また来るか、我々の生きてゐるうちに、是非来てくれ」と云つて、名残を惜しんだといふ。日本軍といへば、乱暴ばかりしたやうに宣伝せられてゐる今日、かやうな話を耳にする事は、何といふ楽しさであらう。

其の翌日、朝早く立つて、鳥栖《とす》から急行雲仙に乗り、諫早《いさはや》へと急いだ。立つ時に見送つてくれられたのは、N氏である。N氏は陸軍に於ける親友の、最も古い一人である。それらの友人、大抵は戦死し、稀に生き残る人も、段々と疎遠になつた中に、二十数年を経て、友情少しも昔に変らぬといふは、貴い事と云はなければならぬ。見送りが、かういふ旧友であつたが、出迎へが、これも亦古くからの親友野村市長である。私は市長の案内によつて、諫早復旧の概略を観る事が出来た。今ではもはや一昨年になつたが、三十二年七月二十五日の豪雨は、此の地方一帯をなやました中に、とりわけて本明川《ほんみやう》の氾濫《はんらん》は物凄く、この川にかかる橋を流失すること二十八、川に跨がる諫早の町を襲うて、家屋を流すこと七百余り、人命を損すること五百数十人、物質的損害は約九十億円に上つたといふ。繁栄の市街も、一望の美田も、一瞬にして水中に没し、泥中に埋れたのである。之を復興するといふ事は、至難の業であつて、治水に名を得た禹《う》を呼んで来ても、中々容易であるまいと思はれるのに、野村市長は至誠よく此の困難を克服して、道路も、商店も、田畑も、着々として復興してゐるのである。水害を蒙つた田地、川の下流だけでも四十町歩、全体を合せては二百八十町歩に上つたのに、その内八割までは、半年の内に整理して、翌春はやくも植付けに間に合ひ、生活根本の資源を確保し得たといふ。

城山に登つて、復興の気魄に充ちてゐる町や田畑を眺めるのは、まことに心地よいものであつた。城山には老樹大木鬱葱《うつそう》として茂つてゐる。その中に樟《くす》の大樹にまじつて、珍しい木がある。聞けば肥前檀《ひぜんまゆみ》といつて、元来が熱帯植物、諫早を以て北の極限とするのださうである。それらの木々を通して谷向ふに見える山は、青々として美しい。それは全部で二十五万坪、旧藩主諫早男爵家の所有であつたが、此の度《たび》之を市に譲渡されたので、市としては緑の公園として大切に保存し、市民の目を楽しませ、心を養はしめる事に決めたといふ。私は之を聞いて驚歎した。今の世の中は、生きんが為に、食はんが為に、どんな事でも敢てするやうになつた。先祖の墓を発掘して、その土地を売るのもあれば、由緒ある城跡を売却して、金に代へるのもある。諫早家が只金にしようとするのであれば、分割して高く売付ける事も出来たであらうし、市役所の方針としても、財政のやりくりにのみ気を配れば、この山の立木を以て、眼前に利を得る道はあるであらう。しかるに売る方では一括して市に譲るのであり、買ふ方ではここに斧を入れず、緑の公園として保存するのである。九十億円の大損害を受けた直後の処置として、破天荒の快挙といはなければならぬ。

先年一見した跳石《とびいし》は無論失はれた。組合せの面白い石鳥居も流れて了つた。眼鏡橋《めがね》は一部分破損したが、去年十一月重要文化財に指定せられたので、近く解体して城山へ移される筈だといふ。しかし私から見ると野村市長その人が、立派な国宝である。私がこの人に驚いたのは、昭和十一年秋からの事である。当時北海道に於いて大演習が行はれ、陛下行幸の事があつた。その時、内務省は厳重な警備の方針を立て、左翼右翼を問はず、怪しいと思はれる者は検束し、検束しないまでも監視すべしと指令した。野村氏は当時北海道の特高課長であつて、当の責任者であつたが、内務省の指令にも拘らず、敢へて一人の検束者をも出さなかつた。氏は考へた。不逞の考へが起るのは、陛下の御徳を知らないからである。日本人でありながら、一度も行幸を拝した事がないからである。かやうに考へて、不穏の人物に対しては、一人一人に会つて誠意を披瀝《ひれき》し、その反省を促した。そして今は大丈夫といふ手応へに信頼して、一人の拘束者も出さなかつたのであつた。これが私の、驚いて此の人に注目するに至つた端緒《たんしよ》である。そして爾来《じらい》今に二十数年、地位職分はしばしば転じ、頭髪はいつしか霜を置くに至つたが、忠直至誠は一貫して変るところがない。その間の言行、私は一々記録してゐるが、公表するには今少し時日を経過してからがよいであらう。只一つ、終戦の時の事を記して置かう。終戦といつても、うちつけに云へば、敗戦に外ならぬ。その未曾有の敗戦に際して、慟哭《どうこく》して止まなかつた人、その号泣の声の、今も私の耳底に残る人、男子に在つては元の内務次官羽生氏と此の野村氏、婦人に於いては最後の宮内大臣松平慶民子爵夫人、以上の三人を最とする。思へば諫早はよい市長をもつた。それに比すれば眼鏡橋などは問題でない。いや、眼鏡橋はその巧妙なる石の組合せを誇つてよい。しかしそれにも増して貴むべきは、崇高なる人格である事を忘れてはならぬ。

次は長崎である。先づ諏訪神社に参拝する。遠くから境内を眺めても、まぢかく社頭にぬかづいても、いかにも此の町の鎮守として長崎一帯を守護せられるといふ感じである。原爆にも殆んど被害の無かつた事は、慶賀の至りである。参拝の後、多くの人と旧交をあたため、また多くの人と新たに近づきになつたが、その新しき一人に造船鉄工所のS社長がある。S氏は固く紀元節を守つてゐる人で、年々その祝賀を忘れないのであるが、工員も皆社長の精神に感動して、日の丸の旗をかかげて行進するのださうである。話を聴いてゐると、いかにも元気であるが、明治十八年の生れで今は七十五歳、而して子息は原爆によつて失はれたと聞いた時には、深く胸をうたれた。旧知の一人はN氏、太洋漁業の副社長である。これまた実に雄大なる会社である。北洋に鮭《さけ》・鱒《ます》・蟹《かに》をとり、南洋に鯨をとるのである。その捕鯨の事業に於いて、ひとり日本に冠たるのみならず、正規の道をふんで世界各国と争つて、その首位を占めてゐるのである。まことに男児快心の業と云はなければならぬ。さればN副社長が、私の講演を聴いて、同感してくれられたのは当然であらう。不思議なるはS女史である。先年の講演会、数百人の集まりの中に、中途より泣いて泣きやまぬ老婦人があつた。私は多分その子を戦死せしめた母親であらうと想つてゐたが、その人かへりに鮨屋《すしや》へ寄つて、「終戦以来十年、今日に至つて初めて日本人の言葉を耳にした」と独言《ひとりごと》したのを、小耳にはさんだ鮨屋の主人《あるじ》、是れが何と私の旧友で、南方に雄飛しようとして不幸海に沈んだ大竹法学士の弟であつて、終戦後の世の中面白からず、しばらく市《いち》に隠れて鮨を握つてゐるのであつた。その鮨屋の主人からの知らせで、彼の老婦人はさる料亭の女将と分つた。これはいかにも不思議である。婦人は大抵眼前一時の平和を希望するの余り、我等の話には耳を傾けようとしない人が多い。孔子も「男子は死するの志あり、婦人は西河を保つの志あり」と喝破された程であるのに、此の老婦人S女史は違ふのである。N副社長と三人集まつた時の話で分つたが、副社長と私とは明治二十八年の生れ、而してS女史は一つ年上で、二十七年の生れ、いづれも日清戦争の子であつた。日清戦争に生れた者は気骨の違つた所があるとは、四十余年前に、ドイツ語の恩師大津康先生の云はれた所であるが、果してそのやうなわけがあつて、国家の運命に関して、特に敏感なのであらうか。

東京への帰りをいそいで、佐世保は今度は割愛したが、その代りに佐世保の諸賢は、わざわざ長崎まで出て来てくれられた。そこで想出して話した事であるが、先年佐世保から平戸へ行つた時、たまたま平戸の小学校での講演を聴いてくれた青年T氏が、昨年アメリカへ渡り、カリフォルニヤから手紙をくれた。それが実に情愛に充ちた懇切な手紙で、遙か異郷に在りながら、一日として私の健康を祈らぬ日は無く、曇の夜、雨の晩も、方角が分つてゐるので、北斗七星の方に向つて祈念を凝らすといふのである。師弟といふ程の深い縁も無いのに、恐縮な事と思つてゐると、やがてT氏は、半年の間刻苦して得た金をまとめて拾万円余り、そのまま母校（中津良小学校）に寄附した。しかもそれを基金として、今は亡き父の名に於いて、年々の卒業生のうち、たとへ成績は上位でなくとも、「正しく物事を考へ、真面目に行動する人に、」賞品を与へられるやう、校長に依頼したのであつた。アメリカであるから、金儲けも容易であらうなどと、気楽に考へてはならぬ。六七回にわたる文通によつて、此の青年の日常は、私に明瞭になつてゐる。それは酷暑の地デノレに於ける葡萄の収穫であつて、流れる汗の為に、シャツもスボンも、まるで川の中につかつたやうになるといふ。やがてオックスナードに移つての野菜栽培、これはまた腰が痛んで立つ事が出来ぬといふ。そのはげしい労働によつて得たわづかの金を、ビールも飲まず、煙草も吸はず、一心不乱に貯へて、父の名に於いて母校に贈るのである。これ実に明治の精神であり、興国の気象である。今の世に、何といふ珍しい、何といふ貴い事であらう。私は此のT青年が元気で帰つて来る日を待ちわびてゐるのである。筑紫の旅、今回は日数も短かく、歩いた所も少なかつたが、思ふ事は多く、得る所は大きかつた。

（昭和三十四年四月―六月）

七　四国の旅

イ、出石寺

四国、なかんづく愛媛は、私にとつて、有縁《うえん》の地であり、想出の所であつた。しかるに大戦の為に遮《さへぎ》られて、此の地を訪ひ得ざる事、二十年に及んだ。十年を一昔といふ。その一昔を二つ重ねての二十年であるから、随分長い御無沙汰といはねばならぬ。御無沙汰もこれだけ長くなれば、昔の人々にも大抵は忘れ去られて然るべきであらう。今年三月の事である。東京から四国へ遊びに行つた友人が、今治《いまばり》で観光バスに乗つたところ、観光課の説明に、「本県はいはゆる南北朝時代に官軍として王事につくした所で、今治の近くの山寺には、文中とか、天授とか、正しく朝廷の年号を記した大般若経が残つてゐて、今は亡《な》き平泉博士のよまれた歌に、みよしのの、みかど尊ぶ筆の跡、見出でてうれし、伊予の山寺、とある」と云はれたので、驚いて知らせてくれた。其の「今は亡き」私が、思ひもよらず再び海を渡つて彼の地に赴いたのは、去る四月下旬の事であつた。

私は先づ広島に赴き、宇品から船に乗つて高浜へ上がる事にした。晴雨冷暖のいちじるしく変調なるは、此の春の特徴であつたが、乗船の日も連日の雨、いまだ全く晴れず、雲行は怪しかつた。此のまま濃霧立ちこめて居れば、船は欠航するかも知れず、霧がはれるとなれば、恐らく風が出て、海面は荒れるであらうと云ふ。それを気づかつて、親しい人々数人見送つてくれたが、是れがいづれも豪俊の士である。一人は終戦時にシンガポールに在つて、雄々しく難局を担当し、機宜適切の処置、一糸紊《みだ》れず部下をまとめて帰還したのみならず、伝家の宝器を護り通した人物である。今一人は香港攻略の先陣を承り、重傷を負うて屈せず、部下を督励して倒れたる隊長をかついで敵陣に突入せしめたる勇士である。待つた、まだ一人、記すべき人物がある。是れは広島大学の学生であるが、船の前途を心配して、万一の為に護衛に附かうと云つて、乗り込んで来た。「泳げるのか？」とたづねると、泳いで江田島へ往復して、平気だつた、と云ふ。それにしても、難船の際、私を片手に提げて、激浪の中を泳ぎ切らうといふのは、よい度胸だとあきれたが、今時にして、何といふあたたかい親切な、そして勇敢な学生だらうと、感歎した事であつた。

瀬戸内海を、内海として、人は兎角《とかく》あなどりやすい。之をあなどる所から、しばしば遭難するのである。若し夫れ雲無く風収まつて、遠近の島々、往来の船、あだかも盆景の如く見ゆる時には、庭の中の逍遙に似る心安さがあるが、まことには両岸の山々と海中無数の島嶼暗礁《とうしよあんせう》とにせかれて、浪は怒り狂ひ、舞ひ躍るのである。昔、足利義満が厳島《いつくしま》に参詣した時、随行した今川了俊は、備前の牛窓附近の航行の困難を述べて、「此所は潮のかなた此方に行き違ふめり、宇治の早瀬などのやうなり、潮の落ち合ひて、みなわ白く流れあひて、潮騒《しほさゐ》早く、のぼれば、くだるなり、早潮におし落されじと、舟子ども声をほにあげて、こぎなめたり」と記してゐるが、万葉集（巻十一）にも、「牛窓の、浪のしほさゐ、島とよみ」とあり、謡曲西国にも「習はぬ旅は牛窓の、瀬戸の落汐《おちじほ》心せよ」などとあつて、牛窓の険は、早くから有名であつた。さやうな難所が随所にあつて、瀬戸内の航行は、気が許せないのである。宇品より高浜への航路では、音戸《おんど》の瀬戸が名高い。平清盛が切り開いたと伝へられる切所《せつしよ》であつて、潮流渦を巻いて海底に没入し、櫓《ろ》をこいで小舟をやる事、容易でないと思はれ、今川了俊も、「おんどのせとといふは、滝の如くに潮はやく、せばき処なり、舟どもおし落されじと、手もたゆく漕ぐめり」と記してゐる。しかし此の日は幸ひにして霧も次第にはれ、風も穏やかで、船は一路平安、高浜へ着いたので、瀬戸の飛沫も浴びず、泳いで助けて貰ふにも及ばずして済んだ。

宇品の見送りが既に豪俊の士の集まりであつたが、高浜の出迎へが、是れまた感激の場面であつた。いづれも二十年の旧友である。二十年の長きを経て、友情依然たるのみでは無い。いづれも惨澹《さんたん》たる苦難を真正面に受けて、毫も之を回避しようとせず、悪戦苦闘して、之を突破し来つた人々である。「難に臨んでは、苟《いやし》くも免《まぬが》れんとすることなかれ」とは、礼記巻頭の名言であるが、之を実地に踏まうとすると、事は容易でない。しかるに是等諸友は、敢然として千難万艱の中央を突破し来つたのである。剛勇の士、名誉の人と云はねばならぬ。髪の白きもよい。皺の深きもよい。これ力戦《りきせん》の記念であり、名誉の象徴に外ならぬ。

高浜へ着いたのは、四月二十三日の午後であつたが、それより十日余り、私は旧友の案内を得て、愛媛県下を縦横した。その間に見聞する所、感銘するところ、一々挙げつくすべくも無いが、そのうちいくつかを記して此の行の記念としたい。先づ松山である。松山は大戦の終りに近く、二十年の七月二十六日戦災にあつて、市の大半は焦土と化したが、今は立派に復興して、繁華以前にまさるかと思はれる。殊にうれしいのは、其の城山、樹木鬱葱としげつて、折からの新緑、目もさめるやうに美しい中に、天守閣は嚴然《げんぜん》として聳《そび》えてゐるのである。此の城、之を構築したのは、加藤左馬助《さまのすけ》嘉明、賤ケ岳七本槍の一人、関ケ原の役の後、伊予半国を領して、ここに城を築いたのであつた。その後、寛永十二年に至り、久松隠岐守定行十五万石を以てここに封ぜられ、子孫相ついで明治維新に至つた。

戦災には遭はなかつたが、様相の一変したのは道後《だうご》である。前には松山と離れて別個独立の湯の町であつた。今見るとあたり一面、家がたちならんで、松山と一つづきになり、完全に松山市内に入つて了つた。それに今一つ大きな変化は、以前は共同の浴場が中央に在つて、旅館は之を取りかこんで周囲に集まつてゐたのに、今は自由に新しく温泉を掘り出して、旅館は大抵内湯となり、従つて湯の町がひろく其の範囲を拡大した事である。これは道後温泉の古い歴史の中に、一つの画期的な変化であらう。周知のやうに、此の温泉は古くから非常に有名であつて、景行・仲哀・舒明・斉明・天智・天武の六代の天皇が行幸遊ばされた事、釈日本紀に引用してゐるところの伊予国風土記に見え、また日本書紀にも散見してゐる。聖徳太子がここに遊ばれて碑文を作られた事も、幸ひに風土記によつて記され、釈日本紀によつて伝へられたが、その文章は支那六朝《りくてう》の詩賦をまねて、華麗を極め、当時外国文学を消化して、自由に之を自家薬籠《じかやくろう》中の物とした大力量に驚歎せしめられるのである。また此の碑文に法興六年といふ年号の記されてあるのは、法隆寺の釈迦像光背の銘に、法興元三十一年歳次辛巳とあると併《あは》せて、推古天皇の御代に法興といふ年号が用ゐられてゐた事を察すべき貴重な史料である。かやうな貴い石碑が、どういふわけで失はれてしまつたのか、後世全く其の影を留めないといふ事は、残念なりとしなければならぬ。

道後の町はづれに、東照宮がある。尤も今は天満宮を合併して、名も松山神社と改められたが、もともと東照宮であつて、今も東照宮で通るのである。徳川幕府の盛んなる世には、あちらにも、こちらにも、東照宮が建立せられたが、誠心実意の無い所では、幕府瓦解の後、いつの間にか忘却せられて了つた所が少なくない中に、松山の東照宮が依然として形勝の丘により、威厳を失はないのは、実直なる土地柄《とちがら》を示すものであらうか。

石手寺は名高い霊場であつて、鎌倉時代といふ古い堂塔のうちに、祈願をこめる巡礼の姿が、門前の竜わだかまるかと想はれる大きな松や、その松の枝かげに立つ、是れも恐ろしく大きい五輪の石塔と共に、いつまでも印象をとどめた。

驚いたのは出石寺である。地図を見ると愛媛県の最西端、海中遠く突出して、豊後《ぶんご》水道を隔てて直ちに大分県に対するものは、佐田岬である。その長さ十三里に及ぶといふ佐田岬の根元《ねもと》に当つて、高さ八百米を越える高山が聳《そび》え立ち、北に長浜、東に大洲《おほず》をひかへ、南に八幡浜《やはたはま》を見下してゐる。これ即ち金山《きんざん》といひ、出石山《いづしやま》と呼ばれる俊峯であつて、その頂上に出石寺がある。長浜での講演をすませた後、この寺に参る事にして出掛けたが、旧道を歩けば三里、今は新たに車道を開いたので、何の苦もなく登れるとはいふものの、普通の自動車では頂上まであがり切らないので、特にジープを借用してくれられた。さて登つて見ると、是れまた意外の険峻であつて、折からの雨天で、谷は雲霧深く立ちこめて断崖の底も見えねば、道の前後も一寸先は闇の中を、左曲右折する事、数十回、漸く到りついて車を下りると、こはそも如何に、仁王門、護摩堂、本堂、講堂、客殿、庫裏《くり》、建坪総計して七百坪、宏壮なる堂塔、甍《いらか》を並べて出現するのである。しかも是れが、昭和十六年五月全焼の後、むつかしい時勢のうちに再興せられたものと聞いては、ただ驚歎の外は無かつた。

人業《ひとわざ》と　誰か思はむ　雲の海の
　上にうかべる　出石大寺《いづしおほてら》

谷々は　深く沈みて　雲の海の
　上に浮べり　出石大寺

此の山、元は巨樹大木が多く、先年台風に倒れたるもの、杉の大木七百本に上り、それを利用して、寺は再建せられたのだといふ。よほど木の育ちのよい所と見えて、その跡に植ゑられた杉が既に相当の高さに伸び、そして今年に入つての新しい梢の美しい進出は、一気に二尺三尺と踏み出してゐるやうに見えた。

翌朝寺を辞して山を下り、大洲に向ふ途中、八多喜《はたぎ》の興覚寺へ立寄つた。ここは巣内《すのうち》式部信善が、晩年を蟄居《ちつきよ》して、明治五年に病歿した所である。式部は大洲の人、八幡神社の神官常盤井中衛に就いて学び、幕末京都に出て国事に奔走し、新撰組の為に捕へられて獄に下つたが、戊辰《ぼしん》の戦には北陸討伐の軍に従ひ、其のしたためた短冊は、越後に多く残つてゐたといふ。その短冊を苦心して拾ひあつめ、その遺稿を大切に保存し、その歌集を出版し、その墓碑を建設し、供養到らざるなき篤志家がある。大洲の三瀬《みせ》惣吉氏、即ち是れであつて、氏の令兄は元九州帝国大学教授三瀬幸三郎博士、鴨緑江の鉄橋を造つた人物である。私は三瀬家をおとづれて、収蔵の品々を見せて貰つたが、その家、蔵書に富み、その人、風雅を楽しむ事、まことにゆかしく覚えた。

大洲の城は美しい。肱《ひぢ》川の清流、ゆるやかに其の裾をめぐつて、あだかもライン河沿岸の古城を見る感じである。旧城主は加藤氏、領する所は六万石、先祖は遠江守光泰、秀吉に従つて賤《しづ》ケ岳に戦ひ、長久手《ながくて》に戦ひ、また小田原攻《ぜめ》に随つて戦功のあつた人である。

大洲の城下には、曾て中江藤樹が住んだ屋敷のあとがあつて、今にその井戸が残り、また窪田翁の篤志によつて建てられた至徳堂がある。翁はその母堂が眼を病まれた為に、それを悲しんで、自分自身も眼による楽しみは取らず、謹慎して来られたといふ事であるが、邸址の藤の花に対して、昔の高徳を偲び、今の美談に感じつつ、やがて私は内山進氏を回想せざるを得なかつた。内山氏は大野中学及び四高に於いて、私の同窓であり、一生を通じて、刎頸《ふんけい》の交はりを結んだ親友であつた。京大を出て文部省に入り、やがて欧米に留学して帰朝するや、横浜高商の教授となり、上下の信頼頗る篤かつたが、四十歳になるかならぬに、急に辞職して故山に帰つた。驚いて止める私に対して、答へはかうであつた。

「自分は幼少にして父を失ひ、母は若くして早くも寡婦となつた。そして今やまた兄が亡くなつた。即ち母は家の柱と頼む長男を失つたのである。一生の間に、二度も不幸に遭つた母を、そのまま見過すわけには行かぬ。自分は一切を棄てて母の侍養に帰らねばならぬ。」

少年の日に机を並べて共に学んだ古人孝行の教へを、友はかくして実践したのであつた。

豪雨の為に汽車の不通となつたのを却つて幸ひとして、大洲市の町はづれ阿蔵《あざう》に、国学者矢野玄道の遺宅を訪うた。門内には梅樹老い、墓地にはつつじ美しく咲いて、遠目には火のやうであつた。山には松が多く、春蟬がしきりに鳴いてゐた。山の中腹の土蔵は即ち書庫であつて、遺稿数多く残存し、土蔵の傍の小さな祠《ほこら》には、先祖に併せて国学の四大人を祀《まつ》るとの事であつた。

ロ、宇和島

宇和島《うわじま》は、同じ愛媛県の中でも、自《おのづか》ら別個の一区域を成してゐる。この県は、昔は伊予の国と呼ばれた。その伊予は、延喜式に於いて十四郡に分れてゐた。その十四郡のうち、道前五郡、道後七郡であつて、道後七郡といふ事は、しばしば古文書にも現れ、それが一箇所に集中せられて、湯の町の特称となつて了つたのであるが、その道後の更に奥へ入つて、喜多・宇和の二郡が、道前・道後と分つ時は、当然道後へ入る筈であつて、道後七郡とは別個に、いはば奥伊予を成してゐた。そして其の宇和郡が、明治の初めに、西宇和・東宇和・北宇和の三郡に分れたのであるから、土地の広大なる事、推知せられるであらう。その中心を成す宇和島市は、松山を距《さ》る事、二十二里、山重《かさ》なり、浦曲《めぐ》つて、鉄道開通以前には往復困難を極めた。私は二十年前に此の地をたづねたのを、一生の楽しい想ひ出の一つとして、法華津《ほけづ》峠の眺めなど、折々想ひうかべながら、恐らく再度此の地に遊ぶ機会はあるまいと思つてゐた。しかるに不思議なる運命は、山中幽棲の私を駆つて、四方に奔走せしめ、今やふたたび宇和島を訪ふ機会を与へてくれたのである。

私は再遊の機会をめぐまれた事を喜びながら、同時に戦災の為に全市灰燼《くわいじん》に帰した宇和島には、元の面影も見られないであらうと、危惧《きぐ》の念をいだいて汽車を下りたが、やがて導かれた旅館は、不思議に焼け残つた昔その儘《まま》の蔦屋《つたや》である。大きな玄関、広く長い廊下、その突当りの豪壮なる広間、幾十人送迎の訪客があつてもビクともしない構へは、私には過分の贅沢《ぜいたく》であつて、勿体ないとは思ふものの、それよりは昔なつかしさが先に立つて、喜んで奥へ通り、障子を明けて縁側に立つと、すぐ目の前に迫るは即ち城の懸崖《けんがい》であつて、それが一面に満開の躑躅《つつじ》、火の燃えるやうに咲き誇つてゐるのである。

命ありて　またも訪ひ来て　宇和島の
　城のつつじを　夢かとぞ見る

宇和島の城は、海に近い平地に、孤立せる丘陵を、堅固に加工したものである。戸田・藤堂・富田諸氏の後、慶長の末に、伊達遠江守秀宗、十万石を以て、ここに封ぜられ、それより代々相ついで、明治維新に至つた。秀宗は独眼龍伊達政宗の子であつて、本家は仙台六十二万五千六百石、支藩宇和島は十万石に過ぎなかつたが、幕末維新の際に、藩主宗城、功あつて、特に侯爵を賜はつた。その伊達家の庭園、竹や藤に珍しいものがあつて、名高いのが天赦園《てんしやゑん》である。今度は園内を一見する余裕が無かつたが、その横を通つて木々の茂みをゆかしく思ひながら、やがて連想したのは、今村大将の事である。

天赦園といふ名称は、伊達政宗の詩から採《と》つて名づけられた所である。即ち政宗の詩に、

馬上少年過　　馬上に少年過ぎ
世平白髪多　　世平らかにして白髪多し
残軀天所赦　　残軀《ざんく》は天の赦《ゆる》すところ
不楽復如何　　楽しまずんばまた如何《いかん》

とある。汗馬《かんば》に跨り、軍陣の間に馳駆《ちく》して、若い時代を戦ひ暮した武将老後の感慨として感じの深い詩であるが、その中の二字を改めて、全く別趣のものとせられたのが、今村均大将である。知られる通り大将は、部下が戦犯として拘禁せられてゐる限り、司令官たる自らは、獄を出るべきで無いとして、自ら進んで拘置所に入り、部下とその苦しみを共にせられた人である。数年前の事であるが、私はその高風を欽慕《きんぼ》するの余り、ある日巣鴨の拘置所に大将を見舞つた。囚人の如くに獄衣を身につけられた大将の姿を見て、私は心頗る憂憤に堪へなかつたが、しかるに大将は従容《しょうよう》として、かう云はれるのであつた。

「かやうに苦しみますのは、戦敗の責任者として当然の事であります。政宗は、残軀は天の赦す所、楽しまずんばまたいかんと歌ひましたが、私に於きましては、残軀は天の罰する所、苦しまずんばまたいかん、と思ふ事であります。」

彼は戦国勇将の感懐であつて、その風流を伝ふるもの、是れは現代司令官の心事であつて、その謹慎を見るべきもの、両々相対して、人の胸をうつこと多き美談である。

宇和島城は、前に述べたやうに、平地に特立せる丘陵に在るが、之と相対して、山より尾を引いて、その突端、駅

の近くまで迫つたところに、市街を見おろして建てられたものが、龍光院である。この寺には、もと古い大般若経があつた。それは元来は北宇和郡津島町（元清満村）満願寺に伝はつたものであるが、いつの頃よりか、転じて龍光院の宝蔵に帰した。それが昭和十一年八月失火の為に大半を焼失して、わづかに百九十七巻を残すのみとなつてゐた。私が前回参詣したのは昭和十二年の七月であつたから、六百巻完備の壮観は見る事が出来なかつたが、それでも幸ひに百九十七巻の遺存するを見て、驚喜して其の奥書を写したのであつた。しかるに二十年七月二十八日米軍の空襲によつて全市火の海となつた時、古経の残巻は寺院と運命を共にして、悉く灰燼に帰したのは、惜しんでも余りある事であつた。

大般若経六百巻、之を蔵する者は、天下に数多くある。それを一々惜しむ必要は無いが、龍光院の大般若には、弘和・元中の年号の存するものが沢山にあつて、その点に於いて、殆んど天下独歩の観があつたのである。その宝物は悉く焼失し、その一部分を実見した私のノートも、東京の戦災で失はれたが、幸ひに兵頭賢一・菊池薫・菊地正行・谷岡武義等の諸氏の篤志によつて、奥書の文字だけは完全に伝はつた。それによれば、弘和の年号を存するもの八十八巻、元中の年号を存するもの十六巻である。弘和は長慶天皇の御代であり、元中は後亀山天皇の御代であつて、延元に楠木正成・北畠顕家・新田義貞等勤王の名将数多く戦死して後、既に五十年、南風競《きそ》はず、賊軍の逆威、天下を圧した時である。従つてその時分には、大抵永徳とか、至徳とか、いはゆる北朝の年号を用ゐて、敢へて怪しまなかつたのに、此の大般若の奥書には弘和・元中の年号をかかげて、毅然《きぜん》として俗流に抵抗してゐるのである。純正なり、勇敢なりと云はなければならぬ。

抑も此の大般若経は、龍光院に移る前に、津島の満願寺に伝はつたものである事、前に述べた通りであるが、その満願寺は、本来の所蔵者であつたか、それとも他所より伝領したものであつたか、といふに、元中元年の奥書に、既に与州宇和庄満願寺と明記したものが数巻あつて、満願寺が本来の所蔵者であつた事は、疑ひが無い。次に之に協力した豪族は何人《なんぴと》であるかといふに、喜多灘左近将監橘元村とか、高田右馬助越智俊種とか、越智越後守通顕とか、越智千菊丸とかいふ名前が出てゐる。そのうち喜多灘は、今は長浜町に入つた喜多灘村か、さなくば津島町に入つた北灘村であり、高田は津島町に入つた高田村であつて、即ち前にいはゆる奥伊予の僻地に、足利に従ふをいさぎよしとせざる忠義の豪族占拠してゐて、それが憚るところなく、弘和・元中の年号を用ゐてゐたものであらう。現に高田の八幡神社には、天授四年の年号を存する譲状を伝へてゐるのである。

それに関連して一言すべきは、もと清満村王河原の小庵に伝はり、後に同村の報恩寺に移されたが、大正年間不慮の失火によつて焼失して了つたといふ、後醍醐天皇の御位牌である。今はただ拓本によつて、その面影を偲ぶのみであるが、それには晏駕《あんが》後醍醐天皇尊位の九字が記されてあつた。晏駕の晏は、おそいといふ意味であり、駕は天子の御乗車の事であつて、天皇既に崩御の後にも、御慕ひ申上げる臣下の気持では、はやく御乗車を拝みたいと御待ち申上げるといふ思慕の情を表した言葉であつて、やがて天子の崩御をさし、従つて晏駕後醍醐天皇尊位は、御かくれになつた後醍醐天皇の御位牌の意味であるが、その文句より考へても、下々《しもじも》の手に成るとは思へない上に、殊にその書風の気高さより見る時は、どうしても高貴の御方の筆蹟としか思はれないものである。

さても私は宇和島より更に南して、津島町を素通りして御荘《みしやう》町へ赴いたが、宇和島よりここに至つて旧道にして十三里、バスの通る新道は五十六キロであるといふ。これが実に大変な道である。何分にも平地といふもの殆んど無く、山は直ちに海に突入してゐるのであるから、道路は海岸に沿ひ、山腹を削り、自然の屈曲をそのまま縫うて進むの外は無い。羊腸九折どころの比ではない。かやうな僻地が、曾て後醍醐天皇を景仰し、弘和・元中の年号を守る節義の士のよりどころであつた事を考へると、此の地が今日邪説を破り、妄動をしりぞける人々を生んだ事、偶然では無いであらう。

誤解を避ける為に一言して置くが、僻地といつたのは、交通が不便だから云つただけの事で、風景の美といひ、気候の温暖といひ、羨しいほどの所である。行つたのは四月の末であつたが、麦畑の中には、既に黄色になつて、麦秋といつてよい感じのものもあつたし、榛《はぜ》も繁茂して、宇和島以北とは大いに異つてゐた。沖に見える鹿島《かしま》には、人の住む者無く、鹿と猿とだけが棲《す》んでゐるといふ。まるでお伽噺《とぎばなし》の国のやうでは無いか。

御荘町まで来ると、愛媛も南端、高知県に近い。絶好の機会だと思つて、一足延ばして宿毛《すくも》へ行く事にした。その途中、深浦の先き、人通りの絶えて無い山の中で、二人の巡礼を見かけたが、その白衣が如何にも印象的であつた。

南無遍照《なむへんぜう》　遍路の白衣《びやくえ》　満山の

青葉若葉の　中に消え行く

宿毛市、人口三万二千、高知市を距ること四十里、御荘町からは六里、凡そ国内で、最も不便な所であらう。ところが此の偏鄙《へんぴ》な町の小学校が、大臣を六人も出してゐるのは珍しい。林有造・岩村通俊・同高俊・同通世・吉田茂及び林譲治、これである。しかし私が此の地をたづねたのは、野中兼山遺族幽居のあとを、とぶらふ為であつた。野中兼山《けんざん》、名は良継、主計《かずへ》、伝右衛門また伯耆と称した。土佐の藩主山内氏の一族であつて、その重臣となり、知行一万石、寛永十三年その二十二歳の時より、命をうけて一藩の政務を執り、執政実に二十八年の長きに及んだ。もともと英偉抜群の人物であつた上に、明師良友を得て学問を励んだので、その政治は頗《すこぶ》る人の意表に出で、成績は天下に喧伝した。

室戸《むろど》岬の恐るべき暗礁を砕いて難破の害を除き、港湾を修築して碇泊《ていはく》に便したのも、其の一つである。是れは非常の難工事であつて、延べ人員三十六万五千人、総工費一千百九十両に上つたといふ。野を拓《ひら》き水を引いて美田を作つたのも、其の一つである。是れは土佐の士人を潤す事、莫大なものがあつたであらう。寛文四年の朱印状、山内氏を封ずるに、土佐一国都合二十万二千六百石余と記されてゐるが、俗に実地四十万石に当ると云はれたのは、かやうな開墾が多かつた為であらう。その外、或いは蛤《はまぐり》、蜜蜂、鯉などを輸入養殖し、質素倹約を勧め、飲酒の害を説いて之を制限したなど、増産厚生の為につくすところ、頗る大きかつた。されば藩主も其の功労を賞して、寛文元年十月三日、知行千石を加増し、郷士五十人を其の隷下《れいか》に附け、兼山には太刀と黄金五枚、長男には馬一疋、次男には脇指《わきざし》を与へた。しかるに其の翌々年の秋に至つて、形勢は一変し、兼山は俄かに忌避せられるやうになつたので、八月二十日引退を出願し、同時に一昨年加増せられたる千石と、配属せられたる郷士五十人とを辞退した。藩当局は、願ひの通り聞届けると共に、長男清七（時に十五歳）に家督相続を許した。兼山は開墾地に隠居して、読書に日を送つたが、間もなく病を得て、その年のくれ十二月十五日、四十九歳を以て卒《しゅつ》した。それはそれで仕方のない事であるが、翌年三月に至つて、当局は兼山を追罰し、その遺族を流罪に処し、男子四人女子三人を宿毛に監禁して、外界との交通を遮断し、幽囚四十年、男子悉く死んで、女子も亦老い、今は一家の血統継続するおそれが無いといふ時になつて、漸く之を赦免したのであつた。足がけ二十八年の長きにわたつて国政を執り、権勢一身に集まつたのであるから、反目嫉視の強いのも自然の勢ひで、兼山の晩年の不遇は、やむを得ない所であらうが、歿後の遺族四十年の幽囚は、何といふ残忍酷薄《ざんにんこくはく》の処置であらうか。心あたたかく情こまやかなる我が国に於いて、稀有《けう》の例であり、不思議の事であると云はなければならぬ。

八、西　条

野中兼山にも多少の行き過ぎはあつたらう。たとへ行き過ぎは無かつたとしても、二十八年の長きにわたり、一藩の政治を専行した事であるから、嫉視反目一身に集中するに至るは、やむを得ざる勢である。されば兼山の晩年が寂しいのは、謙退を知らず、寛容に欠ける所あつた為に、自ら招いた所と考へてもよい。しかし、それは幼少の子供の毫もあづかり知らざる所である。其のあづかり知らざる子供を、しかも父の歿後に於いて、厳罰に処し、僻地に禁錮する事四十年、遂に一家の血統を断絶せしめたといふは、何といふ残忍冷酷であらう。宿毛は此の恐るべき悲劇の行はれたる土地である。

宿毛は悲劇の地であり、日本人のやさしくあたたかい心の伝統に、不可解なる汚点をとどめたる所である。しかし同時に、それは日本の美徳の発揮せられた所である。何故かと云へば、藩当局の苛酷なる処置に対して、野中一家に限りなき同情の涙を濺《そそ》ぎ、はるばる四十里の険阻《けんそ》を越えて、此処《ここ》を見舞つた人が、幾人かあつたからである。其の一人は谷秦山《じんざん》、寛文三年兼山卒去の年に生れて、兼山の英風は之を見る事が出来なかつたが、成長するに及んで其の徳に感じ、同時に其の遺族の不幸を悲しみ、二十三歳の頃、遠く宿毛に赴いて之を見舞はうとした。しかるに行つて見ると、其の居る所は厳重に柵《さく》をめぐらされたる牢獄であり、下男かと思つて声をかけた者は監視の獄吏に外ならぬ。秦山は遺族の顔を見る事も出来ないのを悲しみ、泣いて此の地を去るのであるが、その後、文通によつて野中の遺族を慰め、終身かはらなかつた。

野中家の家来にも伝ふべきものが少なくない。古槇次郎八は、兼山卒去の時に、自殺して主人に殉じた。伊藤益右衛門は兼山の卒して後四十年間、ひそかに墓の清掃につとめて日夜怠らず、殊に命日に当つては、墓前にうづくまつて一夜をすごし、夜明けて帰つたといふ。刈屋《かりや》喜平衛も、栄枯によつて少しも志をかへず、四十年の間、しばしば宿毛を見舞つて慰めた。また井口九左衛門は、元禄十六年赦免の報を得るや、既に七十歳の老人であつたに拘らず、走つて四十里の険を踏破し、宿毛へ行つて遺族を迎へようとした。いづれも聞くに心のぬくもる話である。

宿毛は悲劇の地であり、同時に美徳の発揮せられたる所である。私は年来一たびその地を訪はうとして、容易に果し得ず、今回幸ひにして漸く素意を達する事が出来た。行つて見ると、野中の一家幽居のあとは、城山の西、小さい谷の奥にあつて、今は麦畑になつてゐた。その隅に一つの井戸があつて、水は年中断えないといふ事である。その城山の東に西山といふがあつて、一家の墓は、その山上にある。しかし長子清七一明の墓だけは古いが、次男・三男・四男の墓は、石組こそ古けれ、標石は皆新しい。聞けば是等の墓標といひ、野中屋敷の標石といひ、すべて、大井田正行氏の篤志によつて建てられたのださうである。私を野中屋敷に案内し、墓地に導いてくれられた医師が、実にその大井田氏に外ならぬ。ああ良い人あたたかい心は、今の世にもあるものだと、感歎した事であつた。

南を極めつくして、今度は北である。先づ今治に下車して、桜井町の法花寺に参つた。この寺は昔の国分尼寺の後身で元の寺地のすぐ傍《そば》にある丘の中腹に建つてゐる。その境内へ入つて坂を登らうとして驚いた。全山一面の楓、新緑、水のしたたるやうなのもあれば、丹朱《たんしゅ》、紅《べに》を溶《と》かした如きもあつて、其の下をくぐるに、我が手も亦、緑に染まり、朱に映える感じがした。

あけみどり　木々の若葉に　包まれて

心も香る　法花寺の坂

凡そ此の寺、境内もよく掃除がゆきとどいてゐるが、寺内にも一点の塵もない。それに感心して、あちこち見廻して、やがて気付いたのは、木が一本も伐られてゐない事である。世の社寺の中には、戦後の経営のむつかしさに、境内の巨樹大木を、やむを得ずいくらか伐つたものが少なくない中に、この寺が一本も伐らずに来た事は、偉いと云はねばならぬ。それを偉いとほめたところ、寺の住職の云はれるには、「是れは一にT氏の好意による事です。境内の瑜伽《ゆが》大権現、お屋根がいたんで、葺《ふ》きかへねばならず、しかも其の費用の出道《でみち》が無いので、背に腹はかへられず、杉の大木三本あるのを売る事に、総代会できまつた時、それを買取る約束でT氏は金は渡してくれながら、実は一切寄附のつもりで、結局木を伐らずに終つたので、老木が昔のままに今も茂つてゐるのです」。嗚呼ここでも亦美しい話を耳にする事が出来た、と私は喜んで、拙い歌を堂前に供へた。

瑜伽権現《ゆがごんげん》　福寿の神に　ましまさば
此の良き人に　幸《さち》あらせ給へ

あくる日のひる、志島《しじま》ケ原に小憩して、平市《へいち》島や比岐《ひぎ》島を眼前に眺めた景色もよかつたが、今治のT氏の美談や、桜井の男児、負ける事が大嫌ひで気魄に富み、苦難を克服して成功する人の多いといふ話が、私の心を一層爽快ならしめた。

西条市、町は大きくはあるまいが、気品の高い城下町の風格、厳然《げんぜん》として存する所である。もと一柳《ひとつやなぎ》監物の居城であつたが、寛文十年、紀伊大納言頼宣《よりのぶ》の次男左京大夫頼純三万石を以てこの地に封ぜられ、子孫相承《う》けて明治維新に至つた。今の西条高等学校、前面に大いなる堀をめぐらし、正面に威儀を正して門を開いてゐるのは、実に昔の西条藩の遺構に外ならぬ。

西条藩が歴史の上に光を放つは、その藩士に山井鼎があり、その山井に七経孟子考文の著述がある為である。この人は紀州海草《かいさう》郡の人、江戸に出て荻生徂徠《をぎふそらい》に学び、学成つて西条侯に仕へたが、やがて下野《しもつけ》（今の栃木県）の足利《あしかが》に赴き、足利学校に伝はる古写本古刊本によつて、周易・毛詩・尚書・礼記等の七経と孟子との文字を検査して、支那の最も重要なる古典が、後世段々と写し誤つて来た跡をしらべ、之を本来の正しい姿に復原した。そして其の成果を整理して、藩侯に献じたものが、即ち七経孟子考文三十二巻である。西条藩は之を写して幕府に献じた。幕府は更に徂徠の弟観に命じて、室鳩巣《むろきうさう》等と共に、之を校正し、遺漏を補はしめた。かやうにして完成したのが、七経孟子考文補遺であつて、清《しん》朝の阮元《げんげん》、之を見て驚歎し、自分の著書の中にもしばしば引用するのみならず、嘉慶二年（我が寛政九年）には原書を覆刻して世に弘め、四庫全書総目提要も亦、之を讃美してゐるのである。清朝考証の学、かへつて我が国の研究によつて導かれた珍しい例とする。

西条の町より少し離れて、見晴らしのよい丘陵の上に、こんもりと楠の大樹の茂つてゐるのは、伊曾乃《いその》神社であつて、私は今度御参りして、大変御世話になつたが、その秘蔵にかかる新居《にゐ》系図を見て、感ずる所があつた。この系図は、鎌倉時代の末のものであるが、新居大夫俊信の孫に井出六郎俊成、その俊成に新三郎俊澄・新六郎俊景・新七郎俊氏、そして最後に長丸《をさまる》と、四人の子供がある。その長丸の下に註して、「承久兵乱之時九歳亡、有後鳥羽院御内」とある。「亡」の字がややこしい書き方で、人によつては「ニシテ」と読んでゐる。しかし此の系図を見ると、外のところにも「亡」の字が落着かない形で書かれてある所があり、いづれも「亡」と考へられる上に、もし「亡」でなくして、承久兵乱以後にも生存してゐたのであれば、長丸といふ童名だけで無く、必ずや元服《げんぷく》して後の本名を記載する筈であつて、ここに幼名だけが書かれてある以上、この人は元服以前に死亡してゐるものとしなければならぬ。して見ると承久の変に、新居一族は官軍として活動し、その中には少年にして宮中に仕へて難に殉じた者があつたと考へられる。当時伊予の豪族河野通信が官軍として京都の守備に当り、後に鎌倉幕府の討伐をうけ、流罪に処せられた事は、吾妻鏡その他に見えるが、此の系図はいよいよ之を証するに足るものである（長丸の事、予章記や河野家譜には河野通信の孫、又太郎政氏の幼名とし、弟弥長丸と共に宮中に仕へたとし、もしくは長丸は又太郎政氏といひ、その子が弥長丸で元服して通行といつたとある。しかしいづれも後世のものであつて、史料としての価値は、新居系図を重しとしなければならず、その新居系図は記事簡略に過ぎて事情をつまびらかにし得ないのは残念である）。

伊曾乃神社の近くに、高外木《たかとぎ》（又は高峠）城と呼ばれる山城があつて、昔河野氏の拠る所であつたが、それは二百米余りの高い所で、居住には不便であるから、平素の住居としては、十数町下つた山の尾の突端に、堀をめぐらし、石垣を築いて、館《たて》をつくつた。それが江戸時代には庄屋久門《くもん》氏の邸となつて、そのまま今に伝はつてゐる。中世武士の屋形《やかた》の様子は、一遍上人の絵巻物などにも見えてゐるが、実地に旧構を残してゐる最もよい例は、この久門氏の屋敷であらう。全体の構へは五六百年前のものであり、そして家屋や庭園も既に三百年の歳月を経て、古色蒼然たるものがある。

　いにしへの　武家の屋形に　在る心地
　　又も長押《なげし》の　鎗《やり》を見上ぐる

此の屋敷には、今一つ注意すべきものがある。それは異草珍木が門内に多く植ゑられてゐる事である。これは予期せざる所であつた。深い谷にかかつてゐる橋を渡つて、谷川の幅は狭いが、それにつづく低地も、昔は堀になつてゐたらうから、堀にして七、八間もあつたかなどと思ひながら、やがて石段を登つて門をくぐり、石垣にかこまれた五反五畝の屋敷へ入る。門の傍の、山茶花《さざんくわ》の大木や、もちの巨木さへ、目ざましいものに思つてゐた私は、門内に立ち並ぶ珍木異草に驚いた。聞けば、丸葉肉桂である、山茱萸《ぐみ》である、熊竹蘭である、カザンジマである、八丈草である。いづれも珍しいもので、八代将軍吉宗の時代に、外国から輸入したものだといふ。蓋し吉宗の命をうけて、石槌山に薬草を採りに来た採薬使植村左平次が、此の久門家に一泊した因縁によつて、幕府の御薬園の中からいくつか分与したものであらうとは、郷土史家秋山英一氏の説く所である。

最後に三島市、ここでは珍しく貴いものを見せて貰つた。それを何ぞといふに、この町の小学校長S氏の徳である。氏は二十年前の旧友である。買物の必要があつて町へ出掛ける私に、それでは案内しようと云つて、先に立たれた。何気なく跡ついて行つた私は、間も無く、めざましい光景に、驚歎させられた。「校長先生！」といふ声が聞える。見ると、生徒がうれしさうに手を振つてゐる。又「校長先生！」「校長先生！」と叫ぶ。あちらの家の窓からである。こちらの畑の中からである。近くからである。遠くからである。前からである。後《うしろ》からである。それが皆いかにも嬉しさうに、なつかしさうに呼んでゐるのである。

戦後の学校、見てゐると、生徒が、校長に対しても教師に対しても、礼をしないものが沢山ある。ある者は対等の感じである。ある者は無関心の態度である。ある者は敵対のありさまである。師弟の間の情誼礼節は、殆んど見る事が出来ない。最初それを怪しんだ私は、間もなくそれが当然である事をさとつた。蓋し、自ら労働者であると称し、俸給の増加を強要したり、勤務評定の撤回を要求したりしては、往々にして鉢巻をしめてスクラムを組み、顔をゆがめドラ声を張りあげて怒鳴るのであるから、生徒の心が離れて了つて、誰もなつかしいとも思はず、尊敬の念を失ふのは、あたりまへではあるまいか。しかるに今見るS校長、大きな小学校であるから、生徒の数は多からうに、その多くの生徒が、誰も誰も校長を慕つて、校長の姿さへ見えれば、家の窓からも、畑の中からも、「校長先生！」「校長先生！」と呼びかけて、目を見張り、手を振るのである。何といふ美しい光景であらう。ああ我が国の教育も、悉くは地に墜《お》ちてゐなかつたのだと、たのもしく思ひながら帰途に就くと、山羊が校長を見つけて声をかける、犬が、自宅の飼犬ばかりでなく、隣近所の犬までが、校長を見つけて走り寄つて来た。私は、「徳、禽獣に及ぶ」といふ古語を想起せざるを得なかつた。

二、香　川

愛媛の旅、日を数へて十一日、南を極め、北を廻つたのであるから、日程も随分忙しかつたが、記事もつい心せかれて、余りに簡略に過ぎ、後《あと》から振返つて見ると、書き漏らした事の惜しく思はれるものも少なくない。出石寺へ登つた時に世話になつたジープの運転手窪氏も其の一つである。登つた時は日暮れであつて、その上雨に煙つて、咫尺《しせき》弁じがたい有様で、頗る危険が感ぜられたので、どうせ日は暮れたのであり、寺で泊めて貰はれたらよからうと頻りに勧めたのに、保健所の車ですから責任がありますと云つて、すぐに山を下りて行つた。そして翌朝早く迎へに来て云ふには、夜中に産気づいた妊婦があつて、急に医者まで運びました、山を下りてゐてよかつたのですと云ふ。私にはこの人の美しい責任感も忘れがたい喜びとなつた。かういふ事を一々書いて居れば限りもない。うしろ髪は愛媛に引かれながら、足は此の辺で香川県へ入る事にしよう。

一体今度の旅、初めの計画は専ら愛媛一県を目指したのであつて、後《のち》に香川が加はり、また偶然足を高知に伸ばしても、それは云はば付録の感じであつた。講演の数から云つても、愛媛は七箇所の多きに上り、そして香川は只一箇所に過ぎなかつた。然るに実際行つてみると、香川は附録では無かつた。此の地は、私の予想に反して、実に大きな収獲、深い喜びを私に与へてくれた。

香川県は四国の中央を横断する山脈の北側に隠れて、恐るべき台風に見舞はれる事なく、気候温暖にして、風光明媚であり、霊所数多くして、巡礼もここに集まれば、観光の客も群を成して往来するのである。かやうな所には真面目さといふものが、兎角失はれやすく、心に深味が無く、感激を知らぬ人の多いのが普通である。私は香川もさういふ部類に入るのでは無いかと思つてゐた。といへば、香川の人々に対して、まことに失礼であるが、是れは香川県人も同様に云はれて居る所であつて、決して私一個の独断では無かつたのである。それが今度の旅行で、根本より覆へされて了つたのであるから、私の驚き且つ喜んだのも無理ではありますまい。

汽車が愛媛県を離れて香川県へ入ると、やがて車内の拡声器が大きな声を出して、私の名を呼ぶ。何事だらうと思つて車掌に尋ねると、それは十八九年前の旧友K氏が、自分は父の大病に赴いて出迎へ出来ない代りに、奥さんに出迎へさせるといふので、下車駅を問合せて来たのであつた。その外出迎へてくれた少数の人の中に、S氏がある。是れは東大の国史学科に学んだ人であるから、出迎へてくれて、不思議は無い。不思議は無いけれども、段々話を聞いて、私はいたく胸をうたれた。S氏は東大在学中、昭和十八年の秋の十一月、いはゆる学徒動員で出征し、終戦後帰つて来て見ると、私は既に辞職して了ひ、大学は頗る荒廃してゐたので、復学の望みを絶つて郷里へ帰り、実業界へ入つて今日に至つたのであるといふ。いはば師弟の縁、最も薄かつた人である。しかるに彼は、動員の際の中央亭の壮行会を回想し、それより十五年の歳月を隔てて今日の再会を喜び、うれしさの余り、此の三晩安眠出来なかつたといふのである。

中央亭の壮行会は、十八年の十一月十五日夕の事であつた。研学の中途にペンを捨て、剣を執つて国難に赴く者五十名、専攻は大学の各学部に亘つてゐたが、いづれも精神的には深く私と結ばれてゐた学生であつた。私はその行を壮にする為に、後に残る人々を集め、私の家族をも加へたので、会する者は総勢百人を越えた。今でも目をつむれば、当時の情景をありありと思ひうかべる事が出来、百人声をそろへて歌つた「海ゆかば」の歌も、今猶耳に残つてゐるのである。しかるに壮士一たび去つて、また帰らず、多くは再会の機を得ないのである。

法学部学生岩橋通氏も、そのうちの一人と、私は思ひ込んでゐたが、此の頃聞けば其の直前既に応召出征して、中央亭の壮行会には加はらなかつたのだといふ。然し同類の士であり、殊に典型的なる人物であり、此の機会に一言しなければ、その名永久に消えて行くであらうから、特に此処に触れて置く事を許されたい。彼は福岡県の人、熊本の五高の出身であつた。五高からは英俊の士、憂国の熱情を抱いて、東大に入る者多く、そしてそれらの人々は大抵私の所に集まつた。彼もその一人、しかもその最も英俊豪宕《がうたう》なる一人であつた。家内は此の人質素であつて、しばしば草履で歩いてゐたのを覚えてゐると云ふ。やがて昭和十七年、彼は高等文官試験を受けた。此の時、受験者は非常に多く、筆記試験の答案は、山のやうに多く、いくつかの行李《かうり》に納められて、次から次へと、試験官の自宅へ運ばれた。私は一生の中で、一番苦しかつた想出として、時々当時の審査を回想するのである。厳正なる審査を必要とするので、疑はしいものは、再三見直さねばならなかつた。しかも急速に報告しなければならないので、採点は昼夜兼行せねばならなかつた。さて各科にわたり、諸官の採点を総合して、少数の人が合格し、次の口述試験に廻されるのである。岩橋氏は、その中に入つてゐた。しかし口述試験は、いくつかの室に分れて行はれ、誰が誰の所へ廻されるかは、何人《なんぴと》も分らなかつた。且つまた問題も厳秘に附されてゐて、試験官自身も、入室して初めて之を承知したのであつた。私は内閣へ行つて、初めて近藤寿治博士(当時文部省の教学局長であつた)と二人で一室を担当せしめられる事を知り、入室して初めて問題が織田信長に関するものである事を知つた。そして二人の打合せで、問題を提起する役は私、採点を提案する役は近藤博士と決めた。さて次々に入つて来る受験者、流石は各大学の秀才をすぐり、既に筆記試験の難関をのり越えて来た猛者の事とて、いづれ劣らぬ見事な答弁であつたが、やがて順番が廻つて入つて来たのは、岩橋である。彼は扉を排し、扉をしめて、進んで来たが、その態度、その眼付、その一挙一動、寸分の隙もなく、一流の剣士、白刃に迫るの概があつた。正に是れ試合である。我れ問ひ、彼れ答へる。更に一問、更に一答。上下縦横に問答する事、約十番。撃てば響き、叩けば鳴る、何といふ見事な答へであつたらう。退室する彼の後姿が見えなくなるや否や、近藤試験官は叫んだ。「最高点をやりませうや。」私に異存のあらう筈は無い。凡そ何処の口述試験に於いても、是れほど見事な答へを得た事は、私の一生には無かつたのである。

岩橋は、――私は初めのところでは岩橋氏と書いてゐたが、往年を回想して彼の風貌眼前に髣髴たるに及んで、いはば秘蔵息子に対する如きなつかしさに堪へず、岩橋と呼びすてにせざるを得なくなつたのである――外務省に入つた。かくの如き英俊豪宕の士にして、外交の要路に当つたならば、国際間に於ける樽俎折衝《そんそせつしよう》、定めし刮目して見るべきものがあつたであらう。惜しいかな、彼は間もなく出征してビルマに向ひ、行《ゆ》いて遂に還らないのである。

同様に有為の英俊、数をつくして征途についたのが、昭和十八年秋の学徒動員であつた。空虚になつた研究室を守つて終戦に至り、終戦の日にただちに辞表をしたためて山へ帰つた私は、中央亭の壮行会に別れたまま、杳《えう》として消息を絶つた人々を回想して、痛惜の念に堪へず、稀に帰還して、たづねてくれる者があると、涙して喜ぶのであるが、今や高松へ来て、その一人S氏の出迎へをうけたのである。しかも彼は久振りのめぐりあひを喜び、うれしさに三晩も眠れなかつたといふのである。

そのS氏の出迎へさへ嬉しいのに、S氏と並んで出迎へてくれた今一人、名を聞けばM氏といふ、此の人の話は、いよいよ私を喜ばせた。彼は陸軍士官学校出身、五十六期といふのであるから、終戦の時分には大尉であつたらう。此の人と私との結ばれたのは、陸士に於ける講演によつてであつた。私は一年に一度、大抵卒業式の直前に、招かれて陸士で講演した。千人を越ゆる生徒を前にして、二時間講演をするだけであるから、生徒の顔の覚えられやう筈は無い。見渡すかぎり顔また顔である。しかるに聴講の諸士は、一度見ただけの私の顔をよく記憶して、其の後方々で遭ふたびに敬礼して、私をまごつかせてくれるのであつた。M氏もその一人であるが、当時の校長は牛島中将、後に沖縄守備の司令官となつて難局に当り、見事に割腹して果てられた名将であつて、陸士の教育には一段と心を用ゐられ、私は此の時は二日つづけて講演に行つたのであつた。M氏は卒業して南支に出征し、終戦の時には桂林の戦車聯隊に属してゐたが、征戦の間、いつも私の著述「伝統」を携へ、寸暇あれば之を翻読してゐたといふ。そのM氏が出迎へてくれて、会へば只ニコニコしてゐるだけであつたが、後に手紙をくれて云ふには、

「先生、ほんとうによくおいで下さいました。干支は正に私の生年にあたつてをります。この年にあたり、かねて最も私淑申してをりました先生に、親しくお会ひ出来、楽しい一時を過させていただきましたとは、何といふ有難い年でございませうか。かへりみますれば、私は先生から多くのものを学びました。第一に、先生の御講義並びに御著書から得た汲めども尽きぬ宇宙の真理、人倫の奥義でございます。幾山河へだてた戦場に、私は常に

先生と共に戦ひ、先生と共に進みました。今もつて、良心に恥ぢぬ道義をもつて己を持し、部下を律し、いささかの悔を残さなかつたことを、先生に深く感謝申し上げなければなりません。先生の御教へは、私の生涯を貫き、確乎不動の背骨として、脈々と血潮の中に波うつて居ります。」

是れは長い手紙の初めの一節であるが、私はまことに嬉しく之を読んで、此の上無き心楽しさを覚えたのであつた。いはば、すべては当然の事である。たとへ一日二日でも、或いは一年半歳でも、師弟となれば、其の縁は切れるものでは無く、互ひになつかしく思ひ、久振りにめぐりあつて喜ぶのは、あたり前の事と云はねばならぬ。いかにもそれは当然の事である。しかるに其の当然の事の見られないのが、今日の実情である。大東亜戦争一敗地にまみれて後、世間は敵国の宣伝に屈従し雷同して、之を我が国軍閥の凶悪なる侵略戦争であるかのやうに憎悪罵詈し、自分がその戦争に協力しなかつた事を得々として吹聴し、その代りに大小無数の戦争犯罪人を作り上げて、一切の責任を之になすりつけ、よつて以て自らの潔白を証明し、ひとり助からうとつとめた。シベリヤ抑留の人々の間に於いて、恐るべき裏切り、憎むべきおとしいれの行はれた事は、聞く者をして慄然《りつぜん》たらしめるが、しかし実は同様の事、内地に於いても盛んに行はれたのである。大学に学んだ者にも御多分に漏れず、道で遭つた私に対し、顔をそむけて知らぬ態をよそほひ、手紙を出しても返事もくれず、空とぼけて忘れた風をする者さへある。

自分に幸福をもたらすとなれば、晨起して遠く其の門を叩き、自分に不利と考へれば、袂を払つて交りを絶たうとするは、人情の自然であつて、私はそれを大して気にもかけず、敢へて驚かないつもりであるが、しかるにその私を驚かせ、喜ばせてくれたのは、香川の人々の懇情である。特に縁の深かつた者は、一人も無い。顔を知らず、名も覚えぬ程度の、至極あつさりした関係に過ぎないのに、それが今日、老朽衰残の私に対して、感激に充ちた出迎へ、情誼のこもつた挨拶をしてくれるのである。無縁の地と考へ、薄情の所と聞いてゐた私は、真実驚歎して、感情の上からは自分が救はれた如き喜びを覚え、同時に香川県に対しては、その人情風俗を考へ直さなければならぬと思ふに至つた。

考へて見れば、此の地は曾て弘法大師を生んだところであり、また曾て菅公を国守としていただき、その指導を受けたところである。道徳の涵養の、清く且つ深く、その感化影響の、遠く且つ強いのは、当然ではあるまいか。然しかう云へば余りに唐突《だしぬけ》であつて、読者は容易に之を肯定しないであらう。そこで私は今迄わざと触れずに置いたA氏の事を語らねばならぬ。

ホ、白峰

気候温暖の地は人の心に深みが無く、観光遊覧の客は人心を浮薄ならしめる。香川も御多分に漏れぬと人は云ふ。殊に私に取つては、何分にも縁のうすい所で、行つても定めしうら寂しい事であらうと考へてゐた。しかるに足その地を踏むに及んで、忽ち人々の温い情に迎へられ、私の予想はくつがへり、世の評判も否定しなければならなくなつた。そして之を歴史的に考察する機会を与へてくれた者は、A氏であつた。A氏は東大国史学科の出身である。従つて私との縁は、本来浅からぬ筈ではあるが、昭和十五年卒業して郷里に帰り、しばらく教鞭を執つた後、やがて召されて征途に就き、樺太に在つて北辺の守備に任じた。そして同じく応召して満洲に在つた兄の、

春耕や　兵は競へる　いもばたけ

の句に答へて、

朝露に　戎衣《じゆうい》ぬらして　野草かる

と詠んだといふ。此の兄がまた傑出した人であつたらしく、自分は戦死を覚悟して、我が子への遺言に、「人生は五十年と思つてはいけない。人生は二十五年である。二十五年間に一切が決せられるのだ」と書きのこしたさうである。不幸にして其の兄は戦死し、幸ひにして弟のA氏は帰つて来たが、学界教育界の腐敗をあさましく感じて、転じて実業界に身を投じた。十八年の長きにわたつて連絡を絶つてゐたので、私の方では殆んど忘れてゐたが、新聞で見たからと云つて、わざわざ宇和島へ連絡し、三島へ尋ねて来、そして高松行きには坂出《さかいで》から乗り込んで来てくれた。会つて見ると、其の心昔と少しも変つてゐない。聞けば淡河弾正忠定範《あふごだんじやうのちゆうさだのり》の後裔であるといふ。定範といふのは、播《ばん》州淡河の城主で、秀吉の中国征伐に抵抗して、小勢ながら少しも屈せず、奇略縦横、さんざんに敵をなやました勇将である。いかにも其の子孫であらう、A氏にも大勢に屈して一身の安全を計らうとする卑屈の根性、微塵も無い。そして今の世に容れられざる旧師を迎へて歓待し、しきりに白峰《しろみね》の参詣をすすめるのであつた。よつて私は最後の一日、予定を変更して、高松より坂出に戻り、白峰に登る事にした。

坂出市は新興の勢盛んなる工業都市である。その主要なる産物は塩である。凡そ香川県の塩田総じて千二百町歩、収納するところ十五万屯《トン》、金額にして十八億、全国製塩の三割を占めてゐるといふ事であるが、その中心をなし、主力となつてゐるのが、実に坂出である。而して其の坂出の塩田を開き、独特の製塩法を考案して、今日隆盛の基礎を置いたのは久米《くめ》栄左衛門通賢である。この人は安永九年に生れて、天保十二年五月六十二歳を以て歿したのであるから、その活躍したのは文化文政時代、今から百四五十年前の事である。よほど科学的頭脳の秀でてゐた人物と見えて、少年の時より製作や修繕の才、人々を驚嘆させたが、十九歳の頃、大坂へ出て間重富《はざましげとみ》の門に入り、数学や測量の術を学び、帰つて高松藩の命をうけて領内の実地測量を完成した。折からロシヤの南下によつて、北方の警備急を告げたので、外敵をうちはらふ為の兵器に思ひを潜め、当時の人の考へ及ばざる新規の発明、相ついで現れた。坂出塩田の開発に当つたのは、文政九年の事であつて、その完成は三年後の文政十二年、塩田百十五町余、竈《かま》数七十五、外に畑地百十六町余、人夫は延べて百九十三万八千六百余人に上つたといふ。

私は坂出の郷土博物館に保管し陳列せられてゐる久米翁発明の遺品を見て、まことに感嘆に堪へなかつた。日本人は科学的頭脳に於いて、欧米に劣るといふのは偏見であつて、すぐれたる人物は随分出てゐるのであるが、ただ之を助成し育成する上に欠ける所があつたといふべきであらう。助成育成といふ点で、感心したのは、坂出の豪家に生れて実業界一方の重鎮となつた故《もと》の貴族院議員鎌田勝太郎翁の深い心づかひであつて、現に上記の郷土博物館の如きも、棟を並べてゐる図書館や社会教育館（今は公民館と呼んでゐる）などと共に、その設立にかかるものである。惜しいかな其の人は昭和十七年七十九歳を以て歿し、そして其の主要なる遺業の一半は、朝鮮に在り、満洲に在つた為に、敗戦と共にすべて水泡に帰して了つたといふ。

郷土博物館をザッと一見した後、車は白峰へと急いだ。白峰は坂出より一里半ばかり東に当り、山の高さ三百三十七米といふ。以前は全山老木に蔽はれてゐたさうであるが、戦後は開墾せられて畑となり、果樹を植ゑられた所が多く、それを斜《ななめ》に縫つて自動車道がつけられたので、便利は至つて便利である代りに、山の威厳の失はれた事は是非も無い。それでも段々と寺に近づくにつれて、巨樹老木天を蔽ひ、清涼崇厳の気、人に迫るに至る。閑寂殆んど仙境の如き寺の書院に少憩して後、住職の案内によつて、白峰の御陵に詣でた。

白峰の御陵は、崇徳《すとく》天皇を葬り奉つた所である。崇徳天皇は、御父鳥羽天皇の御譲を受けて帝位につかせ給ひ、保安四年より永治元年まで、足かけ十九年の間御在位の後、近衛天皇に御位を譲らせられたのであつたが、その近衛天皇が久寿二年に崩じ給ひ、後白河天皇即位あらせられるや、怏々《あう》として楽しませ給はず、あくる保元元年七月二日御父鳥羽法皇崩御あらせられるや、左大臣藤原頼長と謀つて、白河殿に兵を集め、源為義・平忠正等を召して事を挙げられたが、後白河天皇方より平清盛・源義朝等逆襲するに及んで、いくさ敗れ、頼長は流れ矢に当つて死し、為義・忠正等は捕へられて、やがて斬られた。崇徳上皇は讃岐《さぬき》（即ち香川県）へ移され、足かけ九年の憂き月日を配所に送らせ給うた後、長寛二年八月二十六日、四十六歳にして崩御ましましたのであつた。此の保元の乱は、骨肉同胞の争ひである事が、その重大なる特色であつて、皇室に於いては、崇徳上皇と後白河天皇とは御兄弟であり、摂関家に於いては、関白忠通と左大臣頼長とは兄弟であり、源氏においては、源為義と義朝とは父子であり、平家に於いては、平時正と清盛とは叔父甥の関係であつた。それが左右に分れて相争ひ、血みどろの戦となつたのであるから、その凄惨《せいさん》言語に絶するものがあつて、わが国の乱れ衰ふるは、実に此の乱より始まると云はれてゐるのである。

外に現れたる形の上より批判すれば、正邪極めて明白であるが、内に潜む因果の糸をたどれば、積習の由来する所、遠く且つ錯綜《さくそう》し、人をして慄然《りつぜん》として恐れしめるものがある。私は曾て中世史を講じて、此の問題を特に詳述したのであつたが、深く崇徳上皇の御最期をいたみ奉りながら、白峰の御陵に参拝する機会には恵まれてゐなかつた。その参拝の遅滞をかしこみながら、住職のあとについて、老杉の間を縫ひ、断崖の上を横切つて、やがてわづかの台地に出て、右に向つて御陵の正面にぬかづいた。御陵は方形、高さ八尺、周囲四百四十六間余、聖域総じて一町一反、老松古杉儼として之を守る。前面は千尺の断崖、鬱蒼たる茂みの遙か下にかすかに渓声《けいせい》を聴く。心やや落着いて後、しづかに見廻すと、木の種類は多い。松・杉の外に、欅《けやき》・枇杷《びわ》・樅《もみ》・桧《ひのき》・椿《つばき》・楓《かへで》・藤・榧《かや》・無患子《むくろじ》・青剛樹《ばめがし》・榊《さかき》・桜等《たら》があつて、斧を許さぬ霊地であるから、日の光も洩れぬほどの茂みである。下手《しもて》に下りて、左に一基、右に一基、鎌倉初期と思はれる五重の大石塔があつて、そのさま為義、為朝、胡籙《やなぐひ》負ひ太刀《たち》佩《は》いて、きびしく御前を警衛するかと思はれた。

　御陵の前にぬかづき、御陵のあたりにたたずむ事しばし、再び元来た道を戻り、あらためて頓証寺《とんしょうじ》に参拝した。御陵の東南に当つて建てられた寺であつて、本来は崇徳上皇の御影《みえい》即ち御肖像をここに安置して、奉施をたてまつり、懈怠《けたい》なく奉仕すると共に、その御影を拝む事は、同時に御陵を奉拝する所以であつたであらう。驚くべきは、其の建築である。名は頓証寺と号するものの、建築の様式は、寺院では無くして、気品の高い御所である。正面九間、奥行四間、屋根坪百五十、衣冠束帯の公卿、その階段を上下するかと想はれる。そして其の前に、桜と橘とが植ゑられてゐる。正に是れ左近《さこん》の桜、右近《うこん》の橘である。して見ると、明白に御所の様式を模して造られたものに相違ない。聞けば延宝年間の建築だといふ事であるが、蟇股《かへるまた》を見ると、いかにも古雅であつて、延宝よりも古いものでは無いかと想はれる。

　御陵の位置をいへば弘法大師のいはゆる名山絶巘《ぜつけん》の処、嵯峨孤岸《さがこがん》の地である。廟院の様式を見れば、嚴然たる御所である。上皇を葬り奉り、祀り奉る上に、何等の遺憾も無い。しかるに実地に参詣しない間は、むしろ正反対の荒廃を想像しがちであるが、恐らくそれは古来の諸書、就中源平盛衰記や撰集抄、さては雨月《うげつ》物語や椿説弓張月《ちんせつゆみはりづき》の影響であらう。

　弓張月は、八犬伝と共に、馬琴《ばきん》の傑作として知られてゐるものであるが、その中に為朝が月の夜ひとり白峰に詣でる一条は、明らかに雨月物語から材を採つたと思はれる上に、文章も煩瑣《はんさ》に過ぎて、人の胸をうつものが無い。一読して鬼気、人に迫るものは、上田秋成の雨月物語である。雨月物語全体五巻九篇ある中に、第一巻の巻頭に見るは白峰、「逢坂《あふさか》の関守にゆるされてより、秋こし山の黄葉《もみぢ》みすごしがたく」に始まる珠玉の名文である。一篇の趣向、西行法師、諸国遍歴の末に讃岐に落ちつき、やがて白峰を「拝みたてまつらばやと、かの山に登る」に、「松柏奥ふかく茂りあひて、青雲のたなびく日すら、小雨そぼふるがごとし、児《ちご》が岳《たけ》といふ険しき岳背《みねうしろ》にそばだちて、千仭《じん》の谷底より雲きりおひのぼれば、咫尺《まのあたり》をもおぼつかなきここちせらる、木立《こだち》わづかに間《す》きたる所に、土たかく積みたるが上に、石を三かさねにたたみなしたるが、うばらかづらにうづもれて、うらがなしきを、これなん御墓《みはか》にやと、心もかきくらまされて、さらに夢現《うつつ》をもわきがたし、」よつて御墓の前の石の上に座をしめて、経を誦《ず》し、歌をたてまつる。

　松山の　浪のけしきは　かはらじを
　　かたなく君は　なりまさりけり

するとと夜ふけて上皇の御霊現れ、かへしの歌をよませ給ふ。

　松山の　浪にこがれて　こし船の
　　やがてむなしく　なりにけるかな

西行は地にぬかづき、涙を流して、此の世の恨みすべて忘れ給ひ、仏果《ぶつか》を得させ給へと諫め奉り、ふたたび一首の歌をたてまつる。

　よしや君　昔の玉の　床とても
　　かからん後は　何にかはせん

上皇之に感じさせ給ふか、御顔も漸くやはらぎ、遂にかき消す如くならせ給うたといふのである。

雨月物語は小説である事、いふまでも無いが、いかにも名文である上に、古書を踏まへて書かれてゐる為に、殆んど真に迫り実を写したかの如き強い印象を与へるのであつて、之を読んだ人は、白峰の御陵に、荒廃と凄愴とを思はない者は無いであらう。無論雨月物語も、その終りの所では、「その後御廟は玉もてゑり、丹青《たんせい》を彩りなして、稜威《みいづ》をあがめたてまつる」とあるものの、それは上皇の御祟《たたり》を恐れて後の事で、もともとは実に御いたはしい御有様であつたと想像するのが普通であらう。まして古くは源平盛衰記に、西行の白峰詣を記して、

「御墓はいづくぞと問ひければ、白峰と云ふ山寺と聞いて、尋ね参りたりけるに、あやしの下﨟《げらふ》の墓よりも、猶草繁し、いかなる前世の御宿業にかと、いと悲し。（中略）しばらくここに候ひけれども、法華三昧《ほつけさんまい》つとむる住持の僧もなく、焼香散華を奉る参詣の者もなかりけり。」

とあるのであるから、「あやしの下﨟」即ち下賤《げせん》の者の墓よりも粗末であつて、奉仕する人も無ければ、参詣する者も無いといふ、恐れ多い状態を想像するのは、当然の事であらう。若し上皇の御陵を、左様に粗末な状態に放置してかへりみなかつたとすれば、此の土地の人情は薄くひややかであると云はれても仕方ないであらう。しかるに事実は之に反するのである。

へ、御影堂

味方の軍《いくさ》、総崩れに崩れた場合に、あとに残つてしつかりと踏止まり、かさにかかつて攻寄せる敵の大軍を食止め

るには、ただ大剛の士のよくする所である。時利あらずして、事志と違ひ、ひとり異郷に沈淪する客に、深い同情を寄せ、能ふ限りの好意を寄せて之を慰めるのは、是れ真実温情懇篤の人にあらざれば、到底出来る事では無い。崇徳天皇御在位の日、天下誰人か仰ぎ見て仕へまつらない者があらう。人情の機微《きび》を察すべきは、その讃岐に配流せられ、白峰に葬られ給うた御悲運の際である。古くは源平盛衰記が、御陵の有様を記して、あやしの下﨟の墓よりも粗末であるといひ、近くは雨月物語が、荒廃凄愴、鬼気人に迫るが如き描写を試みた。嗚呼、上皇の御晩年、并《ならび》に御崩御後は、そのやうに御いたはしく、いはば血も涙も無い人々に取巻かれておはしましたのであらうか。

雨月物語は後世に作られた小説であるから、記事の正確を之に要求するのは無理である。むしろ其のよりどころとした撰集抄を見て、それを吟味しなければならぬ。撰集抄は、外ならぬ西行自身の著述と伝へられ、その第一巻に、西行の白峰詣を叙述して、かう云つてゐる。

「新院の御墓所をおがみ奉らんとて、白峯と云ふ所に尋ね参り侍りしに、松の一村しげれるほとりに、くぎぬきしまはしたり。是ならん御墓にやと、今更かきくらされて物も覚えず、まのあたり見奉りし事ぞかし。清涼紫宸の間にやすみし給て、百官にいつかれさせ、後宮後房のうてなには、三千の美翠のかんざしあざやかにて、御まなじりにかからんとのみ、しあはせ給ひしぞかし。万機のまつりごとを、掌ににぎらせ給ふのみにあらず、春は花の宴を専にし、秋は月の前の興つきせず侍りき。あに思ひきや、今かかるべしとは。かけてもはかりきや、他国辺土の山中の、おどろのしたにくち給ふべしとは。貝鐘の声もせず、法華三昧つとむる僧一人もなき所に、只峯の松風のはげしきのみにて、鳥だにもかけらぬありさま、見奉るにすずろに涙を落し侍りき。」

撰集抄は、西行自身筆を執つて書いたもの、しかも寿永二年正月、讃岐の普通寺で作つたと、その第九巻に記してあるのであるから、若しそれが事実であれば、此の書の記事は信用しなければならないのであるが、何分にも撰集抄の中（巻第四）に、西行自身の出家を長承の末年と書いてあつて、それは事実に合はないのである。西行の出家は、保延六年二十三歳の時であつた事は、左大臣藤原頼長の日記（台記）に明記せられてゐて、、疑ふべくも無い。従つて之に合はない撰集抄は、西行の自作でも無ければ、西行と親交あつた人の著作でもあり得ないのであり、同時に西行白峰詣の記事も、山家集を本にして想像で作つたとするの外は無い。即ち撰集抄や、それを本にして作られた雨月物語によつて、白峰の実情を考へる事は、到底出来ないのである。

次に源平盛衰記は、どうかといふに、之は保元物語と同列のものであつて、便宜まとめて之を批判するがよい。

保元物語には、西行の白峰参拝の事を記して、

「御墓堂と覚しくて、僅なる方形の構結《かまへむすび》たりけれども、造畢の後、修造もなければ、ゆがみ傾き破れて、蘿《つた》や葛などぞはひかかれる、況んや法華三昧勤むる禅衆もなければ、貝鐘の音なひもせず、自《おのづか》ら事問ひ参る人もなければ、路蹈分《ふみわ》くる方もなし、葎《むぐら》や荊垣《うばらかき》をなし、浅茅《あさぢ》より径《こみち》を閉ぢたり、西行小硯取出し、傍なる松を削りて書附けけり、昔は十善万乗の主、錦帳を北闕の月に輝かし、今は懐土望郷の魂、玉体を南海の俗に混ず、露を払つて跡を尋ぬれば、秋艸泣いて涙を添へ、嵐に向つて君を問へば、老檜悲しんで心を傷ましむ、仏儀見えず、只朝の雲夕の月を見る、法音聞えず、只松の響、鳥の語を聞く、軒傾いては暁風猶危く、甍破れては春雨防ぎ難し、

みがかれし　玉のうてなを　露深き
野辺にうつして　見るぞ悲しき」

などとあつて、白峰の御陵は、いかにも粗末であり、且つ荒廃を極めてゐたやうに見えるのであるが、保元物語や源

平盛衰記の記事は、その骨格大体に於いてこそ当を得てゐるものの、細部に於いては、誇張もあり、混乱もあり、想像もあつて、余り信用の出来ないものである。今その二三の証拠を挙げよう。第一に、崇徳上皇は、讃岐の配所におはしまして、後生菩提《ごしやうぼだい》の為に、五部の大乗経を、三年かかつて御自筆に写させ給ひ、之を都近き寺に安置したい御希望であらせられたが、朝廷に於いては之を拒否せられたので、上皇御憤激の余り、御舌の先きをかみきり、血を以て日本国の前途を呪詛《じゆそ》する誓文を経の奥に書きつけ、之を海の底に沈め給うたとは、保元物語や源平盛衰記及び長門本平家物語のいふ所であるけれども、吉田経房の日記吉記寿永二年七月十六日の条を見ると、その経は上皇の皇子元性法印の手に伝はり、朝廷は命じて成勝寺に於いて供養せしめられたとあつて、海底に沈められたといふのは、訛伝である事明瞭である。第二に、保元物語の京師本や杉原本には、西行白峰に参拝して、みがかれし玉のうてなを露ふかき野辺にうつして見るぞ悲しき、と詠んだと書いてあるが、山家集には、此の歌は西行が近衛院の御墓に詣でて詠んだものと明記してあつて、場所が違ふのである。第三に、保元物語の杉原本には、西行白峰の御陵の前にぬかづいて、感慨に耽つてゐると、御墓所のあたりに御声がして、松山の浪に流れてこし舟のやがて空しくなりにける哉、と詠ませ給うたので、西行は之に答へて、よしや君昔の玉の床とても、かからん後は何にかはせん、と申上げたところ、御墓三度までも震動したとある。しかし山家集を見ると、松山の云々の歌は、崇徳上皇の御作ではなく、西行が讃岐の松山に、上皇の御遺蹟を尋ねたところ、既にあとかたもなくなつてゐたのを見て、なげいて詠んだ歌だとある。

保元物語や源平盛衰記の記事には、よい所もあるが、いい加減《かげん》な想像や、出鱈目《でたらめ》もあつて、そのままに信用し難い事、この通りである。それならば一体、何をたよりに白峰の昔を探つたらよいかといふに、幸ひにしてここに玉葉《ぎよくえふ》がある。玉葉といふのは、関白藤原兼実《かねざね》の日記である。日記であるから、その当時の正確なる記録であり、関白であるから朝廷最高の重臣として、政治の枢機にあづかり知らざるところは無い。その玉葉の建久二年閏十二月に、今の問題を解決すべき重要なる記事がある。即ちこの時、天下の乱れをしづめる為には、崇徳天皇と安徳天皇との御霊を慰め、御憤りを散《さん》じなければならぬとして、讃岐には崇徳天皇の御為に、長門には安徳天皇の御為に、それぞれ一堂を建てようといふ事に、朝廷で御定めになつたところ、民部卿藤原経房がいふには、讃岐の国にはもとから崇徳天皇を御祭りする寺院があつて、所領として田地も寄付してあるらしいですから、くはしく御尋ね下されたいと云ふ。そこで讃岐の国へお尋ねになると、果して崇徳天皇の御影堂《みえいどう》、即ち御肖像を御祀りした御堂がありますとの答申である。それならばといふので、その御影堂には、太政官符を下して所領を寄進せられ、御陵には勅使を差遣して官幣を立てられたといふのである。して見れば、白峰に於いては、朝廷の知られないうちに、はやくから御影堂が建てられ、しかもそれが今更朝廷から御造営になる必要の無い程、立派なものであつた事、明瞭である。

問題は、その御影堂が、建久二年以前、いつごろの創立であるかといふ点に移る。之に就いて考へるに、それは天皇崩御の直後を除いて、外にこれといふ機会は考へられない。しかも幸ひにそれを伝へてゐる記録がある、それは応永十三年に清原良賢によつて旧記を整理して作られた白峰寺縁起であつて、それに、「国府の御所を、近習者なりし遠江阿闍梨章実当寺に渡して、頓証寺を建立して、御菩提をとぶらひたてまつる、仁安元年神無月のころ、西行法師四国修行の時、彼の廟院にまうでて、「笈をば庭上の橘の木に寄掛けて、奉施たてまつ」つたとある。之によれば、崇徳上皇の行在所を、そのまま白峰に移建して、頓証寺としたのであり、その前には橘（即ち右近の橘、従つて左近の桜も相対して植ゑられたであらう）が植ゑられてあつた。此の造営を主として担当した者は、上皇の側近に仕へた章実であつたといふが、一人の力で出来る事では無論ない。讃岐の国では、官民上下、心を一つにし、力を合せたに相違ないのである。

雨月物語によつて代表せられる白峰御陵の荒廃凄惨の描写は、実は架空の小説であり、想像の創作である事、ここに明らかになつた。讃岐の人々の、情にあつく、義に強く、涙豊かなる心は、此の御影堂の建立と、終始変らぬ其の荘厳とによつて、実証せられた。さればこそ高松藩の儒者中村文輔が、

まさに是れ宸襟《しんきん》此土《このど》に安んずべし
今に俎豆《そとう》歳時に修す

とうたひ、また藤沢東畡《がい》が、

山間古《いにしへ》より宮門しづかなり
階下今に桜橘香《かんば》し

と吟じた所以である。

ひとり白峰の御陵に、人々の誠がこめられたのみでは無い。讃岐に於いては、上皇にいささかの御ゆかりがあれば、人々は必ずお宮を建てて、上皇を御祀りしてゐるのである。たとへば、白峰山下の烟《けむり》の宮、血の宮が、それである。野沢井の東にある崇徳天皇社（坂出市西庄町字天皇、元県社）が、それである。府中の鼓岡神社（坂出市府中町鼓岡、行在所跡、元村社）が、それである。さては直島にある崇徳天皇社、琴平の金刀比羅宮本社相殿の奉祀、更に紅葉谷の摂社白峰神社と、かぞへて随分の数に上るのである。

保元の戦もろくも敗れて、輔佐の大臣は戦死し、股肱の武将は斬られ、そして御自身は、辺鄙に配流せられて、心憂き晩年を送らせ給うた御身の上である。失意といひ、逆境と云つて、これほどの失意逆境は無いであらう。しかる

に讃岐の人々は、此の失意の上皇の御為に、朝廷の御許しも無いに、敢へて御陵の前に御殿を移し、御殿の中に御影を祀り、御殿の前に桜と橘とを植ゑて、あだかも御生前の日の如くに、否、御在位の昔の如くに、あがめ奉《まつ》り、仕へ奉《まつ》つたのである。その忠誠、その懇志、真に驚歎すべきでは無いか。

大東亜戦争敗れて後の、人心の荒廃は、云ふに忍びぬものがある。曾て大臣として、親任を誇り、忠誠を誓つた男が、今は天皇制廃止を叫び、前には軍の要職に在つて、馬上に国民を睥睨《へいげい》した者が、却つて軍を罵倒して俗論に迎合しようとする。何といふ、あさましい心変りであらうか。憎むべく、厭ふべき醜悪である。昭和の史記を編む者は、かかる輩《やから》の為に、その醜悪の実態を記載する変節列伝を用意しなければならないであらう。それをいつも苦々《にが》しい事に思つてゐる私は、はからずも白峰に詣でて、失意のうちに崩じ給うた崇徳天皇に対する、此の地の人々の、深き同情、真の忠誠、かはらざる奉仕を見、驚喜、感銘したのであつた。

附記

白峰は、普通「しらみね」と読まれやすい。山に白山を「しらやま」といひ、川に白川を「しらかは」といひ、雲に白雲を「しらくも」といへば、白峰は、「しらみね」だらうと思ふに、無理は無い。しかし讃岐の白峰は、「しろみね」と呼ばれるのである。現に土地の人々が、さう呼んでゐるのであり、また古くは、天正十四年八月二十四日仙石秀久の寺領寄進状に、「しろみね」とある。更に和名抄を見ると、讃岐大内郡白鳥の郷のよみ方を註記して「之呂止利」即ち「しろとり」とある。外の地ならば、「しらとり」とよむのが普通であるが、讃岐では「しろとり」と呼んだのである。変通をいさぎよしとしない性質が現れて、音便につかないのであらうか。

ト、徳　島

四国の旅、高浜に上陸して南予を巡り、土佐の宿毛も一見して、北予に転じ、更に讃岐に入つて高松を見、白峰に参拝して東京へ帰つたので、其の間に見聞し、感銘したところ、あらあら記述して六回に及んだ。六回は之を雑誌にかかげて六ケ月、正に半年に当る。されば前の旅は晩春初夏であつたが、いつしか景改まつて晩秋初冬、吹く風、袖に寒い時節となつた。その風の寒さは、さる事ながら、あたたかい人の情に導かれて、再度四国に渡り、今度は主として徳島県、即ち昔の阿波を見せて貰つた。此の記、題して四国の旅とは云つたものの、前のは伊予・土佐・讃岐の三国に止まり、阿波を欠いてゐたので、厳密にいへば、やや羊頭狗肉の感があつたが、今や阿波を加へ得て、名のみは完備するに至つたわけである。

前回は宇品から高浜へ渡つたが、今度は神戸から乗船して淡路の東南を廻り、小松島に上陸した。それは大体に於いて、今より七百七十余年前、文治元年の二月に、九郎判官義経が、平家討伐の為に押渡つた航路に当る。大体に於いてと云ふのは、義経の船出したのは渡辺とあつて、つまり大坂であり、その着船所は桂浦とあつて、けだし勝浦川の河口であるから、今の関西汽船の神戸を発して小松島に向ふのとは、多少のずれがあるからである。しかし多少のずれがあるにはあるものの、大体に於いて同じ航路である。義経の当時には、此の航路、普通に三日かかる所を、烈風に乗じて船を馳せて、三時《みとき》ばかり、即ちわづか六時間に到着したといふ。それも夜半《よなか》の出発で、烈風を恐れて兵船の多くは躊躇し、義経に従ふ者、何程も無かつた。一番は義経、二番は畠山、三番が土肥、四番が和田、五番が佐々木、以上五艘だけであつて総計して百五十騎といふのであるから、一艘に三十騎の割になるであらう。船も小さく、航海術も発達しない時に、軟論を吐く梶原を尻目にかけ、ためらふ大勢をあとへ残して、奇襲を強行するところに、九郎判官の面目があり、わが国武将の伝統がある、などと考へてゐるうちに、わづか四時間余りで、船は小松島に着いて了つた。此の日、台風の土佐沖を過ぐるがあつて、海上は二十米の強風であつたといふが、沼島《ぬしま》の出はづれ、少しく揺れたかと思ふだけで、何の苦もなく再び四国の土を踏み得た。

小松島は徳島の外港であり、大玄関である。吉野川や勝浦川河口の平野に、大工業鬱然《うつぜん》として興る将来には、この地の経済上の位置は一段と重くなるであらうが、歴史の方からいへば、これは喜田貞吉博士出生の地であつて、私は此の町の講演会で喜田博士を偲び、その業績の一端を述べて、いささか故人への手向《たむけ》とした。

徳島は曾遊の地である。しかし去る二十年七月四日の空襲に焼かれて、殆んど全市焦土と化し、二千人近くの死者を出したといふのであるから、昔の面影の見られやう筈は無い。それに名産の藍も、化学染料に押されて了つて、今はわづかに余喘《よぜん》を保つに過ぎず、曾て見た藍倉の白壁、遠くつづいた壮観も夢と消えた。但し城山は、昔のままに残り、濠《ほり》も美しく、石垣も美しい。石垣の美しいのは、此の地の山々から切出す緑泥片岩を用ゐてゐるからで、城塁といつても、いかめしさよりは、美しさが先に立つほどである。この城は蜂須賀氏の築くところ、蜂須賀氏は阿波の国十八万六千七百五十石余、淡路の国七万百八十石余、合計二十五万七千石を領して、此の城に拠り、瀬戸内《せとうち》の一関門を扼《やく》した。そして明治に入つても、侯爵を賜はり、貴族院議長となり、文部大臣に任ぜられて、名門としての誉《ほまれ》があつたのに、今は家運凋落して見る影も無く、眉山《びざん》のふもとに在つて、累代《るいだい》の藩主を祀る国魂別《くにたまわけの》神社も、神霊は隣りの八幡神社へ移され、社殿は荒廃して人の来り住むに任せ、見るに忍びざる痛ましい風景であつた。それにつけても、家の存続は、豪富にあらず、栄華にあらず、徳を積む事にあり、子孫を教誡する事にあると痛感せざるを得なかつた。

徳島の城山は、平地に屹立して、その形、いかにも猪に似てゐる。よつて之を猪山《ゐやま》といひ、しやれて渭山《ゐやま》と書くのださうである。全山常緑樹の鬱蒼たる茂みである。殆んどこれ原始林であらうといふ。そのふもとに藩主の居館があつた。居館は今は無いが、庭だけは残つてゐる。それを飛石伝ひに歩いてゐると、珍しい木がある。何の木か分らない。案内してくれたN氏に聞いても知らぬといふ。これは又今井翁か本田博士に教へて貰はねばなるまいと思つてゐると、このあたりたま庭の手入をしてゐる植木屋が見つかつた。聞いて見ると教へてくれた。いかにも是れは珍しい木で、このあたりでは城山にのみあつて、外の山には無い、名はホルトといふのだとの答へである。植物学に暗い私は、落着かぬ気持で、之を聞いたが、あとで本を見ると、いかにもホルトといふのがある、胆八樹と書いて、ホルトとよみ、ホルト科のホルト属といふのであるから、植物界に於いて一派を立て、一城の主のやうな位置に在るのかと、敬意を表するやうになつた。高さは、五六十尺に達し、暖地に自生するとある。私のやうな北国に育つた者に分らなかつたのは、無理ではあるまい。

城山の上には、このたび護国神社が再建せられたので、参拝したが、まことに立派な建築で、有難く覚えた。古い神社では、大麻比古神社へ参拝し、大変お世話になつて、特に一泊を許された。所は板野《いたの》郡板東《ばんどう》町、即ち阿波の一の宮である。背後の山は、大麻山といつて、見るからに神々しく美しく、吉野川下流の平野一帯より仰ぎ見る事が出来る。人々は朝夕この山を仰いで、この神を拝むのである。

稲刈りの　女しばしを　休《やす》らひて
打ち仰ぐなり　大麻神山《おほあさかみやま》

仰ぎ見る山頂も神々しいが、参道に長くつづく松並木もよい。それは凡そ七八町もあるであらう。境内には楠の大木古木が多い。附属の道場にとめて貰つて、終夜《よもすがら》木枯が吹くかと思つたのに、朝になつて、境内を流れる麻解《をとけ》川の川音と分つた。

麻解《をとけ》川　音のさやけさ　秋ふけて

梢を払ふ　木枯に似て

その川に架する石橋が面白い。これは第一次大戦の際に、捕虜となつたドイツ人一千名、この地に抑留せられてゐたが、我が方でもあたたかく之を待遇すれば、彼も楽しく日々を送り、折々は土地の婦人会の為に西洋料理の講習をしてくれたりしたが、神社の境内へ遊びに来ては、道をつくり、橋をかけて、自他共に楽しんだといふのである。聞くからに、心のぬくもる話である。石橋の形もよい。これなどは文化財として、長く後世に残したいものである。

大麻比古神社を辞して鳴門に向ふ途中、池谷に車をとどめて、阿波神社に参拝した。ここは昔、土御門天皇の行宮のあつた所である。天皇は承久の大変に、後鳥羽上皇隠岐にうつされ給ひ、順徳上皇佐渡に遷幸あらせられるを見て、御心安んぜさせ給はず、自ら進んで土佐に移り給ひ、後に土佐より阿波に遷幸し給うたのであつた。安貞元年二月、幕府は上皇の御為に御所造営の計画を立て、寝殿《しんでん》は守護小笠原弥太郎に、薬屋外郭は御家人諸氏に担当せしめ、費用は之を百姓に徴収せず、地頭の得分《とくぶん》より納入すべしと命じた事が吾妻鏡に見えてゐる。御所が年内に出来上つたとすれば、上皇はこの御所におはします事五年、やがて寛喜三年十月、御年三十七歳にして崩御あらせられたのであつた。後世御火葬塚の傍に天皇社を立てて御祀り申上げたが、今より二十数年前、私がここに詣でた折には、明治の初め明治天皇の思召によつて、威儀をととのへて土御門上皇を京都へ御迎へになつた時の、盛大なる行列を、子供の時に拝んだといふ老婆が、孫の子守をしながら、想出話をしてくれた事であつた。その後、昭和十五年、天皇社は大規模に修築せられて、県社阿波神社となり、やや御在世の日の行宮を偲ぶに足るものとなつたのである。

阿波神社の社頭に、珍しい木があつた。尋ねて見ると、是れが、をがたまの木であるといふ。をがたまの木は、大麻比古神社にもあつて、珍しいものを、初めて見せていただいたと思つてゐたが、今また此処にも栄えてゐるのを見た。古今集の中に、此の木の名を詠みこんだ歌があつて、それが古今伝授三箇の大事の一つとして、神秘的なものと考へられてゐた事は、三十余年前に大学で講義した事があつたが、其の木の実物を見たのは、今度が初めてであつた。

大代の郵便局の前にさしかかつた時、珍しいものを見せようと云つて、車からおろされた。それは文楽《ぶんらく》のあやつり人形を作つてゐる大江氏の仕事場で、なるほど面白い。松王丸もあれば、お鶴もゐる。時代によつて大きさも変れば、作り方にも変化のある事など、たのしく聞かせて貰つた。

さて阿波の鳴門を見に行つたが、小鳴門の海峡を渡つて、大毛島《おほげしま》に着くと、着いた港の名が、土佐泊《とさどまり》といふ。即ちこれ千余年の昔、紀貫之《きのつらゆき》が土佐より京へかへる時に船を寄せて、名の旧任地に類するをなつかしんだ所である。鳴門の壮観は山の上から眺めたが、折から逆潮で、大洋の潮、瀬戸内に落ちようとし、幾多の巉巖暗礁《ざんがんあんせう》にせかれて、雷の如くに吼え、渦を巻いて狂ふ有様、飽かず眺めるうちに、まづい歌をよんだ。

怒り狂ふ　潮の中道　ましぐらに
　行かば行くべし　阿波の鳴門も
中つ道　ましぐらに行け　ここにこそ
　生くる道あれ　阿波の鳴門も

鳴門の渦も壮観であつたが、翌日尋ねた徳島航空隊の司令は、音に聞えたる歴戦の勇将であつて、豪壮の風格、対座してまことに痛快であつた。

往年の　急降下爆撃　事無げに
　語る将軍　髭《ひげ》やや白し

やや白き　髭さはやかに　秋風に
　吹かせて立てり　歴戦の雄

人々の芳情に迎へられて、徳島の周辺、南に行き、北に行きしてゐるうちに、十一月八日、今日は暦の上で立冬だといふ。仰ぎ見る眉山《びざん》の紅葉も、一段と色が濃くなつた。今は帰らねばなるまいと、惜しき別れを人々に告げて、汽車で高松へ出た。その途中、板野の駅に積んである貨物、荷札を見れば三縄《みなほ》のつづらとある。三縄は三好《みよし》郡にあつて、吉野川の上流、山間僻陬《へきすう》の村である。つづらは、葛と書き、藤のやうに強いつるで、之でつくつたものが葛籠《つづら》である。拾遺集の中に面白い歌がある。

御狩《みかり》する　駒のつまづく　青つづら
　君こそ　我は　ほだしなりけれ

恋人は我が心を束縛する縄に似るといふ意味であらう。

以上徳島県内の巡遊は、すべてN氏の案内によつたのであつたが、そのN氏に送られて徳島県と別れ、香川県へ入ると、A氏が再び現れて、白鳥《しろとり》町に猪熊翁を訪へと勧めてくれた。A氏はこの春、白峰参詣を勧めてくれた人である。白峰にお参りした事は、讃岐の人情を考へる上に私の眼をあけて貰ふ結果となつたので、此の人の勧めには従ふがよいと思つて白鳥駅で下りた。町は大きくもなく、繁華でも無いが、手袋の産地で、手袋では全国の生産の九割を占めるといふ。夏の初めに赴いた泉大津《いづみおほつ》（大阪府）では、毛布の生産全国一と聞いて驚いたが、ここでは手袋に大気焔をあげられた。寒がりやの私は、毛布や手袋にいつも御厄介になつてゐるのであるが、その産地を知らなかつた事を慚愧した。

白鳥宮は日本武尊を祀る。随身門《ずいしんもん》に弓矢を帯ぶる随身像の代りに、スラリとした白い鶴が、左右相対して御門を守つてゐるのが、ゆかしく思はれた。猪熊家はもと卜部《うらべ》氏、著名の旧家であつて、大門・長屋門・大玄関などは、江戸時代初期の建築である。その家に伝はり、もしくは翁一代の間に集められた典籍や古文書は、文字通り汗牛充棟である。殊に貴い日本書紀の断簡《だんかん》、けだし平安の初期であらう、少なくとも一千百年ばかり前の古筆を初め、数多くの宝物を拝見して、之を四国の旅の最後の想出にさせていただいた。

（昭和三十三年六月―十二月）

八　土佐の旅

上、高知

昭和三十四年の秋十一月、久振りに土佐に赴き、初めて其の主要の地を、いはば縦走して、景勝の大観をほしいままにする事が出来た。無論その前に徳島県各地で御厄介になり、その帰路、愛媛でも香川でも休ませて貰つたが、主目的が高知であつた上に、他の三県の事は以前に書いた事があるので、今度は主として土佐の見聞と感懐とを記さうと思ふ。

然し徳島に就いて、二三の補ふべきものがある。その一つは「酢《す》だち」である。阿波の一の宮大麻比古神社に参拝して、境内で泊めていただいた夕の事である。刺身の皿につけてある小さな果物《くだもの》、何かと不思議に思つたところ、これがいはゆる「酢だち」で、阿波の特産であり、特に大麻山の見える範囲内によく育つので、文字は木を偏《へん》にして、麻を旁《つくり》とし、⿰木麻と書くのだと教へられた。支那の字書には無いので、形は漢字に似てゐて、実は漢字でなく、裃《かみしも》や丼《どんぶり》と同じく、我が国で創案作製せられた国字《こくじ》の一つである。ピンポンの球を小さくしたやうなもので、蜜柑や柚《ゆず》の、最も原始的なものであらうが、刺身にかけて味頗るよろしく、忘られぬ想出となつた。「酢だち」の「たち」は蓋し橘《たちばな》の「たち」であらう。

大麻比古神社の神威を仰ぐところ、果物にも珍しい特産があるが、人物に於いても幾多の俊傑を産むのであらう。

今其の一人として、M夫人を挙げよう。夫人は明治十四年八月一日の生れであるから、古稀を既に超えて、老人といへば老人といつてよいであらうが、国を憂ひ世を歎いて、気魄の壮《さかん》なる事、血気の男子といへども遠く及ばないものがある。軽薄なる世の風潮を憤つて柳眉を逆立《さかだ》て、「此の行きかた何ぞい」と叱咤する時、三軍を恐れざる勇気を此の老夫人に見るのである。曾て京都の御所を拝観した際、不謹慎にも妻を高御座《たかみくら》の前に立たせて記念の写真をとらうとした者があるのを見て、夫人は一喝して之を止めしめたといふ。「天子様無くて、我等の家が幾代続かうと、それが何ですか。革命が起るなら、いつそ国が亡びて無くなる方がよい」と涙して説く老夫人を見て、私は幕末勤王の歌人野村望東尼を連想するのであつた。

俗に「徳島の人は算用が強い」と云はれる。算用が強いといふのは、利害損得の計算に機敏であつて、私欲をいとなむに長じてゐるといふ意味である。しかし私は二年つづいて此の地をおとづれて、利害を度外に置いて君国を憂ふる人々を幾人か発見した。而して最後に此の老夫人を見て、驚歎感銘に充ちて、徳島を辞したのであつた。

徳島より高知へ入るに、鉄道は吉野川に沿《そ》うて溯るのである。此の川は四国第一の大河、此の河あるが故に、徳島の将来は経済上明るいといはれるのである。不思議な川筋で、高知県から徳島県へ入る上流は、南から北へ流れ、池田に到つて直角に右折し、西から東へ流れるのであつて、大工の帯びてゐる矩尺《かねじやく》の形と思へばよい。そして其の池田より上流は、左右の山々嶮《けは》しく峙《そばだ》つ中を、深い深い渓谷を穿《うが》つて、遙かなる谷底を水が走るのである。山高くして谷深く、水清くして流れ急であるから、見て絶景に驚くと同時に、古来スリルを感じて、大冒危《おほぼけ》、小冒危《こぼけ》の名、天下に聞えた。「ほけ」といふのは、「ほき」と同じく、断崖をさす古語であつて、家隆卿の歌に「片山のほきのさを田を打ち返し」とある「ほき」も、私の郷里に近く村の名を「ほうき」と呼ぶ所がある其の「ほうき」も、すべて険しい傾斜の意味である。私は久振りに大冒危、小冒危の景勝を観て、上流の奔湍と下流のゆるやかなる流れとを対比しつつ、個人や国家の運命にも、いろいろと類似のある点を感じた。

高知の宿は三翠園と云ひ、もと藩主山内家の下屋敷であつたといふ。庭に椋《むく》の大木があつて、それに小鳥が沢山群《む》れ集まり、しきりに実をあさつてゐる。それを面白く思ひながら、土手の上を散歩してゐると、どうも胆八樹《ほるとしい》らしい木が一本現れた。昨年徳島で初めて見た木であつて、名前も文字も異様なので、心に留まつたものである。土手を下りると鏡川である。川を越えて向ふに見えるのは筆山である。川と山と相対して美しい眺めであるが、一層之をゆかしくさせるものは、川に近く見ゆる潮江《うしほえ》天神の森である。昌泰四年菅公太宰府に左遷せられた時、その子或いは駿河に、或いは飛騨《ひだ》に流された中に、長男の高視《たかみ》、官は大学頭《だいがくのかみ》であつたのが、土佐に流されて筆山のほとりに侘《わ》び住居せられた事があつて、さやうの因縁で、ここに天満宮が建てられたのだといふ。土佐は南国、空は明るく、日はあたたかく、私の行つたのは十一月であるのに、夜になると、蚊が多くて閉口し、遂に蚊帳《かや》を吊つて貰つたほどであるが、歴史の上には暗く悲しく寂しい事も少なくない。

谷秦山《じんざん》の一生の如きも其の一つであらうか。その父の亡くなつた時に、「家貧にして葬る能は」なかつたといふ程であるから、少年の日の困窮、すでに想像に余りある上に、壮年、学を講じて藩当局の忌《い》む所となり、禁錮《きんこ》せらるる事十有二年、そのまま命を終つたといふのであるから、まことにいたましい一生であつたと云はなければならぬ。しかも其の学問の正しく、討究の深く、識見の高く、操守の固い点に於いては、古今に卓越して、真に我等の先達《せんだつ》と仰ぐべき人物である。それ故に私は、昭和十一年の首夏、その遺蹟を捜らんが為に、高知に赴いたのであつて、その時にまとめたものが、拙著万物流転《ばんぶつるてん》の中、「険難一路」の一章となつたのであり、又今日我等が掲げて「日本学」の講究といふも、先蹤をこの人に見出《いだ》しての事である。今度は外に仕事があつて、秦山の遺蹟を一々尋ねるわけにはゆかなかつたが、只其の墓参りはさせて貰ひ、墓に日の丸の小旗の数多く立てられてゐる事、前の通りであるのを見た。前とちがつて、不思議に思はれるのは、これほどの偉大な学者を生んだ土佐の地に、その先師先達の精神を忘れて、赤旗を掲げての妄動が、今日所在に見られる事である。残念といはなければならぬ。

哲人の遺沢余薫といふものは、長く後世に残つてゐるもので、先年の墓参に当り、道を尋ねたところ、すぐに鍬を棄てて先に立ち、案内してくれられた農夫も、実に朴直で親切な人であつたが、今度はまた其の農夫の友人といふ人が現れて、わざわざ高知の宿に来訪し、その農夫が先年私を案内した時には、私を羽織袴から想像して、恐らく俳優であらうと誤解してゐたが、後に万物流転を一冊贈られて、さては大学の教授であつたのかと驚いた事、今も存命であればさぞ喜んだであらうに、終戦後亡くなつて、再会のかなはない事など、親切に告げ知らせてくれられた。

情誼の厚いに感激して食堂へ帰ると、今度はY中将から愉快な話を承つた。土佐の出身で、島村元帥等と同期の海軍兵学校出で、中将にまで進まれた人に、坂本一《はじめ》といふ方があつた。此の人が大佐の時に、艦長に新任しての挨拶、礼装を着用し、隊伍《たいご》をととのへ、謹んで艦長の訓示を拝聴しようとしてゐる乗組員一同の前に立つて、大声に叫んでいふには、「姓は坂本、名は一《はじめ》、愚図愚図《ぐづぐづ》するのが大嫌ひ、合戦準備かかれ！」土佐武士の豪快さ、面目躍如たるものがあるでは無いか。

かやうな謹直や、かやうな豪快、それは土佐の正しい伝統を織り成してゐる二筋の糸であるが、それが今も強く残つてゐる事は、到るところの講演会で見受けられた。それを深く喜びながら、次々と廻つて行つたが、その間に小閑を利用して、名勝を見、旧蹟を尋ねる事が出来たのは、人々の好意、感謝に堪へないところである。その一つは竜河洞である。香美《かがみ》郡土佐山田町逆川、三宝山の腹中にある鍾乳洞《しようにゆうどう》であるが、之を探険してその幽秘をひらいたのは、近く昭和六年の事で、それまでは一向名の聞えなかつたところである。探険したのは当時の中学校教諭山内・松井の両氏であるが、苦心して暗黒の洞窟をさぐり、奥へ奥へと入つてゆくと、遂に別の洞口に出て、延長四粁《キロ》の全貌を明らかにする事が出来た。そして段々しらべてみると、古代人住居のあとと見えて、土器がいくつか発見せられ、またかやうな日の光の全然当らない洞窟の中にも、不思議な動植物がいろいろ棲息してゐる事が分つた。二千年も前に人が住んでゐて、それが二千年の長い間、完全に埋没忘却の中におちいり、そして二千年後に再発見せられて、毎日毎日の観光客、来るバス来るバス満員の盛況に到らうとは、お釈迦様でも御存知なかつたに相違ない。

洞内は音を立てて流れる水、乳の如くに垂れ下つてゐる石、いづれも此の世ならぬ無気味さがあるが、そのうちに豆のやうに小さい鍾乳石が壁一面にひろがつて、花の咲いた観を呈してゐるのに遭遇した。同行してゐた八波助教授が、「洞窟の中に石の花咲く」と吟じて、「下の句だけ作つたから、誰か上の句をつけて下さい」といふ。挑まれては附けずばなるまい。私は咄嗟《とつさ》に答へた。「苦難にも堪へよと我に教へつつ」。

土佐は江戸時代三百年の間、山内氏の領する所であつた。山内一豊の妻といへば、賢夫人の典型として、古来誰知らぬ者も無いが、その賢夫人の夫である山内一豊、もとは遠州掛川六万八千六百石であつたのが、慶長五年の関ケ原の戦、徳川氏に味方した為に、論功行賞の際に、土佐二十万二千六百石を与へられ、先づ浦戸城に入り、ついで高知に城を築いてここに移つた。例へばシーソーの如く、或いは二つつけられた釣瓶《つるべ》のやうに、一方が上がれば他方が下《さが》る定まりで、山内氏の興隆と表裏をなして没落したのは長曾我部《ちやうそかべ》氏であつて、長曾我部元親一時は四国全部を掌握するほどの勢ひであつたのが、天正十三年秀吉に討たれて土佐一州に縮まり、それでもまだ二十二万二千石を領して浦戸に拠つてゐたのに、関ケ原の戦、西軍に加はつて徳川に抗した為、所領を没収せられて、あはれ浪々の身となつて了つた。

長曾我部といふのは、本《もと》を尋ぬれば、帰化人で秦《はた》氏であるが、それが土佐の長岡郡宗部の郷や、香美郡宗我の郷に住し、その郡の一字を採つて両者を別ち、長岡郡のを長曾我部氏といひ、香美郡のを香曾我部氏と称したのである。長曾我部氏の居住したのは、国府の近く、土佐の中心に当る要地であつて、一族香曾我部氏と並んで勢力を養つてゐたが、戦国時代の末に、元親出づるに及んで、その勢力急速に延び、土佐一州を平定して足れりとせず、四国全部を掌中に収めようとして、一時はほぼ其の目的に達したが、秀吉の大軍来り攻むるに及んで、衆寡敵せず、元の土佐に退いたのであつた。

一口にかういへば何の編綴《へんてつ》も無いが、長曾我部一家の起伏興亡の間には、小説よりも面白い事が少なくない。元親の祖父を宮内少輔元秀といつた。それが天文年間、山田氏に攻められ、力窮して討死し、一家一応ここに亡びた。しかるに元秀の子に千王丸といふのがあつて、当時まだ六歳の童児であつたのを、譜代《ふだい》の家来に近藤某といふが、竹の皮籠《かはご》とあるから、竹を編んでつくつた行李《かうり》、つまり竹で出来たトランクと思へばよい、その皮籠の中へ入れ、背負つて城中から脱出し、中村の一条家を頼んで育てて貰つた。千王丸長じて宮内少輔元家といふ。やがて父祖の旧領を復して、家運再興の基を置いたが、その子が宮内大輔元親で、即ち土佐を平定し、四国を掌握した人物である。

元親の定めた法律、いはゆる長曾我部元親百箇条は、頗る有名である。読んでみると、百箇条どれもどれも面白い。たとへば、

一、菊桐の御紋、上下によらず付くる事、勿論ながら停止の事

とある。菊の御紋、誰憚らず風呂敷や座蒲団にまで用ふるに至つた今日の風潮と対比して見るがよい。

一、本道六尺五寸間、二間たるべし。

云々とあるは、土佐の国道、一丈三尺幅にして整備し、その修理を厳しく命じた事が知られる。また竹木の無断伐採を禁じて、

在々山々浦々、竹木成立ち候様、才覚肝要の事

とあるのは、肥後の菊池家憲と対応して考へる必要があるであらう。延元三年七月菊池武重血判の家憲第三条を、堅くはた(畑)を禁制し、山を尚して茂生の樹を増せと読む通説に対して、多少の異説も出てゐるが、長曾我部氏が領内山々の乱伐を禁じてゐるのを見れば、菊池氏に於いても同様に禁令を出してゐた事として、意味はよく通るであらう。

中、佐川

長曾我部元親百箇条を見ると、田畑の問題、検地帳を基準として決定する事が、いろいろと見えてゐる。検地帳といふのは、田畑屋敷の実地を測量して、広狭肥瘠を判定し、地主や作人を記載し、農耕の権利と、納税の義務とを明確にするものであるが、驚いた事には元親によつて測定せられた土佐の検地帳が、今日現存してゐるのである。私は高知の旧城内にある図書館で、その一部分を見せて貰つたが、たとへば土佐国安喜郡室津分の地検帳（普通に検地帳といひ、百箇条にもさうなつてゐるが、土佐の天正年間のものには地検帳と書いてある）は、天正十五年十一月の調書で、上田三反二十七代四分、中田八町五反三十七代、下田六町四反五代四分半、下々田三町一反一分を始め、上屋敷、

中屋敷、下屋敷、下々屋敷、中畠、下畠、下々畠等に分つて記載せられてゐる。その反の下に代とあるのは、一反の五十分の一を代としたもので、古く用ゐられた田地の単位であるが、それが土佐では、かなり遅くまで行はれてゐた。

天正十五年といへば、秀吉の九州征伐の年であつて、西暦でいへば一五八七年、今より三百七十余年前である。三百七十余年も前の古い土地台帳が残つてゐる事は珍重しなければならぬ。無論一時に全部が出来たわけではなく、天正に始まつて文禄・慶長と、事業は継続して行はれたのであるが、それを総計して三百六十八冊、整然として架蔵せられてゐる有様は、壮観といつてよい。

しかし検地帳をゆつくりと調べてゐる余裕は無い。間もなく図書館を辞して、五台山に向ふ。第一にたづねたのは吸江寺《ぎふかうじ》である。臨済宗妙心寺の末寺であるが、鎌倉時代の末、文保二年に夢窓国師の創立したところであり、その後、吉野時代には有名な禅僧義堂が前後二回ここに住した事もあり、殊に江戸時代の初めには、山崎闇斎がここに学んだので有名になつてゐる。古い額がいくつかある中に、吸江菴の三字を横書きにしたものは、裏に応永十九壬辰九月晦日と記してあるさうであるが、勝定院顕山の自筆として珍重せられて来たもので、谷重遠の詩にも、「顕山筆を貽《のこ》す吸江寺」とある。勝定院顕山といへば耳遠く聞えるが、実は足利義持の事であつて、足利歴代の中では、最も道義をわきまへた人であつた。

壁にかかつてゐる顕山の額もよいが、外へ出て眺める浦戸湾の景色は、これまた美しく楽しい。かりに流罪《るざい》に処せられても、このやうに暖かく美しい土地であれば余り退屈せずに過されやうかと思はれるほどである。ところで八百年前ここへ流された人がある。それは源希義《まれよし》、義朝の子であつて、頼朝には同母の弟、義経には腹ちがひの兄に当る。平治の乱に源氏敗れて、義朝は殺され、頼朝は伊豆に流され、そして希義は土佐に流された。年齢はいくつであつたか明らかでないが、頼朝は平治の乱に十三歳で従軍したのであるから、希義は十歳ばかりであつたらう。土佐へ流されて介良《けら》の庄に住したといふのであるから、今の介良《けら》村、即ち五台山の麓に居たのであらう。気の毒な事には配流二十年の年月を送つて、漸く治承四年源氏旗上《はたあげ》の時を迎へたのに、平家の命によつて蓮池権守《ごんのかみ》や平田太郎が押寄せ、かくと知つて介良より夜須《やす》に逃れようとした希義を追つて、途中で殺して了つた。その時、介良の庄に琳猷《りんいう》といふ僧侶があつて、懇切に亡骸《なきがら》を葬り、菩提を弔つたが、やがて頼朝の覇業成るに及び、希義の鬢髪《びんぱつ》を白木の箱に納め、頸《くび》にかけて鎌倉へ参り、走湯山の僧良覚の取次によつて頼朝にあひ、之を渡した。頼朝大いに喜んで、希義墳墓の地に寺を立てて琳猷を住持とし、庄園を寄附して之を優遇した。それが即ち西養寺で、山号を走湯山といつたのも、良覚取次の縁によるものであらう。

その希義も二十年ばかりの間は、この浦戸湾の風光を賞し、流人《るにん》とはいふものの、自然には恵まれてゐたであらう、ただ最期がいかにも気の毒であつた、などと思つてゐるうちに、吸江寺で一通の古文書、此の人に関係のあるものを見せてくれられた。それは元弘三年六月四日足利高氏から長曾我部信能に宛てたもので、土佐国介良の庄は、走湯山密厳《みつごん》院領であるのに濫妨狼藉《らんばうらうぜき》をする者があるといふ、早く香宗我部秀頼と力を合せて狼藉を鎮定せよといふ命令である。蓋し西養寺は、走湯山密厳院を本寺とたのんで、その保護の下に在つたのであらうが、それは前に云つた希義の関係から出た事である。注意すべきは元弘三年に、長曾我部氏が一族香宗我部氏と相並んで、此の地方の実力者であつた事であり、いや、それ以上に注意すべきは、此の命令が高氏から出てゐる事である。元弘三年六月四日といへば、鎌倉幕府亡びてよりわづか十日余り後、後醍醐天皇伯耆より御かへりになつて京都へ着御《ちやくぎよ》あらせられる一日前である。本来ならば朝廷の御指図を待つて処置すべきところを、還幸を明日にひかへながら、高氏は勝手に全国に指令を発するのである。高氏が建武の中興を目標としないで、足利幕府の創立をのみ考へてゐた事は、ここにも明瞭に現れてゐると云つてよい。

吸江寺を辞去して五台山の頂《いただき》に登れば、日の光あたたかくして恰《あたか》も春の如く、遊覧の人々の楽しげな集《つど》ひが、到るところに見られた。丁度正午になつたので、茶店から蓙《ござ》を借りて草の上に敷き、しばらく憩うて弁当をいただいたが、此の一時は私には珍しい長閑《のど》けさで、うつとりとして海山の眺めに我を忘れるのであつた。五台山には真言宗の古刹《こさつ》竹林寺がある。谷秦山の詩に、「竹林昨夜の雨、霽れ去つて月弦かかる、寺は擬す五台の地、山は鳴る四国の天」、と詠じたのは、ここの事である。しかし私は野市《のいち》町へ急行し、更に安芸《あき》市へ向はねばならぬ。時計を見て、行程を案じ、竹林寺を割愛して山を下りた。

あくる日は佐川であるが、佐川の講演は夜であるから、午前中は長浜に雪蹊《せつけい》寺をたづね、桂浜に浦戸の城址を見た。雪蹊寺はもとは真言宗で、名を高福寺と云つたが、長曾我部元親の菩提所となり、元親の法号を雪蹊恕三大禅定門といふところから、寺の名を雪蹊寺と改め、宗旨も禅に転じたといふ。明治二年の廃仏騒ぎに、一旦廃寺となつて、仏像は五台山竹林寺へ移されたが、明治十一年に再興を願ひ出で、やがて許されて仏像も大部分元に復した。嘉禄元年の鐘や、慶長四年の鰐口《わにぐち》は永久に失はれたが、本尊である薬師に、日光・月光、それに十二神将の大部分は残つた。また毘沙門天や吉祥天は、仏師湛慶《たんけい》の作である事が、銘によつて知られ、美術史家の珍重する所となつてゐる。それは東京や奈良の博物館に陳列せられて、今は寺にはないが、薬師三尊に十二神将は残つて居り、就中《なかんづく》月光菩薩が美しいと思はれた。

転じて桂浜に遊ぶ。吸江寺で見る浦戸湾の風光とちがつて、ここは直ちに外洋に面して、雄大広闊なる眺望である。

大町桂月の号は、この桂浜から採つたといふ事で、桂月の歌碑も立つてゐる。うしろの松山は、即ち昔の浦戸城址である。登つて見ると、湾内の風光、五台山から眺めると、ちやうど表裏をなして、是れも亦頗る美しい。

いよいよ高知市を離れるに当つて、郊外の福井に鹿持雅澄《かもちまさずみ》翁の墓に詣でた。墓は元翁の住まれた屋敷のうしろの丘の上にある。元は樹木も多く繁つてゐたのであらうが、終戦後に切られたさうで、屋敷はすつかり畠となり、墓地にも桜の木が一本残つてゐるだけであるが、近年有志の人々によつて、その傍に、小さいが立派な祠が立てられ、厳重にお祭が行はれてゐるのは、うれしい事である。その歿したのは安政五年の秋で、今より百年も前の事であるが、その著された万葉集古義は、永遠不朽の生命をもつてゐる。

佐川は高知を距《さ》る事、六里である。一体高知県は大小の山岳随所に崛起して、平地の至つて尠《すく》ないところである。その尠ない平地のうち、第一は高知を中心とするもので、これは最も広いが、それにつぐものは、この佐川と、中村とであらうか。但し佐川は海に面してゐない山間の盆地であつて、川の流れも海とは反対の西北方に向つて流れ、後に大きく右旋回して東南に向ひ、仁淀《によど》川となつて海に注《そそ》いでゐるので、何となく異様の感じがする。されば秦山も、「左川地凸にして水西に流る」と吟じたのであつた。佐川に着いて先づ忠霊塔に詣でた。文字は山下大将の筆である。ここに祀られる戦死者は、明治維新に一名、西南の役に四名、日清戦争に二名、台湾征討に一名、日露戦争に二十二名、満洲事変に一名、支那事変に二十名、而して大東亜戦争には二百六十四名である。総計して三百十五名であるから、八割強が今度の大東亜戦争に国難に殉じた人々である。これより此の地方の遺族の方々にお話をしようとする私は、先づ此の忠霊塔に詣でて、一層の感慨を覚えるのであつた。

佐川は土佐藩山内家の首席家老深尾氏の拠《よ》つたところ、その所領は一万石であつたから、明治の御代には小藩に准じて男爵を賜はつた。昔も今も人物の出てゐるところで、田中光顕伯も、牧野富太郎博士も、この町の出身である。私は四高で英語を林並木《なみき》先生に教へていただき、その歯切れのよいのに驚いて、飴玉をしやぶつてゐるやうに甘つたるい発音ばかりが英語では無かつたのかと喜んだ事があるが（当時教はつたのはドキンシー De Quincey の阿片喫飲者 Opium Eater であつた）、その林先生もこの町の出身で、お気の毒に昨年奇禍《きくわ》に遭つて亡くなつたといふ事である。田中光顕伯は毀誉褒貶《きよほうへん》共にやかましい人物であるが、私は昭和四年の秋一度だけお会ひして、その稜々たる気骨に驚歎した事がある。いふまでもなく伯は、幕末勤王の志士として奔走した人で、昭和四年には既に八十七八歳の老齢であつた。たまたま徳富蘇峰翁の主催で、安政大獄七十年記念の展覧会と講演会とが青山会館で催され、その講演を私が引受けてゐた。講演は夕の六時から始まるのであるが、その前に展覧会を見たいと思つて、午後の二時ごろに会場に行つたところ、係の人が言ふには、「田中伯が先刻から待つて居られます」といふ。「私は田中伯にお会ひした事が無いのですから、何かお間違ひでせう」といへば、「どうして、どうして、間違ひではありませぬ」と答へて、やがて伯の待つて居られる応接室へ案内せられた。見ると長身痩軀、羽織袴、颯爽たる老人である。言はれるには、「私は今日は朝から来て、あなたをお待ちしてゐました。それはお願ひがあるからです。私が今日まで生き長らへてゐるのは、井伊大老の止《とど》めを刺したいといふ一念からであります。今日その事をあなたにお願ひしたい。私は只今八十幾歳、昨今病気でありまして、熱も三十八度前後、宅では看護婦が二人ついてゐます。しかし今日だけは病気でありませぬ。井伊大老の止めを刺されるのを見届けに参りました。どうぞしつかりお願ひします。それでなければ、私は死んでも死に切れないのです。」

伯の言葉は、私の思ひ設けざる所であつた。何といふ壮烈なる挨拶であらうか。七十年前、剣を負つて天下に縦横した志士は、七十年後に猶その気慨気魄を失はず、瘦軀を以て風雲を叱咤しようとするのである。そして其の夜の講演会、階下階上ギツシリとつまつて一千数百名、身動きも出来ない聴衆の、中央第一列、演壇の直前に、端然として腰をおろすは老伯爵である。イヤ、端然として腰をおろして居られたのは、初めのうちだけであつた。講演が始まると、伯は起つた。起つて両手を耳にかざして、一言一句、聴き洩らすまいとされるのであつた。

その田中伯は、此の佐川の生れである。そして其の蒐集にかかる志士の遺墨その他の書画凡そ六百点を、郷里に寄贈した。それを元として、建てられたのが青山文庫《せいざんぶんこ》である。私は講演の前の一時を、この文庫の一見にあて、種々益する所があつた。旧藩の時代、ここの学校を名教館といつた。此の地、人材を輩出したのは、名教館に於いて学問を奨励し、琢磨を積ましめた為であらう。幕末より明治にかけて、五十年間この学校の教授をつとめた人に、伊藤蘭林といふ学者があつた。今青山文庫を守つてゐる婦人は、その子孫であるといふ。

さても其の夜の講演会、佐川の市内はいふまでも無い、更に近郊の村々ばかりでなく、山間僻陬の地から、自転車に乗り、バスを借りて、馳せ参じた有志の数の多かつた事と、二時間を一気に説き去つて、時計の針は既に九時を過ぎたのに、どんなに遅くなつても差支へない、徹夜してもよいとばかり、厭かずに聴いてくれられた態度を見て、土佐の正気、今も猶強く残つてゐるのに驚歎敬服した。

下、中村

人生、意気に感ず、徹夜してもよいとまで云はれては、私も夜を徹して説きつづけたいところであつたが、約束は其の夜のうちに、次の須崎市へ行く事になつてゐたので、惜しき別れを佐川に告げた。須崎は良港、海は深いやうである。曾て谷秦山も此処に遊んで詩を作つた。雅筵《がえん》の主人は川田氏、酒は伊丹の銘酒、美人の盃を周旋するがあつて、名を問へば門脇《かどわき》氏といふに、そぞろ平家の昔が偲ばれる。又流されて蟄居する永谷氏も同席して歌を歌つた。秦山は感慨に堪へずして、「独り天涯淪落《てんがいりんらく》の客あつて、夜深け《ふ》月上《のぼ》つて潯陽《じんやう》を唱ふ」と吟ずるのであつた。

秦山の雅会は、元禄十六年の事であつた。しかるに、それより四年の後、宝永四年の冬、大地震が起つて、須崎は一瞬海底に没入して了つた。南海の大地震、先年のも随分烈しいもので、その時に起伏した土地の変動は、今日でも顕著に残つてゐるが、かやうな地震は昔からたび〳〵あつたらしく、日本書紀を見ると、天武天皇の十三年七月には、土佐の国の田畠五十余万頃《けい》、没して海となつたとある。宝永四年の地震は、十月四日の事で、ひろく全国に影響したが、土佐が最も甚だしく、海浜の町村、波にさらはるるもの百余に及び、田畠の海に没したもの千余町に上つたといふ。富士山の噴火して、中腹にいはゆる宝永山を作つたのは、その翌月の事であつた。桑田変じて碧海となる異変は、かやうに度々起つてゐるのである。

須崎の町は海に没入し、昨日繁華の所、今は波の底にかくれた。しかるに人々は、毫も之に屈せずして、土崎の地に港町を再建し、名づけて須崎とした。私は今の須崎の繁栄を見て、我が友T氏の手紙を連想した。T氏は名古屋の中学校長である。先般の伊勢湾台風にあつて、非常に苦労をしたらしいが、私の見舞に答へていふには、私の家は先祖代々此の地方に住み、大河の汎濫《はんらん》によつて水をかうむる事、幾十回になるか分りませぬ、その災害を淩《しの》いで来た私共は、是位《これくらゐ》の事でビクともするものではありませぬ、どうぞ御心配なく、と、かういふのである。何といふ爽快《さはやか》な言葉であらう。わづかの苦労にあへば、直ぐに泣声立てて救助を求め、来援思ふやうにゆかなければ、青筋立てて政治の貧困を叫ぶ、あさましい世の中に、毅然として自立しようとするT氏の態度は、云はば木曾川の濁流の中に屹立《きつりつ》して動ぜざる巨巌の如きものであらう。須崎市古今の変遷を概察して、私は災厄に屈せずして、倒れても倒れても起《た》ちあがる日本人の強い精神を感得《かんとく》するのであつた。

須崎の講演は翌日の午前中に終つた。次は中村市であるが、その間に足摺岬を見せてやらう、二度と来る機会はあるまいからと云つて、計画を立て日程を組んであつた。サア是れが大変である。高知から佐川まで六里、佐川から須崎まで四里、須崎から中村まで二十二里、中村から清水まで十二里、清水から足摺まで六里、通算して高知より足摺岬にいたり五十里、メートルに直して二百キロ、そのうち半分ばかりは汽車があるが、あとの半分はまだ開通してゐない。私は終始自動車で送つて貰つたが、道は海岸にそひ、山脈を伝はつて、左曲右折、一秒の油断放心を許さぬ。幸ひな事には此の車を駆るに、細心にしてしかも豪胆、謹直にしてしかも明朗なる人物を得た。一人は往年の海軍少年航空兵であり、今一人、しつかりとハンドルを執るのは満洲歴戦の勇士である。私が此のむつかしい道中を、気楽に景色を眺めたり、古今を比較して感慨に耽つたり、してゐる事の出来たのは、全く此の両士のおかげであつた。

土佐の形状は、扇面をひろげて、骨だけは棄て去つた形である。但しその右端を少し上へあげ、左端をそれだけ下へさげねばならぬ。その下へ垂れさがつた突端こそ、即ち足摺岬に外ならぬ。ところで足摺といふのは、どういふ意味かといふに、一般にいへば、二つの意味がある。一つは泣きわめく時にぢだんだをふむをいふ。平家物語に見える俊寛《しゆんくわん》の鬼界島《きかいがしま》に取りのこされて「足摺」をしたといふのは、それである。今一つの意味は、足許《あしもと》の危く、よろめくをいふ。漢字をあてれば、蹉跎《さた》の二字、これであらう。土佐の足摺岬は、正に此の意味である。されば古くより蹉跎の字をあて用ゐ、応保元年（西暦一一六一年）の古文書にも蹉跎御崎と書けば、ここにある寺の名も蹉跎山金剛福寺と呼ばれたのである。

足摺に漢字を宛てて蹉跎と書き、之を音読すればサタとなる。地図を見ると、岬の突端、遠く遠く海中にのびて、狂瀾怒濤を真正面から受けるところ、サタと呼ばれるものが、外にもある。一つは愛媛県西宇和郡の先端、遠く豊後水道にのびて急流を遮らうとするもの、名づけて佐田岬といふ。今一つは鹿児島県大隅半島の南端、遠く海中に突出して黒潮と台風とに面をさらすもの、之を佐多岬といふ。その佐田も佐多もいづれも当字《あてじ》で、正しくこれ蹉跎、即ち足摺の意味に外ならぬであらう。

現地に臨むに、いかにも足摺の名にそむかぬ。千仭の懸崖、ただちに万里の波濤に接し、波寄すれば飛沫四方に散り、波引けば岩礁磊々《らいらい》として横たはる。気の弱い人は、目もくるめき、足もよろめくであらう。それでも私の行つた日は天気静穏に過ぎて、凄い足摺の真面目《しんめんぼく》が出てゐないと、案内の人々は歎くのであつた。

海から吹き付ける風の強い為であらう、山の木々、孤立して伸びてゐるものは無い。互ひに頭をかくし合つて、庭師の手入を怠らぬ躑躅《つつじ》のやうに、全山一つの円味《まるみ》を帯びて、まるで大きな帽子をかぶつた感じである。よく見ると、椿が多く、木斛《もくこく》が多い。なるほど、是れで合点《がってん》がいつた。延喜式を見ると、土佐からは年々木斛十三斤《ぎん》を、典薬寮《てんやく》へ納める規定になつてゐた。その分量、紀伊の二十五斤、備後の十五斤には及ばないが、他の国々と比べるに、多い方である。土佐はまた細辛《さいしん》を二斤納める定めである。細辛の多いのは、佐渡、備後、安芸などであるが、四国では阿波の九斤といふが多い。私は先年それを大麻比古神社でいただいて、今も机の抽斗に入れてゐるが形も面白く香りもよい。細辛は利尿剤で、心熱をとるといふ事であるが、木斛は何の薬として用ゐられたのであらうか。

枸杞《くこ》といふ灌木がある。戦争中に阿南大将のお宅で、枸杞の葉をたき込んだ御飯、いはゆる枸杞飯《くこめし》をいただいた事があつて、それから此の木に気を付けてゐると、政事要略に面白い話が載つてゐた。宝亀年間といふから今より千二百年ばかりも前の事であるが、山城《やましろ》に竹田千継《ちつぐ》といふ人があつて、枸杞を常時服用してゐたところが、老を駐《とど》め齢を延ぶる薬といはれるだけあつて、此の人一向に年をとらぬ、七十歳を越えたといふのに、まるで少年のやうであつた。やがて文徳天皇の御代に召されて典薬允《てんやくのじよう》に任ぜられた。その時、実は九十七歳であつたが、一見しては壮年のやうであつた。ところが段々兼任兼務が多くなつて官務多忙を極め、枸杞を飲む暇が無くなつたところ、間もなく白髪老衰一時に至り、百一歳で亡くなつたといふのである。延喜式を見ると、四国のうちでは、讃岐から此の枸杞を十斤納めてゐる。

足摺岬には鳥が多い。雉・山鳥・鳩・鶫《つぐみ》など、気楽にここに繁殖してゐるのは、此の地一帯狩猟を禁ぜられてゐる為だといふ。私の郷里などでも、以前は鳥が多く、子供の頃には、門内に雉や山鳥の数羽群れて餌をあさるのを見た事は、しばしばあつた。終戦後に山へ帰つた時にも、庭一面小鳥に埋まる程の事が折々あつたが、近年それは激減した。願はくは此の足摺岬の如く、狩猟禁止の区域を各地に設けて、我が国を小鳥の為にも楽園たらしめたいものである。

「蹉跎は天下の険、奇観平生に冠たり、」と秦山の歌つた足摺岬も見せて貰つた。さて帰らうと車をかへす途中に、白山神社がある。南国には珍しい事と驚いて下車して参拝するに、拝殿の両側に立つてゐる一対の狛犬《こまいぬ》、木彫であつて潮風に吹かれ、かなり傷《いた》んではゐるが、まことに古雅であり、妙味があつた。

足摺一見の為にとめて貰つた土佐清水市は、鰹《かつを》を主とする漁港で、いはゆる土佐節の本場である。紺青の南海、遠く船出しての鰹漁《かつをれふ》、定めし豪快な事であらうと想ひながら、引きかへして中村市へいそいだ。ここは元、幡多《はた》郡の中心であつた。いや幡多郡とのみ云はぬ。戦国時代には土佐一国の中心であつたと云つてよいであらう。即ち此の中村を中心とした幡多の庄、其の他の庄園は、一条家の領するところであつて、応仁文明の大乱に、京都が荒廃し、地方の庄園が危くなるや、前関白教房《のりふさ》土佐に下向して中村に住し、領地を確保しようとした事が、その父である一条兼良の桃花蘂葉《ずいえふ》に見えて居り、その縁故をたよつて治部卿顕郷もここに下り、文明十一年に歿した事が公卿補任《くぎやうぶにん》に見えてゐる。教房は文明十二年に亡くなつたが、其の子権大納言房家以下、権中納言房冬、右中将房基と代々相続して中村に住し、戦国乱離の世ではあつたが、流石に名門、人々の尊敬する所となつて、中村は土佐一国の精神的中心となつた。それは房基の子兼定敗れて豊後へ逃れ、代つて長曾我部元親、この国に覇《は》を唱へるまで、五代約百年の間つづいたのであつた。

当時京都は衰微し、それに代つて豪族の拠り、公卿の集まつた地方の小都会に、却つて京都の面影を再現したやうな所が出来た。周防の山口とか、越前の一乗谷などが、それである。その山口は大内氏、一乗谷は朝倉氏の武力財力を本とし、そこへ京都を離れた公卿が集まつたのであるが、土佐の中村には、其のやうな武家が無くて、直ちに一条家を中心として発展したところに、其の特色がある。

面白い事には、山河自然の地形が、京都に似てゐる。町の西を流れる四万十川《しまんとがは》、一名渡川《わたり》を桂川とすれば、東を流れる後川《うしろ》は賀茂川に当るであらう。後川の背後に連なる山々は、殆んど東山かと疑ふばかりである。町割も先づ先づ正しく縦横に切られて、やはり京都に倣《なら》つて都市計画を立てたものと考へられる。その中央に崛起した丘の上には、一条神社が立てられてゐるが、これが昔一条家の館《やかた》のあつた所だといふ。しかし戦乱と水害とは、此の町に古き社寺邸宅の残るを許さなかつた。秦山の詩に、「渡川《わたり》策無くして比年《ひねん》溢れ、崩岸舟ありて尽日《じんじつ》横たはる」とあるを見ても、四万十川の汎濫には、人々手の施しやうが無く、町は毎年水害を蒙つた事が察せられる。

由緒のある土地でありながら、歴史的遺物の尠《すくな》いのを心寂しく思ひながら、いよいよ中村を去らうとして、はからずも有志学生の来り会するを見た。是等の学生は、偶然昨夜の講演を聴いて大いに驚き、旅館にたづね来つて深更まで語り、夜明けて再び来訪し、いよいよ出発するに臨んでは、遂に宿毛《すくも》まで同行してかさねて講演を聴いてくれたのであつたが、その数も前夜は三名であつたものが、朝には五名となり、宿毛に向ふに当つては八名に増加したのであつた。

高知県下の講演は、宿毛を以て終つた。此の地の事は、先年書いた事があるので、今は省略しようと思ふが、最後に閉会の辞を述べられた遺族会副会長塩谷夫人の言葉は、至誠人をうつものがあつた。かくて高知県に別れを告げて、私は愛媛県へいそいだのであるが、折から降り出した小雨の中を、最後まで見送つてくれた中村の学生を、長く忘れ得ないのである。

高知市へ行つた事は、前に二回あつた。しかし高知市以外、県内各地を巡歴したのは今度が初めてである。そしてそれは初度であると同時に、これが恐らく終りであらうといふので、盛沢山《もりだくさん》に方々で講演もし、見物もした。そこで流石に疲れて、宇和島へ着いた時分にはホツとしたのであつたが、あくる朝、高知へ帰る人々と別れる際には、惜別の情、まことに堪へがたきものがあつた。かへりみて高知の山々を望み、人々の芳情を憶ひ、再遊の期しがたきを考へて、そぞろ感傷にひたらうとした時、私を救つてくれたものは、愛媛の旧友新知数十名の大挙来訪であつて、疲れてゐた私は、うれしき悲鳴をあげつつ、対応し、談論して、また賑やかな一日を送る事が出来た。

寂蓼を極めたるは、その日の夕暮であつた。話にもくたびれたので、ひとりで天赦園に遊び、転じて城山に登つた。日は既に暮れて、宇和島の町には灯火点々として見えるが、人無き城山には、鴉《からす》もやうく〵しづまつて、只颯《さつ》々の風の音のみ聞えた。しばらくすると、天守閣の上に月が出た。その月に見とれてゐるうちに、寒さ身にしみて来たので、いそいで帰途についたが、宿の番頭に聞くと、今宵は十三夜だといふ。この番頭、明治四十四年三月二十四日に小学校を出て、卒業の翌日から此の宿につとめ、勤続今に至つて四十八年といふ。実直の風、番頭も良く、旅館もゆかしいと云はねばならぬ。

（昭和三十五年二月—四月）

九　梅の筑紫路

上、久留米

今年早春、又々九州に赴き、古蹟を見て先烈を仰ぎ、新人に接して将来を望む事が出来た。よつてここに、其の一部分を記さうと思ふ。

久留米に下車したのは、二月十二日の午後であつた。直ちに教育会館に入り、主として教育界学界の諸賢に会つて、懇談する事を得た後、T氏の好意によつて、市内の古蹟数箇所を廻つた。此の朝、汽車の窓から見てゐると、広島岩国のあたりは雪が降つてゐた程で、吹く風は猶寒かつたが、それでも梅林寺《ばいりんじ》の境内には、梅花開いて既に十分であつた。

久留米の城は、篠山城と呼ばれ、市の一隅に崛起してゐる丘の上にある。登つて見るに、城の西北には大河が流れてゐる。即ち是れ筑後川である。東南は元来沼沢であつたらう。従つて昔に在つては自然の要害であり、適当の城郭であつたに違ひない。戦国の世、既に此処に拠る者があつたといふが、此の城の天下に聞ゆるに至るは、天正十五年毛利秀包《もうりひでかね》二十一万石を以てここに封ぜられてからである。その秀包が関ケ原の戦に西軍に属して封除かるるや、田中吉政代つてここに入り、三十二万石を領した。しかしその子忠政、元和六年に卒《しゅつ》して子無く、家は断絶したので、有馬豊氏、丹波の福知山よりここに移され、二十一万石を領し、子孫代々相伝へて、明治維新に至つた。先きに記した梅林寺も、元は福知山に在つたのを、有馬氏の移封と共に久留米へ移されて、有馬家の菩提所となつたのであるといふ。

有馬といへば、肥前の島原に有馬といふ地名があり、そこから出た有馬氏の名が聞えてゐるので、それと混同しやすいが、久留米の有馬氏は、それでは無い。先祖は播磨《はりま》の赤松則村《のりむら》入道円心から出てゐる。則村の子が律師則祐《りつしそくいう》、則祐の次男が義祐《よしすけ》、この人摂津有馬郡の地頭職《しき》を得て、それより有馬を名乗るに至つたといふ。

久留米城を見て丘を下り、高山彦九郎の遺蹟を訪うて日を暮らし、さて町はづれの或る旗亭の茶室で晩餐をいただいた。下駄を借りて庭へ出て、飛石づたひに池を渡つて茶室へ行くに、庭の木々をすかして明月の山の端に上るを見たが、初めは月か何かと怪むほど、不思議に大きく見えた。

さても此の半日案内の労をとられたT氏、此の人は稀に見る豪俊の士である。生れは明治二十八年、私と同年である。少年米国に遊んでハーバード大学に入り、都市行政学を専攻し、帰朝して九大へ招かれたが意に沿はず、先輩の推薦によつて満鉄に入り、やがて長春（新京）の満鉄付属地事務所長、つまり手取り早くいへば市長の職に在つた。ところが昭和十二年七月、満鉄総裁松岡洋右氏の特命をうけて、米国に赴き、米国要人の対日感情を調査する事となつた。そして七月十五日、横浜を出帆して渡米し、半年の間、苦心調査した結果、米国要人の間には、反日感情極めて強く、反日感情といふよりは、むしろ明白に敵意戦意の存して、いかに努力しても融和の気色の見えないのに驚き、翌十三年正月、つぶさに之を報告したといふ事である。

久留米城主として有馬氏の初代は、玄蕃頭《げんばのかみ》豊氏であるが、その父則頴は、入道して中務卿法印と呼ばれ、秀吉のおはなしの衆として、金森長近入道して兵部卿法印素玄、徳永石見守入道して式部卿法印寿昌と共に、三法印と称せられたといふ事である。歴戦の老将が、蓋世《がいせい》の英雄の前で、どのやうな話をした事であらうか、録音でもあつたらばと思ふ事であるが、しかし今聞くT氏の実歴談は、舞台の広大にして、問題の深刻なる事、三法印の話などの比ではない。

松岡洋右氏には、私は会つた事が無かつた。先方では私との会見を希望されたさうであるが、その仲介をたのまれた大川博士も、また私自身も気乗りせずして、遂に会談する事無くして終つた。しかし今T氏の話を聞くに、松岡氏は昭和十二年の七月、支那事変の起ると同時に、米国の動静に注目し、或いは延《ひ》いて日米間の事あらむとするかを恐れ、直ちに人を米国に派遣して、つぶさに探査せしめ、出来るかぎり和解に努めしめたといふ。それは蓋《けだ》し外務大臣が、外務省の全機能をあげて、為すべきところであつたらう。それを松岡氏は満鉄総裁でありながら実行したのである。私は第一に、此の着眼を偉なりとする。次に派遣すべき人物を選んで、T氏に特命した。T氏は、米国要人の間に多くの知己を有する点に於いて、また太平洋に波風立たず、日米両国の親善関係の永続を念願する憂国の至情に於いて、而してまた微細より重大を推知し、暗黙より実動を探査する能力の点に於いて、此の使命を果すべき絶好の英材であつた。私は第二に、松岡総裁の此の人選を見事であつたとせざるを得ない。

これに関連して想ひ起すは、イタリヤのエチオピア征服の事情である。一九三四年（昭和九年）十二月五日、エチオピアのワルワルに於いて、イタリヤ兵とエチオピア兵との間に衝突が起り、双方合せて百三十名余りの死傷者を出した。エチオピアは、イタリヤに於いて出版せられたるアフリカ地図を証拠として、ワルワルは国境より入る事六十マイル、厳然たるエチオピア領であると主張する。しかしイタリヤは、事実に於いて過去五年間、エチオピアはワルワルを放棄して居る事、この地を管理する事は、イタリヤの植民地ソマリーの治安維持の為に必要である事を主張して、之を占領しようとする。エチオピアは、一九二三年既に国際連盟に加入してゐたので、問題を連盟に提出し、連盟は仲裁に着手したけれども、イタリヤは続々兵力を増強し、動員二十五万にのぼつた。イギリス外相サミュエル・ホーアは、連盟総会に於いて演説して、「すべての侵略に対しては断乎として集団的抵抗をすべし、若し連盟参加国がその明白なる義務を履行するために起ちあがるならば、イギリスは之に協力するであらう」と述べ、フランス外相ラヴァルは、之に全幅の賛意を表して、「フランスは連盟規約に定められたる義務を忠実に履行するであらう」と言つた。

若し英仏両国が、その外相の揚言せる如く、連盟規約を守つて、イタリヤの侵略を阻止しようと決意するならば、当時に於いて、それは極めて容易に実施せられ、実効を見た事であらう。しかるに、イギリスも、フランスも、強硬なるは其の発言のみであつて、実力を以てエチオピアを救はうとする考へは、全然もつて居らなかつた。その英仏の内心を悉く探知し、肚裏《とり》を看破したのがムッソリーニで、恐るる所なくアフリカ遠征を決意し、一九三五年（昭和十年）十月三日攻撃を開始し、交戦七箇月にして、遂にエチオピアを併合し終り、イタリヤ皇帝は、同時にエチオピア皇帝たる事を宣するに至つた。

エチオピア問題をめぐる欧洲諸国外交のかけひき、特に英仏両国の表裏二面の態度は、心ある者の深く注意すべき所である。それを詳細に説いてゐるのは、元の首相芦田均博士の「第二次世界大戦前史」であつて、我等のそれによつて教へられるところは頗る多い。しかし同書といへども、日米間の問題となると、考察はあまりに表面的であつて、スチムソンや、ファイスのいふところを、そのまま信用し過ぎる嫌ひがある。その点から云つて、はやくも昭和十二年の七月、人を派遣して太平洋の風雲を測定せしめ、その対策を講じようとした事は、松岡洋右氏の俊敏、歎称すべきものと云つてよいであらう。尤も氏が、後に外相として、此の重大なる報告を、如何に正しく活用したかといふ事は、おのづから別問題である。ただし外相としての松岡氏は、頗る脱線、無軌道であつて、信頼しがたいと国内では云はれ、一方米国からは、好ましからざる人物と指弾せられたが、松岡外相のさやうな行動の裏には、或いは、此の報告が根深く存してゐたのでもあつたらうか。

感慨多き想ひ出話に夜もふけた。やがて別れて、ひとり山水荘へ行つて泊つたが、夜明けて顔を洗ふ時、裏の椿の藪の中に、奇声を発する鳥を見た。女中にたづねると、「これはかちがらすと言つて、私の生れた柳河に沢山ゐます、柳河の殿様立花宗茂《たちばなむねしげ》公が朝鮮からもつて帰られたのださうです」といふ。即ち是れかささぎ（鵲）であつて、一に朝鮮烏《からす》、または肥前烏《がらす》とも呼ばれるさうである。

珍しい鳥を見るのも楽しいが、それにも増して私の心を喜ばせたのは、立花宗茂の名を聞いた事である。宗茂は天正十三年九月、父の丹後守鑑連《かねつら》入道道雪、高良山の陣中に歿した後をうけて家をつぎ、寛永十九年十一月、七十四歳にして卒するまで、五十八年の間に戦場に出《い》で、武勇の誉《ほまれ》をあぐる事、たびく\であつたが、殊に目ざましかつたのは、関ケ原の戦、西軍一敗地にまみれた時の態度である。

慶長五年九月の関ケ原の戦は、天下分目《わけめ》の戦と称せられる。全国大小の武将東西に分れて戦ひ、豊臣・徳川両氏覇権の争奪、此の一挙によつて決したのであるから、まことに天下分目の戦であるには相違ない。しかし規模の広大にして、影響の重大なるに拘らず、戦はわづかに一日にして決し、西軍はあまりにも脆く崩れ去つた。その脆さから言へば、天下分目の名は誇大に過ぐる感じすらある。しかるに其の両軍の中に於いて、勇戦奮闘して戦死した人々の外に、二人の名誉ある引揚者がある。一人は島津兵庫頭義弘《ひやうごのかみよしひろ》、而して今一人は立花宗茂である。島津義弘は一千ばかりの鋭兵をひきゐて東軍を切りなびけ、友軍西に向つて敗走する中に、ひとり東に向つて兵を進め、直ちに徳川家康の本陣に迫つて、之を動揺せしめ、勝敗の数、すでに定まつたのを見るや、敵軍の中を切抜けて伊勢路を廻り、大坂へ帰つた。古今の戦史に類例を見ない壮烈なる行動である。

立花宗茂は関ケ原までは行つてゐなかつた。彼は要衝勢田《せた》の橋を固めて大津の城を監視し、大津の城主京極高次東軍に通ずるを見るや、急に攻めて城を陥れた。その大津城へ宗茂の入つたのが九月十五日、即ち関ケ原決戦の日であつた。大津の城を取つたところで、関ケ原が敗れたのでは話にならぬ。宗茂は城を棄てて京都へ入つた。しかし京都の守護に任ずるは木下肥後守家定、気の弱い人とて狼狽するだけで、処置がつかぬ。宗茂は転じて大坂へゆき、天満《てんま》橋に馬を立てて大坂城中へ申入れるには、関ケ原の一戦敗れたる上は、定めし大坂城に於いて決戦なさる事であらう、御差図によつて、いづれの口なりとも、一方の守備を担当いたしませうと申送つたが、西軍の総大将毛利輝元、参謀増田長盛、決戦の覚悟がつかず、評議に時を移すのみである。そこへ関ケ原から敵の背後へ出て伊勢路を迂回して来た島津義弘が、これも大坂城に於ける決戦を期待して出て来たが、此の有様を見てあきれかへる。そこで立花も島津も郷里へ帰る事にきめて、さて郷里で一戦となれば、立花は柳河十三万石、領分も狭い上に、周囲を敵軍に包まれて、合戦さぞ難儀であらう、むしろ島津と一所に薩摩へお下りなされよと、義弘は勧める。しかし島津殿をたのんで薩摩へ逃げたと言はれては男が立たぬ、御親切はかたじけなうござるが、自分は柳河へ帰り独力で戦ひますと断つて、島津と袂《たもと》を分つのである。かくて柳河へ帰れば、果して佐賀の鍋島、大軍を発して来り攻める。若し加藤清正といふ情誼に厚く武勇に秀でた人物が隣の熊本に居なかつたならば、また其の清正と宗茂とが、朝鮮の戦に於いて深く結ばれてゐなかつたならば、宗茂は柳河城中切腹して果てるより外無かつたであらう。幸ひにして清正の斡旋《あつせん》で事無きを得たが、それでも所領はすべて没収せられたのであつて、再び本領にかへるまでには、約二十年の忍苦を経なければならなかつたのである。

勝敗は兵家の常である。勝てばよいにはきまつてゐるが、負けるも亦いたしかたのないところ、心得としては、勝つて驕らず、敗れて屈せず、周囲の情況によつて平常心を乱されないやうにあるべきである。島津義弘や立花宗茂の勇気は、それが西軍総崩れに崩れた際の事であるだけに、一段と光り輝くを覚えるのである。

さて鵲《かささぎ》に明けた日は、午前中は講演、午後は高良山に登つた。高良山には筑後の一宮として玉垂命が祀られてある。本殿は万治二年、拝殿は同三年の建築とあつて、豪壮の趣、いかにも此の要害の山にふさはしい。此の山といひ、山の下を流れる筑後川といひ、菊池武光・立花宗茂を始め、名将勇士の作戦を練り、武威を張つたところであれば、此の山に養はれ、此の川に育てられて、幾多の英豪、これより輩出するに相違ない。

中、八代

久留米より南に下れば、道順は熊本・八代《やつしろ》となるが都合によつてそれを逆にして、先づ八代へ行き、引きかへして熊本を訪ふ事にした。初めて泊つた八代の宿は、昔の武家屋敷であつて、既に幾度か手も入り、現に只今も改造中であつたが、それでも何となく昔の面影の偲ばれる所があつた。殊にうれしかつたのは、裏の一株の梅樹、花も今は盛りを過ぎて、吹くとも思へぬ風に、頻りに散り、庭とは云へぬ狭いあき地を、惜し気無く花に埋める景色であつた。

八代の講演は、あくる日の午後であつたので、その午前を史蹟の探訪にあてる事が出来たが、短かい時間に、重要な史蹟を、数多く見せて貰ふ事が出来たに就いては、郷土史家蓑田田鶴男氏の案内を多としなければならぬ。氏は極めて謙虚であるが、学問は正確且つ豊富であり、身体は強健でないが、気節は剛操である。さきに久留米では、福岡学芸大学の武藤教授に会つて、その厳父直治翁が、今年一月、九十歳の高齢を以て長逝せられた事を知つた。直治翁、号は節堂、久留米の郷土史家として聞えた人で、著述も少なくなかつた。かやうな人物が、それぞれ其の郷里に在住して、郷土の歴史を研究し、著述や講話、並びに其の風格を以て、後進を指導し感化するところに、おのづから伝統が継承せられ強化せられてゆくのである。私は久留米に於いて、武藤節堂翁を再び見る能はざるを歎くと共に、ここ八代に於いて、蓑田氏の自愛を祈らざるを得ない。

抑も八代城は、時代によつて大きく其の位置を変へてゐるのであつて、中世には名和氏が、八代の東南方一帯の山々に拠り、特に其の最も球磨《くま》川に近い飯盛山を以て居城とした。名和氏についで此処に入つた相良《さがら》氏も、依然是等の山々に拠り、更に之を増築整備した。それが天正十六年になると、小西行長は、山を離れて麦島に築城し、やがて元和六年に至つて加藤氏は麦島を廃して徳淵に築いた。それが今も石垣や濠《ほり》を残してゐる八代城である。そのうち名和氏に就いては、もともと伯耆《はうき》（鳥取県）の出身であり、船上山の旗上げで知られた豪族であるから、それが八代に城を築いて居住したといふを、不思議に思ふ人は、少なくあるまい。事情はかうである。名和長年・義高父子の忠節を賞し給うて、後醍醐天皇は、義高に肥後の八代の庄の地頭職《しき》を賜はつた。それが建武元年正月の事で、義高は軍国多事、自ら八代へ下向する暇は無かつたが、代りに重臣内河義真をつかはして、八代庄を支配せしめた。そのうちに足利高氏の謀反により、長年も義高も戦死して了つたので、義高の甥であつて其の養子となつた顕興《あきおき》は、一家主従を挙げて八代へ下向し、此処に拠つて大義の旗をひるがへし、菊池氏と呼応して、形勢の挽回を計つたが、南風競はず、挽回は思ふやうにゆかないで、そのまま八代に土着して、後に永正元年、相良氏に城を奪はれて宇士《うど》に退去するまで、百七十五年の間、此処に在城したのである。

名和氏の本城は、前にも述べた飯盛山であつたが、その前衛として、勝尾、鞍掛、丸山の諸城がつくられ、更に遠く山脈の高い処に登つて八丁の城が設けられてあつたといふ。是等の城は総称して古麓城《ふるふもと》と呼ばれるが、その山麓に沿うて城下町が出来てゐたと見え、字《あざな》に御内とか、古屋敷などといふ地名が残つてゐる。

古麓一帯の山城に立つて西北方に海を望む時、左手に流れるものは球磨川であり、右手から出てくるのは日置川《へき》である。その日置川の渓谷に、征西将軍懐良《かねなが》親王の御墓がある。楠の大樹の繁み、以前に拝した時に変らないが、境内のやや荒れて見えるのは、戦後人心の荒廃を示すものであらう。申訳も無い事と恐縮しつつ、親王が御生母の奉為《おんため》に造られた宝篋印塔《ほうけふいんたふ》の前にうづくまつてゐると、その石塔の発掘せられたところへ案内してやらうと蓑田氏が云はれる。病中を無理して案内してくれられるのであるから、気の毒には思はれたが、案内なくしては行つても分らないので、遂にその好意に甘えた。御墓のうしろへ廻つて村道へ出て、日置川の流れに沿うてしばらく渓間をのぼると、やがて小さな村が出て来た。それが元は八代郡宮地村中宮、今は八代市に編入せられて妙見町一丁目といふのである。その小字中宮二五二〇番地に田口といふ家がある。よほど植木好きの人で世話もよく行届くと見えて、屋敷の入口にも、家の周囲《まはり》にも、美しい梅の花の植木鉢が沢山並べてある。それを目ざましいものと思つてゐたところ、横手へ廻つて庭に入ると、これはこれはと驚くばかり、梅また梅である。白梅紅梅色様々で、鉢の数をかぞへて見るに、五十を越えるであらう。その梅をいためないやうに、苦心して中央の池まで進んだ。池といつても水は涸《か》れて空池《からいけ》であるが、此の池を掘つたのは田口氏の先代で、大正五年の事であつた。掘つてゆくと、その一隅、恰度今もある香欒《ざぼん》の大木の下あたりから、古い石塔が出て来た。面白いと思つてセメントで継ぎ合せて、庭の中に据付けて眺めてゐた。翌六年のくれになつて、妙見社上宮の史蹟調査の為に出張して来た県庁の人々が之を見て驚き、主人の諒解を得てセメントを洗ひ落したところ、表に、

「天授第七辛酉歳、為霊照院禅定尼出離生死仏果円満也、乃至法界有情蒙平等利益矣、」

の三十五字、裏に、

「願主天心叟、雕巧禅秀比丘」

の十一字が出て来た。

此の宝篋印塔を研究して、その天心叟とあるは、実は征西将軍宮懐良親王であり、霊照院禅定尼とあるは、親王の御生母に外ならぬ事、而して此の文字は親王の御自筆にかかるものである事を論証し、之を学界に報告せられたのは、宇野東風翁であつた。東風翁は宇野哲人博士の令兄であつて、当時熊本の陸軍幼年学校に教鞭を執つて居られた。昭和十三年に八十歳でなくなられたさうであるが、著書に、細川霊感公、丁丑感旧録等がある。その東風翁が「天授七年の古宝篋印塔に就きて」と題する論文を執筆せられたのは、大正七年五月であり、それが史学雑誌に掲げられたのは、大正八年四月であつた。私は当時委員として史学雑誌の編輯にたづさはつてゐたので、なつかしく想ひ出される事であるが、翁が尾州徳川家に伝はる法華経奥書《ほけきやうおくがき》ならびに佐賀県妙東寺に存する梵網経《ぼんまうきやう》奥書と照らし合せて、悟真寺に奉安する所の後醍醐天皇霊牌も、また此の度新たに発見せられた石塔も、すべて懐良親王の御筆である事を断定し、更にその霊牌に、後醍醐天皇に並んで、「遷化　霊照院禅定尼、正平六年三月二十九日入滅」と記されたるより推して、霊照院禅定尼といはれるのは、親王の御生母の御事に相違ないと推定せられたのは、蓋し不抜の確論であらう。

いふまでも無く、懐良親王は、後醍醐天皇の皇子である。御年少にして足利の謀叛《むほん》に遭はせ給ひ、征西将軍として九州平定の重任をになひ、菊池・阿蘇・名和の諸軍をひきゐて賊徒を討伐し、征戦のうちに、一生を送らせ給うたのであつたが、此の石塔を造らしめ給うた天授七年といふのは、二月に改元して弘和元年となつた年で、御生母の遷化せられた正平六年から数へて、足掛け三十一年になる。即ち三十一回忌を迎へて、供養の為に之を造立あらせられたのである。そして其の建立せられた場所は、本来妙見中宮の境内であつたらうが、星移り物換つて、遂に土中に埋没して了つた。それが幸ひに大正五年に掘り出されて、親王の御墓の傍に移され、大切に護持せられて来たのである。今日また敗戦の混乱から、道義はいたく衰へたが、かやうな由緒の深く、至純至孝の御心をこめられた石塔は、ひとり歴史の徴証としてのみでなく、また実に道義道徳の指標として、大切にお護り申上げたいものである。

ちなみに説く、懐良親王の御生母は、歌聖といはれた定家卿の子孫で、続後拾遺集を撰した民部卿藤原為定の妹、増鏡《ますかがみ》に中宮の宣旨《せんじ》とか、宣旨の三位とか記してある御方である。後醍醐天皇隠岐に移らせ給うた後、「世のうさに堪へず、さまかへて、心深くうち行ひつつ、涙ばかりを友にて、あかしくら」されたと増鏡に書いてあるが、「さまかへて」とは剃髪して尼の姿になられたといふ事であるから、晩年の寂しく痛ましい御境涯、おのづから察せられるであらう。佐賀県の妙東寺に伝はる梵網経は、天授四年三月二十九日に写して御母の菩提《ぼだい》を弔はれたものであり、そして八代の宝篋印塔は、それより更に三年後に造立して、供養せられたものである。一方尾州徳川家に伝はつた法華経は、正平二十四年八月十六日、後醍醐天皇の御遠忌に当つて写されたものであるから、今日親王の御自筆として確認せられるものは、悟真寺の霊牌を加へて、すべて四点、悉く御両親の為に筆を執られたもの、御孝心の深さを示すものばかりである。

敷河内《しきかはら》町の杵築《きつき》大明神にお参り出来たのも、蓑田氏案内のおかげであつた。前にも述べたやうに、建武中興の際に、名和義高は八代の庄の地頭職を賜はつたが、義高は特に勅許を得て、そのうち敷河内村を出雲の大社に寄進し、また鞍楠《くらくす》村を熊野那智山に寄付した。それは古文書で知られてゐたところであるが、さやうな関係から敷河内村に建てられた杵築大明神の社が今も現存し、人々の信仰する所となつてゐる事は、今度初めて知つた。行つて見ると、敷河内といふのは、八代市の中心より南に当つて約二里を隔てた所にある。敷河内の敷は、古くは志紀と書かれた。河内は山あひの平地、小さいものをサコ（迫）といひ、大きいのを河内といふさうである。即ち此の地は山あひの平地であつて、ここに滋川《しげかは》といふ小川が流れてゐる。杵築大明神の社は、今は丘の上にあるが、元は丘の下、この滋川のほとりに在つたといふ。川のほとりに櫨《はぜ》の大木があり、川を越えると、一面に香欒《ざぼん》のみのつてゐる畠がある。元の社地は、この畠の中ださうである。

之に就いて思ふ事がある。元弘三年の春、後醍醐天皇隠岐を脱出して、伯耆に着かせ給うた時の事を記して、伯耆巻には、天皇先づ出雲に着かせ給ひ、守護塩谷《えんや》判官高貞及び杵築の神主の迎撃にあはせ給うて、頗る危難に陥られた旨が記してある。此の出雲御遭難の事は、伯耆巻に書いてあるだけで、増鏡になく、梅松論に見えず、太平記にも記されてゐないので、其の点すでに疑はしい上に、之を否定する反証としてよいものが二つある。その一つは、出雲大社に伝はる宝剣代の綸旨である。それは元弘三年三月、船上山から下されたもので、

「宝剣の代りに用ひられんが為に、旧神宝の内、御剣あらば、渡し奉る可《べ》してへれば、綸旨此《か》くの如し、之を悉《つ》くせ

三月十七日　　左中将（花押）

杵築社神主館」

と書いてある。即ち表面は左中将千種《ちぐさ》忠顕の書いた形になつてゐるが、文字を見、書風を考へると、天皇の御宸筆《ごしんぴつ》としか思はれないものである。若し杵築の神主、即ち出雲大社の神官が、賊軍に味方して、天皇を迎へ撃たうとしたの

であれば、その逆徒に宸筆の綸旨を賜はつて、宝剣を召させ給ふべき筈は無い。これが反証の一つである。第二に、此の時、天皇を御迎へ申上げて船上山にのぼり、苦戦して大勢を挽回したのは名和氏である。その名和氏が、論功行賞の際に賜はつた八代庄の一部を割《さ》いて出雲大社に寄進し、また其の土地に出雲大社を勧請して、杵築大明神とあがめたといふ事は、大社の神官が逆徒にくみして天皇を苦しめ奉つたといふ説と矛盾して、甚だ辻褄の合はぬ話である。しかも寄進や勧請は厳然たる事実であるから、逆徒にくみしたといふ伝説の方は否定せられなければならぬ。これが反証の二つである。

ともかくも、名和氏は、その得意の時にも、失意の日にも、出雲の大社を信仰して変らず、順風の春にも、逆風の秋にも、後醍醐天皇に仕へ、懐良親王を奉じて、終始臣道を失はなかつた。今日汽車に乗つて八代より鹿児島に向ふに、八代駅を発して間もなく、右手に沃野美田が開けて、近世の発展を示してゐる一方、左手に山々の層々相重なり相列なるを見るであらう。その山上山間の僻地こそ、名和氏が百数十年占拠して大義を守つたところであり、懐良親王がしばしば馬を駐《とど》めさせ給うたところである。

下、玖珠

八代より一時引返して熊本をおとづれた私は、此の地に於いて数多くの傑《すぐ》れたる人物に会つて、頗る心を楽しませたが、講演も度重《たびかさ》なると流石《さすが》に疲れを感じた為、しばらく散歩しようと思つて、ひとり熊本城へ登つた。城はいふまでも無く加藤清正の築く所であつて、清正は一生を剣戟《けんげき》の間に送り、ひとり国内に於いてのみならず、海外に出征しても幾多の武勲を輝かした名将であり、その実戦の経験の上よりして特に築城の術に長じてゐた。その清正が、五十二万石の本拠として、慶長六年より同十二年に至る足掛七年を費して構築したのが、此の熊本城であつて、安土桃山時代に於いて長足の進歩を遂げた築城術の精粋《せいすゐ》を凝《こ》らしたものといふべきである。同時に此の城は、明治十年の西南の役に、薩《さつ》の大軍の包囲する所となり、籠城守戦五十日に及んだのであつて、近世初頭に造られた城のうち、実戦を経験した最後の城といふべきであらう。

惜しい事には、明治十年二月十九日、戦闘の開始を三日後にひかへて、籠城の準備に熱中してゐた時、午前十時ごろに火を失して、折からの烈風に煽《あふ》られ、忽ち四方に燃えひろがり、巍然として聳えてゐた天守閣も燃え落ち、午後三時に至つて漸く鎮まつたが、城の偉観は失はれ、貯へた糧食は焼けて了つた。今度往つて見ると、其の失はれたる天守閣を再建するといふ事で、工事の最中であつたが、もとの一の天守は、地階を含めて七階、高さ十六間二尺、広さ百四十五坪、二の天守は五階、高さ八間半、広さ百四十六坪であつたといふ。かやうな天守が高く聳え、四十九の櫓《やぐら》、十八の櫓門、二十九の城門、蜒蜒《えんえん》として周廻二里十三町に及んだ壮観は、どんなであつたらう。

それならば熊本城は、天守も櫓も焼失して、昔日《せきじつ》の威厳を失つて了つたのかといふに、さうでは無い。壮観は一応失はれたやうに見えて、更に新たなる威厳を生じて来たのである。それは西南の役に於いて、戦の始まる直前に火災にかかるといふ不幸に出遭ひながら、天守が焼け落ちても、糧食が無くなつても、士気少しも沮喪《そさう》する事なく、わづかに三千五百の兵を以て、十倍の薩軍に抗し、苦戦五十日にわたつて、遂に敵を退けた官軍のめざましい勇戦奮闘によるのである。之を指揮した者は云ふまでもない、熊本鎮台司令長官陸軍少将谷干城、時に年四十歳であつた。

川尻の大慈寺は、数年前に参詣して、開山寒巖義尹《かんがんぎいん》禅師が、「皇帝万歳、大将千年」の祈りをこめられた事を知り、驚いて其の鐘の銘を世に紹介した事であつたが、当時既に白蟻の害甚だしく、危険に陥つてゐた仏殿が、いよいよ取りこはされて、これより再建にかかると聞いて、寸暇を利用して再びおとづれた。往つて見ると中央の仏殿、明和七年に建てられて、六十尺の高さを誇つてゐた壮大なる建築は、奇麗に片付けられてゐる。その柱や梁《はり》を見ると、一面の虫害、目も当てられぬ有様であつた。また開山の廟所の傍にあつたタブの木は、周囲一丈二三尺もあつたであらうと思はれる大木であつたが、昨年八月の台風に倒れて、今や伐採の最中であつた。しかし楠や槙などは、高くのびて良く茂り、紅梅は今や花盛りであつて、禅師の廟を守つてゐるやうに思はれた。禅師の廟と一口に云つたが、実は廟の中には、禅師が両親の為に建てられた二基の宝篋印塔が並んで居るのであつて、禅師自身の墓は、その廟の外へ出て、前面に建てられてゐるのである。それもやはり宝篋印塔であるが、両親のとは年代も少しく違へば石質も異なり、前二基は赤みを帯び、後の一基は青みを帯びてゐる。曾て若狭《わかさ》の三方《みかた》町に玄機《げんき》老師の遺蹟をたづねた時、老師の生前には、座敷の床の間に近くいつも座蒲団が三枚並べてあつて、その中央のは師匠の座、左右のは両親の座とし、いづれも既に亡くなつた方であるのに、現にゐますが如く挨拶し奉仕して居られたと聞いて、深く胸を打たれた事があつたが、大慈寺の開山寒巖禅師にも亦、全く同様至孝の心の溢るるを見るのである。

両親に対する至孝の心は、ただちに世人に対する深き愛情となつて、水難に苦しむ人々を救はんが為に、大渡に橋をかけられた事、その橋が当時に於いて驚くべき大工事であつた事、之によつて国恩に報いようとされた事は、先年も述べた所であるが、かやうな高徳は七百年を経ても消える事なく、今でも此の地方一帯百三十箇町村の人々は、之に感謝し、之に報ぜんが為に、年々其の収穫の一部を禅師の霊前に供へてゐるといふ事である。熊本城は焼けても名将の忠烈によつて一段の輝きを増し、大慈寺は朽ちても禅師の高徳によつて微動もしない。尊い事と云はねばならぬ。

熊本より再び南に下つて川内《せんだい》に赴き、旧知に会ひ、新人に接し、さて講演の後の小閑を利用して、友の誘ふがままに湯之元温泉に一泊した。此の友人といふのが、是れはまた豪快な薩摩隼人《はやと》で、市来の山を削つて崖の上に家を建て、露台に立てば天空海闊、海のあなた遥かに上海を望むといふのである。まさか上海が見えるわけではあるまいが、果てしなき海面を眺めてゐると、おのづから「身を葬る元より鰐魚の腹を分《ぶん》とす、骨を埋むる豈に旧墳墓を期せん」と歌ひたくなる。湯之元の宿では、此の豪傑と鹿児島の豪傑とが落合つたので、只では済むまいと思つてゐたが、果せるかな入浴しようとして石風呂へ下りてゆくと、湯の豊富な温泉で、庭に池を造り、湯の川が流れ込む風流な仕組になつてゐる。その池へいきなり飛び込んだ両士、私にも入れといふが、手をふれて見ると、とても入れるやうな熱さでは無い。しばらくして両士とも顔をしかめて上つて来たが、全身煠蛸《ゆでだこ》のやうであつた。私ならば大火傷《やけど》であらうが、両士は相変らず高談放論、少しも屈する所が無かつた。

さて其の翌朝の事である。朝早く人々に別れて汽車に乗つたが、乗つて二三十分、静かな山の間の朝靄《あさもや》の畠の中を走つてゐる時、フト気がつくと畠の中に、直立挙手して汽車に対してゐる紳士がある。窓は皆しまつてゐるので、誰がどこに乗つてゐるか、全然分る筈がない。仕方が無いので、只直立して、正面に向つて挙手してゐるのである。よく見ると、それは海軍のT大佐である。さては私を見送つて下さるのであつたか！ と驚歎した途端に、汽車は屈曲して、大佐の姿は、もはや見えなくなつて了つた。

朝まだき　野道に立ちて　手をあげて
　旅行く我れを　送りたまひし

次には親友N氏に招かれて別府へ行くのであるが、その途中玖珠《くす》へ立寄り、ここでN氏に迎へられて、ジープで小国街道を溯ること三里半、川底温泉に一泊した。温泉といふものは、どこでも設備がよくなり、よくなつたといふより寧ろ贅沢《ぜいたく》になつて、質朴な湯の宿といふ感じはなくなつて来たが、此の川底温泉は川底に湧く湯にひたるといふ原始的な浴場で、却つて面白かつた。しかし何よりも嬉しかつたのは、此処でインパール作戦の勇士安部速水氏に会つて、其の話を聴き得た事である。

安部少佐は山砲の大隊長として、インパール作戦に殊勲を立て、作戦意の如くならずして撤収の命下つた時、大河の氾濫《はんらん》と敵の大軍の急追撃との為に、後退非常の困難に陥つた時、殿軍《しんがり》をつとめて敵を追払ひ、疲れきつた味方を守つた人物、最後には只一門の山砲を以て、敵の七十余門に対抗し、敵の司令官ハースト准将をして感嘆せしめた勇士である。当時の中隊長友田中尉には、先般東京に於いて一度面会する事が出来たが、今玖珠の町に於いては、安部少佐の出迎へを受けた。どんなお方であらうかと色々空想してゐたが、会つてみると安部少佐は、友田中尉もさうであつたが、いかにも穏和な人物であつて、その親切な態度、柔かい応対は、インパールの激戦死闘に、敵の心胆を寒からしめた勇士とは想はれない程であつて、寧ろ昔の小学校長といふ感じであつた。

英雄首《かうべ》を回《めぐ》らせば即ち神仙といふ句があるが、かういふ穏和な人物が、大事に臨んで偉勲を立てるのであるかと、感心しながら話を聴いてゐると、そのうちに三つの重大事に気がついた。その一つは、インパール進撃の命令が出た当初、山砲大隊自身の手で物資を買ひ集め、それを収める貨車を造り、象に此の車を挽《ひ》かせて進んだといふ事である。その車には、二噸《トン》ばかりの物資を積み得たといひ、象は初め師団から十頭貰つたが、更に自分の手で買ひ集めて、多い時には四十頭に上つたといふのであるから、此の方法によつて八十噸の物資を運び得た筈である。インパール作戦の困難は、外にも色々あるが、最も重大な点は、補給が絶えたといふ所にある。しかるに山砲大隊は、かやうに自ら物資を携行してゐたので、補給を他に待つ必要が無かつた。これが此の大隊の力の根源となつたであらう。その二つは、大隊長の最も憂慮して部下を戒めた点は、土民を苦しめてはならぬといふ事であつた。その訓戒が徹底して、掠奪などの恥づべき行為は、部下七百名のうちに、一人も無かつた。それ故に土民は悦服して協力し、そのいたましき撤退の時にすら、進んで出て来て援助してくれ、「日本は兵が疲れたので今は帰るが、また来てくれるであらう、どうか成るべく早く来てくれ」と云つて別れを惜しんだといふ。これが此の大隊の行動に便宜を与へた事は、非常なものであつたらう。第三には此の大隊、敵を撃つに大抵千三四百米の近距離で撃つたので、命中実に見事であつたが、その戦場の第一線に山砲大隊長の姿の見えない事は無かつたといふ。以上の三点に気がついて、安部大隊のめざましい働きは、決して偶然でないといふ事を痛感した。その大隊長、今は大分県の山村に帰つて水道を管理し、之を助けて奮闘した中隊長も、是れは長野県の山奥で、黙々として林檎を作つてゐるのである。

玖珠を立つ時であつた、汽車の出るに十分ばかりの余裕があるといふので、安部氏は帆足中尉の墓へ案内してくれられた。墓は光林寺にあつた。中尉は此の寺に生れたのださうである。海軍予備中尉帆足正音と云つても、知る人は尠いであらう。私も実は今まで知らなかつたのである。それが安部氏に導かれ、更に当時の司令前田大佐に教へられて、初めて承知したのであるが、大東亜戦争の初め昭和十六年十二月十日、プリンス・オブ・ウェールズ及びレパルスを発見し、友軍を誘導して之を轟沈し撃沈せしめたる勇士である。当時海軍の第二十二航空戦隊（司令官松永少将）は、マレー作戦を担当して、サイゴン及びツドウムに基地を置いた。隷下にあるは、元山《げんざん》航空隊（司令前田中佐 後に大佐）、美幌《びほろ》航空隊（司令近藤大佐）、及び臨時に参加した鹿屋《かのや》航空隊（司令藤吉大佐）の一部、其の他であつた。航空隊は、十六年十二月八日未明シンガポールを空襲した後、ここに碇泊してゐた英国東洋艦隊の動きに注意してゐたが、頻繁なスコールと低雲との為に、偵察は困難を極めた。その偵察困難の状態を利してフィリップス提督は戦艦プリンス・オブ・ウェールズ及びレパルスならびに四隻の駆逐艦をして北上シンゴラを攻撃せしめようとした。十二月十日午前六時二十分、元山航空隊の索敵機九機は基地を発進し、扇をひろげたるが如くに展開しつつ敵を捜索した。その第三番線を承つて南下したのが帆足少尉であつた。敵艦隊を発見したのは、実に此の人であつた。「一一四五、敵主力見ゆ、北緯四度、東経一〇三度五五分、敵の針路六〇度。」これが打電第一報である。索敵機につづいて発進してゐた雷爆攻撃隊は、勇躍して之に向ふ。帆足機は敵艦に触接して其の動向を見守りつつ、刻々に重要な情報を提供した。かくて一時間半の後には、敵艦は猛火に包まれ、さしも不沈を誇り不敗を信ぜられた最新最強の戦艦も、遂に海底にその姿を没し去つたのである。その沈没を報ずるは、外ならぬ帆足機である。「レパルスは一四二〇頃、プリンス・オブ・ウェールズは一四五〇頃、爆発沈没せり。」その帆足機が基地に帰つて来たのは、午後七時半であつたといふから、発進以来実に十三時間の飛翔であつた。帆足少尉は、その後も引き続いて南方各地に転戦してゐたが、惜しいかな翌年三月十五日戦死した。墓に松永少将の筆で中尉とあるは、蓋し一級を進められたのであらう。

プリンス・オブ・ウェールズの撃沈は、大東亜戦争に於ける最も輝かしき戦果の一つである。剛腹を以て鳴る英首相チャーチルが、失望落胆の余り、ベッドの上に身を横たへて、展転反側《てんてんはんそく》したのは、実に此の報を耳にした時の事であつた。其の輝かしい戦果を導いた青年士官は、今やしづかに玖珠の一隅に眠つてゐるのである。今後祖国再び危難に陥る時、此の英霊はまた其の永き眠りよりさめて、幾多の勇士を誘導し来る事であらうと思つて、玖珠や別府の人々に、深き期待をかけつつ、今春九州の旅を終へたのであつた。

（昭和三十五年五月—七月）

十　岡彪邨先生

学問は衣食の為にし、栄達の為にするものであるか。学者は其の地位を維持し、其の名声を存続せんが為に、絶えず変説改論するものであるか。学者は衆人の喝采を博せんが為に、大勢の推移に注意して、それに附和雷同するものであるか。眼前に見るところを以てしては、此の問ひに答へて、之を否定する事容易でない。

しかるに昔は、全然之と正反対の学者が少なくなかつた。たとへば若林強斎と其の門人広木忠信の、師弟両人の如き、その適例である。享保十五年秋八月晦《つごもり》の夜、若林強斎は、その門人数人と共に、師に先だつて逝ける広木忠信を祭り、九年にわたる同居研学の生活を回想して、盛夏にも扇を用ゐず、厳冬にも炉に近づかず、「艱難窮乏、日を合せて食するもの、時にこれ有り」といへども、少しも屈せずして、ますます勉励し、雪の朝、月の夕、相共に茶を煮、酒をあたため、経を議し、義を論じ、今を悲しみ、古を慕ひ、慷慨悲憤、相責むるに、死生を以てした事、その学を為すや、名利を求めず、文辞を事とせず、ただ義これ勉めた事、若し夫れ感慨奮激、盃をあげて悲歌し、死生利害を顧りみざるの気象に至つては、実に古人義烈の風を存した事を述べ、泣いて之を記し、泣いて之を読んでゐるのである。それは直接には、広木忠信の言行を語るものであるが、同時にその師若林強斎の為人《ひととなり》をあらはすものであり、更にいへば強斎によつてひきゐられた望楠軒門下一統の風格を示すものといふべきであらう。

さやうな風格の学者は、昔は存して、今の世には絶えて見る事の無いものであるか。いや、さうでは無い。稀といへば稀であり、尠《すくな》いといへば極めて尠いが、今の世にも、強斎の如き学者、忠信に似た人物が存するのである。而して我が岡彪邨《ひうそん》先生の如きは、正にその一人であり、その尤《いう》なるものであるといつてよいであらう。

岡彪邨先生といつても、知つてゐる人は、何程も無いであらう。彪邨は号である。通称は次郎と云はれた。しかし岡次郎先生といつても、知る人は、やはり少ないに違ひ無い。実は、私も長く其の名を聞かず、その人を知らなかつたのである。私が初めて此の先生を知つたのは、昭和七年の事であつた。有馬大将より、山崎闇斎先生二百五十年祭に就いて、一切の計画準備を命ぜられた私は、崎門の道統を継ぐ学者を結集して、祭典の主体とすべく、井上哲次郎博士をおたづねして、人選に就いて指示を請ひ、神道に於いては出雲路通次郎・山本信哉の両氏、儒学に於いては、内田遠湖・岡彪邨の両氏、以上の四人を推す事に決定した。出雲路家は、いはば山崎先生の遺族ともいふべき名家であり、当主も京都帝国大学文学部の講師でもあつたから、之を第一にあげられたのは、当然の事である。山本博士も亦知名の学者であり、東大史料編纂官であつたから、私もよく知つてゐた。内田翁に至つては儒学の大家として、雷名天下にとどろいてゐたのである。ひとり岡先生は稍《やや》趣を異にし、世に余り知られず、私の寡聞なる、その名を聞いた事も無かつた。事実岡先生の重要なる事業、学界を益するに至つたのは、これより後の事であつて、それまでは碩水《せきすい》先生遺書の編纂出版などがあつたに過ぎなかつたために、その岡先生を崎門の長老として迎へたについては、人或いは之を怪しんだ程であつた。

かやうな訳で、四人の長老に、崎門会の評議員になつていただき、上には有馬大将を会長に推し、下には私が幹事として事務に当つたために、それより親しく岡先生の風格に接し、その薫化に浴する機会にめぐまれた。聞いてみると、もともと岡氏は、平戸の藩士であつた。初代秀直、寛永八年に松浦氏に召抱へられてより、代々百石を賜はり、御徒士頭、新組頭、御先手組頭等を勤め来つた。父の名は直温、竹斎と号した。楠本端山の門に学んで尊王を唱へ、渡辺昇・

高杉晋作等と交はつたが、慶応元年神崎の御狩場に於いて鹿狩りの行はれた時、流弾に当つて即死した。年は二十八歳、先生は時にわづか二歳であつた。思ひもよらぬ孤児となつた先生は、それより母方の伯父近藤畏斎の養育をうけ、初めは平戸に在つたが、明治九年八月、家をあげて日宇《ひう》村に移るに及んで之に従はれた。号して彪邨といふは、此の日宇村にちなまれたのである（日宇は、現在佐世保市内に編入せられてゐる）。漸く長ずるに及んで平戸に赴いて楠本端山の門に入り、端山病ひを養はんが為に郷里崎針尾村葉山に帰るや、その鳳明書院に入つて、端山・碩水兄弟の指導を受けた。やがて明治二十二年二十六歳にして上京し、川田甕江の門に学んだが、そのうちに陸軍大尉荒尾精の日清貿易研究所を上海に設立するや、同行して事務に当ると共に、支那語を研究し、明治二十七八年の戦役には、通訳として従軍し、死線を越えて活躍された。明治三十一年に上京、海軍軍令部の訳官となり、勤務二十三年に及んだといふ事であるから、ここを止められたのは、大正八九年頃であらうか。それより後は、早稲田高等学院に漢文を教授する事十九年、老を以て職を辞して後は、花を植ゑて自ら娯《たの》しまれた。

その家は、当時渋谷区幡ケ谷本町一丁目五十五番地、新宿から京王電車に乗つて、たしか幡ケ谷本町で下り、右手に入つた所に在つた。粗末な家で、床も低く、失礼ながら陋巷《ろうかう》ともいふべきであつたが、しかし屋敷の広さはかなりゆつたりとした感じであつたし、何よりも家一杯に積みかさねられた漢籍に、いふべからざる威厳があつた。

先生は此の家を名づけて虎文斎といはれた。虎文は彪邨のちなみによるものでもあらうか。そして数多くの書物を、自費で出版せられたが、その書目は、白雀録の末尾にあげてあるもの、二十数部に上つてゐる。

碩水先生遺書十二巻　南狩録三巻　朱王合編四巻　日本道学淵源録八冊

強斎先生遺艸四巻　強斎先生雑話筆記十二巻　中臣祓講義二巻

等、その主なるものである。前にあげた強斎の広木忠信を祭る文の如きも、遺艸の中に収めてあるもので、我々が之を読み得るのは、実に虎文斎出版のおかげであり、また、雑話筆記といひ、道学淵源録といひ、学者を益する事は甚大であつて、私共の感謝して止まぬ所である。

虎文斎出版の功績は、感謝してやまぬ所であるが、同時に私は之を思ふごとに、殆んど涙なきを得ないのである。考へても見るがよい、海軍軍令部に勤めたといつても、判任待遇である、俸給は何程の事もあるまい。早稲田に教鞭をとるといつても、高等学院の先生である、謝礼は知れたものであらう。即ち収入は漸く一家の生計を支へる程度でありながら、虎文斎は数多くの書物を出版するのである。すべては自費出版である。自費出版でも、売れゆきがよければ、支出する所を回収する事も出来よう。売れる気づかひは更に無いのである。いや、それを百も承知で、出版しただけは、有志の士に快く贈呈して、一銭も代価を受ける事を肯《がへ》んじないのである。日本道学淵源録の跋は、昭和八年の暮に、先生の書かれたものであるが、それを見ると、先生が幼年の日より碩水先生に仕へ、その教へを受けた為に、その学恩に報じようとして、恩師の遺著を出版し、遺書、朱王合編、及び淵源録（以上を合せて二十四巻に上る）を印行し、是に至つて恩師の遺著は全部世に出た事を述べ、さて次に、

「先生畢生貧に安んじたまふ。弟子其の書を公にせんと欲するに、富人の門を叩《たた》かば、則ち先生必ず之を喜びたまはじ。直養（岡先生の諱《いみな》）因《よ》りて衣を縮め食を節し、わづかに以て之を成し、しばらく以て其の罪の万一を償はんと欲す。他日面目ありて、先生に九京（泉下と同義）に謁するを得ば、我が願足れり。」

衣を縮め食を節すといふ句、幡ケ谷本町の寓居を知らずしては、誇張と疑ひ、修飾と看過しやすいであらう。先生にあつては、それは事実の直叙に過ぎないのである。虎文斎出版の書物を手にするごとに、私は胸の痛む思ひがし、

今は報謝の途《みち》なき事を悲しむのである。

　戦災は、虎文斎にも及んだ。多年愛誦の書物、悉く灰となり了つたのを見て、先生は郷里へ帰られた。長崎県東彼杵郡崎針尾村葉山郷とあつて、佐世保の南の針尾島にある小さな村である。何分終戦直後の事とて、おたづねするも容易でなく、やむを得ず長崎へ帰省する虎尾氏に、私に代つて、お見舞に行つて貰つたが、その報告によると、此の葉山といふ村は、島とはいふものの山の中で、平地は少なく、松山をきり開いて畠作りに励み、農業の外には薪炭を主なる産業としてゐるといふ。新築はむつかしいので、先生は母の実家のあき小家を借り、之をいくらか改築して、六畳間二室とし、土間からの上り際に囲炉裡《ゐろり》を切り、自在に茶釜を掛けて湯をわかし、暖をとつて居られたが、何分壁は粗末な荒壁で、雨も漏れば、雪も舞込むので、当時（昭和二十三年正月）既に八十五歳の先生には、随分苦しい生活のやうであつたといふ。

　虎尾氏の報告を得て、前年（二十二年三月）いただいた先生の詩を読みかへすと、葉山に於ける先生の面影を、髣髴として偲ぶ事が出来る。

我家西海尽処山　　我が家は西海尽くる処の山
前湾時見黒鱣躍　　前湾時に見る　黒鱣の躍るを
回頭昨為帝郷客　　回頭すれば昨は帝郷の客となり
一事不成今帰来　　一事も成らずして　今かへり来る
余生猶慕古人風　　余生猶慕ふ　古人の風
窓外暖潮千万里　　窓外の暖潮　千万里

呉越夕陽照前湾　呉越の夕陽　前湾を照らす
腥風吹林瘴気寒　腥風林を吹いて　瘴気寒し
四十八年老紫陌　四十八年　紫陌に老い
郷友多逝独落魄　郷友多く逝いて　ひとり落魄す
時手典冊仰小窗　時に典冊を手にして　小窗を仰げば
日夜奔流向大東　日夜奔流して　大東に向ふ

此の詩箋と共にいただいた書状も亦、人の精神を激発感奮せしむるものがあるにより、左に全文を掲げよう。

「拝啓御手紙被下、嬉敷捧誦仕候、先以て先生御無事御躬耕之由、御芽出存上候、当今富貴ニ居ルハ一生ノ恥辱、躬耕貧賤ニ暮ラスハ千年ノ名誉、今更ニ御高踏之仙蹤慕敷存上候、小生モ燹後全家無傷無病疎開仕、無此上幸福ニ御座候、但シ日増ニ老衰仕リ、平素存養之学不足、御恥御座候、乍然此上御勉励被下度願上候、瞑目の時迄、学問ハ抛擲すまじく候、不取敢御返誦申上候、拝具、三月五日、岡次郎再拝」

当時苦境に在つた私が、此の書状によつて激励せられ鼓舞せられた事は、非常なものである。

昭和二十三年冬至の日を迎へるや、それは碩水先生八十五歳にて長逝せられた命日に当つたので、先師と同じく八十五歳の高齢を以て冬至を迎へ得た事を、いたく喜ばれたさうであるが、越えて二十四年正月二十五日朝、脳溢血にて倒れ、二十七日午前零時四十五分逝去せられた。元治元年六月十二日の生れであつたから、享年八十六であつた。

驚くべきは、その墓の銘である。それは先生自ら作られたものださうであるが、之を読誦すれば、鏗々《かうかう》として金石の相触るるが如き響きの発するを覚える。

岡彪邨先生

不上天堂　不向極楽　天堂に上らず　極楽に向はず

魂乎永在　大川喬嶽　魂や永く大川喬嶽に在り

四海之静　精爽亦粛　四海にして静なれば　精爽もまたしづかに

訪雪中梅　乗月下鶴　雪中の梅を訪ひ　月下の鶴に乗らむ

若夫緩急　冀為鬼雄　もしそれ緩急あらば　冀くは鬼雄となり

喚起師伯　鞭撻伏龍　師伯を喚起し　伏龍を鞭撻し

叱咤雷霆　鼓動神風　雷霆を叱咤し　神風を鼓動し

清掃雨際　伝于無窮　雨際を清掃して　無窮に伝へむ

嗚呼臣民之責職　ああ臣民の責職

死後護皇国　死後も皇国を護らむ

先生終身の学、記し得て、何ぞその簡明なるや。先生一生の志、述べ得て、何ぞその崇高なるや。これ正に日本精神の極致を道破し、日本哲学の幽秘を闡明せるものといふべきである。

（昭和三十五年九月）

十一　清水澄博士

終戦後のある日、はからずも倪元璐《げいげんろ》の詩一幅を見る機会を得、更にしばらく之を借りて、自宅の床の間にかかげて、朝夕之に親しむ事が出来た。それは普通の床の間には掛からない大幅であつて、ひとり其の長大の幅、人を威圧するのみならず、その筆格遒勁《しうけい》、頗る神韻を存し、之を観るに、自ら気のひきしまり、襟を正さずには居られない感じがするのであつた。もともと頼山陽の秘蔵にかかり、その愛惜して措《お》かなかつた逸品であつて、その後伝承する所の径路も明らかであつた。しかし私の胸をうつたのは、その由来の正しいといふ点や、その文字の卓抜であるといふ点には無くして、実に筆者その人の人柄にあつたのである。

彼は明《みん》の大臣であつた。もともと学者であつたが、崇禎元年侍講に進み、八年国子祭酒にうつり、十五年兵部右侍郎兼侍読《じとう》となり、翌年には超えて戸部尚書兼翰林院学士に任ぜられた。時に明の国勢既に衰へて、流賊各地に起り、諸道の守りみな敗れて、崇禎十四年甲申（わが正保元年、西暦一六四四年）三月、北京は遂に賊手に落ちた。その日、彼は衣冠を整へ、北に向つて天子を拝し、南に向つて母を拝し、「南都尚為すべし、死は吾が分なり」云々と遺書をしたため、遂に南向して坐し、帛を取つて自殺した。南京に移つて再興を計つた福王は、彼に贈るに、太保吏部尚書の官を以てし、諡《おくりな》して文正公と云つた。国家の不幸に遭遇して尽忠の志をかへず、土崩瓦解如何ともする能はざる際に、あくまでその節操を守り、之を守るに死を以てした態度は、真に偉なりとしなければならぬ。かくの如き節義ありてこそ、彼の筆蹟には、深く人の胸をうつ気品が存するのである。

明末《みんまつ》の倪元璐《げいげんろ》に感歎した私は、やがて其の忠死の全く之に類するを、わが国に於いて見出した。枢密院議長清水澄《しみずとおる》博士即ち其の人である。博士は、昭和二十二年九月二十五日、熱海魚見崎の断崖より身を投じ、水没して亡くなられたのであるが、その悲報は、心ある人々の驚き且つ感歎する所となつた。博士は明治元年八月十二日を以て、石川県金沢市に生れ、同二十七年東京帝国大学法科大学仏法科を卒業して、内務省に奉職し、三十一年学習院教授に任ぜられてドイツに留学し、三十四年に帰朝、三十八年法学博士の学位を授けられた。四十一年には行政裁判所評定官に任ぜられて、学習院教授を兼ね、大正四年宮内省御用掛、同九年東宮御学問所御用掛仰付けられ、また十四年には帝国学士院会員に選ばれた。やがて昭和七年行政裁判所長官に任ぜられ、同九年には枢密顧問官、十九年に枢密院副議長、二十一年には枢密院議長に任ぜられた。一方昭和十年に帝国美術院長となり、それは後に組織を改められて、帝国芸術院長となつたので、昭和二十二年の春までは、枢密院議長にして帝国芸術院長を兼ねて居られた筈である。

不幸にして私は、博士と別段深い交りは無かつた。ただ一度、博士より御依頼があつて、前田侯爵邸へうかがひ、侯爵御父子の前で、歴史のお話をした事があつた。博士は前にも述べた通り、金沢の御出身であつたから、旧藩主前田家の為に、何かとお世話して居られたものと見え、その時も私への交渉が博士を通じてなされた上に、当日は博士も前田家へ出向いて、終始斡旋《あつせん》せられたので、私は親しく博士の風格に接する事が出来た。当時の博士は、恐らく六十八九歳でもあつたらうか、極めて穏和温厚であつて、態度といひ、言語といひ、すべて従容として迫らず、世間の事は静観し達観して、胸中さながら深淵の如く、風吹くとも波の立つことはあるまじき沈着なる老紳士と見受けられた。

しかるに此の穏和にして沈静なる老紳士の心中に、万丈の波瀾洶湧《きようよう》して、遂に天に冲《ちゆう》する時が来た。それは昭和二十二年五月の事である。そもそも、大東亜戦争四五年にわたりて解決せず、陸海軍将兵の勇戦奮闘にも拘らず、衆寡の勢、物量の差、いかんともすべからざるものあつて、前線各地に玉砕相つぎ、勢力次第に縮まつて、二十年八月、広島長崎の原爆悲報相ついで到るや、遂にポツダム宣言に答へねばならない窮境におちいつた。しかるに無条件降伏となれば、我が方は手をつかねて俎上にのぼり、眼をつぶつて彼の料理を待たねばならぬ。その時に当つて、生殺与奪の権は彼の手にあり、我が方としては一言の抗議も許されない。是に於いて、降伏は万やむを得ないとしても、国体の根本だけは動かさないといふ保証、最小限度に於いて是れだけは取得して置かなければならぬ。これが当時、最も純粋に君国の前途を憂ふる人々の切なる願ひであつた。一方事態は急迫して、一刻一時の猶予も許されぬ。最小限度の保証を要求するすら、既に手遅れである。寧ろ直ちに無条件を以て降伏し、あとの事は挙げて先方の裁量にゆだねてよい。かやうに考へる人々があつて、而して廟議はそれを採用し、之に決定した。之を採用し、之に決定するに当つて、ひとり事態の急迫して如何ともすべからざるより判断したのみでなく、そのかげには、先方の心中を推測して、その善意好情を期待し信頼する気持が、暗々のうちに存してゐたのである。之に反して、国体の前途を憂へて、最小限度の保証を求めようとした人々は、漠然として彼れの善意好意を期待する事は危険であるとした。されば今廟議無条件降伏に決するや、是等の人々は前途が真暗になつた心地で、悲しみの極まるところ、その心狂せざるを得なかつた。近衛師団の悲劇は是に於いて起つたのである。その中心人物の一人畑中少佐の如きは、純情にして清廉、最も学を好み道を重んじた人であつて、その所為は暴挙といふの外は無いが、事は君国の将来に対する深刻なる憂慮より発したのであつた。

暴挙は成らずして、やがて畑中少佐等の自決となり、阿南陸軍大臣までが、陸軍不統一の責をとつて、潔く自刃して果てられた。流石に阿南将軍に対しては、何人も此の明朗にして、心中一点の塵を留めざる純忠の名将に、非難の声を投げる者は無かつた。ただ畑中少佐等に向つては、あらゆる罵詈《ばり》が、雨霰と降り注いだ。しかも無条件降伏の後に、既に陸軍を解散し、海軍を失ひ、丸腰となつた無抵抗の身の上に、漸次迫り来つたものは、決して期待せられたる如き善意好情では無くして、冷酷苛急《かきふ》の要求であつた。前には戦後処理のよき相談相手なるかの如く、手を握つて応待した近衛公を、巣鴨の獄に拘禁して戦争裁判にかけようとしたのは、かくの如き裏切りの一例であり、適例であつた。近衛公が死を以て之に抗議せられたのは、当然であり、見事であると言はねばならぬ。最も重大なるは、憲法の問題である。近衛公ははやくより此の問題を憂慮し、日本国自ら改正に着手しようとせられた。しかるに占領軍司令部は、おのれの手に於いて全く別種の憲法を作製し、之をわが国の政府と議会とに押しつけて、わが国独自の発案として決定発表するやう強制した。既に一兵を有せざる無防備の国家に、此の強制を拒否する力があらう筈はない。いはゆる日本国憲法は、かくの如くにして成立し、昭和二十二年五月三日施行せらるるに至つた。

枢密院議長法学博士清水澄《とほる》、もともと温和寛厚の人であつた上に、齢を重ねて既に八十歳であつたが、新憲法の無理強ひを見、またわが国の高官といひ、議員といひ、学者といひ、唯唯諾諾《ゐゐだくだく》として之を承順するを見て、慨然として死を決した。自決の辞にいふ、

「新日本憲法ノ発布ニ先ダチ、私擬憲法案ヲ公表シタル団体及個人アリタリ、其中ニハ、共和制ヲ採用スルコトヲ希望スルモノアリ、或ハ戦争責任者トシテ、今上陛下ノ退位ヲ主唱スル人アリ、我国ノ将来ヲ考ヘ、憂慮ノ至リニ堪ヘズ、併《しか》シ小生微力ニシテ、之ガ対策ナシ、依テ自決シ、幽界ヨリ我国体ヲ護持シ、今上陛下ノ御在位ヲ所願セント欲ス、之《これ》小生ノ自決スル所以ナリ、而シテ自決ノ方法トシテ水死ヲ択《えら》ビタルハ、楚ノ名臣屈原《くつげん》ニ倣《なら》ヒ

タルナリ

元枢密院議長法学博士八十翁　清水　澄

昭和二十二年五月新憲法実施ノ日認ム」

博士は、念を入れて、遺書を数通したためられた。文は長短多少の違ひがあるが、趣旨は同一であるから、今はその一をここに掲げたのである。其の末文に記されたやうに、これは二十二年五月三日、即ち浮薄の徒、乃至心無き人々が、旗を立てて祝賀する其の日に、執筆せられたものである。博士の志は既に決定した。あとに残るは、その日時と場所の選定である。かくて其の年九月二十五日、熱海の魚見崎より身を投じて、忠君憂国の至情を、碧海の波涛にゆだねられたのであつた。

たまたま老病を熱海に養つて居られた徳富蘇峰翁（時に八十五歳）は、此の報を耳にして愕然として驚き、一書を裁して博士の霊前へ供へられた。それは云はば博士の伝の賛に当ててもよいものであるから、今読者の便宜を計り、所々の漢文体を仮名交りに書き下して、左に掲げる事とする。

「謹啓　卒爾ナガラ恭シク一書ヲ裁シ、清水博士先生ノ御霊前ニ弔意ヲ表シ奉リ候。近年ハ老生モ退隠、殆ンド人事ト没交渉ニテ、ソノ為メ先生ノ音容ニ接スル機会モナカリシガ、先生ノ未ダ大学ニ生タル比《ころ》ヨリ相知ノ間柄ニ有之、平生先生ノ穏健篤厚ノ人格ニハ、敬服罷在ルモノニ候。然ルニ九月廿六日朝、偶然ノ用件ニテ、人ヲ附近ノ若竹漁場ニ遣シ候処、意外ノ事ヲ承リ、扨ハ先生審思熟慮ノ上、御決心相成候事ト拝察、竊《ひそか》ニ悲痛ト共ニ嘆讃イタシ候。ヤガテ御遺書ノ大略ニテ、イヨイヨ老生推察ノ誤ラザルコトヲ認メ、今更ナガラ老生ガ先生ヲ見ルコトノ、尚足ラザルモノアルコトヲ、漸惶イタシ申候。老生ノ鄙見ニテハ、今回ノ御最期ハ、実ニ臣道ノ実践、学徒ノ志趣、残ルトコロナク、剰《あま》ストコロナク、御遂成、寔《まこと》ニ寔ニ見事ナル、申分ナキ御最期ト感嘆イタシ申候。老生ハ草莽ノ野人ナレドモ、皇国ノ国体ノ擁護者トシテ、天皇制ノ堅持者トシテハ、何人ニモ譲ラザル抱負コレアリ候処、先生ノ今回ノ御所決ニ対シテハ、実ニ中心ヨリ、且ツ感激シ、且ツ慚怍《ざんさく》シ候儀ニ御座候。就テハ直ニ拝趨、御霊前ニ焼香致スベキノ処、老病ニテ進退自由ナラズ、余儀無ク略式ナガラ楮上ヲ以テ微志ヲ披瀝申上候。若シ拙簡ヲ御霊前ニ御供ヘ成下サレ候ハバ、老生ノ本懐之ニ過ギズ候。」

まことに是れ知己の言といふべきである。同時に、恐らくは其の生前には博士と特別の親交は無かつたであらうが、博士入水の報を聞いて、博士の為に之を悲しむと共に、皇国の道義の為に、深く之を喜んで、数篇の詩を作られた人がある。長崎県針尾島の寒村に、災後の老体を寄せられたる岡彪邨翁、その人である。翁は当時八十四歳、老衰といひ、貧窮といひ、まことに痛ましい限りであつたが、報を聞いて慨然としてよまれた詩は、次の通りであつた。

(一)　神代維降大典新　　神代維降　大典新なり
　　天皇明徳任賢臣　　天皇明徳　賢臣を任ず
　　前人乃木真其友　　前人乃木　真にその友
　　忼慨一瞑求至仁　　忼慨一瞑　至仁を求む

ここに前人乃木とあるは、即ち乃木大将の事である。清水博士は乃木大将の知遇を得て居られたと見えて、大将から贈られた短冊（朝な夕なふるとしもなき春雨に柳桜もいろめきにけり、清水賢兄清鑒、源希典とある）が、今に秘蔵せられてゐる。

(二)　平日真心重五倫　　平日真心　五倫を重んず

三朝歴仕致為臣　　三朝に歴仕して　臣たるを致す
典章今日無人守　　典章今日　人の守るなし
東海求仁那得仁　　東海仁を求めて　なんぞ仁を得む

(三)

当今左道豈須訶　　当今左道　豈にいぶかるをもちひむ
君請休論挙世然　　君請ふ論ずるをやめよ　挙世然りと
周武暴兮擅権政　　周武暴なり　権政をほしいままにす
嗚呼箕子往朝鮮　　ああ箕子《ぎし》は　朝鮮に往けり

(四)

典章泰斗見精研　　典章の泰斗《たいと》　精研を見る
人説皇州第一賢　　人は説く皇州第一の賢
竭尽中心今已矣　　中心を竭尽《けつじん》して　今やんぬ
他日誰立藎臣伝　　他日誰か立てむ　藎臣伝《じんしんでん》

岡翁は、それより四箇月の後に、亡くなられたのであるが、自ら作られた其の墓の銘は、その最後を、「ああ臣民の責職、死後も皇国を護らむ」といふ、壮烈なる宣言を以て結ばれた。清水博士の自決の辞と、文字は異なるが、趣意に於いて同一轍と言はねばならぬ。即ち是れ共に藎臣伝中の人、長く歴史の光輝であり、道義の指標と言ふべきである。

（昭和三十五年十二月）

十二　木斛

武蔵野の月、草より出でて草に入ると云はれたのは、遠い遠い昔の事となつた。大江戸の月は、屋根より出でて屋根に入ると云はれたが、それも今は昔となつた。今の東京は、ビルより出でてビルに入る月影、さすがに秋ともなれば冴えもするが、満目のビル街では、風情の無い事、おびただしい。そこで自然に親しまうとならば、遠く都心を離れて遊ぶか、さなくば町の中にわづかに残つて、あだかもオアシスの観を呈する数ケ所の園池を訪ふの外は無い。その数ケ所の一つとして、私の年に一度は遊ぶところ、それは向島の百花園である。

今年の秋も、十月の中頃、百花園に遊んだ。萩は既に散り、薄《すすき》も漸く枯れて、物寂しい眺めであつたが、その蕭条たる景色のうれしい中に、自宅《うち》ではもはや時を過ぎた芙蓉が、ここでは花の盛りであつた。二三の園丁が、わづかの土地を耕してゐるのを、「何を植ゑるのですか」と訊《き》いて見たら、「春の七草を育てるのです」といふ答である。「ついでにお尋ねしたいが、向ふに赤い小さい実のなつてゐるのは、何の木ですか」と訊《き》くと、「あれは、もつこくといひます、珍しい木です」といふ。それで分つた。今住んでゐる品川の家の玄関に、二丈を遥かに越える木があつて、赤い小さい実が、一杯に成つてゐるのを、何の木かと不審に思つてゐたが、さてはあれがもつこくであつたのか。もつこくは木斛と書いて暖地の植物であるといふ。自然私のやうに雪国に生れた者には、馴染《なじみ》の無い木で、今迄名も知らずにゐたのであるが、いよいよこれが木斛と分つてしらべて見ると、玄関脇に更に二本、中庭にまた二本、前のと合せて五本ある事が分つた。

そのうちに木斛の実は段々と熟して来たと見えて、毎朝小鳥が来て、囀りながら之を啄《ついば》み、片々《こなごな》に砕いて播《ま》き散らすのである。播き散らされるのは難儀であるが、仰いで小鳥のいとなみを見てゐると、いかにも面白く、ここしばらくは、これが朝の楽しみとなつた。そして思つた事は、此の木に赤い実が成つたればこそ、気がついて人にも訊《たづ》ねたのであり、うちにも其の木のある事が分つたのである。若し実が成らなかつたならば、私は一生此の木に気附かずして終つたであらう。

源三位頼政の歌、私の愛誦するのは、

花咲かば　告げよといひし　山守《やまもり》の
　来る音すなり　馬に鞍置け

といふ歌であつて、風雅を愛する武将として、風流も風流、豪快も豪快、再誦し、三誦するに、駿馬戞々《かつかつ》の音、耳に聞える心地がするのである。それと共に、今一首、

深山木《みやまぎ》の　その梢とも　見えざりし
　桜は花に　あらはれにけり

といふ歌も、忘れる事の出来ないものである。山深きところ、いろいろの雑木にまじつて立つてゐる為に、桜の木とは気が附かれず、等閑《なほざり》に思ひ棄てられてゐたところ、春になつて花が咲いたのを見て、さては桜の木があつたのかと、人々に珍重せられるといふのである。蓋《けだ》し山路に於ける実景実感から発したものであらうが、同時に人生の体験として、意味の深い歌である。

本郷三丁目から上野広小路へ向つてしばらく行くと右側に、今は外へ移つて了つたが、以前は森江書店といふ仏教

の書籍専門の本屋があつた。その主人、まことに親切な、人なつかしい人物であつて、ある日、私がなけなしの財布で本を買はうとするのを見て、主人がとめて云ふには、およしなさい、あなたの入用なのは、此の本の中で五六枚でせう、それならば写されるがよい、本はお貸ししますから、と云つてくれられた事があつた。それから間もなく、大正十二年九月の大震災があつて、本郷も此のあたりは焼けて了つた。大学へゆくついでに立寄つて見ると、森江書店も只焦土となつてゐたので、心配してゐると、数日後に、町の向側の、焼けなかつた家を借りて、店が開かれた。早速いつて見舞の挨拶をして、店頭の書物を一冊求めた。新刊物であつたから定価通り金を払はうとすると、幾割か引いておつりを出された。そこで「私は出来ればお見舞を差上げたいのですが、それが出来ないのを恥ぢてゐるのです、せめて此の本だけは定価通りに売つて下さい」と云ふと、主人の答へはかうであつた。「私は丸焼けになつたと思つてゐましたのに、幸ひな事には、蔵が残りました。今店に並べてゐる本は、その蔵の中で助かつた本です、これで儲けては罰が当ります、どれもどれも割引きして売つてゐるのですから、どうか御遠慮なく。」

それから四五年も後であつたらう、金富町に住んでゐた時の事である。大きな掛物の双幅を表装して、その箱を二重に作つて貰つた。箱の出来上つて届けられたのが、年の暮、大晦日で無いにしても、それに近い日であつた。箱を見ると、いかにも見事な出来である。値段をたづねると、八円だといふ。気の毒に思つて、拾円取つて下さいと云ふと、箱屋の答がかうであつた。「私は箱屋であります、箱といふものは、大きすぎても小さすぎても役に立ちませぬ、ピッタリと合ふ事が肝腎《かんじん》です、ですからお値段も、多くても、すくなくても、困ります。」かう云つて、おつりを二円置いて、師走の寒い風の中を帰つてゆくのであつた。

曙町に住んでゐる頃、吉祥寺の前通りにある印判屋と、いつとはなしに顔見知りになつた。貧弱な店の構へではあるが、素朴な人柄をうれしく思つて、落款《らくくわん》と関防《くわんばう》の印を三個彫つて貰ふ事にした。ところが半年たつても、一年たつても、出来て来ない。二年目も終りに近くなつて催促して見ると、「いや、どうもすみませぬ、気が張りまして、中々彫れないのです」といふ。やがて其の年の大晦日、しかも日暮れに届けてくれた。礼を述べて、さて代金を払はうとすると、二十五円だといふ。それでは石の代にもなりますまい、と云ふと、石材の代金さへ貰へばよろしいので、二年も抛《ほ》つて置いたのですから、彫刻代はいただきませぬといふ。それでは、と別に金を包んで渡さうとすると、印判屋頑として拒絶して、どうしても受取らない。寒い玄関に立ちながらの押問答、いつ果つべしとも見えぬ。困つたあげくに妥協案を提出して私が云ふには、大晦日の忙しい晩を、かうして張合つてゐても仕方がない、一つ折半《せつぱん》とゆきませう、包の中のもの、半分は私も折れて引込めますから、あとの半分は、親方も折れて持ち帰つて下さい。印判屋も之には同意してくれた。そして厚く礼を述べて帰つていつたが、その穿《は》いてゐる紺足袋の先き、いくつも穴があいて、爪の出てゐるのが、いつまでも私の目に残つた。

戦争も終りに近い頃の事であつた。空襲も頻繁となつて、多くの人は疎開したが、私は一生懸命駆け廻つて、何とかして頽勢を挽回しようと、骨折つてゐた。大学では学生大抵出陣して、授業も殆んど無かつたので、自然陸海軍の講演に力を注ぐ事になり、北は霞ケ浦、神ノ池《がう》、南は江田島、岩国、大竹と廻り、汽車で間に合はない時は、折々飛行機にも乗せて貰つて、南に馳せ、北に飛ぶのであつた。その時分、私の行きつけの理髪屋は、原町の野本理髪店であつたが、その店主、埼玉の生れで、豪快な気象であつた。駆けめぐる私を見て慨然としていふには、「お忙しい事でありませう、就いては理髪でありますが、これは私が引受けますから、少しも御遠慮なく、どんな日でも、どんな時間でも、気楽にお出で下さい、たとへば今夜の二時に行くと云はれれば、ちやんと用意して二時に戸をあけて待つてゐます。」実際は休日や真夜中に、無理を頼んだ事は一度も無かつたが、氏の此の一言は、私にとつて非常な慰めであり、励ましであつた。

不幸にして野本氏は、終戦の翌年亡くなつた。蓋し長男も次男も出征して帰らず、殊に長男はスマトラで悲惨な最期を遂げたので、その報道にいたく心を傷つけられたのであらう。豪快な気象ではあつたが、年齢も既に六十歳、無理も無い事である。郷里の山の中に帰つてゐた私は、そのしらせを聞いて、涙を呑んだ。そして其れ以来、万止むを得ない場合の外は、原則として他《ほか》の理髪店へは行かず、自分で鏡を見ながら鋏をつかつたり、家内に切つて貰つたりしてゐるうちに、野本氏の次男がビルマから帰つて来た。父の死後四ケ月であつた。そして焼跡に家を建てて、理髪業を継いだ。爾来《じらい》私は福井から、中野から、品川から、千里——といふと大袈裟《おほげさ》だが、遠きをいとはずして、原町まで理髪にゆくのである。はたから見れば可笑《をかし》いであらうが、私は故人の彼の一言を忘れる事が出来ないのである。

次には沼田氏、茨城県の出身である。経歴も、職業も、一向に知らない。戦争中に、三四回訪ねて来られた事があつて、書物を差上げたりしたが、学問の上で意見が合ふといふわけでも無く、別段深いおつきあひでは無かつた。しかるに此の人から、私は不思議に親切にして貰ふ事になつた。第一は戦争の末期に近く、食物欠乏を極めた時に、氏は甘諸《さつまいも》を一俵届けてくれられた。そして、「いただく理由《わけ》も無いのに、これは頂戴出来ませぬ、」と辞退する私を押へていふには、「御遠慮に及びませぬ、私はあなたの人知れぬ美事善行を、上野駅で見たのです、それに感銘して、此のささやかな贈物をするのです」と云ふ。私に美事善行のあらう筈は無い。殊に上野駅では、顔をしかめて立つてゐた覚えこそあれ、良い事をした記憶は更に無い。何かの間違ひでせうと云ふが、肯《き》かれぬ、結局之をいただいた。それはまだ良い。次には終戦後、深山幽谷に退居して、語るに友なき寂寥の七八年を送つた時の事である。沼田氏は私の寂しさを慰める為に、一日に一度、葉書を出しますと云つて、随分長い間、それを実行してくれられた。葉書でも一日に一度といふは、大変なつとめである。親子の間でも、恋人の間でも、容易ではあるまいに、それを友人といふには余りに縁のうすい私に対して、してくれられたのである。やがて二十七年の四月、私の追放解除の事が新聞に出ると、氏はお祝の歌を送つてくれられた。

大鵬《ほう》の　天《そら》うつさまの　大《おほ》いなるを
　見る日近づき　手三たび鳴る

頑愚衰残の私にとつては、過ぎたる言葉であるが、此の祝福の歌は、私の忘れる事の出来ないものとなつた。そして私の上京を待たずに、七十八歳を一期として、やがて亡くなつたと聞いて、その厚意に報いる機会を失つた事を、限りなく遺憾に思ふのである。

郷里の村に近い勝山の町に、境井《さかゐ》といふ米屋があつた。戦中戦後、米の自由販売が出来ないので、配給の係となつて、私の村へも出張して来た。もともと縁の無い人であつたが、私の落魄失意に深く同情して、しみじみとした面持で私の顔を見てゐたが、やがて勝山の町でパンがふかされるやうになると、そのふかし立てのパン一袋をふところに入れて、一里余りの山道を、一目散に走つて来る。坂を登りつめて私の家の門をくぐる頃には、全身の汗、まるで川から出て来たやうである。そして云ふには、「今ふかし立てのパンです、熱いうちに差上げたいと思つて、走つて来ました。」惜しいかな此の人も、数年前に、五十九歳で亡くなつた。

些事《さじ》といへば、すべて是れ些事である。しかし此処に人情の機微を見、日本人の道義の健全性を察し、よつて以て此の国の将来をトする事が出来はしないか。私は今は、ただ既に亡くなつた人の数例をあげるに止めて、猶生きてある人のすべてを省略した。それは自然、筆にする機会もあるであらう。桜は花に現れ、木斛は赤い実を以て知られた。苦難のうちにこそ、人情の真実は見られるのである。

（昭和三十四年十二月）

後記

本書に収むるところは、さきに雑誌「日本」に掲げたものであつて、その掲載の年月は、各篇の終りに記して置いた。執筆は大抵その前月中である。

著者には早く、我が歴史観、中世に於ける精神生活、中世に於ける社寺と社会との関係(以上いづれも大正十五年)、国史学の骨髄(昭和七年)、武士道の復活(昭和八年)、建武中興の本義(昭和九年)、万物流転(同十一年)、伝統(同十五年)等の著述があつたが、戦後はいづれも絶版となつた。近年の著述としては、

芭蕉の俤(昭和二十七年)
出雲国風土記の研究(監修、同二十八年)
名和世家(同二十九年)
北畠親房公の研究(監修、同二十九年)

等があり、而して立花書房より発行したものには

山河あり(昭和三十二年)
続山河あり(同三十三年)
大日本史の研究(監修、同三十二年)

がある。

索　引

チ

ツ

テ

ト

ナ

ニ

サ

シ

ス

セ

ソ

タ

事項・書名索引

ユ

ヨ

ラ

リ

ロ

ワ

タ

チ

ツ

テ

ト

ナ

索　引

サ

シ

ス

セ

ソ

キ

ク

ケ

コ

地名・国名索引

ア

イ

ウ

索　引

人名索引

《著者略歴》

平泉　澄

明治二十八年福井県に生まる。大正七年東京帝国大学文科大学史学科国史学科卒業。同十二年同大学講師。同十五年文学博士、助教授。昭和五年欧州留学。同六年帰朝。同十年教授。同二十年辞職。同五十九年二月帰幽。

著書「中世に於ける精神生活」「我が歴史観」「中世に於ける社寺と社会との関係」「國史学の骨髄」「武士道の復活」「建武中興の本義」「萬物流轉」「傳統」「菊池勤王史」「天兵に敵なし」「芭蕉の俤」「名和世家」「解説近世日本国民史」「父祖の足跡」（正、続、続々、再続、三続）「寒林史筆」「革命と傳統」「山彦」「先哲を仰ぐ」「日本の悲劇と理想」「解説佳人の奇遇」「明治の源流」「楠公　その忠烈と餘香」「少年日本史」「物語日本史」「明治の光輝」「悲劇縦走」「首丘の人大西郷」

山《さん》河《が》あり（全）

平成十七年三月　十九日　印刷
平成十七年三月二十五日　第一刷発行

※定価はカバー等に表示してあります

著者　平《ひら》泉《いずみ》　澄《きよし》
発行者　中藤政文
発行所　錦正社
〒一六二—〇〇四一
東京都新宿区早稲田鶴巻町五四四—六
電話　〇三（五二六一）二八九一
FAX　〇三（五二六一）二八九二
振替　〇〇一三〇—四—一三六五三五
URL　http://www.kinseisha.jp/
印刷所　株式会社平河工業社
製本所　山田製本印刷株式会社

ISBN4-7646-0266-0